William Horwood

Die Wölfe der Zeit

DER KAMPF UM DAS HERZLAND

Zu diesem Buch

Dank der Weitsicht ihres alten Leitwolfs Klimt kehren die Wölfe der Zeit in ihr Herzland zurück. Erfolgreich sind sie den Menschen aus dem Weg gegangen und ziehen bereits die ersten Jungtiere groß. Einer von ihnen, so zeigt sich, ist als Inkarnation des Gottes Wulf zur Welt gekommen. Doch dann rückt ein feindliches Rudel der Magjaren auf das Herzland zu. Klimt und seine Söhne brechen auf, um Verbündete zu finden. Und auch die zerstrittenen Menschen müssen ihrem Schicksal eine neue Wendung geben, wenn das Gleichgewicht der Natur wiederhergestellt werden soll. In dem Fantasy-Epos »Die Wölfe der Zeit« vollbringt William Horwood das Wunder, die Vorstellung vom Wolf als reißender Bestie gründlich zu revidieren und ihn vielmehr als weises und empfindsames Geschöpf darzustellen.

William Horwood, geboren in Oxford, studierte Wirtschaftswissenschaften und Geographie, bevor er Journalist und Autor wurde. Seit 1979 hat er elf Romane veröffentlicht, die alle Long- und Bestseller wurden. »Der Stein von Duncton« gilt als Klassiker der phantastischen Literatur. Mit seinen Romanen über das Leben der Wölfe, »Die Wölfe der Zeit« (Band 1: »Die Reise ins Herzland«, Band 2: »Der Kampf um das Herzland«), errang Horwood Weltruf.

William Horwood

DIE WÖLFE DER ZEIT

DER KAMPF UM DAS HERZLAND · ROMAN

Aus dem Englischen von
Gabriele Burkhardt

Piper München Zürich

Von William Horwood liegen in der Serie Piper vor:
Die Wölfe der Zeit. Die Reise ins Herzland (6512)
Die Wölfe der Zeit. Der Kampf um das Herzland (6538)

Ungekürzte Taschenbuchausgabe
April 2004

Titel der englischen Originalausgabe:
»The Wolves of Time, Seekers at the WulfRock«,
HarperCollinsPublishers, London 1997

Deutsche Erstausgabe:
Weitbrecht Verlag in K. Thienemanns Verlag, Stuttgart 1999
Umschlagkonzept: Büro Hamburg
Umschlaggestaltung: Nele Schütz Design, München
Umschlagabbildung: Geoff Taylor
Satz: KCS GmbH, Buchholz / Hamburg
Druck und Bindung: Clausen und Bosse, Leck
Printed in Germany ISBN 3-492-26538-3

www.piper.de

Prolog

Es ist für jeden gut zu wissen, wer einen führt, zumal auf einer Reise mit unbekanntem Ziel und ungewissem Ausgang. Wenn Sie also Ihre Reise mit den Wölfen der Zeit fortsetzen möchten, sollten Sie vielleicht etwas über Ihren neuen Führer erfahren.

Meinen neuen Führer? werden Sie sagen und sich fragen, was denn mit dem alten passiert ist.

War er nicht ein Wolf, ein sehr alter Wolf, ein unsterblicher Wolf, der von sich behaupten konnte, der letzte Überlebende der Wölfe der Zeit zu sein, der zu Klimts Rudel gehört hatte?

Manche mögen noch hinzufügen: *War dieser alte Wolf nicht Tervicz, Klimts treuester Gefährte?*

Nun ... ja, er war *in gewissem Sinne* unsterblich, aber ...

Ich zögere, weil wir bereits jenen Grenzbereich zwischen zwei Welten erreicht haben, den wir Menschen durchstreifen, in dem wir uns verirren, Neues entdecken und Altes, einst Vertrautes, wieder finden.

Es ist Grenzland zwischen unserer so genannten ›realen‹ Alltagswelt und jener anderen Welt, in die der Schamane dank seiner besonderen Gabe zu reisen vermag. Denjenigen, die meinen, nur in der realen Welt zu leben, und die selbst solch offenkundige Beweise wie Träume oder plötzliche Ahnungen von einer anderen Welt als – ja, bloße Träume, bloße Gefühle abtun, erscheint die Vorstellung von einer anderen, imaginären Welt absurd und fantastisch. Für sie ist das verrücktes Geschwätz, Lug und Trug.

Schamanen aber wissen es besser, ebenso wie all jene, die bereit sind in den Wäldern oder in den Bergen still zu verharren, zu lauschen und auf den Beginn der Reise zu warten. Erstaunlicherweise sind die Bewohner jener anderen Welt gern bereit, uns dorthin zu führen, oftmals in Gestalt eines Tieres, dessen Geist sich in unseren hineinversetzt.

Für manche ist der sich in die Lüfte schwingende Adler der Führer, für andere ist es der unter der Erde hausende Maulwurf; für den einen ist es ein flinker Hirsch, für den anderen ein wütender Bär. Diese Vertrauten reden mit uns und führen uns durch Dämmerung und Finsternis, durch Licht und Schatten, auf guten und schwierigen Wegen über die Grenze in eine andere Welt.

Aus der *Reise ins Herzland* wissen wir bereits, dass der geistige Führer des Menschen ein Wolf namens Tervicz war, der ihn zu den Wölfen der Zeit führte.

Während Sie über meine Worte nachdenken, halte ich inne und starre in das Feuer hier auf der Lichtung, unserem Treffpunkt.

Was für eine Lichtung? fragen Sie sofort und werfen einen Blick über Ihre Schulter, um zu sehen, was sich dort jenseits der Schatten bewegt.

»Eine Lichtung im Schwarzwald«, erwidere ich, »die dereinst zu Deutschland gehörte und davor zu Westdeutschland.« Ich verstumme und warte auf Ihre nächste Frage, die hoffentlich den Kern der Sache trifft. Und so ist es.

Wenn Tervicz unser erster Führer und der erste Führer des Menschen war, sagen Sie, *hat dann der Mensch das niedergeschrieben, was wir als Reise ins Herzland kennen, und wenn ja, wann könnte er es getan haben? In der Tat, wenn …*

»Ja, der Mensch hat es geschrieben«, erwidere ich.

Wenn das so ist und jetzt du unser neuer Führer bist, wer bist du? Und wird Tervicz zurückkehren und mit der Geschichte fortfahren, weil schließlich er derjenige ist, den wir für unseren Führer hielten? Aber dann …?

Ich weiß, ich weiß … diese Fragen haben auch mich viele Jahre beschäftigt, bis ich die Kunst der Schamanen erlernte und ihre Antworten ein wenig zu verstehen begann. Einigen wir uns im Moment einfach darauf, dass Tervicz uns zu den Wölfen der Zeit und in deren Welt geleitete und dass der Mensch die Eindrücke der gemeinsamen Reise niederschrieb.

Hm! knurren Sie, wie Kobrin oder gar Klimt selbst, und

lauschen einem jungen Vagabunden, der erklärt, wer er ist und warum er gekommen ist. *Hm!*

Was ich weiß, ist Folgendes: Dem Menschen war klar, dass er die Geschichte von den Wölfen der Zeit nicht würde beenden können, und deshalb sorgte er dafür, dass eines Tages, lange nachdem er weitergezogen war, ich selbst sie fortsetzen konnte. So wie Klimt dafür sorgte, dass seine Leitwölfin Elhana Junge bekam, die das Rudel aufziehen konnte, damit ihr Fortbestand gesichert war.

Die Jahre sind vergangen und nun ist es an der Zeit, die Reise fortzusetzen. Obwohl ich im Vergleich zu dem Menschen, wie Ihr ihn kennen gelernt habt, jung erscheinen muss, bin ich heute, wie es so geht, älter als er damals bei Eurer letzten Begegnung.

Hm!

Vielleicht hilft es, wenn Ihr Euch daran erinnert, dass Klimts Rudel die *Wölfe der Zeit* genannt wurde und dass sie Reisende in einer anderen Welt waren. *Die Reise ins Herzland* endete mit der Geburt von Klimts Söhnen und einem freundlichen Besuch von Wulfin selbst. Kurz nach diesem Bericht wurde der Mensch von dem Jägermann eingeholt und musste seine Erzählung abbrechen. Ich weiß ebenso wenig wie Sie, wie sein Leben endete, ob er oder der Jägermann es am Ende schaffte und den Wulfsfelsen erreichte.

Ich weiß nicht einmal, ob es überhaupt ein Ende gab.

Das ist ja ein schöner Führer! stellen Sie fest.

Stimmt, aber etwas könnte vielleicht Ihre Entscheidung, sich mir anzuschließen, positiv beeinflussen. Letzte Nacht erschien jenseits der Schatten dieses Feuers, das unsere Gesichter erhellt, ein alter Wolf und rief meinen Namen. Letzte Nacht kehrte Tervicz zurück.

Da wusste ich, dass ich mich auf die Reise begeben muss, um die Wahrheit über die Wölfe und den Menschen herauszufinden. Wulf aber weiß, ich brauche Hilfe, wenn ich die Suche nach der Wahrheit über die Wölfe der Zeit, den Menschen und den Jägermann zu einem erfolgreichen Abschluss bringen will.

Ich möchte, dass Sie mich auf dieser Reise begleiten, und vielleicht möchten Sie ja auch meine Begleiter sein. Aus diesem Grund deutete ich anfangs an, dass Sie vielleicht etwas mehr über mich erfahren wollen …

Erstes Buch

Die Geschichte des Schamanen

Kapitel 1

Die Trophäe

Ich wurde geboren anno Lupi 12 beziehungsweise anno Domini 2023 nach dem alten gregorianischen Kalender, an dem, wie ich glaube, immer noch einige Völker Europas festhalten. Aber da mein Stamm die Wölfe verehrt und nicht den fehlbaren Christengott, kennzeichnen wir die Überlieferung unserer Riten und Rituale ebenso wie den Wechsel der Jahreszeiten mit respektvollem Verweis auf das Jahr, in dem der Gott Wulf sein letztes irdisches Dasein beendete und auf dem Wolfsweg die Reise zu den Sternen antrat, um das Ende des dunklen Jahrtausends und unser Überleben anzuzeigen.

Mein Stamm ist benannt nach dem Feldberg, dem höchsten Bergrücken des Schwarzwalds, der sich südlich und östlich von Freiburg am Oberrhein entlang erstreckt. Die meisten nennen uns das Feldbergvolk und fürchten uns, weil sie uns, die Bewohner des bewaldeten und zerklüfteten Hochlands, für sonderbar und geheimnisvoll halten, für mystische Wesen an nebelverhangenen Orten, die von den Wölfen auserwählt wurden.

Nachdem die Kriege vorbei waren und die Zeit des Untertauchens, des Überlebenskampfes und der Wiederentdeckung vorchristlicher Lebensweisen angebrochen war, bezeugten die Gründer meines Stammes auf dem Feldberg den Wölfen zum ersten Mal ihre Hochachtung.

Ab dem Jahr 1 des Wolfes gehörten die Tragödien und Heimsuchungen aus der Zeit der letzten großen Feuersbrunst in Europa der Vergangenheit an und unsere Mutter Erde sah wieder einem einfacheren und besseren Leben entgegen.

Wer wie ich in diesen ersten Jahren des Überlebenskampfes und der Selbstfindung groß wurde, stieß unweigerlich auf Zeugnisse des alten Lebens und seines schrecklichen Endes. So war es auch nicht verwunderlich, dass sich in uns Jungen zu Beginn der Pubertät der Wunsch regte den Schutzraum des Hochlands zu verlassen und uns allein hinunter in das verlassene Tal zu begeben, um uns zu bewähren, indem wir uns in irgendeine zerstörte Stadt wagten und uns dort zum Zeichen unserer Mannwerdung eine Trophäe holten.

In der Regel handelte es sich dabei um einen Gegenstand aus glänzendem Metall, etwas Trag- und Haltbares, das man um den Hals hängen oder am Arm befestigen konnte. Eine Zeit lang waren Kupfermünzen sehr beliebt, später waren es Dinge aus Gold wie zum Beispiel Ringe, vorausgesetzt, sie waren einigermaßen unversehrt und noch zu gebrauchen. Als meine Zeit näher rückte, kamen die großen Kugellagerkugeln in Mode, die in den kaputten Maschinen zu finden waren, deren Teilen sie einst halfen sich zu bewegen.

Kurz darauf, in dem Jahr vor meinem eigenen Aufbruch, wurden die Trophäen subtiler. Einer meiner Freunde brachte eine ziemlich große, mechanische silberne Uhr mit goldenem Zifferblatt mit, die tickte und die Zeit anzeigte. Sie baumelte an seinem Gürtel, und ich beneidete ihn darum. Ein anderer hatte in einem Keller, der vermutlich zu einem Antiquitätengeschäft gehörte, eine Menge alter Gegenstände entdeckt, die noch in gutem Zustand waren, und er nahm mit, was ihm am besten gefiel: nicht Ringe, Broschen oder Uhren, sondern eine silberne Schere zum Haareschneiden. Perfekt zu handhaben, praktisch und begehrt von den Mädchen, sodass auch er begehrenswert wurde. Gerne wollte ich da mithalten, hatte aber keine Ahnung, wie.

Diese Heldentaten waren nicht ungefährlich – wegen der Vagabunden, die damals durch ganz Europa zogen. Sie waren zumeist Christen, die für ihre Grausamkeit bekannt waren. Wulfs Gefährten hatten sie auf grausame und abscheuliche Weise gequält. Zweifellos war es besser, sich selbst zu töten, als diesen Marodeuren in die Hände zu fallen.

Gefahr drohte auch von wilden Hunden und anderen Tieren, die zwischen den Ruinen herumstreunten. Ihre Ahnen waren der letzten großen Feuersbrunst entkommen und hatten unzählige Nachkommen gezeugt, die nun ums Überleben kämpften.

In den Ruinen der Städte selbst lauerten ebenso Gefahren wie entlang der einstigen Straßen und Felder, auf denen Kampftruppen ein Erbe von noch immer scharfen Bomben und Blindgängern, zerfallenden Häusern, tückischen Schlammlöchern und Minenfeldern hinterlassen hatten – tödliche Überbleibsel eines nicht beendeten Krieges und nicht geschlossenen Friedens.

Anderswo – so warnten uns die Älteren – lauerten andere Gefahren, wie etwa an düsteren Orten der Realität und des Jenseits, wohin unerfahrene junge Männer, die ihren Mut unter Beweis stellen wollten, sich manchmal verirrten und verschwanden. Kein Wunder, dass einige von uns auszogen und nicht zurückkehrten.

Doch für uns Jungen, die im hohen Gras lagen und in der flimmernden Sommerhitze hinunter ins Tal oder hinüber zum schimmernden Wasser des Rheins am fernen Horizont blickten, waren diese Gefahren zwar durchaus real, aber nicht so Furcht einflößend, dass uns Zweifel an der Notwendigkeit, allein loszuziehen und unsere Trophäen und uns selbst zu suchen, oder die Angst beschlichen hätte, nicht zurückzukehren. Es ging einzig und allein um das Bestehen in der Gefahr, um die Überwindung der Angst.

Unsere Väter verstanden das sehr wohl und markierten den Zeitpunkt des Beginns unserer Pubertät, indem sie die beiden sterblichen Söhne Klimts, Solar und Lunar, anriefen, damit ihre Stärke, aber auch das Wissen um ihre Schwächen uns auf unserer Reise begleiteten. Denn wir mussten stets wie Wölfe sein und unseren Mut durch Besonnenheit, unseren Stolz durch Mitleid und unseren Egoismus durch Verantwortung gegenüber unserem Stamm, unserem Rudel, zügeln.

Als meine Zeit kam, bat meine Mutter einen der Ältesten, er möge eine solche Zeremonie und Beschwörung für mich vornehmen, da ich keinen Vater hatte und auch nichts über ihn wusste. Ich stellte mir oft vor, dass er wieder nach Hause zurückkehrte. Und manchmal, im flackernden Schein des Lagerfeuers oder in der bedrohlichen Finsternis jenseits der Umzäunung, bildete ich mir ein, er sei da und wache über uns, bereit mich in die Arme zu schließen, mir zu helfen und mich zu beschützen. Danach hatte ich mich immer gesehnt, ebenso wie meine Mutter.

Damals wusste ich noch nicht, dass mein Vater Jakob Wald war, der als Erster mit Wölfen wanderte und die Wölfe der Zeit auf ihrer Reise begleitete. Ich ahnte auch nicht, welche Bedeutung er für jene Ältesten besaß, die die Wahrheit kannten und deren Stamm er mit begründet hatte – nicht einmal da, als all die anderen kamen und aufmerksamer als sonst zuhörten und zusahen, wie die Ältesten meiner Mutter bei den Riten für meine Verwandlung vom Jungen in einen Mann halfen, als sei das ein entscheidender Augenblick für den ganzen Stamm, bei dem Zeugen anwesend sein mussten. War ich denn mehr als nur irgendein Junge, der an der Schwelle zum Mannesalter stand? Erst in jenen Momenten des Abschiedsrituals erkannte ich, dass ich ein Auserwählter war.

Zum Abschluss des Rituals schloss mich meine Mutter vor dem ganzen Stamm in die Arme. Ich spürte den sanften Druck ihres Körpers und mit einem Mal wurde mir bewusst, dass es nie wieder so sein würde. Ich musste jetzt fortgehen und würde als ein anderer zurückkehren – wenn ich überhaupt zurückkehrte. In diesem Augenblick war ich sicher, dass mein Vater, wer auch immer er war, in der Nähe war und zuschaute. Er war da.

In der Morgendämmerung schlüpfte ich durch die Umzäunung, das Gras war feucht vom Herbsttau und ich begab mich auf die lange Reise hinab in das fremde Tal, um mich zu bewähren und zum Beweis meines Mutes eine Trophäe mitzubringen.

Als ich mich ein letztes Mal umschaute, bevor ich in den lichten Auwäldern des Flachlands verschwand, sah ich meine Mutter dort stehen. Und sah noch etwas: *Ihn,* oder seinen Schatten. Denn jenseits des Hügels meinte ich, in der Dämmerung einen Wolf zu erkennen, und da wusste ich, wer mein Führer sein würde.

»Wulf, hilf mir!«, flüsterte ich und murmelte ein schlichtes Gebet: »Oh, mein Gott, hilf mir!« So wie Klimt es getan hatte, als er sich zum ersten Mal zur Reise ins Herzland aufmachte.

Von dieser ersten Reise habe ich oft mündlich und schriftlich berichtet, um damit anderen, die sich schließlich auch auf den Weg machen wollen, Zeichen und Hinweise zu geben. Solche Erzählungen und überlieferten Berichte vermögen zwar nicht aus einem Jungen einen Mann, aus einem Mädchen eine Frau zu machen oder einem ängstlichen Menschen seine Furcht zu nehmen, aber unterwegs können sie Trost und Hilfe sein.

Ich wanderte also ins Tal hinab mit all meinen Ängsten und Schwächen, und als ich den Mut fand, ihnen zu begegnen, und sie bewusst erlebte, da hatte es den Anschein, als nähme ich etwas von der verlorenen Würde all der Gefallenen um mich herum und von der damals unvermeidlich wachsenden Boshaftigkeit der Menschen auf mich.

Die Überreste der Kleidung eines Toten mögen seinen verwesenden Leib auch nach fünfzig Jahren noch lebendig erscheinen lassen; im zweiten Stock eines Hauses mag ein Kinderbett noch an der Stelle stehen, wo es gestanden hatte, bevor die Hälfte des Hauses und das Kind in die Luft flogen.

Die zerfallenden, vom Regen aufgeweichten Schädel geben noch immer Zeugnis vom Sterben der achtzig Leute in einem entlegenen Winkel eines Stadions, in dem nur Kaninchen und Ratten durchs Gebüsch huschen, vermutlich erschossen und angezündet; und ein Stück verrostetes Metall, das vielleicht früher einmal ein Flammenwerfer war.

Den Jungen aus dem Schwarzwald überkommt Angst und Verzweiflung. Erschrocken dreht er sich um und fragt sich, was sich wohl dort jenseits der zerstörten Aschenbahn und oben auf der Tribüne bewegte und als Silhouette vor dem zerfallenen Eingang abhob, mit dem hellen Himmel darüber.

Aber der Junge ist klug genug, rasch weiterzugehen, gleich einem Wolf Schutz zu suchen, sich dann nicht zu bewegen, die Gefahr auszumachen, ihr auszuweichen und sich einen guten Aussichtspunkt zu suchen. Dabei stellt er fest, dass er mittlerweile die Strategie des Überlebens beherrscht; er weiß allerdings nicht mit Sicherheit, dass er tatsächlich überleben wird.

Auf meiner zweimonatigen Reise durch Dörfer und Städte und nach meiner Ankunft in Freiburg und seinem vergessenen Stadion fand ich genug Trophäen: Münzen aus korrodiertem Kupfer und Silber und deformierte Goldringe. Einer davon war mit einem Fingerknochen verschmolzen, und ich behielt ihn als Andenken. Aber ich fand keine Trophäe, die zu mir sprach; nicht die eine, die sicher irgendwo auf mich wartete, wenn ich sie nur finden könnte.

Deshalb nahm ich den ersten einwandfreien Ring mit, den ich fand, einen breiten Goldring, der so groß war, dass er an meinen Daumen passte. Er würde reichen, wenn ich nichts Besseres fand. Ich war bereit zurückzugehen und konnte in Ehren zurückkehren, auch wenn ich das, was immer ich auch im Grunde suchte, nicht gefunden hatte.

Doch der Winter stand vor der Tür. Von den Alpen zog er ins Rheintal hinab und brachte lange bitterkalte Nächte und schlechtes Wetter mit. Wilde Hunde kamen von den Bergen herab und griffen mich an, zwei oder drei, manchmal sogar sechs. Aber wenn man gelernt hat mit einem Stock und einem Messer umzugehen und sich immer einen Fluchtweg offen hält, hat man nichts zu befürchten.

Aber dann, ganz plötzlich, noch ehe mir bewusst wurde, dass sie mich schon die ganze Zeit verfolgt hatten, tauchten die Vagabunden auf. Sie hielten sich ebenso geschickt in den Ruinen verborgen wie ich mich in den Bergen und Wäldern, denn sie hatten gelernt, wie Ratten herumzuschleichen, sich zu verstecken und den rechten Augenblick abzuwarten.

Es folgte eine seltsame und gefährliche Jagd. Sie waren hinter mir her und ich paradoxerweise hinter ihnen. Ich wurde nur ein einziges Mal in die Enge getrieben und tötete einen meiner Gegner, den ich wegen seines schmutzigen Gesichts und der zerlumpten Kleider für einen Mann hielt. Wie sich herausstellte, war es ein Junge in meinem Alter. Er war nicht nur ein Vagabund, sondern anscheinend auch ein Christ, da er ein Holzkreuz um den Hals trug. Ich empfand noch größeres Mitleid mit ihm, als ich sah, dass sein Blut genauso rot war wie meines, und im Todeskampf wollte er sich an mich klammern, als sei ich sein Bruder. Da schwor ich mir, nie wieder einen Menschen zu töten, ob Christ oder nicht.

Aber ich entkam meinen Verfolgern nicht lange. Eine Meute von Hunden trieb mich in die Enge und brachte mir Wunden bei, deren Narben noch heute zu sehen sind. Ich bekam Schweißausbrüche und Durchfall und musste deshalb länger, als mir lieb war, in den Ruinen verweilen. So konnten die Vagabunden mich leicht wieder einholen. Doch das anhaltende Gefühl, *meine* Trophäe noch immer nicht gefunden zu haben, war stärker als die Angst.

Dann wurde es ernst, denn die Vagabunden mit ihren Hunden verfolgten mich erneut: Familie, Freunde und Stammesgenossen des Jungen, den ich getötet hatte.

Krank, wie ich war, versuchte ich jetzt aus der Stadt hinaus und zurück in die Berge zu gelangen, auf denen bereits der erste Schnee lag, aber ich schaffte es nicht. Meine Verfolger nahmen mir jede Fluchtmöglichkeit und jede Hoffnung auf Hilfe von außen und trieben mich immer weiter in das zerstörte Stadtzentrum.

In meiner Verzweiflung suchte ich in Kellern und Tunneln Zuflucht. Dort unter der Erde, im Dunkeln, verwischte das Wasser in den zerstörten Abwasserkanälen meine Spuren und bot mir Nahrung. Ich wurde mir meiner tiefsten Ängste bewusst und erflehte die Hilfe des Vaters, den ich nie kennen gelernt hatte. Allmählich begann ich mich zu fragen, ob ich wohl jemals wieder die Berge und Wälder erreichen oder das Heulen der Wölfe hören würde.

Als ich so voller Angst und ständig auf der Hut herumschlich, mit bloßen Händen und Zähnen Ratten tötete, um zu überleben, mich hastig wusch und allmählich immer schwächer wurde, wurde mir klar, dass der Ritus meiner Mannwerdung keine ganz so großartige und noble Angelegenheit war, wie ich mir das als Junge in den Bergen ausgemalt hatte, wenn ich in dieses Tal hinabschaute, das für einen Flüchtenden die Hölle war. Aber obgleich ich kein Junge mehr war, war ich auch noch kein Mann, und die Vagabunden und ihre Hunde führten mir meine Unzulänglichkeit vor Augen.

Törichterweise gab ich schließlich dem Verlangen nach Licht und frischer Luft nach und kam für einen Augenblick aus Wulf weiß was für einem unterirdischen Gang nach oben ans Tageslicht. Ich war erschöpft, verwirrt und verzweifelt. Dort trieben mich meine Verfolger in die Enge und schnitten mir den Rückweg nach unten ab.

Es waren vier Männer und eine Frau – vermutlich die Mutter des Jungen, den ich getötet hatte –, allesamt bewaffnet und gefolgt von einer Meute knurrender, zähnefletschender Hunde, die auf Befehle warteten. Obwohl ich dieses Gefühl der endgültigen Niederlage und der Erleichterung verspürte, das der Kapitulation vorausgeht flüchtete ich, weil ich mir sagte, dass es vielleicht besser wäre, von Hunden totgebissen zu werden, als die Folter der Vagabunden zu ertragen, besser, besser, bes... und stürzte zu Boden. Ich drehte mich um und sah die bellenden Hunde um die Ecke biegen, dicht gefolgt von ihren schmutzigen Herrn. Diese lachten und gestikulierten, als der erste Hund langsam stehen blieb, den Kopf senkte und angriffsbereit die Zähne fletschte.

»Wulf!«, rief ich, denn ich wusste mir nicht mehr zu helfen. »Wulf ... Vater ...«

Da tauchte er aus dem Dunkel auf, der Wolf, den ich bei Antritt meiner Reise gesehen hatte und bei dessen Anblick mir sofort klar gewesen war, dass er mein Führer sein würde, und stellte sich zwischen den Hund und mich. Da stand er, so fest und gewaltig wie ein Fels, ein Wolf mit dunklem Fell, dessen gleichmäßiger Atem Gelassenheit, Selbstbeherrschung und Furchtlosigkeit verriet. Er roch nach Wald und frischer Bergluft.

Als einer der Hunde bellte, knurrte der Wolf und senkte ein wenig den Kopf. Die Hunde jaulten und zogen unterwürfig die Schwänze ein. Den Vagabunden, die abrupt stehen geblieben waren, blieb das Lachen im Hals stecken und statt der spöttischen Gesten gingen sie in Abwehrstellung. Sie blickten überrascht und ängstlich, als stünden sie nicht nur *einem* Wolf, sondern einem ganzen Rudel gegenüber.

Kurz darauf zogen sie sich nach und nach unter allgemeinem Murren zurück und gaben den Hunden mit ein, zwei Pfiffen und leisen, eindringlichen Rufen zu verstehen, dass sie ihnen folgen sollten. Ich war mir nicht ganz sicher, ob diese Menschen tatsächlich den Christengott verehrten, aber Wulf und seinen Abgesandten fürchteten sie.

Ich erhob mich, Angst und Niedergeschlagenheit wichen jetzt einer tiefen Ehrfurcht. Noch nie war ich einem Wolf so nahe gewesen und obwohl ich es immer gespürt hatte, hätte ich es nie für möglich gehalten, dass Wulf, und somit auch mein Vater, mir tatsächlich nahe waren.

Ich fing an zu zittern und zu weinen wie ein kleiner Junge, und der Wolf drehte sich um und sah mich an. Als ich in seine bernsteinfarben leuchtenden, großen und guten Augen blickte und mich unter seiner Führung auf die Reise begab, überwand ich zum ersten Mal die Angst und bekam eine Ahnung oder einen Vorgeschmack der Freiheit die in jener anderen Welt herrschte. Ich hatte zwar keine äußerlich sichtbare Trophäe gefunden, war dafür aber zu innerer Erkenntnis gelangt. Von diesem Moment an wusste ich, dass ich zum Schamanen berufen war und mein Weg mich ins Jenseits führen würde.

Wie lange diese Reise dauerte, weiß ich nicht, aber schließlich kehrte ich, mittlerweile in Sicherheit, wieder in die Realität zurück, zog auf einem anderen Weg weiter und schlief im Schatten des Tages den von Träumen begleiteten Schlaf des Reisenden in einer anderen Welt.

Ich erwachte noch einmal, um diesmal ohne Eile den Ort zu verlassen, obgleich ich wusste, dass es bald so weit sein würde. Mein Beschützer, der Wolf, folgte mir wie ein Schatten. In einiger Entfernung, jenseits der Ruinen, zogen die Vagabunden mit ihren jaulenden Hunden weiter und flohen vor Wulf.

Als ich am Nachmittag desselben Tages halb wach und halb in Träumen versunken dahinwanderte, sah ich zwischen den frischen Trümmern eines erst kürzlich vollends eingestürzten Gebäudes etwas hervorblitzen, das aussah wie die Ecke eines Metallbehälters. Ich grub und grub unter dem scheinbar anerkennenden Blick meines Wolfsführers und förderte keinen Behälter zutage, sondern einen Schrank, wie er, wie ich heute weiß, früher einmal in Büros zu finden war.

Der Schrank war nicht besonders rostig, auch wenn die graue Farbe abgeblättert war und die Teile, die früher einmal silbern waren, jetzt grün aussahen. Offenbar war der Schrank jahrzehntelang gut gehütet worden und nun hatte Wulf ihn ans Licht kommen lassen, damit ich das Geheimnis seines Inhalts lüftete. Ich brach den Schrank auf und fand darin etwas, das ich noch nie gesehen hatte. Etwas, das besser war als Münzen oder Ringe, Kugellagerkugeln oder silberne Uhren, die tickten. Besser sogar als die von den Mädchen so begehrten Haarscheren. Es war in durchsichtiges Plastik verpackt, zugeklebt, trocken, sauber; ich war nicht sicher, was es war. Es war nicht viel größer als zwei Hände, dünn, weder leicht noch schwer.

Ich öffnete es ängstlich, als handle es sich um eine Mine oder Bombe, obwohl ich genau wusste, dass das nicht der Fall war. Der Wolf hatte mich hierher geführt und Wulf war bei mir, genau wie mein Vater. Vorsichtig entfernte ich das Plastik, und zum Vorschein kam ein angelaufenes, metallenes Oval mit einem Griff, ein silberner Spiegel, der jetzt schwarz war. Die Spiegelfläche war erstaunlich klar und es hatte den Anschein, als sähe ich mein Gesicht darin deutlicher als in den Metallspiegeln, die wir normalerweise benutzten.

Natürlich hatte ich früher schon Spiegel aus Glas gesehen, aber die meisten waren zerbrochen und immer war das Silber abgeblättert. Dieser war so kristallklar wie das Wasser eines Felsenquells.

Inmitten all der Trümmer am Boden kauernd, vor kurzem noch völlig ausgehungert und nach tagelangem Leben in Angst hätte ich beim Anblick des Gesichts, das mir da aus dem Spiegel entgegenstarrte, eigentlich nicht überrascht sein dürfen. Aber ich war es dennoch.

Das war kein Junge mehr, sondern ein Mann. Und da war noch etwas anderes: Es war das Gesicht *des* Menschen, das ich von dem Lieblingsfoto meiner Mutter her kannte. Ich war nicht länger der, für den ich mich hielt. Ich sah aus, als hätte ich eine Vergangenheit, und damit fand ich die Anfänge einer Zukunft. Denn in diesem Augenblick fand ich nicht nur den Gegenstand, der als Trophäe vom Ritus meiner Mannwerdung zeugen würde, sondern begann nun auch meine lange Lehre als Schamane. Der Spiegel zeigte mir das Bild eines Reisenden und gewährte mir einen tiefen Einblick in mein eigenes Ich und in die Zeit.

Ich blieb noch eine Weile an dem Ort, völlig reglos, den Spiegel in den Händen, und dachte über das nach, was ich sah. Ich hatte das Gefühl, dass der Spiegel schon vor Jahrzehnten eingepackt und hier für mich aufbewahrt worden war. Es hätte mich nicht überrascht, wenn an seinem Griff ein Schild mit der Aufschrift ›Für Matthias, den Sohn von Jakob Wald‹ geklebt hätte.

Der Wolf kam zu mir zurück. Seine Augen durchbohrten mich, befahlen mir, mich zu erheben und weiterzuziehen, nach Hause zurückzukehren und mit meinem Studium als Schamane zu beginnen.

Meine Trophäe nahm ich mit diesen vollendeten Spiegel, der den Holocaust und die Jahrzehnte davor überdauert hatte.

Ich verstaute ihn sicher in meinem Rucksack und folgte meinem Führer, Wulf, oder den Fußspuren und Schatten meines Vaters, oder den Wölfen der Zeit, und ich war bereit, nach Hause zurückzugehen. Von dort aus wollte ich eines Tages zum Wulfsfelsen aufbrechen und meinen Wolfsweg zu den Sternen antreten.

Bevor wir gingen, hielt der Wolf kurz inne und nahm

für einen Augenblick die Gestalt meines Vaters an, damit ich wusste, wer mein Führer war und dass ich mich ihm anvertrauen konnte.

Mir war, als sähe ich mich selbst.

Eine Jugend

Mein Vater war *der* Mensch, der Widersacher von Jägermann. Er wurde 1970 in Rinteln geboren, einer landwirtschaftlich geprägten Stadt in Niedersachsen, im damaligen Westdeutschland.

Rinteln liegt im Tal der Weser, damals ein waldreiches Gebiet mit schmalen Saumpfaden und Waldwegen, die hinauf ins Wesergebirge führten, das zusammen mit dem Teutoburger Wald einen Höhenzug bildet, der sich nach Nordwesten bis ins Norddeutsche Tiefland erstreckt.

Jakobs Vater war Verwalter des größten landwirtschaftlichen Betriebs am Ort, seine Mutter war Lehrerin an der dortigen Grundschule. Er hatte einen älteren Bruder namens Hans, der ihm sehr nahe stand und der bei einem Unfall auf dem Gut ums Leben kam, als Jakob elf Jahre alt war.

Die ländliche Umgebung, die tiefen Wälder und sanften Höhen, die gewaltige Weser mit ihren dunklen Tiefen, in der sich Forellen tummelten und Hechte lauerten, bildeten den friedlichen Hintergrund von Jakobs Kindheit. Die alltäglichen Probleme eines landwirtschaftlichen Betriebes mit Viehhaltung in einer Zeit, in der ein paar Zugpferde noch den Misthaufen im Hof zertrampelten und Sauen von wilden Ebern gedeckt wurden, die von Männern mit Heugabeln zur ›Arbeit‹ getrieben wurden, standen im Vordergrund.

Ordnungsliebe und Ausdauer hatte Jakob vermutlich von seinem Vater geerbt, der als mittlerer Dienstgrad in der deutschen Armee gedient hatte und nun sehr tüchtig in der Gutsverwaltung mitarbeitete. Jakobs Mutter, ein brünettes bayrisches Mädchen mit rundem Gesicht und einer Vorliebe für Volksmusik und -tanz, weckte in ihm die Sehnsucht nach den Tiroler Bergen, die sie stets vermisste, und weihte ihn in die Geheimnisse und Gefahren der Alpenwelt ein. Die jährliche Wallfahrt gen Süden zur Familie seiner Mutter und deren Häuschen in den Bergen bescherte ein Wiedersehen mit Cousins und Cousinen. Es wurde viel gelacht und ausgiebig gewandert, und bis spät in die Nacht lauschten er und Hans, der im Bett über ihm lag, dem Gesang der Erwachsenen und manchmal etwas später auch noch dem Liebesspiel der Eltern.

Aber nach Hans' Tod im Sommer 1981 blieb das obere Bett leer; der, den Jakob so bewundert und geliebt hatte, würde nie mehr darin schlafen. Jakob zog sich jetzt in die Berge zurück. Er stieg hinauf bis zu den schneebedeckten Hängen, setzte sich in den Schatten, weinte und schrie. Mit seiner Trauer war er allein, bis auf ein paar Murmeltiere, die regungslos dastanden und nur manchmal mit den Augen blinzelten, ein paar Gämsen und die Adler, die in der Luft kreisten. Erst nach Wochen versiegten seine Tränen. Er entdeckte schimmernde Regentropfen auf einem Edelweiß, dessen sternenförmige Blüten manchmal zum Himmel emporzusteigen schienen, um wie Sterne in der Dämmerung zu leuchten, und bei den Rufen seiner besorgten Eltern wieder auf die Erde hinabfielen.

»Jakob! Jakob!«

Diesen und die folgenden Sommer erkundete mein Vater die Berge noch intensiver und wanderte stets allein umher. Klettern oder Skifahren interessierte ihn nicht. Er liebte es, den Boden unter den Füßen zu spüren, ohne große Ausrüstung. Er wurde das, was viele nie erreichen – ein Kenner der Berge, der bei Tag und bei Nacht seinen Weg fand, ganz auf sich allein gestellt, glücklich über jeden Augenblick der Offenbarung in der Abgeschiedenheit, wenn ein Sturm über die Berge fegt oder die Sonne auf die Flanken der Gämsen scheint und das satte Grün des Mooses an einem Bach die wahre Farbe des Lebens ist.

Er spürte, dass die Berge ihn nicht mehr losließen und

dass er immer wieder dorthin zurückkehren würde. Eine Welt, in der die Kreaturen, die sich so frei und ungehindert um ihn herum bewegten, weniger wert sein sollten als ein Mensch, war für ihn unvorstellbar. Warum, wo sie doch so viel mehr wussten als er?

Gegen Ende seiner Schulzeit musste er sich für ein Studienfach entscheiden. Er schwankte zwischen Landwirtschaft, die Hans studiert hätte und was im Sinne seines Vaters war, und Zoologie, wofür er eine natürliche Begabung mitbrachte und was nach Ansicht seiner Mutter besser zu ihm passte.

Da er nicht wusste, ob er dem auf praktischer Vernunft basierenden Rat seines Vaters, dem Instinkt seiner Mutter oder dem eigenen Wunsch folgen sollte, beschloss er die Entscheidung noch um ein Jahr hinauszuschieben. Von dem Geld, das er sich mit Ferienjobs auf dem Gut verdient hatte, kaufte er sich ein Motorrad und fuhr damit ein Jahr lang kreuz und quer durch Europa und Nordamerika.

Auf dieser ersten Reise stieß er auf die Lehren weiser Männer und Frauen, die keine Christen waren, und obwohl die Einzelheiten seiner Reisen und die Namen derer, denen er begegnete, inzwischen fast alle in Vergessenheit geraten sind, wurden sie in der Geschichte von den Wölfen der Zeit wieder lebendig. Eine Zeit lang lebte er bei Schamanen in Lappland und später machten ihn Älteste vom Stamm der Squamish in Britisch-Kolumbien mit ihren Lehren vertraut. Mein Vater lernte die Worte ihres großen Häuptlings Dan George auswendig und brachte sie meiner Mutter bei, damit diese sie eines Tages an mich weitergeben konnte.

Und das tat sie. Ich weiß noch, wie sie mir erzählte, wie gerührt mein Vater bei einem Besuch in Kanada anlässlich der Hundertjahrfeier des Landes – einer Feier der Weißen – gewesen sei, als Häuptling Dan George vor einer Menge von Zuhörern in Vancouver sagte: »Kanada ... ich habe dich gekannt, als deine Wälder noch mir gehörten, als sie mir meine Nahrung und meine Kleidung schenkten. Ich habe dich gekannt, als sich in deinen Bächen und Flüssen

Fische tummelten und in der Sonne tanzten und das Wasser sprach: ›Komm, komm und iss von meinem Reichtum.‹ Ich habe dich gekannt in der Freiheit des Windes. Und einst wanderte mein Geist wie der Wind über dein fruchtbares Land.

Aber in den hundert Jahren seit der Ankunft des weißen Mannes habe ich meine Freiheit dahinschwinden sehen, so wie der Lachs auf rätselhafte Weise ins offene Meer entschwindet. Die seltsamen Bräuche des weißen Mannes, die ich nicht verstand, wurden mir aufgedrängt, bis ich nicht mehr atmen konnte. Als ich um mein Land und mein Heim kämpfte, wurde ich als Wilder beschimpft. Als ich diese Lebensweise weder verstand noch willkommen hieß, wurde ich als faul bezeichnet. Als ich mein Volk regieren wollte, wurde ich meiner Autorität beraubt. Oh, Gott im Himmel! Gib mir den Mut der alten Häuptlinge zurück ...«

Diese Reise meines Vaters in seiner Jugend ähnelte meiner eigenen, als ich mich auf die Suche nach einer Trophäe begab und etwas fand, das viel schwieriger zu tragen und aufzubewahren war als eine Münze. Mein Vater nahm sich die Worte der weisen Männer und ihre Lehren zu Herzen und er begriff, dass auch er, obwohl er als ›weißer Mann‹ bezeichnet wurde, Indianer oder Lappe oder Eingeborener war.

So wie der Häuptling der Squamish mit der Zeit spielte, sich selbst so sah wie alle Häuptlinge vor ihm und ihre Reise als seine eigene betrachtete, die es fortzusetzen galt, so begriff mein Vater allmählich die Tragödie Europas, in dem er aufgewachsen war, und sah die Chancen. Die Schamanen lehrten ihn, dass die Lachse eines Tages zurückkämen, und mit ihnen der Reichtum; dass auch er zu den alten Häuptlingen zählte, ganz gleich, wie düster die Geschichte seiner Rasse auch sein mochte; und dass die Erde, unsere Mutter, selbst das dunkle Jahrtausend überlebt habe und dass ihre Wunden noch nicht tödlich seien, wenn die Lebewesen, die sie hervorgebracht habe, wieder lernen würden, ihren Fortbestand zu sichern.

Als mein Vater seine erste Reise unternahm, um die nordischen Götter kennen zu lernen und den Schamanen und Ältesten der nördlichen Länder zu lauschen, schien er nichts weiter zu tun, als dem damaligen Trend zu folgen wie so viele junge Reisende. Doch während sich die meisten zu den Aschrams indischer Gurus aufmachten, zog es ihn in die Hütten und Tipis nordischer und nordamerikanischer Schamanen.

Er suchte jedoch nicht nur weise Leute auf, sondern auch geschichtsträchtige Orte oder Orte der Kraft, an denen er zum ersten Mal die Stimmen der Geister unserer Ahnen vernahm, das Flüstern des Windes und Schreie in der Stille.

Von allen Orten, die er besuchte, hatten ihn, laut Aussage meiner Mutter, zwei anscheinend besonders beeindruckt und ihm dasselbe Gefühl vermittelt wie Häuptling Dan George es in seiner Rede zum Ausdruck brachte: dass wir die Inkarnation unserer Ahnen sind, dass die Erde fortbesteht und dass sie uns ihre Geschichte und Warnungen und auch ihre Weisheit zuflüstert, wenn wir nur genau hinhören.

Beide Orte tauchen in dem Teil der *Wölfe der Zeit*, den er zu Ende bringen konnte, wieder auf. Bei dem ersten handelt es sich um den Wald von Bialowieza an der Grenze zwischen dem früheren Polen und Russland, wohin auch wir bald gehen müssen …

Der zweite Ort war Oradour in Zentralfrankreich, dem wir uns zunächst zuwenden wollen. Denn in Oradour fand die Reise meines Vaters im Frühsommer 1990 ein jähes Ende, als er dort mit der düsteren Vergangenheit seines Landes konfrontiert wurde.

Wie jeder andere staunende Tourist bezahlte auch er am Tor Eintritt, betrat diesen ausgestorbenen, schändlich zerstörten Ort und drang auf gewundenen Wegen langsam zum Zentrum vor. Dort öffnete sich für ihn wie für alle Menschen in Europa die Pforte zu diesem Krieg, dieser Zerstörung, dieser letzten, noch bevorstehenden Feuersbrunst.

Etwas weiter im Ortskern ragte der rußgeschwärzte

Kirchturm in den Himmel. Mein Vater blieb einen Moment lang stehen und starrte auf eine Tafel, die die französische Regierung nach dem Krieg hatte aufstellen lassen und die so lange stehen bleiben sollte, bis von Oradour nichts mehr übrig war. Die Inschrift lautete schlicht: SCHWEIGEN.

Oradour

Der Krieg, den mein Vater miterlebte, stand noch bevor – als es so weit war, war er bereits über vierzig –, aber in Oradour-sur-Glane bekam er einen ersten Eindruck davon, was Krieg bedeutete, und er konnte auf einmal die Schreie der Opfer hören und den hartnäckigen Geruch wahrnehmen.

Am 9. Juni 1944 traf die zweite Panzerdivision der deutschen Armee in dem zwölf Kilometer von Oradour entfernten Ort Saint-Junien ein. Sie war auf dem Weg nach Norden zur Stärkung der deutschen Abwehrstellungen entlang der Küste zur Normandie.

Später konnte nicht einmal bei der offiziellen Untersuchung die Frage geklärt werden, warum am Morgen des 10. Juni eine Abteilung der Panzerdivision, die dritte Kompanie der Waffen-SS, in Oradour einmarschierte. Wahrscheinlich waren die Deutschen, von Süden kommend, unterwegs von den Franzosen verspottet und zum Teil sogar attackiert worden.

Bei der Ankunft in Oradour trommelten die deutschen Soldaten unter Führung von Kompaniechef Dickmann, Hauptmann Kahn und Leutnant Barth alle 642 Einwohner des Ortes zusammen und ließen sie auf dem Champ de Foire, dem Marktplatz, antreten – 197 Männer, 240 Frauen und 205 Kinder.

Manche glaubten, es handle sich lediglich um eine Überprüfung der Personalien oder etwas in der Art, und nur einer hatte Angst, dass das, was hier vor sich ging, etwas Schlimmeres sein könnte als eine bloße Namensüberprüfung: etwas so Entsetzliches, Endgültiges, dass eine ganze Nation geschockt war, als sie erfuhr, was in den folgenden Stunden passierte.

Der Einzige, der skeptisch war, war der achtjährige Roger Godfrin, ein Evakuierter aus Lothringen, wo immer wieder neue Schreckensmeldungen aus Deutschland eintrafen. Deshalb hatte man ihm geraten, sich sofort zu verstecken, wenn einmal die Nazis kämen. Als die Einwohner von Oradour zum Champ de Foire zitiert wurden, versteckte er sich und blieb als Einziges der 205 Schulkinder am Leben.

Auf dem Marktplatz wurden die Männer von den Frauen und Kindern getrennt. Diese wurden in die Kirche gebracht und dort eingeschlossen. Inzwischen wurden die Männer in kleinere, überschaubarere Gruppen aufgeteilt und in drei Scheunen – namens Bouchoule, Milord und Laudy –, zwei Garagen, ein Weinlager und einen Schuppen gebracht. Die Angst wuchs. Monsieur Compain, einer der örtlichen *pâtissiers,* fragte einen Soldaten, ob er gehen und seine Kuchen aus dem Backofen nehmen dürfte, da sie sonst verbrennen würden.

»Ne t'inquiète pas …«, sagte der Soldat mit starkem Akzent »keine Sorge …«

Aber Monsieur Compain machte sich sehr wohl Sorgen.

Nachdem die Männer stundenlang gewartet hatten, immer wieder nervös von einem Fuß auf den anderen getreten waren, von Fliegen umschwirrt und stets die ausdruckslosen Gesichter der deutschen Soldaten vor Augen, und nachdem so mancher überlegt hatte, was wohl zu tun sei, damit sie den in Kürze zu erwartenden Kugelhagel überleben konnten, gab es plötzlich in einer der Straßen eine heftige Explosion. Das war das Zeichen für die Soldaten, die die Gefangenen bewachten.

Ohne auch nur einen Moment zu zögern, richteten sie ihre Maschinengewehre auf die Männer und feuerten, unmittelbar darauf feuerten sie noch eine Salve auf die am Boden Liegenden ab. Allmählich erstarben die entsetzten Rufe und Schreie. Die wenigen, die sich noch regten, wurden von den Soldaten durch Schüsse in den Kopf und in den Körper getötet.

Dennoch überlebten ein paar das Massaker und von ihnen erfuhr die Welt, was passiert war. In der Scheune Laudy erledigten die Soldaten ihre Arbeit weniger gut oder sie hatten es ganz einfach mit einer größeren Gruppe von Männern zu tun. Jedenfalls blieben fünf von ihnen am Leben. Da sie nicht so schwer verletzt waren, gelang es ihnen, von der düsteren Scheune zunächst in angrenzende Ställe und anschließend durch andere Nebengebäude zu kriechen.

Als Letzter erreichte Robert Hebras ein paar Meter weiter einen kleinen Hof, in dem er vier andere Gefangene traf: Marcel Darthout Yvon Roby, Clement Broussaudier und Matthieu Borie. Während sie gemeinsam überlegten, was zu tun sei, hörten sie weitere Schüsse und danach mehrere Explosionen. Der beißende Geruch von Verbranntem wehte in ihr schmutziges Versteck.

Sie warteten und beobachteten und als die beiden patrouillierenden Soldaten – die Einzigen, die sie bemerken konnten – gerade nicht hinsahen, flohen sie aus dem Ort auf die nahe gelegenen Felder. In dieser Umgebung kannten sie sich aus, hatten sie doch als Kinder dort gespielt, so wie ihre eigenen Kinder es vor kurzem noch getan hatten.

Diese Kinder befanden sich jetzt zusammen mit ihren Müttern, Tanten, Geschwistern, Großmüttern, Cousins und Cousinen in der Kirche. Kurz nachdem draußen das Schießen begonnen hatte, wurde die Kirchentür geöffnet. Zwei Soldaten trugen schweigend eine große Holzkiste mit mehreren Zündschnüren daran hinein und stellten sie in der Nähe des Altars ab. Die Kiste sah schwer aus und roch nach Kerosin.

Die Soldaten steckten die Zündschnüre an und rannten zurück zur Tür, die für sie geöffnet wurde. Sobald sie draußen waren, schlugen ihre Kameraden die Tür zu und verriegelten sie.

Sekunden später gab es eine Explosion und 240 Frauen und 205 Kinder starben. Einige wurden von Trümmern erschlagen, einige verbluteten, viele verbrannten bei lebendigem Leib. Alle schrien, gerieten in Panik, die Kinder weinten und klammerten sich an ihre Mütter oder waren starr vor Entsetzen.

Eine Gruppe von Frauen brach die Tür zur Sakristei auf, aber die Deutschen hatten damit gerechnet und standen schon mit Maschinengewehren bereit. Wer zu fliehen versuchte, wurde mit einem Kugelhagel empfangen. Die Überlebenden dieses zweiten Angriffs rannten zurück in den dichten Qualm und die Flammen, und diejenigen, die dann noch am Leben waren, sahen, dass Männer in der offenen Kirchentür standen und auf sie schossen ...

Nur eine überlebte diese Hölle, eine gewisse Madame Rouffanche. Während ihre beiden Töchter und ihr Enkel in der Kirche starben, kämpfte sie sich zur Rückseite des Altars durch, von wo aus sie zu einem der drei in die dicken Mauern eingelassenen Fenster hinaufklettern konnte. Trotz ihrer schweren Verletzungen kroch sie durch das Fenster und sprang in das darunter liegende Gebüsch.

Eine andere Mutter, ihr Kind in den Armen, sah Madame Rouffanche, folgte ihr und rief ihr zu, sie solle ihr Kind nehmen. Ihre verzweifelten Rufe aber erregten nur die Aufmerksamkeit der Soldaten. Sie schossen durch die Fenster, und Mutter und Kind stürzten tot zu Boden. Madame Rouffanche kroch um die Ecke in den Garten des Pfarrhauses und verbarg sich dort hinter Reihen von Erbsenpflanzen.

Wenn sie gerade mal nicht in Bewusstlosigkeit versank, hörte sie, wie die Soldaten ihre letzten Opfer töteten und ihre Kameraden Oradour systematisch mit Sprengstoff und Brandsätzen zerstörten. Sie hörte, wie die Soldaten in den beiden unbeschädigten Häusern tranken und lachten – wahrscheinlich lagerten in den Kellern große Weinvorräte.

Nur wenige Meter von Madame Rouffanche entfernt stand die Kirche in Flammen. Die Statue der Heiligen Bernadette sowie die Altäre des Heiligen Josef und der Heiligen Anna wurden von dem Feuer völlig zerstört. Die Wände der Sakristei stürzten ein und rissen die verbrannten Leichen mit in die darunter liegende Krypta.

Um 19.30 Uhr wurde die Straßenbahn aus Limoges bei der Brücke über den Glane angehalten. Rauch stieg in den Abendhimmel. Die Fahrgäste aus Oradour wurden ausgesondert und mit Waffengewalt zu einer Scheune getrieben, während die anderen nach Limoges zurückgeschickt wurden.

Zweieinhalb Stunden warteten die zurückkehrenden Bewohner, ohne zu wissen, was passiert war. Nur eines war ihnen klar: Man würde sie erschießen. Doch gegen 22 Uhr ließ man sie unter der Bedingung gehen, dass sie sich woanders eine Bleibe suchten. Niemand durfte Oradour betreten.

Die Deutschen feierten bis tief in die Nacht hinein. Ein wildes Trinkgelage von Männern, die Dinge getan und gesehen haben, die kein normaler Mensch fertig bringt. Am frühen Morgen schließlich verließen die Männer der Waffen-SS-Kompanie Oradour, nicht ohne zuvor die beiden Häuser in Brand zu stecken, in denen sie ihre Feier abgehalten hatten. Nun herrschte in dem zerstörten Ort eine gespenstische Ruhe.

Nachdem die Deutschen fort waren, wagten sich bei Tagesanbruch überlebende Bewohner Oradours, darunter Robert Hebras, der aus der Scheune Laudy geflohen war, aus ihren Verstecken und stellten Wachposten auf für den Fall, dass die Deutschen zurückkamen.

Ihnen bot sich ein entsetzliches Bild: Ihre Kirche war zerstört, ganze Straßenzüge mit abgedeckten Häusern ohne Türen und Fenster; die Autos in der Renault-Werkstatt ausgebrannt; abgebrannte Scheunen, in denen das Heu noch schwelte; die Bäckerei, die Backöfen zerstört, und Monsieur Compains Kuchen völlig verkohlt aber immer noch erkennbar als *gougères, éclairs, und jalousies,* jene süßen Sachen, die die Kinder so liebten.

Während in den Scheunen und Häusern, auf den Straßen und in der Kirche die Überlebenden hin und her liefen, brannte sich die Hölle, in der ihre unglücklichen Mitbürger Stunden zuvor umgekommen waren, jetzt unauslöschlich in ihr Gedächtnis ein, um das Geschehene weiterzuerzählen, neu in Szene zu setzen und niemals zu vergessen.

Durch eine Laune des Feuers und der Flammen entdeckte ein Mann bei seiner Suche in der Kirche seine Frau und eine ihrer Verwandten, die sich umschlungen hielten und, obgleich mit feiner Asche bedeckt, noch einen unversehrten, fast lebendigen Eindruck machten. Doch als er die Schulter seiner Frau berührte, zerfiel sie unter seiner Hand zu Staub. Der hölzerne Beichtstuhl, in einer Ecke der Kirche versteckt, war offenbar von den Flammen verschont geblieben. Hinter den vergitterten Türen aber wurden zwei kleine Kinder entdeckt, die aufrecht dastanden und sich an den Händen hielten, beide erschossen, beide tot.

Erst als die Überlebenden, fast wahnsinnig vor Entsetzen über das, was sie gefunden hatten und immer noch fanden, den Garten des Pfarrhauses absuchten, vernahmen sie endlich die schwachen Hilferufe von Madame Rouffanche, der einzigen Überlebenden und Zeugin des Massakers in der Kirche.

Dann die Leichen und Leichenteile, in Laken oder Vorhänge gehüllt, reihenweise auf rußgeschwärzten Türen und Fensterläden aufgebahrt; die Besucher; die Untersuchungen; die Entschuldigungen angesichts der Gräueltaten vergangener Zeiten; die Fotografen; und die Überlebenden, an deren Türen die Leute in den folgenden Jahren und Jahrzehnten klopften, um einer Geschichte zu lauschen, die keiner Ausschmückung und keines weiteren Kommentars bedurfte, außer einem Seufzer und einem ungläubigen Kopfschütteln.

Souviens-toi stand auf den Gedenktafeln, welche die französische Regierung später anbringen ließ, VERGISS NICHT.

Mit einer Schlichtheit, die in krassem Gegensatz zum Ausmaß des Geschehens und dessen Folgen stand, erklärte der französische Präsident General de Gaulle später anlässlich der Gedenkfeier für die Opfer, die von *les monstres* ermordet worden waren, auf dem Friedhof des Ortes, die

Ruinen von Oradour-sur-Glane sollten für alle Zeiten als Mahnmal erhalten bleiben, oder zumindest so lange, bis der letzte Stein zu Staub zerfallen sei.

Damals fanden noch andere Massaker in Städten und Dörfern statt: Im Juni 1942 kamen in Lidice in der Tschechoslowakei 476 Menschen ums Leben; von September bis Oktober 1944 starben in Marzobotto, Italien, 1836 Menschen; im Juni 1944 wurden in Distomon in Griechenland 239 Menschen getötet; im August 1944 verloren in Maille, Frankreich, 126 Menschen ihr Leben; und in den darauf folgenden Jahren noch viele weitere in anderen Erdteilen.

Aber für den Studenten Jakob Wald war Oradour das erste Massaker, der erste Vorgeschmack einer Grausamkeit die immer völlig unsinnig und anormal erscheint und sich nie wiederholen soll, bis es dann doch wieder so weit ist. Und da es das erste Erlebnis dieser Art für ihn war, brannten sich der Anblick und die Erinnerung und die Geschichte der Opfer ebenso in sein Herz und seine Seele ein wie in die Herzen der Menschen, die im Juni 1944 als Erste wieder in den Ort zurückkehrten. Er stand regungslos da, starrte stumm und entsetzt auf die Trümmer und schämte sich, ein Deutscher zu sein, ein Mann, der das Gefühl der Leere kannte, in das die Menschen verfallen konnten.

Schließlich wurde durch Glockengeläut signalisiert, dass die Tore in Kürze geschlossen würden. Wald ging die Straße entlang, die zur Brücke über den Glane führte, auf der er sein geliebtes Motorrad abgestellt hatte. Er blieb nicht stehen, um ins Wasser hinabzuschauen, er ging auch nicht zu seiner Maschine, sondern marschierte einfach weiter und ließ all die kleinen Wertsachen und Andenken, die er auf seiner ersten Reise gesammelt hatte, wo sie waren. Er lief die ganze Nacht hindurch bis zum Morgengrauen und erst als er nicht mehr weiterkonnte, legte er sich in einem Graben auf der anderen Seite von Limoges schlafen.

Später betrachtete Wald den langen Heimweg als seine erste Schamanenwanderung, wenn auch nicht als richtiger Schamane, so doch als Novize und Wahrheitssucher. Auf dieser außergewöhnlichen Wanderung überquerte er die hohen Causses der Kalksteinlandschaft der Auvergne – der Heimat von Lounel, dem Geheimnisvollsten der Wölfe der Zeit – und von dort führte ihn sein Weg durch das Rhonetal hinauf ins Juragebirge, wo er eine Zeit lang blieb und wie ein Einsiedler lebte.

Schließlich zog es ihn weiter ins Oberrheintal, und unter Umgehung aller Grenzübergänge und Zollstationen gelangte er über die Berge in jenen Teil Deutschlands, der seine Alma Mater wurde, an den Ort, wohin er sich viel später flüchtete, als in Europa das Chaos herrschte und die letzten Kriege der Jahre 2011 bis 2013 tobten, und wo er das Feldbergvolk mit begründete: den Schwarzwald.

Auch hier lebte er wie ein Einsiedler, vermied jeden menschlichen Kontakt und hauste wie ein Tier, das alle anderen Lebewesen fürchtet: Er lebte die Angst aus, die die Erfahrung von Oradour in ihm hervorgerufen hatte, er verkroch sich in den tiefen Wäldern, studierte die Vögel und Tiere, lag tagelang auf dem Boden und beobachtete die roten Waldameisen bei der Arbeit. Dabei gelang es ihm, wieder Ordnung in sein inneres Chaos zu bringen.

Aus eigener Kraft geheilt und verändert und nach Beendigung seiner vorstudentischen Reisen, trat er den letzten Teil seines Heimwegs an, in ein anderes Chaos. Auf der Autobahn bei Stuttgart wurde er von der Polizei aufgegriffen und in Gewahrsam genommen. Anscheinend galt er als ›vermisst‹, und seine Eltern mussten ihn identifizieren, da seine Papiere verschwunden waren.

Nicht so sein einstmals heiß geliebtes Motorrad, seine Andenken und die materiellen Dinge, die er zurückgelassen hatte – die französische Polizei fand sein Motorrad und alles andere, machte seine Eltern ausfindig, schlug Alarm, gab über Rundfunk durch, er solle sich mit zu Hause in Verbindung setzen, und schickte schließlich seine ganzen Sachen nach Rinteln.

Während seine Mutter froh war, dass er noch lebte, ärgerte sich sein Vater über seine jämmerlichen Erklärungen – »Ein Massaker? Meinst du, die Franzosen hätten nie so was gemacht? Oder die Engländer? Was das angeht …« –, aber seine sanfte Mutter setzte sich durch. In ihren Armen weinte er um Oradour, schluchzte hemmungslos wie ein Kind, und im Geiste sah er, wie zwei kleine Jungen sich ängstlich Hand in Hand in einem Beichtstuhl versteckten und von Kugeln durchlöchert wurden.

Gott ist tot, der Christengott existiert nicht.

Damals beschloss Jakob Wald sich den Tieren zu widmen und Zoologie zu studieren und schon damals war ihm klar, dass dies nur eine Etappe auf einer Reise sein würde, deren Ziel noch unbekannt war.

Jägermann

Jägermann war vor allem nicht unterzukriegen; der Rest war immer Nebensache. Diejenigen, die schon glaubten ihn endlich los zu sein – damals, später und vielleicht sogar noch heute –, tun gut daran, das nie zu vergessen.

Jägermann war ruthenischer Abstammung und wurde in Uschgorod geboren, der Hauptstadt Transkarpatiens, im bergigen Südwesten der Ukraine. Sein Geburtsname ist unbekannt und sein erster schriftlich belegter Name lediglich ein Spitzname: Bozgor, ein rumänisches Schimpfwort, das so viel wie heimatloser Bastard bedeutet und in der Regel von Ungarn benutzt wird. Ein heimatloser Bastard – vielleicht lässt sich damit das Wesen Jägermanns und das, was letztlich aus ihm wurde, am besten erklären.

Die Ruthenen waren Ostslawen, die in den Karpaten lebten und nie einen eigenen Staat gehabt hatten. Ihr ›Staat‹ war dieser merkwürdige Nexus von bewaldeten Höhenzügen und Gebirgsausläufern entlang der Grenzen von fünf Staaten – Ukraine, Rumänien, Ungarn, Slowakei und Polen –, und überall lebten Gruppen von Ruthenen.

Sie hatten keine gemeinsame literarische Sprache, die meisten sprachen die Sprache ihrer Wahlheimat, vermischt mit einem gemeinsamen ostslawischen Dialekt; die Intelligenteren unter ihnen sprachen mehrere Sprachen.

Jägermann wuchs nicht direkt in Uschgorod auf, wo seine Eltern wohnten, sondern bei seinen Großeltern in einem kleinen, verschwiegenen Dorf in den Karpaten, umgeben von Bergen und Kiefernwäldern, wo es selbst in den Siebzigerjahren, als er heranwuchs, noch keinen Strom, kein Leitungswasser, kein Fernsehen, keine Supermärkte und keine asphaltierten Straßen gab.

Seine Erziehung und seine Weltsicht verdankte er in erster Linie zwei Lehrern. Die eine Lehrerin war seine Großmutter, eine Deutsche, die bei einem Überfall auf eine kleine Kolonie von Deutschen in der Bukowina von seinem ruthenischen Großvater vergewaltigt und entführt worden war. Der Großmutter machte es Spaß, diese Geschichte zu erzählen und immer wieder neu auszuschmücken.

»Schließlich«, meinte sie mit einem Achselzucken, und dabei verriet ihr Blick auch nach fünfzig Jahren noch eine gewisse Genugtuung, »wenn er mich nicht mitgenommen hätte, hätten es ein paar Jahre später die Russen getan. Sie hätten mich getötet, und dein Vater wäre nie geboren worden.« Sie machte ihn mit der Ungewissheit der Geschichte und ihren Wiederholungen vertraut und erzählte ihm voller Stolz von Hitler; und sie brachte ihm ein eigenartiges Singsangdeutsch bei, was zusammen mit den anderen Sprachen und Akzenten, die er beherrschte, bedeutete, dass er für alles Mögliche gehalten werden konnte.

Sein zweiter Lehrmeister war das Land, die Berge und Wälder, in denen er aufwuchs, warm und freundlich im Sommer, bitterkalt im Winter. So kalt sogar, dass sein Großvater an manchen Tagen aus der Hintertür auf den gefrorenen Boden spuckte, um zu testen, ob sein Enkel gefahrlos nach draußen gehen konnte. Wenn die Spucke auf dem Boden zu winzigen Eissplittern zerbarst, konnte er hinausgehen, vorausgesetzt, er trug eine Pelzmütze. Wenn die Spucke bereits am Mund und am stoppligen Kinn festfror, blieb der Junge im Haus und half der Großmutter bei der Hausarbeit. Sie brachte ihm alles bei, was sie wusste.

Sein eigentlicher Lehrer aber war der Wald, und die Wölfe, die dort hausten, waren seine widerwilligen Helfer, denn der Junge lernte ihnen auf ihren Wegen zu folgen und gegen die Angst und den Aberglauben der anderen Dorfbewohner, einschließlich seiner Großeltern, anzukämpfen.

Es galt, die allgegenwärtige Angst zu bekämpfen, nicht zu besiegen. Die Blicke der Wölfe waren weniger düster als seine eigenen und verrieten weder Zuneigung noch Ablehnung, sondern Gleichgültigkeit. Er bildete sich ein, die Wölfe fühlten sich überlegen, und *das* konnte er nicht ertragen. Deshalb kämpfte er gegen die Angst an und nährte den Hass auf ihre Leistungsfähigkeit, ihre Wege, ihr gemeinsames Heulen und ihr Leben in einer Gemeinschaft gegenseitigen Vertrauens, das ihm, dem Menschen, fremd war.

Der Junge lernte das Fallenstellen und die Jagd, und es reizte ihn, jede Kreatur, die ihm über den Weg lief, zu überlisten. Er kannte den Wald, die Flüsse und die Berge – Fleisch, Fisch und Geflügel – genauso gut wie jeder Mann im Dorf, und sein sicheres Auftreten war bei seinesgleichen gefürchtet, weniger wegen seiner Stärke als wegen seiner Rücksichtslosigkeit. Er zögerte nie, Gewalt anzuwenden, wenn es nötig war, oder seinem Opfer weiteren Schmerz zuzufügen, um es zu unterwerfen. Außerdem vergaß er nie, wer seine Verbündeten waren und ihren Bedürfnissen gerecht zu werden, damit sie ihm auch weiterhin zu Diensten waren.

Zusammen mit anderen Jungen aus dem Dorf misshandelte er die Lebewesen, die er entdeckte und kennen lernte: Aus einem Käfer wurde ein sich drehendes Windrädchen, mit verkrüppelten Ameisen wurde ein Rennen veranstaltet, Schmetterlingen wurden die Flügel abgebrannt, um zu sehen, ob sie tatsächlich nicht schrien. Spielereien von Jungen, die sich bald anderen, besseren Beschäftigungen zuwandten und keinen Sinn darin sahen, diese Spiele fortzusetzen.

Abgesehen von Jägermann. Auf seinen heimlichen Exkursionen im Wald führte er die Spielchen weiter. Die Kunst, den riesigen Waldameisen die Beine auszureißen, machte er zu einer Wissenschaft, sodass der Stärkere zur selben Zeit über die Ziellinie lief wie der Schwächere. Er stellte zweifelsfrei fest, dass Schmetterlinge unter keinen Umständen schrien, ganz gleich, wie viel Schmerzen sie erdulden mussten. Durch ein Vergrößerungsglas beobachtete er die letzten Bewegungen der Fühler von Blattläusen, noch lange nachdem ihre Körper zerdrückt waren.

Dieser kleine Zeitvertreib bereitete ihm großes Vergnügen, der Reiz der Macht zu wissen, dass er den Moment bestimmen konnte, wann er mit der scharfen Klinge seines Messers einer armen Kreatur ein Bein abschnitt um damit ihr Leben endgültig zu verändern. Jetzt? Jetzt? *Jetzt?*

Saatkrähen schrien auch nicht, sondern gaben ein seltsam gedämpftes Krächzen von sich.

Mit dreizehn erlebte Jägermann seinen ersten Höhepunkt, als er einer krächzenden Saatkrähe die Beine abschnitt und sie anschließend wieder fliegen ließ. Er beobachtete, wie sie zwischen den Kiefern emporflatterte, wohl wissend, dass sie nie mehr würde landen können.

Eine Woche später ertränkte er einen Jungen, der angeblich jüdischer Abstammung war, im Mühlteich und hatte dabei einen Samenerguss, diesmal in seinem Sonntagsanzug. Nach der Kirche, vor dem förmlichen Mittagsmahl, wartete er mit noch nassen Hosen und eingedenk seiner Tat auf die Schreie. Er wusste, dass niemand ihn mit der Tat in Verbindung bringen würde, ja, besser noch, niemand würde Fragen stellen, weil alle den kleinen Bastard loswerden wollten, weil er dumm war und anders als die anderen. So dumm, dass niemand daran zweifeln würde, dass er von selbst unter das Mühlrad geraten war.

Im darauf folgenden Winter dehnte seine Großmutter eines Abends seine Sexualerziehung etwas weiter aus. Als Großvater bei einem Nachbarn übernachtete, weil er zu viel getrunken hatte, um allein nach Hause zu finden, nahm Großmutter ihren Enkel und den Schäferhund mit in ihr Bett. Jägermann gefiel das und schließlich erfuhr er auch, woher das Stöhnen kam, das er schon so oft während Großvaters Abwesenheit gehört hatte, und erlebte, wie ein

Hund, gleich einem Wolf, auf dem Höhepunkt sexueller Erregung zitterte und danach wie ein Mann allzu rasch einschlief.

Mit vierzehn schickte sein Großvater ihn zu seinen Eltern nach Uschgorod zurück, damit er eine bessere Ausbildung erhielt. Er war intelligent und beim Lernen ebenso skrupellos wie in allen anderen Dingen, skrupellos und nicht aufzuhalten.

Als im Jahr 1984 in den kommunistischen Ländern erste Anzeichen des Zerfalls zu erkennen waren, zeigte er seinen Vater aus Eigennutz bei der Polizei an. Das ging achtzehn Monate lang gut, bis jemand ihn anzeigte und er aus der Stadt verschwinden musste, hinauf in die Berge, wo er bereits erwartet wurde.

Die Mutter war die Verräterin, der Großvater gleichgültig und die Großmutter die Retterin. Jägermann wurde mit der Anweisung in den Wald geschickt, die Karpaten zu überqueren und in Polen nach ruthenischen Verwandten seines Vaters zu suchen. Unterwegs, von slowakischen Polizisten gejagt, stieß er zufällig auf eine deutsche Gemeinde, wie die, aus der seine Mutter stammte, und war für ein paar Tage in Sicherheit. Er verriet alle außer einen Jungen, rettete sein Leben und das seines Schützlings und machte sich wieder auf in die Berge. Der richtige Name des Jungen ist nicht überliefert aber später, als Jägermanns Schatten und Leibwächter, wurde er Schlitz genannt nach dem Bier, welches Jägermann eine Zeit lang trank.

Jägermann und Schlitz bildeten den politischen und den militärischen Flügel einer aus zwei Mann bestehenden Gemeinschaft Ausgestoßener aus unbedeutenden, in Vergessenheit geratenen Nationen, die wie ein Krebsgeschwür wuchs und Europa eroberte.

Jägermann machte in Warschau seinen Schulabschluss und begann in Dresden, in Ostdeutschland, mit dem Studium. Von dort aus ging er nach Prag. Gott weiß, wessen Papiere er sich durch Mord und Erpressung verschafft hatte, und Schlitz war immer an seiner Seite. Jägermann studierte Maschinenbau, aber seine Leidenschaft gehörte der

Politik – er konnte einen Ausschuss leiten, eine Gruppe führen, eine Institution übernehmen.

Schlitz erhielt seine militärische Ausbildung im früheren Jugoslawien, als Jägermanns Spion. Zu Beginn der Neunzigerjahre war er, wie sein Herr und Meister, auf das bevorstehende Chaos vorbereitet und bereit wie die Wölfe von Schlachtfeld zu Schlachtfeld, von Front zu Front von Grenze zu Grenze zu ziehen, Kontakte zu knüpfen, die Kontrolle zu übernehmen, Geld zu scheffeln und es in den sichereren Häfen Deutschlands, Frankreichs und Spaniens zu waschen, auch wenn Jägermann die spanische Sprache nicht gefiel. Sie war ihm zu blumig, die Rs zu schwierig, die Gesten zu feminin, die Leidenschaft zu zart. Trotzdem beherrschte er die Sprache gut genug, um Geld einzuzahlen und abzuheben und ein solch verworrenes Netz zu spinnen, dass niemand seine Spur hätte verfolgen können, selbst wenn er gewollt hätte.

Jägermann hatte Wohnungen in Bonn, Brüssel und Prag. Er war häufig unterwegs und besaß drei Pässe, darunter einen holländischen. Er war in Düsseldorf verheiratet, und in der Nacht in der Jägermann wieder fortging, starb das Kind den plötzlichen Kindstod. Die Mutter verschwand später. Er unternahm Jagdausflüge in Ostpolen, war auf Fischfang in Brasilien und suchte auf einer Besitzung in Nigeria, wohin ihn ein Waffengeschäft verschlagen hatte, nach weiteren menschlichen Opfern. Schlitz war immer an seiner Seite. Das musste auch sein, denn ein Mann wie Jägermann schaffte sich leicht Feinde.

Nach zwei ruhigen Jahren, in denen er mit seiner Vergangenheit aufräumte, gründete er 1994 in Prag das Nationalistische Bündnis, auf das all jene ihre Hoffnungen setzten, die enteignet worden waren, und das war auf irgendeine Art und Weise jeder, in Ost und West in Nord oder Süd. So war, mit Verweis auf den aggressiven, von Neid geprägten Nationalismus, der gegen Ende des so genannten dunklen Jahrtausends so viele korrumpierte, der Jägermann geboren, wie ihn die Welt heute kennt. Ein Krebsgeschwür, das nicht aufhören würde zu wachsen, bis es den Körper, der ihm Leben gab, und damit sich selbst zerstörte.

Hätte Jägermann nicht seine Partei aus scheinbarem Eigennutz mit der christlichen Sache verbunden und ihren Namen in Nationalistisches Christliches Bündnis abgeändert, hätten er und seine Anhänger möglicherweise überlebt. Denn Christus erwies sich, wie schon das ganze leidvolle Jahrtausend hindurch, als der falsche Gott, und der Krebs zersetzte die eigene Lunge.

Zerfall

Das ganze Ausmaß der Gräuel und der Folgen des Kreuzzuges des Neonationalistischen Christlichen Bündnisses (wie es schließlich genannt wurde), den Jägermann von seinem Prager Stützpunkt aus führte und zu Beginn des einundzwanzigsten Jahrhunderts auf ganz Europa ausdehnte, und der sich andeutende Abstieg in Anarchie und Zerstörung wurden damals nicht allgemein erkannt.

Als einzelne Personen wie mein Vater begriffen, was vor sich ging, und versuchten es laut auszusprechen und innerhalb der alten Infrastrukturen von Meinung und Macht zu handeln, fehlte ihnen die Kraft dazu – die Bevölkerung Europas war bereits gespalten, die Flüchtlinge wanderten bestürzt von Pontius zu Pilatus, von einem zerstörten Haus zur Leichenhalle.

Selbst wenn die Tatsachen noch an die Öffentlichkeit gelangt wären und die Menschen begriffen hätten, was geschehen war, und wenn Strukturen vorhanden gewesen wären, um etwas dagegen zu unternehmen, wäre es schon zu spät gewesen. Der von Jägermann absichtlich in Gang gesetzte Zerfallsprozess war nicht mehr aufzuhalten, er führte spiralförmig hinab in eine beklemmende Leere, wo Krieg und interne Fehden herrschten, Bodenerosion und Landschaftszerstörung, Seuchen und Krankheiten, die Fauna und Flora heimsuchten und die bereits brüchige

Nahrungskette völlig zerstörten, sodass Europa in den Jahren 2011 bis 2013 nach dem alten Kalender für alle, die dort lebten, zur Hölle wurde.

In jeder Stadt und jedem Dorf, so schien es, an jeder Straße und jedem Feldweg, in jedem Haus und jeder Wohnung spielten sich Schreckensszenen ab; die Zeugen wurden umgebracht oder traumatisiert und ihrem Schicksal überlassen.

In Paris, Köln, Dortmund, León und Amsterdam wurden ganze Gemeinden durch thermische Strahlungen und Druckwellen von Atomexplosionen ausgelöscht; die wenigen Überlebenden waren vereinzelt noch in Lagern zu finden, oft blind, die Finger mit den Handflächen verschmolzen, die Zähne schwarz und ungepflegt, ihre mit heiserer Stimme hervorgebrachten Worte eine leidvolle Erinnerung an eine verlorene Welt, ein einziger Ausdruck der Enttäuschung über ihr Unverständnis während der vielen Jahrzehnte, als sie Opfer von Hass und Aberglauben wurden, wie Vieh zusammengetrieben und eingepfercht, ausgestoßen wie viele andere Unglückliche in jener Zeit.

In Stuttgart Stockholm, München, Marseille und Madrid … fast überall wurden Frauen vergewaltigt Männer verstümmelt, Väter gezwungen ihre Söhne zu töten, Frauen mussten ihre Töchter foltern, alte Männer und Frauen wurden von Kindern verbrannt, Kinder mussten …

Noch schlimmer und weit verbreitet waren die Massaker zu Beginn des einundzwanzigsten Jahrhunderts, die in der Regel an unbekannten Orten stattfanden und meist unbemerkt blieben. Am schlimmsten wurde es jedoch, als Jägermann seinen Terror verstärkte und sich Zugang zu Kernwaffen verschaffte.

Im April 2004 gab es in Amsterdam 3 200 Tote und mehr als 15 000 Verletzte; im November 2004 starben in Toulouse in Südfrankreich 1432 Menschen, davon allein 745 in einer Schule, und 8 000 wurden verletzt; im April 2005 wurde die Innenstadt von Venedig halb zerstört und 123 000 Menschen kamen um – und dann die Gräueltat, die bewies, dass alles außer Kontrolle geriet und die in so vielen anderen Ländern zu einem raschen Abgleiten in die Anarchie führte – die gleichzeitige Massenvernichtung der Industrie- und Verwaltungszentren in Düsseldorf, Dortmund und Köln, von den Verlusten unter der Bevölkerung ganz zu schweigen.

Kein Wunder, dass die kleineren Massaker, die unzähligen lokalen Fehden, die jetzt in blutige Konfrontationen ausarteten, das Wiederaufflammen alter Hassgefühle und Rivalitäten, das ewige Einerlei von Vergewaltigung und Folter, von Gewalt um der Gewalt willen, und die Scharen von Flüchtlingen, die dies und das dachten und nirgends zur Ruhe kamen, unerwähnt blieben und in Vergessenheit gerieten, abgesehen von den mit Gebeinen übersäten Schlachtfeldern und den kargen Ruinen, die die Vernichtung überstanden.

In dieser Situation gelang es den Wölfen, sich noch einmal auszubreiten. Sie ernährten sich von den Leichen der Menschen und dem Vieh, das unbeaufsichtigt auf den Feldern umherwanderte, schlichen an den Autobahnen und Autostraßen entlang und lebten als Raubtiere im Rudel.

Mein Vater war unterdessen immer noch erfüllt von den schrecklichen Erinnerungen an Oradour. Seine Arbeit führte ihn weiter weg als die meisten und eine Zeit lang verlieh sie ihm eine Immunität, die Politiker nicht haben, weil der Anspruch der Tierliebe allgemein gültig ist. So lernte er selbst Jägermanns Weltanschauung kennen. Obwohl mein Vater in jenen chaotischen Jahren – bevor die Wölfe kamen und ihm die innere Sicherheit wiedergaben – über den Zerfall Europas zutiefst bestürzt war, sollte er noch etwas Schlimmeres erleben als diese modernen Massaker.

Im Jahr 2009, kurz vor dem Ende der Anarchie, fegten Seuchen und Krankheiten über Europa hinweg, wie alles zersetzende, tödliche Stürme über eine weite Ebene voller sterbender Menschen, und gaben ihnen den Rest. Geschwächt durch die Belastungen und die Hungersnot jener Jahre, verloren umherziehend, die Flüsse durch die eigenen Toten verunreinigt, die Ernte verdorben durch Dürre und Überschwemmungen, Pilzbefall und Schwärme von

Insekten, die ganze Felder abfraßen, erlagen die Menschen in Europa einer neuen Seuche, die mit einem Flüchtlingsboot von der Westküste Afrikas in den Hafen von Lissabon eingeschleppt worden war.

Vielleicht hätte die Krankheit eingedämmt werden können, wenn die dortigen Ärzte mehr Erfahrung im Umgang mit der Krankheit sowie genügend Mitarbeiter und medizinisches Gerät zur Verfügung gehabt hätten; und wenn die wenigen Überlebenden auf dem Boot geblieben wären, statt sich an Bord von Schiffen zu schmuggeln, die nach Süden und Osten ins Mittelmeer unterwegs waren, und, in einem Fall, nach Norden entlang der nordeuropäischen Küste nach Rotterdam.

Leider explodierte der Sprengkörper, der im November 2010 diese große Stadt zerstörte, nicht fünf Monate früher, denn dann hätte sich das Ebolafieber dort nicht so ausgebreitet wie zuvor in Lissabon.

Aber auch in der übrigen Welt herrschten Zerstörung und Krieg, denn Jägermann war nicht einmalig. Konflikte und diverse Missstände brachten Menschen hervor, die ebenso pervers waren wie er. Sie hatten zwar eine andere Hautfarbe, eine andere Muttersprache und ein anderes äußeres Erscheinungsbild, aber tief in ihrem Innern, in dem üblen Morast ihrer Gedanken, in ihrer Gier nach Macht und ihrem Bedürfnis, um des Erfolgs willen zu zerstören, waren sie sich ähnlich. Schatten gibt es überall, ebenso wie Licht.

Angehörige meiner Generation wurden einfach zu spät geboren, um sich an jene dunklen, schrecklichen Jahre zu erinnern oder den Geschichten gänzlich Glauben zu schenken, die ihnen die Älteren erzählten. Diejenigen, die noch später geboren wurden, wie meine eigenen Kinder, können solche Abscheulichkeiten nicht verstehen, die Jägermann zwar nicht verursachte, aber in deren Mittelpunkt er stand. Sie können auch nicht dieses furchtbare Elend begreifen, denn sie leben heute in kleinen Gemeinschaften, die wieder eng mit der Landschaft und der Natur verwoben sind, die mithilfe der sie umgebenden Geister ums

Überleben kämpfen und in der Gewissheit leben, dass das Jenseits hier ist und dass die Wölfe ihnen wohlgesinnt sind. Sie wissen auch, dass Männer und Frauen – die Menschen – nur Teil von etwas Größerem und Dauerhafterem als sie selbst sind, das es zu ehren und zu hegen gilt und dem etwas von dem Empfangenen zurückgegeben werden muss, damit die Erde wieder ins Gleichgewicht kommt.

Zur Zeit meines Vaters, als die Tragödie der Machtergreifung Jägermanns in Osteuropa offenkundig geworden war und seine letzten Torheiten den völligen Zusammenbruch der Infrastrukturen in ganz Europa zur Folge hatten, waren die Ereignisse und Personen den Überlebenden noch so frisch in Erinnerung, dass die Geschichte, die er erzählte, keiner Erklärung bedurfte. Vielleicht wollte oder konnte er damals auch keine geben, so schrecklich waren seine Erlebnisse gewesen und so empört waren diejenigen, an die sich die Geschichte der Wölfe richtete und die vielleicht dem Weg folgten, den sie markierte. Ein geschlagenes Kind braucht nicht an die Rute oder die Faust erinnert zu werden, um zu begreifen, dass die jüngste Vergangenheit Auswirkungen auf seine Zukunft haben könnte.

Jetzt da die meisten derjenigen, denen mein Vater seine Geschichte gern erzählt hätte, schon lange tot sind – gestorben oder getötet, bevor sie von den Wölfen der Zeit erfuhren –, ist es nötig, ein wenig die Hintergründe zu beleuchten, auch wenn diese Aufgabe unangenehm ist. Selbst die Abscheulichkeit Jägermanns wird bereits absichtlich irreführend gedeutet und droht aus dieser Kreatur, die er war, einen Helden zu machen. Und die schwierigen Kriege in Europa, die in den Jahren 2010 bis 2013 ihren verheerenden Höhepunkt erreichten, als ein Gemeinwesen nach dem anderen und ein Volk nach dem anderen unterging und verschwand, weil die Zerstörung durch die Seuchen nicht aufzuhalten und an Rache nicht zu denken war, sind fast vergessen. Was bleibt sind simple Berichte darüber, wie die Staaten Osteuropas aufbegehrten und wie die gemästeten Kälber des alten Kapitalismus und der verderbten christlichen Demokratie sich aufblähten und starben, so wie jene Menschen in den Städten, Dörfern und Flüchtlingslagern, die der Dürrekatastrophe im Jahr 2011 zum Opfer fielen.

Das alte Europa starb in jenen Jahren einen schnellen Tod. Jägermann überlebte wie ein Rattenkönig, der mit anderem Ungeziefer um die Herrschaft über einen Körper kämpfte, der durch ihre eigenen Angriffe getötet worden war, und schien zu triumphieren. Auch mein Vater überlebte, wie ein Samenkorn, das mit dem Wind vor dem Waldbrand davongetrieben wird, der seine Mutterpflanze vernichtete.

Der eine besaß all die militanten christlichen Vorzüge wie Habsucht, Macht, Waffen, Scheinheiligkeit und Selbstgerechtigkeit, die ihm zum endgültigen Sieg verhelfen konnten.

Der andere fand die Wölfe der Zeit.

Das Vermächtnis meines Vaters

Mein Vater war Jakob Wald, der Mensch in den Geschichten von den Wölfen der Zeit der Widersacher Jägermanns …

Heute wissen wir das, aber er wusste es damals nicht. Er war ein Wanderer, der versuchte in dem Chaos um sich herum eine gewisse Ordnung zu entdecken und einen Ausweg zu finden, indem er vagen Hinweisen auf eine noch ungewisse Zukunft nachging.

Er wusste nicht, dass er einmal einen Sohn haben würde, der seine Geschichte weitererzählte. Er konnte sich noch nicht vorstellen einmal eine Frau zu finden, die ihm ein Kind schenkte. Er war ein Wanderer in einer chaotischen Welt und furchtbar allein. Auf der Suche nach dem Herzland der Wölfe suchte er auch ein Herzland für sich selbst und erst ganz allmählich wurde ihm klar, wo es sein könnte, und dass er dorthin gehen musste, um sich selbst zu finden.

In der Nähe von Freiburg machte er schließlich kehrt und stieg wieder die Anhöhen des Schwarzwalds hinauf, in dessen tiefen Wäldern er Zuflucht gefunden und die schlimmen Monate der Verwirrung und Bestürzung nach dem Erlebnis von Oradour überstanden hatte.

Hier auf dem Feldberg, wo ich diese Worte niederschreibe.

Aber lassen Sie mich versuchen zu erklären, warum die Erzählung von den Wölfen der Zeit so abrupt abbrach und warum ich die Geschichte jetzt wieder aufgenommen habe – und weiterverfolge –, die Geschichte, die mein Vater abbrechen musste und zu der er nie wieder zurückkehrte.

Jakob Walds einzige materielle Hinterlassenschaft bestand aus dem Manuskript der Geschichte, die Sie bereits gelesen haben, und einem abgegriffenen, geölten, mit einer geknüpften Kordel zugezogenen Lederbeutel, den ich ungeöffnet ließ bis zur jüngsten längsten Nacht, der Wintersonnenwende, Samhain, unserem Jahresanfang, dem Herannahen der Dunkelheit; die Nacht des Anfangs vom Ende.

Ich bewahrte diese Dinge, die das Vermächtnis meines Vaters an mich sind, über vierzig Jahre lang auf bis zum letzten Jahr, anno Lupi 61, dem einundsechzigsten seit der Ankunft der Wölfe. Inzwischen hatte ich natürlich begriffen, dass mein Vater ein Schamane gewesen war, der Erste des modernen Zeitalters, der sich den Wölfen widmete, und dass auch ich, ohne es zunächst zu wissen, in der Kunst der Schamanen unterrichtet worden war.

Es dauerte viele Jahre, ehe mir klar wurde, dass der Beutel, den mein Vater mir hinterlassen hatte, sein Kranichbeutel* war, und es verging noch einige Zeit, ehe ich be-

---

* In dem Kranich- oder Schamanenbeutel, der in nordischen Ländern in der Regel aus Leder gefertigt wird, trägt der Schamane Gegenstände bei sich, die für ihn eine besondere Bedeutung haben. Solche Gegenstände sind durchdrungen von magischer Energie und leisten einem Schamanen ebenso gute Dienste wie einem Handwerker die Werkzeugtasche. Aber für einen Schamanen hat jeder Gegenstand fast immer einen geistigen Bezugspunkt und öffnet eine Pforte zu den Mächten und geheimen Plätzen im jenseits – oder anderen fernen Welten. Es ist sehr bezeichnend, wenn ein Schamane absichtlich seinen Beutel zurücklässt wie Jakob Wald es getan hat. Vielleicht bedeutet das, dass er glaubt den letzten Wolfsweg zu den Sternen anzutreten.

griff, was es bedeutete, dass er ihn für mich zurückließ, anstatt ihn auf seine letzte Reise mitzunehmen. Schließlich öffnete ich den Beutel, sein letztes Vermächtnis an mich, mit dem gebührenden Zeremoniell und den Stammesältesten um mich herum. Die Trommeln klangen, ihr Rhythmus bestimmte meine Schritte, ihre Eindringlichkeit lieferte den Anreiz für meinen Tagtraum, ihr Ruf war Gesang für meine Seele.

Ein Wolfszahn, die Haarlocke eines Kindes, meine eigene, sein Tor in die Zukunft; ein Stein, schwarzgrün, teils geglättet und gefurcht vom Strom eines alten Gletschers, teils brüchig und rau von den nordischen Stürmen der Tundra, die mir selbst in meinem Zelt die Haare zerzausten; ein Knöchelbein vom Fuß eines Hirsches, wahrscheinlich seine erste Jagdbeute, seine erste Opfergabe für Wulf, damit er so flink sein konnte wie seine Beute; und ein Runentext auf sprödem Pergament, der von vergangener Fruchtbarkeit, der gegenwärtigen Ernte und dem Bedürfnis nach Ruhe in der Zukunft erzählte: sein Vermächtnis an mich. So viele Reichtümer für einen Jungen, von einem Vater mit Sorgfalt und Liebe zusammengetragen.

Es gab zwei Gründe, deretwegen er vor Beendigung seiner Geschichte von den Wölfen der Zeit zu seiner letzten Reise ins Herzland aufbrach. Zum einen bestand eine praktische Notwendigkeit: Wenn er im Lager geblieben wäre, das zwischen Bäumen versteckt lag, die über einer alten Flussterrasse oberhalb des Rheins bei Freiburg emporragen – wo ich jetzt diese Worte niederschreibe –, hätten Jägermanns Männer ihn entdeckt, mitgenommen und schließlich getötet. Bereits zwei Mal war er ihnen entkommen. Beim dritten Mal hätte er bestimmt nicht so viel Glück.

Zum andern – und das war ihm vielleicht wichtiger – waren die Wölfe wegen ihm gekommen und heulten ihn zurück von der Reise in der Geschichte, damit er mit ihnen ging, einem Ende entgegen, vorverlegt von der Zukunft in die Gegenwart, die damals bedrohlich über ihm schwebte und ihm klarmachte, dass er, weit eher als gedacht als Suchender zum Wulfsfelsen aufbrechen musste.

So musste seine Geschichte unvollendet bleiben. Er umarmte mich und meine Mutter ein letztes Mal und ließ das Manuskript und den Beutel zurück, damit ich eines Tages die Geschichte wieder aufnehmen, mich auf seine letzte Reise begeben und sie zum Abschluss bringen konnte für jene, die von Anfang an mit ihm und den Wölfen gereist waren …

Ohne viel Zeit zu verlieren, vertraute er mich der Obhut meiner Mutter und des nahe gelegenen Dickichts an und bat, die Wölfe sollten nach seinem Weggang einen aus ihren Reihen zu unserem Schutz zurücklassen, was sie auch taten.

Nun, Jahrzehnte später, nehme ich den Faden seiner Traumreise mit den Wölfen mit aller Sorgfalt und Umsicht wieder auf, um sein Andenken und die Wölfe zu ehren, die toten und die lebenden, deren Geist sein Dasein mit Leben erfüllte und ihm den rechten Weg zeigte.

Bevor ich meine eigene Reise ins Herzland antrete, auf der Suche nach dem Ende der Geschichte der Wölfe und der meines Vaters, möchte ich an dieser Stelle die Worte wiederholen, die er niederschrieb, ehe er fortging, Worte, die nur für mich bestimmt waren.

Ich, Jakob Wald vom Feldbergvolk, beheimatet im Schwarzwald oberhalb des Rheins, im früheren Deutschland, hinterlasse hiermit die Geschichte von den Wölfen der Zeit meinem Sohn Matthias. Mein Bericht schildert, wie ich mit den Wölfen als meinen Mentoren und Führern gereist bin …

In dem vergangenen Jahrtausend hat eine alles verzehrende Finsternis unsere Erde heimgesucht. Tausend Jahre, in denen das Land, das wir hätten lieben sollen, gerodet, urbar gemacht und verseucht wurde. Unsere Väter haben das getan, wie ihre Väter vor ihnen, und wie alle unsere Vorfahren.

Und die Wölfe, die unsere Stammmutter und unser Stammvater waren, sind ein Teil dessen, was wir zu töten versuchten.

Wenn du diese schmachvolle Dunkelheit kennen gelernt und gespürt hast, hast vielleicht auch du an der Brust unseres armen entweihten Landes bittere Tränen vergossen und die ausgelaugte Erde verzweifelt durch die zitternden Finger rinnen lassen.

Wenn du die Totenstille in den Wäldern im Norden erlebt

hast, deren Bäume dort starr und stumm in den Himmel ragen, wo sie ein Jahrhundert zuvor vergiftet wurden und allmählich abstarben …

Oh, halte meine Hand, während ich mich an das erinnere, was du vielleicht niemals zu sehen bekommst – das schmutzige Wasser von tausend verunreinigten Seen, und die Vögel, die zu hunderten einen Rastplatz suchen, wo einst tausende den Himmel bevölkerten und uns mit ihrer Farbenpracht und ihrem Gesang erfreuten.

Wenn du allein inmitten der Trümmer einer zerstörten Stadt gestanden und mit Entsetzen die für empfindsame Menschen viel zu breiten und zu langen Straßen betrachtet hast, über die der Wind heute nur noch das trockene Laub vom letzten Jahr hinwegfegt …

Wenn du …

Hör zu!

Selbst wenn diese Dinge dich nur einmal mit Leib und Seele berührt haben, genügt das, denn dann wirst du wissen, dass unsere Mutter Erde uns mit der Ankunft der Wölfe der Zeit letztendlich bewiesen hat, dass sie unsere Rufe vernommen und unsere Tränen gesehen hat.

Die sterbende Erde wusste, dass sie uns um Hilfe bitten konnte.

Du wirst auch wissen, dass die Ankunft der Wölfe die Welt in einer Art veränderte, wie wir es niemals hätten tun können. Sie schickt uns die aufgehende Sonne, deren Strahlen die schlimmen Erinnerungen an das dunkle Jahrtausend allmählich in Licht tauchen, sie mildern und uns schließlich von ihnen befreien; die fortdauernde Wärme der Sonnenstrahlen wird die gedrückte Stimmung wieder heben.

Wir, die wir uns einst so arrogant weise, sapient, Homo sapiens nannten, sind weder Männer noch Frauen, noch human.

In Wahrheit sind wir das, als was uns die Wölfe der Zeit bezeichneten und immer noch bezeichnen: Menschen, geschlechtslose Wesen. Ich, Jakob Wald, bin ein Mensch, und eine Frau ist, wenn es nach den Wölfen geht, auch ein Mensch. Und glaub mir, sie sprechen das Wort nur selten mit Respekt aus.

Alle zusammen können wir uns die Menschen nennen.

Wage es nicht, dich noch einmal als human zu bezeichnen,

weil dieses Wort mit so vielem in Zusammenhang steht, was dem Quell des Lebens Verrat und Tod beschert hat.

Wir sind alle Menschen, nichts weiter.

Und ich! Ich auch!

Der Homo sapiens ist tot, lang lebe der Lupus sapiens, der weise Wolf! Denn die Erde, unsere Mutter und unser Vater, deren langsames Sterben damals begann, schickte die Wölfe der Zeit, um uns zu retten und unsere Götter zu werden.

Nun gut …

Ich bin jetzt älter und habe nur noch eine Aufgabe zu erfüllen, bevor ich dieser Welt Lebewohl sage und mich auf die Suche mache nach dem Wolfsweg zu den Sternen und dem immer währenden Schutz unserer Wolfsgötter: Wulf, steh mir bei, aber ich muss die Geschichte deiner Geburt niederschreiben.

Wie du weißt, habe ich schon, so viel ich konnte, von der Geschichte der Wölfe der Zeit aufgeschrieben. Nach Jahren des Umherwanderns auf den alten Wolfswegen erinnerte ich mich an die Geschichte und durchlebte sie noch einmal. Ich wandte mich wieder unrühmlichen Dingen zu, Chaos und Verdruss. Dann setzte unser Stammesoberhaupt es sich in den Kopf, dass ich alles aufschreiben sollte, was ich wusste. Es hatte wenig Sinn zu erklären, dass ich ein Erzähler und kein Schriftsteller war, denn er und sein Rat schüttelten nur die Köpfe und meinten: »Und wer wird erzählen, wenn du tot bist?«

»Ihr«, erwiderte ich. »Ihr werdet es erzählen, wie ich und andere es getan haben. Es wird immer Leute wie uns geben …«

»Es wird nie einen wie dich geben, Jakob, der so viel weiß und sich an so vieles erinnert«, sagte mein Stammesführer.

Ich nickte. So war es. Es würde, ja, es konnte keinen wie mich geben, es sei denn, er wäre mein eigener Sohn. Aber damals hatte ich noch keinen.

»Schreibe es für unsere Kinder auf, die noch nicht geboren sind«, meinte er.

Ich lachte und sagte: »Nicht für die Kinder, die sich an meine Fersen heften, wenn ich mich zwischen den Gehöften hervorwage? Die Kinder, die einen Fremden wie mich verspotten und auslachen.«

Er lachte nicht, sondern sagte: »Erzähle es für uns alle.«

»Befiehlst du es?«, fragte ich.

Ob er wohl ahnte, wie viel von seiner Antwort abhing? Ich glaube schon, und deshalb war ich stolz, dass der Mann, der gegen mich angetreten war und mich als Führer abgelöst hatte, den Weg zu der hart erkämpften Weisheit fand, die ein wahrer Führer benötigt.

»Nein«, erwiderte er und schüttelte lächelnd den Kopf. »Ich befehle nichts. Ich bitte dich nur, dass du über meine Worte nachdenkst und Wulf für das, was du tun musst, um Beistand bittest. Und um dir zu helfen …«, und an dieser Stelle lächelte er wieder, »werden wir dir Schutz gewähren und dir die Aufgaben erlassen, die Älteste zu erfüllen haben.«

»Erlassen«, flüsterte ich.

»Aber das bedeutet nicht, dass du dich ausruhen sollst«, sagte er hinzu. »Deine Aufgabe wird schwierig sein. Viel schwieriger als die eines Führers!«

Wir sahen uns in die Augen, wie es nur Stammesführer vermögen, nachdem sie ihre Differenzen beigelegt und alte Feindschaften begraben haben, sich nur noch mit Respekt und Einfühlungsvermögen begegnen.

»Es wird schwierig werden«, sagte ich, »und ich muss darum bitten, mir noch etwas anderes zu erlassen: Ich werde kein Geschichtenerzähler mehr sein. Sucht andere für diese Aufgabe. Um ungestört schreiben zu können, wie du es wünschst, muss ich in der Öffentlichkeit schweigen.«

»Aber die Rituale …«

»Ach, ja, das ist eine geeignete Aufgabe für mich. Die Älteren müssen dafür sorgen, dass die Jungen etwas lernen.«

Er sah mich erleichtert an und meinte: »Aber vielleicht ein paar Geschichten dann und wann? Aber sage jetzt nichts mehr, wenn du darüber nachgedacht hast, gib uns Bescheid, was du sonst noch brauchst …«

Ich unterbrach ihn und sagte: »Ich muss nicht länger darüber nachdenken – das habe ich schon auf meinen Reisen getan, und Klimts Geist sagte mir, was ich tun und wo ich anfangen muss. Ich brauche Ruhe, ich brauche einen Platz für mich am Rande der Umzäunung, wo ich den Wald über mir und das Tal unter mir sehen kann. Außer den jungen Männern, die mir bei meinen

Heilungsvorbereitungen zur Hand gehen, brauche ich noch ein Mädchen, das mir im Haus hilft und in meinem Bett schläft, und noch mehr Papier und solche Dinge. Und wenn ich einmal tage- oder vielleicht sogar wochenlang nichts tue, muss ich die Gewissheit haben, dass keiner mir Fragen stellt. Ich brauche Ruhe. Was die Kinder angeht, die mich verspotten, so lasst sie gewähren. Sie erinnern mich an meine eigene Jugend, die bei uns allen am Anfang unseres kurzen Lebens steht und die dem Wolfsweg zu den Sternen viel näher ist, als wir Erwachsenen ahnen.«

»So soll es sein«, sagte er. »Du sollst Schutz und Ruhe haben, und die Zeit, die du brauchst; und niemand soll ein Urteil über dich fällen.«

»Komm mit mir in den Wald«, sagte ich spontan, denn irgendein Instinkt sagte mir, dass eine Gemeinschaft oft etwas anderes tut als das, was ihr Führer sagt. Er sollte etwas von der Art der Aufgabe begreifen, mit der er mich so leichtfertig betraut hatte, obwohl er weise genug war, um einzusehen, dass sie schwierig war. Als wir von meinem Gehöft hinauf zum Tor gingen, das in den Wald führte, erschallte von den dunklen, bewaldeten Hängen über uns das verheißungsvolle Heulen einer einzelnen Wölfin, und kurz darauf folgte aus einiger Entfernung das Antwortgeheul.

Ich nahm seine Hand wie früher, als er noch ein Junge war, ging mit ihm schweigend durch das Tor und hinauf in den tiefen Wald. Zweifellos wurden wir dabei von denen, die uns weggehen sahen, mit Ehrfurcht beobachtet.

»Höre«, sagte ich in der alten Sprache unserer Vorfahren, »hör zu ...«

Ich bezog ihn mit ein in eine stumme Meditation über die Geräusche des Waldes, wie ich es oft mit den Jungen unseres Stammes getan und wie ich es selbst in meiner Jugend erlebt hatte. »Höre ...«, flüsterte ich und brachte Wulf selbst das Reisegebet dar. Unser Stammesoberhaupt erinnerte sich an das, was er in seiner Jugend gelernt hatte, und antwortete mit der Bitte um Fürsprache an Wulfin, damit Sie dafür sorgte, dass Ihr Gefährte bereit war, unseren Ruf zu vernehmen. Wir legten unsere Felle um zum Schutz gegen die eisige Kälte und traten ein in jene andere Welt, in der es kein Warten gibt.

Wieder wurde diese tiefe Stille, die erfüllt war von den stum-

men Bitten, Seufzern und Rufen der Bäume und Steine in den Wäldern entlang des Rheins, von dem Geheul der einsamen Wölfin unterbrochen, das jetzt immer näher kam.

Ich nahm meinen Beutel, öffnete ihn, langte mit der rechten Hand hinein und fühlte jene heiligen, geweihten Gegenstände, die ich ein Leben lang gesammelt hatte. Einer nach dem andern glitt durch meine Finger, bis mein Geist einen auswählte, den ich in der Hand behielt: Es war der Wolfszahn.

Ich legte ihn auf den Waldboden zwischen uns und wenn er das Licht der funkelnden Sterne einfing und heller zu leuchten schien als der Mond, der noch nicht zu sehen war, dann war das das Zeichen seiner magischen Kraft.

»Berühre ihn, Mensch«, befahl ich meinem Begleiter.

Er streckte seine Hand aus, welche in dem grellen Licht des Zahns zu verbrennen schien, und keuchte: »Ich kann nicht! Ich kann … nicht!«

»Genauso geht es mir«, flüsterte ich, »wenn du und dein Stamm von mir verlangen, die heilige Geschichte von der Ankunft der Wölfe der Zeit niederzuschreiben. Ich habe das Gefühl, ich kann nicht, ich kann … nicht – und dennoch spüre ich, dass ich es tun muss. Also … warten wir ab und sehen zu, wie die Götter entscheiden.«

Wir blieben die ganze Nacht über im Wald, redeten und unternahmen eine Reise in die Ewigkeit unserer Herzen und Sinne, um bis zum Morgengrauen wie Kinder die Wolfswege unserer Seelen zu erforschen.

Als die ersten Strahlen der Frühlingssonne durch die Bäume fielen und wir wieder in die Gegenwart zurückkehrten, sagte er: »Ich werde verfügen, dass du in Ruhe gelassen wirst und keiner je von dir verlangt, uns deine Arbeit zu zeigen. Mögen die Wölfe der Zeit dir den Weg weisen.«

Er führte andere praktische Dinge an, die mir meine Arbeit erleichtern sollten, und meinte schließlich: »Ich werde dir meine jüngste Tochter schicken, damit sie dir den Haushalt führt und das Bett mit dir teilt.«

Aber ich schüttelte sofort den Kopf. Es war in der Tat eine große Ehre, und ich kannte das Mädchen und mochte es, aber …

Ich hob den Wolfszahn vom Boden auf und steckte ihn wieder in meinen Beutel. Auf einmal spürte ich, wie ich zu zittern begann und die Luft anhielt, denn meine Hand berührte in dem dunklen Beutel die Bernsteinbrosche meiner Mutter. Ganz in unserer Nähe, wo sie uns die ganze Nacht im Schatten der Bäume beobachtet hatte, heulte jetzt die umherziehende Wölfin.

»Schick die Vagabundin zu mir, die in drei Tagen kommen wird«, sagte ich mit der Stimme eines Schamanen. »Sie soll meine Gehilfin und meine Gefährtin sein.«

»Aber …«

Er nickte und sagte nichts mehr und ich kannte mich gut genug, um nicht weiter nachzufragen, woher meine Worte, meine kleine Prophezeiung, kamen. Ein Schamane ist so weise, dass er sich im Diesseits nicht allzu viele Fragen stellt. Obwohl die Wölfin, die ich ganz in unserer Nähe bemerkt hatte, nicht zu sehen war, wusste ich, dass sie sich jetzt aufmachte, um die Frau zu suchen, deren Kommen ich gespürt hatte, um sie zu unserem Stamm zu führen.

Diese Wölfin war Wulfin, und die, die sie finden würde, würde meine letzte Gefährtin sein. Unser Werk war vollendet.

Drei Tage später tauchte die Vagabundin auf, mit Wulf weiß was für einem verzweifelten und hoffnungslosen Gesichtsausdruck und völlig erschöpft.

»Diese Frau?«, sagte mein Stammesführer. Wozu konnte eine solch verhärmte und ausgemergelte Frau nütze sein, wo ich doch …

»Bestimmt ist meine Tochter …?«

Ich winkte ab und streckte meine Hand nach derjenigen aus, die von Wulfin selbst berührt worden war und deren Blick mir verriet, dass sie schon viel weiter gereist war als ich, vielleicht seit Anbeginn des dunklen Jahrtausends und des Untergangs der Wölfe. War mein gegenwärtiges Leben immer ihr Ziel gewesen? Hatte ich darauf gewartet, dass sie mich wiederfand? Wulfin und Wulf… wir sind Licht und Schatten ihres Lebens.

Ich kümmerte mich um sie und machte sie gesund. Sie machte mir Mut und leistete mir Gesellschaft, zunächst aus Dankbarkeit, später aus Liebe, und ich fand mit ihr die Erfüllung, die ich nie zuvor erlebt hatte.

Das ist jetzt drei Jahre her. Drei Jahre, in denen ich mich mit meiner Geschichte abmühte. Lange Jahre, in denen wohl selbst mein Führer Zweifel bekam. Aber wie sollte ich die Geschichte von den Wölfen der Zeit aufschreiben, wenn ich nicht wusste, wem ich sie erzählte? Wie schwierig war diese Reise! In all der Zeit brachte ich kaum mehr als ein paar Worte zu Papier, und selbst diese verbrannte ich, weil sie mir bedeutungslos erschienen. Nur meine Geliebte und die Jungen, die ich unterrichtete, waren Zeuge meiner Anstrengungen.

Ich bildete mir ein, Wulf wolle mich vielleicht mit diesem Schweigen strafen, weil ich mir angemaßt hatte, Seine Geschichte und die Seines Rudels erzählen zu können.

Doch während dieser langen Suche geschah etwas, was mich versöhnte: Wulfin tröstete mich, indem Sie meiner Frau ein Kind, einen Sohn, bescherte.

Höre, mein Sohn, höre …

Du kamst vor acht Monaten auf die Welt und von dem Tag deiner Geburt an begann ich die Geschichte der Wölfe niederzuschreiben. Du warst es, auf den ich gewartet hatte, bevor ich anfangen konnte. Vor einer Woche entschied ich, dass du entwöhnt werden solltest. Zugegeben, ich war nervös, denn deine Mutter war nicht gerade erfreut darüber, und mir war auf jeden Fall klar, was ich zu tun hatte, wenn die Entwöhnung vollzogen war. Sie bat mich, es nicht zu tun, aber in ihrem Herzen wusste sie genau, was ich tun musste und was Wulf von mir verlangte. Und so nahm ich dich, mein einziges Kind, gestern mit hinauf in den Wald und brachte dich den Wölfen der Zeit als Opfer dar, damit sie dich zu sich nahmen oder dich segneten und dir ein Leben mit uns gewährten. Alle Väter müssen dies tun, denn woher sollen sie sonst wissen, dass das, was sie haben, gesegnet ist? Wie sonst sollen Eltern erfahren, welche Ehre es ist, ein Kind zu haben, als in den quälenden Stunden einer Nacht, in denen die Wölfe ihnen dieses Kind vielleicht wegnehmen? Denn ein Kind sollte alles für uns sein und indem wir es ehren, lernen wir, die Erde, das heißt unsere Mutter und unseren Vater, zu ehren. Bei dieser schrecklichen nächtlichen Opferhandlung lernen Eltern wieder, dass die Erde, ihre einstige Mutter und ihr einstiger Vater, ihr Kind geworden ist.

Ich muss gestehen, dass ich noch nie so viel Angst hatte wie jetzt, als ich dich, in warme Kleidung und Felle gehüllt, auf den

Waldboden legte und zu den Sternen am dunklen Firmament hinaufblickte.

Außer Sichtweite, aber in Hörweite deiner Schreie, ließ ich mich nieder, um vielleicht inniger als sonst zu beten. Bald vernahm ich leises Pfotengetrappel und das Knurren und Bellen von Wölfen. Aber ich wusste, dass ich mich nicht vom Fleck rühren durfte. Dein Geschrei wurde schwächer, dann plötzlich ein Angstschrei, dann herrschte wieder Stille, und mir war, als bräche mir das Herz. Doch mir war klar, dass ich mich nicht bewegen durfte.

Ich hörte, wie die Wölfe miteinander balgten und sich bei ihren Übungskämpfen anknurrten; ich hörte, wie sie beim Fressen knurrten, hechelten und an ihrer Beute rissen. Ich hörte deine Schreie nicht mehr und fühlte mich allein und hilflos.

Dann, in der dunkelsten Stunde jener Nacht, als das Rudel schlief, kam Er zu mir: Wulf war da und Wulfin an seiner Seite.

Ich weinte. Sie beschnupperten mich, und ich spürte ihre mächtige Gegenwart überall, und ihre bernsteinfarbenen Augen ruhten auf mir.

»Beginne mit meinem Vater Klimt«, schien Wulf zu sagen. »Beginne mit ihm, wie er es dir aufgetragen hat.«

Er packte mich mit den Zähnen so behutsam am Arm, wie ich dich auf den Waldboden gelegt hatte, und führte mich durch die Nacht zurück nach Helsingborg und zu Klimt. Nach und nach sah ich alles vor mir, die ganze Geschichte von den Wölfen der Zeit, und meine Kenntnislücken schlossen sich, bis das Rudel am nächsten Morgen aufbrach. Du schriest wieder nach mir, und Wulf kehrte mit mir zurück.

Mit den ersten Sonnenstrahlen ging ich zu dir, nahm dich auf den Arm und wusste, dass du gesegnet und verschont worden warst, um ein sterbliches Leben zu führen.

Du strecktest die Hand nach meinem Gesicht aus und streicheltest es, wie du es noch nie getan hattest, als hättest du es beim Streicheln von Wulfs Fell gelernt. Ich hielt dich im Arm und weinte, und auf einmal wurde mir klar, warum Wulf mich bis dahin daran gehindert hatte, Seine Geschichte niederzuschreiben.

Hör jetzt zu, mein Sohn, vernimm die Bedeutung meiner Worte.

Ich trug dich hinaus aus dem Wald und brachte dich bei Ta-

gesanbruch wieder zurück zu unserem Stamm, zurück zu deiner wartenden, weinenden, erleichterten Mutter. Aber ich wollte dich auch nicht für einen Moment wieder hergeben. Ich brachte dich in mein Zimmer, setzte dich auf den Boden, und wir lächelten uns an. In diesem Augenblick war ich sicher, dass du eines Tages, wenn die Zeit gekommen war, die Kraft haben würdest, meine halb fertige Geschichte zu beenden.

Ich wußte, dass ich nicht die Zeit haben würde dir alles beizubringen, was ein Vater seinem Sohn beibringen sollte: die Gebete und Anrufungen der Tage und Jahreszeiten; die Namen der Heilkräuter, die Rituale. Noch würde ich jetzt Zeit haben, dir die Orte zu zeigen, die ich in meiner Jugend erkundet hatte, und die Bäume und Berge, auf die ich gestiegen war …

Eines Tages, wenn du alt genug bist, wirst du vielleicht diese Seiten zur Hand nehmen und begreifen, was ich für dich getan habe. Und wenn du zu den Sternen am dunklen Nachthimmel emporschaust, wirst du erkennen, dass die Menschen unserer Zeit nach Weisheit strebten, indem sie lernten, mit den Wölfen zu wandern und ihrem Geheul zu lauschen.

Deshalb, hör zu!

Jakob Wald
Oberhalb von Freiburg
Anno Lupi 13

Ja, ich bin jetzt alt genug, um die Worte meines Vaters zu lesen. Alt genug, um zu wissen, wann es Zeit ist, nachzudenken und zu handeln, statt zu lesen, zu träumen und zu reisen, zu lernen, überall zu Hause zu sein, wohin der Geist mich auch führt – oder der Eine, oder die Wölfe, oder Wulf selbst, oder wie immer man das nennen mag, von dem ein jeder von uns ein wesentlicher Bestandteil ist.

Lassen Sie mich also noch einmal die so lange unvollendet gebliebene Erzählung meines Vaters aufgreifen und sie zum Abschluss bringen. Wenn Sie mich auf meiner Reise begleiten, werde ich nicht so allein sein, wie er es damals war und sein musste. Er wanderte vor uns mit den Wölfen und zeigte uns den Weg.

Jetzt wollen wir ihm folgen …

Der Sohn Jakob Walds trat seine berühmte Reise bei Einbruch der Dunkelheit an. Er wollte nur eine kurze Strecke gehen, in den angrenzenden Wald hinauf, bevor er sein Nachtlager aufschlug.

So konnten seine Freunde und Verwandten ihn ein Stück des Wegs begleiten, bis in die Nacht hinein mit ihm reden, ihm Glück wünschen und ihm Geschenke bringen, die ein Schamane, der so gut wie nichts mitnehmen wollte, vielleicht gebrauchen konnte: geräuchertes Hirschfleisch als Verpflegung für die ersten paar Tage, ein oder zwei wasserdichte Umhänge gegen den Regen, etwas Papier, auf dem er unterwegs ein oder zwei Gedichte notieren konnte – Anrufungen der Wölfe vielleicht, oder den Gedankenaustausch mit einem anderen Reisenden.

Von diesem Tag an
werde ich ein Wanderer sein,
der sich auf eine Reise begibt,
die den Schatten der Wölfe folgt.

Er nahm einen jungen, kräftigen Gehilfen mit, der unterwegs, wenn nötig, als Träger fungieren konnte, und steckte bestimmte Gegenstände aus dem Kranichbeutel seines Vaters in seinen eigenen Beutel. An seinem Gürtel hing ein Lederbeutel mit dem Handspiegel, den er als Junge gefunden hatte und der die Wahrheit widerspiegelte.

Spät in der Nacht machten sich die Ältesten des Feldbergvolks auf den Heimweg, und seine Familie, die Kinder und Freunde trugen Fackeln, um ihnen zu leuchten. Ihre Abschiedsworte waren düster, aber feierlich und ehrfurchtsvoll. Sie wussten, dass die Reise von Jakob Walds Sohn eine Art Ende bedeutete und dass der Mann, der sie jetzt verließ, bei seiner Rückkehr nicht mehr derselbe sein würde.

Als die Fackeln langsam zwischen den Bäumen in der Dunkelheit verschwanden, fing Walds Gehilfe schon jetzt vor Heimweh an zu weinen, während sein Herr sich einfach umdrehte und schlief.

Bei Tagesanbruch zogen sie los. Sie wanderten drei Tage und drei Nächte und sprachen dabei kaum ein Wort miteinander. Am vierten Abend legte sich Wald bei Einbruch der Dunkelheit rücklings auf den Waldboden. Es roch stark nach Kiefern. Sein Gehilfe deckte ihn mit einer leichten Baumwolldecke zu und beschwerte die Enden mit Steinen.

Dann nahm er seine Trommel und trommelte ununterbrochen, wie er es gelernt hatte, damit der Klang der Trommel Wald zur Schwelle des Jenseits trug, in der Hoffnung, dass einer dort auf ihn wartete und ihm den Weg wies.

Ein alter Wolf, dessen Zeit schon lange vorbei war, mit abgewetztem, weißem Pelz, das Gesicht zerfurcht und runzlig von den schweren Prüfungen des Schicksals, die Pfoten zerschunden vom vielen Herumwandern.

Er kam durch den Wald gelaufen, dieser alte Wolf, zwischen den Bäumen hindurch, blieb ab und zu stehen und lauschte dem Klang der Trommel, die ihn rief, hörte auf das Flüstern des Windes und bekam feuchte Augen, weil nun die letzte Etappe seiner eigenen Reise begann und seine Aufgabe nahezu erfüllt war. Denn er war ein Bukov-Wolf, der es als Erster gewagt hatte, die Wölfe der Zeit herabzuheulen, der letzte Überlebende derer, die als Erste ins Herzland reisten, und der jetzt gekommen war, um einem Suchenden den Weg zu weisen.

Wald stand an der Schwelle und sah seinen Führer kommen. Obwohl dessen Augen vom Alter blind waren, starrten sie ihn an und schienen in seine Seele zu blicken.

»Komm«, sagte Tervicz zu Jakob Walds Sohn, »folge mir, und ich werde dich auf deiner Reise weit weg ins Herzland führen, zurück in die Zeit, als die Söhne Elhanas ihre Bestimmung fanden.«

Für einen Moment wurden die Trommeln lauter. Jakob Walds Sohn ging unruhig hin und her, und schließlich entschwand er in eine andere Zeit, an einen anderen Ort, wo Wölfe verwundert aufblickten und ihre Köpfe hoben, um mit ihrem Geheul zu verkünden, dass Wulf selbst sich jetzt bereitmachte, die Reise zu den Sternen anzutreten.

Zweites Buch

Wanderer auf den Wolfswegen

Kapitel 2

Zu Beginn des Winters flammt der Krieg der Menschen wieder auf und verheißt Gefahr für das Herzland und die Wölfe der Zeit

Es war Mitte Oktober, und in den Bergen der Hohen Tatra in der Slowakei verabschiedete sich ein trüber, nasser Herbst mit ein paar schönen, klaren Tagen. Der Himmel war blassblau und die Luft schon recht rau, aber unten am Boden trotzten Glockenheide und Heidelbeeren einer frischen kühlen Brise, die einen frühen Wintereinbruch prophezeite.

Südlich der höchsten Gipfel erstreckte sich das Steilfeld, eine Felsterrasse, auf der die Wölfe der Zeit den Sommer verbrachten. Hier und da huschten die letzten Bergpieper auf der Suche nach Nahrung über das holprige Felsgestein, bevor sie in das tiefer gelegene Moorland zogen, das sich nach Süden erstreckte, ganz still und kalt und seit der letzten Nacht mit einer dünnen Schneeschicht überzogen.

Die steilen, dunklen Felswände der Tatra ragten über das mit tiefen Rinnen und Spalten durchzogene Steilfeld, das vereinzelt schon mit Schnee bedeckt war und nur noch Raben ein Zuhause bot. An diesem Morgen kreiste über dem Feld ein einsamer Adler, dessen Weibchen gestorben war. Auf seiner verzweifelten Suche nach der verlorenen Gefährtin war er in den vergangenen Tagen immer wieder hierher zurückgekehrt bei Regen und Nebel, und nun bei Sonnenschein. Seine Flügel schimmerten golden in der Sonne, seine Schwanzfedern waren weiß, und während er immer höher und höher stieg, fing sein gelber Schnabel bei jeder langsamen, traurigen Wende für einen Augenblick das Licht ein.

Auf dem Steilfeld, dessen Felsnasen mit torfigen, feuchten Grasnarben durchzogen waren, kräuselte sich bei auffrischendem Wind das Wasser in den Pfützen und gefror.

Die Wölfe selbst waren kaum sichtbar auf dem Steilfeld

verstreut. Die meisten kauerten zum Schutz vor dem Wind an einem Felsen oder an Grasböschungen und freuten sich über die letzten warmen Sonnenstrahlen. Alle warteten darauf, dass ihr Führer Klimt den endgültigen Aufbruch in das tiefer gelegene Winterrevier in Wald und Tal ankündigte, das außer Sichtweite jenseits des hohen Bergsattels am Ostende des Steilfelds lag.

Vielleicht brachen sie bald auf, vielleicht auch erst am nächsten Tag, aber vorläufig entspannten sie sich noch und genossen den Blick über die Klippen und den blauen Himmel. Mit zusammengekniffenen Augen hielten sie die Nasen in den Wind und nahmen die schwächer werdende Witterung der sterbenden Sommervegetation auf, von längst verschwundenen Kaninchen und tief in ihren Felsenhöhlen versteckten Murmeltieren.

Das Rudel bestand nur aus elf Wölfen – sechs erwachsene, darunter Klimt und Elhana, der Rudelführer und die Leitwölfin, und fünf Jungwölfe, die Elhana vor achtzehn Monaten zur Welt gebracht hatte und die jetzt ausgewachsene Mitglieder des Rudels waren.

Alle waren jetzt still, bis auf zwei ältere Wölfe, die sich leise unterhielten: Tervicz, der zähe, noch immer jung wirkende Bukov-Wolf, der sich als Erster Klimt angeschlossen hatte bei der ungewissen Suche nach den Wölfen der Zeit; und Kobrin, ein riesiger, aber mittlerweile alter Wolf, einst Anführer aller russischen Wölfe, der ins Herzland gekommen war, um einem Anführer zu dienen, an dessen Bestimmung er glaubte.

»Wahrscheinlich wird Klimt beschließen, noch eine Nacht hier zu bleiben und erst morgen aufzubrechen, wenn das Wetter sich hält«, meinte Tervicz. »Es fällt ihm schwer, mit Elhana alles zu besprechen, aber die beiden müssen miteinander reden, wenn sie das Rudel gemeinsam in scheinbarer Eintracht durch den kommenden Winter führen wollen.«

Kobrin nickte. Sein breites Gesicht war voller Runzeln, sein Bart war grau und seine rauen, abgewetzten Pfoten waren doppelt so groß wie die von Tervicz.

Alles schien ruhig und friedlich zu sein, alles ...

Kobrin schreckte auf, denn der Adler hoch über den Klippen hatte plötzlich kehrtgemacht und war im Steilflug herabgestoßen, um zwischen den Felsen Schutz zu suchen. Ein Rabe kam aus seiner Felsbehausung, drehte sich abrupt um und schlüpfte böse krächzend in eine tiefere, sicherere Felsspalte.

»Was ...?«, knurrte Kobrin und erhob sich.

Ein Heulen und Dröhnen zerstörte die herbstliche Idylle. Plötzlich tauchten am Himmel Düsenflugzeuge der Menschen auf. Gewaltig, bedrohlich und Furcht einflößend schossen sie über ihre Köpfe hinweg und der ohrenbetäubende Lärm hallte als Echo von den Klippen wider.

Als der Motorenlärm allmählich abebbte und die Wölfe schon zu wissen glaubten, was ihren Frieden so jäh zerstört hatte, war auf einmal aus nah und fern das Geräusch herabfallender Steine zu vernehmen, die Folge eigenartiger Vibrationen in der Luft, durch die sich das Felsgestein löste.

Doch ehe die Wölfe Luft holen konnten, passierte noch Schlimmeres. Kaum waren die Düsenflugzeuge in der Ferne verschwunden, ertönte unten im Tal, jenseits des Steilfeldes, wohin die Wölfe ziehen wollten und wohin die Düsenflugzeuge der Menschen ihnen jetzt vorausgeflogen waren, das dunkle, nachhallende Bumbum explodierender Bomben.

BUM! BUM!

... und KRACH!!! BUM, KRACH!

Wie ein Herz, das einen Schlag ausgesetzt hat und jetzt mühsam versucht wieder in Takt zu kommen, das einen Wolf plötzlich sein Alter spüren lässt und ihn an seine Sterblichkeit erinnert.

Dann wieder eine Detonation, so gewaltig und heftig, dass die Klippen zu beben schienen und die Wölfe nur dastanden, sich erschrocken umsahen und die Ohren spitzten, denn die Gefahr kam offenbar von allen Seiten.

Aber bevor ihr Führer Klimt sie zusammenrufen konnte oder Lord Kobrin begriff, was geschehen war, oder Elhana, die Leitwölfin, die jüngeren Wölfe instinktiv in ihr Versteck bringen konnte, tauchten urplötzlich und so schnell, wie sie zuvor verschwunden waren, die Flugzeuge wieder über ihnen auf.

Zisch, ZISSSSSCH!

… das Geräusch schmerzte in den Ohren. Die Wölfe duckten sich instinktiv, und ihre wütenden Blicke folgten den dunklen, feindlichen Umrissen der Düsenflugzeuge, die wieder am friedlichen Herbsthimmel verschwanden.

Dann war der Spuk vorbei, und als das Geräusch herabstürzender Geröllmassen allmählich verstummte und die Raben und Bergpieper sich wieder auf den Ästen der Bäume niederließen, sahen sich die Wölfe voller Erstaunen und Verzweiflung an und spürten – nein, sie *wussten* –, dass ihre Welt nie wieder dieselbe sein würde.

Sogleich schickte Klimt Kobrin und Tervicz los, um festzustellen, was der Bombenlärm, den sie im Tal gehört hatten, für das Rudel bedeutete. Beide waren ausgezeichnete Kundschafter und brachen ohne Zögern auf – Tervicz übernahm wie immer bei solchen Unternehmungen die Führung und der unerschütterliche Kobrin folgte ihm. Auf dem Steilfeld kehrte wieder die gewohnte Ruhe ein, diesmal allerdings begleitet von dem ungewohnten und unliebsamen, beißenden Gestank aus den Triebwerken der Tiefflieger.

»Wo ist Lounel?«, fragte Klimt um sich abzulenken. Lounel war sein Ratgeber in geistigen Dingen und ein Wolf, der oft für eine Weile verschwand – um dazusitzen und nachzudenken, sagten die einen, oder um nur dazusitzen, behaupteten die anderen.

»Er holt Merrow«, antwortete Elhana, Klimts Gefährtin und die Mutter der fünf Jungwölfe des Rudels, zwei Rüden und drei Weibchen, die jetzt alle alt genug waren, um sich an den täglichen Aufgaben wie Jagen, Wache halten und Auskundschaften zu beteiligen.

Merrow war von Geburt an das schwächste der Weibchen gewesen. Ihr fehlte die Kraft, um mit Tare, dem aggressivsten Weibchen, fertig zu werden; Tare wurde höchstwahrscheinlich einmal Leitwölfin, wenn Elhana für diese Aufgabe zu alt war. Merrow besaß auch nicht die Sorglosigkeit und den Humor ihrer Schwester Rohan, die jeder gern hatte.

Dennoch hatte Merrow überlebt, und das Rudel entdeckte mit der Zeit andere Eigenschaften an ihr, wie etwa Geistesstärke, die daher rührte, dass sie aufgrund ihrer körperlichen Schwäche im Gegensatz zu ihren Geschwistern auf innere Reserven zurückgreifen musste.

Sie wanderte gern allein umher – was gefährlich sein konnte, denn die schrecklichen madjarischen Wölfe, die in dem südlichen Moorland ihr Revier hatten, waren eine ständige Bedrohung, und auch die Menschen lauerten überall. Aber wenn das Leben im Rudel ihr zu viel wurde, suchte sie sich eben einen Platz, um allein zu sein und die Sterne oder den Zug der Wolken zu beobachten. Von den erwachsenen Wölfen stand ihr der exzentrische Lounel sehr nahe, der häufig nach ihr Ausschau hielt – so auch an jenem Tag, als die Düsenflugzeuge über ihre Köpfe hinwegsausten und alles sich zu verändern begann …

»Da sind sie, jetzt kommen sie«, sagte Elhana. Sie war erleichtert, weil ihr Junges wieder wohlbehalten beim Rudel war, obwohl ihre Rolle als Mutter seit dem Frühjahr der Vergangenheit angehörte.

Klimt war beruhigt, denn wo die anderen waren, wusste er. Solar, einer seiner beiden Söhne, stand schützend über Raute, der alten, blinden madjarischen Wölfin, die das Rudel zur Zeit der Geburt der Jungen ins Herz geschlossen und in seine Obhut genommen hatte. Denn sie wusste viel zu erzählen und missbilligte die Mittel und Wege der neuen Generation der Madjaren. Ihr Gefährte war der grausame Zänker gewesen, den Klimt besiegt und getötet hatte, bevor er die Wölfe ins Herzland führte. Trotz ihres Alters wurde Raute von dem Rudel hoch geachtet.

Solar war der stärkste der Geschwister und deshalb ihr Anführer, und keiner zweifelte daran, dass Solar einmal an Klimts Stelle treten würde, wenn für Klimt die Zeit kam, einem jüngeren Wolf Platz zu machen. Solar war stark und zuverlässig und hatte früher als seine Geschwister – und lange vor seinem unberechenbaren Bruder Lunar, Klimts zweitem Sohn – Pflichten eines erwachsenen Wolfes im Rudel übernommen.

»Und wo steckt Lunar jetzt?«, fragte Klimt gereizt. Vor ein paar Minuten war er noch irgendwo in der Nähe gewesen, und nun war er verschwunden.

»Er ist losgegangen, um Merrow und Lounel zu begrüßen«, sagte Solar etwas lustlos, denn wie sein Vater Klimt hatte er für solche Gefühlsduseleien in der Öffentlichkeit nicht viel übrig.

Merrow und Lunar verstanden sich von den Geschwistern am besten, und ihr Lachen war schon von weitem zu hören, als Lounel sie jetzt zum Rudel zurückbrachte.

»Lunar ... *Lunar*«, bellte Klimt los, denn nach dem Schock, den sie alle erlebt hatten, und in Anbetracht des gefährlichen Erkundungsganges, den Kobrin und Tervicz gerade unternahmen, schien Lachen unangebracht zu sein. Lunar blinzelte Merrow zu und setzte sich sogleich zu Solar, neben dessen dunkler, beeindruckender Gestalt er sich eher unbedeutend ausnahm – sein Pelz war heller und rauer, und seine Ohren richteten sich nicht ganz so entschlossen auf wie die eines geborenen Führers.

Merrow setzte sich lächelnd neben Elhana, auch wenn sie sich weiter entfernt niederließ, als es ihr lieb war, weil Tare nicht Platz machen wollte und knurrte, als sie näher kam. Tare war die Unsympathischste von allen, aber unter ihren Schwestern war sie die Dominierende, obwohl sie die stärkere Rohan nur selten so tyrannisierte wie die schwache Merrow.

»Wir bleiben in unserem Revier, bis Kobrin und Tervicz zurückkommen, was vermutlich nicht vor morgen sein wird«, sagte Klimt. »Solar, du hältst zusammen mit Tare im Osten Wache. Lounel, du gehst nach Westen, weil du dort alle Wege kennst. Merrow, du kannst bei deiner Mutter bleiben, und Lunar ...«

»Mmmm?«

»Du bleibst bei mir, wo ich dich im Auge habe. Jetzt ist

nicht die Zeit zum Herumstreunen. Wir beide werden uns in der Nähe der großen Felsenrinne niederlassen, denn vielleicht hoffen die Madjaren, dass wir bei den Bombenexplosionen in unserem Territorium Schaden davongetragen haben, und kommen, um nachzusehen.«

Klimts Plan war nicht neu. Er war schon oft bei Gefahr angewandt worden, wenn der Bestand des Rudels dezimiert war, solange die erfahrensten Rüden die Gegend erkundeten. Dann hieß es aufpassen und zusammenbleiben. Klimt zeigte sich in solchen Situationen nicht im Mindesten beunruhigt, und seine Entscheidung, auf dem Steilfeld zu bleiben, bewies, dass er dort oben, zumindest im Moment, keine große Gefahr witterte und dass Tervicz und Kobrin möglicherweise herausfanden, was er wissen musste. Aber vielleicht war ja überhaupt nichts.

Jedenfalls war es ein langer Sommer und eine schwere Jagdsaison gewesen und Klimt hatte die letzten Tage dieses entmutigenden Herbstes dazu nutzen wollen, mit Elhana ernsthaft über ihre Zukunft zu sprechen, nachdem die Jungen nun ausgewachsen waren.

Wie Tervicz bei seinem Gespräch mit Kobrin bereits angedeutet hatte, kannten die Wölfe das Problem und machten sich deswegen Gedanken. Niemand erwartete unbedingt, dass Rudelführer und Leitwölfin persönlich miteinander auskamen, denn für ihre Aufgabe war einzig und allein ihre Dominanz innerhalb des Rudels maßgebend – gegenseitige Zuneigung war lediglich ein Pluspunkt. Die Verpflichtung gegenüber dem Rudel war oberstes Gebot, dann folgte die Verpflichtung gegenüber sich selbst und erst dann kam das Bemühen um einander.

Doch gegenseitige Zuneigung half einem Rudel in schwierigen Zeiten und Liebe zwischen Rudelführer und Leitwölfin, die etwas Seltenes war, war für das Rudel ein Segen. Aber selbst wenn ein Rudel so viel Glück hatte, wenn Leitwolf oder Leitwölfin von einem anderen Wolf besiegt wurden, stieg der Verlierer unweigerlich in der Hierarchie ab, wurde vielleicht sogar aus dem Rudel ausgestoßen.

Mittlerweile wussten sogar die beiden verträumtesten und widerspenstigsten Jungwölfe, Lunar und Merrow, was Klimt hatte tun müssen, nachdem Elhana durch ihren Sieg über Jicin, die madjarische Wölfin, die er geliebt hatte, die Vormachtstellung unter den Weibchen gewonnen hatte.

Jicin war verbannt worden und mit ihr hatten noch zwei Wölfe das Rudel verlassen: Stry, der Abwechslung suchte, um über den Verlust seines Bruders hinwegzukommen, welcher auf dem Steilfeld von einer Lawine getötet worden war; und der mächtige Aragon, kurze Zeit Führer der Wölfe und einst der Geliebte Elhanas.

Der weise Klimt hatte alle drei ins Exil geschickt und ihnen aufgetragen die Wolfswege Westeuropas zu erforschen, bis die Jungen ausgewachsen waren, und ihm und Elhana Zeit und Raum zu lassen, die Jungen ungehindert und ohne unnötige Konflikte aufzuziehen. Ob die jungen Wölfe wussten oder ahnten, dass wohl eher Aragon von Spanien als Klimt ihr Erzeuger war, konnte niemand sagen, denn dieses Thema war unter den Wölfen tabu.

Jedenfalls war ihre Abstammung nicht ganz klar, denn Solar war vom Körperbau her ganz Klimts Ebenbild, während Lunar trotz seiner Wildheit und Gewandtheit und seines zerzausten Fells etwas von dem Stolz und dem Format Aragons besaß, der trotz seiner Launen und seiner Führungsschwächen etwas von der südlichen Sonne in seinem Wesen hatte und dessen leuchtender Blick einen gewissen Humor verriet.

Wie dem auch sei, Aragon, Stry und Jicin hatten das Herzland kurz nach der Geburt der Jungen verlassen und seitdem hatte man nichts mehr von ihnen gehört.

Nachdem die Jungen ihren zweiten Sommer gut überstanden hatten und der Winter vor der Tür stand, war Klimts und Elhanas Aufgabe erfüllt. Nun, da sie wieder mehr Zeit für sich selbst hatten, entdeckten sie den wahren Grund für die Lieblosigkeit, die zwischen ihnen herrschte und die sich an dem Tag, als Jicin lind die anderen das Rudel verließen, noch verstärkt hatte.

Nicht, dass Elhana Aragon besonders vermisste, denn ihre Beziehung war von wilder Leidenschaft und nicht von tiefer Liebe geprägt gewesen. Aragon hatte ihr den Frohsinn und die Sorglosigkeit vermittelt, die ein Wolf aus dem Süden im Sommersonnenschein verspürt, und wenn sie sich paarten, wurde ihre Sehnsucht nach sinnlicher Liebe befriedigt.

Aber als sie – vermutlich von ihm – trächtig wurde, setzte sie auf einmal andere Prioritäten, und sie, die Leitwölfin, fand Gefallen an ihrer Mutterrolle. Als die Jungen groß waren, war sie enttäuscht, dass anscheinend keiner von ihnen Aragons Temperament geerbt hatte, abgesehen von Lunar, der noch in manch anderer Hinsicht eine Enttäuschung war. Die jungen Wölfe hatten sich ihr entfremdet, und sie fühlte sich innerlich völlig leer. Sie vermisste die Welpen, die sie einmal gewesen waren, und irgendwie vermisste sie auch Aragon.

Aragon? Warum erschien er ihr rückblickend auf einmal so jung? Und ihre heimlichen Treffen – und es hatte viele gegeben – waren fast vergessen, nicht mehr als ein flüchtiger Sonnenstrahl auf dem Wasser oder das Wogen des Wollgrases am Ende des Sommers oder ein Samenkorn, das der Herbstwind vor sich her treibt.

Obwohl Elhana langsam alt wurde und vielleicht nur deshalb noch Leitwölfin war, weil sie seit Jicins Weggang keine Widersacherin mehr hatte (ihre Töchter waren noch zu jung, um ihr ernsthaft den Rang streitig zu machen), wollte sie noch einmal Junge bekommen. Damit hätte sie dann ihre Pflicht gegenüber dem Rudel erfüllt und den größtmöglichen Beitrag zum Schicksal der Wölfe der Zeit geleistet. Das würde genügen, und sie könnte sich endlich den Schmerzen hingeben, die sie seit Beginn der Winterstürme verspürte.

Da mittlerweile nur Klimt für eine Paarung infrage kam, würde sie es geschehen lassen, und sie hätte auch nichts dagegen, wenn Jicin im nächsten Jahr zurückkäme, denn ihr Platz in der Geschichte des Rudels wäre sicher, und sie würde Klimt die Zeit mit der Geliebten gönnen.

Liebe …

Manchmal fragte, sich Elhana, was das Wort eigentlich bedeutete, sofern es sich nicht um die Liebe zu ihren Jungen handelte. Die Hoffnung, Gefährtin eines Rudelführers zu werden, für den sie Liebe und Leidenschaft empfand, ein Traum, der sie von Italien ins Herzland geführt hatte, hatte sie fast aufgegeben.

Liebe? Trostlosigkeit lag in Elhanas Blick, selbst die Liebe zu ihren Kindern kühlte allmählich ab, alle Hoffnung schwand dahin … Wenn sie nur noch einmal trächtig werden würde, dann …

Klimt näherte sich dem Rudel. Seine Wache war beendet und Tare sollte jetzt seinen Platz bei der großen Felsenrinne einnehmen. Lunar war noch dort.

»Klimt …?«

Der große Klimt sah sie beklommen an und ließ den Blick zum fahlen, kalten Himmel schweifen, als habe ihre Stimme ihn an die Menschenflugzeuge erinnert, die sie so in Unruhe versetzt hatten.

»Klimt?«

»Elhana?«

Er ging zu ihr und ignorierte die neugierigen und fragenden Blicke der anderen.

»Wir müssen miteinander reden, mein Lieber«, sagte sie kühl.

»Ja«, erwiderte er und ging mit ihr. Er wusste, was sie von ihm wollte, war aber noch nicht dazu bereit. Es war noch zu früh. Erst einmal sollte es richtig Winter werden, und das Rudel sollte vom Steilfeld hinunter in den Wald ziehen und dann, vielleicht, im tiefsten Winter, in einem Moment in dem er vergaß, wie sie sein Gefühl erkalten ließ, und in Gedanken an eine andere, die noch immer sein Blut in Wallung brachte, würde er seine Pflicht tun und sich noch einmal mit ihr paaren. Wenn sie dann trächtig würde, wüsste er wenigstens, dass es seine Jungen waren.

Als er sie wegführte, außer Sichtweite der anderen, war er sich der Last bewusst, die auf ihm ruhte – seine Pflicht gegenüber dem Rudel und die Befriedigung ihrer Bedürfnisse. Irgendwo wandte er sich ihr zu und sah ihr in die Augen. Er musste, jetzt keine Wache halten, keine Nahrung beschaffen und keine Jungen tadeln oder anspornen. Es gab nur sie beide, und er spürte, wie tief die Kluft zwischen ihnen war.

»Du vermisst sie, nicht wahr, Klimt?«, sagte sie ruhig.

Er nickte ausdruckslos. Ihr Zugeständnis war ein gewisser Trost.

»Und Aragon, vermisst du *ihn?*«, fragte er.

Sie schüttelte lächelnd den Kopf.

Sie sahen sich schweigend an, und Klimt erschien die Kluft zwischen ihnen unüberwindbar. Der Verlust Jicins war für ihn heute noch genauso schmerzlich wie an dem Tag, als sie fortging.

»Ich will noch mehr Junge, Klimt«, sagte Elhana. »Das ist mein Recht, und das Recht des Rudels.«

Obwohl sie völlig ruhig zu sein schien, bebte ihre Stimme ein wenig. Sie war eine starke Leitwölfin und selbst wenn sie schärfere Konkurrentinnen gehabt hätte als Jicin, die nie wirklich nach der Führerschaft gestrebt hatte, wäre Elhana dennoch Siegerin geblieben wie vor Jahren in ihrem Heimatrudel in Süditalien.

Aber ... vor Klimt zitterte sie letztlich immer, denn sie wusste, dass er ein stärkerer und erhabenerer Führer war, als sie ihn sich je vorgestellt hatte. Sie hatte Angst vor ihm, sie respektierte ihn, und tief in ihrem Innern hätte sie vielleicht sogar Zuneigung für ihn empfinden können, wenn ... wenn er nur unbefangener mit ihr umgegangen wäre, mit ihr gelacht und Zeit für Vergnügungen gefunden hätte, wie Aragon es getan hatte. Aber dazu war Klimt nie imstande gewesen.

Sie hatte einen Traum von den Wölfen der Zeit und von ihrer Stellung unter ihnen gehabt; aber Klimt hatte eine bezwingende, mächtige Vision, und seine Rolle als Anführer war nichts im Vergleich zu seiner – für sie allzu fernen – Vision der heiligen Bestimmung des Rudels.

»Es ist das Recht des Rudels, Elhana, aber ... Ich bin

müde vom Sommer und nicht sicher, was wir als Nächstes machen sollen.«

»Mehr Junge, mein Lieber, das war seit jeher so Sitte in einem Rudel. Und du weißt, dass wir zahlenmäßig schwach sind. Momentan sind wir elf, aber mit Raute geht es zu Ende. Wer weiß, was der Winter bringen mag? In den Wintermonaten lebt der Tod am längsten, wie meine Mutter Lauria immer zu sagen pflegte.«

Bei dem Gedanken an Lauria musste sie lächeln, und sie hätte wohl noch mehr gelächelt, wenn Aragon da gewesen wäre, oder irgendein anderer Wolf, der wusste, wie man solche Erinnerungen wachrief und mit ihnen umging. Aber Klimts düsterer Blick ließ das Lächeln aus ihrem Gesicht verschwinden und spiegelte sich in ihren Augen wider.

»Sobald Kobrin und Tervicz zurück sind, werden wir in den Wald hinuntergehen, vorausgesetzt, sie halten es für ungefährlich. In den Wintermonaten können wir vielleicht … werden wir … ich …«

»Ja, Klimt.«

»Aber ehrlich gesagt, möchte ich mit dir keine Jungen mehr, Elhana.«

»Es ist deine Pflicht Klimt, und wir brauchen uns nur ein einziges Mal zu paaren.«

Klimt starrte sie an und für einen kurzen Moment meinte sie in seinen Augen Hass zu erkennen, aber da irrte sie sich. Es war kein Hass, sondern das plötzliche, schmerzliche Gefühl von Verlust, Sehnsucht und Einsamkeit. Es gab Tage und Momente, da hätte er weinen mögen – ja, es gab Momente, da weinte er tatsächlich beinahe. Und dies war so ein Moment.

»Mein Lieber …«, sagte sie und näherte sich ihm.

Er schüttelte leicht den Kopf und versuchte seine Scheu vor ihrem Annäherungsversuch zu verbergen. Sie blieb ruhig und wich wieder ein Stück zurück. Sie verstand ihn, er tat ihr Leid, und sie hatte Angst vor ihm; aber ein Teil von ihr sehnte sich nach ihm.

»Du hast Recht, Elhana«, gestand er, »das Rudel ist

wehrlos und braucht mehr Junge. Wir werden für Nachwuchs sorgen, auch wenn mein Instinkt mir sagt, dass es falsch ist. Unseren Jungen gegenüber haben wir unsere Pflicht erfüllt, und sie sind zu Wölfen herangewachsen, auf die man stolz sein kann.«

Schweigend dachten sie an die fünf Jungen, und das Gras vor ihnen zitterte unmerklich vor dem aufkommenden Winterwind.

»Solar wird eines Tages meinen Platz einnehmen und dann …«, sagte Klimt.

»Und Tare will Leitwölfin werden, aber es wäre besser, für frisches Blut zu sorgen«, fügte seine Gefährtin hinzu.

»Die Götter werden darüber entscheiden«, meinte Klimt.

»Die Götter …«, flüsterte Elhana nachdenklich.

Nach der Geburt ihrer Jungen war eine Wölfin erschienen, um einen Blick auf die Welpen zu werfen, und niemand hatte daran gezweifelt, dass es Wulfin selbst gewesen war. Einer der beiden Rüden, hatte sie erklärt, sei Wulf, der ein letztes Mal als sterblicher Wolf wieder geboren worden sei, um das dunkle Jahrtausend zu beenden. Ob dies die Erneuerung der Wolfheit oder deren endgültiges Ende bedeutete, wusste oder sagte sie nicht. Sie deutete auch nicht an, welcher der beiden Rüden Wulf war und welcher nur sterblich, aber mit der Zeit wurde deutlich, dass Solar derjenige war.

»Wir haben Lunar auf gleiche Weise großgezogen wie ihn«, sagte Klimt mit etwas lebhafterer Stimme, denn trotz allem empfand er Stolz und Zufriedenheit. »Wir haben Lunar jede Chance gegeben, aber trotzdem hat sich Solar als der Auserwählte erwiesen.«

»Es herrscht kein Groll zwischen ihnen«, meinte Elhana auch etwas freundlicher, denn in dieser Hinsicht waren sie sich immer einig. Jedenfalls hatte ihr Führer eingewilligt sich mit ihr zu paaren, bis sie trächtig wurde, und mehr konnte eine taktvolle Leitwölfin im Spätherbst von einem widerwilligen Rudelführer nicht erwarten. Wenn die Zeit gekommen war, würde Klimt sie nehmen und vielleicht machte es ihm dann sogar Spaß. Sie würde noch einmal werfen und wenn Solar einmal die Führerschaft übernahm, hätte er ein größeres Rudel als Klimt jetzt.

»Es herrscht überhaupt kein Groll«, stellte Klimt fest. »Lediglich Tare ist giftig, weil sie alles immer sofort haben will, und hofft, deinen Platz vor der Zeit einnehmen zu können.«

»Sie wird es versuchen und sich mit dir paaren wollen, Klimt«, bemerkte Elhana nüchtern.

Klimt lächelte. »Das wird ihr nicht gelingen. Sie besitzt nicht den Charme ihrer Mutter.«

Elhana war froh, dass er solche Dinge auf die leichte Schulter nahm, und sie zweifelte nicht im Geringsten daran, dass er im Gegensatz zu anderen Führern auch meinte, was er sagte.

»Wenn du tatsächlich Junge bekommst, wird es schwierig werden, Tare beim Rudel zu halten«, sagte er, »aber wir schaffen das schon. So oder so, wir sind ein gutes Gespann, Elhana, gute Rudelführer. Tut mit Leid, dass ich ... eine Enttäuschung für dich bin.«

»Und mir tut es Leid, dass ich so bin, wie ich bin«, meinte Elhana.

Überraschend trat er ein Stück vor, beugte sich zu ihr hinab und berührte ihr Gesicht mit seiner Schnauze, noch zaghaft aber liebevoll, respektvoll und auf seine Art mit Verständnis.

»Ich würde dich bis zum Tod verteidigen, Elhana«, sagte er.

»Und ich glaube nicht, dass ein anderer Führer sich in dem Maße meinen Respekt verschafft hätte oder mich so oft würde erzittern lassen wie du, Klimt.«

Sie standen eine Weile schweigend beisammen und blickten über das Steilfeld und die fernen Klippen; über den höchsten kreiste jetzt wieder der einsame Adler.

»Alles verändert sich auf einmal«, sagte Klimt »und ich weiß nicht was wir am besten tun oder wohin wir gehen sollen. Ich spüre auch Gefahr. Ich –«

Von der östlichen Klippe ertönte der Ruf eines Wolfes.

»Das ist Lounel«, sagte Klimt. »Ob Kobrin und Tervicz schon zurück sind …?«

Beide machten sich auf den Rückweg zum Versteck, brachen erst aus der Deckung hervor, als sie etwas höheres Terrain erreichten, und waren sofort still. Das Donnern der Kanonen war weit entfernt und das Rattern der Maschinengewehre seltsam schwach. Die Menschen wieder einmal …

»Komm, meine Liebe, keine Angst, du sollst deine Jungen haben. Das ist eindeutig meine Pflicht, obwohl ich es nur ungern tue.«

Wieder dieses kurze, traurige Lächeln, wieder stand die Pflichterfüllung im Vordergrund und wieder empfand Elhana Respekt und Sympathie, aber keine Liebe für einen Wolf, der zuallererst Rudelführer war.

»Wulfin«, flüsterte sie, als er ging und sich zum Rudel gesellte, »mach, dass er eines Tages sein Glück findet …«

Lounel hatte Klimt tatsächlich gerufen, aber nicht um zu melden, dass Tervicz und Kobrin sich auf dem Rückweg befanden.

»Was ist denn?«, knurrte Klimt etwas ungeduldig, denn Lounel hatte so einen vagen, forschenden Blick wie ein Wolf, der meint, er habe etwas Wichtiges zu sagen, sich aber nicht ganz sicher ist was; oder wenn er es weiß, sehr unsicher ist, wie die Nachricht wohl aufgenommen wird.

»Ich habe eine Witterung aufgenommen, und ich dachte, du solltest es wissen«, erklärte Lounel und lief dabei unruhig hin und her. Lounel war ein staksiger Wolf mit langen Beinen, schmächtigem Körper und Augen, die manchmal wild und aufgeregt funkeln konnten wie jetzt gerade.

»Menschen?«, fragte Klimt. Er wusste, dass seinem Freund in Momenten wie diesem mehr damit gedient war, wenn man ihm auf die Sprünge half, anstatt mit Ungeduld zu reagieren, was ihn nur nervös machte.

Lounel schüttelte den Kopf.

»Madjaren?«, sagte Klimt denn er hatte fast mit ihrem

Erscheinen gerechnet, wenn auch nicht in diesem Teil des Steilfeldes. Sie würden wohl eher bei der großen Felsenrinne auftauchen, der südlichen Grenze zwischen den beiden Revieren.

»Ich glaube nicht«, antwortete Lounel. »Jetzt, Klimt, da …«

Die beiden Wölfe hoben ihre Schnauzen in den Wind, der von Westen kam, und Klimt war überrascht, dass er den Geruch nicht identifizieren konnte, obgleich er zwar seltsam, aber nicht besonders ungewöhnlich war.

»Was ist das, Wolf?«, fragte er.

»Thymian und Estragon«, sagte Lounel leise, und dabei lag eine gewisse Ehrfurcht in seiner Stimme.

»Kräuter?«, fragte Klimt. »Eine ungewohnte Jahreszeit für derlei Gerüche, obwohl die Sonne vermutlich noch Kraft genug besitzt, um einige Pflanzen noch einmal spät blühen zu lassen …«

»Es riecht nach Kräutern, aber es sind keine«, erklärte Lounel. »Die Legende besagt, dass dies die Witterung von heiligen Wölfen ist, von Reisenden, von Lehrern, von all jenen, die aus der Vergangenheit kommen und den Wölfen in der Gegenwart Mitteilungen überbringen.«

»Mhmm!«, meinte Klimt und wandte sich wieder dem Rudel zu. »Sei so gut, Lounel, und sag mir Bescheid, wenn diese Geister erscheinen, denn ich möchte nicht, dass wir überrascht werden. In der Zwischenzeit halte bitte weiter Ausschau nach Tervicz und Kobrin, ja, und lass mich wissen, wenn sie kommen.«

»Ja«, erwiderte Lounel vage. Er war überhaupt nicht verärgert über Klimts Ironie. »Die Dinge ändern sich, Klimt und werden sich weiter ändern.«

Seine Worte wurden von dem kalten Wind fortgetragen, der flüchtige Duft von Thymian und Estragon schien auf einmal verschwunden zu sein, und Klimt wandte sich wieder seinen Pflichten zu.

Kapitel 3

Die Wölfe der Zeit kehren ins Winterrevier zurück und stellen fest, dass ihre Welt sich für immer verändert hat

Als jener denkwürdige Tag sich dem Ende zuneigte und die Dunkelheit hereinbrach, machte sich das Rudel allmählich Sorgen um Tervicz und Kobrin. Der Himmel war sternklar und als der Wind sich legte, wurde es noch kälter, und die Tümpel froren zu. Die Wölfe sprachen wenig, aber alle dachten an Kobrin und Tervicz, denn bis zum Einbruch der Dunkelheit war das Donnern der Kanonen zu hören gewesen, entfernt zwar, aber immer anhaltender.

Klimt blieb wie immer ruhig. So mancher Rudelführer hätte vielleicht andere losgeschickt, um die beiden zu suchen, er nicht. Wenn er Wölfen eine Aufgabe stellte, erwartete er, dass sie sie erfüllten. Am Abend brach er nur einmal sein Schweigen, um für den Fall, dass jemandem Zweifel kamen, zu bemerken, dass die beiden Wölfe ganz gewiss die Stellung der Menschenkanonen, die sie alle gehört hatten, ausmachen und bei Tagesanbruch zurückkehren würden.

»Kobrin gehört nicht zu denen, die ohne triftigen Grund die Zeit vertändeln, und er und Tervicz kennen das Tal so gut wie wir und viel besser als die Menschen. Also, ruht euch aus, Wölfe, und haltet euch warm, denn wenn keine Gefahr besteht, brechen wir morgen zum Winterquartier auf. Lunar, übernimm du anstelle von Merrow und Lounel die Wache im Osten, denn die beiden sehen müde aus.«

Lunar nickte und warf einen Blick zu Solar, der sonst immer solche besonderen Aufgaben übernahm. Aber vermutlich wurde Solar am folgenden Tag für eine schwerere Arbeit gebraucht.

»Macht es dir etwas aus, meinen Platz einzunehmen?«, flüsterte Merrow und ließ sich neben Lunar nieder.

Lunar schüttelte den Kopf und blickte zu den funkelnden Sternen hinauf, die bei zunehmender Dunkelheit heller zu strahlen schienen.

»Hier oben sehen sie immer heller aus«, sagte er, »leuchtend wie Beeren, glänzend wie Tau in der Sonne ...«

»... strahlend wie Neuschnee, hell wie dein Lachen«, fuhr Merrow lächelnd fort.

Die beiden spielten wie immer ein Spiel, und die anderen ignorierten sie und versuchten zu schlafen.

»Schau!«, sagte Merrow mit ehrfurchtsvoller Stimme und deutete auf die Konstellation von Mistur und Hrein, der Erste bestehend aus einer Million Sterne, der Zweite aus sieben gewaltigen Sternen, die am östlichen Himmel eine Ellipse bildeten.

Lunar nickte schweigend, mit großen Augen und offenem Maul, und vergaß die Kälte. Bruder und Schwester erlebten gemeinsam ohne viel Worte dieselben Wunder.

»Es heißt, Mistur und Hrein liebten einander«, sagte Merrow leise.

Liebe ...

Im Laufe des Sommers hatte Lunar begriffen, was das Wort bedeutete und dass er seine Schwester Merrow liebte. Es machte ihn glücklich, Sonne und Sterne, das Kreisen der Adler und das Geräusch herabstürzender Geröllmassen mit ihr zu teilen.

»Bist du müde?«, fragte er.

Sie nickte.

»Aber ich bin glücklich«, fügte sie etwas später hinzu. Während Lunar immer noch die Sterne betrachtete, fielen ihr allmählich die Augen zu. Er spürte ihre wärmende Flanke an seiner, hörte sie leise atmen und wünschte, alles könnte so bleiben, wie es war. Er schauderte und sah, dass Mond und Sterne sich bewegt hatten.

»Veränderung liegt in der Luft«, sagte er und bekam Angst.

Er betrachtete Merrow und sah, dass sie schlief. Plötzlich wurde er unruhig. Er erhob sich, ging zu Raute und legte sich neben sie.

»Lunar?«, krächzte sie, und ihre Stimme klang so alt. Sie wollte sich nur vergewissern, dass er es war.

»Hm«, sagte er und nickte. Früher musste sie nicht fragen, aber jetzt war sie alt, und ihre fünf Sinne ließen sie immer öfter im Stich.

»Heule die Sterne für mich herab, mein Lieber, wenn du nicht schlafen kannst«, sagte sie.

»Ich muss später noch Wache halten«, erklärte er.

»Wölfe sollten sich ausruhen, wenn sie können, denn wer weiß, wann die Götter ihre Stärke brauchen. Oder?«

»Ich nicht«, meinte Lunar und rückte mit seiner Flanke näher an sie heran.

Liebe ... Vermutlich liebte er auch die alte Raute.

»Heule die Sterne für mich herab, mein Lieber«, wiederholte sie, »denn auch ich finde keine Ruhe.«

»Ich werde mit Mistur beginnen«, sagte Lunar, »der ...«

Und er begann leise die Sterne am Himmel herabzuheulen, ohne zu ahnen, dass seine Stimme den anderen Trost spendete und seinen älteren Bruder Solar in den Schlaf wiegte. Lunar gefiel es zu heulen, zu beobachten, mit Worten zu spielen und Geschichten, die man ihm erzählt hatte, weiterzugeben, und das vor allem nachts.

Lunar war von allen am ehesten ein Wolf der Nacht.

»Weiter ...«, sagte Raute.

Und Lunar heulte, Stern um Stern, Konstellation um Konstellation, und machte daraus ein Mandala in der Nacht, wie Raute und Lounel es ihn gelehrt hatten und was nur die zarte Merrow noch besser konnte als er. Schließlich schliefen alle Wölfe außer ihm, und seine Stimme verhallte mit dem Namen der undeutlichsten, am weitesten entfernten Konstellation, die die Wölfe in früherer Zeit Tio nannten und die sie heute als Zeit kennen.

Dann begab er sich auf seinen Posten und versuchte sich auf seine Aufgabe zu konzentrieren und nicht einzuschlafen.

Wrooom ... !Tschschsch ... ! RrRrRrRrRrRRRRRRRRRR!

Kurz vor Tagesanbruch zerriss der ohrenbetäubende Lärm von Tieffliegern jäh die Stille und versetzte das ganze Rudel in Angst und Schrecken. Als die Maschinen sich wie tags zuvor in Richtung Wald und Tal entfernten, war wieder das Krachen von Menschenbomben und das Rattat-tat von Menschengeschützen zu hören. Und wieder folgte, diesmal in der eiskalten Dunkelheit das Geräusch herabstürzender Geröllmassen; das fortwährende Donnern von Kanonen und Granaten war begleitet von Lichtblitzen, mal grell, mal schwach, mal kürzer, mal länger.

»Lunar, pass auf das Rudel auf«, bellte Klimt. »Lounel, Solar, ihr kommt mit mir. Wir steigen zur Passhöhe hinauf und sehen nach, was los ist.«

»Wollen wir nicht nach Kobrin und Tervicz suchen?«, fragte Solar.

Klimt schüttelte den Kopf. »Sie kennen ihre Aufgabe genau und werden sich bei Gefahr verstecken. Kundschafter haben die Pflicht, auf sich aufzupassen, damit sie unversehrt zurückkehren und Meldung machen können. Die beiden verstehen ihr Geschäft wie kein anderer. Und jetzt kommt, denn wir müssen sehen, ob unser Rudel hier noch sicher ist.«

RRRRRRRrRrRrRrRrRrRrRRRR ... ! Krach!

Ganz in der Nähe, irgendwo jenseits des Passes über ihnen, erhellte plötzlich ein weißblauer Blitz für kurze Zeit die Ostseite der Klippen wie tausend Monde.

»Kommt«, knurrte Klimt ...

Bei Sonnenaufgang waren sie wieder zurück. In der Nähe war kein Kriegslärm mehr zu vernehmen, aber in einiger Entfernung hallte das Donnern und Krachen von Kanonen und Granaten unvermindert durch die Morgendämmerung.

»Wir konnten nicht viel sehen, nur die Lichtblitze«, berichtete Solar etwas später seinen Geschwistern. »Und dann war da dieser beißende Geruch von Menschenqualm.«

»Will Vater gar nicht nach Kobrin und Tervicz suchen?«, fragte Rohan besorgt.

»Nein«, ertönte Klimts tiefe Stimme, als er sich zu ihnen gesellte. »Wie gesagt Kobrin und Tervicz verstehen ihr

Handwerk. Man sollte niemals überstürzt handeln und andere hinter Kundschaftern herschicken, es sei denn, es gibt einen triftigen Grund dafür.«

»Wenn du zum Beispiel etwas wüsstest, was sie vielleicht noch nicht wissen?«

»Genau, Solar«, erwiderte Klimt anerkennend.

»Also sollen wir einfach nur warten?«, fragte Rohan.

Nicht nur ihre Geschwister warteten gespannt auf Klimts Antwort, sondern auch die älteren Wölfe. Alle machten sich Gedanken über das Schicksal der beiden, die jetzt schon fast einen ganzen Tag fort waren.

»Warten und ausruhen«, sagte Klimt, legte sich hin und schloss die Augen.

Er war so ruhig, so entspannt ein solches Beispiel für das Rudel, dass er wenig später, als die Düsenflugzeuge erneut über sie hinwegflogen – der Erste einer ganzen Reihe von Flügen an diesem Morgen –, nur die Ohren spitzte, aber kaum die Augen aufmachte.

Als er merkte, dass die anderen immer unruhiger wurden, sagte er nur: »Lasst die Menschen tun, was sie für richtig halten, und lasst uns Wölfe Vertrauen zueinander haben.«

Drei Tage dauerte die Schlacht, und drei Tage warteten die Wölfe auf die Rückkehr von Kobrin und Tervicz. Klimt bewahrte als Einziger die Ruhe, denn schließlich verriet sogar der normalerweise unerschütterliche Lounel Anzeichen von Nervosität, während Elhana sichtlich besorgt war. Vielleicht ahnte sie, dass, wenn Kobrin und Tervicz nicht zurückkehrten, das Rudel zunehmend den Angriffen der Menschen und der Madjaren ausgesetzt wäre. Das konnte bedeuten, dass ihre Chancen, im kommenden Frühjahr Junge zu werfen, sich deutlich verringerten, denn Stress wirkte einer Empfängnis entgegen.

Am Morgen des vierten Tages schließlich verstummte der Kriegslärm so plötzlich, wie er begonnen hatte, und kurz darauf tauchten Kobrin und Tervicz so plötzlich, wie sie verschwunden waren, in Sichtweite des Passes auf. Rohan, die gerade Wache hielt, durfte die Nachricht von ihrer Rückkehr mit Gebell verkünden. Ihr Willkommensgruß fiel umso herzlicher aus, weil sie in letzter Zeit mehr als nur Interesse für Tervicz gezeigt hatte, auch wenn er bislang ihre Gefühle nicht erwiderte.

Beide wirkten erschöpft, und ihr Pelz war schmutzig von Staub und Öl, doch abgesehen von ein paar Schrammen und Prellungen hatten beide keine Verletzungen davongetragen, die ein gutes Essen, ein Bad und Ruhe nicht hätten heilen können. Beide schien das Erlebte ziemlich mitgenommen zu haben, und sie waren sichtlich erleichtert, mit dem Leben davongekommen zu sein. Als im Laufe des Tages Einzelheiten ihrer Geschichte bekannt wurden, erkannten die Wölfe, dass sie ihre Ahnung von einer weit reichenden Veränderung in ihrer Umgebung nicht getrogen hatte.

Kaum hatten die beiden Wölfe nach jener ersten Begegnung mit den Tieffliegern vor vier Tagen die Passhöhe im Osten erklommen, da war auch schon der Lärm der schweren Geschütze aus dem Tal zu ihnen heraufgedrungen.

»Wie ihr wisst, kann man von hier oben nicht viel sehen«, sagte Tervicz, der den Großteil der Geschichte erzählte. Kobrin fügte nur hin und wieder etwas hinzu und nahm zu ihrer Strategie Stellung, weil er sich auf dem Gebiet auskannte.

»Wir nahmen die übliche Route hinunter in den Wald, und bis dahin war keine Spur von Menschen zu entdecken. Aber Kobrin warnte davor, zu schnell durch den Wald in Richtung Tal vorzurücken, und er hatte Recht. Am östlichen Waldrand lauerten überall Menschen mit Gewehren. Das Rotwild, das sich normalerweise dort aufhielt, hatte sich längst in die höher gelegenen Felsschluchten zurückgezogen.«

»Auf dem Weg ins Tal sind wir auf mehrere Rudel Rotwild gestoßen«, knurrte Kobrin, »und hätten wir keinen Auftrag gehabt, hätten wir unserem Rudel zu ein oder zwei üppigen Mahlzeiten verhelfen können!«

»Außerdem waren alle Vögel fort«, berichtete Tervicz weiter. »Wir hatten den Wald für uns allein, und bald stellten wir fest, dass die Menschen viel zu sehr mit ihren eigenen Angelegenheiten beschäftigt waren, um sich um unsereins zu kümmern …«

Später begaben sich die Menschen im Schutz der Dunkelheit weiter talwärts, und die beiden Wölfe folgten ihnen.

»Bei Tagesanbruch kamen weitere Düsenflugzeuge vom Steilfeld herüber«, fuhr Tervicz fort, »und wir wussten, dass ihr sie gesehen und gehört haben musstet. Wir beschlossen, den Menschen weiter zu folgen, um zu sehen, was es zu entdecken gab, aber als unten im Tal Bomben fielen, entschied Kobrin, nicht von der Stelle zu weichen und sich nicht sehen zu lassen. Ein Wolf kann einer Kugel nicht entkommen. Eineinhalb Tage blieben wir, wo wir waren, beobachteten, lauschten, witterten den Qualm und Rauch, der an uns vorüberzog, hörten und sahen Bombenexplosionen und Geschützfeuer, und gegen Ende dieser Kampfphase vernahmen wir die Rufe und Schreie der Menschen.

Schließlich wagten wir uns im Schutz der Dunkelheit weiter vor und irgendwann stießen wir unten im Tal auf die ersten Leichen, blutverkrustet, übersät mit Maden, stinkend. Danach kamen wir durch eine kleine Siedlung und dann durch eine zweite, die Häuser dunkel und verlassen, und es roch nach Tod.

Wir folgten den Spuren der Menschen, auf die wir zuerst im Wald gestoßen waren, und es sah so aus, als brächten sie den Tod ins Tal und als seien die Düsenflugzeuge, die über uns hinwegflogen und ihre Bomben über dem Tal abwarfen, ihre Verbündeten in diesem Krieg.

Nicht alle Menschen, die wir fanden, waren tot und nicht alle waren erwachsen. Einige waren noch klein, kaum älter als junge Wölfe. Sie riefen leise nach ihren Müttern oder schrien vor Angst und Schmerzen. Ihre Körper waren blutüberströmt, und sie schrien und wimmerten, bis sie starben.«

»Oder bis sie von den Menschen, die zurückkamen, getötet wurden«, fügte Kobrin hinzu.

»Ja …«, sagte Tervicz finster. »Und dann saßen wir plötzlich in der Falle.«

»Nicht ganz, Wolf«, entgegnete Kobrin scharf. »Es gab

bestimmt mehr als eine Fluchtmöglichkeit aus unserem Versteck unter den Steinen, aber angesichts der vielen Menschen und Kanonen war es am klügsten, zu bleiben, wo wir waren.«

In ihrem Versteck wurden die beiden Wölfe Zeuge eines Massakers von Menschen an Menschen, von Schießereien und Bränden. Sie waren so nah am Geschehen, dass das Blut der Toten und Verwundeten auf sie herabtropfte und die Flammen ihnen den Pelz ansengten.

»Wir blieben noch einen Tag und eine Nacht in unserem Versteck, und vielleicht wären unsere Kräfte vor Hunger und Durst erlahmt, hätten die Menschen nicht freundlicherweise direkt über uns und in einer nahe gelegenen Umzäunung Kühe und Schweine geschlachtet«, bemerkte Tervicz mit grimmigem Lächeln.

»Ich musste ihn sogar davon abhalten, alles in sich hineinzuschlingen«, sagte Kobrin ironisch. »Aber …«

»Ja, Wolf«, fragte Klimt, denn er spürte, dass mehr dahinter steckte.

»Wir hatten über die Möglichkeit gesprochen die toten Menschen zu fressen, falls …«

Die Jungwölfe erschraken, denn das verstieß gegen die Lehre der Wolfheit.

»… falls es so weit kommen sollte. Aber es widerstrebte uns, genauer gesagt, unserem zart besaiteten Freund hier. Wie du wohl weißt Klimt, habe ich selbst schon vor Jahren auf meiner langen Reise ins Herzland Menschenfleisch gekostet, und ich hätte es wieder getan, um bei Kräften zu bleiben.«

»Hm!«, ließ Tervicz verlauten, ehe er fortfuhr. »Danach verließen die Menschen in Fahrzeugen die Siedlung und ließen nichts lebend zurück. Kein Huhn gackerte, kein Schwein grunzte, kein …«

»Nur deine Fürze waren zu hören, mein Freund«, meinte Kobrin sarkastisch, »weil du zu viel gefressen hast!«

Die beiden Wölfe blieben noch ein paar Stunden in ihrem Versteck und machten sich dann langsam und vorsichtig auf den Weg zurück in den Wald.

»Kobrin fürchtete, es könnten noch Vorposten der Menschen in der Nähe sein, so wie wir Wölfe an solch einem Ort Beobachter zurücklassen würden, und er hatte Recht«, sagte Tervicz. »Deshalb brauchten wir so lange für den Rückweg. Jedenfalls schien es vernünftig zu sein, oberhalb des Waldes Halt zu machen und abzuwarten, ob die Menschen ihre Posten verließen, damit wir euch mitteilen konnten, wann und ob ihr aufbrechen könnt, jetzt, wo der Winter vor der Tür steht.«

»Ein alarmierender Bericht«, meinte Klimt, »über den es nachzudenken gilt und der nach weiteren Erkundungen verlangt. Bislang hatten wir Glück, dass es so lange trocken geblieben ist.«

Der klare blaue Himmel der vergangenen Tage war jetzt wolkenverhangen, und die Nächte waren bitterkalt. Sie könnten gut und gern noch eine Weile auf dem Steilfeld ausharren, aber Rotwild und Hasen, die ihnen normalerweise als Nahrung dienten, waren fort und die vereisten Tümpel deuteten darauf hin, dass auch die Bäche in Kürze zugefroren sein würden. Sie würden bald aufbrechen müssen.

»Da so viele Tiere aus dem Wald in höhere Regionen geflüchtet sind, werden wir auf der Ostseite des Passes leichter Nahrung finden als hier auf dem Steilfeld«, sagte der findige Kobrin.

»Du meinst, wir sollten auf die Ostseite hinübergehen und erst in den Wald zurückkehren, wenn wir sicher sind, dass dort die Luft rein ist«, fragte Klimt.

Kobrin nickte, und die anderen älteren Wölfe pflichteten ihm bei.

Die Sache war beschlossen, und damit endete ihr Aufenthalt auf dem Steilfeld. Die Wölfe nutzten die vorübergehende Waffenruhe und verließen ihr Sommerrevier. Sie folgten Klimt das steile Geröllfeld zum Pass hinauf. Die Luft wurde kälter, und hinter ihnen zogen an dem blassgrauen Himmel über dem Steilfeld, das in den vergangenen Monaten ihre Heimat gewesen war, dunkle Wolken herauf und kündigten die ersten starken Schneefälle dieses Jahres an.

Den Jungwölfen erschien die Überquerung des Passes wie der Übergang ins Erwachsenenalter, denn obwohl sie im Sommer von Zeit zu Zeit diesen Weg gegangen waren, waren sie in den vergangenen Wochen reifer geworden und sahen in Klimt jetzt eher den Anführer als den Vater. Elhana spürte, dass der Zeitpunkt gekommen war, und distanzierte sich bewusst von ihren Jungen, um ihnen zu zeigen, dass sie nicht länger unter ihrem besonderen Schutz standen und ihren eigenen Platz im Rudel finden mussten – womit sie bereits begonnen hatten.

So gesellte sich Solar auf ihrer Reise ins Winterrevier zu den Anführern an der Spitze des Rudels, während Lunar etwas zurückblieb und seine Schwester Tare demonstrativ vor ihm ging und knurrte, wenn er zu nahe kam. Er zeigte sich ihr gegenüber gleichgültig, obwohl er innerlich anders fühlte, und wäre Rohan nicht in der Nähe gewesen und hätte ihm zugelächelt und hätte Merrow nicht bereitwillig sein Lächeln und Zwinkern erwidert, hätte er sich wahrscheinlich einsam und verdrängt gefühlt.

Aber solche Gedanken wurden bald zerstreut, als sie ein paar Stunden später den Pass bereits weit hinter sich gelassen hatten und die Rinne erreichten, die sie sicher hinunter in den Wald führen würde. Schließlich erstreckte sich vor ihnen das weite Tiefland, wo sie den Winter verbringen wollten.

Obwohl sie wussten, dass das Land jetzt durch den Krieg der Menschen verunreinigt war, konnten sie zunächst kaum Spuren von Verwüstungen oder von Menschen entdecken, obwohl ein blaugrauer Dunstschleier über dem nördlichen Tal darauf hindeutete, dass einige Feuer, von denen Kobrin und Tervicz berichtet hatten, noch nicht erloschen waren.

Das Winterrevier der Wölfe der Zeit liegt im Nordosten der Hohen Tatra in einem abgelegenen Tal mit bewaldeten Höhenzügen, deren tiefer gelegene Regionen über Jahrhunderte hinweg von den Menschen gerodet und in Weideland umgewandelt worden waren.

Bevor die Wölfe ein Jahrhundert zuvor von den Menschen verfolgt und aus dem Tal vertrieben wurden, durchstreiften sie die bewaldeten Höhen, aus deren Deckung heraus sie Beutetiere in den Niederungen angreifen konnten. Von hier aus konnten sie dem Rotwild aus dem Wald heraus nachjagen oder hin und wieder, in schweren Zeiten, krankes und sterbendes Vieh der Menschen reißen.

Unter Klimts Führung entdeckten die Wölfe der Zeit dieses Waldland wieder neu, und mit der Zeit nannte das Rudel die bewaldeten Regionen einfach nur noch den ›Wald‹ und die Niederungen das ›Tal‹. Dort wurden sie nur selten von den Menschen gestört.

Zwischen dem Waldrand und den großen dunklen Klippen, die über ihm emporragen und den Anfang der Hohen Tatra markieren, ist der Boden durch große, herabgestürzte Gesteinsbrocken, Geröll und Grasnarben felsig und uneben. Hier fließen unzählige Rinnsale und Bäche über (und manchmal auch unter) dem Geröll, die allesamt den Klippen entspringen. Ihre Ursprünge sind die Quellen und Wasserfälle, einige groß, viele klein, und ein paar nicht mehr als Tropfen und Rinnsale, die von den Klippen herunterkommen und von den Regenfällen gespeist werden, die über den Bergen niedergehen.

Einige der Wasserfälle sehen von der anderen Seite des Tales aus wie Wahrzeichen, wie gezackte weiße Linien, die sich die Klippen hinabschlängeln. Bläst der Wind von Norden, wird das Wasser der größeren Wasserfälle als feiner Sprühnebel in Richtung Süden getragen.

Ein Wolf konnte stundenlang zusehen, wie ein Wasserfall gegen den Wind ankämpfte, wie das Wasser über die Klippen gepeitscht wurde, wie es im Fels Zuflucht fand und dann in Bächen und Flüsschen zu dem Geröll und den Grasnarben hinabfloss. Bis schließlich der Wind nachließ und der Wasserfall sich seinen rechtmäßigen Platz in den dunkleren Spalten zurückeroberte, die er über Jahrhunderte hindurch ausgewaschen hatte.

Aber meistens waren die größeren Wasserfälle stärker als der Wind und stürzten beharrlich und ewig die Felsen hinab, wobei ihr donnerndes Getöse, vor allem bei Hochwasser, ebenso beeindruckend war wie ihr Anblick. Dort oben, zwischen Felsen, Geröll und Wasserfällen, konnte ein Wolf weder sich selbst noch seine Feinde hören, noch konnte er bei Wind leicht die Witterung von Freund und Feind aufnehmen. Deshalb bot der ruhigere Wald besseren Schutz und das Rudel hielt sich lieber dort auf.

Oberhalb des von den Wölfen bevorzugten Waldstücks, etwas nördlich und als Markierungspunkt für die Grenzen ihres Territoriums, stürzte der größte Wasserfall dieser Gegend zu Tal. Obgleich er nicht der größte entlang der Klippen war – ein Stück weiter nördlich gab es gewaltigere Wasserfälle –, war er der Einzige in ihrem Revier, dessen Tosen selbst an einem windigen Tag, an dem der Lärm sich nur schwer fortpflanzte, noch am anderen Ende des Tales zu hören war.

Die Wölfe nannten ihn einfach den Wasserfall, obwohl Lounel sicher war – und der fantasievolle Lunar stimmte ihm bereitwillig zu –, dass in der Vergangenheit die Wölfe, die in dieser Gegend lebten, bevor die Menschen sie von dort vertrieben und die Erinnerung des Rudels zerstörten, einen passenderen Namen für ihn gehabt hatten.

Klimt selbst neigte weniger zu solchen geistigen Höhenflügen, obwohl auch er im Herbst des Geburtsjahres der Jungen auf den ersten Blick feststellte, dass der dunkle, tiefe Widerhall des Wasserfalls darauf hindeutete, dass er früher einmal Teil eines Wolfsweges gewesen war. Jenseits des Tales waren die höheren Regionen des Wasserfalls besser zu sehen. Stellenweise schimmerte das helle Wasser fast graugrün.

In den Zeitaltern seiner Entstehung hatte der Wasserfall eine tiefe, komplexe Spalte im Fels hinterlassen, eine überhängende, triefnasse Rinne von solchem Ausmaß, dass jeder Wolf, der sich dort hineinwagte, nur Ehrfurcht und Unbehagen empfinden konnte. In dieser höhlenartigen Spalte stürzte der Wasserfall in die Tiefe, bildete am Fuß der Spalte einen Teich, dessen Wasser die umliegenden Felsen überspülte, ehe es über die schartigen Kanten schwappte und zwischen den Klippen hinabstürzte, um schließlich in einem Gischtschwall auf dem unebenen Gelände oberhalb des Waldes niederzugehen und zwischen Dämmen aus Stein und Gras hinab durch den Wald selbst zu fließen, dann weiter, tosend und tobend, zu den tiefer gelegenen Weiden und hinunter zum Fluss unten im Tal.

Lounel war sich fast sicher, dass ein mutiger oder tollkühner Wolf tief in die Rinne vordringen und dort Höhlen und geheime Plätze entdecken könnte, wo zweifellos einst legendäre Wölfe gehaust hatten, auch wenn jetzt nur Raben und Taucher dort aus und ein flogen.

Lunar hatte sich von solchen Gedanken stets inspirieren lassen, aber da die Wölfe diese Gegend nur zu Beginn des Winters aufsuchten, wenn es aufgrund der Regenfälle für einen Wolf zu gefährlich war, zu den geheimen Plätzen in den Klippen vorzudringen, und sie im Frühling wieder verließen, wenn das Tauwetter für Hochwasser sorgte, hatte er nie Gelegenheit gehabt, alles gründlich zu erforschen.

»Nur im Sommer, bei Dürre, können wir dorthin gelangen«, schrie Solar an einem Wintertag beim Betreten der Rinne, um das Tosen des Wasserfalls zu übertönen. Obgleich Solar von dem Ort ebenso fasziniert war wie Lunar, hatte er nicht das Verlangen, ihn zu erkunden.

»Oder wenn alles gefroren ist«, sagte Lunar leise und sah zu den tropfnassen Felswänden hinauf. Einmal, als er hierher gekommen wer, waren die grauen Felswände mit glänzendem Raureif bedeckt und die Felsen mit einer gefährlich dünnen Eisschicht überzogen gewesen. Doch der Wasserfall war weiter mit Getöse in die Tiefe gestürzt, und keiner glaubte daran, dass er jemals gefrieren würde oder dass ein Wolf, wenn es so weit käme, sich in seine Nähe wagen würde.

Die Klippen gehörten zu dem großen Steilhang am Westrand des Tatragebirges, und die heutigen Wolfswege zum Steilfeld führten über Pässe südlich des Wasserfalls. Menschen benutzten diese Wege selten, denn über das Moorland im Süden und Osten, durch das ein paar Straßen führten, war das Steilfeld leichter zu erreichen.

Im Sommer ließen Schäfer ihre Herden im Tal weiden.

Doch in der Regel waren es die Spaziergänger, die den Wölfen signalisierten, dass es Zeit war, zum Steilfeld zurückzukehren. Im Winter waren im Tal nur vereinzelt Menschen anzutreffen, die dort Wanderungen unternahmen, sich umschauten und nachdachten. Die Menschen bemerkten die Wölfe nur selten, während die Wölfe die Menschen stets beobachteten.

In diesem weiten, zerklüfteten Hochland mit seinen Geröllhalden und tosenden Wasserfällen, mit Schnee und Eis im Winter, mit den satten grünen Grasnarben und Moosflächen, auf denen im Frühling das gelbe Fünffingerkraut und der leuchtend blaue Enzian blühten, dort lernten die Jungwölfe das Jagen – die Jagd auf Murmeltiere, das Aufscheuchen von Rotwild und das Töten von Hasen und Kaninchen. Sie spürten, wie die Herzen ihrer Opfer unter ihren Pfoten pochten, flatterten und zu schlagen aufhörten, sie vernahmen die Angst- und Schmerzensschreie und schmeckten das warme Blut zwischen ihren Zähnen.

Dort oben, wo Leben und Tod dicht beieinander lagen und die Wege gefährlich waren, entwickelte Lunar seine Vorliebe für nächtliche Klettertouren, und Solar erlebte, dass sein Bruder Lunar trotz aller Torheit Wildheit und Launenhaftigkeit dort oben, in der Einsamkeit und Stille der Klippen, das Kommando übernehmen und so tun konnte, als führe er ein Rudel von tausend unsichtbaren Wölfen.

»Lunar, kehr um, um Wulfs willen!«

»Nein, Solar, komm mit – um Wulfs und um meinetwillen!«

Während die erwachsenen Wölfe des Rudels ihr Revier markierten und durchstöberten, es bewachten und vor Madjaren und Menschen schützten, hatten die Jungwölfe das Gelände oberhalb des Waldes durchstreift und gelernt nicht nur sich selbst zu sehen.

Das Tal war das Revier der Erwachsenen, denn es war von der Straße aus leichter zu erreichen, und die Menschen kamen mit Fahrzeugen und Traktoren dorthin, ließen ihr Vieh bis kurz vor dem ersten Schnee auf den höher gelegenen Wiesen weiden, düngten die Felder und brachten dem Vieh Futter, wenn die Weiden abgegrast waren. Wenn der Winter ins Land zog, trieben die Schäfer ihre Herden mit Rufen und Flüchen und bellenden Hunden wieder hinunter in die Ebene.

Die Wölfe kamen und gingen im Rhythmus der Schäfer und beobachteten aus einiger Entfernung am Fuß der Klippen oberhalb des Waldes, wie die Menschen den letzten Viehtrieb am Lagerfeuer mit Käse und Wein feierten und auf den Hängen in alten, primitiven Öfen Brot backten.

So war es, seit Klimt und die anderen ins Herzland kamen, im Wald überwinterten und bis ins Tal hinab nach Beute jagten. Das war die Wintertradition, die die Jungwölfe kannten. Ihre ersten Erinnerungen an Schnee verbanden sie mit den Koniferen im Wald und mit Erkundungsgängen zu Hütten und Öfen und anderen, von Menschen geschaffenen Plätzen, die diese eine Zeit lang verlassen hatten.

Aber als die Wölfe der Zeit sich in jenem unruhigen Oktober wieder oberhalb des Waldes einfanden, um mit den Jungwölfen, die sie großgezogen hatten, ihren wohl letzten gemeinsamen Winter zu verbringen – denn bald würden einige der Jungwölfe fortgehen, einige starben vielleicht und innerhalb des Rudels würde sich manches verändern –, da wurde ihnen plötzlich klar, dass die Menschen vor kurzem ganz in der Nähe etwas Grauenhaftes und Entsetzliches angerichtet hatten. Das Geschützfeuer, das sie vor vier Tagen gehört hatten, hatte anscheinend einem bestimmten Ziel gegolten.

Das Vieh war schon fort, obwohl noch mildes Wetter herrschte; der Gestank von Feuer und Tod lag über dem Tal und der Geruch von verwesendem Menschenfleisch verpestete die Luft. Einige der Hütten, in denen im Sommer Menschen gewohnt hatten und die sie in den vorangegangenen Jahren vor dem Winter immer so sorgsam verschlossen und verriegelt hatten, waren jetzt offen, niedergebrannt oder mutwillig zerstört. Diesmal war auf den Hügeln kein Feuer entfacht worden, um das Ende des

Herbstes zu feiern. Die Öfen rochen nach dem Kot von Fledermäusen und Vögeln und nicht nach dem Brot der Menschen; ein Mann war mit dem Kopf voran in einen Ofen gestoßen worden und bei lebendigem Leib verbrannt. Die Menschen hatten das Tal offenbar panikartig verlassen und Klimts Wölfe witterten nicht nur Tod, sondern auch Veränderung und eine herannahende Finsternis, die tiefer unter die Haut ging als ein paar frühe Wintertage.

All das erschien den Wölfen so seltsam und bedrohlich, dass auf Klimts Vorschlag hin der Gedanke, auf einer Versammlung des Rudels die jüngsten Ereignisse zu erörtern, zugunsten weiterer Nachforschungen zunächst fallen gelassen wurde. Nachdem die Wölfe sich in ihrem Winterquartier im Wald eingerichtet und ihr Revier mittels Duftmarken abgegrenzt hatten, damit die Madjaren sich nicht so leicht vom Moorland aus hierher verirrten, ordnete Klimt rasch einen weiteren Erkundungsgang ins Tal an.

Die Wölfe erforschten das Gelände in einem Umkreis von zehn Meilen in Richtung Süden bis zum Moorland und in Richtung Norden bis zum Fuß der Karpaten sowie das mit Straßen durchzogene Tal und den Wald im Westen. Obwohl dieser weiter gehende Erkundungsgang nur kurz und oberflächlich war, bestätigte er doch ihren anfänglichen Eindruck von Zerstörung und Tod. Abgebrannte Hütten, Saatkrähen und Raben, die an Leichen herumpickten, tote Kühe mit aufgedunsenen Leibern auf den Feldern und andere Tiere, die in Scheunen und Ställen vor Hunger brüllten.

Tote Menschen, unbekleidet, verstümmelt stinkend, von Kugeln niedergestreckt; Menschen, die noch lebten, auf der Erde krochen, wisperten, blind gegen die Welt der Lebenden, und denen nicht bewusst war, dass Wölfe sie beobachteten und beschnupperten, während sie, wirres Zeug stammelnd und laut aufschreiend, ihr Leben aushauchten. Menschen, die hilflos herumirrten, sonderbare Wesen, die nichts wahrzunehmen schienen, die brüllten wie Vieh und gellende Schreie ausstießen wie verängstigte Dachse.

Nach diesem erneuten Erkundungsgang traf sich das

Rudel eines Morgens in aller Frühe unten an der Straße, die durch das Tal führte, um das weitere Vorgehen zu besprechen. Sollten sie im Wald bleiben oder diesen Ort verlassen, an den die Menschen möglicherweise zurückkehrten?

»Ich denke …«, begann Tervicz, da Klimt ihn gerade nach seiner Meinung gefragt hatte – aber keiner hörte zu.

Denn plötzlich sprang Lounel auf und starrte in Richtung Wald, während Klimt mit seltsam starrem Blick dastand, Witterung aufnahm und flüsterte: »Es ist der Geruch von Thymian und Estragon.«

Dann rannte Lounel in großen Sätzen den Hang hinauf.

Genau dort, wo Lounel stehen blieb und wartete, trat er aus dem Licht der aufgehenden Sonne, der alte Wolf.

»Du bist rastlos, mein Freund«, sagte der alte Wolf.

»Ich habe gewusst, dass du kommst«, flüsterte Lounel mit einem Hoffnungsschimmer im Blick. »Ich wusste, dass du in der Nähe bist.«

»Ich habe schon tage-, ja wochenlang auf diesen Moment gewartet. Wie ist dein Name, Wolf? Bist du Lounel?«

»Ja«, erwiderte er, während die anderen Wölfe sich langsam und verwundert erhoben und den alten Wolf erblickten.

Sein Pelz war fahl, fahler, als sie es je bei einem Wolf gesehen hatten, fahl wie Nebelschwaden über einem Wolfsweg im Sommer; und sein Blick war warm.

»Lounel«, wiederholte der alte Wolf und überlegte eine Weile. Dann sah er die anderen an und schüttelte den Kopf, als entsprächen sie nicht ganz dem, was er suchte. »Und wie heißt euer Anführer?«

»Klimt«, antwortete Lounel leise.

»Ah«, seufzte der Wolf, und auf einmal schien ihn eine Ruhe zu überkommen, wie er sie ein Leben lang gesucht hatte.

»Was bist du für ein Wolf?«, fragte Lounel. »Und was suchst du?«

»Ich bin ein Wanderer …«, erwiderte der Wolf, und Lounel verschlug es den Atem, denn er hatte immer geglaubt Wanderer seien nur noch Mythos und Legende und existierten nicht mehr.

»Ich bin ein Wanderer, und ich bin viele Jahre unterwegs gewesen, um mit Klimt von Tornesdal zu sprechen«, erklärte der alte Wolf, und seine Stimme klang wie das Flüstern des Windes in den Zweigen der uralten Bäume in dem fernen Land, aus dem er gekommen war. »Deshalb führe mich jetzt zu ihm …«

Kapitel 4

Der Wanderer berichtet von seiner Herkunft und von dem großen Ereignis, das ihn zu seiner Reise veranlasste

Die Wölfe beobachteten stumm, wie der fremde Wolf in ihre Mitte trat und direkt vor Klimt stehen blieb. Trotz seines offenkundigen Alters – sein Pelz war struppig und licht, sein Gesicht runzlig und seine Flanken und Beine nur Haut und Knochen – bewegte er sich mit Leichtigkeit und Würde und er schien nicht zu bemerken oder sich nicht darum zu kümmern, welchen Eindruck sein plötzliches Erscheinen auf alle gemacht hatte. Das heißt auf alle außer Lounel, der sich recht sachlich gab.

Selbst der sonst so ruhige und gelassene Klimt wusste offenbar nicht, was die Ankunft eines so alten und ehrwürdigen Wolfes bedeutete und ob er einem Fremden, dessen Herkunft und Absichten ihm völlig unbekannt waren, so ohne weiteres gestatten sollte, sich ohne jede Befragung zum Rudel zu gesellen. Doch dieser Wolf strahlte so viel Weisheit und Entschlossenheit aus, dass es falsch gewesen wäre, ihn zu verhören oder eine Zeit lang vom Rudel fern zu halten, wie sie es mit anderen fremden Wölfen getan hätten.

Klimt fasste sich schnell wieder, und nachdem er offenbar entschieden hatte, den Wolf freundlich aufzunehmen, bot er ihm Nahrung, Wasser und einen Schlafplatz an.

Aber der Wolf schüttelte den Kopf.

Wollte er vielleicht zuerst die Namen der anderen Wölfe erfahren und dann …?

Wieder gab er zu verstehen, dass das nicht nötig sei, jedenfalls im Moment noch nicht, und seine grauen Augen ruhten noch immer wie gebannt auf Klimt.

»Was für ein Wolf bist du?«, fragte Klimt und versetzte das Rudel in Erstaunen, indem er dem alten Wolf seinen Ehrenplatz überließ. Die Wölfe wurden noch ehrfürchtiger und ernster, denn wenn ihr Anführer dem fremden Wolf so viel Anerkennung zollte, musste er fürwahr etwas Besonderes sein.

»Bist du Klimt von Tornesdal, Anführer der Wölfe der Zeit, deren Revier jetzt das Herzland ist?«

Er sprach mit klarer, wohltönender Stimme, die aufgrund des Alters nur etwas brüchig war.

»Ja, der bin ich«, sagte Klimt, »und du …?«

»Ich bin ein Wanderer«, erwiderte der Wolf bestimmt, aber höflich, »und ich danke dir, dass du mir Nahrung und Wasser und einen Schlafplatz angeboten hast. Ich nehme deine Einladung gerne an. Aber obwohl ich weit gereist bin, um dich zu finden, und obwohl ich jetzt hungrig und erschöpft bin – und in den letzten Tagen auch häufig mit der Brutalität der Menschen konfrontiert wurde –, muss ich dir und all denen, die dir folgen, eine Neuigkeit mitteilen und euch gleichzeitig warnen. Wenn diese wichtige Aufgabe erfüllt ist werde ich die Gastfreundschaft deines Rudels gerne annehmen.«

»Wanderer«, sagte Klimt respektvoll, »du sagtest, du wolltest zu dem ganzen Rudel sprechen, aber es sind nicht alle hier. Zwei stehen Wache, und eine Dritte, Raute, ist alt und dem Tode nahe und sucht an einem Ort tief im Wald Ruhe und Erholung. Was du sagst klingt sehr dringend, aber bitte, warte noch eine Weile und gib uns allen Gelegenheit, dir zuzuhören. Solar und Lunar, geht und holt die Wachen. Ich führe indessen diesen ehrwürdigen Wolf zu

Rautes Ruheplatz, denn auch sie sollte hören, was er zu sagen hat.«

»Aber sollten die Wachen sicherheitshalber nicht besser bleiben, wo sie sind?«, entgegnete der Wanderer zweifelnd.

Klimt lächelte und zögerte nur kurz, ehe er antwortete.

»Ich habe die jüngeren Mitglieder des Rudels gelehrt, dass ein guter Anführer Klugheit mit Risikobereitschaft und Ehrfurcht vor der Vergangenheit mit Glauben an die Zukunft verbinden sollte. Ich kenne deinen Namen nicht, Wolf, aber ich spüre, dass die Götter selbst dich geschickt haben müssen – oder dass du zumindest ihren Segen hast. Sie werden uns beschützen, während du dem *ganzen* Rudel deine Neuigkeit und Warnung mitteilst, deretwegen du so weit gereist bist.«

»Das ist wohl gesprochen, Klimt«, sagte der Wanderer, und die Wölfe bemerkten, dass in seiner Stimme Achtung vor ihrem Anführer mitschwang.

»Dann komm ...«, sagte Klimt und führte den alten Wolf in den Wald zu der Lichtung, wo Raute lag.

Sobald das gesamte Rudel versammelt und Raute über alles unterrichtet war, begann der Wanderer zu sprechen. Keiner der Wölfe hatte je dergleichen gehört – denn seine Rede war seltsam rhythmisch und schön und mündete nach kurzer Zeit in einen Vortrag und schließlich in ein Heulen, das wohl keiner der Anwesenden jemals wieder vergessen würde.

Hört mir jetzt zu, Wölfe, denn ich bin auf den Wolfswegen der Vergangenheit hierher gereist, um euch in die Zukunft zu führen. Das ist der Weg des Wanderers, das ist sein Ziel und seine Absicht. Hört jetzt zu. Ich komme von einem so weit entfernten Ort, dass die meisten von euch denken werden, es handle sich um einen mythischen Ort der Legende und nicht um einen realen, obwohl Kobrin hier vielleicht schon von anderen davon gehört hat, und Tervicz vielleicht in dem Geheul, das ihm als jungem Wolf beigebracht wurde, davon hat erzählen hören ...

Die beiden erwähnten Wölfe waren erstaunt, dass der alte Wolf ihre Namen kannte, und noch erstaunter waren sie, als er den Ort nannte, von dem aus er zu seiner Reise aufgebrochen war. Kobrin, den in der Regel nichts überraschen konnte, ließ sogar ein erstauntes Grunzen vernehmen.

Ich komme von der Quelle des Baikalsees in Südsibirien …

»Aber, Wanderer«, rief Kobrin, »ich habe vor vielen, vielen Jahren selbst versucht das Quellgebiet zu erreichen, aber die Entfernung war zu groß und der Weg zu beschwerlich, also wie …«

Und Tervicz sagte: »Alles, was ich über das Quellgebiet weiß, das ich tatsächlich immer für einen mythischen und sagenumwobenen Ort hielt, ist, dass Smilodons Tochter dort den Tod ihres Vaters beweinte, welcher der Gott aller war. Aber darüber hinaus …«

Der Wanderer nickte, dachte einen Moment nach, schwieg noch eine Weile und begann dann von neuem.

… ich komme also aus dem Quellgebiet nördlich des heiligen Baikalsees, dessen höchste Erhebung Gora in'aptuk entstand, als Smilodons Tochter ihr Haupt aus Gram über Seinen Tod niederlegte. Mit Seinem Dahinscheiden endete die Zeit vor der Wolfheit. Ihre Tränen bildeten die Flüsse im Norden, Westen und Osten, die endlos dahinfließen in Anerkennung der Zeit des Friedens und der Ruhe, die scheinbar zusammen mit Smilodon, dem Säbelzahntiger, auf ewig entschwunden ist.

Südlich des Platzes, wo sie lag und in Form eines Berges immer noch liegt, füllten ihre Tränen die Senke, die Smilodons rechte Pfote im Todeskampf im Boden hinterließ. Diese Senke ist der Baikalsee, und ihre Tränen, die so kristallklar waren wie das Licht, machen das Wasser zum reinsten der Welt. Nach Smilodons Tod brachte das Wasser des Baikalsees neues Leben hervor, so auch Wulf, unseren Herrn. Aber darüber und über Seine spätere Gefangenschaft im heutigen Wulfsfelsen werden wir ein andermal sprechen.

Die Geschichte meiner Reise beginnt mit der Geburt einer Wölfin auf den heiligen Hängen von Gora in'aptuk, die erste Geburt eines Wolfes in dem Quellgebiet seit einem Jahrtausend.

Dazu muss man wissen, dass dieses weite Hochland nicht dafür geschaffen ist, Junge großzuziehen. Zu seinen mit schimmernden Fichten und schlanken Birken bewachsenen Hügeln reisen die künftigen Wanderer, Rüden und Fähen, um in Frieden zu leben, zu lernen und nachzudenken und um schließlich, wenn es denn sein muss, in dem Fluss der Tränen, von dem ich erzählt habe, zum Wanderer gesalbt zu werden und sich auf die Reise zu begeben.

Ich selbst kam vor vielen Jahren einer inneren Berufung folgend, das erste Mal ins Quellgebiet. Aufgewachsen bin ich als jakutischer Wolf im Norden der sibirischen Tundra, an den eisigen Ufern der Lena …

»Ein jakutischer Wolf!«, rief Kobrin aus, der sich wieder nicht beherrschen konnte. »Aber mir hatte man gesagt, diese Wölfe gehörten der Legende an und hätten vor langer, langer Zeit den alten Frostriesen gedient.«

Der Wanderer lachte, denn es störte ihn nicht, dass Kobrin ihn unterbrach – ja, diese Unterbrechungen waren ihm sogar willkommen, denn offensichtlich gefiel ihm das Hin und Her eines vertrauten Gesprächs.

»Nun, Kobrin, wie du siehst, bin ich noch sehr lebendig. Eigentlich bin ich in dem Glauben groß geworden, dass Petschora-Wölfe, zu denen du vermutlich gehörst, auch ein Mythos sind – Wölfe, die einst die letzten Eisriesen, Kaldrs Söhne, jagten und töteten. Doch anscheinend haben wir uns beide geirrt und gaben uns Täuschungen und Vorurteilen hin, die durch Isolation und fehlende gemeinsame Erinnerungen der Wolfheit verursacht werden.«

»Ein Jakute! Der Teufel soll mich holen!«

»Hoffentlich nicht, Kobrin«, sagte der Wanderer zur allgemeinen Erheiterung. »Nun, wie gesagt …«

… Das Nordufer der Lena war mein Heimatrevier. Bald hörte ich, dass sie bei Gora in'aptuk oder dem Heiligen Berg, wie unse-

re Schamanen ihn nannten, entspringe. Vielleicht sollte ich erklären, was Schamanen sind, denn wie ich sehe, wissen eure Jungen nicht, wovon ich rede. Schamanen sind Wölfe, die mit den Geistern der Götter in Verbindung stehen. Sie helfen und heilen uns, sie führen uns, und manchmal machen sie uns Angst.

Ihre Geschichten inspirierten mich, aber als ich erfuhr, dass sich aus Angst noch keiner von ihnen zur Quelle der Lena aufgemacht hatte, kam ich zu dem Schluss, dass auch sie fehlbar sein mussten. Sie wollten nicht, dass ich gehe, aber wenn man die Furcht vor etwas verliert, hat es keine Macht mehr über einen. Deshalb sagte ich meiner Familie Lebewohl und trat die Reise an, auf der ich, wie ich später begriff, meine Lehre als Wanderer absolvierte.

Über diese lange Reise will ich nur so viel sagen: Ich habe dabei gelernt, dass es von einem selbst abhängt, wie lang und beschwerlich eine Reise ist; ich habe gelernt, dass es einem Wolf viel mehr nützt, das grüne Tal der Weisheit zu durchschreiten, als tollkühn den Berg der Erkenntnis zu erklimmen.

Und ich habe gelernt, dass die Menschen selbst an den entlegensten und geheimsten Plätzen, weitab von ihren Straßen und Städten, in unsere Mutter Erde eindringen. Wunderbar, wie sie in ihren Maschinen dahinbrausen – aber dabei ahnen sie nichts von der Weisheit, die man sich aneignet, wenn man dieselbe Strecke zu Fuß zurücklegt. Ein Wolf achtet den noch unberührten Wald, den er betritt, weil er sich die Mühe gemacht hat, die alten, kranken Wälder zu durchwandern, und dabei erfahren hat, was sie ihm zu geben vermögen; er achtet die Gipfel der Berge, weil er sie von den Hängen aus erklommen hat, deren Täler und Bäche ihm Nahrung gaben. Menschen fahren zu weit und zu schnell, um Verborgenes zu entdecken.

Ein Wolf achtet auch einen weit entfernten Ort, denn wenn er dort ankommt, ist er ihm gleich vertraut, er fühlt sich wie zu Hause, und deshalb ist er für ihn wertvoll. Gib einem Wolf sein Leben lang zu fressen, und er wird fett und dumm werden und jung sterben. Lass ihn selbst nach Beute jagen, und er wird es mehr zu schätzen wissen, schlank bleiben, Weisheit erwerben und leben.

Einst, so besagt die Legende der Jakuten, waren die Menschen ebenso. Aber dann lernten sie Straßen und Schienen zu bauen und zu fliegen, und reisten zu schnell, um sich die Weisheit anzueignen, die unterwegs auf sie wartete.

Diese Dinge lernte ich auf meinem Weg flussaufwärts entlang den Ufern der Lena. Merkt sie euch.

Als ich das Quellgebiet erreichte, wurde ich von den dort lebenden Wölfen freundlich aufgenommen. Die meisten waren älter als ich, manche sogar sehr alt; die, welche zu sprechen geruhten, unterrichteten mich mit Worten; die, die es vorzogen zu schweigen, lehrten mich, von der Stille zu lernen. Die Wölfe in der Umgebung von Gora in'aptuk leben enthaltsam und nicht im Rudel, so wie ihr es gewohnt seid. Sie haben auch keinen Anführer, obwohl in der Regel der eine oder andere von den erfahreneren Wölfen Ältester wird, dem Respekt entgegengebracht und andächtig gelauscht wird. Bei meiner Ankunft im Quellgebiet gab es keinen Ältesten, aber in den letzten Jahren und bis zum Tag meiner Abreise nahm eine ehrwürdige Fähe namens Zajsan aus dem gleichnamigen Seengebiet südöstlich des Baikalsees diese Stellung ein.

Viele, die nach Gora in'aptuk kamen, fanden das Leben dort zu beschwerlich und die Regeln zu streng, aber sie gingen klüger fort, als sie gekommen waren. Andere blieben und hielten die alten Traditionen aufrecht, aber sie brachten nicht mehr den Mut auf, noch einmal als Wanderer loszuziehen. Sie fanden stets einen guten Grund, um zu bleiben. Ich selbst wollte gern wieder fort, aber ich vernahm keinen Ruf, dem ich folgen konnte, und hatte kein Ziel, denn Wandern allein ist nicht genug. Zajsan riet mir, geduldig zu sein, und als die Jahre vergingen und sie älter wurde, erkannte ich, dass ich während des Wartens eine Menge dazulernte.

In dieser Zeit wurde ich ihr Gehilfe und in gewissem Sinn auch ihr Gefährte. Sie fragte mich oft, ob ich schon einen Grund gefunden hätte, um fortzugehen. Wenn ich dann den Kopf schüttelte, meinte sie, ich sollte mir keine Sorgen machen, eines Tages werde sich schon ein Grund finden.

»Und was ist mit dir, Älteste Zajsan? Hast du nie einen Grund gefunden, um Wanderer zu werden?«

Sie lachte – ein glückliches, sanftes Lachen – und erzählte mir, dass sie es früher einmal gewesen sei. Nach vielen Jahren in Gora in'aptuk war sie ziellos umhergewandert, bis sie einen Grund fand zurückzugehen, was nur sehr wenige Wanderer tun.

Was das für ein Grund war, wollte sie mir nicht direkt erzählen. Sie sagte nur, sie sei überzeugt gewesen, dass eines Tages ein Wolf in das Quellgebiet kommen und ihre Hilfe brauchen würde.

»Vielleicht ist er oder sie bereits da – vielleicht bist du dieser Wolf! Ich weiß es nicht, aber wenn es so weit ist, werde ich es wissen, so wie du, Wolf, wissen wirst, wenn deine Zeit gekommen ist, fortzugehen und als Wanderer weiterzuziehen. Darum höre auf das Flüstern des Windes. Es ist die Stimme Gottes, die dir sagen wird, was du tun sollst. Höre auf sie und nicht auf dich selbst!«

So viel zu meinem Aufenthalt im Quellgebiet. Und jetzt zu dem bedeutsamen Ereignis, welches dazu führte, dass ich das göttliche Flüstern des Windes vernahm und schließlich mein Los als Wanderer annahm.

Es war im Frühling vor drei Jahren, als im Quellgebiet Eis und Schnee zu schmelzen begannen und die Bäche und Flüsse Hochwasser führten. In dieser Zeit ist die Luft erfüllt vom Rauschen des Wassers, und der Himmel ist blass.

Dann hebt sich die Stimmung der Wölfe am Heiligen Berg, denn der Winter ist vorbei und wir können wieder teilhaben an dem neuen Leben von Land und Wasser, von Himmel und Wasser und von Land und Himmel. Damals im April rief die Älteste Zajsan mich zu sich. Sie machte sich Sorgen, aber nicht um sich selbst, sondern um jemand anderen.

»Nein, nein, kümmere dich nicht um mich. Eile jetzt fort aus dem Quellgebiet und durch das Tal zu den Ufern des Baikalsees. Dort wirst du eine Wölfin finden, die meine Hilfe braucht. Ich spüre ihre Erschöpfung in meiner Brust und ihr Alter in all meinen Gliedern. Mach dich sogleich auf die Suche nach ihr, Wolf, und bring sie her.«

Ich tat, wie mir geheißen, und lief los, vorbei an reißenden Bächen, über nasse, rutschige Felsblöcke, geblendet von den gelben Ringelblumen des Sumpflandes, ich lauschte dem Gesang der Vögel im Wald und spürte die Leichtigkeit meiner Glieder und die Freude all meiner Sinne.

Nie zuvor war ich so eins gewesen mit dem Boden, über den ich lief, mit dem Wasser, dessen Gesang mich begleitete, oder mit dem Himmel, der mein einziger Horizont war! Als das schimmernde Wasser des Baikalsees in Sicht kam, wusste ich, dass meine Zeit in Gora in'aptuk zu Ende ging und mein Leben als Wanderer begann. Ich hegte kaum Zweifel, dass die Wölfin, die ich ins Quellgebiet führen sollte, mit dem Zweck meiner Wanderschaft und der Vision, der es noch bedurfte, zu tun hatte.

Erst nach vielen Tagen fand ich sie, unmittelbar am Ufer, wo ich bereits gesucht hatte – eine von vielen Ungereimtheiten im Zusammenhang mit ihrem Erscheinen.

Sie war alt, noch älter als Zajsan, ihre Pfoten waren vom ewigen Wandern abgewetzt und die Beine mit Narben übersät, ihr Pelz war an manchen Stellen hellgelb wie bei den Wölfen der mongolischen Steppe, und doch dunkler und grau gefleckt wie bei den Wölfen aus dem Norden; und an anderen Stellen wiederum hatte er noch die frische rotbraune Färbung der legendären Wölfe des milden Flachlands im Osten, die ich nur aus Geschichten kannte, aber die zu treffen ich mir oft vorgestellt hatte.

Nun, dies war eine seltsame Wölfin, die an vielen Orten zu Hause war. Hinzu kam der Glanz in ihren Augen, die noch klarer waren als das Wasser des Baikalsees, das sie gerade trinken wollte, als ich sie fand.

»Wölfin«, begann ich bei ihrem Anblick …

Sie drehte sich um und begrüßte mich, wobei sie mich beim Namen nannte, was schon seit Jahren keiner mehr getan hatte. Ihre Gegenwart beeindruckte mich, aber ich hatte keine Angst, ich empfand tiefen Respekt, und doch gab sie mir das Gefühl, mich nicht verstellen zu müssen; ich kam mir in ihrer Gegenwart klein und doch bedeutend vor.

»Du bist gekommen, um mich nach Gora in'aptuk zu bringen«, sagte sie. »Ist Zajsan dort?«

Ich bejahte ihre Frage und führte sie vom Baikalsee hinauf in die Berge. Als ich sah, wie sie sich die Hänge hinaufquälte, wie sie immer wieder stehen blieb, um Luft zu holen, und wie krank und elend sie wirkte, kam mir der Gedanke, dass sie mehr war als eine sterbliche Wölfin, obwohl ihre Beschwerden, Wulf weiß es, die einer Sterblichen waren. Ich möchte sie nicht als Leiden be-

zeichnen, denn dafür gab es keinerlei Anzeichen. Es hatte vielmehr den Anschein, als wehrte sie sich mit aller Kraft gegen den Tod.

Doch obwohl ich mehrere Tage mit ihr allein war, fand ich nicht heraus, was mit ihr los war, und ahnte nicht, wessen ich in Kürze Zeuge sein würde.

Auf unserem Weg zum Heiligen Berg beantwortete sie keine meiner Fragen, sprach jedoch bereitwillig von anderen Dingen und erzählte mir vieles, was ich nicht wusste. Von dem dunklen Jahrtausend, und wie die Wolfheit mit Wulfs Fall ihr göttliches Erbe, das Land, an die Menschen abtrat.

»Sie haben die Erde von uns geerbt und hätten unsere Götter sein können, aber … sie haben das Land ausgeplündert. Sie sind wie junge Wölfe, die noch kein Verantwortungsbewusstsein haben, oder wie altersschwache Wölfe, mit denen man Mitleid haben und denen man helfen muss, weil sie es nicht besser wissen. Aber du bist ja an der Lena flussaufwärts gewandert und hast gesehen, was die Menschen anrichten.«

Ich nickte. Die Erinnerungen hatten sich in mein Gedächtnis eingegraben wie die Narben in die Erde, da, wo Menschen die Tundra zerstörten und die Taiga abholzten.

»Ich habe viele Länder bereist und gesehen, was die Menschen tun. Wie ein junger Wolf, der in das Wasser pinkelt, das er anschließend trinken will, verunreinigen sie alles Wasser in ihrer Nähe, wie ein alter Wolf, der an Inkontinenz leidet, laden sie ihren Unrat auf demselben Boden ab, auf dem sie leben und schlafen. Kein Wunder, dass sie vergiftet sind und nun, da sie ihren eigenen Dreck zu sich nehmen, sterben.

Für die Menschen ist die Zeit gekommen, das dunkle Jahrtausend neigt sich dem Ende zu. Die Wolfheit muss den Glauben an ihre eigene Art zurückgewinnen, damit die Wölfe wieder die Herren der Erde werden. Aber … aber ich fürchte, es wird uns nicht gelingen. In den letzten Jahrhunderten sind zu viele von uns umgekommen, zu viele Traditionen sind verloren gegangen und die Verehrung für die Götter ist in Angst und Ignoranz umgeschlagen. Die Wolfheit hat sich mittlerweile so sehr dem täglichen Überlebenskampf unterworfen, dass sie keine Zeit mehr hat, über sich selbst hinauszublicken, dorthin, wo der Himmel noch blau ist, wo die Berge hoch aufragen, wo die Sonne golden untergeht und wo die Sterne hell erstrahlen von Hoffnung und Ehrfurcht.«

Mit solchen Worten inspirierte mich die alte Wölfin in den paar Tagen, die wir allein unterwegs waren. Das Gefühl von Entschlossenheit und Erneuerung, das ich auf dem Weg zu ihr verspürt hatte, wurde durch ihre Worte noch verstärkt, obgleich ich noch immer nicht wusste, wohin meine Berufung als Wanderer mich führen mochte.

Schließlich erreichten wir – viel zu früh, wie ich fand – Gora in'aptuk, wo Zajsan uns erwartete.

Die alte Wölfin begab sich in Zajsans Obhut, und ich glaube, von uns Wanderern begriffen alle, dass da etwas Bedeutsames geschah. Das Quellgebiet erschien auf einmal wie eine grüne Landschaft, lebendiger, als ich es je kennen gelernt hatte. Das Wasser der Bäche und Flüsse erschien noch klarer, der Himmel bei Tag noch heiterer, und bei Nacht leuchteten Mond und Sterne heller. Ich weiß nicht genau, wann wir zum ersten Mal etwas von dem ungewöhnlichen Ereignis ahnten, das mitten unter uns stattfinden sollte, aber jedenfalls gab Zajsan mir eines Tages Nachricht, dass ich schnell kommen sollte.

Ich wurde angewiesen, einen geschützten Platz an einem der größeren Bäche zu suchen; einen Platz, von dem aus man sich leicht mit Wasser und Nahrung versorgen konnte und der nach Süden zu lag, damit man es warm hatte.

Ich vermutete, dass die alte Wölfin in Kürze sterben würde und dass Zajsan ihr die letzten Tage oder gar Stunden so angenehm wie möglich machen wollte. In dem einem Punkt hatte ich Recht, aber in dem andern irrte ich mich so gewaltig, wie man sich nur irren konnte …

Jedenfalls erledigte ich meinen Auftrag und kurz darauf führte ich Zajsan und die alte Wölfin zu dem Platz. Inzwischen hatte sie sich verändert – sie schien zugenommen zu haben, wirkte vollkommen ruhig –, aber das, wonach sie wirklich aussah, konnte nicht sein … nicht hier, nicht eine so alte Wölfin, nicht die, die ich vor ein oder zwei Wochen gefunden hatte.

Der Ort, den ich ausgewählt hatte, war eine niedrige Höhle, trocken und warm, und nach Süden zu gelegen. Der Bach war nicht weit entfernt und ich konnte ganz in der Nähe Jagd auf Beute machen, wenn sie das wollten.

Was an diesem Tag geschah, sollte ich am besten mit wenigen Worten schildern. Was soll auch ein Wolf viel erzählen, dessen Welt sich schlagartig von einem Tag auf den anderen veränderte? Daher will ich mich hier auf das Wesentliche beschränken …

Ich sah mit eigenen Augen, wie die alte Wölfin zusammen mit Zajsan in die Höhle ging. Es war ein herrlicher Frühlingstag mit strahlendem Sonnenschein. Aber auf einmal verfinsterte sich der Himmel, und es wurde still. Ich spürte die Flanken von Gora in'aptuk beben und sah den Abend heraufziehen. Später, als die Sterne bereits am Himmel standen und ich ängstlich im Schatten des Mondes neben dem Eingang der Höhle kauerte, vernahm ich Laute wie bei einer Geburt.

Ich hörte Heulen, Scharren, die eindringliche und ermutigende Stimme Zajsans, Stöhnen, und schließlich einen langen, tiefen Seufzer. Dieser Seufzer klang seltsamer als alle, die ich zuvor gehört hatte, denn er war sowohl Ausdruck von Erleichterung und Tod als auch von Geburt und neuem Leben.

Vielleicht war diese Nacht wie viele andere Nächte, vielleicht stand in dieser Nacht die Zeit still, aber heute weiß ich, dass in dieser Nacht die alte Wölfin starb und zu den Sternen reiste und dabei die andere zur Welt brachte.

Sie, die zum Baikalsee kam, die so bewegende Worte sprach, als wir den Heiligen Berg hinaufstiegen, und die in die Höhle ging, die ich entdeckt hatte, gebar sich selbst …

Der Wanderer schien plötzlich von seinen Gefühlen übermannt zu werden und wirkte erschöpft, als hätte er bei der Schilderung dieser Ereignisse alles noch einmal durchlebt.

»Vielleicht«, meinte er mit einem matten Seufzer, »sollte ich jetzt Klimts Angebot annehmen und essen, trinken und schlafen, und erst dann fortfahren. Aber nun wisst ihr, dass ich Zeuge der Wiedergeburt einer Göttin war – einer, deren Namen ich kenne, und ich glaube, ihr kennt ihn auch.«

»Es war Wulfin, die ins Quellgebiet gekommen ist und deren Wiedergeburt du an jenem Tag und in jener Nacht miterlebt hast«, flüsterte Elhana. »Ist Sie nicht nach der Geburt unserer Jungen zu uns gekommen und hat uns, wie dieser Wanderer offensichtlich weiß, gesagt, dass einer unserer beiden Rüden eines Tages als Wulf wieder geboren werde? Und hat nicht ebendiese Wölfin erklärt, dass Sie uns verlassen müsse, dass auch Sie wieder geboren und bereit sein werde, wenn Wulf Sie wieder brauche?«

Die älteren Wölfe nickten, vor allem Klimt. Sie schwiegen. Was sie gehört hatten, hatte sie sprachlos gemacht und das bestätigt, was sie in den letzten Jahren vielleicht verdrängt und halbwegs vergessen hatten; dass sie einen Gott hervorgebracht und aufgezogen hatten ... Die jüngeren Wölfe blickten ungläubig, nicht wegen der Geschichte des Wanderers, sondern weil einer von ihnen, höchstwahrscheinlich Solar ... Wu... war ...

Nein, das konnte nicht sein.

»Hm!«, sagte Tare und wandte sich verächtlich von Solar ab.

»Nun ...«, murmelte Rohan.

»Seltsam, wenn ihr mich fragt, was niemand getan hat«, bemerkte Lunar und grinste Solar freundlich an.

»Ich glaube es nicht«, meinte Solar gleichgültig und gar nicht wie ein Gott.

»Ich schon«, sagte Merrow leise und mit erstickter Stimme, denn beim Anblick ihrer Brüder konnte sie nur weinen.

Der Wanderer zuckte mit den Schultern, als ob jede dieser Reaktionen angemessen gewesen wäre.

»So ... für den Augenblick wäre alles gesagt. Jetzt will ich versuchen, neue Kraft zu sammeln, und dann werde ich euch vielleicht erzählen, weshalb ich nach der Geburt dieser heiligen Wölfin das Quellgebiet verlassen und mich auf die Suche nach diesem Rudel gemacht habe, dessen Bestimmung es immer gewesen ist, der Wolfheit zu dienen und einen Weg zu finden, um sie nach dem Ende des dunklen Jahrtausends sicher zu führen.«

Kapitel 5

Der Wanderer schließt seinen Bericht mit einer Warnung und einer schwierigen Aufgabe für Klimt, die dieser nicht ignorieren kann

Nach seinem ersten Bericht schlief der Wanderer drei Tage, und als er aufwachte, nahm er nur etwas von der Nahrung zu sich, die das Rudel für ihn gesucht hatte. Aber er erklärte, dass er durstig sei und gern das klarste und kälteste Gebirgswasser trinken würde, das sie finden konnten. Klimt befahl Lunar und Lounel ihn durch den Wald zu der Stelle zu führen, wo die Ausläufer des Wasserfalls als Sturzbach zwischen bemoosten Felsen und Bäumen zu Tal flossen.

Hier saß der alte Wolf eine Weile allein und sah zu, wie das Wasser zwischen den feuchten und tropfenden Felsen dahinschoss, scheinbar verloren in seinem endlosen Rauschen. Verglichen mit der unendlichen Kraft des Wassers wirkte sein Körper eher zerbrechlich. Lounel und Lunar wachten zwar über ihn, zogen es aber vor, die meiste Zeit wegzusehen, so als störe es ihn in seiner Betrachtung, wenn sie ihn immerzu anstarrten.

Anschließend geleiteten sie ihn wieder zu Rautes Lichtung, wo er sich noch eine Weile mit ihr unterhielt, während das Rudel sich erneut versammelte. Als alle wieder beisammen waren, verstummte er, als wollte er seine Erzählung ohne weiteres wieder aufnehmen. Dann glitt sein Blick von den Wölfen auf den Waldboden, er nickte bedächtig und runzelte ein wenig die Stirn. Schatten huschten über sein Gesicht, die freudige Erinnerung an jene Geburt verblasste und er reiste in Gedanken weiter in eine Zeit voll Kummer und Sorgen.

Er begann jedoch nicht sofort wieder mit dem Geheul, sondern stellte den Wölfen zunächst Fragen und lauschte ihren Antworten. Auf diese Weise, und mit bemerkenswertem Scharfsinn, erfuhr er alles Nötige über ihre Situation: Dass die Wölfe seit der Geburt der Jungen so sehr mit deren Aufzucht beschäftigt gewesen waren; dass sie keine Zeit gefunden hatten, die Umgebung zu erkunden oder viel über die Zukunft nachzudenken; und dass ihnen in dieser Phase der Selbstbeobachtung und Zurückgezogenheit die ständige Abwesenheit der Madjaren sehr gelegen gekommen war, deren Führer und Hauptrudel das Moorland südlich des Steilfeldes verlassen zu haben schienen.

Er erfuhr auch von der Verbannung Aragons, Jicins und Strys und schien die Gründe hierfür zu kennen, obschon er sich enttäuscht darüber zeigte, dass sie nicht zurückgekehrt waren und Neuigkeiten von außen mitgebracht hatten. Er hörte oder sah genug, um die Hierarchie des Rudels zu verstehen und zu erkennen, dass Solar der stärkste unter den jungen Rüden war und Tare in der Zukunft unter den Weibchen eine beherrschende Rolle spielen würde.

Er hörte geduldig zu, wie die Wölfe von den Lehren der Götter und von Mythen sprachen, und äußerte sich nicht, obwohl sein spöttischer Blick gelegentlich seinen Eindruck verriet, dass sie in mancher Hinsicht vielleicht etwas mehr wissen sollten.

Schließlich gab er mit einem kurzen Nicken zu verstehen, dass er für den Augenblick genug gehört hatte, und fuhr mit seinem Bericht fort …

Vor ein paar Tagen erzählte ich von einer Wölfin, die in die Welt der Sterblichen hineingeboren wurde, und deutete gleichzeitig an, dass es sich um keine sterbliche Geburt handelte. Wie wäre es sonst zu erklären, dass ich die alte Wölfin nicht wieder sah, weder lebendig noch tot? Denn als ich später die Höhle betreten durfte, war sie nicht mehr dort.

Ich sagte, dass an jenem ungewöhnlichen Tag und in jener Nacht die Zeit stillzustehen schien. Ich weiß nicht, aber vielleicht spielte mir ja mein Gedächtnis einen Streich – obwohl ich in dieser Gegend keinen Wanderer oder Sucher kenne, dessen Erinnerungen nicht mit meinen übereinstimmen. Eine alte Wölfin starb und eine Junge kam zu uns, noch unerfahren, ohne Sprache und ohne viel Kraft, aber seltsam lebenstüchtig wie ein Vogel, der, kaum aus dem Ei geschlüpft, schon davonfliegt.

Ich habe nicht nur die Geburt miterlebt, oder war zumindest so nah am Geschehen, wie es ein Rüde unter den gegebenen Umständen nur sein konnte, sondern war auch Zeuge, wie dieses Junge ans helle Tageslicht kam. Ich schwöre, das war kein Neugeborenes, das noch blind und nass von der Nachgeburt nach Muttermilch fiept.

Ich sage euch, dieses Weibchen war bereits ein aufgewecktes, heranwachsendes Junges, es hatte einen prägnanten Kopf und den weichen Pelz eines Jungen; der Blick war sanft und vertrauensvoll, wie es nur der eines Jungen sein kann; die Pfoten wirkten größer und waren pelziger als bei einem normalen Jungen; seine Neugier auf das Leben (und die ersten zaghaften Schritte) … seine plötzliche Angst (und der eilige Rückzug); all das kam so schnell. Wie es an Zajsans Flanke und, wie ich meine, an der alten Flanke von Gora in'aptuk Schutz suchte.

Ich wurde zum Begleiter und Beschützer der jungen Wölfin bestimmt. Sie erhielt keinen Namen, oder wenn, dann reagierte sie auf keinen außer ›Ngu-hur‹ – ›Namenlos‹.

Ich sah Namenlos heranwachsen. Ich kannte ihre Schwierigkeiten, die nicht zuletzt von den Kränkungen der älteren Wanderer herrührten, die nicht alle meine Ansicht über das Wunder ihrer Geburt teilten und das Ganze für eine Täuschung hielten.

Nach einem Jahr war sie noch recht unbeholfen und unreif, aber nach einem weiteren Jahr wurde sie schon langsam erwachsen. Ich sage nicht, dass sie so schön war wie der Sonnenschein am Tag oder wie das helle Licht des Mondes und der Sterne in der langen Nacht ihrer Geburt. Ich sage auch nicht, dass sie so strahlend schön war wie jener erste Frühling. Aber ich behaupte, dass ein Wolf, der nichts über ihre Geburt wusste, sie auf den ersten Blick sicher für eine ganz gewöhnliche junge Wölfin hielt. Und ich behaupte auch, dass man in ihrer Gegenwart schon nach kurzer Zeit merkte, dass sie anders war als die anderen, und ganz außergewöhnlich. Sie konnte – oder kann – anderen das Gefühl vermitteln, nach einer langen Reise endlich zu Hause zu sein. Die Welt, die sie verkörpert, ist die Heimat, nach der sich die Wolfheit sehnt …

Schon nach kurzer Zeit zweifelten die Zweifler unter den Wanderern nicht mehr, die Zurückhaltenden verloren ihre

Scheu; die Ängstlichen verloren ihre Angst, die Schweigsamen brauchten keine Worte, um sich mit ihr zu verständigen; die Redseligen redeten nicht mehr unentwegt, die, die sonst kaum lachten, trauten sich auf einmal, es laut zu tun; die, die sonst Zorn und Bitterkeit empfanden, spürten in ihrer Gegenwart nur Frieden. Wir alle, ohne Ausnahme, und vielleicht ich ganz besonders, verliebten uns in sie und lernten, dass auch wir, obwohl wir Wanderer waren, zu einer solchen Leidenschaft fähig waren.

Als wir in diesem letzten Frühjahr spürten, dass sie nicht mehr glücklich und zufrieden war, litten alle Bewohner des Quellgebiets mit ihr und fragten sich, was wohl los war.

Zwei Jahre lang hatten wir sie Namenlos genannt – und so ist sie mir immer noch in Erinnerung. Aber irgendwann im letzten Winter, als die Nächte länger und kälter wurden und sie von selbst die Sterne anheulte, wurde mir schließlich klar, was Zajsan offenbar schon wusste und was ich bereits andeutete: dass diese junge Wölfin, die gleich einer Göttin anderen Zuneigung entgegenbrachte und in anderen Zuneigung weckte, die wieder geborene Wulfin, Wulfs Gefährtin, war.

Mitten unter uns war sie geboren worden und aufgewachsen und nun wollte sie nicht länger bei uns bleiben. Ich glaube, ihre zunehmende Bestürzung über das Leben, diese Last des Leidens und der Zweifel, Pflichtbewusstsein und eine wachsende Entschlossenheit, wie wir sie nie verspürt hatten, waren ein Zeichen dafür, dass sie sich mehr und mehr bewusst wurde, wer und was sie war, ja mehr noch, sie erkannte, dass ihre Geburt, ihr Leben das Ende des dunklen Jahrtausends und den Beginn einer Lebens- und Vertrauensprüfung bedeutete, von der das Schicksal der ganzen Wolfheit abhing.

Damals begann sie, die wir Namenlos nannten, mit jedem von uns anders zu reden. Tag und Nacht redete sie und hörte zu und lernte aus den gemeinsamen Erfahrungen der Wanderer. Da ich sie überallhin begleitete, hörte nur ich – und nicht einmal Zajsan – die Fragen, die sie stellte, und lauschte den Antworten.

Wann wurde mir eigentlich klar, wer sie wirklich war? Nun, ich weiß es nicht – ich weiß nur, dass Wulfs Fall und die Geschichten von den Wölfen der Zeit sie besonders zu interessieren schienen, und schließlich wollte sie etwas über das Herzland er-

fahren – obwohl die Wölfe in der abgeschiedenen Gegend des Baikalsees nicht viel darüber wussten – und über den Bukov-Wolf, der dazu ausersehen war, die sagenumwobenen Wölfe herabzuheulen und damit den dramatischen Kampf um die geistige Herrschaft zwischen den Menschen und der Wolfheit in Gang zu setzen, der das dunkle Jahrtausend beenden würde.

Nun ... als sie davon sprach, ins Herzland zu reisen, und als ich feststellte, dass sie die Anhöhen im Westen des Quellgebiets aufsuchte, um die unendlichen Weiten von Krasno und des Ob-Tales besser überblicken zu können, die nur den Auftakt zu der Reise vom Baikalsee zu den Karpaten bilden, bekam ich Angst, dass es nicht mehr lange dauern würde, bis sie darauf bestand, dass wir uns auf den Weg machten.

Zu spät! Ich suchte die Älteste Zajsan auf, um mich mit ihr zu beraten. Wir redeten zu lange, ich dachte zu viel nach, ich hörte zu wenig auf mein Herz, und als ich zu dem Platz zurückkehrte, wo ich Namenlos verlassen hatte, war sie schon fort, und ihre Spur verblasste und verlor sich im Staub des Frühsommers. Der Wind, der mir damals zuflüsterte, war gewiss die Stimme der Götter: »Jetzt, Wolf, jetzt musst du aufbrechen, jetzt sollst du deiner wahren Berufung folgen.«

Ich zögerte nicht und begann meine Reise westlich des Baikalsees auf der Suche nach einer, die vorausgegangen war, einer Wölfin, die ich liebte und die mir so nahe stand wie eine Tochter. Aber bald erkannte ich, dass ich sie weder finden noch in dieser Welt der Sterblichen je wieder sehen würde. Und es zu versuchen, wäre nur ein sinnloses Bemühen an einer Vergangenheit festzuhalten, die ich nicht zurückholen konnte. Was zählt, ist das Jetzt, und in der Gegenwart habe ich mich auf die Suche gemacht nach dem Herzland und nach den Wölfen der Zeit, um ihnen zu sagen, was ich weiß, und um sie zu warnen, wie es meine Pflicht ist.

Ich bin schon vor einigen Wochen hierher gekommen und habe euch beobachtet, habe eure Namen erfahren und eure Stärken und Schwächen kennen gelernt. Seid nicht beunruhigt, weil ihr mich nicht gesehen habt – obwohl ich glaube, dass Lounel hier den Geruch von Thymian und Estragon bemerkt hat, der Wanderern anhaftet.

Ich begann meine Reise als Wanderer im letzten Frühjahr, als ich noch nicht alt war, kaum in den mittleren Jahren. Jetzt seht ihr einen Wolf, der im Laufe seiner Wanderschaft alt geworden ist: Ich bin ein Wanderer geworden und habe keinen Namen – genau wie die heilige Wölfin, die ich mit aufgezogen habe.

Ich habe keinen Platz außer dem, wo ich gerade bin.

Ich habe keine Zeit außer dem Jetzt, Jetzt, Jetzt …

Der Wanderer war mit seinem Heulen am Ende und schwieg, um den Wölfen Gelegenheit zu geben, über seine Worte nachzudenken. Das war sicher ganz in ihrem Sinn, denn unter ihnen war keiner, der nicht ergriffen war von dem, was sie gehört hatten, und den die vielen Fragen nicht verwirrt hatten. Alle waren der Ansicht, dass die Welt um sie herum sich veränderte und wohl nie mehr dieselbe sein würde.

»Klimt, ich bezweifle nicht«, fügte der alte Wolf etwas später hinzu, »dass du das Rudel führst, welches der Legende nach die ›Wölfe der Zeit‹ genannt wird. Noch habe ich irgendeinen Zweifel, dass einer deiner Söhne hier der wieder geborene Wulf ist.

Sei nicht überrascht, wenn er den Anschein eines sterblichen, gewöhnlichen Wolfes vermittelt – ein Gott weiß vermutlich nicht, dass er ein Gott ist, so wie ein Wolf nicht weiß, dass er ein Anführer ist, bis der Zeitpunkt kommt. Dann siehst du die Veränderung.

Ich stelle mit Befriedigung fest, dass diese beiden, Solar und Lunar, und ihre Schwestern Rohan und Tare mich immer noch verwundert und zweifelnd ansehen, denn hinter ihrer Scheu vor mir verbirgt sich völlig zu Recht simple Skepsis. Das mag noch lange so bleiben, denn für Wölfe ist es in erster Linie wichtig, ganz gleich, ob aus ihnen eines Tages Götter werden oder nicht, dass sie mit ihren vier Pfoten fest auf der Erde stehen; das *Letzte,* das sie nötig haben, ist ein durch Stolz und Eitelkeit verdorbener Charakter …«

Er hielt inne und schaute in die offenen, aufrichtigen Gesichter der Jungwölfe, deren Blicke in der Tat jetzt noch mehr Respekt verrieten als bei seiner Ankunft, und sogar

Tare schien ihn in ihr Herz geschlossen zu haben. Schließlich betrachtete er Solar und Lunar, aber er schien keinen Unterschied zwischen den beiden festzustellen, denn er bemerkte: »Offenbar sind beide wohlerzogen, der eine ist vielleicht eher ein Macher und der andere eher ein Träumer, aber das schadet nicht. Ein Gott braucht beide Eigenschaften und mit der Zeit wird sich herausstellen, welcher der Sterbliche und welcher der Unsterbliche ist. Anscheinend machen sich die beiden am wenigsten Gedanken darüber, und so sollte es auch sein. Alles deutet darauf hin, dass Klimt und Elhana als Anführer und Leitwölfin dieses außergewöhnlichen Rudels gute Arbeit geleistet haben!«

Elhana lächelte und meinte ironisch: »Es ist gut zu wissen, Wanderer, dass du mich für eine gute Mutter hältst … und meinen Anführer für einen guten Vater, wo du dich doch in diesen Dingen so gut auskennst!«

Der alte Wolf lachte, wie alle anderen auch, zuckte reumütig die Schultern und sah Solar und die anderen an.

»Denkt an die Worte eurer Mutter, Wölfe, und verzeiht mir meine Dreistigkeit. Wanderer haben manchmal diese schlechte Angewohnheit – sie reden zu viel von Dingen, von denen sie nur wenig verstehen. Aber ich muss einfach sagen, was mir auf der Seele brennt, denn es gibt nichts, was ich sonst tun könnte.«

Elhanas Respektlosigkeit gegenüber dem Fremden in einem gut gelaunten Moment ermutigte andere, ihre Zweifel und Ängste im Hinblick auf das, was er gesagt hatte, offen zu äußern. Zu ihnen gehörte auch Kobrin.

»Wanderer«, begann er mit ausreichendem Respekt »der Baikalsee ist weit weg vom Herzland. Natürlich, manche bräuchten ein ganzes Leben, nur um den Ural zu erreichen, geschweige denn, dass sie den anstrengenden Weg quer durch Kasachstan und die Ukraine auf sich nehmen würden.«

»Das mag sein«, sagte der Wanderer freundlich.

»Ich selbst habe den Norden Russlands durchquert, von der Petschora, meinem Heimatrevier, nach Osten über den Ural, und von dort zum Ob und noch ein Stück weiter, aber …«

»Es war wohl zu weit?«

»Ja, es war sehr weit, und ich brauchte Jahre«, meinte Kobrin. »Also, wenn du deine Reise erst im Frühjahr angetreten hast …«

Der Wanderer nickte und war überhaupt nicht verärgert über Kobrins Fragen.

»Entfernung ist nicht Realität«, erklärte er, »sondern Einbildung. Ein Junges meint, seine Mutter sei weit weg, wenn sie außer Sichtweite ist. Bleibt sie lange genug außer Sichtweite, gibt es vielleicht ziemlich rasch seinen Plan auf, sie zu suchen, und fängt an, ihren Verlust zu betrauern. Doch wir Erwachsenen wissen, dass sie vermutlich gar nicht weit weg ist. Entfernung mag einem sehr groß erscheinen, wenn derjenige, den man liebt, nicht in der Nähe ist, wenn man ihn braucht.

Wenn man gesund ist, erscheint einem ein Weg kurz, aber wenn man krank oder verletzt ist, erscheint er einem endlos lang.

Als ich jung war und meinen Marsch die Lena flussaufwärts nach Gora in'aptuk begann, hatte ich keine Ahnung, wie weit es sein würde oder wie lange ich unterwegs sein würde. Glaub mir, Kobrin, es kam mir weit vor. Und es war tatsächlich weit!«

Die Wölfe schmunzelten über die selbstkritische Äußerung des Wanderers.

»Jedoch – und das ist seltsam – je weiter ich flussaufwärts wanderte, je besser ich in Form kam, und je weniger ich damit rechnete, am nächsten Tag mein Ziel zu erreichen, desto schneller vergingen die Tage und desto größere Strecken legte ich zurück, ohne dabei auf die Zeit zu achten. Die zweite Hälfte dieser bedeutenden Reise zum Heiligen Berg dauerte nur halb so lang wie die erste Hälfte, das letzte Viertel nur halb so lang wie das dritte Viertel … usw.

Und damit wären wir bei deiner Frage, Kobrin. Wulf schuf die Wolfswege und lehrte uns sie an den Sternen zu erkennen. Dies war eine bedeutende Lehre, die heute größtenteils in Vergessenheit geraten ist, denn Wulf zeigte den Wölfen damit, dass Reisen und Entfernung Herz und Verstand ebenso betrafen wie den Körper und die Füße. Ein Wolf, der meint, irgendein Ort, den er sucht, sei ›weit‹ weg, hat bereits vor Antritt der Reise die Entfernung hinzugerechnet. Habt ihr nicht bemerkt, dass einem der Hinweg immer länger erscheint als der Rückweg? Oder?«

Die Wölfe nickten. Natürlich hatten sie das bemerkt, abgesehen von dem einen Mal, als sie sich verirrt hatten und dann …

»Und dann«, erwiderte der Wanderer, »kommt einem die Reise plötzlich wieder ›lang‹ vor, auch wenn man vielleicht nur für einen Moment vom Weg abgekommen ist. Ja … wenn wir den Weg kennen und uns darauf verlassen können, dass wir ans Ziel gelangen, und wenn wir uns vorstellen, dass es nicht weit ist, dann ist es auch nicht weit.

Ich erwähnte die Wolfswege. Die auf der Erde führen unseren Körper, die in den Sternen unseren Verstand. Bringt sie zusammen, habt Vertrauen in beide, erkennt sie, und auf einmal wird euch eine weite Reise nicht mehr so lang vorkommen. Außerdem ist der Wolf weise, der den Weg geht, den Wulf gegangen ist, als Er die Wolfswege schuf.

Wie sagte doch die Älteste Zajsan: ›Du musst dahinziehen wie das Wetter über die Steppe; bei Regen und Wind; bei Eis und Schnee; mal so kraftvoll wie der Donner, mal so spontan wie ein Blitz – so reist ein Wanderer, und Entfernung wird zu einer Sache des Verstandes.‹

Als ich den Heiligen Berg verließ, zunächst mit der Absicht, mein verschwundenes Mündel Wulfin zu suchen, und später dann, um mich ins Herzland zu begeben, zog ich bei Frühlingsbeginn los, als neues Leben aus dem Boden sprießte, und sah im Sommer die Wipfel der Bäume sich im Winde wiegen. Ich verweilte am Ufer der Wolga und sah zu, wie das Wasser dahinfloss, und es erschien mir wie eine Ewigkeit, dabei war es nur eine kurze Zeitspanne, ein oder zwei Tage, und dann marschierte ich weiter, der

Wind trieb das Herbstlaub vor mir her, immer weiter, bis ich, angespornt durch die beißende Kälte der ersten Winterfröste, die einstmals Riesen waren, aber die wir nicht länger so nennen wollen – obwohl sie mich mit Riesenschritten vorantrieben –, in Moldavien die Karpaten erklomm und schließlich hierher kam. Kein Wunder, dass eine Reise, für die du vielleicht Jahre gebraucht hättest, Kobrin, bei mir nur ein paar Monate dauerte; und bei einem Gott würde sie vielleicht nur ein paar Augenblicke dauern.

So geht ein Wanderer mit Entfernung und Zeit um. Und so müssen die Wölfe der Zeit lernen zu reisen, wenn sich ihr Schicksal und das der ganzen Wolfheit erfüllen soll.«

»Aber wie weit war es?«, fragte Solar, nachdem der Wanderer seine Rede beendet und eine ganze Weile keiner ein Wort gesagt hatte. Diese Frage ließ ihm offenbar keine Ruhe.

Der Wanderer lächelte verständnisvoll und sagte: »Ich weiß, ich weiß, Wolf, das klingt nicht sehr plausibel. Ich fürchte, manche Dinge, vielleicht sogar die meisten, lernt ein Wolf nur aus Erfahrung. Den älteren Wölfen hier, die schon weit herumgekommen sind oder die einen langen Weg auf sich genommen haben, um hierher zu gelangen, sehe ich es an den Augen an, dass sie meine Worte verstanden haben. Ihr Jüngeren, die ihr nur euer eigenes Revier kennt, werdet erst noch einige Zeit auf den Wolfswegen wandern müssen, damit eure Pfoten ein gewisses Zeitgefühl bekommen. Aber es wird nicht lange dauern!«

»Ist es wie die Sterne und der Mond, die sich bei Nacht im Kreis bewegen?«, fragte Lunar. »Ich meine, manchmal bewegen sich die Sterne am klaren Nachthimmel innerhalb kürzester Zeit im Kreis, oder jedenfalls scheint es so. Ich habe mich gefragt, wo die Zeit geblieben ist, und jetzt wird mir manches klar. Vielleicht hätte ich in dieser Zeit sehr weit wandern können, wenn ich es nur versucht hätte.«

Der Wanderer nickte, und sein Blick ruhte noch immer auf Lunar.

»Es ist so«, sagte er, »und ein gewissenhafter Wolf könnte sehr wohl alle Wolfswege dieser Welt in ein paar Tagen und Nächten zurücklegen. Noch schneller zu gehen hätte keinen Sinn, denn dann könnte er kaum etwas wahrnehmen.«

Wieder schwiegen alle, bis der Wanderer, der erneut sehr erschöpft wirkte, sagte: »Nun, jetzt bin ich hier bei euch. Wir werden noch genug Zeit haben, uns zu unterhalten. Ihr wisst jetzt, was mich veranlasste, das Quellgebiet zu verlassen und ein echter Wanderer zu werden, aber nun, da ich hier bin, liegt es an euch zu entscheiden, was ihr von mir erwartet. Ich kann reden. Ich kann schweigen. Ich kann bleiben. Ich kann gehen. Ein Wanderer ist nicht mehr als das, was ihr aus ihm macht – wie die Zeit. Also ... wenn ihr noch Fragen habt, dann stellt sie, bevor ich einschlafe!«

»Verzeih, wenn ich dich über Gebühr strapaziere«, sagte Lounel, »aber du wolltest uns warnen, Wolf, und ich frage mich, wovor?«

Der Wanderer nickte, streckte und erhob sich, sah sich um und wandte sich wieder an die Wölfe.

»Ich möchte euch alle warnen, Klimt eine Aufgabe stellen und schließlich einen Vorschlag machen, den Kobrin als russischer Wolf wohl am besten verstehen wird. Was ihr damit anfangt, liegt bei euch.

Die Warnung lautet folgendermaßen: Erkennt, dass die Menschen eure wahren Feinde sind, und nicht andere Wölfe, insbesondere nicht die Madjaren. Nur wenn ihr mit den Madjaren Freundschaft schließt und die Wolfheit in Anbetracht des gemeinsamen Schicksals vereint, könnt ihr wieder die Vorherrschaft über die Menschen gewinnen.«

Er hielt inne und ließ seine überraschenden Worte erst einmal wirken, bevor er zum nächsten Punkt überging: »Große Führer erkennen, wann eine Aufgabe erfüllt ist, und dass sie, um die nächste in Angriff nehmen zu können, einige alte Gewohnheiten aufgeben und neue erlernen müssen. Wenn du das nicht tust, Klimt, wirst du in Vergessenheit geraten und die Wölfe der Zeit nicht ihrer Bestimmung zuführen. Denk an die Vision, die dich hierher geführt hat und die anderen dazu gebracht hat, dir zu folgen. Begreife aufs

Neue ihren Sinn, jetzt, da du im Herzland Fuß gefasst und mit Elhana erfolgreich Junge großgezogen hast. Es wird nicht leicht sein, loszulassen und weiterzugehen.«

»Was loslassen?«, knurrte Klimt. »Und wohin gehen?«

»Das ist dein Problem, Wolf!«

»Hm!«, meinte Klimt. Es gefiel ihm nicht, dass der Wanderer nicht mehr sagen wollte. »Und was ist mit dem Vorschlag, den du machen wolltest – von dem du annimmst, dass Kobrin ihn versteht?«

»Ach ... ja! Ich habe nur wenig von meiner Reise hierher erzählt, aber ihr sollt Folgendes wissen: Wie ich es sehe, befand sich das Machtzentrum der russischen Wölfe zu Kobrins Zeiten im Norden, nicht weit von seinem Heimatrevier, dem Petschora-Tal, entfernt. Das hat sich geändert. Soviel ich gesehen und erfahren habe, liegt das Herrschaftsgebiet der russischen Wölfe weiter südlich, in den Bergen zwischen Wolga und Don. Dort lebt ein großes Rudel, oder besser gesagt, ein ganzer Rudelclan, dessen Namen Kobrin gewiss kennt ...«

»Die Kazan«, sagte Kobrin mit zusammengekniffenen Augen und rauer Stimme. »Es sind grausame Wölfe und zu meiner Zeit wurden sie nie besiegt, nie. Hast du ihren Anführer getroffen, Wanderer?«

Der Wanderer schüttelte den Kopf. »Nein, obwohl ich glaube, dass ich ihm ziemlich nah gekommen bin.«

»Er wird Kazan genannt, nicht wahr?«

»Ebenso wie ein Wanderer verliert derjenige, der diese Wölfe führt, seinen Namen. Der jetzige Kazan ist, soviel ich gehört habe, ein mächtiger Wolf, dem Fremde nur dann willkommen sind, wenn sie ihm huldigen.«

»Aber wir sind die Wölfe der Zeit«, sagte Klimt, »und wir huldigen niemandem.«

Der Wanderer zuckte die Schultern und entgegnete sachlich und in einer Weise, die recht deutlich machte, dass er an die Aufgabe dachte, die er Klimt zuvor gestellt hatte: »Es ist stets weise, diejenigen zu respektieren, von denen man möglicherweise etwas lernen kann, Klimt. Kazan herrscht über ein Gebiet, das zehnmal so groß ist wie das

Herzland, aber in dem nicht viel mehr Wölfe leben, als heute hier versammelt sind, und anscheinend gelingt ihm das mit friedlichen Mitteln. Vielleicht kannst du von ihm etwas lernen, das dir bei möglichen Verhandlungen mit den Madjaren zugute kommt. Und Khazaria ist auch nicht sehr weit – ein Wolf, der in Gedanken auf dem Wolfsweg wandert, könnte es in ein paar Wochen schaffen. Aber das ist nur ein Vorschlag, nichts weiter!«

»Hm!«, meinte Klimt wieder. »Du siehst müde aus, Wanderer, und nach allem, was du uns erzählt hast nach deiner Warnung und deinem Vorschlag, sind wir auch erschöpft; deshalb werde ich dich zu deinem Schlafplatz führen.«

»Der Wille der Götter geschehe«, sagte der Wanderer und damit folgte er Klimt zu einem ruhigen und warmen Schlafplatz, an dem sein alter Körper und sein Geist sich erholen konnten.

Kapitel 6

Während die Wölfe die Umgebung ihres Reviers erkunden, entdeckt Tervicz die verschlungenen Pfade der Liebe

Durch den Umzug der Wölfe ins Winterrevier und die Ankunft des Wanderers entwickelten sich im Hinblick auf die Wachsamkeit, die Jagd und vor allem in Bezug auf das abendliche Rudelgespräch neue Verhaltensweisen, die schon sehr bald zur Gewohnheit wurden und die sie bis zum Frühling beibehielten.

In Wald und Tal war es noch nicht so kalt wie auf dem Steilfeld. Unten im geschützten Wald wehte nur ein schwacher Wind, während oben in den Bergen der Winter Einzug hielt und die Gipfel und Felswände, die die Wölfe von ihrem Revier aus sehen konnten, allmählich mit einer dicken Schneeschicht überzog.

Gleichzeitig flaute das Tosen der Wasserfälle in den Felsrinnen und selbst des großen Wasserfalls ein wenig ab, da der Regen, ihre immer währende Quelle auf den unwegsamen Höhen, als Schnee liegen blieb.

Klimt dachte natürlich viel über das nach, was der Wanderer von Wulfins Geburt erzählt hatte, und über die Notwendigkeit, noch einmal zu überlegen, wer ihr größter Feind war – die Menschen oder die finsteren Elemente der Wolfheit. Doch obwohl er und seine Ratgeber Lounel und Kobrin versuchten, sich auf die Bedrohung durch andere Wölfe zu konzentrieren, gelang es ihnen nur mit Mühe, da sich alle mit den Menschen und den fortwährend schweren Gefechten unten im Tal beschäftigten, bei denen Bomben und schwere Geschütze eingesetzt wurden.

Allerdings mochte Klimt zu Recht fragen, welche anderen Wölfe, denn offensichtlich waren die Madjaren im Moorland wie in den beiden vorangegangenen Jahren immer noch dünn gesät. Aber ganz verschwunden waren sie auch nicht, wie die Wölfe bei mehreren aufeinander folgenden Erkundungsgängen feststellten, denn sobald sie sich zu weit über ihre eigene Reviergrenze am Südende des Tales hinauswagten, wurden sie sogleich von zwei oder drei Madjaren entdeckt und bedrängt.

Dort, wo das Gelände sich bis zu den Quellen der Flüsse im Norden des Tales erstreckte, markierte eine steil abfallende Böschung die Grenze zwischen den Revieren. Aber entlang solcher Grenzen gab es immer gewisse Grauzonen, und Klimt achtete darauf, dass die Wölfe abwechselnd ihre Rundgänge so weit wie möglich ausdehnten.

»Es gibt zwar nicht viele Madjaren in der Gegend«, stellte Kobrin mehr als einmal fest, »aber sie sind gut organisiert und diszipliniert, und über Jahrzehnte hinweg haben sie eine ganze Reihe von Beobachtungsposten eingerichtet, sodass wir sehr rasch entdeckt oder gewittert werden. Wer auch immer sie seit Zänkers Tod geführt hat, hat ein jahrzehnte-, ja vielleicht sogar jahrhundertealtes System übernommen.«

Streitereien zwischen den beiden Gruppen wurden lediglich mit Knurren und Zähnefletschen sowie mit lästigem Geheul bei Nacht ausgetragen, denn Klimt hatte seinen Wölfen befohlen, die Differenzen zwischen den beiden Rudeln nie in einen offenen Konflikt ausarten zu lassen. Er war sich der Wehrlosigkeit seines kleinen Rudels gegenüber den Horden der Madjaren bewusst, falls ihr großer und lockerer Rudelverband je wieder von einem mutigen und ehrgeizigen Führer beherrscht würde.

»Es geht darum, sie daran zu erinnern, wo ihr Territorium aufhört und unseres anfängt … und es gilt auch, mehr über ihre Führung herauszufinden, ehe wir über unsere künftige Strategie entscheiden. Aber ich möchte auch, dass unsere Wölfe immer die Augen offen halten und sich an den Anblick und die Witterung der Madjaren gewöhnen, denn eines Tages könnte es ernst werden.«

Natürlich hatten die Wölfe, und insbesondere die Jungwölfe, großes Interesse zu erfahren, welcher Wolf nach Klimts Sieg über Zänker, den er zwei Jahre zuvor bei der Einnahme des Steilfelds getötet hatte, die Führung der Madjaren übernommen hatte.

Sie wussten eine Menge über die madjarische Leitwölfin, die berüchtigte Dendrine, der die Wölfe begegneten, als sie zum ersten Mal nach Zänkers Tod die große Felsenrinne hinaufstiegen. Schilderungen ihrer unflätigen Sprache, ihrer hageren Gestalt und der Macht, die sie über ihren missgestalteten und verderbten Sohn zu haben schien, riefen in ihnen Vorstellungen von einer Wölfin wach, die sie erschreckten und die in früheren Jahren die Träume der Jungen gelegentlich in Albträume verwandelt hatten.

Doch trotz aller Wachsamkeit und trotz ihres behutsamen Vordringens in jenes Gebiet im Süden des Moorlandes, wo Klimt sie regelmäßig patrouillieren ließ, hatte noch keiner von ihnen Dendrine zu Gesicht bekommen. Aber Raute, selbst eine Madjarin, zweifelte nicht daran, dass Dendrine, falls sie noch lebte, trotz ihres Alters immer noch Leitwölfin war; und Raute war nicht müde geworden, sie vor Dendrines üblem Drang zu warnen die Schwachen zu beherrschen und die Guten zu vernichten. Die Anwesenheit von einer nur geringen Zahl von Madjaren im Moorland und ihr scheinbarer Gewaltverzicht bedeuteten lediglich, dass Zänkers Niederlage Dendrine und den Madjaren eine Ruhepause aufzwang, aber keineswegs ihr Niedergang war.

»Sie werden in großer Zahl zurückkommen, mit dem einen Ziel, euch zu vernichten«, warnte Raute. »Dendrine wird von Machtgier getrieben, und sie wird unter Schwüren und Flüchen bis zum bitteren Ende um den Machterhalt kämpfen; zudem ist sie eine Sadistin und hat Spaß daran, andere auf jede nur erdenkliche Art zu verletzen.«

Was den Leitwolf der Madjaren betraf, oder Führer, wie sie selber sagten, standen die Wölfe vor einem Rätsel, denn als Dendrine das letzte Mal gesehen wurde – Tervicz hatte sie im ersten Winter der Jungen in einiger Entfernung erspäht –, leitete sie die Wölfe nur mit ihrem Sohn an ihrer Seite. Kein anderer männlicher Leitwolf war in Sicht.

Möglicherweise hätten die Wölfe weiter nachgeforscht, wenn sie in den vergangenen zwei Jahren nicht so sehr mit der Aufzucht der Jungen beschäftigt gewesen wären. Außerdem wollten sie angesichts ihres eigenen kleinen Rudels die Madjaren nicht durch unnötige Erkundungsgänge provozieren.

»Wir werden warten, bis unsere Jungen ausgewachsen sind und für sich selbst sorgen können«, hatte Klimt immer erklärt, und die anderen älteren Wölfe hatten ihm zugestimmt.

Nun war es fast so weit und wären nicht die Feindseligkeiten der Menschen mancherorts im Tal wieder aufgeflammt, hätte Klimt sich in diesem Winter sicher weiter ins Moorland vorgewagt, um möglichst viel über die neue Führung der Madjaren, deren Pläne und Ziele in Erfahrung zu bringen.

»Wir könnten einen oder zwei von ihnen aus dem Hinterhalt überfallen und sie zwingen, uns zu sagen, was in ihrem Revier vorgeht«, schlug Tervicz vor, aber Kobrin und Klimt waren dagegen. Sie sollten nur ihre Stärke noch etwas mehr ausbauen …

»Wenn der Frühling kommt, können wir aktiver werden«, erklärte Klimt schließlich.

Obwohl die Wölfe die Warnung des Wanderers, sich auf die Bedrohung durch andere Wölfe aus der Gegend zu konzentrieren mit dem Ziel, die Wolfheit im gemeinsamen Kampf gegen die Menschen zu vereinen, nicht völlig außer Acht ließen, hatten sie offenbar gute Gründe, nicht gleich entschlossener an die Sache heranzugehen.

Jedenfalls gingen die Gefechte der Menschen im Norden des Tales weiter und sorgten jetzt fast täglich für Unruhe. Die Wölfe konnten das Donnern der Kanonen hören, bei Nacht sahen sie Blitze und einen Feuerschein am Himmel und wenn der Wind von Norden kam, stieg ihnen der Geruch von verbranntem Holz und brennendem Öl in die Nase.

Gelegentlich donnerten auch wieder die furchtbaren Düsenflugzeuge über sie hinweg, die sie so sehr erschreckt hatten, als sie das erste Mal über das Steilfeld flogen. Inzwischen hatten sich die Wölfe an sie gewöhnt, so weit das überhaupt bei einem solchen Lärm möglich war, der einem Wolf noch eine ganze Weile, nachdem der Verursacher bereits verschwunden war, Kopfschmerzen bereitete.

Aber die Menschen selbst ließen sich in dem oberen Tal in der Nähe des Winterreviers der Wölfe kaum blicken und gingen auch nicht zum Wald hinauf, der jetzt so menschenleer war wie nie zuvor.

Eine Veränderung gab es allerdings, und die betraf die Straße, die vom Moorland nach Norden hinunter ins Tal zu den Siedlungen führte, wo jetzt der Krieg weiterging und die die Ostgrenze des Territoriums der Wölfe bildete. Bis zum letzten Sommer hatten die Menschen, die das Land bestellten, die Straße noch sommers wie winters benutzt. Oft waren ihre langsamen Fahrzeuge, die Vieh und Nahrungsmittel, Chemikalien und Abfall transportierten und häufig von Hunden begleitet wurden, auf der Straße zu sehen gewesen. Jetzt waren sie alle verschwunden, an ihrer Stelle kamen größere und lautere, khakifarbene Kriegsfahrzeuge, einige davon mit stinkenden Dieselmotoren. Die meisten fuhren nach Norden und kamen nicht zurück; viele beförderten eine große Zahl von Menschen; nur sehr wenige hielten einmal an.

Aber wenn sie anhielten und gerade Wölfe in der Nähe waren, dann beobachteten diese mit Interesse, was passierte. Doch meist passierte nicht viel. Oft stiegen Menschen aus, verrichteten ihre Notdurft im Gras neben der Straße oder rauchten und ließen ihre stinkenden, qualmenden Stummel mitsamt ihrer Pisse für die Wölfe zurück, die daran schnupperten und sich dann angewidert abwandten. Einmal hielt ein Fahrzeug an, mehrere Menschen setzten sich für eine Weile an den Straßenrand und ließen dort Essensreste liegen. Einer von ihnen schiss hinter einen Baum und ließ stinkendes Papier zurück, das in den folgenden Tagen auf die Straße geweht wurde, immer weiter Richtung Norden, als wollte der Wind es dorthin zurücktragen, wohin es gehörte.

Ein andermal hielt ein Fahrzeug ständig an und startete wieder, bis es schließlich im Gras neben der Straße stehen blieb, ein anderes Fahrzeug vorbeikam und Menschen und Gepäck fortbrachte. Die Tage vergingen, andere hielten neben dem Fahrzeug, sahen es sich genau an, schlugen gegen das Blech und nahmen es langsam Stück für Stück auseinander, bis es nur noch ein Wrack war, auf dem sich die Saatkrähen niederließen und das die Wölfe bei Nacht auf Klimts Anordnung hin beschnupperten, um den Geruch der Menschen und ihrer Geräte kennen zu lernen. Klimt war der Meinung, Wölfe dürften bei dem Geruch und Gestank der Menschen nicht gleich in Panik geraten, und er ermunterte alle Jungwölfe sich mit diesen Dingen vertraut zu machen.

Obgleich die Wölfe in den Wochen nach der Ankunft des Wanderers oft über die Menschen und den Krieg sprachen, beobachteten sie nur. Denn ihr Hauptaugenmerk richtete sich auf die Madjaren und auf die Möglichkeit einer künftigen Bedrohung. Der Wanderer selbst drängte die Wölfe nicht, sondern döste Tag und Nacht dahin, beantwortete Fragen zu Überlieferungen und Legenden, begab sich an manchen Tagen, wenn das Wetter es erlaubte, mit

Lounel hinauf in höher gelegene Regionen, und ersann für Raute Geschichten.

Ende Dezember, als die Tage kurz und bitterkalt und die Nächte lang und eintönig waren, fiel eines Nachts der erste Schnee, sodass sich das Tal am nächsten Morgen in eine weiße Winterlandschaft verwandelt hatte und alles ganz friedlich aussah. Der Kriegslärm war nur noch schwach in der Ferne zu hören. Es war die Zeit der Wintersonnenwende, eine ruhige Zeit für Wölfe wie für Menschen, eine Zeit zum Geschichtenerzählen und Schlafen. Die Wölfe hielten sich wegen des dichten Schneetreibens hauptsächlich im Wald auf, ebenso wie ihre Beute.

Etwa um dieselbe Zeit sah es so aus, als würden die Menschen ihre Kampfhandlungen einstellen, zunächst nur sporadisch, bis die Kanonen zuletzt ganz verstummten. Auf der Straße waren immer noch Fahrzeuge unterwegs, aber sie waren jetzt kleiner und transportieren nicht mehr so viele Menschen. Die Düsenflugzeuge flogen nur noch selten und wesentlich höher als vorher. Sie wurden durch Hubschrauber ersetzt, deren dröhnendes Geräusch die Wölfe viel besser auf ihr Kommen aufmerksam machte.

Da die Madjaren im Augenblick keine Bedrohung darstellten, hielt Klimt es für angebracht, die Umgebung ihres Reviers genauer zu erkunden. Er wollte herausfinden, wie weit der Menschenkrieg sich nach Norden ausgeweitet hatte, und hoffte nebenbei noch etwas mehr über die Madjaren zu erfahren. Nun, da die jungen Wölfe älter und kundiger waren, würden sie ihre ganze Energie und ihr Interesse auf dieses Unternehmen verwenden und nach allen Richtungen bis an die äußersten Grenzen des Reviers vorstoßen.

»Wir sind jetzt bereit, über uns hinauszublicken«, erklärte er; offenbar hatte er sich die Warnung des Wanderers zu Herzen genommen. »Wir werden abwarten, bis der erste Schnee taut, und nutzen dann die Gelegenheit, die ein nasser Boden und fließende Bäche Kundschaftern bieten – die unterschiedlichen Geräusche, die veränderten Windverhältnisse und Gerüche, die Abneigung der Menschen und Madjaren, bei unfreundlichem Wetter ihre Schnauzen hinauszustrecken, all das wird unsere Aufgabe leichter und sicherer machen.«

Der umsichtige Klimt entschied, dass die Wölfe diese längeren Erkundungsgänge nur zu zweit unternehmen sollten, immer ein älterer mit einem jüngeren, und immer nur ein Paar. Allerdings sollte ein zweites Paar das erste ein Stück begleiten und einen Zwischenposten einrichten, von dem aus es im Notfall den anderen zu Hilfe eilen oder das Hauptrudel warnen konnte. Das war zwar nicht ungewöhnlich, aber Klimts Sorgfalt bei der Planung und sein Wunsch, jeden Winkel des Reviers zu erkunden, mit Ausnahme des Steilfeldes, sorgte für Aufregung und Neugier. Was würden sie in jener Gegend finden, in der die Madjaren so lange gekämpft hatten? Würde das Rätsel der madjarischen Führung endlich gelöst?

Als zwei Wochen später, bereits im Januar, Tauwetter einsetzte, machte sich das erste Paar, Kobrin und Solar, auf den Weg nach Norden, immer an der Straße entlang.

Dieses erste Unternehmen verlief ohne Zwischenfälle. Die beiden Wölfe kamen so weit, wie Kobrin zuvor mit Tervicz gegangen war. Sie berichteten von verlassenen Siedlungen, zerstörten Gebäuden und Maschinen und von vielen stehen gelassenen Fahrzeugen, wie jenes, das die Wölfe in ihrem Revier direkt am Straßenrand als Beispiel vor Augen hatten, obwohl diesmal in einigen Fahrzeugen Leichen lagen. Von den Menschen selbst hatten die beiden wenig zu berichten, nur, dass sich entlang der Straßen in regelmäßigen Abständen Beobachtungsposten und Unterstände befanden, ebenso wie auf einigen Anhöhen und Pässen.

Klimt beschloss diesem ersten Erkundungsgang einen zweiten zum Moorland folgen zu lassen. Diesmal sollte Tervicz das Unternehmen anführen, mit Rohan an seiner Seite – eine Entscheidung, die Tare ärgerte, weil sie es als ihr Recht ansah, als stärkstes Weibchen mitzugehen.

»Ich entscheide, wer wann mit wem geht«, sagte Klimt bestimmt und ging drohend auf seine Tochter zu, als sie etwas erwidern wollte. Er wusste sehr wohl, dass Tares

Zeit kommen würde, und obwohl es nicht seine Sache war, wer die Rolle der Leitwölfin übernahm, wollte er vermeiden, dass ein Machtkampf unter den Weibchen den Winter hindurch für Unruhe und Unstimmigkeiten sorgte. Jedenfalls hatte er sich, wenn auch widerwillig, mit Elhana gepaart, und möglicherweise war sie schon trächtig.

Der Erkundungsgang, den Tervicz und Rohan unternahmen, brachte keine neuen Erkenntnisse – es hielten sich nur wenige Madjaren im Moorland auf, aber sie waren so wachsam wie eh und je. Dennoch geschah in der kurzen Zeit ihres Zusammenseins etwas, und es war nur allzu deutlich, dass einer von ihnen – Rohan – frustriert und verstimmt war.

»Was hätte ich denn tun sollen?«, rief der arme Tervicz aus, obschon die Wahl des weltfremden Lounel zu seinem Vertrauten in Herzensangelegenheiten darauf hindeutete, dass er von solchen Dingen überhaupt keine Ahnung hatte. Offenbar hatte Rohan, die aus ihrer Zuneigung für Tervicz von vornherein keinen Hehl gemacht hatte, die aufgezwungene Zweisamkeit ausgenutzt und sich ihm aufgedrängt.

»... wortwörtlich sozusagen«, erklärte er und sah sich kurz um aus Furcht, das weibliche Objekt seiner Unruhe könnte seine Worte hören und ihn erneut bedrängen. »Die Sache ist die, Lounel, ich hatte noch nie so starke Gefühle, oder jedenfalls nicht, seit Klimt mir vor vielen Jahren das Leben rettete und ich in seinen Dienst trat und ihm Treue schwor. Inzwischen bin ich viel zu alt für Tändeleien – ich meine, ich bin doch nicht gerade ein Aragon, oder? –, und ich würde in dieser Rolle auch keine sehr gute Figur abgeben; und obendrein ist sie Klimts Tochter, was die Sache noch erschwert. Sie hat mich in eine äußerst peinliche Lage gebracht, und ich kann mir nicht denken, was sie damit bezweckt.«

Lounel lachte leise und kniff belustigt die blassen Augen zusammen.

»Bestimmt will sie dir damit zu verstehen geben, Tervicz, dass sie dich mag oder, wie die Jüngeren im Rudel es ausdrücken würden, dass sie Lust auf dich hat.«

»Aber, um Wulfs willen –«, begann Tervicz heftig.

»Nun, ich bin einigermaßen erstaunt, Tervicz«, fuhr Lounel fort und kratzte sich, »denn wie du schon sagtest, bist du nicht gerade ein Aragon. Nun, es gab da einen Wolf, der wusste, wie man einer Fähe das Gefühl gibt, begehrenswert zu sein …«

»Aber –«

»… und einen, der etwas Lohnendes zu geben vermocht hätte …«

»Aber, Lounel, ich habe nie –«

»… ja, er war ein Wolf, der einer Fähe das Gefühl geben konnte liebenswert zu sein und …«

»Ich habe nie behauptet, dass Rohan –«

»… aber wenn du natürlich das Selbstvertrauen dieser jungen Wölfin untergraben und ihr das Gefühl geben willst, ungeliebt und nicht liebenswert zu sein …«

»Lounel, ich … ich wollte wirklich nicht … *Lounel!?*«

»Ja, Wolf?«, fragte Lounel mit einem Augenzwinkern.

»Ich habe lediglich bemerkt, dass es ziemlich unmöglich oder unangemessen sei –«

»Unangemessen?«

»… jedenfalls zum gegenwärtigen Zeitpunkt.«

»Ich verstehe«, sagte Lounel umsichtig. »Einen Moment lang dachte ich, du wolltest behaupten, dass du als Einziger von allen Rüden des Rudels ein so prächtiges und gut gebautes Weibchen wie Rohan nicht anziehend findest.«

»Nun, vermutlich ist sie tatsächlich anziehend«, meinte Tervicz, dem diese Unterhaltung mit Lounel viel schwieriger vorkam als erwartet. »Ich meine, sie ist gut gebaut, sie ist intelligent und all so was, aber ich denke einfach nicht in dieser Weise an sie.«

»Ah …«, meinte Lounel zweideutig.

»So ist das nun mal«, sagte Tervicz.

»So?«

»Ja, ich glaube schon. Ja, bestimmt. Es ist einfach unmöglich.«

»Wirklich?«

»Du verstehst einfach nicht, Lounel!«, erklärte Tervicz verärgert und zog beleidigt ab.

In Wahrheit verstand Lounel sehr wohl. Denn Rohan hatte ihn bereits kurz nach der Rückkehr von ihrem Erkundungsgang aus demselben Grund aufgesucht, um sich bei ihm Rat zu holen.

»Was ist mit Tervicz?«

»Ich glaube, ich liebe ihn. Ich glaube, ich liebe ihn sogar sehr.«

Lounel hatte sie angesehen und sich dabei an das warmherzige, liebevolle Junge erinnert das sie einst gewesen war. Und nun war sie zu einer hübschen, liebenden, aber auch klugen Wölfin herangewachsen, denn wenn es einen Wolf im Rudel gab, der es verdiente, dass sie ihm ihr Herz schenkte, dann war es der bescheidene, loyale und mutige Tervicz. Die beiden waren wie füreinander geschaffen, auch wenn die Probleme noch so unüberwindlich schienen.

Denn die Dinge veränderten sich für das Rudel, und sie veränderten sich rasch, und wer konnte schon sagen, ob die Umstände oder das Schicksal die beiden nicht doch noch zusammenführten, was für die Wölfe der Zeit eines Tages Glück und Ehre bedeuten konnte.

»Was soll ich tun?«, fragte Rohan Lounel, nachdem sie ihm von Tervicz' scheinbarer Abneigung ihr gegenüber erzählt hatte.

»Hab Geduld, meine Liebe, denn einem Wolf wie ihm fällt es vermutlich schwer, sich einzugestehen, dass er verliebt ist oder gar das Gefühl zu erwidern. Aber bleibe hartnäckig, denn Wölfe, die darauf warten, dass die Sonne auf sie herabscheint, bevor sie handeln, warten manchmal ein Leben lang. Tervicz ist ein Wolf, Rohan, auf den zu warten und um den zu kämpfen es sich lohnt.«

»Ich glaube, ich habe Tervicz schon immer geliebt«, sagte sie leise. »Seit ich denken kann.«

Dann war sie gegangen, und Lounel hatte ihr mit Tränen in den Augen nachgeblickt, denn sie war offen und ehrlich, und wenn die Zukunft der Wölfe von einer wie ihr abhing, dann hatten sich Klimts jahrelange Sorgen gelohnt.

Bald nach der Rückkehr von Tervicz und Rohan schickte Klimt Lounel und Tare noch einmal die Straße entlang nach Norden, und diesmal stärkten Solar und Tervicz ihnen den Rücken.

Das Rudel wusste genau, dass Tare von allen Rüden Lounel am wenigsten mochte, vor allem weil sie seine zeitweilige abstrakte Denkweise, seine Angewohnheit, den markierten Pfad zu verlassen, und seine Freude an solchen Dingen wie den Sternen, fließendem Wasser oder der Art und Weise, wie eine dunkle Wolke von einem Ende des Tals zum anderen zog, nicht verstand.

»Er ist so ... so unpraktisch!«, schimpfte sie gegenüber Rohan, bevor sie aufbrachen. »Bei ihm komme ich mir so ...«

»... dumm vor?«, warf Lunar ein, dem es wie Merrow weniger darum ging, vor anderen dazu auserwählt zu werden, das Territorium zu erkunden, als darum, wohin er geschickt wurde.. Ihn interessierte das Moorland und die Aussicht, der gemeinen Dendrine und ihrem teuflischen Sohn zu begegnen – teuflisch deshalb, weil bekannt war, dass er seinen Bruder gefressen oder zumindest zu Tode gequält hatte.

»Nicht dumm, nein«, zischte Tare; obwohl sie mehr Temperament besaß als Lunar, den so leicht nichts aus der Ruhe bringen konnte, achtete sie darauf, ihn nicht wirklich zu attackieren, denn wenn er erst einmal wütend war, konnte er, wenn es sein musste, auch zuschnappen. »Aber er ist so ... verträumt!«

»Deshalb mögen wir ihn ja gerade«, bemerkte Merrow und sprach damit auch Lunar aus dem Herzen.

»Hm, na ja, es könnte ja vielleicht ganz interessant werden«, räumte Tare schließlich in ihrer lässigen, gleichgültigen Art ein. Dabei kümmerte es sie überhaupt nicht, dass Lounel etwas von dem Gespräch mitbekommen hatte. Respekt gegenüber älteren Wölfen, die sie für schwach hielt war nicht Tares Sache.

Jedenfalls zogen die beiden los, und es *wurde* interessant, denn sie wagten sich weiter als alle anderen in das Kriegsgebiet der Menschen vor, und dort sahen sie das ganze Ausmaß der Zerstörung. Ganze Landstriche waren wie ausgestorben, denn die meisten Menschen hatten ihre Häuser verlassen.

»Östlich der Straße, oben auf den Hängen, wo die Karpaten sich fortsetzen«, berichtete Lounel bei ihrer Rückkehr, »läuft eine Menge Vieh von den Farmen frei herum. Die Menschen erschießen es, wie sie Wild und Wölfe schießen, aber es gibt dort Nahrung, Klimt. Es ist nur eine Frage der Zeit, bis andere Raubtiere dort auftauchen, wenn es nicht schon geschehen ist. Wir entdeckten nämlich auch Wolfsspuren, konnten sie aber nicht weiter verfolgen, weil sie über das Gebiet hinausführten, das du uns zugedacht hattest.«

»Es roch gemein«, bemerkte Tare abschätzig, »eher nach Füchsen als nach Wölfen, wenn du mich fragst. Aber das war nicht von Bedeutung.«

»Und was *war* von Bedeutung?«, fragte Klimt und warf Lounel einen müden Blick zu, dessen Geduld in den zwei Tagen mit Tare auf eine harte Probe gestellt worden war. Aber schließlich war auch ein Zweck der Übung, sich aneinander zu gewöhnen.

»Wir wären fast von Bomben getötet worden, die wir nicht sehen konnten«, begann Tare theatralisch.

Klimt brachte sie zum Schweigen und wandte sich an Lounel, dessen Schilderung eines solchen Ereignisses er eher Glauben schenken konnte.

»Ja«, sagte Lounel, »darauf wollte ich gerade zu sprechen kommen. Es war seltsam, und gefährlich, und Tare hat Recht, wenn sie sagt, dass es von Bedeutung war. Wir hätten dabei tatsächlich getötet werden können.«

Letzteres betonte er etwas und warf Tare dabei einen kurzen Blick zu. Offenbar gab er in gewisser Weise Tare die Schuld daran, dass sie beide beinahe getötet worden wären.

Anscheinend waren sie bis zu einem Eisenbahngleis gekommen, das, wie den Wölfen bekannt war, weit unten im Tal aus einem Tunnel herausführte. Klimt war selbst einmal dort gewesen und die beiden sollten auf ihrem Erkundungsgang nicht weiter gehen als bis zu diesem Platz. Als sie aus dem Gebüsch auf die Lichtung hinaustraten und sich dem Tunneleingang näherten, war Lounel plötzlich stehen geblieben und hatte unruhig in der Luft und am Boden Witterung aufgenommen, als ob …

»Tare, halt! Bleib sofort stehen!«

Er witterte Gefahr, eine neue Gefahr. Und um eben solche Gefahren auszumachen, hatte Klimt sie losgeschickt.

Aber Tare hatte neben der Eisenbahnlinie zwei wohlgenährte Kaninchen entdeckt, die schutzlos und offenbar weit weg von ihrem Heimatrevier eine leichte Beute waren. Tare war sofort losgelaufen und schlich sich an in der Hoffnung, eines zu erwischen.

»Tare!«

Lounels Warnruf schreckte die beiden Kaninchen auf. Sie standen einen Moment lang stocksteif da und dann flüchteten sie mit großen Sätzen in Richtung Bahndamm und Tunnel, dessen dunkler Eingang sich zu ihrer Linken auftat.

»Um Wulfs willen, Lounel, sieh nur, was du angerichtet hast!«, bellte Tare wütend, während sie weiterlief.

»Tare!«

KRACH! BUM … BÄNG!

Genau an der Stelle, an der gerade noch eines der Kaninchen hochgesprungen war, ereignete sich plötzlich eine heftige Explosion, wobei das andere durch die Luft auf das Gras geschleudert wurde, wo es einen Moment reglos liegen blieb, während dort, wo Tare erschrocken und völlig außer Atem stand und vor sich hin starrte, Erdklumpen und Steine niederprasselten.

»Rühr dich nicht Tare, um Wulfs willen!«

KRACH! BUM … BÄNG!

Und das andere Kaninchen, das sich mittlerweile wieder aufgerappelt hatte und bei Tares Anblick zu fliehen versuchte, hatte sich schwer verletzt genau zu der Stelle der zweiten Explosion geschleppt oder diese sogar selbst verursacht. Beide Kaninchen waren nicht mehr, oder nicht mehr ganz.

Wieder wirbelten Erdklumpen durch die Luft, und diesmal landete mit dem ganzen Dreck und den Steinen der Kopf eines Kaninchens im Gras, blutig, die Augen weit aufgerissen und beide Ohren unversehrt, eines davon leicht nach vorn abgeknickt als ob der Kopf selbst noch lebendig wäre.

»Die Bomben befinden sich in der Erde«, sagte Lounel, und er hatte Recht. Die Menschen hatten sie unter der Erdoberfläche verlegt, ihre flachen Landminen, die nach Plastik und Mandeln rochen. Tare war jetzt zu geschockt, um einen sicheren Rückzug anzutreten, und sie konnte den Blick nicht vom Kopf des Kaninchens wenden, das sie aus toten Augen anstarrte.

»Komm, meine Liebe, folge mir«, sagte Lounel, der langsam auf sie zugegangen war, immer in dem Bewusstsein, dass überall unter der Erde todbringende Landminen versteckt waren. Vorsichtig führte er sie Schritt für Schritt zum sicheren Gebüsch zurück.

Nach diesem Erlebnis hatte Tare Lounel eine Zeit lang nicht nur Respekt entgegengebracht, sondern sie war ihm auch unendlich dankbar gewesen – oder besser gesagt schien es so bis zu dem Moment, als Tare zu der Ansicht gelangte, dass sowieso alles seine Schuld gewesen war, denn hatte er ihr nicht gesagt, sie sollte die Kaninchen jagen?

»Wir entdeckten anschließend noch weitere Minenfelder oder witterten auf flachen, verwüsteten Landstrichen den Geruch von Mandeln und Menschen«, bemerkte Lounel.

Die Erkundungsgänge wurden fortgesetzt, bis Ende Januar Schnee und Eis solche Unternehmungen nahezu unmöglich machten. Doch bis dahin war ein Großteil des Geländes nach allen Richtungen und zu Klimts Zufriedenheit erforscht, und alle Wölfe außer Raute und Merrow waren losgezogen, um an fremden Orten ihren Mut zu erproben und zu beweisen, dass sie Klimts strikten Anweisungen Folge leisten konnten.

Es hatte weder ernsthafte Verletzungen gegeben, noch war nach Tares Erlebnis irgendein Wolf in ein Minenfeld geraten.

Auf Kobrin wurde zweimal geschossen, Solar war mit dem Bauch in Stacheldraht hängen geblieben. Die Wunde hatte eine Weile geeitert, ehe sie sich langsam schloss und heilte, und Tervicz und Rohan hatten bestätigt, dass sich an der Situation der Madjaren noch nichts geändert hatte.

Zufrieden über das Erreichte, zog sich das Rudel wieder in seine Schlupfwinkel im Wald zurück. Keiner der Wölfe, mit Ausnahme von Lunar vielleicht, hatte die von Klimt gesetzten Grenzen überschritten, und sie hatten eine Menge über die Menschen, die Art und Weise ihrer Kriegführung und die Gefährlichkeit ihrer Waffen erfahren. Nur wer bei den Madjaren die Führung übernommen hatte, blieb nach wie vor ein Rätsel.

Lunar hatte den Fehler begangen, sich zu weit von Kobrin zu entfernen, als die beiden das Gebiet nördlich des Waldes auf ihrer Seite der Straße erkunden sollten. Zerstreut und verträumt wie er war, hatte er sich in der öden Steppe gelangweilt und in bewaldeteres Gelände begeben, wo ihn der Anblick eines hohen, düsteren und noch einige Zeit vor den gegenwärtigen Kriegen zerstörten Menschengebäudes gefangen genommen hatte. Die Spuren, die der Krieg hinterlassen hatte, waren inzwischen verblasst, die Trümmer seit langem mit Flechten und Moos bedeckt.

Unter einem Teil des Gebäudes floss ein torfverschmutzter Bach, und Lunar konnte nicht widerstehen diesen faszinierenden Tunnel zu erforschen. Für eine Weile verlor er sich ganz, aber eher zeitlich als räumlich. Kurzum, er hatte seine Pflicht gegenüber Kobrin und dem Rudel völlig vergessen, so fasziniert war er von dem Gefühl einer anderen Zeit. Und da war noch etwas, das er nicht erklären konnte und das er in dem feuchten, von Menschen geschaffenen Wassertunnel fand.

Es war bereits Nachmittag, als er Kobrins mittlerweile verzweifelten Ruf vernahm und wieder in die Realität zurückkehrte, die auch die Tracht Prügel beinhaltete, welche der alte Kobrin ihm verpasste, nachdem die Erleichterung darüber, dass er nicht einen von Klimts Söhnen verloren hatte, der Wut gewichen war.

Aber das war ein geringer Preis für das berauschende Gefühl, einen nicht nur für die Menschen, sondern auch für die Wölfe historischen Ort entdeckt zu haben, der ihm irgendwie bekannt vorkam, als sei er schon einmal dort gewesen. Er würde wieder dorthin zurückkehren.

»Komm schon, Wolf, wir sind spät dran«, beharrte Kobrin, »und Klimt wird darüber nicht gerade erfreut sein.«

»Aber Kobrin, spürst du denn nicht, dass dieser Ort etwas Besonderes ist – etwas Heiliges?«

»Heilig!«, rief Kobrin aus und sah sich angewidert um. »In längst vergangenen Tagen zerstört, aber …«

Der große Kobrin hatte innegehalten und war verstummt, denn der Ort war in ein seltsames Licht getaucht und man spürte das Alter. Kobrin schnüffelte eine Weile in den Trümmern herum.

Dann hatte er sich zu Lunars Freude und Erstaunen hangaufwärts gewandt, ein wenig herumgestöbert, sich einen Weg durch das Gestrüpp gebahnt bis zu einem Punkt, von dem sie die Klippen sehen konnten – so gut wie vom höher gelegenen Waldrand aus –, und gesagt: »Du hast Recht, Lunar, dieser Ort ist etwas Besonderes: Ich habe das Gefühl, als sei er Teil eines vergessenen Wolfsweges …«

»Ja?«, flüsterte Lunar aufgeregt, denn in dem Moment, als Kobrin das sagte, erkannte er, dass er dasselbe Gefühl gehabt hatte – in alter Zeit hatten Wölfe diesen Weg benutzt und von hier aus waren sie hangaufwärts und -abwärts gewandert. O ja, Wölfe waren einst diesen Weg gegangen, alte Wölfe, Wölfe, deren trommelnde Pfoten er beinah hören konnte, an deren Leben und Sterben er vielleicht sogar teilgehabt hatte …

»Sachte, Wolf«, sagte Kobrin nicht unfreundlich, denn er kannte Lunar gut genug, um seine Gedanken zu erraten. »Hat dein Vater dir nie gesagt, dass die Wolfswege oftmals an von Menschen angelegten Wegen entlangführten, denn einige stammen noch aus einer Zeit, als es hier noch keine Menschen gab, und vielleicht haben die Wölfe in früherer Zeit die Menschen geführt.«

»Sie geführt?«

»Ja, oder vielleicht waren sie mit ihnen einig.«

»Kobrin«, sagte Lunar ernst »ich fühle, dass ich schon früher einmal hier gewesen bin und dass ich eines Tages wieder hierher zurückkehren werde … ich spüre, wie dieser Wolfsweg direkt durch meinen Körper verläuft, als ob … als ob Vergangenheit, Gegenwart und Zukunft eins wären.«

Kobrin nickte stumm, dann sagte er: »Weißt du, Lunar, obwohl ich nicht bereue, dass ich dich zuvor gezüchtigt habe, bin ich froh, dass deine Verrücktheit mich dazu gebracht hat, mich in diesen Trümmern umzusehen. Um die Wahrheit zu sagen, ich beneide dich. In Petschora, wo ich aufwuchs, gab es Wolfswege wie diesen und als ich jung war, stand ich auch dort und dachte an die Wölfe der Vergangenheit und der Zukunft. Am anderen Ende unseres Reviers, an der Grenze zum Ural, gab es einen Ort, an dem –«

»War dort auch eine Ruine?«

»Nein, Wolf«, erwiderte Kobrin verdutzt.

»Aber … da war ein Fluss, man konnte einen Fluss hören, oder … nein, ja, man konnte einen Wasserfall rauschen hören, einen großen Wasserfall …«

»Äh … *ja* …?«, sagte Kobrin verwirrt.

»Ich war dort«, erklärte Lunar. »Ich kann diesen Wolfsweg spüren wie eine pochende Vene in meinem Körper.«

Kobrin hatte den Eindruck, dass sie bei ihrem Exkurs von der Gegenwart in die Vergangenheit weit genug gegangen waren und dass Lunar vielleicht erschöpft war. Wulf wusste, welche Visionen und Albträume er an diesem von Menschen geschaffenen Ort unter der Erde gehabt hatte.

»Komm schon, Wolf, wir gehen am besten zurück, und wenn ich dir einen guten Rat geben darf, dann erzähle den anderen nichts von deinen Fantasien.«

»Aber dort auf dem Wolfsweg in Petschora gab es einen großen Wasserfall, und ein stürmischer Wind pfiff durch die Bäume und oben auf den Bergen …«

Lunar kniff die Augen zusammen und blickte so intensiv in die Ferne, dass Kobrin vermutete, er stellte sich dabei vor, wie der Wind ihm den Pelz zerzauste.

Aber …

»Es gab tatsächlich einen Wasserfall in der Nähe«, räumte er ein, »aber im Petschora-Hochland gibt es eine ganze Menge davon! Was den stürmischen Wind angeht – daran kann ich mich nicht erinnern.«

Aber er erinnerte sich doch an den Wind, einen seltsamen und kräftigen Wind, der zuerst durch die Bäume blies, unter denen Kobrin vor all den Jahren auf einem Wolfsweg gestanden hatte, und später oben auf den Klippen, fast so, als ob Götter ihn gerufen hätten.

»Na los!«, rief Kobrin verärgert, weil er sich in Lunars jugendliche Fantastereien hatte hineinziehen lassen. »Komm, Wolf, am besten vergessen wir deine kleine Eskapade hier oben. Wolfswege sind seltsam, und wo sie sind, kann einem die Zeit anders erscheinen, als sie in Wirklichkeit ist.«

»Oder sie kann realer sein, als sie normalerweise erscheint«, sagte Lunar und berief sich damit auf eine frühere Äußerung Lounels.

Gehorsam folgte er jetzt Kobrin, aber er spürte in sich den Pulsschlag und die Richtung des Wolfsweges, den er entdeckt hatte, und eines Tages würde er zurückkehren oder weiterziehen …

Kapitel 7

Worin Lunar wegen eines erlittenen Verlusts in tiefe Trauer versinkt und eine Geschichte erzählt, die gleichzeitig ein Hilferuf an die Götter ist

Obwohl Kobrin seinem Anführer nur selten etwas verschwieg, hielt er es diesmal für angebracht, den wahren Grund für seine späte Rückkehr mit Lunar an diesem Tag nicht bis in alle Einzelheiten darzulegen. Zweifelsohne wurde die verrückte Eskapade seines Sohnes kurz erwähnt aber Klimt beschloss, nicht darauf herumzureiten, obwohl beim nächsten Mal ... Das Erstaunliche an Klimts Führungsstil war, dass er nur selten einen anderen Wolf mit Worten einschüchterte, und dennoch hatten alle Respekt vor ihm und kannten die Beschränkungen, die er ihnen auferlegte, bevor er sie bestrafte.

Vielleicht wusste Klimt es ja im Grunde zu schätzen, dass die jungen Wölfe, die er mit großgezogen hatte, alle verschieden waren, und er war klug genug, zu erkennen, dass die Stärke und die Interessen jedes einzelnen Mitglieds für den Zusammenhalt des Rudels von Bedeutung waren.

Klimt selbst war nicht sehr an göttlichen und geistigen Dingen interessiert, denn sie schienen für seine Aufgabe als Rudelführer keinen praktischen Nutzen zu haben, aber er wusste, dass Lounel Lunar schätzte, und deshalb sollte er ihn wohl besser in Ruhe lassen.

Wie so oft in der Vergangenheit war es Merrow, die das größte Interesse zeigte an Lunars begeisterten Reden von den Wolfswegen und seinem seltsamen Gefühl, mit ihnen eins zu sein, umso mehr, weil sie als Einzige von allen nicht an den von Klimt geplanten und mittlerweile abgeschlossenen Erkundungsgängen hatte teilnehmen dürfen. Sie kannte den Grund, denn der Winter hatte ihr ein Übermaß an Schmerzen beschert. An manchen Tagen ging es ihr so schlecht, dass sie sich nur von ihrem Schlafplatz erheben konnte, um zu trinken und ihre Notdurft zu verrichten. Noch wurde ihre Gebrechlichkeit nicht als Krankheit bezeichnet, aber offenbar ging es ihr immer schlechter statt besser.

Unter ungünstigeren Bedingungen wäre das Rudel vermutlich brutaler vorgegangen und hätte sie unterwegs auf einem Marsch zurückgelassen. Aber da die Wölfe in einem Revier überwinterten, in dem es reichlich Beute gab, bestand dazu kein Anlass, und abgesehen von Tares spöttischen Bemerkungen über Merrows generelle Unbrauchbarkeit, unterstützte sie das Rudel.

Jedenfalls freuten sich die meisten über das leise Gemurmel, wenn sie sich mit Lunar unterhielt, über ihre Gesellschaft und ihr Lachen, und in zunehmendem Maße auch über Lunars Selbstvertrauen, oben zwischen Felsen und Geröll den Weg zu finden, was er zum Teil auf Merrows Wunsch hin tat. Denn obwohl sie für weite Wanderungen zu schwach war, unternahm sie sie oft im Geist – sie schaute hinauf zu den Klippen und erzählte dem bereitwilligen Lunar, dass sie sich manchmal frage, wie dieser Wasserfall dort oben sich wohl aus der Nähe anhörte …

Zudem stieß Lounel mit seiner sonderbaren und schrulligen Art der Unterweisung in geistigen Dingen, die häufig keiner Worte bedurfte, sowie mit seiner nahezu völligen Gleichgültigkeit gegenüber den täglichen Machtkämpfen unter den Wölfen bei Lunar und Merrow auf Verständnis, und sie genossen seine Gesellschaft und die Gespräche mit ihm.

In dieser Hinsicht waren Lunars wachsende Vorliebe, Lounel in die Abgeschiedenheit zu folgen, sich hinzusetzen, nachzudenken und zu träumen, und seine eigene Neigung, bei Nacht loszuziehen, eine Reaktion auf Merrows Interesse an solchen Dingen und auf ihre Frustration, nicht selbst an den Erkundungsgängen teilnehmen zu können.

»Ich wünschte, du wärst robuster, Merrow«, meinte Lunar, »dann könntest du uns beide begleiten. Was fehlt dir eigentlich?«

Merrow schüttelte nur den Kopf und sagte, sie wisse nicht, warum sie so schmächtig und ihr Pelz so stumpf sei, oder warum ihre Fröhlichkeit und ihr Eifer so weit von ihrem Körper entfernt seien.

Daher überraschte es Lunar nicht, dass seine Schwester interessiert zuhörte, wenn er leise davon erzählte, wie er sich auf seinem Erkundungsgang mit Kobrin jenseits der Nordgrenze ihres Reviers unerlaubt entfernt und unter den Trümmern des Menschengebäudes einen Tunnel entdeckt hatte.

»Führte er irgendwohin?«

»Nein, es war lediglich eine von Menschenhand geschaffene Konstruktion über einem Bach, an beiden Enden offen und in der Mitte feucht und tropfend.«

»Und dort war nichts weiter?«

»Nur das Rauschen von Wasser, das durch Echos und Vibrationen verstärkt wurde, und ein kleinerer Tunnel, in den Wasser floss, aber der pechschwarz und viel zu gefährlich war, um hineinzukriechen. Dem Geräusch nach führte er zu einem Wasserfall oder einem Strom direkt unter den Menschengebäuden. Aber ...«

»Ja, Lunar?«

»Das interessierte mich nicht so sehr wie das Gefühl, dass es an diesem Ort, obgleich er von Menschen geschaffen wurde, in längst vergangener Zeit Wölfe gegeben hatte. Außerdem erschien er mir wie der heilige Ort von dem Lounel und der Wanderer erzählt hatten, an dem einst Menschen und Wölfe in Eintracht gelebt hatten.«

»Willst du mich nicht dorthin bringen, Lunar?«, fragte Merrow nicht zum ersten Mal.

»Das könnte mich meinen Hals kosten«, sagte Lunar und schüttelte den Kopf. »Und außerdem geht es dir nicht gut bei dieser Kälte und –«

»Wenn es mir besser geht! Wenn es wieder milder wird! Ja?«

»Nein«, beharrte Lunar.

»Ich mag dich nicht besonders.«

Lunar lächelte liebevoll, denn er wusste, dass das nicht stimmte und dass er sie nicht nur gern hatte, sondern sie von all seinen Schwestern am meisten liebte. Bei ihr konnte er ganz er selbst sein. Bei ihr ... er wurde traurig, denn er fürchtete, dass, wenn das Rudel im Frühjahr zum Steilfeld zurückkehrte oder noch weiter marschierte, nachdem die Erkundungsgänge ihren Horizont erweitert hatten, die arme Merrow letztlich zurückgelassen würde.

»Nimmst du mich mit? Nun, da das Wetter besser ist? Ich kann jetzt wirklich wieder laufen und ...«

Drei Wochen waren vergangen und es war einer dieser verlockenden Tage Ende Februar, an denen die Sonne plötzlich die Luft erwärmt und in der Natur die Hoffnung auf neues Leben weckt, wenn an Erlenzweigen gelbliche Kätzchen im Wind über den Schneeglöckchen schaukeln. Es ist eine Zeit, in der Wölfe und vielleicht auch Menschen mitunter dem falschen Eindruck erliegen, der Frühling stünde bereits vor der Tür und man könne sich wieder gefahrlos nach draußen wagen.

»Ich darf nicht.«

»Aber willst du?«

»Ich sollte besser nicht.«

»Dann werde ich allein gehen!«

»Nun ...«

»Komm schon, Lunar, lass es uns tun, so wie wir früher immer die Klippen erkundet haben. Du sagtest, es sei nicht weit – wenn wir jetzt gehen, sind wir zurück, ehe man uns vermisst.«

Welcher Wolf sieht an solch einem milden und sonnigen Wintertag schon die dunkle Wolke am Himmel, oder wie oben in den höheren Lagen ein neuer, eisiger Wind über das Heidekraut fegt und die Rückkehr der Kälte ankündigt?

Schließlich gab Lunar seinen Widerstand auf und stahl sich mit ihr davon, auf sicheren Waldwegen, die er gut kannte und auf denen ihnen an diesem Tag wahrscheinlich niemand begegnete. Er überschritt mit ihr die Nordgrenze ihres vertrauten Reviers, um die Ruinen wieder zu finden.

»Nur ein kurzer Blick«, sagte Lunar, »und wenn das Wetter unterwegs umschlägt, kehren wir sofort um.«

»Ja, Lunar«, erwiderte Merrow und lief, so gut es ging, weiter. Denn obwohl sie erklärt hatte, es ginge ihr wieder gut, kam sie nur langsam voran und musste zwischendurch immer wieder Pausen einlegen. Sie wolle nur die Aussicht genießen, behauptete sie dann, aber Lunar bemerkte, dass sie ein bisschen zu sehr schnaufte.

»Wir sollten lieber nicht weitergehen, Merrow«, murmelte er halbherzig. Aber in Wahrheit wollte er selbst an den Ort zurück.

»Los, weiter!«, befahl sie, und Lunar folgte ihr lachend. Wäre es um ihre Gesundheit besser bestellt gewesen, wäre sie bestimmt die stärkste, energischste und einfallsreichste Fähe im Rudel gewesen, die vermutlich eines Tages Elhanas Platz als Leitwölfin eingenommen hätte.

Wie er jetzt so vor ihr herlief, hielt er es auf einmal für richtig, dass sie die alten Ruinen sah, denn eine bessere Chance würde sich ihr nicht bieten. Die Erinnerung ließ ihn nicht los, und er wollte sehen, ob der Ort auf sie denselben Eindruck machte wie auf ihn. Vergangenheit, Gegenwart und Zukunft waren dort vereint …

Plötzlich tauchten zwischen den Bäumen jenseits des Baches, über dem sie teilweise errichtet worden waren, die Ruinen auf. Beide blieben stehen und staunten. Die Gebäude befanden sich auf einer Lichtung, errichtet auf einer Terrasse oberhalb des Baches. An dem Ort herrschte Stille und ein zeitloser Friede.

»Ich bin froh, dass du mich hierher geführt hast Lunar«, flüsterte Merrow und verlangsamte ihre Schritte. »Wo ist der Tunnel, in den du gegangen bist, wo …?«

Sie liefen zusammen weiter, durchquerten ein Stück des Baches. Als das Wasser plötzlich tiefer und der Grund schlüpfriger wurde, sprangen sie mit einem Satz ans Ufer. Sie bogen um eine Ecke, kletterten ein Stück den Hang hinauf, auf dem die Ruinen aufragten, und dann sahen sie direkt vor sich das Tunnelgewölbe, das sich über den Bach spannte und das Lunar erkundet hatte.

»Das ist er!«

Erst als seine Schwester loslief, sah Lunar, dass sich zwischen den Bäumen zu ihrer Linken etwas bewegte, und er witterte Menschen.

Menschen? *»Merrow!«*

Instinktiv rief er ihren Namen, denn irgendwo dort unten zwischen den Bäumen waren Menschen, während über ihnen … über ihnen …

»Merrow, *halt*!«

Vielleicht übertönte das Rauschen des Wassers seinen Schrei oder vielleicht hatte sie in dem Tunnel etwas entdeckt oder am anderen Ende ein Licht gesehen. Jedenfalls lief sie weiter und im selben Moment donnerten Düsenflugzeuge der Menschen über die Klippen ober- und unterhalb von ihnen hinweg und warfen Schatten auf sie. Der Lärm war ohrenbetäubend, und noch während er abebbte und Lunar in die Luft starrte, ertönte ein schrilles, durchdringendes Pfeifen, und …

BUM-BUM! KRACHHHHH!

… und Lunar konnte nur noch entgeistert zusehen, wie die Welt sich vor seinen Augen für immer veränderte. Die Ruinen bebten, Mauern stürzten ein, Erde und Staub wirbelten durch die Luft, ein grelles blaurotes Licht fiel auf ihn, und während die herumfliegenden Trümmer sich langsam überall auf dem Boden verteilten, kehrte der Lärm zurück, lauter und immer lauter, und Erdklumpen und Geröll prasselten auf ihn nieder.

»Merrow!«, rief er, als ihn etwas an der Brust traf und zu Boden warf. Um ihn herum drehte sich alles und das kalte Wasser des Baches umspülte ihn, heiß jetzt und rot vor Blut.

»Merr …!«

Wo sie gewesen war, tat sich jetzt ein Krater auf, von dessen rauchenden Wänden die weißroten abgerissenen Wurzeln umgestürzter Nadelbäume schlaff herabhingen. Die Ruinen waren Ruinen geblieben, aber jetzt stieg aus ihnen Qualm auf, und die Mauern waren weniger hoch. Dort wo eine Art Turm gestanden hatte, ragten nur noch zwei Finger breit der Menschenkonstruktion sinnlos aus dem Boden.

Sacht, ganz sacht drang das Krächzen aufgescheuchter Raben oben in den Klippen und jenseits der Bäume an Lunars Ohr, und er vernahm das Plätschern des Wassers um sich herum, das allen Dreck weggespült hatte und allmählich wieder sauber wurde.

Noch ganz benommen und unter Schock rappelte er sich aus dem Bachbett auf, schüttelte das Wasser aus seinem Pelz, untersuchte seinen Körper und stellte fest, dass er unverletzt war. Dann lief er los, um Merrow zu suchen.

»Merrow!«

Es kam keine Antwort, nicht jetzt und nicht später, als

er verzweifelt umherwanderte und Plätze zu finden versuchte, die er kannte. Der Tunnel war zwar noch da, aber der Eingang durch umgestürzte Bäume und Felsen blockiert, und am andern Ende wurde er von Wasser überspült. Und …

Und da lagen tote Menschen im Wasser, menschliche Köpfe und Gliedmaßen, halb im Tunnel und halb draußen, getötet in ihrem Versteck; getötet, wo Merrow ihnen direkt in die Arme gelaufen wäre; und sie … sie war nicht mehr, nicht mehr am Leben …

»Nicht mehr …«

Dort fanden Kobrin und Solar ihn am Abend mit gebrochenem Bein und zerschundenem Gesicht.

»Ich dachte, ich sei nicht verletzt …«

Ungeachtet seiner Schmerzen, hatte er nach Merrow gesucht.

»Komm, Wolf«, schnarrte Kobrin, »komm mit uns.«

»Sie ist hier auf diesem alten Wolfsweg, Solar, Merrow ist noch hier, aber wir können sie nicht erreichen. Ich kann den Lauf des Wolfsweges spüren, ich spüre ihren Pulsschlag, oh, sie ist hier, Bruder, unsere Schwester ist hier …«

»Sie wurde getötet«, flüsterte Solar, »sie starb wie die Menschen.«

»Wo, Solar, *wo*?«

Solar blickte hilflos auf den großen Krater und flüsterte nur: »Sie wurde getötet, Lunar, sie ist tot.«

»Aber …«, flüsterte Lunar, »dies ist ein Wolfsweg, ein heiliger Ort, und hier, hier bin ich schon einmal gewesen, und sie auch. Er war … er ist … und er wird immer sein … und sie wird wiederkommen …«

»Komm, Lunar, komm, Bruder«, sagte Solar und führte Lunar von dort weg, wo sie eine Schwester verloren hatten, die das Rudel so sehr geliebt hatte.

Schmerz und Schuldgefühle zerrissen Lunar fast das Herz an jenem schrecklichen Tag, als die schwache Merrow zufällig in den Menschenkrieg geriet und den Wölfen der Zeit so plötzlich entrissen wurde. Sie hatten sie ernährt, ermutigt, aufgezogen, unterstützt und nicht zuletzt geliebt –

vor allem Lunar. Jetzt war sie tot, nicht mehr da, und wenn auch der Winterwind mit Herannahen des Frühlings milder werden und später den zarten Klang und den süßen Duft des Sommers herüberwehen würde, er würde Merrow nicht zurückbringen. Auch wenn er tausend Wälder durchstreifte, würde er dort ihr Lachen nicht hören und auch nicht auf ihren Willkommensgruß antworten, wie er es hier in ihrem Wald getan hatte.

Kein tröstendes Wort und am wenigsten die harte Strafe, die Klimt über seinen törichten und fehlgeleiteten Sohn verhängt hatte, indem er ihn für eine Weile aus dem Rudel verbannte, konnten Lunars trübe Gedanken verscheuchen. Den bitteren Tränen folgte die Wut auf die Menschen und auf sich selbst und schließlich, und das war das Schlimmste, breitete sich lähmendes Schweigen über das Thema Merrow und ihren Tod.

Nicht einmal, als das Rudel ihm verzieh – Klimt selbst behauptete jetzt, kein Wolf hätte solch ein Ereignis voraussehen können und keiner im Rudel hätte erwartet, dass Lunar sich Merrows Bitte, sie zu den Ruinen mitzunehmen, widersetzen würde –, nicht einmal da wich die Trauer um eine Wölfin, die er über alles geliebt hatte, aus Lunars Gesicht oder aus seinem Herzen. Den Kopf gesenkt mit zerzaustem Pelz, den Schwanz völlig mutlos eingezogen, wurde er, der dem Rudel in der Vergangenheit so oft Heiterkeit und Lachen geschenkt hatte, nun dessen trauriger Schatten.

Eine Zeit lang schienen sogar die Jahreszeiten mit Lunar und dem Rudel zu trauern. Der Winter dauerte länger und als endlich der Frühling kam und das Tauwetter in den Hochlagen die Bäche in reißende Ströme und die Flüsse in tosende Fluten schmutzigen Wassers verwandelte, hatte es den Anschein, als weinten Wald und Tal, Klippen und Berge laut und lange um sie alle. Der Frühling vergoss in jenem Jahr Tränen der Trauer.

Aber schließlich hörte die Natur auf zu weinen, die Sonnenstrahlen wurden mit jedem Tag heller und wärmer, und das Leben kehrte in den Wald und das Tal zurück. Nur

Lunar trauerte noch. Er fühlte sich verantwortlich für das, was geschehen war, und die meisten Wölfe des Rudels empfanden ebenso, obwohl von Vergeben und Vergessen die Rede war, und ehe er den Mantel der Trauer nicht ablegte, würde sie das Rudel weiter belasten.

Die Situation wurde noch dadurch verschlimmert, dass die alte Raute, die sich den ganzen Winter hindurch an das Leben geklammert hatte, offenbar im Begriff war aufzugeben. Sicher würde sie diese letzten Märztage nicht überstehen. Dabei war Raute die Einzige, die Lunar in seiner Nähe ertragen konnte und die er umsorgte, als ob er damit, dass er sie am Leben erhielt, ein wenig von der Schuld abtragen wollte, die er seiner Meinung nach an Merrows Tod trug.

»Nun, er kann sich nicht ewig Vorwürfe machen, oder?«, sagte Klimt eines Tages zu den anderen. »Wenn er das tut, wird er für uns alle eine Belastung. Unter anderen Umständen hätte ich vorgeschlagen, dass er eine Zeit lang auf den Wolfswegen wandern soll – als er bei jenen Ruinen zum ersten Mal ihrem Ruf folgte, geriet er in Schwierigkeiten, und als er mit Merrow an jenen Ort zurückkehrte, hatte das schlimme Folgen. Vielleicht wäre das ein Weg aus seiner Trauer.

Aber … nun, er ist einer von nur zwei jungen Rüden, die wir im Rudel haben, und Tatsache ist, dass … dass ich erst jetzt, wo er deprimiert ist, erkenne, was für eine Bedeutung er für uns bisher gehabt hat.«

Die anderen nickten zustimmend, denn alle hatten in den vergangenen Wochen genau dasselbe gedacht oder gesagt. Die Wahrheit war, dass an jenem Tag bei den Ruinen zusammen mit Merrow auch ein Teil des Rudels gestorben war, und nun, da auch Lunar die Wölfe verlassen zu haben schien, erkannten sie, dass er auf eine ganz bestimmte Art ein wesentlicher Teil von ihnen war.

»Er war immer so fröhlich«, bemerkte Rohan, deren Trost er, ebenso wie den der anderen, abgelehnt hatte, »und ich habe es früher nie bemerkt. Allein die Art und Weise, wie die beiden bis tief in die Nacht hinein miteinander plauderten, sich über die Sterne unterhielten und einander alte Geschichten erzählten! Wie Merrow ihn dazu brachte, sich oben zwischen den Klippen umzusehen, und dann zurückzukommen und ihr zu berichten, was er entdeckt hatte, damit sie einen Moment lang das Gefühl haben konnte, selbst dort oben gewesen zu sein.«

Die anderen nickten, sogar Tare, denn trotz ihrer Egozentrik und ihres Ehrgeizes spürte auch sie den Verlust.

»Nun, zumindest tröstet es ihn, wenn er der armen Raute helfen kann«, meinte sie schließlich, »und das ist doch schon was. Das soll nicht heißen, dass die Alte noch lange durchhält, so wie sie aussieht. Sie fängt jetzt an sich gehen zu lassen und –«

»Und Lunar begleitet sie zum Bach und wäscht sie«, sagte Rohan schroff, denn ihr missfiel Tares Ton, »und das ist mehr, als der Rest von uns tut. Ich finde, wir sollten Lunar wieder ins Rudel aufnehmen.«

»Das ist bereits geschehen, meine Liebe«, betonte Elhana gefühlvoll, denn sein Ausschluss war längst vergessen. »Jetzt liegt es an ihm, die Dunkelheit zu überwinden und wieder zu uns zu finden.«

Alle nickten und Klimt sagte: »Solar, du bist sein Bruder und hast ihn an diesem Tag gefunden … Lounel, dir hat er immer vertraut … Wanderer, gibt es keine Geschichte oder Lehre, die ihm klarmacht, dass ihm schon seit langem etwas verziehen wurde, das nur ein unglücklicher Zufall war?«

»Er muss sich selbst verzeihen, Klimt nur sich selbst, dann ist er geheilt.«

Vermutlich hätten sie ihre Unterhaltung fortgesetzt wenn sie nicht von einem Heulen unterbrochen worden wären. Es war kein lautes oder verzweifeltes Geheul, sondern ein Heulen, das eine Erzählung begleitet und es kam aus den Tiefen des Waldes, wo die alte Raute lag. Angelockt von dem betörenden Klang des Geheuls und den bedeutsamen Worten, die sie immer besser verstanden, je näher sie kamen, versammelten sich die Wölfe am Rande von Rautes Lichtung und lauschten der Erzählung des trauernden Lunar. Sie handelte von Merrow, und wie sie gewesen war; von einer Schwester, die er verehrt und beschützt hatte; von einer Wölfin, die er geliebt hatte und die er jetzt vermisste.

»Mein Lieber«, hörten sie Raute leise sagen, »mein Lieber, du musst aufhören. Ich kenne die Geschichte, ich kenne sie sehr genau, und ich wünschte, du würdest eine andere erzählen, denn es ist Zeit. Irgendwann muss jeder von uns fortgehen und vergessen, was gewesen ist und was wir waren. Ich …«

»Möchtest du etwas, Raute?«, hörten sie ihn sagen. »Etwas zu essen, etwas Wasser, oder –«

»Ich werde schon sehr bald fortgehen, mein Lieber, und bevor ich das tue, möchte ich mich davon überzeugen, dass du die weisen Worte des Wanderers vernommen hast, denn auch er muss bald fort. Ja, ja, er muss – der Winter ist vorbei, und er hat seine Warnungen ausgesprochen; seine Zeit rückt näher, genauso wie meine. Deshalb, Lunar, erzähle mir jetzt was du von ihm gelernt hast.«

Lunar beruhigte sich und sagte: »Was willst du hören?«

Raute nickte dankbar, ihre blinden Augen lächelten und sie legte ihre Pfote auf seine.

»Die erste Erzählung, die ich jemals gehört habe, handelte von der Entstehung der Wolfheit – von Hrein und Mistur und ihrer Liebe. Ich mag diese Geschichte; hat der Wanderer sie dir erzählt?«

Die anderen Wölfe am Rande der Lichtung sahen den Wanderer an, aber sein Gesicht verriet nichts; er starrte nur auf Lunar und wartete, was dieser wohl sagte oder erzählte.

»Ich kenne sie«, sagte Lunar, »aber –«

»Dann fang an, Wolf«, meinte Raute, »und lass uns beten, dass die Götter dir dabei helfen, sie richtig zu Ende zu erzählen.«

Lunar hob den Kopf und begann die Geschichte herabzuheulen, die Raute am liebsten hören wollte. Sie handelte von Göttern und von der Entstehung der Wolfheit; und während er diese uralte Geschichte erzählte, begriff wohl jeder Wolf, der ihm zuhörte, dass seine Erzählung auch eine Bitte an die Götter war, die ihm vergeben zu haben schienen, ihm einen Weg aus seiner Trauer zu zeigen.

Weit im Osten, jenseits der sibirischen Ebene, befindet sich der heilige See namens Baikal, von dem uns der Wanderer erzählt hat.

Nördlich davon liegt das Hochland, wo seine geheime Quelle entspringt, und auch andere Quellen, deren Wasser nach Norden, Osten und Westen fließt. Dieses Hochland wird das Quellgebiet genannt und seine höchste Erhebung ist Gora in'aptuk, die entstand, als die Tochter Smilodons, des Säbelzahntigers, ihr Haupt aus Kummer über Seinen Tod dort niederlegte. Smilodon war der Gott aller, der Unbeschreibliche, das Licht, das aus der Finsternis kommt, der die Sonne, die Sterne, den Mond und die Erde erschuf.

Nach seinem Tod kamen sterbliche Geschöpfe auf die Erde, darunter unsere eigenen Vorfahren. Die Tränen von Smilodons Tochter bildeten die Flüsse im Norden, Westen und Osten, die endlos dahinfließen in Anerkennung der Zeit des Friedens und der Ruhe, die mit dem Tod des Säbelzahntigers für immer vergangen ist.

Südlich des Platzes, an dem Smilodons Tochter lag und in Gestalt eines Berges, Gora in'aptuk, noch immer liegt, füllten ihre Tränen die Senke, die Smilodon im Todeskampf mit seiner rechten Pfote im Gestein hinterlassen hatte. Diese tränengefüllte Senke ist der Baikalsee, der größte Binnensee der Welt, und aus ihren Tränen, die so kristallklar waren wie das Licht der Liebe ihres Vaters, bildete sich das reinste Wasser der Erde.

Nach Smilodons Tod entstand aus dem Wasser des Baikalsees sterbliches Leben, und am Himmel, im Wasser und an Land tauchten die ersten Lebewesen auf, Geschöpfe, aus deren Verbindungen und Kämpfen nach und nach neue Lebensformen hervorgingen.

All das hat der Wanderer uns gelehrt.

Aber wir sollten nicht den großen Smilodon vergessen. In früherer Zeit müssen alle Wölfe die Geschichte gekannt haben, wie er im Todeskampf die Erde platt stampfte und so die weite Ebene schuf, die wir als mongolische Wüstensteppe kennen.

Als er besiegt war, legte er sich am Südostrand dieser großen Wüste auf die Erde. Sein Kopf bildete die Mishmi-Berge, seine linke Schulter den Mount Everest, den höchsten Berg der Welt, sein Rückgrat den Himalaja und sein Schwanz das Tienschan-Gebirge.

Seine beiden großen Säbelzähne sind die Gletscher Qinghai und Tsinghai. Dort, von den eisigen Höhen bis hinunter in die tiefste Wüste, schläft Smilodon, und er wird so lange schlafen, bis das letzte Lebewesen auf der Erde zu sterben beginnt und ihn um Hilfe bittet. Dann wird der Gott aller erwachen und die Erde an den Ort des Friedens zurückbringen, an dem er sie erschaffen hat, wo alle Dinge eins sind. Nachdem Smilodon in den ewigen Schlaf gefallen war, geriet die Welt für Zeitalter in Unordnung. Groß und Klein, Alt und Jung kämpften im Schatten der Jahrhunderte untereinander um den Vorrang. Dunkelheit kam über die Welt, und Götter erwachten oder wurden wieder geboren.

In diese Welt des Kampfes wurden die ersten Wölfe hineingeboren, an den Flanken des Berges Gora in'aptuk, der irdischen Gestalt von Smilodons Tochter, entstanden aus dem Leben, das aus dem Baikalsee kam. Diese Wölfe kamen noch vor den Wanderern …

Sie lebten an den Flanken Gora in'aptuks, blieben unter sich und begaben sich bei Gefahr in den Schutz des Berges.

Sie waren so klug, Unannehmlichkeiten aus dem Weg zu gehen, der Erde nur das zu nehmen, was sie brauchten, und für den Kummer unten auf der Erde Trost in den Sternen zu suchen.

Aus ihrer Mitte ging ein Anführer namens Wulf hervor, er war jung, stark und klug. Er erkannte die Gefahren, die in der Welt lauerten, und wusste, dass, wenn sein Rudel jemals die ruhige Umgebung von Gora in'aptuk verlassen würde, der Friede der Wölfe durch die Zwietracht in der Welt zerstört würde, dann wären sie nicht besser als die Kreaturen, die nur danach trachteten, einander zu bekämpfen, und die nie zu den Sternen emporblickten. Wulf und seiner Leitwölfin kamen die Tränen bei dem Gedanken, dass ihre Nachkommen vielleicht in einer Welt leben mussten, in der weder Friede noch Ordnung herrschte.

Wulf tat, was kein Tier zuvor getan hatte: Er stieg auf den Gipfel des Berges, an dessen Flanken er und sein Rudel aufge-

wachsen waren, und bat die Sterne um Hilfe. Da Wulf nichts von Smilodon wusste, bat er, falls es einen allmächtigen Gott gäbe, möge er mit ihm und seinem Rudel Mitleid haben.

Smilodons Tochter hörte ihn und erbarmte sich seiner, denn sie wusste, dass er Recht hatte: Wenn das erste Wolfsrudel den Berg verließ, würde es keinen Frieden finden, sondern nur Leid und Untergang erfahren. Ihre Brust wogte vor Trauer um ihn; die Felsen spalteten sich und es entstand der erste Vulkan. Das Warnsignal, das den bevorstehenden Ausbruch ankündigte, war ihre Stimme, die Wulf zuflüsterte: »Von allen Geschöpfen, die aus dem Wasser des Baikalsees auftauchten, sind nur du und deinesgleichen in meiner Nähe geblieben und hast das Leid und den Kampf der Welt gemieden; und du allein hast meinen Vater um Hilfe gebeten.

Noch ist deine Zeit nicht gekommen, Wulf, aber eines Tages wird es so weit sein … Willst du dich und dein Rudel unter meinen Schutz stellen?«

»Ja«, antwortete Wulf.

»Sind du und deinesgleichen bereit zu vergessen, dass du die kommenden Jahre überleben wirst, bis die Zeit reif ist für deine Wiedergeburt?«

»Ja«, erwiderte Wulf.

»Dann hab keine Angst, denn du sollst in einer besseren Zeit wieder geboren werden, wenn die Welt für dein Mitleid und deinen Glauben an den Gott aller bereit ist. Aber sei gewarnt, verlasse nicht den Schutz meiner Flanken bei der bevorstehenden Feuersbrunst und Zerstörung. Vertraue mir und du und die Deinen werden gerettet werden. Schrecke nicht zurück oder zeige Furcht …«

Dann brach der erste Vulkan aus und spuckte Feuer, Rauch, Staub, Dampf und glühende Lava, das Blut der Erde.

Wulf hielt das Rudel dicht beisammen und alles wäre gut gegangen, hätte nicht einer von den jüngsten Wölfen Angst bekommen und wäre vor den hervorbrechenden Hängen des Berges geflohen, der ihnen so lange Schutz geboten hatte.

Wulfs Leitwölfin lief hinter dem Jungen her, um es zurückzuholen, aber sie lief zu weit und machte zu spät kehrt, sodass beide Wölfe mitten in die Zerstörung gerieten und ihr Leben verloren.

Noch während Wulf und der Rest seines Rudels den Verlust mit Geheul betrauerten, hüllte Smilodons Tochter sie in den Rauch des Vulkans ein und gewährte ihnen die Gnade des Vergessens; mit dem Feuer verlieh sie ihnen Widerstandsfähigkeit, das geschmolzene Gestein bot Schutz, denn jeder Wolf wurde darin eingeschlossen, unbekannt, unsichtbar, vergessen und schließlich mit der letzten Eruption weit und breit zerstreut, und mit dem strömenden Regen, der dem Vulkanausbruch ein Ende setzte, schenkte sie den verschwundenen und vergessenen Wölfen das heilsame Wasser des Erbarmens.

Dieser Ausbruch, diese Explosion, war der Beginn der Vergänglichkeit, nach dem jede lebendige Kreatur weiß, dass sie sterblich ist. Smilodons Tochter hoffte, dass aufgrund der Furcht vor dem Tod eines Tages der Friede wiederhergestellt würde.

Viele Lebewesen starben damals aus, auch, wie es schien, die friedfertigen Wölfe, die auf den Hängen von Gora in'aptuk gelebt hatten. Doch sie waren in Sicherheit, versunken im Schlaf des Vergessens, ausgestattet mit der Kraft, Zeitalter zu überdauern, geschützt durch das Gestein, in das jeder eingeschlossen war und wartete, wartete …

Nach dem Tod des alten Smilodon kamen neue Götter. Jörd, die Erdgöttin, wurde vom Mahlstrom zum Leben erweckt – sie war bei Nacht eine Frau und am Tag ein Mann, kam nie zur Ruhe, war ständig auf der Jagd nach sich selbst, und die beiden Hälften gönnten sich nur in der Morgendämmerung und bei Einbruch der Dunkelheit eine kurze Ruhepause.

Jörd, die abwechselnd von Dagr, dem Gott des Tages, und von Nacht, der Göttin der Nacht, verspottet wurde, verwandelte sich ständig und versuchte, sowohl Tag als auch Nacht zu vernichten. Aber als Antwort setzten sie ihr Kind der Liebe, Fiur oder Feuer, in die Welt. Fiur wird jeden Tag und jede Nacht hunderttausendmal geboren, stirbt und wird wieder geboren, und das in vielerlei Gestalt, um Jörd mit den Vulkanen, ihren Ursprüngen, zu ärgern.

Jetzt verspotteten Dagr und Nacht Jörd nur noch mehr. Deshalb wurde Jörd wütend auf sie und mühte sich im Schweiße ihres Angesichts ab, um Sjar, das Meer, hervorzubringen und Fiurs Leben für immer auszulöschen. Doch obwohl die Meeresströ-

mung Fiur endlos verfolgte und noch immer verfolgt, fand Fiur immer wieder irgendwo Zuflucht und wurde wieder geboren.

In diesem Bemühen, und um Jörd noch mehr zu ärgern, brachte Fiur Vindr, den Wind, zur Welt, damit er sie rasch außer Reichweite der Meeresströmung bringen konnte.

Aber Jörd war schlau und verkuppelte Vindr mit Sjar, und aus dieser Verbindung ging Regan, der Regen, hervor, der die boshafte Fiur endlich auslöschen sollte. Ebenso wie Fiur lernte auch Regan hunderttausend Gestalten anzunehmen, aber sie war nicht ganz so gerissen wie Fiur, und es gelang ihr nicht, sie auszulöschen …

Lunar hielt inne, weil Raute lachen musste. Sie hatte diese Erzählung als Junges gehört und erinnerte sich jetzt an jene glückliche Zeit, als man ihr die Geschichten von den Göttern zum ersten Mal erzählt hatte.

»Du kannst sehr gut erzählen, Lunar. Kannst du mir auch sagen, was passierte, als Vindr und Regan beschlossen nach Norden zu ziehen?«

»Ja, das kann ich«, erwiderte Lunar …

Eines Tages hatten Vindr und Regan genug von ihrer aussichtslosen Jagd auf Fiur und zogen nach Norden. Dort stießen sie auf den dahindösenden Riesen Kaldr, die Kälte. Vindr liebte Kaldr wegen seiner Schweigsamkeit und Regan liebte ihn wegen der Ruhe, die er ihr schenkte. Es gibt viele Geschichten darüber, wie ihre Verbindung zustande kam und wie Kaldr, der träge Riese, Mutter und Tochter verführte, welche die beiden frostigen Riesen Schnee und Eis zur Welt brachten …

Doch der tägliche Streit zwischen Jörd auf der einen und Dagr und Nacht auf der anderen Seite ging unvermindert weiter, bis der friedliebende Kaldr nach Süden wanderte, um zwischen ihnen zu vermitteln. Damals begann die Erde zu gefrieren. Er sprach mit jedem Einzelnen und mit allen dreien gemeinsam, geduldig, zehntausende von Jahren. Aber es gelang ihm nicht, sie zu versöhnen, und er wandte sein Gesicht der Sonne zu und weinte.

Erst als sie das Chaos sahen, das sein großer Tränenstrom

angerichtet hatte, erklärten sich die Kombattanten Jörd, Dagr und Nacht bereit, etwas von sich herzugeben. Auf diese Weise entstand Scuwa, der Himmel.

Oh, Scuwa! Die Launischste und gleichzeitig Schönste unter den Göttern! Scuwa schaffte Eintracht zwischen Jörd, Dagr und Nacht, indem sie mal hell, mal dunkel, mal klar und mal trüb war, damit jeder ihrer drei Elternteile etwas von sich in ihr wiederfand und zufrieden war.

Scuwa selbst, die mit allem unzufrieden war, fand nur bei Kaldr Zuneigung und Frieden, und er machte seine Söhne, die frostigen Riesen, die Vindr und Regan ihm geschenkt hatten, zu ihren Dienern. So entstanden nach und nach alle Götter, geboren aus Streitlust und Harmoniebedürfnis.

Unterdessen bekämpften sich die Geschöpfe, die Jörds großes Reich bevölkerten, immer noch, und alle baten den Gott um Hilfe, der ihnen ihrer Ansicht nach den besten Schutz bot. Die Vögel wandten sich an Scuwa, die Fische an Sjar, die Reptilien an Kaldr und die Säugetiere an Fiur, jede Gattung wandte sich an ihren eigenen Gott, aber jede stritt sich weiter mit den anderen.

Die Götter wurden der ständigen Streitereien der Geschöpfe auf der Erde und ihrer unaufhörlichen Bitten um Schutz überdrüssig. Doch selbst der weise Kaldr und die große Jörd sahen keine Möglichkeit, den anhaltenden Konflikt beizulegen.

Da meldete sich Hrein zu Wort, der Gott der Bosheit und List, der sich schon seit langem Kaldrs Tochter Mistur, die die Sterblichen als Nebel kennen, als Gemahlin wünschte. Er wollte einen Weg finden, die widerspenstigen Geschöpfe auf der Erde im Zaum zu halten, auch wenn es nicht leicht sein würde und Zeit in Anspruch nähme.

»Wir Götter leben zu sehr in den Sternen, deshalb fällt es uns nicht leicht, die Geschöpfe auf der Erde zu verstehen. Nur wenn man mit ihnen lebt und einer von ihnen wird, wird sich eine Möglichkeit finden lassen, sie zu kontrollieren. Wenn ich das tun soll, brauche ich die Unterstützung von Mistur, denn von allen Göttern ist sie die Einzige, die die Geschöpfe auf der Erde am meisten verwirrt, und sie wird mir eine große Hilfe sein.«

»Aber …«, begann Kaldr, der sich nicht von Mistur trennen wollte.

Hrein zuckte die Achseln und meinte: »Du kannst kaum von mir erwarten, dass ich mich ganz allein und ohne jede Hilfe in einen erbärmlichen Sterblichen verwandle. Also werde ich meine Aufgabe entweder zusammen mit Mistur erledigen oder gar nicht …«

Es wird viel erzählt, wie Hrein Kaldr schließlich überredete dem Plan zuzustimmen, obwohl am Ende alle Berichte darin übereinstimmen, dass der weise Kaldr seine Zustimmung gab, als Mistur selbst erklärte, sie wolle Hreins Gemahlin werden.

»Sie wird als Nebel auf die Erde kommen«, sagte Kaldr, »und welche Gestalt wirst du annehmen?«

»Wir werden sehen«, meinte Hrein und behielt das Geheimnis für sich.

Kurze Zeit später machten sich Hrein und Mistur bei Tagesanbruch gemeinsam auf den Weg hinab in die Sterblichkeit, um ihr Leben auf der Erde zu beginnen – Bosheit, Mut, Rätselhaftigkeit und Lachen, ruhige Entschlossenheit und Loyalität –, hier lagen die Anfänge der Wolfheit …

An dieser Stelle brach Lunar zur Enttäuschung all derer, die ihm am Rande der Lichtung zugehört hatten, seine Erzählung vorzeitig ab. Die alte Raute schlief jetzt ganz friedlich, obwohl der Nachmittag gerade erst begonnen hatte, und er sah keine Veranlassung weiterzuerzählen. Falls er sich der Anwesenheit der anderen Wölfe bewusst war, so zeigte er es nicht.

In der Nähe, zwischen den feuchten Steinen des Waldbaches, der an Rautes Platz vorbeifloss, sang ein Taucher, der für einen kurzen Moment zu sehen war und dann blitzschnell wieder davonflog, stromaufwärts, dem Waldrand und dem Licht entgegen. Die Bäume wiegten sich plötzlich im Wind wie bei einem bevorstehenden Wetterumschwung, der Himmel über den Baumkronen war blau und die wenigen Wolken erschienen ein wenig heller. Lunar betrachtete sie, wandte sich in die Richtung, wo die Wölfe standen, und sah gleichgültig weg. Dann kehrte er ihnen den Rücken zu und es herrschte eisige Stille.

Auf einmal gab es in der Ferne eine Erschütterung, die

Erde bebte und jenseits des Waldes und unten im Tal war Geschützfeuer zu hören, das erste Mal seit einer Woche.

»Das sind nur Menschen«, hörten sie Lunar flüstern, während er näher an Raute heranrückte und sie bewachte.

Merrow hatte er verloren und obwohl Rautes Lebenswille jetzt nicht mehr allzu stark war, wollte er lieber sein eigenes Leben für sie opfern, als dass er zuließ, dass sie ihm entrissen wurde.

Wieder waren Kanonen zu hören und von der anderen Seite des Waldes, aus der Richtung des Moorlandes, näherte sich ein Hubschrauber. Lunar drehte sich kurz um und schaute hinauf zum Himmel. Er sah das Menschending über seinen Kopf hinwegfliegen, und die in der Sonne glänzenden Gewehre. Er sah auch, dass all die anderen Wölfe mittlerweile verschwunden waren. Zweifellos auf Klimts Befehl hin.

Lunar wandte sich wieder um und wachte über Raute, die für ihn jetzt das Einzige war, was zählte.

Kapitel 8

Der verbannte Aragon aus Spanien beschließt ins Herzland zurückzukehren, muss aber Jicin, Klimts Geliebte, zurücklassen

In jenem Herbst befand sich Aragon aus Spanien, der aus dem Herzland verbannte Wolf, Elhanas ehemaliger Geliebter und mutmaßlicher Vater ihrer Jungen, im Tarn-Tal in Südfrankreich, umgeben vom Großstadt- und Industriemüll der Menschen.

Tagelang war er unruhig und rastlos gewesen, und die, die bei ihm waren, hatten schon geglaubt, er sei krank. Dann, nach drei Tagen des Schweigens, überraschte Aragon seine Begleiter – eher eine Gruppe vagabundierender

Wölfe als ein Rudel – mit dem Vorhaben, wieder ins Herzland zurückzukehren.

»Vermutlich kennt ihr alle den Grund«, sagte er. »Die jüngsten Ereignisse hier sind vielleicht nicht nur für Südfrankreich und für die Menschen von Bedeutung, sondern auch für die Wolfheit. Die Zeit ist gekommen, da wir, die wir um die Zukunft der Wolfheit besorgt sind, zum Mittelpunkt aller Dinge zurückkehren sollten.«

Mit den ›Ereignissen‹ meinte Aragon den Menschenkrieg, der vor kurzem in dieser Gegend ausgebrochen war. In den vergangenen Monaten waren Aragon und seine Freunde von Zeit zu Zeit auf Menschen gestoßen, die gegeneinander kämpften, oder sie hatten grausige Spuren solcher Kämpfe entdeckt, aber das war etwas anderes.

Als der Krieg vor einem Monat begonnen hatte, hatten sie sich im Vorland der französischen Pyrenäen aufgehalten, rund fünfzig Meilen nördlich des Gebiets, in dem sie den Großteil des Sommers verbracht hatten. Es war nicht nur ein kurzes Feuergefecht von ein oder zwei Stunden gewesen, sondern es hatte eine Reihe heftiger Explosionen gegeben, die (wie sie später auf ihrem Erkundungsgang feststellten) in der gesamten Region am Unterlauf des Tarn Schäden angerichtet und die Stadt Toulouse fast völlig zerstört hatten. Aragon und die anderen hatten in ihrem Leben schon manch Schlimmes gesehen, aber nicht solche Ströme von kranken und verwundeten Menschen, die aus der brennenden Stadt flohen und in einer Gegend Zuflucht suchten, in der bis dahin nur ein paar Bauern und weidendes Vieh zu finden gewesen waren.

Tag für Tag waren die Wölfe in dem verwüsteten Gebiet, wo mancherorts das Feuer noch schwelte, umhergewandert. Die Menschen dort standen alle noch unter Schock und es war leicht, ihnen aus dem Weg zu gehen. Ihre Hunde hatten oft so schwere Brandverletzungen, dass es für sie eine Erlösung war, wenn man sie tötete. Tag für Tag hatten sich die Wölfe nach dem Grund für diese Zerstörung gefragt und allmählich gespürt, dass hier eine Veränderung vor sich ging, die letztlich alle Lebewesen betraf und der ein Wolf nicht untätig zusehen durfte.

Schließlich waren sie bis zum Tarn vorgedrungen, der über die Ufer getreten war, weil das Stauwehr durch Unrat und Leichen blockiert war; in der Luft wimmelte es von Fliegen; hunderte von Saatkrähen taten sich an den Leichen gütlich und säuberten ihre Schnäbel im Wasser, das die Farbe von Menschenscheiße hatte; dann starben nach und nach auch die Saatkrähen.

Nach diesem Erlebnis war Aragon in Schweigen verfallen und hatte beschlossen, die Gelegenheit zu nutzen und auf die Veränderung zu reagieren.

»Ich will zwar nichts überstürzen«, sagte Aragon, »aber das Flüstern des Windes macht mich unruhig, und ich fühle, dass die Zeit gekommen ist, ins Herzland zurückzukehren. Es gibt noch andere Orte, die ich sehen möchte, bevor ich mich wieder ins Herzland begebe, Orte, von denen ich dem großen Klimt berichten muss, und das wird einige Zeit in Anspruch nehmen. Aber ich werde die lange Reise frohen Mutes antreten und abwarten, ob Klimt von Tornesdal mich wieder ins Rudel aufnehmen wird.«

Die meisten seiner Gefährten waren erstaunt über seine Entscheidung, wer ihn auf seiner Reise begleiten sollte und wer nicht, bis er ihnen seine Beweggründe erklärte und es ihm gelang, sie für ihre neuen Aufgaben zu begeistern und neue Entschlossenheit in ihnen zu wecken.

Auch Jicin, die einst Klimts Geliebte war und aus diesem Grund vor einigen Jahren zusammen mit Aragon aus dem Rudel verbannt worden war, freute sich: ja, sagte sie sich, schließlich ist Aragon reifer geworden und damit bereit zurückzukehren, was für die Wölfe der Zeit vielleicht eine neue Herausforderung bedeutet. Für Jicin standen die Schwierigkeiten, mit denen sie konfrontiert wurden, sowie alle Entscheidungen und Veränderungen in den Sternen, sie waren der Wille der Götter.

»Wie du dich verändert hast, mein Lieber«, sagte sie später am Abend zu Aragon, als er seine Rede beendet und alle Aufgaben verteilt hatte. »Wie erwachsen du geworden bist.«

Mit einem Blick voll Selbstironie verzog er das Gesicht und zuckte die Schultern, und sie lachte laut. Zwar hatte sie Klimt vor Jahren verloren, eine Liebe, wie sie sie vermutlich nie wieder erleben würde, aber in Aragon hatte sie einen Freund gefunden.

»Du aber auch«, begann Aragon und näherte sich ihr freundschaftlich. »Du bist erwachsen und reifer geworden.«

Sie brachte ihn liebevoll zum Schweigen, denn sie wollte ja über ihn sprechen, oder, besser gesagt, über seine Entscheidung zurückzugehen und nur bestimmte Wölfe mitzunehmen.

Ja, Aragon aus Spanien hatte sich verändert; als Anführer war er jetzt weiser, und seine Worte hatten mehr Gewicht. Wenn sie ihn so im Dämmerlicht dieses Herbstabends betrachtete, im Hintergrund die senkrechten Linien des Elektrizitätswerkes, in dessen umzäunten Gräben sie sich in den vergangenen Tagen ausgeruht hatten, konnte sie sehen, wie er seit ihrer ersten Begegnung gealtert war. Aus einer gewissen Entfernung und auf den ersten Blick wirkte Aragon ewig jung, aber wer ihn kannte und sich dicht neben ihn kauerte, wie Jicin es jetzt tat, bemerkte die Sorgenfalten um Augen und Mund, die dem Eindruck von Jugend, Stolz und Sorglosigkeit, den er allgemein vermittelte, widersprachen. Solche Falten sind typisch für diejenigen, die sich mehr um andere sorgen als um sich selbst.

»Wann wirst du aufbrechen?«, fragte Jicin.

Aragon starrte sie an und sagte: »Du hast keine Bedenken wegen meiner Entscheidung dich nicht mitzunehmen?«, Er schien erleichtert und zugleich erstaunt zu sein.

Jicin schüttelte traurig den Kopf und blickte zu Boden.

»So ist es das Beste«, meinte sie, »und du hast richtig entschieden. Du und Elhana – das ist nun vorbei. Vergangenheit. Aber Klimt und ich, das wird immer sein, immer. Eines Tages vielleicht, wenn niemand mehr durch unser Zusammensein verletzt wird, werde ich zu ihm gehen. Jedenfalls hast du Recht, dass es für mich hier mehr zu tun gibt; aber darüber können wir später reden.«

Aragon nickte etwas gedankenverloren. Keine Fähe außer dieser hatte ihm jemals widerstanden, keine Einzige. Aber Jicin, was war sie doch für eine Wölfin, was für eine Fähe! Wie gut sie zu Klimt passte und wie unvergänglich ihre Liebe zu dem Wolf war, dessen Kraft und Stärke sie alle an einen Traum und an ein lang ersehntes Schicksal gebunden hatte. Wie oft während ihres Exils hatte Aragon die Götter angefleht, sie sollten, ganz gleich, was mit ihm geschähe, zumindest dafür Sorge tragen, dass Jicin und Klimt eines Tages wieder in Liebe vereint sein könnten.

»Jicin«, begann er, »wenn du wirklich willst …«

Ah, immer noch diese Zeichen von Schwäche. Sie seufzte und schüttelte den Kopf. Selbst jetzt verfügte Aragon noch immer nicht über die Skrupellosigkeit, die ein großer Führer haben muss. Er würde sie mitnehmen, wenn sie darauf bestand.

»Nein, Aragon, du hast ganz Recht, wenn du sagst, ich sollte nicht gehen. Ich wäre nicht glücklich in Elhanas Schatten, und Klimt wäre auch nicht froh darüber. Ich habe nicht Elhanas Kraft, Leitwölfin zu sein – du hast ja erlebt, wie sie mich bezwungen hat, und dass sie mich hätte töten können. Es wäre selbst nach so langer Zeit noch störend zurückzukehren. Wir haben hier genug zu tun, oder zumindest eine Aufgabe zu erfüllen, die vielleicht in eine neue Richtung weist.«

Sie lächelte und schaute verlegen zur Seite, weil Aragon so gut ihre Gedanken lesen konnte.

»Du bist noch nicht zu alt, um Junge zu haben«, sagte er, »und die Wölfe, die ich in deine Obhut gebe, brauchen eine Leitwölfin, wenn aus ihnen ein richtiges Rudel werden soll. Es sind Rüden darunter, die vielleicht die Aufgabe des Rudelführers übernehmen könnten.«

»Nein!«, sagte sie leise, aber bestimmt. »Und es ist auch keiner dabei, der mir gefällt! Aber vielleicht irgendwann …«

Hinter ihnen, jenseits des Elektrizitätswerks, dessen Lichter vor drei Tagen erloschen waren, waren das ewig präsente KRACH! und BUM und der kolossale Lärm der Menschenkanonen zu hören. Die Kriegshandlungen begannen jeden Abend und das Kanonenfeuer erhellte den Himmel mit violettem Licht.

Aufgeschreckt durch den erneuten Kriegslärm, blickten die Wölfe um sie herum gespannt auf Aragon, bereit, sich zu erheben und Wachposten zu beziehen, falls er es wünschte. Aber er blieb ganz ruhig, und die Wölfe machten es sich wieder bequem. Aragon rückte näher an Jicin heran, rieb seine Flanke mit angenehm sinnlicher Grobheit an ihrer und sagte: »Warum nicht, Jicin, nur um der alten Zeiten willen!«

Er klang gut gelaunt, und sie lachte wieder und meinte: »Zwischen uns ist nie etwas gewesen, Aragon, so attraktiv du bist und warst und vermutlich immer sein wirst. Aber, siehst du …«

Sie saßen jetzt Flanke an Flanke und redeten und Aragon seufzte vor gespielter Trauer. Dann lächelte er und betrachtete für eine Weile den sich verfinsternden Himmel und die Lichtblitze des Krieges. Der Kanonendonner war einmal ganz fern und dann wieder ganz nah. Aragons Gesicht wurde ernst, als Jicin neben ihm unruhig hin und her rückte. Er hatte nie eine Freundin wie sie gehabt oder eine Fähe so gut gekannt, abgesehen von seiner Mutter Jimena, die ihn als Erste inspiriert hatte.

»Vermisst du sie sehr?«, fragte Jicin leise.

Er nickte und schwieg einen Moment. Dann sagte er: »Es war eine aufregende Zeit, unser Exil, nicht wie erwartet.«

»Wir haben uns alle verändert …«, begann sie.

»Wer hat sich verändert?«, meldete sich eine schnarrende Stimme aus dem Dunkel. Es war Stry, der polnische Wolf, der mit ihnen in die Verbannung geschickt worden war. Grinsend ließ er sich ihnen gegenüber nieder; er war kleiner und drahtiger als Aragon, und sein Pelz war zerzaust und hier und da gefleckt.

»Einige unserer Freunde hier sind immer noch nervös wegen des Geschützfeuers, deshalb habe ich diejenigen, die mit uns kommen werden, mit Geschichten von Riesen und Drachen aufgemuntert, die jenseits der Alpen leben und weitaus gefährlicher sind als Menschenkanonen; denen, die zurückbleiben, habe ich gesagt: Wo Menschen sich mit ihren Kanonen gegenseitig unter Beschuss nehmen, können Wölfe davon ausgehen, dass die Menschen sie ausnahmsweise einmal nicht im Visier haben, und wo Menschen gegeneinander Krieg führen, besteht immer die Aussicht auf ein oder zwei menschliche Leichen, an denen man herumknabbern kann!«

»Oh, Stry!«, rief Jicin aus, die es bei solchen Reden schauderte. Sie war noch in der alten Tradition verhaftet und betrachtete Menschenfleisch als Tabu.

Stry lachte leise und meinte schließlich: »Also … wer hat sich nun verändert? Ich hörte dich sagen –«

»Wir alle«, sagte Aragon, »du und ich, und Jicin hier, während unseres Exils.«

»Macht es dir nichts aus, hier zu bleiben?«, wollte Stry von Jicin wissen.

Sie schüttelte den Kopf. »Ich verstehe, warum ich nicht mitgehen darf«, sagte sie, »und ich bin einverstanden. Ich bin nur froh, dass Aragon eine Aufgabe für mich gefunden hat. Also … sag Klimt, wenn du ihn siehst, dass ich … dass …« Sie sah zu den Sternen empor, und Stry nickte.

Er wusste, was er zu sagen hatte, und vermutlich war Klimt froh, es zu hören. Vielleicht war er nicht ganz glücklich darüber, dass Aragon und er sich gegen Jicins Rückkehr entschieden hatten, aber schließlich war Klimt ein Wolf, der die Bedürfnisse des Rudels über die eigenen stellte.

Noch war für Jicin und Klimt die Zeit nicht gekommen, obwohl Wulf wusste, dass er, Stry, die Hoffnung hatte, dass es eines Tages so weit sein würde. Zwar hatte er selbst noch nie an gebrochenem Herzen gelitten, aber er hatte eine Zeit lang große Trauer empfunden, nachdem sein Bruder Morten auf dem Steilfeld von einer Lawine getötet worden war.

Aber ein gebrochenes Herz, diese schreckliche Sehnsucht nach einem anderen, ohne den das Leben keinen rechten Sinn hat – er hatte miterlebt, wie diese Krankheit in jenen ersten Monaten des Exils von Jicin Besitz ergriffen hatte, wie sie sich bemüht hatte, ihr Gleichgewicht und ihre Entschlossenheit wiederzuerlangen. O ja, er wusste, was ein gebrochenes Herz bedeutete und wie viel Kraft es Jicin gekostet haben musste, das zu überstehen.

»Ja, wir mussten uns alle verändern und reifer werden«, sagte Stry, »und Klimt wusste, dass es so kommen musste, wenn wir dem Rudel in der Zukunft eine größere Hilfe sein wollten. Er war so klug, uns in die Verbannung zu schicken, aber jetzt haben wir den Wölfen viel zu erzählen, wenn wir zurückkommen, denn wir haben so viel erlebt …«

Die drei nickten schweigend, während die anderen, die Aragon begleiten sollten, sie aus einiger Entfernung respektvoll beobachteten. Am folgenden Tag wollten sie mit Aragon und Stry losziehen, sie waren nervös und aufgeregt. Die anderen sollten bei Jicin bleiben, und nach anfänglicher Enttäuschung hatte Aragon ihnen klargemacht, dass sie eine wichtige, ja sogar gefährliche Aufgabe zu erfüllen hatten, bei der einige vielleicht ihr Leben lassen mussten.

Als die Dunkelheit hereinbrach und jenseits der Ruinen von Toulouse das Donnern der Menschenkanonen durch die Nacht hallte, dachte jeder von ihnen an die Monate oder Jahre, die sie dorthin geführt hatten, wo sie jetzt waren, und wo sie möglicherweise bald sein würden.

Aragon, Stry und Jicin hatten das Steilfeld in dem Monat verlassen, in dem Elhanas Junge geboren wurden, zu Frühlingsbeginn, und Klimts Worte klangen ihnen noch in den Ohren.

»Eure Aufgabe wird es sein, möglichst viel über die Wege und Plätze der Menschen zu lernen und Dinge zu verstehen, an die wir nur im Vorübergehen gedacht haben. So wie die Wolfheit sich verändert, scheinen sich auch die Menschen zu verändern, und wir müssen möglichst viel herausfinden, wenn die Zeit kommt, ihnen die Stirn zu bieten.

Ich weiß nicht, was ihr während eurer Verbannung entdecken werdet, aber ich weiß, es ist wichtig. Ich glaube, die

Zeit wird kommen, in der wir alle Wanderer auf den Wolfswegen sein werden, um unsere Kenntnisse von dem Land, das die Menschen uns genommen haben, zu erneuern. Indem sie uns das Land nahmen, zerstörten sie das Muster der Wolfswege und raubten uns die uralte Erinnerung an sie, die in den Sternen nachgebildet sind.

Denn jeder Wolfsweg auf Erden ist nur das vergängliche Echo eines Weges in den Sternen, der jetzt für uns verloren ist, so wie die Götter für uns fast verloren sind. Doch in unserer gemeinsamen Erinnerung und in der Erinnerung der Wölfe und Rudel, auf die wir vielleicht noch stoßen werden, wird diese uralte Lehre fortbestehen.

Obwohl ihr jetzt in die Verbannung geht, geht ihr nicht ziellos und in Ungnade. Vielmehr werdet ihr die ersten Wanderer unseres Rudels sein, und was ihr tut, was ihr erreicht und was ihr im Laufe der Zeit an Erfahrung mitbringt, soll der Maßstab für andere sein, die auf euren Spuren wandeln werden.

Aragon, du weißt, dass es das Beste ist, wenn du gehst, aber du bist ein zu großartiger Wolf und hast dem Rudel zu viel zu geben, als dass es klug von mir wäre, dich so zu bezwingen, dass du nicht zurückkehrst. Bleibe höchstens ein Jahr fort und dann frage dich, ob du bereit bist zurückzukehren und meine Führerschaft anzuerkennen. Stry wird dich begleiten, denn allein würdest du vielleicht schon bald umkommen, und außerdem soll er auf der Reise wieder zu sich selbst finden. Er muss Mortens Tod überwinden, wenn er den Wölfen der Zeit wieder eine Stütze sein soll.

Jicin wird auch mit dir gehen. Die Gründe dafür kennst du. Bei Elhana bist du mein Rivale gewesen, Aragon, und vielleicht liebt sie dich ja immer noch. Aber ein Führer soll und darf sich nicht um solche Dinge kümmern. Mit Jicin wirst du eine Wölfin an deiner Seite haben, die mich mehr gelehrt hat als irgendein anderer Wolf, eine Wölfin, die ich … nur ungern ziehen lasse. Aber sie kann nicht bleiben, denn sie würde mein Urteilsvermögen trüben und Elhanas Autorität untergraben. Ich gebe sie in deine Obhut – beschütze sie, und sie wird es dir mit ihrer Freundschaft und ihrer Weisheit lohnen. Indem ich dich darum bitte, begrabe ich auf ewig mein Misstrauen dir gegenüber. Abgemacht?«

Aragon hatte genickt, obgleich er erst Monate oder gar Jahre später richtig begriff, wie viel Vertrauen Klimt in ihn gesetzt hatte und wie klug er dabei vorgegangen war.

»Dazu, wie ihr reist«, war Klimt mit seiner Rede fortgefahren, »wohin ihr geht und was ihr tut, habe ich nur Folgendes zu sagen – euer Leben hat oberste Priorität und zählt mehr als Stolz, Eitelkeit andere Wölfe und dergleichen. Ihr seid die Vorboten der Zukunft des Rudels, das ich mit Elhana führe, und wenn ihr mit dem Wissen zurückkehren wollt, das unser Rudel braucht, müsst ihr am Leben bleiben. Deshalb geht jeder Konfrontation mit Menschen und anderen Wölfen aus dem Weg. Aber wenn ihr mit ihnen zusammentrefft, und das werdet ihr müssen, um die Aufgabe zu erfüllen, die ich euch gestellt habe, dann handelt überlegt: Lauft lieber weg, anstatt zu kämpfen; erniedrigt euch lieber, anstatt ein Risiko einzugehen und Stolz zu demonstrieren; schleicht lieber, anstatt erhobenen Hauptes zu gehen. Das wird einem spanischen Wolf wie dir, Aragon, vermutlich schwer fallen!

Aber vor allem lernt und lernt zu lernen! Lernt so viel, dass es ein Leben lang dauern wird, uns alles zu erzählen, was ihr gelernt habt. Lernt!«

Klimt hatte diese letzten Worte mit fast beängstigender Leidenschaftlichkeit gesprochen und obwohl sie ihre Reise mit gemischten Gefühlen antraten, wurde dieses eine Wort ›lernen‹ zu ihrem Leitstern.

Es war gut, dass Klimt betont hatte, wie wichtig es für sie sei, am Leben zu bleiben und Konfrontationen zu vermeiden, denn sonst wäre vielleicht schon in den ersten paar Tagen alles verloren gewesen. Irgendwo unterhalb des Steilfeldes, draußen im Moorland, das jeder von ihnen zu einer anderen Zeit durchquert hatte, hatten die Feinde der Wölfe der Zeit, die gemeinen Madjaren, ihre Witterung aufgenommen.

Zuletzt waren sie den Madjaren während des Angriffs auf dem Steilfeld beim roten See begegnet an dessen Ufer Zänker, der madjarische Führer, von Klimt mithilfe von Jicin und Kobrin besiegt und getötet worden war. Auf ihrem letzten Wegstück zum Steilfeld waren sie auf die gemeine Dendrine, Zänkers grausame Gefährtin, und ihren perversen Sohn gestoßen, dessen Namen damals noch unbekannt war.

Dieses inzestuöse Paar schien in der Zwischenzeit die Führung der Madjaren übernommen zu haben. Der Sohn war ungewöhnlich groß und so brutal wie seine Eltern. Die Kundschafter dieses widerwärtigen Paares entdeckten die drei Wölfe, die Klimt in die Verbannung geschickt hatte, und folgten ihnen, bedrängten sie und zwangen sie, ihr Tempo zu verlangsamen. Dadurch blieb genügend Zeit Dendrine eine Nachricht zukommen zu lassen, damit sie und ihr Sohn die drei Wölfe einholen konnten.

Aragon, der erst noch lernen musste, wie man Klimts Anweisungen am besten Folge leistete, wäre am liebsten umgekehrt und hätte gekämpft, vielleicht weil er annahm, dass er ihr Exil verkürzen und Klimts Gunst wiedergewinnen würde, wenn er solch einen Kampf möglichst rasch gewänne. Wie Jicin sagte, und wie sie es in den kommenden Monaten viele Male wiederholen sollte: Aragon musste noch viel lernen.

Ihre warnenden Worte, basierend auf der Erfahrung mit dem madjarischen Rudel, und ihre Beschreibung der grausamen Dendrine brachten Aragon dazu, noch einmal darüber nachzudenken. Und ein einziger kurzer Blick, den sie von Dendrines Sohn und Gefährten im Mondschein erhaschten, genügte ihnen, um kehrtzumachen und wegzulaufen, Stolz hin oder her.

Dendrines Sohn hatte breite Schultern und einen mächtigen Kopf und wenn seine Augen das Sternenlicht einfingen, verwandelte es sein krankhafter Geist in das rote Blut seiner Opfer und in den gelben Eiter einer infizierten Wunde. Dieser Wolf war Klimts Feind und Klimts Last. Klimt hatte den Vater getötet, und schon bald, so hofften sie, würde er auch über die Kraft und die Gerissenheit verfügen, den Sohn zu töten. Aber nicht Aragon. Dieser sah plötzlich ein, dass er diese Schlacht nicht gewinnen konnte. Deshalb flohen sie angesichts ihres Feindes und waren noch froh darüber.

»Madjaren!«, sagte Stry ein paar Tage später mit Abscheu, als die drei weg vom Tatra-Gebirge in Richtung Bayerischer Wald zogen und in der Gewissheit zurückschauen konnten, dass sie nicht mehr von Madjaren verfolgt wurden. Die Madjaren waren die Feinde des Herzlandes und nicht länger dessen Wächter; im Übrigen lag alles noch vor ihnen, ganz gleich, welche Gestalt der »Feind« annahm; sie mussten sich auf die Suche machen, lernen und vor allem am Leben bleiben.

»Menschen und die von den Menschen verursachte Umweltverschmutzung sind jetzt unsere ärgsten Feinde«, sagte Aragon, den die kurze Begegnung mit den Madjaren nachdenklich gestimmt hatte.

»Oder andere Wölfe wie die Madjaren, von deren Existenz wir noch nichts wissen«, meinte Stry.

»Wölfe sollten wir uns möglichst nicht zum Feind machen«, sagte Jicin. »Unsere Aufgabe ist es, mit ihnen Freundschaft zu schließen und uns mit ihnen gegen die Menschen zu verbünden.«

Aragon, der Jicin gegenüber bislang misstrauisch gewesen war, war geneigt, ihr in diesem Punkt Recht zu geben, und sagte ihr das auch. Das war das erste Mal, dass die beiden eine gemeinsame Basis gefunden hatten.

»Schließt mit Wölfen Freundschaft«, murmelte er, »und vereint sie.« Er seufzte. »Hoffentlich wisst ihr, wie man das macht.«

Jicin lächelte, Stry lachte leise in sich hinein und Aragon, der so lange von Schwierigkeiten heimgesucht worden war, hatte das Gefühl, als ob die südliche Sonne wieder zu scheinen begonnen hätte. Denn in dem Moment, als Aragon sich ihnen gegenüber mit lockerem, liebenswürdigem Charme anstatt mit Gewalt oder Drohungen durchsetzte, spürten alle, dass sie Freunde sein konnten, und jeder folgte dem anderen mit leichterem und vertrauensvollerem Schritt auf dem langen Weg.

In jenem Sommer zogen sie nach Osten und Süden, zuerst durch die tiefen Wälder zwischen Deutschland und der Tschechoslowakei und dann über das Erzgebirge zum Harz, wo sie dieselben Beobachtungen machten wie Klimt, als dieser vor einigen Jahren, von Schweden kommend, denselben Weg gegangen war.

Aber eingedenk seiner Anweisung, zu lernen und lernen zu lernen, verweilten sie nicht auf den sicheren Höhen des Harzes, obwohl die Versuchung groß war. Nachdem sie festgestellt hatten, dass es dort keine Wölfe gab, und als sie sich an Elhanas Schilderung erinnerten, wie sie in Norditalien auf den Menschenstraßen gewandert war und, um sicher reisen zu können, öde Industrielandschaften und verschmutzte Flüsse durchqueren musste, machten sie sich auf den langen Weg nach Westen über die Nordeuropäische Ebene, von Stadt zu Stadt, von Straße zu Straße, und lernten solche Plätze zu ihrem Vorteil zu nutzen.

Zunächst waren sie darin natürlich unerfahren, aber das war, wie Jicin immer wieder sagte, ja gerade der Zweck der Übung: möglichst viel über die Menschen und ihre Plätze zu erfahren und zu erkennen, was wilde Wölfe noch nie entdeckt hatten, nämlich dass die Plätze, an denen sie vor den Menschen sicher waren, direkt vor ihrer Nase lagen: in den Betonwüsten, die die Menschen geschaffen hatten, in dem stählernen Dickicht von Aufbau und Zerfall, in den schmutzigen Gewässern und in den endlosen, wechselnden Schatten der künstlichen Menschenlichter.

Den Wölfen fiel es schwer zu begreifen, dass die chemische Dunstglocke, die über den Getreidefeldern und dem Wasser einiger Deiche und Flüsse hing, gefährlich sein konnte, denn die Gefahr war nicht mit bloßem Auge zu entdecken. Manchmal war ihr Durst so groß, dass sie das Wasser einfach trinken mussten, vor dessen Genuss sie eher ihre Erfahrung als ihr Instinkt warnte, und aufgrund solcher Fehler wurde jeder von ihnen einmal krank. In Zweifelsfällen lernten sie sicherzustellen, dass nur einer von ihnen sich etwas von dem vermeintlich Gefährlichen gönnte, sodass zumindest zwei fit und gesund blieben.

So zogen sie über die nördlichen Ebenen, lernten zu kooperieren und entdeckten das, was sie unterwegs sahen und witterten, als Muster in den Sternen, sodass sie es zu gegebener Zeit an andere weitergeben konnten. Sichere Plätze und gefährliche Plätze, Plätze des Überflusses und Plätze, wo es hohe Zäune gab, über die man nicht springen konnte, Lichter, die plötzlich angingen, und Hunde, die hinter einem herjagten, um einen zu töten.

Langsam kam der Herbst. Stetig zogen sie weiter, bis ihnen unterwegs etwas widerfuhr, das ihr wachsendes Vertrauen und Verständnis in allgemeine Entschlossenheit verwandelte und Aragon zu der Erkenntnis führte, dass es an der Zeit war, die Menschenwege zu verlassen und sich wieder in die Wildnis zu begeben.

Mitten im Industriezentrum an der Ruhr stießen sie auf ihren ersten Zoo im Park eines großen Anwesens. Kobrin hatte ihnen von Zoos erzählt, von den russischen Zoos, und davon, dass eine Verwandte von ihm jahrelang an solch einem Ort eingesperrt gewesen war, bis er und einige andere Wölfe vom Petschora-Rudel sie befreit hatten. Als sie hinter einer Reihe von Bäumen das Gebrüll und Gezeter exotischer Tiere vernahmen, vermuteten sie, es könnte sich um einen Zoo handeln. Sie hatten schon früher solche Gerüche wahrgenommen, aber noch nie so stark und zu einem Zeitpunkt, an dem sie alle fit und gesund und geneigt waren, der Witterung nachzugehen.

Es war keineswegs leicht, an den Ort zu gelangen. Obwohl sie den gesamten Umkreis bei Nacht erkundeten, machte ihre stumme Präsenz die Tiere in den Käfigen am Rand des Parks so unruhig, dass die Lichter angingen und Menschen aus den Häusern kamen, um nachzusehen, was los war.

Zwei Tage suchten die Wölfe nach einem sicheren Zugang, aber schließlich machten die Lichter, die Hunde und die hohen Mauern und Metallzäune weitere Versuche unmöglich. Doch wie gern hätten sie es dennoch riskiert, denn in der zweiten Nacht hörten sie innerhalb der Umzäunung das kurze Heulen von Wölfen.

»Es ist zu gefährlich«, erklärte Aragon bestimmt und zwang damit Jicin, von einem weiteren Versuch abzusehen. »Klimts Anweisungen waren ganz präzise: Wir sollen zwar möglichst viel lernen, aber unsere Parole soll ›Überleben‹ sein. Doch ich schwöre beim Namen meiner Mutter Jimena, dass ich, Aragon aus Spanien, oder ein anderer an meiner Stelle an diesen trostlosen Ort zurückkehren und noch einmal versuchen wird, mit den Wölfen dort drinnen Kontakt aufzunehmen. Jicin, Stry, prägt euch das Muster der Sterne hier über uns gut ein, denn wir werden die Beschreibung des Platzes weitergeben, damit andere wissen, wohin sie gehen müssen.«

Danach zogen sie weiter, aber als wollten sie ihren Misserfolg wieder gutmachen, hielten sie jetzt vermehrt nach solchen Plätzen Ausschau und lernten derart auffälligen Gerüchen nachzugehen, wobei sie an den ungewöhnlichsten Orten in Käfige eingesperrte Kreaturen entdeckten.

In Deutschland entlang des Rheins schien jede Stadt ihren eigenen Zoo oder Zirkus mit gezähmten wilden Tieren zu haben. Ein Braunbär mit den Augen eines Menschen starrte eine Weile verständnislos in ihre in der Dunkelheit leuchtenden Augen, bevor er – was überhaupt nicht ihre Absicht war – in blinde Panik geriet, als eine vage Erinnerung aus längst vergangener Zeit, die in den eingesperrten Generationen seiner Vorfahren fortlebte, in ihm die Vorstellung von einem ›Wolfsrudel‹ wachrief, und er aus seinem Gefängnis auszubrechen versuchte.

Sie hatten dieser Kreatur keinen Schaden zufügen wollen, und nach dieser Zurschaustellung selbstzerstörerischer Gewalt und aufgrund der Art und Weise, wie die Menschen den wild gewordenen Bären hernach mit Heugabeln und Schlägen wieder zur Ruhe brachten, schworen sie sich, sich nie wieder so unvorsichtig solchen Käfigen zu nähern. Sie wollten sich möglichst mit dem Wind anschleichen und beobachten, um weder gesehen noch gewittert zu werden.

Von da ab meinten sie, ihre Erkundungsgänge in den Städten so lange fortsetzen zu müssen, bis sie eingesperrte Tiere ausfindig machten, in der Hoffnung, dabei wieder einmal auf Wölfe zu stoßen. Und irgendwo jenseits des flandrischen Tieflandes war es dann so weit.

Es war eine kalte, stürmische Winternacht, die ihnen das Anschleichen erleichterte. Die Menschen in der Umgebung blieben in ihren Häusern, deren Fenster nur schwach erleuchtet waren und aus deren Schornsteinen Rauch emporstieg, der nach Stahlwerksgegend roch.

Sie hatten den Zoo schon früher entdeckt und sich bis zum Einbruch der Dunkelheit versteckt. Jetzt konnten sie ihn ohne Schwierigkeiten betreten und fanden eine Reihe von Käfigen – in jedem befanden sich ein oder zwei Tiere unterschiedlicher Gattungen. Aus den meisten Käfigen drang der Geruch von schmutzigem Stroh, von verfaultem Fleisch, von abgestorbenen Gliedmaßen an Körpern, die sie am Leben zu erhalten versuchten; von völliger Unterwerfung, von lebenden Tieren, denen es hätte erlaubt sein müssen zu sterben.

Und schließlich starrte sie ein Wolf, *der* Wolf, aus blinden, toten Augen an und schnüffelte, während sie einer nach dem anderen näher kamen. Er war alt, so alt, und er schien jetzt zu glauben, die Götter seien gekommen, um ihn an einen besseren Ort zu bringen. Er zeigte keine Furcht.

»Wolf«, sagten sie, »kannst du uns hören?«

»Ja.«

»Wolf«, flüsterten sie, »kannst du uns wittern?«

Er nickte freudlos aus seinem Käfig, in dem er ein Leben lang eingesperrt war.

»Kannst du uns sehen?«

»Nein.«

»Wer seid ihr?«, fragte er mit brüchiger Stimme und wandte sich für einen Augenblick nach rechts den Lauten zu, die ein großes, schweres Tier im Käfig nebenan, das nicht zu sehen war, von sich gab.

»Wölfe wie du«, antworteten sie.

»Seid ihr gekommen, um mich auf meiner Reise zu den Sternen zu begleiten? Ich kann die Sterne nicht sehen, aber ich erinnere mich an sie.«

»Wie lange bist du schon hier?«

»Hier? Zwei Jahre, seit ich für die Menschen zu alt bin, um mich ihren Jungen zu zeigen. Ich wurde blind, und ich glaube, ich fing an zu stinken.«

»Wie lange halten die Menschen dich schon gefangen?«

»Seit ich entwöhnt wurde. Ich wurde aus einem Wald verschleppt. Vor vielen Jahren wanderte ich auf den Menschenwegen.«

»Wie hieß der Wald, in dem du geboren wurdest?«

»Bialowieza. Kommt ihr von dort? Was seid ihr für Wölfe?«

»Wir sind ...«, begann Stry, der bislang das Wort geführt hatte, aber nun nicht weitersprechen konnte. Ihm kamen die Tränen beim Anblick dieses eingesperrten, blinden und schwachen, völlig hilflosen Wolfes.

»Wir sind Wölfe der Zeit«, meldete sich Aragon zu Wort. Jicin fiel auf, dass seine Stimme viel freundlicher und sanfter klang als sonst. In diesem Moment wusste sie, dass Aragon ein Leben lang ihr Freund sein würde.

»Die Wölfe der Zeit«, flüsterte der Wolf. »Eines Tages, hieß es, würdet ihr auf die Erde kommen. Wir haben auf euch gewartet.«

»Wer?«

»Die Wölfe, die mit mir zusammen eingesperrt waren und mittlerweile alle tot sind, und die Generationen, die vor ihnen eingesperrt waren. Ich bin so vielen auf den Menschenwegen begegnet. Obwohl ich euch nicht sehen kann, sehe ich sie immer noch vor mir ... Ich erinnere mich an sie und an ihre Namen. Uvale, Adige, Vesdre, Ostia, Gers ... all die Wölfe, die meine Freunde waren. In meinem Herzen leben sie noch und sind meine Vorfahren und meine Verwandten, meinesgleichen und meine Zukunft, die einzige Welt, die ich habe. Für sie alle waren die Wölfe der Zeit die einzige Hoffnung. Ich wünschte, sie könnten mich jetzt mit euch sehen. Aber etwas wäre mir noch lieber: wieder frei zu sein, herumzulaufen –«

Als habe er den Käfig um sich herum völlig vergessen, machte er so plötzlich einen Satz nach vorn, dass er mit dem Kopf gegen die Gitterstäbe stieß und vor Schmerz das Gesicht verzog.

Stumm betrachteten die Wölfe die Reihen von Käfigen. Stry und Jicin sahen sich nach Menschen um. Niemand war zu sehen, aber es gab keine Möglichkeit, den Wolf zu befreien.

»Befreit mich«, sagte der Wolf.

»Wir können dich nicht befreien«, erwiderte Aragon.

»Ihr seid den langen Weg von den Sternen hierher gekommen und könnt nicht einmal einen Wolf befreien!«

Der Wolf sagte das nicht verbittert, sondern mit einer gewissen Ironie. Wieder verzog er das Gesicht bei dem Versuch sich hinzulegen. »Der Schmerz ist mein einziger Freund.«

Das Tor am Eingang zum Zoo wurde geöffnet und irgendwo ging ein Licht an. Der schwache Schein fiel auf die Zweige einiger Ziersträucher jenseits eines künstlichen Sees.

»Wolf ...«

»Wenn ihr mich nicht befreien könnt, dann tötet mich«, sagte der Wolf.

Seine milchigweißen, blinden Augen starrten sie an, und ihnen war klar, dass er meinte, was er sagte. Der Tod war allemal besser als dieses jämmerliche Leben, das er führte und das jetzt vielleicht noch schlimmer werden würde.

»Wolf ...«

»Tötet mich«, bat er.

»Selbst wenn wir wollten, könnten wir es nicht«, meinte Aragon, »denn wir können nicht an dich heran.«

»Nein, das könnt ihr nicht. Aber –«

»Ja, Wolf?«

»Darf ich euch berühren? Darf ich ...«

Er steckte eine von Krankheit entstellte, mit Fliegen bedeckte, fast kahle Pfote durch die Gitterstäbe.

»Ja, Wolf, du darfst«, sagte Jicin.

Dann berührten sie nacheinander mit ihren Pfoten die des blinden Wolfes und während sie das taten, sagte er: »Ihr werdet an mich denken. Ihr werdet mich nicht vergessen?«

»Niemals!«, sagte Jicin.

Dieser Moment des gegenseitigen Berührens und der Sympathiebekundung hätte noch fortdauern können, wäre der alte Wolf nicht plötzlich zurückgewichen, als ob er sich an etwas längst Vergessenes erinnerte.

Er zog seine Pfote zurück, senkte den Kopf und fragte ganz zaghaft: »Würdet ihr wenigstens für mich die Sterne herabheulen?«

Jicin sah Aragon Hilfe suchend an, denn sie heulten nur sehr selten. Nichts brachte die Menschen schneller auf ihre Spur als das. Doch Aragon nickte, denn hier waren die Menschen vielleicht eher an die Laute und den Lärm von Tieren gewöhnt und ließen sich nicht so schnell blicken. Jedenfalls gab es hier fast so viele Fluchtwege wie Käfige.

»Wir werden die Sterne herabheulen, die wir sehen können«, sagte Aragon, »denn heute ist der Himmel ziemlich bewölkt.«

»Und die, die wir kennen«, fügte Stry hinzu, »denn wir kennen nicht alle Sterne.«

»Ist der Himmel im Osten klar?«, fragte der alte Wolf und schob die Schnauze durch die Gitterstäbe, als könnte er so besser sehen. »Heult die Sterne für mich herab, die ihr im Osten sehen könnt, denn dort wurde ich geboren. Ich erinnere mich an ihre Muster, die man mich lehrte und die ich viele Jahre lang beobachtete. Sie waren mein einziger Trost, aber seit ich blind bin, habe ich sie verloren.«

Seltsamerweise leuchteten in dieser Nacht die Sterne im Osten ganz hell und auch Stry, ein polnischer Wolf, kannte einige Konstellationen und begann zu heulen. Zuerst leise und sacht, wie es sich gehörte, und dann etwas lauter und eindringlicher.

Aragon und Jicin folgten seinem Beispiel und stimmten in sein Geheul mit ein und schließlich heulte auch der alte Wolf im Käfig, zögernd und mit gebrochener Stimme.

»Ja!«, unterbrach er sich selbst. »O ja!«

Bald vermischte sich sein Geheul mit ihrem und er entdeckte Sterne, die sie kaum sehen konnten und die sie bis dahin nicht gekannt oder nicht in dieser Konstellation vermutet hatten.

»Ja!«, rief Stry auf einmal aus, als die Sterne ihm ein Muster zeigten, das er früher nie verstanden hatte, obgleich ihm dieser Teil des Himmels bestens vertraut war. »O ja ...«

Sie hielten eine Weile inne und sprachen über den Nachthimmel, froh, dass keine Menschen kamen. Der alte Wolf wusste mehr, als sie jemals über die Sterne seines Territoriums wissen konnten.

»Und mein Geburtsstern, ist er heute Nacht zu sehen?«

»Welcher ist es, Wolf?«, fragte Jicin.

»Ich werde euch zu ihm führen«, sagte er plötzlich und begann wieder zu heulen. Er hob den Kopf in Richtung Osten und wählte ein Muster aus, das sie zuvor bereits kurz gestreift hatten. Seine Stimme führte sie an den Linien und Bogen von Sternen entlang bis zu dem einen, dessen Namen sie nicht kannten und den keiner von ihnen zuvor wahrgenommen hatte.

»Ja!«, seufzte der alte Wolf, während sie seinen Stern herabheulten, lauter und immer lauter, bis er in das Zentrum der Konstellationen rückte, welche sie mit ihrem Geheul durchreisten. »Oh ... ja!«

Dann wurde seine Stimme noch lauter und sie reckten ihre Hälse und folgten ihm, ohne dabei an die Menschen zu denken. Immer näher kamen sie dem Stern, der, während sie ihn herabheulten, immer heller zu leuchten und direkt vor ihnen zu sein schien ...

Dann ertönten die Stimmen von Menschen.

Türen flogen auf.

Lichter huschten über die Käfige, und die Stimmen entfernten sich wieder. Der alte Wolf heulte über ihren Köpfen weiter, in den klaren Nachthimmel hinaus, der Freiheit eines Sterns entgegen, der Geburt und Wiedergeburt bedeutete.

»Jicin! Stry! Wir müssen –«

»*Aragon!* Schau!«

Jicin deutete auf den Wolf, der jetzt reglos dalag. Der Kopf ruhte neben den Pfoten, die blinden Augen waren geöffnet und starrten auf einen entfernten Stern.

»Oh, Wolf, jetzt bist du freier als alle Wölfe der Zeit«, flüsterte Jicin, ehe auch sie sich umdrehte und davonschlich, während hinter ihnen der Lärm der Tiere anschwoll und unangenehm wurde. Über ihnen zogen Wolken am Himmel auf, und eine Million Sterne plus einer erloschen. Nein, jetzt würden sie nicht vergessen.

Nach diesem Erlebnis wollte keiner von ihnen länger im nördlichen Tiefland verweilen oder noch weitere Orte mit eingesperrten Tieren aufsuchen, mit Ausnahme des einen Ortes, an den sie nicht hatten gelangen können und den Aragon eines Tages wieder finden wollte.

Sie zogen südwärts nach Frankreich in die Auvergne, wo Aragon und Lounel sich zum ersten Mal begegnet waren. Dort überwinterten sie, und im Frühling traten sie ihre lange Reise nach Spanien zu Aragons Heimatrudel an. Es war eine Zeit der kurzen Raufereien, der Niederlagen für alte Wölfe und des Zusammenschlusses mit anderen, und eine Zeit des Überflusses.

Sie blieben ein Jahr beim Cabrera-Rudel und dessen neuem Anführer, bevor sie mit vier Wölfen aufbrachen und über die Hochebene und die Pyrenäen zurück ins Vorland zogen, wo sie den Beginn des Menschenkrieges erlebten. Alles, was sie in Spanien getan und erlebt hatten, wollten sie Klimt berichten; und es gab viel zu berichten, so viel …

Als der Krieg in der Umgebung von Toulouse begann, hatten sie eine Begegnung mit einem Wolf, dessen ungewöhnliche Geschichte, verbunden mit den unzähligen Spuren des Krieges, Aragon davon überzeugt hatte, dass es an der Zeit war, ins Herzland zurückzukehren. Denn es gab jetzt eine Menge zu berichten und die Sache mit dem fremden Wolf hier in Frankreich konnte er beruhigt Jicin überlassen.

Kurz vor Tagesanbruch begannen die Wölfe ringsherum sich zu recken und zu strecken, bereit zum Aufbruch.

»Komm«, sagte Aragon zu Stry, »wir müssen gehen. Rufe die zusammen, die uns begleiten sollen.«

Aber das war nicht nötig, denn sie waren alle in der Nähe und warteten auf Aragons Befehl.

»Ihr anderen«, sagte er und wandte sich an die, die dableiben mussten, und vor allem an Jicin, »ihr …«

Aber es war schon alles gesagt.

»Möge Wulf mit euch sein, auf dass wir uns im Herzland wieder sehen, oder auf den Wolfswegen, so Wulf will.«

»Möge Er mit dir sein, Aragon, und mit dir, Stry«, sagte Jicin und ging ein letztes Mal zu jedem von ihnen.

Dann hatten sich Aragon und die anderen umgedreht und waren in der Morgendämmerung verschwunden. Und Jicin stand vor ihrer neuen Aufgabe.

»Und wer von euch wird mit mir um die Führung kämpfen?«, sagte sie.

Das war ironisch gemeint, denn wären sie ein richtiges Rudel gewesen, hätte jeder der beiden Wölfe ihr die Macht entreißen können. Aber da sie kein Rudel waren und auch nicht sein würden, waren sie erst einmal damit zufrieden, von ihr geführt zu werden.

»Kommt«, sagte sie.

Dann waren auch sie verschwunden und wo zuvor die Wölfe gewesen waren, war jetzt nichts mehr. Nur die Kühltürme des Elektrizitätswerks ragten noch in den Himmel, und ab und zu war ein Kratzen zu hören, wenn der Wind mit den kaputten Stromkabeln spielte.

Jenseits der gefallenen Stadt verstummte nach und nach der Kriegslärm. Das Sonnenlicht durchbrach die Dunkelheit der Nacht und färbte die Wolken im Osten und die dicken Rauchschwaden des Krieges blutrot.

Kapitel 9

Jakob Wald beobachtet, wie Jägermann sich bei seinem Sport vergnügt, und begreift allmählich, dass er dabei eine Rolle spielt

Auf den letzten hundert Metern seines dreiwöchigen Marsches hinauf in den Wald wurde Jakob Wald endlich klar, dass er zum Spielzeug Jägermanns geworden war und dass er sich mit jedem weiteren Schritt den Launen dieses Mörders aussetzte.

Anfang Juni hatte Jägermann ihn in der tschechischen Provinzhauptstadt Ostrau empfangen, wo er seine Zentrale eingerichtet hatte, bis dahin die Zentrale Osteuropas und aller anderen. Sein Besuch war für Jägermann eine kleine Abwechslung bei all den Staatsgeschäften, aber dann wurde ihm auf einmal klar, dass Jägermann mehr über karpatische Wölfe wusste als sonst jemand und dass dieser Verrückte vermutlich neugierig war, ihn kennen zu lernen.

Und so war es auch.

»Ah … Herr Doktor Wald … ah …«

Der feste Händedruck, die blassgrünen Augen, der seltsam ausdruckslose, taxierende Blick vor dem Lächeln; das düstere, drahtige Erscheinungsbild eines Mannes der Berge, und nur das leichte Zittern des linken Augenlids verriet die Anspannung, unter der Jägermann stand und sicherlich in den vergangenen zehn Jahren während seines Aufstiegs zur Macht, deren Gipfel noch nicht erreicht war, gestanden hatte.

»Bitte … ja, bitte setzen Sie sich.«

Wald hatte die Angst und den Respekt bemerkt, die Jägermann all denen abnötigte, die er passieren musste, bevor er endlich zu Jägermann gelangte. Das also war der Mann, der den slowakischen Ministerpräsidenten vor dessen eigenem Parlament erschossen hatte. Das war der Mann, der den rechtsgerichteten kroatischen Schriftsteller ›Trpimir‹ in Wojwodina aufgeknüpft hatte, weil dieser es gewagt hatte, sich für seine politischen Schriften ein solch historisches und aufrührerisches Pseudonym zuzulegen – er hängte ihn eigenhändig auf und begann die kluge Rede, die seine eigene Karriere in der Unruheprovinz begründete, mit einer Videokamera in der Hand, um die Szene festzuhalten, wie die Beine des Erhängten noch zuckten, während der Körper hinter dem Rücken seines Henkers hin- und herbaumelte.

Das war …

»Bitte, Herr Wald, Sie dürfen sich setzen.«

Jägermann hatte Walds Zögern bemerkt und zu Recht vermutet, dass Wald Geschichten von Männern gehört hatte, die Jägermanns sprichwörtliche Höflichkeit etwas zu wörtlich genommen und sich zu früh hingesetzt hatten, und an den Stuhl genagelt worden waren, auf dem sie sich unklugerweise niedergelassen hatten. Jägermann war zwar höflich, erwartete aber Respekt. Trotzdem sprach er mit seinen schockierten Besuchern, deren Hände angenagelt waren, nicht anders, als wenn sie sein Eiswasser angenommen hätten, und die Kameras hielten ihre seltsam verzweifelten Grimassen und ihr gespenstisches Lächeln fest zeigten aber nie ihre von Nägeln durchbohrten Handgelenke oder ihre Finger, die das Holz umklammerten. Es ist erstaunlich, was Menschen in solchen Situationen zu einem Mann wie Jägermann sagen.

Wald gab sich den Anschein von Zweifel, der an Furcht grenzte, und das war wohl die Art von Respekt die Jägermann erwartete. Entsprechend setzte sich Wald auf den berüchtigten Holzstuhl, dessen Armlehnen nur allzu deutliche Spuren von Nägeln aufwiesen. Eine Attrappe für Besucher? Wald wünschte, es wäre so, aber ein tierischer Instinkt sagte ihm, dass es nicht so war.

»Nun, lassen Sie uns über etwas Schönes reden«, begann Jägermann und ließ für seinen Besucher Eiswasser bringen. »Lassen Sie uns über Wölfe reden …«

Jägermann sprach so ausgezeichnet Deutsch, dass man ihn für einen Deutschen aus dem Südwesten hätte halten können. Sie unterhielten sich, oder besser gesagt Jägermann stellte Fragen, und Wald beantwortete sie. Diesen Test hatte Wald erwartet, und er war auch nicht überrascht, dass Jägermann anscheinend alle achtzehn Artikel, die er in den letzten Jahren in der Zeitschrift ›Natur‹ sowie in anderen wissenschaftlich-zoologischen Zeitschriften veröffentlicht hatte, gelesen hatte.

Erst nach einer halben Stunde äußerte sich Jägermann, offenbar zufrieden, dass Walds Ruf zu Recht bestand, zu dem interessanten Fall der Petschora-Wölfe in Nordrussland. Er schien Walds These akzeptiert zu haben, wonach in ganz Europa die Wölfe wieder erstarkten, was nicht allein auf ihren eigenen Instinkt zurückzuführen war, sondern auch auf die nachlassende Verfolgung durch Jäger infolge des europaweiten wirtschaftlichen Verfalls.

»Aber bei den Petschora-Wölfen, mein Freund«, meinte Jägermann, »werden Sie etwas entdecken, das sogar über ihren Faktor X hinausgeht, wenn ich es einmal so unwissenschaftlich ausdrücken darf!«

Die beiden Männer lachten. Eine deutsche Zeitung hatte Walds Ansicht, wonach Wölfe einem inneren Ruf folgten, als Faktor X bezeichnet und diese Bezeichnung hatte Jägermann zur Beschreibung der politischen Ziele seiner innerstaatlichen Partei übernommen, deren Einfluss täglich wuchs und die ihm jetzt offenbar weit über die Grenzen Osteuropas hinaus zu Macht verhalf.

»Herr Präsident?«, sagte Wald.

»Vermutlich werden Sie feststellen, dass die Petschora-Wölfe vor hundert Jahren vor Kopfgeldjägern und anderen Verfolgern aus dem kasachischen Hochland nach Norden geflohen sind. Jetzt – so heißt es, kehrten sie zurück. Wenn Vögel und Lachse fortziehen können, warum dann nicht auch Wölfe? Zurück in ihr eigentliches Herzland, wie?«

Jägermann kniff die Augen zusammen und wartete. Auf diese Herausforderung hatte Wald gewartet und derentwegen war er gekommen.

»Präsident Jägermann«, begann er vorsichtig und wagte es, über karpatische Wölfe zu sprechen, die Jägermann genau kannte, weil er in der Gegend aufgewachsen war, mit ihnen gelebt hatte und sich in den Jahren, bevor er im Tal auftauchte und an Einfluss gewann, bei ihnen versteckt hatte.

Nach einer weiteren halben Stunde wurde Jägermann zum Aufbruch gedrängt, da er noch eine Besprechung hatte. Draußen wartete bereits der Hubschrauber auf ihn. Er erhob sich, gab einem Untergebenen nochmals durch Kopfnicken zu verstehen, dass er bereit war, und sagte: »Herr Doktor, Sie haben mir heute eine große Freude bereitet. Für eine Stunde haben Sie mich die Staatsgeschäfte vergessen und mich in Gedanken an den Ort zurückkehren lassen, an dem mein Herz hängt. Ich gebe Ihnen die Hand darauf, dass ich Ihnen helfen werde. Ich werde Ihnen die Ausweise besorgen, die Sie brauchen, um zu dem Wald zu gelangen, von dem ich Ihnen erzählt habe, aber ... Sie werden zu Fuß gehen müssen. Es wird Ihnen gut tun. Wir treffen uns dort am ...« Er nannte ein Datum, erwähnte eine Landkarte und befahl einem Untergebenen Wald die Karten zu bringen. »... und dann werde ich Ihnen weiter von dem wahren Herzland der Wölfe erzählen und Ihnen zeigen, was Sie wissen müssen, wenn Sie ihre Wege verstehen wollen.«

Wald machte ein erstauntes Gesicht. »Sie meinen, Sie werden selbst dort sein, Herr Präsident?«

Es war riskant, sich überrascht zu zeigen und leichte Zweifel zu äußern, aber es zahlte sich aus.

Jägermann lachte; es war das Lachen eines fast vergessenen zehnjährigen Jungen vor dem Verlust seiner Unschuld, das Lachen eines Mannes, dem es gefiel, jemanden in Erstaunen versetzt zu haben, den er respektierte.

»Ich werde dort sein, Herr Doktor ... und Sie hoffentlich auch. Es wäre schade, wenn Sie sich durch irgendetwas aufhalten ließen.«

Diese letzten Worte enthielten eine eindeutige Drohung, und sie hallten noch in Walds Ohren nach, als Jägermann schon fort war. Wald wurde auf einem anderen Weg hinausbegleitet mit dem Versprechen, ihm die Ausweise und

Karten binnen einer Stunde zukommen zu lassen, was auch geschah.

Jetzt, knapp einen Monat später, war es fast Zeit für sein Treffen mit Jägermann, und da lag er und wartete im Gebüsch, in dem er sich seit zwei Tagen versteckt hielt. Er wollte Jägermann sehen, bevor Jägermann ihn sah. Der Weg durch das Tal war ein Albtraum gewesen, die reinste Hölle, und er war wie ein Schatten in der Dunkelheit und in der Dämmerung umhergehuscht. Er hatte Flammen gesehen, von Ferne Vergewaltigungen beobachtet und die Schreie von Menschen gehört.

Jetzt war der Morgen vor ihrem Treffen und er wartete in seinem Versteck und beobachtete die Wachen, die bei Tagesanbruch unten auf der Straße aufgetaucht waren und mit vier Gefangenen aus einem gepanzerten Mannschaftswagen stiegen. Einen der Gefangenen erkannte Wald sofort, wie jeder ihn erkannt hätte, der in den vergangenen Monaten und Wochen die Zeitungen gelesen hatte.

Es war Milo Kervic, ein mutiger Mann, ein polnischer Demokrat, die letzte Hoffnung auf eine Art Ordnung und Feingefühl. Beim Aussteigen stürzte er und rappelte sich wieder auf.

Wald beobachtete die Szene wie ein Ornithologe die Ecke eines Sees, wo gerade Stelzvögel auf ihrem Zug nach Süden Station machten. Dann sah er, warum Milo Kervic gestolpert war. Anscheinend war er erst vor kurzem erblindet; das Blut von den unbehandelten Wunden in seinem Gesicht war noch kaum geronnen.

Von diesem Moment an starb in Jakob Wald allmählich die letzte Hoffnung und Wahrheit. Er war Zeuge des Untergangs einer alten Welt, der letzten Feuersbrunst des dunklen Jahrtausends. Und er wusste, dass Jägermann ihn als Zeuge dorthin beordert hatte, um ihn vor ihrem Treffen einzuschüchtern.

Wald beobachtete weiter und wartete, wie jene dort unten auf der Straße, bis sie schließlich in der Ferne von den Bergen, die sich jenseits des Tales über der Baumgrenze des Waldes erhoben, das Dröhnen eines Hubschraubers vernahmen. Wald kroch tiefer ins Gebüsch, damit sein Fernglas das Licht nicht reflektierte und ihn verriet, was das vorzeitige Ende seiner schrecklichen Odyssee bedeutet hätte.

Der Hubschrauber des Präsidenten flog langsam über die Wipfel der Bäume und Jägermann seufzte wehmütig und starrte hinab auf das Gelände, das er so gut kannte.

Zu seiner Rechten stürzte der berühmte Wasserfall in die Tiefe, wenngleich mit weniger Gischt als früher, was wahrscheinlich bedeutete, dass entlang der Klippen nur ein schwacher Wind wehte. Jägermanns graue Augen, die Augen eines Jägers, suchten die steilen Hirtenpfade zwischen den Felsen und in Richtung des Steilfeldes nach Spuren von Leben, nach Bewegungen und nach Ungewohntem ab.

Dann erblickte er die uralte Eberesche, die er den ›Baum‹ genannt hatte, als er mit fünfzehn vom Steilfeld herübergewandert war, die Grenze überquert und so sein Leben riskiert hatte. Er hatte einen ganzen Tag im Schatten ihrer knorrigen Äste gesessen, den Nebel vom Tal heraufsteigen sehen und einen einsamen, trägen alten Wolf am Waldrand beobachtet. An jenem Tag hatte Jägermann entschieden, was er eines Tages werden wollte und was er dafür tun musste.

Dieser Tag, sagte er sich, markierte einen Wendepunkt in der Geschichte Europas. War das Chaostheorie, wenn ein Schmetterling am Amazonas durch seinen Flügelschlag in Japan ein Erdbeben verursachte? Er, Jägermann, beschloss mit fünfzehn, eines Tages die Menschen hier zu beherrschen, und infolgedessen schlitterte Europa achtundzwanzig Jahre später in die kontrollierte Anarchie.

»Das ist Chaostheorie«, murmelte Jägermann zufrieden.

Der Baum lag jetzt direkt unter ihnen und er erinnerte sich an all die vergangenen Jahre.

»Verdammte Schafhirten«, murmelte er. Auf seinem Gesicht zeigte sich das Grinsen des triumphierenden, boshaften Sadisten, der er war, und sein Kopf wirkte durch die gewölbte Plastikscheibe auf groteske Weise missgestaltet. »Verdammte Bauern.«

Sie hatten ihn schlafend gefunden; das war das letzte Mal, dass er sich diesen Fehler erlaubte; aber der Wolf hatte geschlafen und so hatte er es ihm gleichgetan. Sie hatten ihn in den Wald gebracht und über Nacht an einen Baum gebunden, um ihn ein wenig zu zermürben, bevor sie ihn mit den Messern töteten, die sie ihm spaßeshalber gezeigt hatten; und alles, was sein Vater jemals über dieses Scheißland gesagt hatte, schien sich zu bestätigen. Zweifellos glaubten sie, er hätte bei Nacht Angst vor Waldgeistern oder Wölfen oder was auch immer ihn ihrem Aberglauben zufolge an jenem Ort erschrecken konnte.

Aber da täuschten sie sich. Nacht und Wildnis waren ihm vertraut und spornten ihn regelrecht an und die Dummköpfe hätten ihn besser festbinden müssen, um ihn bis zum Morgen festzuhalten.

Während der Hubschrauber langsam über dem Wald kreiste, damit er eine bessere Aussicht hatte, erschienen auf Jägermanns Schläfen Schweißperlen. Er erinnerte sich noch genau, wie er zum ersten Mal Menschen tötete (abgesehen von dem Jungen, den er nahe der Schule ertränkte): vier erwachsene Männer – die Arschlöcher hatten am nächsten Morgen noch einen mitgebracht, um dem Spaß beizuwohnen –, und Jägermann hatte sich am Waldrand auf die Lauer gelegt und einen nach dem anderen getötet, so wie er es sich immer vorgestellt hatte, seit er den amerikanischen Film ›Deliverance‹ gesehen hatte, in dem Männer in den Appalachen Jagd auf Männer machen.

Den Letzten, den, der ihm am Abend zuvor ein Messer unter die Nase gehalten hatte, streckte er zu Boden und folterte ihn. Seine animalischen, ungläubigen Schreie hallten durch den Wald bis hinunter in das nahe gelegene Dorf, in dem seine Freunde und seine Familie sie hören konnten. Erst als diese zwischen den Bäumen auftauchten, beschloss Jägermann zu verschwinden und vollendete sein Werk, indem er dem Mann genau unterhalb der Leiste tief in die Oberschenkelarterie stach, sodass die Freunde dieses

Arschlochs zusehen konnten, wie auf dem Waldboden sein erbärmliches Leben aus seinem Körper herausgepumpt wurde.

Jägermann benutzte den Fluchtweg, den er sich schon lange zurechtgelegt hatte: durch das Bett des Wasserfalls, die Felsenrinne hinauf bis hoch oben zur Felsterrasse. Das war eine tolle Zeit gewesen, aber hinterher war er ein anderer, und die Leute hatten Angst vor ihm, denn von nun an bestand immer die Gefahr, dass jeder, der sich mit ihm einließ, sterben musste.

Jetzt, beim Überfliegen des Ortes hielt er gar nicht erst nach Spuren der Zerstörung unten im Tal Ausschau, denn er wusste auch so, dass seine Befehle ausgeführt worden waren. Die Bauern, die sich ihm widersetzt hatten, Viehzüchter, Milchbauern, Käseproduzenten, Düngerlieferanten, ignorante Arschlöcher, waren tot oder wurden in die Lager nördlich von Ostrau gebracht, in denen einige von ihnen immer noch dahinvegetierten, weil sie vielleicht einmal von Nutzen sein konnten.

Jägermann hatte mit dem Gedanken gespielt, Borvic mit hier heraufzunehmen und aus einer bestimmten Höhe auf sein eigenes Land fallen zu lassen, niedrig genug, damit er die Felsen, das Gras und die Bäche, die er angeblich so sehr liebte, genau sehen konnte, und hoch genug, damit er während des Falls darüber nachdenken konnte, was er gerade verlor.

Aber nein, Jägermann war etwas Besseres in den Sinn gekommen, etwas Sportlicheres, das ihm die in dieser unruhigen Zeit allzu seltene Gelegenheit gab, seine Stiefel anzuziehen und sich in die Wildnis zu begeben, in die Nähe der Wölfe, die er so sehr beneidete.

Aaaah … er grinste zu Porsin hinüber, der Borvic an ihn ausgeliefert hatte, und sah blanke Furcht in den Augen des alten Narren.

»Ein prächtiger Tag zum Jagen!«, sagte er, ohne sich dabei die Mühe zu machen, laut zu schreien, um den Lärm des Hubschraubers zu übertönen, und voller Verachtung gegenüber einem Mann, der so verdammt eifrig mit dem

Kopf nickte und die Hand hob zum Zeichen, dass er verstanden hatte, obwohl er gar nichts hören konnte. Warum sonst verständigten sich Piloten in solchen Maschinen über Kopfhörer?

Jägermann setzte seine Kopfhörer auf, knipste einen Schalter an und gab eine Anweisung: »Wir sind früh dran. Überfliegen Sie das Steilfeld im Osten und halten Sie sich an seinem Nordrand etwas über den Felsen.«

O ja, Jägermann kannte diese Gegend und den Ort, wo er sich nach den Morden vor seinen Verfolgern versteckt hatte, ungefähr ebenso gut wie die Konturen und Wölbungen seines eigenen Schwanzes und Hodensacks und die darin verborgenen Wege zu Schmerz und Lust.

Der Hubschrauber wendete langsam und sacht, denn der Pilot kannte Präsident Jägermanns Vorlieben nur zu gut und wusste, dass er den vorletzten Piloten getötet hatte, weil dieser so rücksichtslos geflogen war, dass er seinen weißen Anzug voll gekotzt hatte. Jägermann ging es darum, dass jeder seinen Job ausgezeichnet machte, und wer versagte, wurde mit dem Tode bestraft.

Jedenfalls hätte der Pilot wissen müssen, dass Präsident Jägermann einen sensiblen Magen hatte, leicht luft- und seekrank wurde und mitten in der Nacht von geheimen Ängsten gequält wurde, die nur die nackten Hände, Arme und Brüste seiner Tochter zu mildern vermochten.

Dort, der Bergpass, wo Jägermann sich einmal aus purem Überschwang einen runtergeholt hatte, weil er meinte, auf diese Weise ein solch riesiges Gelände besitzen zu können, so wie die Ashanti ihren Samen über das afrikanische Hügelland verteilten und es fruchtbar machten. Dann kamen die dunklen, kahlen Felsen des Steilfelds in Sicht.

»Scheiße!«, murmelte Jägermann reuevoll, aber mit einer gewissen versteckten Freude.

Zwischen den Felsen befand sich eine geheime Rinne, deren Zugang durch eine kleine Felsnase markiert wurde, die stolz aus dem Geröll emporragte. Voller Eifer hatte Jägermann die Landkarten der Armee studiert. Er glaubte nicht, dass die Landvermesser dort oben gewesen waren.

Ebenso wenig wie er selbst, bis auf das eine Mal im Nebel, der immer dort herrschte und auch jetzt wieder alles einhüllte.

Tief zwischen den Rinnen verborgen befand sich der Legende zufolge der Wulfsfelsen, der jedem, der ihn fand, Unsterblichkeit verlieh. Der einzige ihm bekannte Bericht von einem Besuch jenes Ortes stammte aus dem achtzehnten Jahrhundert von dem Wanderprediger Askol'd, der von einer Furcht erregenden, nebelverhangenen Rinne sprach, aus der sich »ein großer Stein oder Felsen erhob und mir solche Angst einjagte, dass ich mich nicht weiter vorwagte. Ich spürte die Gegenwart des Teufels oder Gottes, ich weiß es nicht. Dieser Stein oder Felsen ist in der Gegend als Wulfsfelsen bekannt und soll Heimat und Ursprung eines uralten, heidnischen Kults sein.«

Mit zehn hatte Jägermann zum ersten Mal von der Legende gehört und mithilfe seines Vaters hatte er Landkarten in großem Maßstab studiert, die nur wenige je zu Gesicht bekommen hatten. Jägermann machte von dem Gelände rund um das Steilfeld ein Modell aus Pappmaché, und dies war der Beginn seiner Erkundungen. Aber bei Modellen gibt es keinen Nebel, und Jägermann amüsierte sich darüber, dass er sich so zum Narren halten ließ, denn er hatte diesen Ort noch nie ohne Nebel erlebt.

Jägermann konnte Askol'ds Angst und sein Gerede von Teufeln und Göttern recht gut nachvollziehen, als er dort war, und er war dankbar für den Nebel, weil er sich gerade zur rechten Zeit über das Steilfeld legte, um ihm das Leben zu retten.

»Wäre es nicht so gewesen«, sagte er sich, während der Hubschrauber langsam schwenkte und Kurs auf den Wald nahm, »ginge es in Europa vielleicht ganz anders und friedlicher zu als jetzt. Vielleicht hängt die ganze Geschichte von Zufällen wie diesem ab, wo der Nebel dem Entschlossenen hilft, wenn er es am nötigsten hat.«

Jetzt brauchte er zum Überleben mehr als Nebel – er brauchte ganze Armeen, persönliche Leibwächter, von denen einer …

»Uns bleiben noch vier Minuten, Herr Präsident«, sagte Schlitz, der Leibwächter, der ihm in der Öffentlichkeit kaum von der Seite wich.

»Gut«, meinte Jägermann, und seine Augen suchten den Wald, der jetzt wieder in Sicht kam, folgten dem Lauf des Baches und blickten dann in Richtung Wasserfall.

Das Land, das er achtete, und auch die Wölfe, auch sie …

Der Hubschrauber landete nördlich des Wasserfalls oberhalb der Baumgrenze. Jägermann stieg aus und wartete, bis die Rotoren stillstanden und in die Berglandschaft wieder Ruhe einkehrte, bevor er die klare, kühle Luft einatmete, den festen Boden unter den Füßen spürte und sich langsam umsah.

»Sir …«, flüsterte Schlitz und reichte Jägermann ein Fernglas. Er hielt gebührenden Abstand, denn sein Herr brauchte Platz. Langsam hob Jägermann das Fernglas vor die Augen, stellte die Schärfe ein und blickte gemächlich nach Westen über die Baumkronen hinweg zu einem Stück Weideland im Tal, das, wie er wusste, von seinem Standort aus zu sehen war. Er sah sich das Gelände rechts und links von dem Platz an, der ihn am meisten interessierte, wie es jemand tut, der sich in der Wildnis auskennt und weiß, worauf er achten muss.

Dann erkundete Jägermann noch einmal genau die näher gelegenen Hänge und ließ ein zufriedenes Grunzen vernehmen. Er hatte entdeckt, was er suchte: Vier Männer in Zivil mit auf dem Rücken gefesselten Händen wurden von zwei trainiert und knallhart wirkenden Soldaten in dunkelgrünen Uniformen bewacht.

Schlitz sprach kurz in ein Funkgerät und einer der Soldaten antwortete; dabei blickten beide in Richtung Wald, als könnten sie sich trotz der großen Entfernung sehen. Schlitz nickte, sah Jägermann an und sagte: »Sie sind bereit, Sir.«

»Ich bezweifle, dass jemand tatsächlich zum Sterben bereit ist oder?«

Schlitz verzog keine Miene, aber Hosenscheißer grinste und nickte; sein blasses Gesicht glänzte vor Schweiß,

Mordlust lag in seinem Blick und gierig leckte er sich mit der Zunge über die dünnen, trockenen Lippen.

»Jetzt ...«, sagte Jägermann rhetorisch und betrachtete durch das Fernglas die vier Männer, die sie aus einer Entfernung von hundertfünfzig Metern hinrichten wollten, »jetzt ...«

Nachdem der Hubschrauber über dem Wald gedreht hatte und außer Sichtweite in Richtung Steilfeld geflogen war, führte Klimt das Rudel aus dem Wald heraus und hinauf in Richtung Eberesche. Er ließ Kobrin und Tare bei Lunar und Raute zurück, die sich nicht von der Stelle rühren konnte oder wollte.

Es war eine seit langem abgesprochene Strategie, denn die Wölfe fühlten sich sicherer zwischen den Felsen und Geröllhalden, von denen aus sie die Menschen unbemerkt und gefahrlos beobachten konnten, denn im Notfall gab es dort viele Fluchtwege. Im Wald war es schwieriger, unentdeckt zu bleiben, vor allem wenn die Menschen Hunde dabeihatten.

Deshalb warteten sie dort oben, voller Sorge, dass die anderen wegen Rautes schwacher Konstitution womöglich bleiben mussten. Umso erleichterter erwiderten sie das kurze bestätigende Bellen Kobrins, das vom Waldrand her kam, als sie jenseits des Baumes und außer Sichtweite waren, sodass er ungefähr wusste, wo sie sich aufhielten. Dann sahen sie, wie er wieder im dunklen Wald verschwand, um dort Wache zu halten.

Kurz darauf tauchte unten auf der Straße ein Lastwagen auf und hielt neben dem, der schon seit langem auf der Wiese abgestellt worden war. Zwei Männer stiegen aus, kletterten hinten auf den Wagen und stießen vier andere von der Ladefläche, ehe sie selbst heruntersprangen. Die vier Männer, deren Hände auf dem Rücken gefesselt waren, rappelten sich mühsam auf und wurden unter Protest wie Vieh über die Wiese und dann hangaufwärts getrieben.

Das Stöhnen und die Schreie – einer schrie vor Schmerz

auf, als er geschlagen wurde und zu Boden stürzte – waren so laut, dass Klimt keinen Zweifel daran hatte, dass Kobrin und Tare nachsehen würden, was los war.

Die Menschen gingen weiter hangaufwärts, bis sie ebeneres Gelände erreichten. Wären sie den Hang noch weiter hinaufgestiegen, so, wären sie hinter der Baumgrenze des Waldes verschwunden. Die Männer warteten, die vier Gefesselten ein Stück weit entfernt von den anderen beiden, die etwas erhöht standen. Die vier schrien noch eine Weile weiter, dann verstummten sie.

Kurz darauf vernahm Klimt wieder das Dröhnen des Hubschraubers, der vom Steilfeld herüberkam und diesmal fast über ihre Köpfe hinwegflog. Er folgte dem Lauf des Wasserfalls und des Baches, neben dem er landete, weit genug oberhalb der Baumgrenze, um die sechs Männer im Blick zu haben. Männer stiegen aus dem Hubschrauber.

Die Wölfe witterten, erkannten den Ölgestank des Hubschraubers und sahen zu, wie die sich schnell drehenden Flügel langsamer wurden und schließlich stillstanden. Einer der Männer hielt sich abseits von den anderen, und Klimt witterte, um seinen Geruch aufzunehmen.

Klimt bedeutete Tervicz mit einem Kopfnicken auf das Rudel zu achten, während er zwischen dem Geröll den Hang hinabschlich, um besser Witterung aufnehmen zu können. Dort unten hielt er sich eine Weile versteckt, und als die Männer anfingen zu reden, kehrte er um und schlich zu den anderen zurück.

»Es ist nicht der Mensch«, sagte Klimt denn dessen Geruch, auf den er bislang zweimal gestoßen war, hatte nichts Beängstigendes. »Aber vielleicht, vielleicht … wir müssen abwarten, bis sie fort sind und wir den Ort besser untersuchen können.«

»Ob es Jägermann ist?«, mutmaßte Tervicz, der sich noch gut an den beißenden, widerwärtig süßlichen Geruch von Jägermanns Urin vor einigen Jahren im Moorland erinnerte.

»Möglich … aber jetzt lasst uns sehen, warum sie gekommen sind.«

Jägermann sah zu seinem feigen Sportsfreund hinüber und fragte: »Siehst du sie? Der Letzte, der Dicke, gehört mir. Kapiert?«

»Ja, natürlich«, erwiderte Hosenscheißer.

Die beiden Männer bekamen ihre Gewehre und checkten sie durch.

»Nimm die Felsbrocken zu ihrer Rechten als Anschuss ins Visier«, sagte Jägermann, hob die Waffe und feuerte. Der Schuss hallte kurz zwischen den dunklen Felsen hinter ihnen wider und in unmittelbarer Nähe der Männer wirbelten Staub und Gesteinssplitter auf. Sie fuhren erschrocken herum und starrten den Hang hinauf. Jägermann hob erneut die Waffe, zielte auf die Männer und ließ sie langsam wieder sinken, ohne zu feuern.

Hosenscheißer tat es ihm gleich, wenn auch mit großer Nervosität und viel Herumgefummel; er benötigte allein drei Probeschüsse.

»Denk dran, Borvic gehört mir«, sagte Jägermann schwer atmend und zielte noch einmal auf den letzten der vier Männer, den man als lebendige Zielscheibe zur Hinrichtung ins Tal gebracht hatte …

Noch war Jägermann nicht der mächtigste Führer in Europa, aber je mehr seine Strategie des Chaos-Terrorismus bewirkte, desto hartnäckiger verfolgte er diese Linie. Die Terroristen der Siebziger- und Achtzigerjahre waren so engstirnig, so beschränkt gewesen – warum ein Bürogebäude in die Luft sprengen und dabei dreihundert Leute töten, wenn mithilfe der neuen Technologie in Verbindung mit taktischen Sprengkörpern ebenso leicht ganze Stadtviertel und dreißigtausend Leute vernichtet werden konnten?

Ja, sie waren alle so engstirnig gewesen, und mehr daran interessiert, die Politik anstatt die Regierungen zu verändern. Er und seine Leute hatten in größerem Maßstab geplant, länger nachgedacht und die europäische Politik in derselben Weise beherrscht wie die Mafia einst das Verbrechen in Nordamerika: durch Kontrolle, Angst, Macht und Korruption – alles hübsch verpackt und die Beseitigung des Chaos, und damit die Verantwortung, überließen sie anderen.

Jägermann hatte schon seit langem entschieden, besser die Kontrolle über ein chaotisches Europa zu haben als gar nichts. Die Staaten Osteuropas sowie Teile Österreichs und des ehemaligen Kroatien standen bereits unter seinem Einfluss beziehungsweise unter dem Einfluss der ›Wölfe‹, der Vereinigung der Demokratischen Liberalen, deren Führer er war und deren Symbol das Tier war, das er liebte, der Wolf. Ein Symbol, dessen finsteres Abbild, Augen, Schnauze und Ohren, er an jenem Tag unter dem Baum zum ersten Mal skizziert hatte.

Jetzt war das Symbol der ›DL‹ überall zu finden und breitete sich in jenen Städten aus, in denen seine Leute die Macht übernahmen, sobald sie in den Ruinen Fuß fassten, die das Werk ihrer taktischen Bombardierungen waren: Mailand, Marseille, Freiburg, Toulouse und das zerstörte Madrid. Mehr noch, das Symbol hatte sich in die Herzen der Menschen gegraben und das Jahr des Wolfes war nah.

All das war von Jägermann geschickt eingefädelt – das Symbol, die Tatsache, dass er einen eigenen Zoo besaß und mit Wölfen spielte, und sein Versprechen, dass das Jahr des Wolfes nahe sei –, und wenn er es verfügte, war es auch so. Die Menschen, das wusste er, jagten Hoffnungen nach und solange sie glaubten, das Jahr werde kommen, in dem sich all ihre Probleme auflösten, würden sie ihm helfen es wahr zu machen.

Inzwischen gönnte sich Jägermann einen vergnüglichen Tag und verwöhnte Hosenscheißer Porsin, der ihm schon so oft geholfen hatte, indem er ihn drei der vier Patrioten erschießen ließ, die jetzt vor ihren Augen in Panik über die Grashänge liefen.

Porsin war zwar kein schlechter Schütze, aber er war nicht perfekt – oder vielleicht gefiel es ihm ja, seine Opfer erst anzuschießen und ein wenig leiden zu lassen, bevor er auf ihre Brust zielte. Milo Kervic war erst bei Porsins letztem Schuss zu Boden gegangen. Menschen fallen schneller als Wild, und auch nicht so elegant, aber das waren gute Schüsse gewesen.

»Sie sind an der Reihe, Herr Präsident«, sagte Porsin und sah ihn an. Sein Gesicht war gerötet, seine Augen leuchteten, und Jägermann senkte den Blick, um zu sehen, ob Hosenscheißer eine Erektion hatte, aber es hatte nicht den Anschein.

Jägermann kniff die Augen zusammen und nahm den letzten Mann ins Visier. Ein grünes Hemd, keine Jacke. Herr Borvic. Ein vorzeitig ergrautes, etwas kahles Haupt: Borvic, der Chemiker, wie der Multimillionär genannt wurde.

Jägermann wusste, dass er eigentlich auf die Brust zielen sollte, aber der Kopf war ein reizvolleres, schwierigeres Ziel, weil er sich auf und ab bewegte, während das Opfer Deckung suchte. Borvic täte besser daran auszuweichen oder …

»Er hat sich in Deckung geworfen«, sagte Porsin.

»Er ist gestürzt«, meinte Jägermann. »Man hat ihnen gesagt, wenn sie in Deckung gehen und nicht laufen, wird ihr Tod nicht angenehm.«

Schlitz' Augen verengten sich etwas und seine rechte Hand umklammerte für einen kurzen Moment ganz fest sein linkes Handgelenk. Er hätte Borvic zu gern in dem Zoo gesehen, in dem Jägermann zu seinem privaten Vergnügen und Zeitvertreib und für seine Tiere Leute gefangen hielt, denn Borvic hatte ihn einst ruiniert.

Borvic rappelte sich auf, auf Hände und Knie gestützt, sah sich halbwegs um, erhob sich plötzlich und rannte los, hangabwärts dem Bach zu, der dort unten vorbeilief und ihm Deckung geben konnte.

»Gute Idee, aber der falsche Weg«, sagte Jägermann. Er war auf einmal ganz ruhig und atmete gleichmäßig. Er behielt Borvic im Visier, ruhig, ganz ruhig, Borvic rannte weiter, blieb stehen, drehte sich um, schaute zurück, genau im Zentrum und regungslos, dieser Narr.

Jägermann senkte die Waffe ein wenig, denn so verlockend dieser Schweinskopf auch war, der Körper war das beste Ziel. Es gab nur ein paar Dinge, die mehr Vergnügen bereiteten, als eine Beute wie diese im Visier zu haben, kurz vor dem Abdrücken, kurz vor dem Schuss, wenn man die Wahl hatte, die Beute leben oder sterben zu lassen … ein paar Dinge, aber nicht viele.

Jägermann drückte mit einem Seufzer ab.

Ob Borvic wohl in diesem letzten Moment bevor er zu Boden ging, tatsächlich Angst hatte? War das Letzte, das er fühlte, ehe es dunkel um ihn wurde, seine eigene, klebrige Scheiße, die ihm an den Beinen herunterlief? Jägermann lachte leise vor sich hin und hoffte, dass es so war. Das Dumme war … während sein Freund diese Art der Jagd vielleicht für die tollste Sache der Welt hielt wusste er, dass es nicht so war: Tiere sind eine größere Herausforderung als Menschen.

Porsin wollte etwas sagen … und wurde auf einmal ganz still, denn Jägermann stand jetzt reglos da. Aus dem Augenwinkel heraus hatte er oben am Hang eine Bewegung wahrgenommen.

»Schsch! Still!«

Porsin gehorchte. Mit diesem Befehlston brachte Jägermann vielleicht bald ganz Europa zum Schweigen.

Jägermann schüttelte den Kopf: Wenn es Wölfe waren, was wahrscheinlich war, würden sie jetzt außer Sichtweite verharren und es blieb keine Zeit, sich an sie heranzupirschen. Er ließ den Blick von Norden nach Süden über die Felsen schweifen und erinnerte sich. Der Mensch war ziemlich sicher aus dieser Richtung gekommen, also musste es einen Weg hinauf zum Steilfeld geben. Cleverer Bastard. Vielleicht sind nicht alle Menschen als Beute den Tieren unterlegen. Vielleicht sind einige es wert, gejagt zu werden.

»Am Ende kriege ich ihn«, sagte sich Jägermann mit der Zuversicht eines Mannes, der alles erreicht hatte, was er sich zum Ziel gesetzt hatte. Alles.

»Ihre Tochter wird auf uns warten«, sagte Porsin mit ruhiger Stimme. Wenn es um seine Tochter ging, war Jägermann überaus sensibel, besitzergreifend und eifersüchtig, und es zahlte sich aus, keinerlei Gefühle für sie zu zeigen.

Jägermann spürte, wie die Worte ›Ihre Tochter‹ ihn für einen kurzen Moment erschauern ließen. Sein geliebtes Kind; seine Tochter; sein Alles.

»Und meine Frau«, setzte er hinzu und genoss die Scheinheiligkeit dieser drei Worte wie einen edlen Muskateller.

Er erhob sich, öffnete seinen Hosenschlitz und pinkelte auf die Welt zu seinen Füßen, wie er es immer tat, wenn er getötet hatte. Er besaß Hirschköpfe als Jagdtrophäen, und Lachse, und auch den Kopf eines Wolfs, und immer hatte er hinterher gepinkelt.

Er dachte an Borvics Kopf und dass er ihn eigenhändig abschneiden würde, wenn er allein wäre. Da er aber nicht allein war und meinte, unbedingt einen menschlichen Kopf als Trophäe haben zu müssen, beschloss er seinen fetten Freund Porsin zu zwingen, es zu tun. Zimperlich? Böse Scheiße.

Jägermann konnte den Kopf gut gebrauchen. Er sollte über dem Kaminsims im großen Schlafzimmer des Palastes hängen, den Porsin mit seinen Leuten eingenommen hatte, während Jägermann Borvics Frau fickte, die sich ihm für seinen Geschmack allzu bereitwillig hingab.

Jägermann lachte und Porsin folgte seinem Beispiel, obwohl er ihm äußerst nervös zwischen den Bäumen hindurch hinunter zu dem Platz folgte, an dem die Männer lagen; drei waren tot, einer lag im Sterben.

Dieser Idiot hat keine Ahnung, wie man sich zwischen Bäumen oder auf unebenem Boden bewegt, dachte Jägermann. Er kann nicht riechen, dass Wölfe in der Nähe sind. Wenn dieser Trottel nicht hier wäre und ich nicht dort hinuntergehen müsste, würde ich weiter hinaufsteigen und die Wölfe suchen. Dann würde ich diesen cleveren Menschen aufspüren. Aber …

Jägermann lachte träge, als sie die Wachen erreichten, die auf die vier Opfer aufgepasst hatten, bevor sie ihnen befahlen loszulaufen.

»Es gibt eine Zeit zum Arbeiten und eine Zeit, um sich zu amüsieren, meine Freunde. Das hat mir mein Vater gesagt. Was hat euer Vater euch beigebracht?«

Macht ließ Jägermann zum Philosophen werden, während sie den anderen in seiner Umgebung ihre Schwäche vor Augen führte.

Jägermann zog ein Jagdmesser hervor und amüsierte sich über Porsins Versuch, nicht zurückzuzucken.

»Schneide Borvic den Kopf ab, Porsin. Jetzt!«

Porsin wurde blass und es lief ihm eiskalt den Rücken hinunter.

»Ich ... kann nicht ...«, stammelte er. Dann beugte er sich vornüber und erbrach sich.

Jägermann lächelte und nickte Schlitz zu. Der ging zu Porsin und hielt ihn fest.

»Ich werde dir zeigen, wie man es macht«, sagte Jägermann, und Porsin wehrte sich und schrie, als das Messer unterhalb des Ohres in seinen Hals drang.

»Zwei Köpfe sind besser als einer, pflegte mein Großvater immer zu sagen«, brummte Jägermann etwas später.

Kapitel 10

Klimt und seine Gefährten beobachten die Madjaren mit Abscheu; und Jakob Wald findet im Wald Zuflucht

Klimt und die anderen beobachteten, wie der Hubschrauber plötzlich abhob, kurz die Baumkronen überflog und wieder etwas oberhalb des Platzes landete, von dem aus die Männer durch den Wald zu den Leichen der vier Erschossenen hinuntergegangen waren. Die Männer stiegen in den Hubschrauber. Der hob erneut ab und flog zu der Stelle zurück, wo er zuerst gelandet war. Dort stiegen die Männer aus und schienen zu warten. Auf noch mehr Männer?

Die beiden Männer, die mit den vieren, die erschossen wurden, heraufgekommen waren, gingen langsam zu ihrem Lastwagen zurück, setzten sich hinein und rauchten.

Plötzlich war alles ruhig, abgesehen von dem Tosen des großen Wasserfalls hinter ihnen, aber Klimt befahl ihnen zu bleiben, wo sie waren, und bedeutete auch Kobrin dasselbe zu tun, als dieser erneut unterhalb von ihnen am Waldrand auftauchte, zum Zeichen, dass mit Lunar und den anderen alles in Ordnung war.

Klimt betrachtete die Leichen, die man auf den Weiden zurückgelassen hatte. An einer flatterte etwas Weißes in dem leichten Wind, der über die Hänge wehte, wie eine Warnung an sie, sich noch eine Weile fern zu halten und zu verstecken: Menschen und ihr ganzes Tun waren unberechenbar …

»Klimt, schau!«

Rohan hatte sie zuerst gesehen, weit drüben im Südwesten, wo das Tal zum Moorland hin leicht anstieg: zwei Wölfe, nein, drei … und einer von ihnen …

»Dendrines Sohn …«

»… und Dendrine.«

»Die Madjaren …«

Sie kamen ganz gemächlich die Straße entlang, der Sohn vorneweg und unverkennbar, der zweite, ein Rüde, in der Mitte, und die hagere und rötliche Dendrine als Schlusslicht. Drei stumm in einer Reihe. Gelegentlich schnüffelten sie auf der Straße und hoben ihre Köpfe in den Wind, der von Westen kam und somit in Klimts Richtung blies.

»Seht ihn euch an!«, murmelte Tervicz. »Seht ihn euch nur an!«

Dendrines Sohn blieb stehen und starrte in ihre Richtung, als hätte er die Bemerkung gehört, was unmöglich war.

»Für einen Moment dachte ich, er hätte uns entdeckt«, sagte Klimt, »aber wahrscheinlich hatte er den Wasserfall gehört, selbst gegen den Wind, und jetzt hat er ihn gesehen.«

»Er ist … er ist …«, flüsterte Elhana mit einem Schauder des Entsetzens.

Dendrines Sohn war um einen Kopf größer als der andere Rüde und schien fast doppelt so groß zu sein wie seine Mutter.

Um einen Kopf größer – und was für ein Kopf. Riesig und facettiert wie ein Edelstein, die Augen düster und schräg, und obwohl es aus so großer Entfernung nicht genau auszumachen war, hatte man den Eindruck, dass der Blick dieses Wolfs, dieses Monsters, hart und grausam war.

Doch im Gegensatz zu der rauen Feindseligkeit, die seine stattliche, düstere Präsenz auszustrahlen schien, wenn er still dastand und in die Gegend starrte, waren seine Bewegungen seltsam fließend, als bewegte sich der Boden unter ihm und nicht er sich auf dem Boden. Seine Vorder- und Hinterläufe waren ungeheuer lang und seine Flanken stark und muskulös.

Seine ganze Haltung, die Art, wie er die Straße entlangging, ohne Furcht vor den Wölfen, deren Revier er unbefugt betrat, verriet, dass jetzt er, Dendrines Sohn, Anführer der Madjaren war und kein anderer.

Er blieb stehen, witterte am Boden, hob den Kopf und sah in seiner entschlossenen und Furcht erregenden Art die Straße hinunter zu dem verlassenen Fahrzeug. Dann wanderte sein Blick hinauf zu den Hängen, wo die Leichen lagen. Plötzlich rannte er kraftvoll und mit ungeheurem Tempo geradewegs den Hang hinauf zu den toten Männern. Seine Vorder- und Hinterläufe holten weit aus, sein ganzer Körper war in rhythmischer Bewegung, jung und fit und kraftvoll wie die Sommersonne. Er war auf seine Weise schön, aber diese Schönheit war fehlerhaft, verderbt und in gewisser Hinsicht ekelhaft, etwas Böses, dessen Wesen und Bedeutung den Wölfen noch nicht klar war, aber das sie spürten und das ihnen Angst machte.

Dendrines riesiger Sohn rannte direkt zu den Menschen, umrundete sie, beugte den Kopf zu einem hinab, als wollte er wittern und kosten, und dann rannte er den Hang wieder hinunter, zurück zu seiner Leitwölfin, seiner Mutter, seiner … Schwachstelle. Er näherte sich ihr und sie ging ihm entgegen; sein riesiger, dunkler, brutaler Kopf neigte sich zu ihr hinab und so tief sich ein Riese vor einem Zwerg beugen kann, beugte er sich vor ihr.

»Mein Süßer, mein Lieber«, hatte sie ihn vor Jahren genannt, als Klimt zum ersten Mal zum Steilfeld gekommen und er diesem Paar in der großen Felsenrinne begegnet war.

Die Art, wie er jetzt mit ihr sprach, auf ihre Worte wartete, zusah, wie sie an ihm vorbeiging und zu den Leichen oben auf dem Hang hinaufsah, offenbarte seine Lebenssituation. Sie, die ihn geboren, aufgezogen und unterrichtet hatte, beherrschte ihn. Er war der Führer der Madjaren, aber sie war seine Welt.

Klimt brauchte seine Begleiter nicht zu ermahnen, sich ruhig zu verhalten, und er wusste, dass sie nicht gesehen werden konnten. Er brauchte auch nicht zu erklären, warum er die drei Madjaren nur beobachtete und sie nicht aus ihrem Revier vertrieb. Sie hatten so oft von Dendrine und der madjarischen Führung gesprochen und sich über Dendrines Sohn Gedanken gemacht, dass sein plötzlicher Anblick – und es konnte nur er sein – sie gefangen nahm und faszinierte. Drei Madjaren konnten gegen ihr Rudel wenig ausrichten. Aber sie konnten viel lernen, wenn sie einen beobachteten, der so kühn war und unbefugt ihr Revier betrat.

Klimt machte sich eher Sorgen wegen Kobrin, der unweigerlich aus dem Wald herauskommen und die Leichen untersuchen würde.

Kobrin tauchte lautlos am Waldrand auf.

»Er will nachsehen, ob wir sie entdeckt haben. Er deutet an, dass Tare dort unten Wache hält. Er ...«

Die Madjaren setzten ihren Weg entlang der Straße fort und gingen noch nicht zu dem Platz, an dem die Leichen lagen. Anscheinend wollte Dendrine sich zuerst das Fahrzeug ansehen.

»Folgt mir«, sagte Klimt. Er nutzte das Interesse der Madjaren an dem Fahrzeug dazu, sich aus der Deckung der Geröllhalden zu stehlen und rasch unten im Wald Schutz zu suchen. Sie bewegten sich in einer Linie im Schutz von Bodensenken, um nicht entdeckt zu werden.

Die Madjaren erreichten eben das Fahrzeug. Als der zweite Rüde sich umschaute, waren die Wölfe bereits außer Sichtweite. Klimt beeilte sich und lief in den Wald, in dem Kobrin ihn erwartete.

»Lunar ist bei Raute und hat sie näher zum Bach gebracht, wo sie in Sicherheit ist; Tare beobachtet vom Waldrand aus die Madjaren.«

Die Wölfe folgten ihm durch den Wald, sie gingen schnell, aber vorsichtig, damit sie kein Geräusch machten und die Ringeltauben nicht aufscheuchten, die in Teile des Waldes zurückgekehrt waren. Kurz darauf waren sie bei Tare. Sie hatte ihren Wachposten gut ausgewählt, denn er lag ganz im Schatten der Bäume, und ein paar herabhängende Zweige versperrten von außen die Sicht, sodass es fast unmöglich war, sie zu entdecken, und wenn, dann höchstens durch Witterung oder Geräusche – aber der Wind wehte von den Hängen herüber, und außerdem wussten sie, dass sie sich absolut ruhig verhalten mussten.

Die Stelle lag direkt oberhalb des verlassenen Fahrzeugs; rechts, auf fast derselben Höhe wie die Wölfe, lagen die Leichen der vier Männer. Das weiße, flatternde Etwas, das sie vorher von den Felsen aus bemerkt hatten, war ein Stofffetzen von der Kleidung eines Toten.

Die Leichen lagen wahllos verstreut, die Hände und Köpfe graurosa; bei zweien von ihnen befand sich an der Stelle, an der früher einmal der Kopf gewesen war, nur noch zerfetztes Fleisch, Knochen und glänzendes Muskelgewebe.

Die Madjaren sprangen in das offene Fahrzeug hinein und wieder heraus, aber immer nur einer nach dem anderen, nie mehrere gleichzeitig, und während einer das Fahrzeug untersuchte, starrten die anderen meist zum Waldrand hinauf.

»Sie wissen, dass wir hier sind, Klimt«, flüsterte Kobrin. »Wir könnten sie überwältigen – oder sie zumindest erschrecken.«

Klimt schüttelte den Kopf. Er wollte diese erste Gelegenheit dazu benutzen, den Anführer und die Leitwölfin der Madjaren aus nächster Nähe zu beobachten.

»Elhana, Tervicz, Tare – bezieht an einer Stelle zwischen uns und Lunar und Raute Stellung. Im Falle eines Rückzugs werden wir eine zweite Verteidigungslinie brauchen.«

Klimt war in solchen Dingen immer vorsichtig, was sich schon sehr bald als äußerst klug erweisen sollte, auch wenn alle drei nur ungern den Anblick dieser außergewöhnlichen und abscheulichen Wölfe dort unten auf der Straße verpassten. Denn eben wandte sich Dendrines Sohn wieder in die Richtung, aus der sie gekommen waren, hob den Kopf und ließ ein seltsam schroffes, abgehacktes Signalgebell ertönen.

Fast unmittelbar darauf tauchten drei weitere Madjaren am südlichen Horizont auf, wo sie offenbar auf der Lauer gelegen hatten, und kamen die Straße entlanggetrottet, um sich ihren Gefährten anzuschließen.

Aus einiger Entfernung rief einer von ihnen: »Die legendären Wölfe der Zeit drücken sich also in ihrem Wäldchen herum, oder, Führer?«

Dendrines Sohn, Führer, lachte, nickte mit seinem gewaltigen Kopf und suchte bei seiner Mutter Bestätigung. Sie lachte auch, und alle blickten dreist in Richtung Wald, als wüssten oder ahnten sie, dass sie beobachtet wurden. Kobrin knurrte verärgert und frustriert.

»Wir bleiben, wo wir sind, und beobachten«, erklärte Klimt entschieden. »Denk daran, Solar, indem man seinen Feind beobachtet, lernt man am besten, ihn zu beherrschen. Ich habe nicht vor, mich auf einen Kampf mit den Madjaren einzulassen, damit sie uns auf die Straße und ins Moorland locken, das ihr Revier ist. Abgesehen davon will ich diesem ... diesem Führer und seiner Mutter keine Gelegenheit geben unsere Stärken und Schwächen einzuschätzen.

Ebenso bezweifle ich, dass er es riskieren wird, in den Wald vorzudringen, der unser Revier ist, ohne zu wissen, wo und wie viele wir sind. Darum bleibt, wo ihr seid, rührt euch nicht und verhaltet euch ruhig, egal, was diese unverfrorenen Wölfe auch tun mögen – es sei denn, ich gebe ausdrücklich einen anderen Befehl.«

Solar und die anderen nickten stumm, beeindruckt von seiner Gelassenheit. Klimt gab ihnen das Gefühl, die Situation im Griff zu haben.

Die Madjaren unterhielten sich leise und behielten dabei den Wald im Auge. Dann hoben sie ihre Schnauzen in Richtung der Leichen. Einer der Rüden schickte sich an loszulaufen, aber mit einem gewaltigen Schwung seines Kopfes versetzte Führer ihm einen Schlag, dass er auf die Seite fiel, und mit einem Satz war er auf dem Rücken des Bösewichts und tat so, als wolle er ihn zerfleischen.

»Meiner«, hörten sie ihn sagen und dann rief er: »Dendrine, meiner!«

»Natürlich, Lieber«, krächzte Dendrine. Ihre Stimme war nicht nur dünn und schrill, sondern hatte auch einen seltsamen mütterlich-klagenden Unterton. »Warum gehst du nicht und vergnügst dich beim Fressen ...?«

Führer nickte, schaute gierig in Richtung der Leichen, ging ein oder zwei Schritte vorwärts und rannte dann mit derselben erstaunlichen Kraft und Schnelligkeit wie zuvor den Hang hinauf, wie ein Junges, dem seine Mutter erlaubt hat, eine Weile spielen zu gehen.

Mit einem Satz war er bei der Leiche, die dem Platz am nächsten lag, von dem aus die Wölfe in stummer, grausiger Faszination beobachteten.

Führer leckte die Wunde, wo einmal der Kopf gewesen war, und schien daran zu saugen. Er trat zurück und neigte seinen missgestalteten Kopf etwas zur Seite, als überlegte er, wo er anfangen sollte. Er schnappte nach dem weißen, flatternden Stofffetzen, zerrte und riss daran und bewegte sich dabei methodisch hin und her. Auf diese Weise riss er dem Toten buchstäblich die Kleidung vom Leib und entdeckte darunter zerfetztes, blutiges Fleisch.

Ein Arm des Mannes hob sich, als Führer seinen Kopf darunter schob, um ein Stück Stoff unter dem Leichnam hervorzuziehen; der Arm hob sich und legte sich um Führers Hals, und die Hand schien nach seinem Pelz zu greifen. Es war eine sonderbar sanfte Geste des Toten, als wollte er den Wolf mit einer Art Umarmung begrüßen. Sie vernahmen Dendrines Lachen und sahen, dass die anderen Madjaren ein Stück den Hang hinaufgegangen waren, aber noch respektvoll Abstand hielten und warteten, bis ihr Anführer sich einen Leckerbissen ausgesucht hatte, ehe sie es wagten, sich an dem Festmahl zu beteiligen.

Führer stieß seine Zähne in den aufgedunsenen Magen des Mannes und zerrte daran, wandte sich dann aber einen Moment ab, als habe er etwas gekostet, das er nicht mochte. Als der Arm ihm übers Gesicht rutschte, fuhr er plötzlich mit lautem Knurren herum, packte den Arm unterhalb der Schulter mit seinen Zähnen, zermalmte ihn zwischen seinen mächtigen Kiefern und riss ihn mit einer gewaltigen Drehung und einem heftigen Ruck ab, als handelte es sich um ein noch junges Glied.

Dann warf er den Arm auf schamlose Weise in hohem Bogen in die Luft, bevor er ihn der Länge nach wieder auffing und Unterarm und Hand aus seinem Maul heraushingen. Während er mampfte und kaute, dass die Hand sich bewegte und zuckte, als sei sie lebendig, drehte er sich noch einmal um und stürmte auf den Wald zu, von wo aus die Wölfe ihn beobachteten.

Dann blieb er stehen, riesig und Furcht erregend, mit der immer noch zuckenden Menschenhand, und bot den Schatten und seinem Feind die Stirn.

Zum ersten Mal sahen sie von ihrem Versteck aus seine Augen. Sie waren dunkel, das Weiße rot umrandet, und sein Blick so brutal und rücksichtslos wie der Tod. Sein seltsam verzerrter Kopf, der größer war als Kobrins, drückte mutwillige Zerstörung und Verachtung aus.

Führer runzelte kurz die Stirn, hörte auf zu kauen und spuckte die Hand auf den Boden, als wäre sie eine Opfergabe für die Wölfe, von denen er wusste, dass sie da waren, und eine Herausforderung an die Wölfe, gegen die er eines Tages kämpfen würde.

Er wandte sich gleichgültig ab, ohne Angst angegriffen zu werden, und ging gemächlich zu den Leichen zurück, um sein Mahl fortzusetzen. Schließlich näherten sich seine

Freunde und Gefährten und seine hagere Mutter den Leichen, zerrten an den Kleidern, wie er es getan hatte, und fingen gierig an zu fressen. Jedes Mal, wenn sie die Köpfe hoben und sich umschauten, sahen sie grässlicher und blutiger aus.

Während die Wölfe im Schutz des Waldes wie angewurzelt dastanden und das schauerliche Geschehen verfolgten, redeten und lachten die Madjaren bei ihrem Festmahl wie ein Rudel, das erfolgreich einen Hirsch zur Strecke gebracht hatte. Einige fraßen so viel, dass sie am Ende halb verzehrte Brocken von Menschenfleisch erbrachen.

Irgendwann sonderte sich Dendrine von den anderen ab, ging zu der Stelle an der Führer gestanden hatte, und starrte in den Wald hinein, in die unsichtbaren Augen der Wölfe. Der Pelz ihres Gesichts war blutverschmiert und die Wölfe sahen, dass ihr ganzer Körper mager, ausgemergelt und alt war, während ihr Blick eiskalte Grausamkeit, Lebensverachtung und schiere Machtgier verriet.

Plötzlich sprach sie mit rauer Stimme und so laut, dass die Madjaren bei ihrem Mahl innehielten, sich umdrehten und lauschten.

»Seht ihr uns? Seht ihr *ihn*?«, sagte sie. »He, Klimt von Tornesdal, wer wird sich denn im Schatten kaputter Bäume herumdrücken? Falls du nicht da drin bist und dich vor Angst voll scheißt, solltest du es besser tun. Du hast Zänker getötet, meinen Gefährten und meinen Führer, meinen Führer und meine Liebe. Dafür sollst du bestraft werden. Ja … o ja …«

Ihr widerliches Grinsen verriet, dass Strafe für sie ein Vergnügen war und Ausdruck eines Bedürfnisses und eines Verlangens, das sie nie ganz befriedigen konnte.

»Deine Söhne, Klimt und mein lieber Sohn, mein Junges, sollten zusammen spielen. Sie sollten zusammen im Gras herumtollen – hä, Führer? Hörst du? Deine Mutter möchte, dass du mit Klimts Söhnen spielst die, wenn ich recht informiert bin, Solar und Lunar heißen. Sehr nett. Würdest du gern mit ihnen spielen?«

Führer nickte, rollte mit den Augen, spuckte den Rückenwirbel eines Menschen aus und war mit ein, zwei, drei Sätzen bei seiner Mutter.

»Mit ihnen spielen? Ich werde ihre Läufe fressen, damit sie nur noch komisch humpeln können.«

Dendrine lachte sich halb krank über diesen Witz, keuchte und hustete, dass ihr die Augen tränten.

»Ich werde Klimts Söhne auf grausamste Weise töten, Mutter, nur für dich.«

»Nun, meine Lieben, jetzt wisst ihr, was euch jenseits des Moorlandes erwartet: ich, mein Sohn Führer und die madjarischen Horden. Wir kommen bald, und dann werdet ihr sterben. Was?«

Klimt brauchte alles, um seine Gefährten davon abzuhalten, sich aus dem Schutz der Dunkelheit auf die gemeine Wölfin zu stürzen, was den Madjaren nur recht gewesen wäre. Aber angesichts des Zahlenverhältnisses würden bei einem Kampf entweder einer oder gar mehrere seiner Gefährten schwer verletzt oder getötet, und das war die Sache nicht wert. Ein kluger Wolf wartet den rechten Augenblick ab.

Langsam und unbekümmert eine Spur von Menschenblut zurücklassend, kehrten Dendrine und Führer zu den anderen zurück, die neben den zermalmten und zerfetzten Leichen standen. Dann trotteten die Madjaren plaudernd und lachend den Hang hinunter und die Straße entlang in Richtung Moorland, wo sie am Horizont auf andere stießen, die dort außer Sichtweite gewartet hatten – zweifellos wollten sie sich den Wölfen zeigen und ihre Stärke demonstrieren. Klimt hatte gut daran getan, Zurückhaltung zu üben.

»Lasst sie ruhig gehen …«, knurrte Klimt und kein einziger von den Wölfen rührte sich, als die Madjaren ihren Blicken entschwanden.

»Und wer zum Teufel ist das, Sir?«, brummte Schlitz neben Jägermann, als Wald endlich aus dem Gebüsch auf der anderen Seite des Tales auftauchte, in Richtung Straße ging und dann auf sie zusteuerte.

In den Funkgeräten knackte es, Anweisungen wurden

durchgegeben, und Jägermann lächelte. »Er kann ungehindert passieren«, sagte er, »er ist unbewaffnet.«

»Aber wer ist er, Herr Präsident?«, fragte Schlitz noch einmal. Es war sein Job, Fragen zu stellen, und er wagte es als Einziger in Jägermanns Umgebung, nötigenfalls hartnäckig zu sein.

»Der bedeutendste lebende Experte für europäische Wölfe«, sagte Jägermann leise und hob das Fernglas, um Walds Ankunft bei den Leichen zu beobachten. »Außer mir.«

Wald sah Porsins Kopf im selben Moment, als dieser ihn von seinem Sockel aus Grasbüscheln anstarrte, wo Jägermann ihn wohl überlegt platziert hatte. Ein Auge war offen, das andere halb geschlossen, und der Unterkiefer hing herab. Es war fast das Entsetzlichste, was er je gesehen hatte. Wald kämpfte mit den Tränen und schluckte, blieb aber nur kurz stehen. Auf seiner Reise hierher hatte er noch viel schlimmere Dinge gesehen, und es konnte ihn so leicht nichts mehr erschüttern. Aber als sein Herz schneller schlug und er weiter den Hang hinaufging, war er sich auf einmal sicher, dass ihn jetzt gerade jemand im Visier hatte, vermutlich Jägermann. Stehen zu bleiben wäre ein Zeichen von Schwäche und Furcht, und beides zusammen bedeutete den Tod.

Borvics Kopf lag halb auf der Seite, der ausgefranste Hals nur noch blutiges Fleisch, Knochen und Sehnen. Die Leichen … Wald ging weiter, denn er wusste, dass Jägermann ihn erschießen konnte, wann immer er wollte, aber wahrscheinlich würde er es nicht tun. Anscheinend bereitete es Jägermann Vergnügen, alles unter Kontrolle zu haben, zu wissen, was er tun konnte, und die Wahl zu haben, es nicht jetzt, sondern später zu tun. Es machte ihm also Spaß, den richtigen Zeitpunkt auszuwählen. Jägermann bildete sich gerne ein, er könnte Gott spielen.

Voller Misstrauen setzte Wald seinen schrecklichen Marsch fort, vorbei an den gleichgültigen Wachen, vorbei an den Köpfen, vorbei an den Leichen, nach Fluchtwegen

Ausschau haltend, oben zwischen den Felsen, im Wald und hier unten. Mithilfe der Landkarten, die er bekommen hatte, hatte er sich mit der Gegend vertraut gemacht, und jetzt sah er alles in natura, Felsen, Vegetation, einzelne Bäume.

Er beobachtete, wohin die Saatkrähen sich flüchteten; er versuchte genau zu erkunden, welche Wege die Wölfe, die er in den letzten zwei Tagen gesehen hatte, gegangen sein mussten, um zurück zum Moorland zu gelangen, von wo sie gekommen waren. Und dann waren da noch die Wölfe im Wald, die nur beobachteten, ein anderes Rudel. Wölfe – er bezweifelte, dass Jägermann sie gesehen hatte. Sie waren jetzt noch da, er konnte es spüren.

»Herr Doktor!«, rief Jägermann von seinem Aussichtspunkt herab. »Ich hoffe, Sie hatten eine unbeschwerte Reise?«, sagte er mit einem süffisanten Unterton.

Sein Blick war kälter als zuvor und triumphierend, und er konnte nicht umhin, ihn an Wald vorbei hinüber zu den Leichen schweifen zu lassen. Jägermanns Wangen waren gerötet, die Augen wachsam. Wald hatte absolut keinen Zweifel, dass Jägermann ihn zu töten beabsichtigte: Er wusste zu viel über Wölfe, mehr, als er sollte, und jetzt …

»Kommen Sie, ich lade Sie zu einem Rundflug ein.«

Jeder Widerstand war zwecklos, denn Jägermanns Kumpan Schlitz hätte ihn auf der Stelle erschossen. Als Wald in den Hubschrauber stieg, sah er sich in Gedanken schon aus viertausend Metern in die Tiefe stürzen, hoch genug, um während des Falls jede Spalte in den Felsen zu erkennen.

Als der Hubschrauber abhob, lief ihm der kalte Schweiß über den Rücken.

Aber dann redete Jägermann über Wölfe und Menschen und überflog jenes nebelverhangene Gebiet, in dem sich, wie er sagte, der sagenumwobene Wulfsfelsen befinden musste.

»Mein Herzland, Wald, mein ganz eigenes, wenn ich nur Zeit hätte, es zu suchen; aber die Staatsgeschäfte …«

Der Hubschrauber drehte und flog auf demselben Weg

zurück und Wald bezweifelte jetzt, dass er noch mehr als zehn Minuten zu leben hatte, sofern sein Zeitgefühl ihn nicht im Stich ließ. Er glaubte das an der Entschlossenheit zu erkennen, mit der Schlitz sein Gewehr hielt.

Auf dem Rückflug erzählte Jägermann ihm, wie er vor vielen Jahren als Junge zum ersten Mal hierher gekommen war und wie er jene Schafhirten getötet hatte, die ihn gefangen genommen hatten.

»Erinnern Sie sich noch an den Baum, an den Sie gefesselt wurden?«, fragte Wald bei der Landung.

Jägermann zuckte die Schultern; nun, da der Spaß fast vorbei war, verlor er das Interesse. »Vielleicht«, sagte er.

Jägermann warf einen Blick auf Schlitz, der wiederum Wald ansah.

Es ging nur um den richtigen Zeitpunkt und Wald dachte an die Wölfe und versuchte, Ruhe zu bewahren.

»Es ist ein historischer Baum, Herr Präsident, an den Sie gefesselt wurden, und es wäre gut, ihn zu berühren.«

Jägermann zuckte erneut die Schultern und lächelte, denn er genoss diese indirekten Schmeicheleien, und ganz spontan ging er voran, den Hang hinunter Richtung Wald.

»Wälder verändern sich«, murmelte er. Seine Neugier erwachte, sein Blick wanderte hin und her. »Aber ich erinnere mich an die paar Felsen dort oben, nicht weit entfernt nur …«

Der Weg führte an einer alten Kiefer vorbei, deren Wurzeln sich in den Fels bohrten, und beim Hinabsteigen hielt er sich an ihr fest, um das Gleichgewicht nicht zu verlieren. Er drehte sich sogar, um und streckte Wald die Hand hin, um ihm hinunterzuhelfen.

Sollte dies der Augenblick seiner Hinrichtung sein, mit Schlitz im Rücken?

»Danke, Herr Präsident!«, sagte Wald und sprang herab; für einen kurzen Moment ruhte seine Hand in Jägermanns. Ein höchst sonderbares Gefühl, so als reichte man seinem eigenen Mörder kurz vor der Tat die Hand.

»Sollen wir uns verteilen und die Felsen suchen?«

Noch während er das sagte, erkannte Wald an Jägermanns wiederholtem Lächeln und dem gelangweilten Blick, den er Schlitz zuwarf, dass er wohl der Meinung war, ihr Opfer sollte sie nicht für so dumm halten, und er fuhr mit dem fort, was er schon lange sagen wollte: »Wölfe, Herr Präsident, Wölfe sind in der Nähe.«

Jägermann erstarrte und flüsterte versonnen: »Wölfe, oh ja ...«

Es war, als könnten sie beide sie förmlich riechen. Den Baum, an den Jägermann einst gefesselt worden war, hatten sie ganz vergessen.

»Herr Präsident«, flüsterte Wald und glitt etwas zur Seite, »ich werde nachsehen, ob ...«

Schlitz richtete das Gewehr auf Wald, aber Jägermann gab ihm ein Zeichen, es gut sein zu lassen, denn Wölfe haben Vorrang vor einem Mord, wenn auch nur für ein paar Augenblicke.

Wald war nicht mehr als drei Meter von seinen angehenden Mördern entfernt, als er, hangabwärts und halb zwischen Bäumen versteckt, einen Wolf bemerkte, den er kannte und der unverwandt mit gespitzten Ohren in seine Richtung schaute: ein Wolf, den er viel öfter im Geiste als im wirklichen Leben gesehen hatte.

Der baltische Wolf, der Wolf, den er später wieder fand.

Klimt. Der Name tauchte aus Wulf weiß was für einem Labyrinth von Assoziationen und Erinnerungen vor ihm auf.

»Klimt, hilf mir jetzt, so wie einst ich ...«

Der Wolf sah regungslos zu ihm hinauf, dann wandte er sich um, um voranzugehen, und zeigte Wald einen Spalt in einer großen Zeitmauer, durch den er jetzt schlüpfen musste, wenn er nicht sterben wollte.

Jägermann rührte sich nicht, Schlitz war unruhig und beide schauten für einen Augenblick in eine andere Richtung, als suchten sie die Wölfe. Die Zeit war gekommen.

Es war so weit ...

... und Jakob Wald warf seine Vergangenheit ab und entschwand hangabwärts. Auf einmal war es so leicht, alles, alle Personen, alles, was er jemals gekannt hatte, zurückzulassen. Einen Moment war er da, und im nächsten war er schon wieder fort und drehte sich im Kreis, den Hang hinunter und wieder hinauf, hinüber Richtung Wasserfall und wieder zurück, selbst als über ihm und tief unten Funkgeräte knackten.

Er bildete sich ein, Jägermanns anerkennendes Lachen zu hören, weil er so gekonnt im dunklen Wald verschwunden war, und dass Schlitz seine Waffe auf die Bäume richtete, die keine Geschichte von Menschen oder Wölfen erzählten, und er glaubte, Jägermanns feste Absicht zu spüren, ihn eines Tages wieder aufzuspüren.

Aber nicht heute: Ein kluger Jäger verschwendet seine Energie nicht damit, den Adler zu jagen, der davongeflogen, oder den Fisch, der in einen anderen Teich gesprungen, oder den Wolf, der geflohen ist. Stattdessen wartet er, und Jägermann würde warten und sich anschleichen, und warten und sich erneut anschleichen, bis er Wald eines Tages wieder im Visier hatte.

Später legte Wald sich nieder und spürte die Wärme des Wolfes, der vor ihm dort gelegen hatte, und nahm seinen Geruch wahr. Wald wagte es, die Augen zu schließen, und wartete, dass der Hubschrauber abflog. Dann wartete er noch zwei Tage, um sicherzugehen, dass Jägermann auch tatsächlich mitgeflogen war.

Als Wald sich schließlich von seinem Lager erhob, war ihm klar, dass er der einzige Mensch in einem von freundlichen Wölfen bewohnten Wald war, und dass sie ihn die Freiheit erleben lassen würden, die dort oben auf den Höhen herrschte. Er hatte jetzt alles hinter sich gelassen und hatte doch alles noch vor sich. Hier und jetzt wartete er auf das Flüstern des Windes und darauf, dass die Wölfe ihrem jüngsten Spross, ihrem schwächsten Bruder, zeigten, welchen Weg er gehen sollte.

Dies war der Augenblick, in dem Jakob Wald ein Wanderer wurde, der erste Mensch, der Demut bewies, und der Erste, der mit den Wölfen wandern und einen neuen Wolfsweg zu den Sternen finden wollte.

Drittes Buch

Das Ende des dunklen Jahrtausends

Kapitel 11

Raute tritt ihren Weg zu den Sternen an und Lunar entdeckt einen Wolfsweg, der war, ist und vielleicht noch sein wird

Die Raben von den Klippen oberhalb des Waldes beendeten das Mahl, das die Madjaren begonnen hatten. Alles in allem dauerte es drei Wochen. Dann war von den Leichen kaum mehr etwas übrig, und die Wölfe waren froh, als andere Menschen kamen und die Überreste beseitigten. Was den Menschen betraf, der sich zu ihnen gesellt hatte, so verhielten sie sich ihm gegenüber gleichgültig, nur Klimt beobachtete ihn aus einiger Entfernung, als suchte er die Lösung für ein Problem, mit dem er noch nicht ganz zurechtkam.

Die Madjaren, und insbesondere Dendrine und Führer, wie die Wölfe ihn von jetzt ab nannten, waren aufgetaucht, verschwunden und hatten sich nicht wieder blicken lassen. Aufgrund ihrer Beobachtungen stellten die Wölfe bald fest, dass sich immer noch lediglich eine geringe Anzahl von Madjaren im Moorland aufhielt. Ihren Anführern ging es offenbar darum, die Lage auszukundschaften, es konnte aber auch gut sein – und nach Kobrins Meinung war es vermutlich so –, dass die Madjaren sie unbemerkt beobachtet hatten und dass ihr sonderbares Unternehmen entlang der Straße und dessen schrecklicher Abschluss als simple, teuflische Warnung an die Wölfe dienen sollten: Die Madjaren gab es noch, sie waren wohlauf … und sie warteten den rechten Augenblick ab.

Der Vorfall hatte jedoch zur Folge, dass Klimt die Warnung des Wanderers wieder vergaß und sich nicht entscheiden konnte, ob er seine Bemühungen darauf konzentrieren sollte, mit den Madjaren fertig zu werden oder sich der Angst vor den Menschen zu stellen.

Die Menschen waren wie die Madjaren aufgetaucht und wieder verschwunden, und die Wölfe schienen weder

Richtung noch Ziel zu haben, so als warteten sie, wussten aber nicht worauf.

Der Wanderer war auch keine Hilfe. Er war den ganzen Winter über bei ihnen geblieben, hatte mit ihnen gesprochen, Legenden für sie herabgeheult und denen, die lernen wollten, alles beigebracht, was er wusste. Aber nun, da es wärmer wurde, schien er stiller zu werden und zu altern, sein Interesse an ihnen schwand.

Nicht, dass er weiterziehen wollte, obwohl er manchmal die vereisten Hänge zu dem Pass hinaufstieg, der hinunter zum Steilfeld führte, ganz allein, abgesehen von den Wölfen, die Klimt immer als Aufpasser hinterherschickte. Er verbrachte viel Zeit mit Raute und Lunar, und das Rudel hatte den Eindruck, dass sich bis zu Rautes Tod nichts ändern würde, ja, nichts ändern konnte. Vielleicht war es das, worauf das Rudel wartete.

Die ganze Zeit redeten sie über ihre Zukunft.

»Vielleicht wird sie niemals sterben!«, erklärte Tare eines Tages gereizt. »Wenn sie nicht bald stirbt, wird Klimt anfangen, darüber nachzudenken, mit uns zum Steilfeld zurückzukehren, nur … nur …«

Was sie zögerte hinzuzufügen, war: »Was sollte das?«

Elhana war nicht trächtig geworden, und deshalb würde das Rudel keine Jungen aufziehen müssen. Das bedeutete, dass höchstwahrscheinlich Tare zu Beginn des Sommers Anspruch auf den Posten der Leitwölfin erheben würde. War es das, worauf sie warteten?

Oder warteten sie darauf, dass Aragon, Stry und Jicin endlich zurückkehrten, vorausgesetzt, sie waren noch am Leben?

Oder … oder …

Ein paar Tage später, an einem warmen Tag, hatte Klimt nach eingehender Prüfung der Schneeverhältnisse oben auf dem Steilfeld erklärt, dass sie in etwa ein bis zwei Wochen dorthin zurückkehren würden; in der Zwischenzeit sollten sie Geduld haben.

»Geduld«, schrie Tare, »wird mein Tod und das Ende all meiner Hoffnungen sein!«

»Und wie sehen deine Hoffnungen aus, meine Liebe?«, fragte Elhana gereizt. Sie hatte die Anspielungen und Einwände ihrer Tochter allmählich satt. »He?«

Und Elhana zwickte in Tares Flanke und starrte sie ausdruckslos an, um zu sehen, ob diese etwas erwidern und mit ihr streiten würde.

»Mutter!«, protestierte Tare und zog sich wütend zurück. Sie hatte bereits beschlossen oben auf dem Steilfeld, wenn Elhana von der Jagd und vom Herumlaufen müde war, Zeit und Ort selbst zu bestimmen. Tare war nicht dumm.

»Tochter!«, ahmte Elhana sie mit ernstem Blick nach und wandte sich dann gleichgültig ab.

Genau in dem Moment erschien Lunar, was höchst ungewöhnlich war – in all den Tagen hatten sie ihn kaum mehr zu Gesicht bekommen. Es wurde still, denn sein Blick war noch düsterer als sonst.

»Ich glaube«, sagte er, »dass Raute bald sterben wird. Sie verlangt nach dir, Elhana, ihrer Leitwölfin, und nach Klimt; und ich glaube, sie möchte, dass der Wanderer mit ihr spricht.«

Ohne eine Antwort abzuwarten, drehte er sich um und ging den schmalen Pfad zurück zu dem Versteck tief im Wald in der Nähe des Baches, an dem Raute ihr Lager hatte.

Wenn eine Fähe im Sterben liegt, die einmal wie Raute Leitwölfin oder Ratgeberin war und die Jungen eines Rudelführers aufgezogen hat, dann will es der Brauch, dass die Leitwölfin des Rudels eine Zeit mit ihr allein verbringt bevor der Anführer Abschied nimmt.

Als Elhana und Klimt und die anderen zu dem Platz kamen, wo Raute lag – Lunar blieb ganz in ihrer Nähe, während die anderen etwas Abstand hielten –, wurde ganz offensichtlich, mit wem sie am liebsten sprechen wollte. Denn obwohl sie Elhana und Klimt zuzuhören schien, verriet die Art und Weise, wie sie mit dem Kopf zu nicken versuchte, als wollte sie sie dazu ermuntern, sich endlich zu verabschieden, wie sie sich mit ihren blinden Augen umsah und Lunar zuflüsterte: »Ist er hier? Du hast doch gesagt, der Wanderer würde kommen«, welchen Wolf sie am liebsten sehen wollte.

Dass sie dem Tod schon sehr nahe war, wurde auf schmerzliche Weise offenkundig. Sie atmete schwer und unregelmäßig, ihr Unterkiefer schien auf einer Seite herabzuhängen, und diejenigen, die sie schon ein paar Tage nicht mehr gesehen hatten, bemerkten sofort, wie sehr sie an Gewicht verloren hatte und dass ihre linke Flanke und ihre Hinterläufe wund gerieben waren. Zwischen ihr und Lunar herrschte ein vertrautes, zärtliches Verhältnis, das sich in jeder ihrer Bewegungen offenbarte – sie wurde unruhig, wenn er sich von ihr entfernte, und er tat sein Möglichstes, um ihren Gliedmaßen Entspannung zu verschaffen, ihr durch Verlagern des Kopfes das Atmen zu erleichtern und ihrem Rücken durch das Anhäufen von Erde und Streu mehr Halt zu geben.

Der Wanderer, der noch nicht beim Rudel war, als Lunar die Wölfe geholt hatte, war mittlerweile aufgetaucht und gesellte sich mit der üblichen Unbefangenheit und Würde zu ihnen, als sei eine Szene wie diese ihm vertraut und ganz natürlich.

Er ging direkt zu Raute. Ihr entspanntes Gesicht verriet, wie erleichtert sie war, und sie lächelte beinah. Als seine Pfote die ihre berührte, nickte sie dankbar und schob sie ihm hin zum Zeichen, dass ihr seine Berührung angenehm war; so als sei seine Berührung ihre letzte Verbindung zum Leben.

»Wanderer«, flüsterte sie, »du weißt, dass ich dem Tod nahe bin.«

Er nickte.

»Ich kann meinen Wolfsweg zu den Sternen fast sehen, und das ist das Erste, was ich seit Jahren gesehen habe!«

Ein Seufzer ging durch das Rudel ob dieses bewegenden Moments, und alle dachten daran, wie sehr ihnen Rautes trockener Humor und ihre Selbstironie fehlen würden. Ihr Leben war außergewöhnlich gewesen. Zu Zänkers Zeiten hatte sie erlebt, was es hieß, an der Spitze eines Rudels zu stehen, auf Dendrines Befehl hin war sie isoliert und verstoßen worden, bei den Wölfen hatte sie Zuflucht gefunden und einen Ehrenplatz bekommen, und jetzt, am Ende ihres Lebens, wartete sie auf einer Lichtung zwischen Kiefern am Ufer eines Waldbaches auf den Tod.

Obwohl sie alt und zu fast nichts mehr nütze und ihre Zeit vorbei war, bewies sie bis zuletzt Haltung, gute Laune, Mut, unersetzliche Erfahrung und Weisheit.

»Wanderer ...« Ihre Stimme versagte, denn sie wurde von einem Hustenanfall geschüttelt. »W... W... Wanderer«, begann sie noch einmal, »du hast so viel für dieses Rudel getan, dem ich die Ehre habe anzugehören. Du hast uns von Plätzen erzählt, die wir nicht kannten, und versucht, uns von der Beschäftigung mit Wölfen zur Beschäftigung mit den Menschen hinzuführen.«

Wieder nickte er und drückte ihre Pfote.

»Du hast eine Reihe von Dingen herabgeheult, angefangen mit deiner eigenen Lebensgeschichte, die dich auf der Suche nach einer Wölfin, von der du glaubst, dass es sich um Wulfin handelt, zum Baikalsee und von dort zum Herzland führte. Aber ... ich habe dich nie die Geschichte von der Entstehung der Wolfheit herabheulen hören, wie ich sie in meiner Jugend hörte und wie ich sie gelegentlich in Ausschnitten den Jungen hier erzählt habe. Es ist das erste richtige Geheul, an das ich mich erinnere, und ich bitte dich jetzt, mir diesen letzten Wunsch zu erfüllen und die Geschichte für mich zu heulen, damit sie mir die Kraft schenkt, meine Pfoten auf den Wolfsweg zu setzen, den ich zu sehen scheine, und meine letzte Reise anzutreten. Willst du das für mich tun?«

»Ja, Raute«, erwiderte er, »ich will.«

»Nimm die Geschichte, die Lunar hier begonnen hat, an der Stelle wieder auf, wo Hrein und seine geliebte Mistur auf die Erde kommen und die Wolfheit begründen ... Es würde mir Freude bereiten, und ich denke, diese ... Jungen ...«

»Sie sind keine Jungen mehr, Wölfin«, sagte der Wanderer leise.

»Für mich sind sie es, Wanderer. Vielleicht wird ihnen die Geschichte genauso gefallen wie mir, und sie werden etwas dabei lernen. Wirst du sie für mich heulen?«

»Ja«, sagte der Wanderer.

Es herrschte absolute Ruhe unter den Wölfen, und auch im Wald war es still, nur ein Schwarm Stare, die sich plötzlich in kleinere Schwärme aufteilten, um im Sturzflug vom blauen Himmel herabzustoßen und sich auf den umliegenden Bäumen niederzulassen, schwatzten noch kurz, bevor auch sie verstummten, abgesehen von gelegentlichem Flügelschlagen und Scharren mit den Klauen.

»Wisst ihr noch, wie Hrein beschloss, ein sterbliches Wesen zu finden, dem alle anderen huldigten?«

»Ja«, flüsterte Raute, »natürlich!«

Die anderen nickten, und der Wanderer begann zu heulen …

Hrein und Mistur stahlen sich fort von den Göttern und den Sternen und begaben sich bei Tagesanbruch hinab in die Sterblichkeit, und so begann ihr Leben auf der Erde. Hrein nahm zuerst die Gestalt eines winzigen Lebewesens im Meer an, wobei Mistur ihn unter und über der Wasseroberfläche bewachte.

In dieser mit bloßem Auge nicht erkennbaren Gestalt ließ Hrein sich von einer Kreatur verzehren, die größer war als er selbst, wenngleich immer noch winzig, und in die er sich dann verwandelte, diese Kreatur wiederum wurde von einer noch größeren verspeist, und so nahm Hrein wieder eine neue Gestalt an.

Auf diese Weise verwandelte sich Hrein der Reihe nach in sämtliche Meerestiere, große und kleine.

»Unter ihnen ist kein Lebewesen, das alle anderen Tiere auf der Erde beherrschen könnte«, erklärte er schließlich, »und damit ist meine Suche fehlgeschlagen.«

»Aber welches Tier ist im Meer das Klügste und Mächtigste von allen?«, fragte Mistur.

»Der Wal«, erwiderte Hrein prompt.

»Dann werde ich bei meiner Rückkehr in die Unsterblichkeit meinen Vater Kaldr bitten, den Wal zum Herrscher der Meere zu machen.« Und so geschah es.

Hrein verließ schließlich das Meer, als der Wal, dessen Gestalt er angenommen hatte, dem Tod nahe war, und ließ sich von einem Seeadler verspeisen, der sich von dem Fleisch des sterbenden Wals ernährte. In dieser neuen Gestalt und in Begleitung Misturs begann er mit der Erforschung der Vogelwelt. Wieder verwandelte er sich in alle Vogelarten zu Land und zu Wasser.

»Unter ihnen ist kein Vogel, der über all die anderen Tiere herrschen könnte«, sagte er schließlich.

Wieder erkundigte sich Mistur, welcher Vogel der Klügste und Mächtigste war.

»Der Goldadler«, sagte Hrein.

»Ich werde meinen Vater bitten, ihn zum Herrn der Lüfte zu machen«, erklärte Mistur.

Schließlich wurde Hrein ein Landlebewesen. Als Erstes nahm er die Gestalt eines Schneeleoparden an, der den Adler verzehrte, der er zuvor gewesen war.

So viele Jahre probierte Hrein in Begleitung Misturs die verschiedenen Lebensformen an Land aus, dass die Götter schon anfingen, ihn zu vermissen, denn seine verschmitzte Art amüsierte sie, und sie vermissten auch Mistur, die es wie keine zweite Göttin verstand, ihre Schönheit zu verändern.

Endlich hatte Hrein alle tierischen Lebensformen ausprobiert und in seiner letzten Inkarnation als Mensch, der inzwischen alt und krank war und bald sterben würde, meinte er erschöpft: »Mistur, ich habe sämtliche Lebensformen an Land ausprobiert, aber keine ist dazu geeignet, über alle Tiere auf der Erde zu herrschen. Alle fürchten einander zu sehr, um die Führerschaft eines anderen zu akzeptieren oder es zu wagen, sich selbst als Führer anzubieten.«

»Aber die Meerestiere haben unter der Herrschaft des weisen Wals zu einer neuen Ordnung gefunden«, erklärte Mistur. »Und am Himmel herrscht unangefochten der Goldadler, und alle wissen, wo ihr Platz ist. Also sag mir, mein lieber Hrein, welches Tier sich am besten dazu eignet, bei den Landlebewesen für Ordnung zu sorgen.«

»Ich wünschte, ich wüsste es!«, rief Hrein. »Aber ich weiß es nicht. Und nun bin ich als Mensch dem Tod nahe und kann mich in keine andere Lebensform mehr verwandeln, um meine Suche

fortzusetzen. Zweifellos wird dein Vater Kaldr mich in die Unsterblichkeit zurückbeordern, und er wird nicht sehr erfreut darüber sein, dass ich versagt habe.

Jedes Landlebewesen, das ich kennen gelernt habe, könnte aus dem einen oder anderen Grund eine Vorrangstellung beanspruchen, aber keiner würde die Herrschaft eines anderen akzeptieren. Nur in einem sind sie sich einig, was die Götter bereits wissen – dass ein Lebewesen gefunden werden muss, welches alle anderen als Herrn akzeptieren.«

»Du bist der Gott des Schalks und der List«, sagte Mistur. »Wer wäre besser dafür geeignet, ihnen einen Weg zu zeigen, wenn sie ihn nicht selbst finden können?«

Hrein nickte und setzte sich. Sein menschlicher Körper schmerzte und war erschöpft, und er war bedrückt.

»Ich muss mich hinsetzen und nachdenken«, erklärte er, »aber an so einem gefährlichen Ort wie diesem kann ein alter Mann wie ich leicht die Beute eines wilden Tieres werden. Deshalb, Mistur, stelle deine Geschicklichkeit unter Beweis und bringe mich an einen Ort, wo kein anderes Geschöpf lauert, und bewahre mich sicher in deinem Wirbelsog, bis ich einen Weg gefunden habe.«

Und Mistur führte ihren geliebten Hrein nach Norden.

»Ich bin müde«, sagte er, »lass mich hier ausruhen …«

Aber Mistur schüttelte den Kopf, denn ein seltsamer Wind des Schicksals trieb sie und Hrein in seiner sterbenden menschlichen Gestalt weiter, hierhin und dorthin.

Mistur führte ihn nach Osten und wieder sagte Hrein: »Lass mich hier ausruhen, das wird doch sicher gehen …«

Aber Mistur schüttelte den Kopf, der Wind blies immer noch beharrlich.

Dann wandten sie sich etwas nach Süden, in höhere Gefilde.

»Sicher geht es hier«, seufzte der erschöpfte Hrein, der kaum noch einen Fuß vor den anderen setzen konnte.

»Noch nicht«, flüsterte Mistur, denn sie begriff, dass dort, wo sie ihn letztlich hinführte, seine Suche ein Ende haben würde.

Bei Sonnenuntergang wandte sie sich schließlich nach Westen und entdeckte eine Rinne in den Felsen, in die sich zuvor noch kein Lebewesen gewagt hatte. Sie war tief, mit Biegungen und Windungen, das Gras smaragdgrün, der Himmel azurblau, die Luft kristallklar wie das Wasser des Baikalsees.

»Hier ...«, flüsterte sie, während der Wind sie immer höher und höher die geheime Rinne hinauftrieb.

»Ich kann nichts sehen«, rief der arme Hrein, von Alter und Gebrechen gepeinigt, »denn du trübst mir den Blick und verwirrst meine Augen, wo Dunkelheit dich umgibt und wo die letzten Sonnenstrahlen herabfallen und dich rosarotfärben und ...«

Aber Hrein hielt inne, denn der Wind des Schicksals hatte sich gelegt, und während Mistur hierhin und dorthin glitt, erhaschte er einen flüchtigen Blick von einem dunklen, zerklüfteten, seltsam bedrohlichen Felsen, der aus der Rinne bis in den Himmel zu ragen schien.

An diesen Felsen lehnte Hrein in Gestalt des sterbenden Mannes sein altes Haupt und suchte einen Weg, um Ordnung in das mannigfaltige Chaos des Lebens an Land zu bringen.

Drei Tage lang kam Mistur jeden Morgen und jeden Abend zu Hrein, um zu sehen, ob er einen Weg gefunden hatte. Jedes Mal schüttelte er den Kopf, und sie bemerkte, dass er immer schwächer wurde.

Am Morgen des vierten Tages, es war ihr siebter Besuch, war er in seiner Menschengestalt sichtbar dem Tode nah, und er versuchte ihre Frage zu beantworten.

»Gibt es denn kein Tier auf der Erde, das die anderen führen kann?«

»Ich glaube, das kann es nicht geben«, sagte er, »denn dieses Tier müsste aufpassen, dass es sich von anderen, die größer sind als es selbst, nicht unterkriegen lässt.«

»Aber von der Sorte gibt es viele, mein Lieber«, meinte Mistur verwirrt.

»Ja, aber es müsste auch mutig sein, damit andere es respektieren.«

»Klug und mutig ... nun, mir fallen eine Menge ein, die diese Eigenschaften besitzen.«

»Und die auch über genügend Weitblick verfügen, um den Horizont zu sehen?«, fragte Hrein.

»Ich könnte dir ein paar nennen, die all diese Eigenschaften besitzen.«

»Ich auch«, erwiderte Hrein, »aber zusätzlich zu diesen Eigenschaften sollte die Kreatur, die ich suche, so gut riechen können, dass sie die Gerüche von Leben, Gefahr und Tod erkennen und so Tag und Nacht überleben kann.«

»Trotzdem gibt es ein paar mit diesen Eigenschaften«, sagte Mistur.

»Und außerdem sollte die Kreatur ihre Sippe mehr lieben als sich selbst, damit alle ihr vertrauen können.«

»Klugheit, Mut, Weitblick, guter Geruchssinn und Selbstlosigkeit«, zählte Mistur auf. »Nun, mein Lieber, es gibt immer noch ein paar, die über jedes dieser fünf Merkmale verfügen.«

»Aber es sind noch zwei Eigenschaften nötig«, erklärte der unglückliche Hrein. »Zum einen Geduld, um denen Zeit zu geben, die sie brauchen.«

»Trotzdem«, beharrte Mistur, »es muss –«

»Und zum andern Ehrfurcht, um den Blick zu den Sternen zu erheben und anderen beizubringen, von dem zu träumen, was sein könnte.«

Jetzt schwieg Mistur, denn sie erkannte, dass keines der Tiere, dessen Gestalt Hrein angenommen hatte, all diese Eigenschaften in sich vereinigte.

Sie sah auch, dass der Mensch Hrein sich immer mehr dem Tod näherte, ohne bei seiner Suche Erfolg gehabt zu haben, und dass sie ihn verlieren würde, wenn sie in die Unsterblichkeit zurückkehrte.

»Dagr«, rief sie den Gott des Tages an, »ich bitte dich, lass die Zeit stillstehen und halte Nacht in Schach, damit Hrein mehr Zeit hat.«

»Ich werde es versuchen«, flüsterte Dagr.

Dann wandte sie sich an Jord, den Gott der Erde.

»Viele Jahre hat Hrein sich bei seiner Suche abgemüht, und du hast ihm nicht geholfen. Darum hilf ihm jetzt!«

»Ich werde es versuchen«, antwortete Jord.

Schließlich wandte sie sich an ihren Vater Kaldr und rief: »Vater, in deiner Weisheit hast du mich mit Hrein auf die Suche geschickt und ich bin die ganze Zeit bei ihm geblieben, weil ich ihn liebe. Deshalb hilf ihm jetzt um meinetwillen.«

»Ich werde es versuchen«, sagte Kaldr.

Während Dagr und Nacht sich um die Zeit stritten – der eine wollte sie anhalten, die andere sie weiterlaufen lassen –, blitzte und donnerte es über dem Ort, an dem Hrein zwischen Leben und Tod schwebte. Dann rief Jord, sie sollten still sein, damit er nachdenken könne, und als sie weiterstritten, wurde er wütend und grollte, dass die Klippen bebten und selbst der große Felsen, auf dem Hrein geruht hatte, Risse bekam und schwankte, sodass Mistur Angst hatte, er könnte bald einstürzen.

Kaldr, der Streitende immer gern besänftigte, schickte die Riesen Frost und Schnee und Eis, um die Felsen zu bedecken und für Ruhe zu sorgen.

Aber das Eis kroch in die Risse des großen Felsens und machte sie noch größer, sodass, selbst als Dagr und Nacht ihren Streit begruben und die Zeit weiterlaufen ließen und Jord sich beruhigte und wieder Ruhe einkehrte, der Fels weiter ächzte und bebte, und in der großen Rinne, in deren Mitte er sich erhob, das Knacken und Ächzen widerhallte.

Jetzt sah Mistur ein, dass sie Hrein nicht vor dem Tod retten konnte, jetzt musste er sterben, und seine Suche war noch nicht abgeschlossen.

Wenn es zutrifft, dass sich die Stimmen der Götter im Flüstern des Windes offenbaren, so geschah dies in jenem gefährlichen Moment, als der große Felsen einzustürzen begann und Hrein in seiner menschlichen Gestalt genau im Einsturzbereich lag.

Denn um den Felsen wehte derselbe Wind des Schicksals, der Mistur dorthin geführt hatte, und er sprach zu ihr: »Hab keine Angst, hab keine Angst, hab keine Angst …«

Es war die Stimme von Smilodons Tochter, die aus der Ewigkeit zu ihr sprach. Während Mistur sich an Hrein schmiegte, um sich Mut zu machen, auch wenn sie gegenüber einem bedeutenderen und älteren Gott machtlos war und Hrein nicht vor dem Tod schützen konnte, begann der Felsen zu beben.

Das sichere Gefängnis des Gottes stürzte unter großem Getöse ein, und ein gewaltiger Sturm wirbelte Gesteinsbrocken durch die Luft. Der Tag wurde zur Nacht und die Nacht zum Tag, und Smilodons Tochter verspottete beide, weil sie sich wegen der Zeit stritten.

Dann legte sich der Sturm, die letzten Felsbrocken stürzten herab, und der Morgen dämmerte.

Dort, inmitten der Überreste des Felsens, wo jeder Gesteinsbrocken größer als der Gipfel eines Berges war, stand ein Wolf und blinzelte in die Helligkeit des anbrechenden Tages.

Er war der Vergessenheit anheim gefallen, aber jetzt erinnerte er sich, was er war und wer er war und warum Smilodon ihm und seinem Rudel seine Gunst geschenkt hatte. Allmählich kehrte auch die Erinnerung daran zurück, dass seine Leitwölfin und ein verängstigter Sohn beim Ausbruch des ersten Vulkans ihr Leben verloren hatten.

Daraufhin hob Wulf den Kopf und heulte seinen Verlust hinaus, denn selbst nach einer Ewigkeit war der Schmerz noch so stark wie an dem Tag, als er und der Rest seines Rudels eingeschlossen wurden, um im Schutz des Felsens auf den Moment des Wiedererwachens zu warten.

Doch während er so heulte, entdeckte er auf dem Boden zu seinen Füßen eine ihm unbekannte Kreatur: alt und blass und schwach und halb tot. Es war kein Wolf und auch sonst kein Geschöpf, das er kannte, denn Menschen hatte es erst lange nachdem Wulf in den Felsen eingeschlossen worden war gegeben.

Wulf sah, dass die Kreatur Hilfe brauchte, und suchte ihr Wärme zu geben.

Er sah, dass sie nach Leben dürstete, und suchte ihr Atem zu spenden.

Er sah, dass sie neuen Lebensmut brauchte, und suchte ihr mit Worten Hoffnung zu geben.

Er sah, dass sie verzweifelt war, und suchte ihr klarzumachen, dass sie nicht allein war.

Drei Tage vergaß Wulf seine eigene Verzweiflung und versuchte von morgens bis abends das Leben der Kreatur zu retten, als gehörte sie zu seinem verlorenen Rudel.

Klug wie er war, schleifte er die Kreatur zu einem tiefer gelegenen, geschützteren Platz.

Mutig vertrieb er die wilden Tiere, die in der Kreatur eine leichte Beute witterten.

Mit klarem Weitblick erzählte er der Kreatur, was vor ihr lag, wenn sie erst wieder bei Kräften wäre und weiterziehen könnte.

Dank seines ausgeprägten Geruchssinns fand er für die Kreatur Nahrung und Wege, um nächtlichen Gefahren zu entgehen.

Selbstlos vernachlässigte Wulf sein eigenes Wohlergehen, um die Kreatur wieder gesund zu machen.

Geduldig wachte er stundenlang bei der Kreatur, während sie sich langsam erholte.

»Da«, flüsterte Mistur Hrein ins Ohr, »du bist noch immer sterblich, noch immer am Leben, und das muss die Kreatur sein, die du gesucht hast. Wie ist ihr Name, denn ihre Gestalt hast du nie angenommen, obwohl du in jeder nur denkbaren Gestalt durch alle Länder gereist bist?«

»Ich weiß nicht«, sagte Hrein erstaunt, »aber da ist noch etwas, das ich wissen muss. Denn obwohl dieses Wesen über die ersten sechs Eigenschaften verfügt, die ich gesucht habe, ist für den, der über alle anderen herrschen soll, die letzte am wichtigsten.«

Dann erhob sich Hrein in seiner menschlichen Gestalt und sagte zu Wulf. »Kreatur, du hast mir das Leben gerettet und bist gewiss das mächtigste Lebewesen von allen …«

Wulf schüttelte den Kopf, deutete zu den Sternen hinauf und sagte mit Ehrfurcht in der Stimme: »Vor langer, langer Zeit betete ich zu den Sternen, dass ich und meinesgleichen gerettet würden, und mein Gebet wurde erhört. Wenn ich tatsächlich der Mächtigste von allen wäre, hätte ich mich selbst gerettet. Aber ein anderer hat mich gerettet, dessen Namen ich nicht kenne, aber welcher der Gott aller sein muss. Er und seinesgleichen müssen in den Sternen wohnen und stets wachsam und voller Fürsorge sein. Danke ihnen und nicht mir. Ich träume davon, eines Tages zu den Sternen zu reisen und ihnen zu begegnen, eines Tages …«

»Kann ich diesen Traum auch träumen?«, fragte der Mensch, der Hrein war.

»Wenn du ihn nur träumst wie ich, dann gewiss.«

Da wusste Hrein, dass seine Suche zu Ende war und dass er den gefunden hatte, der auf der Erde Ordnung schaffen konnte.

»Wie heißt du?«, fragte Hrein.

»Wulf.«

»Folge mir, Wulf, denn du hast dir das Recht erworben, ein wenig von deinem Traum zu sehen.«

Während Hrein sprach, legte er seine sterbliche Gestalt ab und bat Mistur, dasselbe zu tun. Jetzt erkannte Wulf, dass er einen Gott gerettet hatte.

»Folge mir …«, flüsterte der Wind des Schicksals, und Wulf folgte ihm durch den Nebel, zurück zu dem Felsen, wo er wieder geboren worden war. Dort, inmitten der sich auftürmenden Überreste, sah er Hrein und Mistur auf einem Wolfsweg zu den Sternen die Heimreise antreten.

»So wie du mich gelehrt hast, an deinen Traum zu glauben, soll dein Name unsterblich werden, wenn deine Aufgaben auf der Erde erfüllt sind. Sieh den Wolfsweg, der nach dir benannt ist, und wisse, dass dein Traum sich eines Tages erfüllen wird«, sagte der Wind.

»Geh, Wulf, und finde deine Bestimmung, bevor sich dein Leben mit unserem ewigen verbindet. Aber mach nicht zu lange, denn vielleicht brauchen wir dich …«

Das ist die Geschichte, wie Wulf zum Wulfsfelsen kam, und es ist unsere bedeutendste Geschichte.

»Ja«, flüsterte Raute, »das war das Heulen, das ich gehört habe, hier fängt meine Erinnerung an, und jetzt … O ja …«, wiederholte sie, während der Wanderer mit seiner Pfote die ihre berührte und Lunar sie fest hielt, um sie warm zu halten. Sie sollte spüren, dass sie am Ende wie zu Beginn ihres Lebens – so wie alle Wölfe am Anfang, ganz gleich wie ihr späteres Leben aussah – nicht allein war.

Jetzt wandte sie sich mit wenigen schlichten Worten an Lunar: »Mein Lieber, du hast gelernt, zuzuhören und zu lernen, und warst mein Trost, so wie eine, die ich sehr geliebt habe, es zuvor gelernt hat.«

»Jicin?«, sagte Lunar leise und sah seinen Vater an.

Wie oft hatte Raute Jicin erwähnt, der sie so nahe gestanden hatte und der sie Klimts Entscheidung verdankte, Tervicz und Kobrin wenige Monate vor der Geburt der Jungen loszuschicken, um sie zu retten! Wie oft hatte Lunar sie inständig gebeten, mit Klimt über die zu sprechen, der auch seine Liebe gehörte!

»Ja, Jicin. Ich habe mich an das Leben geklammert in der

Hoffnung sie würde zurückkommen. Aber das macht nichts, mein Lieber, denn sie ist hier, heute und jetzt ist sie bei uns, in der Geschichte von den Göttern und vom Beginn der Wolfheit ist sie bei uns, denn die Wolfswege sind die Vergangenheit die Gegenwart und die Zukunft. Es war unsere Bestimmung, eine Zeit lang gemeinsam auf ihnen zu wandern. Sie wird zurückkommen. Sag ihr, dass sie mich glücklich gemacht hat, als sie mich zu den Wölfen der Zeit brachte.«

»Das werde ich«, sagte Lunar, und ihm brach die Stimme vor Trauer, sie jetzt so rasch dahinwelken zu sehen.

»Lerne stets, mein Lieber, wie sie es getan hat, wie Klimt bestrebt ist es zu tun, und wie die anderen. Trauere nicht zu lange um Merrow, um mich, um …«

Noch einmal streckte sie ihre Pfote nach der des Wanderers aus; er ergriff sie mit einem sanften, wehmütigen Lächeln und nickte.

»Lunar, lerne und bringe es anderen bei, die es noch nicht wissen. Es war der Wissensdurst, der dich und Merrow zu jener Ruine getrieben hat, und was passiert ist kann nicht alles schlecht gewesen sein und muss einen Sinn haben. Lerne durch deinen Kummer, lerne, was der Wanderer dich lehrt, lerne über deine Trauer hinauszublicken, damit auch du sehen kannst, was ich sehe … Und, Wanderer?«

»Ja, Raute?«, sagte er.

»Bring mich jetzt zum Wulfsfelsen, hilf mir, meine Reise zu den Sternen anzutreten, denn ich kann sie fast sehen …

Ihre Stimme erstarb, aber ihre blinden Augen schienen wieder zu sehen, die Ausgelassenheit und das Lachen, den Mut, den man zum Leben brauchte, seine Rätselhaftigkeit und den Wert von Entschlossenheit und Treue. Sie erkannte, dass jene Anfänge der sterblichen Welt ihr Wert und Würde verliehen und einem Wolf, der sie zu leben lernte, den Weg zu den Sternen ermöglichten.

Der Tag ging zur Neige, der Wind legte sich, im Wald war es vollkommen still, nur das ewige Rauschen des Wasserfalls war zu hören. Leise zog sich das Rudel von dem Ort zurück, an dem die alte Raute jetzt lag und schlief, den

Schlaf, der einen Wolf über den Moment des Todes hinaus in die Ewigkeit trägt.

Ein letzter Blick hinüber zu dem Platz, wo ihr alter Körper lag, grau wie die Wurzeln einer Buche; eine gelbe Kiefernnadel war schon auf ihren Pelz herabgefallen. Einer nach dem anderen nahm Abschied und ging davon.

»Bleib bei ihr, Lunar, und auch du, Wanderer. Wacht über sie.«

Die beiden Wölfe nickten und ließen sich neben ihr nieder. Klimt blieb noch am Rande der Lichtung stehen und beobachtete sie.

Raute hatte über ihre Zeit hinausgelebt, sie hatte viel gegeben, und sie hatte gewartet, bis sie wusste oder spürte, dass eine, die sie liebte, auf einem geistigen Wolfsweg zu ihr gekommen war, um Lebewohl zu sagen.

»Jicin«, flüsterte Klimt dann versagte seine Stimme, denn plötzlich spürte er, ebenso wie Raute, dass Jicin in der Nähe war, sie war hier, sie war bei Raute, hielt Wache und betete.

»Jicin«, flüsterte Klimt, liebevoll und dankbar, denn er wusste jetzt, dass es stimmte, was Raute gesagt hatte: Sie würde zu ihm zurückkehren und ihre Reise würde bald beginnen.

»Jicin, meine Liebe …«, flüsterte er noch einmal und wandte sich dann ebenfalls zum Gehen. Er war jetzt dazu in der Lage, weil er wusste, dass seine Liebe noch bei Raute verweilen würde, damit sie auf ihrer Reise durch die Nacht zu den Sternen und in die Unsterblichkeit bis zuletzt weder vergessen noch allein war.

Ein neuer Morgen. Lunar erwachte und lauschte dem Tosen des Wasserfalls, den Stimmen des Frühlings und des herannahenden Sommers, und er spürte, dass ihm mit Rautes Tod eine Last von der Seele genommen war und keine Dunkelheit mehr um ihn herrschte.

Er streckte sich, öffnete die Augen und sah … nichts.

Nichts?

Lunar sprang auf und sah sich verwirrt auf der Lichtung

um, sein Herz raste. Weder Raute war da noch der Wanderer, noch … noch … Da war nur der Duft von Thymian und Estragon, ganz stark, ganz klar, und führte ihn weg von dort, wo Raute nicht mehr war, wo kein Wolf mehr war, den Hang hinauf.

»Wanderer?«. flüsterte er und rannte immer weiter durch den Wald. Nirgends war ein Wolf. Er war allein und hatte seinen Frieden. Aber er wollte ihnen dahin folgen, wohin sie gegangen waren, und bei ihnen sein.

Er rannte immer weiter hangaufwärts und folgte dem Geruch von Thymian und Estragon. Er wusste, wohin sie gegangen waren, und hoffte, wie sie dorthin gelangen zu können, denn er wollte –

»Lunar! Halt, Wolf, halt an!«

Es war Solar, der an diesem Morgen bei dem Baum Wache hielt.

»Hast du sie gesehen, Solar? Sie müssen vor kurzem hier vorbeigekommen sein! Ich habe geschlafen, und sie sind den Hang hinauf in Richtung Steilfeld gegangen. Hast du sie gesehen?«

»Um Wulfs willen, Lunar, hier ist kein Wolf vorbeigekommen, und ich –«

»Aber sie müssen hier vorbeigekommen sein, sie müssen!«, rief Lunar und rannte an Solar vorbei den steilen und gewundenen Pfad hinauf, immer dem Geruch nach.

»Wohin willst du, Wolf?«, rief Solar ihm nach.

»Dorthin, wo der Wanderer Raute hingebracht hat, denn sie konnte und wollte nicht allein gehen.«

»Und wo ist das?«, fragte Solar und ging ein Stück den Hang hinauf.

»Zum Wulfsfelsen«, erklärte Lunar. »Komm mit!«

Dann lachte er so wie früher, bevor Merrow starb, bevor er anfing, sich um Raute zu kümmern, und bevor er diesen Wolfsweg in den Ruinen entdeckte.

»Ich komme«, rief Solar lachend. Er fragte sich, warum sein Bruder ihm auf einmal so lieb und teuer war … warum es auf dem Weg, den Lunar so schnell hochrannte, dass er ihm kaum folgen konnte, nach Thymian und Estragon roch, und warum er das Gefühl hatte, dass die Zeit sich veränderte.

»Wart auf mich!«, rief Solar. Er vergaß seine Wache, ließ alle Vernunft außer Acht und spürte, dass er diesen Weg kannte und fürchtete; nur wusste er nicht, ob diese Erfahrung schon lange zurücklag oder ob es sich um etwas Zukünftiges handelte.

Kapitel 12

Während Klimt allmählich die Hoffnung auf ihre Rückkehr aufgibt, machen Solar und Lunar den Wulfsfelsen ausfindig und verirren sich in der Zeit

An jenem Frühlingsmorgen, als sich für die Wölfe der Zeit so vieles veränderte und ihr Anführer Klimt vor neue und schwierige Entscheidungen gestellt wurde, hatte Solars Ruf, den der Wind zu ihnen herübergetragen hatte, bereits die bevorstehenden Schwierigkeiten erahnen lassen. Es war weder ein Warngebell noch ein Heulen, noch irgendein Ruf gewesen, den sie zuvor schon einmal von ihm gehört hatten: entfernt, erstaunt, verwirrt …

Als die anderen zu dem Baum hinaufstiegen, um zu sehen, was mit ihm los war, war er nicht da. Nur der Geruch von Thymian und Estragon. Und als Tervicz schließlich den Hang zu dem Pass hinauflief, um dort eine Spur von ihm zu finden, entdeckte er im frischen Schnee, dem letzten dieses Jahres, Abdrücke von insgesamt vier Paar Pfoten, einige leicht verweht, einige frisch, und alle führten in Richtung Steilfeld.

»Aber dann kommt nichts mehr, Klimt, rein gar nichts. So, als hätten sie, wer immer sie waren, das Steilfeld erreicht und sich in Luft aufgelöst.«

»Lunar ist verschwunden«, sagte Klimt eindringlich, »und der Wanderer auch, und –«

»Ja, Führer?«, fragte Tervicz mit gedämpfter Stimme. Die Blicke der anderen verrieten, dass sie bereits wussten, was Klimt sagen würde.

»Raute ist ebenfalls verschwunden.«

»Raute? Aber …?«

»Zeig mir die Pfotenabdrücke, die du entdeckt hast, Wolf«, befahl Klimt.

Aber die Sonne hatte schon Kraft, und als sie zu der Stelle kamen, an der Tervicz die Abdrücke gefunden hatte, waren sie verschwunden, ebenso wie der Geruch von Thymian und Estragon. Über das Steilfeld blies ein kalter Wind, aber nicht zu kalt, sodass die Tümpel zwischen den Felsen und die Pfützen im Torf bereits zu tauen begonnen hatten.

Dann war da wieder der Geruch, den Klimt schon beim Aufwachen bemerkt hatte: von Menschen, von Motoröl und von den Abgasen ihrer Fahrzeuge, die vom Moorland herüberkamen. Am späteren Vormittag tauchten unten auf der Straße Konvois auf, die statt wie zu Beginn des Winters genau in die entgegengesetzte Richtung fuhren.

Der Menschenkrieg ging wieder los, und wuschhhh …

… die Düsenflugzeuge waren wieder da. Und auf einmal gingen Klimt sämtliche Warnungen und Hinweise des Wanderers und seine Aufforderung, einen neuen Weg zu finden, ständig im Kopf herum.

»Um Wulfs willen, Lunar, setz dich und genieße den Ausblick«, sagte Solar und erhob sich plötzlich, als wollte er seinen rastlosen Bruder in die Flanke zwicken.

»Kann nicht, will nicht, darf nicht … oh, na schön«, meinte Lunar schließlich, seiner eigenen Spielchen überdrüssig. Er setzte sich kurz hin, sprang aber gleich wieder auf, als die Sonne hinter Wolken verschwand und es über dem Moorland unter ihnen dunkel wurde. Die Farbe wich von den Felsen um sie herum, und der Schnee rechts und links, der zuvor noch leuchtend weiß gewesen war, wurde blaugrau und frostig.

Ein sanfter Wind wehte über das Geröllfeld unter ihnen, und in der einen oder anderen der tausend Rinnen in den

Felsen, die hinter ihnen aufragten, gingen vereinzelt Gesteinslawinen nieder.

»Es kommt Nebel auf«, murmelte Solar, »und man hat das Gefühl, als würde es noch einmal Winter und der Frühling sei schon vorbei.«

»Oder er käme noch«, meinte Lunar abwesend.

Solar dachte schweigend mit geschlossenen Augen und leichtem Stirnrunzeln darüber nach. Er war sehr nervös und ziemlich verwirrt.

Sie hatten weder die Fährte des Wanderers noch die von Raute, falls sie es tatsächlich war, gefunden. Tatsächlich hatten sie völlig die Orientierung verloren, und jetzt schien sogar die Zeit außer Kontrolle zu geraten. Sie hockten auf dem Geröll auf der Nordseite des Steilfelds nahe dem Felsbrocken, der den Eingang zur Rinne des Wulfsfelsens markierte, dem verbotenen Ort.

Solar öffnete die Augen und sah, dass Lunar jetzt etwas weiter unten stand. Plötzlich und unerwartet erfasste ihn eine Welle der Trauer, weil Merrow nicht mehr bei ihnen war. Die Trauer kam aus heiterem Himmel wie ein Menschenflugzeug ...

Wuschhhhhschhh!

Scheiße! Genau so!

Wenn Solar Merrow vermisste, dann deshalb, weil Lunar noch immer um sie trauerte und in gewisser Weise durch ihren Verlust geschwächt war, als ob die Wunde nie verheilt wäre. Solar liebte Lunar mit unverminderter Leidenschaft, obwohl er es nie zeigte, aber Lunar wusste es.

Plötzlich wieder das Dröhnen von Motoren!

... und Solar duckte sich instinktiv, als die Flugzeuge über ihre Köpfe hinwegdonnerten.

»Schau nur, wie neblig es jetzt ist!«, rief Lunar. Dabei drehte er sich nicht um und tat so, als habe er nichts gehört. »Es erstaunt mich immer wieder, wie rasch der Nebel heraufzieht. *Schneller als Rehe, schneller als Wölfe kommt der Nebel die Hügel herunter ...*«

Das war ein Stück aus einem Lied, das Elhana ihren Jungen früher immer vorgesungen hatte, und Solar lächelte bei dem Gedanken daran und beneidete Lunar, weil er sich nicht nur an solche Dinge erinnerte, sondern sie auch wiederholen konnte.

Einige Augenblicke später wurde der Nebel plötzlich dichter, die Sicht nach unten war ihnen genommen, und es blies ein kalter Nordostwind. Ein zweimaliges Bellen, das Signal, umgehend zum Rudel zurückzukehren – aber von wem? Nicht von Klimt, obwohl es nach ihm klang ... nein, doch nicht. Scheiße!

Solar, stets ruhig und verantwortungsbewusst, erhob sich und sagte: »Komm, Lunar, hier ist es zu gefährlich. Na los ...«

Doch gerade als sie losgehen wollten, trug der Wind, der sich mittlerweile gedreht hatte, den süßlichen Geruch von Menschen zu ihnen herauf. Völlig außer sich wandte sich Lunar plötzlich an seinen Bruder. Sein Blick war finster und seine Haltung so kühn, als spielten sie eines ihrer wilden Spielchen.

»Es kommen Menschen hier herauf, *jetzt*!«

Instinktiv kauerten sie sich aneinander. Der Nebel lichtete sich, und sie erkannten die Umrisse von Menschen, eins, zwei, drei, vier ...

RAT-TAT-TATATATAT!

Der gewaltige Donnerhall der Echos und das herabbröckelnde Gestein waren lauter als die Schüsse selbst. Weder Lunar noch Solar hatten je etwas so Schreckliches gehört, noch hatten sie zuvor den strengen Geruch von Kordit gewittert, den der Wind ihnen zutrug, während der letzte Stein fiel und das letzte Echo verhallte.

Der Nebel verzog sich, die Menschen waren verschwunden. Die beiden Wölfe erhoben sich und witterten in den Wind.

»Sie kommen näher, Lunar, ich kann sie hören!«

RAT-TAT-TATATATATAT!

Der erneute ohrenbetäubende Lärm schien den Nebel zu durchschneiden, und da waren sie, die Menschen, am Rande des Geröllfelds, ihr süßlicher Duft jetzt vermischt mit dem widerlichen Geruch von Angstschweiß.

»Solar, folge mir. Das ist unsere letzte Chance.«

»Aber Lunar, wir können nicht da hinauf ...!«

Denn die einzige Möglichkeit, den Menschen und ihren Kanonen zu entkommen, bestand darin, die geheime und verbotene Felsenrinne hinaufzusteigen, die zum heiligen Wulfsfelsen führte.

»Komm ...«, sagte Lunar bestimmt. »Du wolltest dich doch schon immer ein Stück weit hinauf in Richtung Wulfsfelsen wagen, und ich habe dir versprochen, dich bei Gelegenheit mitzunehmen. Der Nebel wird uns einhüllen, und die wechselnden Windverhältnisse werden unsere Entschuldigung dafür sein, dass wir den Befehl zur Rückkehr nicht gehört haben. Und außerdem ... außerdem war es dafür auch schon zu spät.«

Während Solar noch zögerte, starrte Lunar in die Nebelschwaden über dem Geröllfeld. Er stand völlig regungslos da, nur der Wind blies durch seinen Pelz, auf dem Tropfen von Kondenswasser das Licht einfingen und ihn ebenso bleich erscheinen ließen wie der Nebel selbst. Er versuchte sich zu beruhigen und atmete tief und entspannt.

»Die Menschen kommen näher«, flüsterte er. Seine Angst war verschwunden, aber seine Stimme klang eindringlich. »Folge mir, Solar«, forderte er seinen Bruder erneut auf.

Er sprach so leise, als hauchte er die Worte nur, aber Solar zweifelte nicht daran, dass er Recht hatte. Dort unten im Nebel schien sich etwas zu bewegen und Steine knirschten unter Menschenfüßen.

Lunar drehte sich um und sprang an Solar vorbei den Hang hinauf. Solar starrte noch eine Weile hinunter, ehe er sicher war, dass er den dunklen Schatten eines Mannes auf einem Felsen sah, wo er nicht hätte sein sollen, nicht sein dürfen.

»Solar ...«, flüsterte der Wind irgendwo über ihm, als er seinem Bruder auf dem einzig möglichen Weg folgte, wenn sie ungesehen verschwinden wollten. Der lang gehegte Wunsch, das verbotene Tal zu betreten, war zur Notwendigkeit geworden. Solar rannte und suchte im dichten Nebel nach Lunar. Lange Zeit, wie es schien, obwohl es wahrscheinlich nur wenige Augenblicke waren, sah er, ganz verschwommen, nur überall Geröll vor sich.

»Solar!«

Der rettende Ruf kam von weiter oben und gerade zur rechten Zeit, denn Solar hatte völlig die Orientierung verloren und lief schon wieder den Hang hinunter in Richtung der Felsnasen, vielleicht geradewegs den Menschen in die Arme, und begab sich dadurch unweigerlich in Gefahr. Er fand sich im Nebel nie besonders gut zurecht, vor allem, wenn er so plötzlich heraufzog. Er verwirrte ihn und machte ihn träge.

»Solar … hierher! Das ist der Weg, den Raute und der Wanderer auf ihrer Reise zu den Sternen gegangen sind …«

Hinter den Felsen befand sich ein Grasweg und der Eingang zu einer Rinne. Dann ging es wieder zwischen Felsen hindurch, und da stand Lunar, auf drei Pfoten balancierend, die vierte, die rechte Vorderpfote, verharrte in der Luft, bereit sich einen festen Halt zu suchen.

»Folge mir, Wolf.«

Bei unzähligen Spielen, in der Fantasie und im Traum hatte Lunar die Rolle des Anführers geübt und jetzt fiel es ihm leicht, sie zu übernehmen, als sei dies immer noch ein Spiel, und Solar folgte ihm, wie er es in Momenten wie diesen immer getan hatte.

Lunar war sich jetzt allerdings darüber im Klaren, dass dies kein Spiel mehr war, sondern Realität, und dass der Weg, dem sie folgten, gefährlich und unberechenbar war und sie möglicherweise zu Orten und in Gegenden führte, die jenseits ihrer Vorstellungskraft lagen.

RAT-TAT-TATATATATAT!

Hinter ihnen donnerten die Geschütze der Menschen, und die Kugeln prallten an den Felsen ab. Sie hörten die Menschen fluchen und lachen, und dann hörten sie nichts mehr, denn sie verschwanden in den Biegungen und Windungen der Rinne. Der dichte Nebel umschloss sie, als sich ihre Flucht verlangsamte und sie sich an einen anderen Ort und in eine andere Zeit begaben.

An dem Tag, als seine Söhne verschwanden und der Menschenkrieg wieder von neuem begann, beschloss Klimt, sein Rudel zum Steilfeld hinaufzuführen in der Hoffnung, Solar und Lunar zu finden und den Menschen zu entkommen.

Aber beide Hoffnungen erfüllten sich nicht.

Oben auf dem Steilfeld war es trüb und neblig, und kurz nach ihrer Ankunft verdichtete sich der Nebel noch und breitete sich weiter aus, und alle witterten den Geruch von Menschen.

»Wo sind sie?«, begann Klimt und erhob sich hastig.

»Gefährlich nah«, erwiderte Lounel leise und erhob sich ebenfalls.

Als Klimt einen Warnruf ausstieß, tauchte Kobrin aus dem Nebel auf, dann Elhana und dann ...«

RAT-TAT-TATATATATAT!

Das heftige und brutale Donnern der Menschenkanonen war so nah, dass es von den Felsen widerhallte. Es kam von dem Hang über ihnen, oben von dem Geröllfeld.

»Es kommt von dort, wo Solar und Lunar sind«, sagte Kobrin und lief in die Richtung.

RAT-TAT-TATATATATAT!

Ringsherum schlugen Kugeln ein, trafen dumpf auf, prallten ab, und der Lärm kam als Echo zurück.

Klimt zögerte keinen Moment und tat, was alle Rudelführer tun müssen, wenn ein Rudel bei Gefahr zerstreut ist. Er stieß ein weiteres Warngebell aus und beorderte den tapferen Kobrin zurück, denn in einer Situation wie dieser mussten die Jungen sich allein durchschlagen. Er wartete kurz auf die Rudelmitglieder, von denen er wusste, dass sie gleich bei ihm sein würden, und führte sie dann fort, um irgendwo ein sicheres Versteck zu suchen.

Drei Tage später, es war fast Abend, kauerte das Rudel in einem Zustand völliger Trostlosigkeit auf dem Steilfeld. Es war immer noch neblig, aber der Nebel würde sich bestimmt eines Tages auflösen; nur die düstere und verzweifelte Stimmung, die sich über Klimt und die anderen ausgebreitet hatte, schien nie mehr enden zu wollen.

Da war die Schießerei gewesen, das Rudel hatte sich zerstreut, der Großteil war bei Klimt geblieben, und sie waren erst wieder zusammengekommen, nachdem die Menschen fort waren und Klimt Entwarnung gegeben hatte. Wie schnell waren sie gekommen und in welch banger Erwartung, denn keiner hatte Solar und Lunar seit ihrem Verschwinden gesehen, und jetzt sah es so aus, als seien sie in Gefahr geraten und umgekommen.

Klimt sonderte sich nun vom Rudel ab, beängstigend in seinem Kummer, bedrohlich in seiner Angst, unnahbar. Wie es im Augenblick in ihm aussah, konnten die anderen nur erahnen, obwohl jeder von ihnen eine gewisse Trauer empfand.

Elhana hatte sich zwar von ihrem Schock erholt und weinte nicht mehr, die Totenklage aber musste erst noch angestimmt werden, denn wie kann eine Mutter laut trauern, die keinen Beweis dafür hat, dass ihre Söhne tatsächlich tot sind?

Kobrin brütete vor sich hin, wütend auf sich selbst, machtlos. Wären es die Madjaren gewesen, hätten sie ihrem Kummer vielleicht die Tat folgen lassen können, aber so gab es keine Chance. Es mussten die Menschen gewesen sein, die an dem Tag, als sie sie witterten, durch den Nebel kamen. Doch … keine Spuren, kein Blut kein Hinweis darauf, dass Solar und Lunar getötet worden waren: nur ihre entsetzliche Abwesenheit und das Gefühl, dass sie an einen anderen Ort gegangen und nicht mehr am Leben waren. Dieses Gefühl war wie eiskalter Nebel, rau und unbestreitbar.

Rohan blieb in der Nähe ihrer Mutter; Tare war wütend und am wenigsten betroffen, denn sie hielt Solar und Lunar für Dummköpfe, die wie Merrow leichtsinnig herumgestreunt waren.

Tare rechnete sich bereits aus, wann sie ihre Mutter herausfordern könnte, denn auf diese Weise zwei Rüden zu verlieren war zu viel. Elhana war einfach zu alt. Was passiert war, war vielleicht nicht unbedingt ihrem Alter anzulasten, aber andere könnten der Meinung sein, dass sie als

Leitwölfin unter einem Fluch stand und nun eine jüngere und fruchtbarere Wölfin gebraucht wurde. Deshalb war das Verschwinden ihrer Brüder für Tare eine willkommene Gelegenheit.

Lounel war schweigsam und witterte in die Luft, wie er es immer tat, als könnte er dort etwas finden, was andere nicht konnten.

Solar und Lunar waren jetzt schon seit Tagen verschwunden und es wurde immer unwahrscheinlicher, dass sie noch am Leben waren, nachdem diese Gruppe von Menschen immer wieder gefeuert hatte, rat-tat-tat immer und immer wieder.

Drei Tage hatten sie gesucht, geheult, waren sogar zum Eingang der Rinne hinaufgeklettert, die zum Wulfsfelsen führte, in den Wald hinabgestiegen und ein Stück durch das Moorland gewandert.

Aber es war alles umsonst gewesen – was blieb, war die Angst, dass sie tatsächlich für immer verschwunden waren, auch wenn Klimts Instinkt ihm sagte, dass sie noch am Leben waren, und die Ernüchterung, die sich im ganzen Rudel ausbreitete.

Stumm wandte sich Klimt im Dämmerlicht dem Rudel zu und starrte teilnahmslos vor sich hin; Augen, Ohren, all seine Sinne nahmen nichts wahr außer den Qualen, die er ausstand.

Dann begann Rohan zu heulen, langsam und leise, sie heulte die Qual, die sie in den Augen ihres Vaters sah, hinauf zu den leuchtenden Sternen und dem aufgehenden Mond, sie heulte sie über das Steilfeld nach Osten und Westen, Norden und Süden. Ein Wolf nach dem anderen gesellte sich zu ihr; sie hoben die Köpfe, weiteten ihre Kehlen, öffneten ihre Mäuler und stimmten in ihr Heulen ein; nur Lounel und Klimt hielten sich abseits.

Plötzlich fuhr Klimt herum und Lounel schrie: »Nein, Wolf, nein!«, und versuchte zu verhindern, dass er auf sein eigenes Rudel losging.

Jetzt richtete sich Klimts Wut gegen Lounel, er riss ihm die Brust auf und schleuderte ihn zu Boden. Das Geheul endete abrupt, als Klimt über Lounel stand und es so aussah, als wollte er ihn töten. Vielleicht hätte er es getan, hätte der mächtige Kobrin sich nicht auf ihn gestürzt, mit ihm gekämpft und die anderen zu Hilfe gerufen. Tervicz, Rohan und alle anderen bemühten sich, Klimt festzuhalten, während er sich wehrte, um sich biss, fluchte und vor lauter Qual tobte. Und schließlich tat er etwas, was keiner von ihnen in all den Jahren, in denen er ihr Anführer gewesen war, je bei ihm gesehen hatte.

Klimt weinte in ihrer Gegenwart, und obwohl es ihnen gelungen war, seinen Angriff auf Lounel und auf sie alle einzudämmen, konnten sie seine Trauer weder mildern noch ganz begreifen.

Dann brach die Nacht herein. Klimt wandte sich von ihnen ab und wankte blind über das Steilfeld; Kobrin und Tervicz folgten ihm und achteten auf ihn. Er hielt bei den Tümpeln inne, an denen Solar einst gespielt hatte, kletterte auf den Geröllhalden herum, wo Lunar einst gelacht hatte, und blieb schließlich stehen und kauerte sich weitab von Elhana und den anderen auf den Boden, als ob ihm nur der Tod Erleichterung bringen könnte.

Es war Nacht, Stunden voller Wehklagen, Trauer und tiefer Verzweiflung.

Es war Nacht, Zeit für jeden über seine eigenen Qualen und Verluste nachzudenken und zu erkennen, dass es nichts Schlimmeres gab.

Es war Nacht, und ein großer Wolf weinte und wusste nicht, wohin er gehen sollte.

Eine rabenschwarze Nacht, in der die Götter nicht in den Sternen zu finden waren und das Mondlicht ein Kranz des Todes war.

Der Morgen dämmerte, und es wehte ein schwacher, feuchter Wind.

Der Morgen dämmerte, und ein Wolf streckte sich und leckte seine Wunde.

Der Morgen dämmerte, und Lounel erhob sich im Nebel und witterte trotz Schmerzen im Wind, als ob … als ob …

Drüben im Osten ging die Sonne auf, und der Himmel war klar.

Lounel spitzte die Ohren, vergaß seine Wunde und ging einen Schritt nach vorn, als wollte er die Sonne begrüßen; er witterte und schnüffelte, wie er es immer tat, es war Morgen …

… und der Geruch von Thymian und Estragon war deutlicher als zuvor, der Geruch eines Wanderers, und dann … war er verschwunden, war er verschwunden. Da wusste Lounel, dass Klimt Recht gehabt hatte: Solar und Lunar waren noch am Leben, irgendwo, und würden zu ihnen zurückkommen.

»Aber es wird anders sein. Der Wanderer hat Klimt herausgefordert, und jetzt muss er sich dieser Herausforderung stellen …«

»Was murmelst du da, Lounel?«

Es war Kobrin, der aus dem Schlaf erwacht war und sich jetzt irgendwie besser fühlte, als würde die dunkle Wolke, die über ihm schwebte, allmählich verschwinden.

»Ich denke laut nach«, sagte Lounel, neigte den Kopf zur Seite und starrte Kobrin geistesabwesend an.

»Du bist schon sonderbar, Lounel. Wenn du hier bei uns bist, scheinst du überhaupt nichts zu tun. Und ich habe keine Ahnung, was du tust, wenn du nicht da bist, was häufig der Fall ist.«

»Ich denke nach. Ich wandere herum. Ich fühle. Ich halte inne.«

»Du hältst inne?«

»Stumm und reglos, meistens reglos. Das habe ich von denen gelernt, die mich in den hohen Causses der Auvergne aufgezogen haben. All die Jahre, in denen wir hier gewesen sind, sind arbeitsreiche Jahre gewesen, Jahre, in denen die Jungen aufgezogen wurden, und für mich gab es dabei nicht viel zu tun. Aber die Zeiten sind jetzt vorbei.«

»Aus und vorbei«, meinte Kobrin verbittert. »Wir haben drei von fünf Jungen verloren, und ausgerechnet beide Rüden –«

»Verloren, ja, aber nicht für immer. Sie werden zurückkommen.«

»Ach, ja? Wann?«, fragte der praktisch denkende Kobrin zweifelnd.

Lounel zuckte die Schultern und beantwortete die Frage nicht vollständig: »Bei ihrer Rückkehr wird es den Anschein haben, als seien sie gar nicht lange fort gewesen.«

»Und der Wanderer kommt vermutlich auch zurück. Und Raute?«

Lounel schüttelte den Kopf. »Nein, die beiden nicht. Sie befinden sich jetzt auf ihrem Wolfsweg zu den Sternen und haben Solar und Lunar zurückgelassen.«

Kobrin sah ihn streng an. »Du redest Unsinn, Lounel, weißt du das?«

»Das glaubst du doch nicht wirklich, oder?«, entgegnete Lounel ruhig. »Du bist doch heute eigentlich ganz vergnügt.«

Kobrin grinste und sagte: »Nun ... irgendwie schon, aber ...«

»Sie werden zurückkommen«, erklärte Lounel, »du wirst sehen. In der Zwischenzeit muss ich mit Klimt reden, denn er hat einige schwere Entscheidungen zu treffen, so wie wir alle.«

»Was für Entscheidungen?«

»Was wir tun sollen. Ob wir bleiben oder gehen sollen. Wann wir zurückkommen sollen. Solche Dinge eben.«

»Aber glaubst du, dass Solar und Lunar in Sicherheit sind?«

Bis zu diesem Moment war Lounel sich da nicht so sicher gewesen. Aber er erinnerte sich an den Geruch des Wanderers, als dieser fortging, und wusste, dass es ein beruhigender Geruch war. Klimts Söhne unternahmen eine Reise, welche die Götter verfügt hatten, und jetzt musste Klimt dasselbe tun und ihnen allen den Weg weisen, einzeln und zusammen. Was Solar und Lunar betraf ...

»Ich weiß, dass sie in Sicherheit sind«, sagte Lounel leise und blickte über das kalte und neblige Steilfeld dort hinauf, wo das Geröllfeld in die geheime Rinne mündete, die zum Wulfsfelsen führte, den noch kein lebender Wolf gesehen hatte. »Ich bin sicher.«

Dies fand Kobrin in den folgenden Tagen und Wochen auf eigenartige Weise bestätigt, als Klimt gegen die Trauer ankämpfte und sie in einen Wolfsweg der Hoffnung und Entschlossenheit zu verwandeln suchte.

Kapitel 13

Klimt sucht in seinem Kummer Rat
und Unterstützung bei seinem Rudel
und orientiert sich neu

Im April, einen Monat nach dem Verschwinden von Solar und Lunar, hatte sich unter den Wölfen eine äußerst eigenartige, kritische Stimmung breit gemacht.

Lounels simpler Glaube, dass die beiden verschwundenen Wölfe wieder zurückkommen würden, hatte die Verzweiflung des Rudels auf ungewöhnliche, inspirierende Weise in Hoffnung verwandelt. Als der Frühling auf dem Steilfeld Einzug hielt, der letzte Schnee taute und die ersten Gebirgsblumen aus dem Boden sprossen – die weiße und purpurfarbene Schneerose, die Anemone und die ersten Polster des Stängellosen Leimkrauts, das im Mai blühte –, schien auch Lounel, dessen Zeit eigentlich schon gekommen war, auf einmal wieder jung zu werden. Auch er war nach einem langen Winter erwacht – einem Winter, dessen Kälte er tief in seinem Innern gespürt hatte und der viel weiter zurückreichte als die letzten fünf kältesten Monate.

Sein Blick strahlte wie die Frühlingssonne, und es fiel auf, dass er häufig Streifzüge unternahm und auch mal einen liebenswürdigen Scherz machte. Selbst sein sonst eher fahler und fleckiger Pelz hatte jetzt einen gewissen Altersglanz und seine schlaksigen Beine und seine Pfoten hatten eine gewisse Grazie.

Aufgrund dieser überaus erstaunlichen Tatsache waren die Wölfe, wie zuvor schon Kobrin, allmählich zu der Überzeugung gelangt, dass Lounel mit etwas Höherem in Kontakt stand und deshalb mit Recht auf die Rückkehr der verschwundenen Wölfe hoffte.

»Aber es wird anders sein, als du denkst und schwierig, und du wirst dich darauf einstellen und für uns alle einen Weg finden müssen, Klimt, zusammen und getrennt.«

»Was meinst du mit ›zusammen und getrennt‹?«, krächzte Klimt. »Wir sind ein Rudel und zusammen, oder nicht?«

»Wir sind die Wölfe der Zeit, Klimt, und das ist nicht ganz dasselbe. Rudel müssen sich räumlich und zeitlich nah sein, um als solche bezeichnet zu werden; aber die Wölfe der Zeit – ihre Nähe wird beurteilt nach ihrem Vorstellungsvermögen, nach ihrem gegenseitigen Vertrauen und nach der Zweckmäßigkeit der geistigen Wanderungen, die sie unternehmen; und wenn ich den Wanderer richtig verstanden habe, auch daran, auf welche Weise sie andere dazu bringen, ihnen zu folgen. Hat der Wanderer nicht gesagt –«

»Der Wanderer hat eine Menge gesagt«, meinte Klimt gereizt »nur nicht, als er uns verlassen hat! Er hat gesagt, ich müsste Entscheidungen treffen, stimmt! Und mich auf irgendeine Reise begeben, aber nicht, wohin. Dabei werde ich mehr denn je hier gebraucht, oder nicht?«

Da mochte er Recht haben, denn die Wölfe mussten nicht nur mit dem Verlust seiner beiden Söhne fertig werden, sondern auch mit der unerfreulichen Tatsache, dass die Madjaren drüben im Moorland wieder zu neuer Stärke gelangten. Klimt zog nach wie vor die Möglichkeit in Betracht, dass das Verschwinden von Solar und Lunar das Werk der Madjaren war, obgleich Lounel sicher war, dass sie nichts damit zu tun hatten. Jedenfalls hatten die Madjaren seit dem Verschwinden von Klimts Söhnen nicht nur zahlenmäßig rasant zugenommen, sondern drangen auch immer häufiger und dreister in das Revier der Wölfe vor.

Sicher war es jetzt nur noch eine Frage der Zeit bis sie einen Großangriff auf das Steilfeld unternahmen. Gegen ein kleineres Rudel war es leicht zu verteidigen, aber nicht gegen eine große Übermacht die nach Kobrins Einschätzung vermutlich nicht nur über die große Felsenrinne unten im Moorland zum Steilfeld vorrücken würde, sondern auch aus dem Tal im Westen und aus dem Vorgebirge im Osten. Kobrin kannte die Gefährlichkeit der Madjaren, denn er hatte aus nächster Nähe mit angesehen, wie ihre abscheulichen Anführer unbefugt das Tal betreten und sich an den Leichen der Menschen gütlich getan hatten.

Nun, an einem heiteren Apriltag – der Winternebel hatte sich bis auf ein paar Fetzen oben am Eingang der Felsenrinne, die zum Wulfsfelsen führte, verzogen – beobachteten die Wölfe schon seit dem frühen Morgen von der höchsten Stelle der Rinne aus das Moorland. Dort unten wimmelte es nur so von Madjaren, und es wurden immer mehr. Sie stellten eine offensichtliche Bedrohung dar.

»Angesichts unserer geringen Zahl haben wir keine Chance, Klimt«, erklärte Kobrin. »Jetzt können wir die wahre Stärke der Madjaren, die sie in den letzten ein oder zwei Jahren in aller Ruhe aufgebaut haben müssen, einschätzen. Der Wanderer hatte Recht mit seiner Vermutung, dass wir Verbündete brauchen. Während wir unsere Jungen großgezogen haben, haben die Madjaren eine Armee von Wölfen aufgestellt.

Aber es ist keine Schande, den Rückzug anzutreten, vor allem, wenn man später den Sieg davonträgt. Früher in Russland habe ich mich in so mancher Schlacht geschlagen gegeben in der Absicht, den Krieg zu gewinnen. Ich zog mich vor einer größeren Übermacht zurück, und wenn der Gegner schwach und gleichgültig geworden war, ging ich erfolgreich zum Gegenangriff über.«

Klimt dachte mit wenig Begeisterung darüber nach.

»Es gibt da ein Problem«, sagte er schließlich. »Wenn bekannt wird, dass die Wölfe der Zeit vor den Madjaren zurückgewichen sind, dürfte es uns sicher einige Mühe kosten, andere dazu zu bringen, sich uns anzuschließen.«

»Wenn du einen besseren Vorschlag hast, Klimt ...«, knurrte Kobrin.

»Ich werde darüber nachdenken. Deine Aufgabe ist es, die Bewegungen der Madjaren zu überwachen und, wenn nötig, ein weiteres Vorrücken zu verhindern, während ich ... nachdenke. Die Sache wird nicht einfach sein.«

»Denk ruhig nach, Klimt, aber ich bitte dich, lass dir nicht zu lange Zeit. Inzwischen werde ich wie früher Rückzugslinien auskundschaften und sicherstellen, dass die alten Routen zwischen den Geröllhalden und den Felsen noch offen sind. Wir dürfen nämlich nicht vergessen, dass Führer hier oben aufgewachsen ist und das Gelände ebenso gut kennt wie wir, wenn nicht noch besser. Er wird hierher zurückkehren und das Gelände zurückerobern wollen. Die langen Vorbereitungen und ihre zahlenmäßige Stärke deuten darauf hin, dass die Madjaren ein gefährlicher Gegner sein werden.«

Klimt knurrte und machte ein finsteres Gesicht. Das ganze Rudel war um ihn versammelt, bis auf diejenigen, die Kobrin als Wachposten aufgestellt hatte. Langsam wurde es Zeit, eine Entscheidung zu treffen, und Klimt wusste instinktiv, dass die Entscheidung bei ihm lag, und das gefiel ihm nicht.

»Wo ist Lounel?«, fragte er herrisch.

»Hier, Klimt«, antwortete Lounel vergnügt und tauchte wie aus dem Nichts auf.

»Komm, Wolf, du murmelst schon seit Tagen ständig vor dich hin.«

»Seit Wochen, Klimt, und vielleicht schon seit Jahren.«

»Es gibt keinen Grund, deswegen so fromm zu tun oder so selbstzufrieden zu sein.«

»Ich bin nicht selbstzufrieden, sondern ich freue mich für das Rudel.«

»Komm mit mir, Wolf, irgendwohin, wo wir ungestört sind. Du bist mein Ratgeber in geistigen Dingen, um Wulfs willen, und es sieht so aus, als ob uns in der gegenwärtigen Situation nur noch ein Wunder helfen könnte. Solar und Lunar sind verschwunden, die Madjaren rücken immer weiter vor, und wir sind nur noch sieben. Komm ...«

Sie entfernten sich ein Stück vom Rudel, aber nur so weit, dass die anderen sie nicht verstehen konnten. Die Wölfe wurden allmählich unruhig, denn sie hatten plötzlich das Gefühl, dass etwas in der Luft lag, eine Veränderung, eine Entscheidung, ein Wendepunkt, etwas, das einen herannahenden Sturm ankündigte.

Aber der Himmel war klar, und die Sonne strahlte auf sie herab.

»Lounel«, sagte Klimt leise und warf einen kurzen Blick auf die anderen. »Ich habe Angst. Ich ... habe ... Angst.«

»Ich weiß, Klimt. Das geht jetzt schon seit Tagen und Wochen so, vielleicht sogar –«

»Ich habe Todesangst, Wolf«, flüsterte Klimt, und eine Träne rann ihm übers Gesicht.

Lounel schwieg.

»Es ist nicht die Angst, dass sie tot sind, denn ich weiß, dass sie leben, ich weiß, dass einer von ihnen uns führen wird, wie es die Wölfin kurz nach ihrer Geburt vorausgesagt hat. Deshalb können sie nicht tot sein.«

»Sie sind nicht tot«, sagte Lounel, »und trotzdem hast du Angst ...« Seine Stimme war das Echo von Klimts Seele.

»Ich habe Angst, was sein wird, wenn sie zurückkommen, was wir tun müssen. Ich habe Angst vor der Herausforderung, vor die mich der Wanderer gestellt hat.«

»Eine Reise zu einem namenlosen, noch unbekannten Ort kann einem schon Angst machen, Klimt, und vielleicht werden wir nie erfahren, ob wir ihn erreicht haben.«

»Die Reise hierher war doch einfach, Lounel, oder? Was? So einfach ...«

Klimt schniefte, wischte sich zuerst mit der einen und dann mit der anderen Pfote übers Gesicht und schniefte wieder.

»Du bist immer mein Ratgeber gewesen und dennoch habe ich es nie fertig gebracht, dich ernsthaft um Rat zu fragen.«

»Und jetzt?«

»Ich brauche deinen Rat Wolf, ich brauche ihn.«
»Trau dir zu, uns zu führen, Klimt.«
»Ich vermisse sie.«
»Jicin?«
»Wo ist sie?«
»Sie ist … sie sind … sie …«
Klimt hob den Kopf und wandte sich nach Süden, in die Richtung, wo die anderen waren, witterte in die Luft und blickte finster zum Himmel. Auf einmal wurde sein Blick ganz sanft bei dem Gedanken an die Wölfin, die er zum Wohl des Rudels geopfert hatte und ohne die sein Leben leer war.
»Sie wird zurückkommen. Sie …«
»Weiß sie, dass du an sie denkst, Wolf?«
»Es ist lächerlich, das zu fragen, Lounel.«
»Weiß sie es, Wolf?«
Lounels Stimme klang plötzlich schroff, und er las Klimt sozusagen die Leviten wie ein Vater einem aufsässigen Jungwolf, der nicht einsehen will, was gut für ihn ist.
»Sie weiß es«, knurrte Klimt schließlich. »Und Aragon, und Stry, wir brauchen sie, und sie werden nach Hause kommen, sie kommen zurück …«
Er ließ den Kopf sinken und wirkte auf einmal müde und erschöpft; Lounel stand schützend über ihm, ihre Köpfe waren ganz nah beieinander, und ihre Gedanken noch näher.
»Der Wanderer hat uns gewarnt …«, begann Lounel.
»… und er hatte Recht«, sagte Klimt auf einmal fast aufgeregt. »Ich habe Angst, und ich muss mich meiner Angst stellen. Ich darf nicht mehr daran denken, was ich getan habe, sondern muss mich darauf konzentrieren, was wir noch tun müssen.«
»Gleich …«, flüsterte Lounel.
»Gleich«, sagte Klimt.
Er drehte sich um, blickte zu Kobrin und rief: »Wolf!«
»Klimt? Führer?«
Der große Kobrin ging ein oder zwei Schritte vor und blieb dann stehen, denn da war etwas Seltsames an der Art,

wie Klimt dastand und ihn anstarrte und wie er ihn gerufen hatte, etwas Seltsames, das das ganze Rudel und das Steilfeld umgab – ein Gefühl, dass die Zeit hier oben für sie stillstand, während sich das Moorland dort unten in einem blauen Dunstschleier bis weit in die Ferne erstreckte.

»Was fühlst du?«, fragte Lounel Klimt mit leiser Stimme, denn Klimts Augen begannen zu leuchten und zogen alle Wölfe in ihren Bann. »Hab keine Angst davor.«

»Ein neues Zeitalter bricht an«, flüsterte Klimt, »hier und jetzt, jetzt … und wir, wir befinden uns mitten drin, der Anfang vom Anfang, und ich spüre … ich …«

Seine Stimme erstarb, seine Glieder zitterten und der ganze Kummer, der ihn geplagt hatte, trat jetzt offen zutage.

»Kobrin«, sagte er mit matter Stimme. »Ich werde deine ganze Kraft brauchen, Wolf, ich werde viel von dir verlangen.«

»Verlang es, Klimt, denn dafür bin ich ein Leben lang umhergezogen.«

»Und du, Elhana, zu der ich so hart und unfreundlich gewesen bin und die so viel erduldet und sich kaum beklagt hat, dich werde ich jetzt noch mehr brauchen.«

»Ich weiß, Klimt«, sagte sie und kam näher.

»Rohan, Tare, Töchter meines Rudels, werdet ihr meinen Befehlen gehorchen, egal, wie sie lauten?«

»Ja, Vater«, erwiderte Rohan.

Nur Tare schwieg, starrte vor sich hin, überlegte.

»Und du?«, wollte Klimt wissen.

»Ja, Vater«, sagte Tare gelassen; und obwohl der Himmel klar war und der Sommer vor der Tür stand, tauchte gerade in diesem Moment eine Wolke am Horizont auf – vielleicht ein Andenken an den vergangenen, vielleicht aber auch ein Hinweis auf den bevorstehenden Winter.

»Tervicz?«

»Führer?«, sagte der Treueste der Wölfe und kam zu Klimt.

»Ein neues Zeitalter bricht an, Wolf, spürst du es?«

»Ich spüre etwas, Führer. Ich habe es schon gespürt, als

ich dich das erste Mal sah, an dem Tag, als du mir das Leben gerettet hast. Ich habe es gespürt, als ich meinem Vater den Gehorsam verweigerte und versuchte die Wölfe der Zeit herabzuheulen.«

»Du bist der Bukov-Wolf ...«

»Ich bin von Bukov.«

»Tervicz, horch. Was hörst du?«

Alles war ruhig, nicht der leiseste Windhauch kräuselte das Wasser der Tümpel auf dem Steilfeld, nicht ein einziger Grashalm bewegte sich.

»Ich höre ... ich höre ...«

Dann hörten alle, was Klimt als Erster gehört hatte: das Heulen von Wölfen, das vom Moorland herüberkam; das Heulen von hundert und einem Rudel, von zehn und tausend Wölfen, ein Heulen nach Rache und Vergeltung, dunkel und bedrohlich.

»Was hörst du, Tervicz?«

»Ich höre ...« Tervicz blickte von einem zum andern, mit seinem schmalen, freundlichen Gesicht und den gütigen Augen. »Ich höre ... *nichts!* Oder besser, nichts von Bedeutung. Nichts, das Bestand hat. Nichts, das –«

Er wandte sich von den andern ab und lief zum Rand des Steilfelds, von dem aus man das Moorland überblicken konnte und wo die heulenden, bedrohlichen Wölfe dort unten ihn sehen konnten, wie er sich als dunkle Silhouette gegen den Himmel abhob.

»Denn ich bin der Bukov-Wolf«, schrie er lachend und wirkte dabei fast wieder so jung wie damals, als er zum ersten Mal die Bukovina verließ und sein Vater Zcale, seine Schwester Szaba und sein verkrüppelter Bruder Kubrat ihm Lebewohl sagten und alles Gute wünschten.

Dann wandte er sich an Klimt, gleichgültig gegenüber dem einschüchternden Geheul der vorrückenden Wölfe, und fragte: »Was soll ich tun? Du brauchst es nur zu sagen.«

Wie seltsam das Licht auf einmal war, wie wunderbar der Frühling auf dem Steilfeld war an dem Tag, in der Stunde, in dem Moment, wo er für den Sommer Platz machte.

»Ein neues Zeitalter bricht an«, wiederholte Klimt und näherte sich mit den anderen der Stelle, an der Tervicz stand, damit die Madjaren dort unten sie sehen konnten. »Heul unsere Macht herab, Wolf, heul mir meine Söhne zurück, heul die Zukunft zurück, die wir fast verloren hätten, jetzt Wolf, *jetzt*!«

Tervicz hob den Kopf, um zu heulen, wie kein anderer Wolf heulen konnte, und auch wenn ein ganzes Rudel Madjaren, oder zehn, oder hundert drüben im Moorland, in den Karpaten, versuchen sollten, ihn herabzuheulen, er war der Bukov-Wolf, und seine Stimme war das Licht, das die Finsternis erhellte.

Dann begann er zu heulen, und nach und nach stimmten die andern in sein Geheul ein, das die große Felsenrinne hinab und hinaus über das Moorland hallte, mächtig, weiter und weiter, bis zu den Felsen im Norden und zwischen den Geröllhalden, rein wie das goldene Gefieder des Adlers, der über den Felsen kreiste, wie der Himmel, der sich in den stillen Tümpeln des Steilfelds spiegelte, wie die Herzen der Wölfe, die da heulten.

Allmählich wurde das dunkle Geheul der Madjaren im Moorland zaghafter und schwächer, denn hoch über ihnen heulten die Wölfe der Zeit, und es war, als würden sie die Götter selbst herbeirufen, damit sie für alle Zeit bei ihnen blieben.

Und Tervicz, der Wolf aus Bukov, begann die verschwundenen Wölfe herabzuheulen.

Solar folgte Lunar die verbotene Rinne hinauf, wo nur die Toten und Sterbenden hinkamen, um ihre Reise zu den Sternen anzutreten. Es hatte geheißen, dass Elhanas Reisebegleiter Ambato vom Benevento-Rudel, oder vielleicht auch nur sein Geist, in der Nacht, als er starb, diesen Weg gegangen sei. Und Morten auch.

»Lunar!«, murrte Solar im Weitergehen, und seine Stimme klang sowohl ermahnend als auch resigniert, denn er wusste, dass es kein Zurück mehr gab. *»Um Wulfs willen, geh nicht zu weit!«*

Der Nebel lichtete sich, und die Sonne, die über dem Moorland verschwunden war, durchbrach den Dunstschleier, durch den sie gingen, und umgab sie mit hellen Lichtstrahlen. Die Luft war mild.

»Solar!«

»Lunar!«

Sie riefen sich gegenseitig, weil sie einander an dem seltsam widerhallenden, felsigen Ort nur halbwegs sehen konnten, dessen äußere Grenzen nicht deutlich zu erkennen waren und dessen schmale, gewundene Form nicht genau zu bestimmen war. Felswände und Geröllhalden ragten aus dem Nebel auf, und manchmal tauchten über ihren Köpfen riesige Felsvorsprünge auf, mal ganz nah, mal weit weg; sie schienen auf sie herabzublicken wie gütige Wölfe; dann wurden sie düsterer und feindseliger.

»Solar!«

»Lunar!«

Sie traten aus dem Nebel aufeinander zu, erleichtert, dass sie sich gefunden hatten, doch als der dichter werdende Nebel die Sonne wieder verdeckte und die Luft sich plötzlich abkühlte, bekamen sie Angst.

»Wir sollten lieber von hier verschwinden«, meinte Solar rundweg. Sein Pelz war übersät mit tausenden und abertausenden von Wassertropfen, die abwechselnd Licht und Schatten einfingen.

»Ja, vielleicht …«, erwiderte Lunar und rührte sich nicht. Sein viel dunklerer Pelz war ebenfalls voller Wassertropfen, in denen sich mehr die Felsvorsprünge als das Licht zu spiegeln schienen. Der Pelz in seinem Gesicht war verfilzt und nass, als sei er im Regen gewesen, und sein Blick war ruhiger und geradliniger als Solars.

»Ach, lass uns weitergehen!«, sagte er impulsiv. »Da muss es noch mehr geben, und eine zweite Chance kriegen wir nicht.«

Lunar drehte sich um und war verschwunden, noch ehe Solar ihn warnen konnte, es nicht zu tun.

In der Ferne ertönte ein Schuss und hallte zwischen den Felsen wider. Solar wurde von verzweifelter Angst gepackt wie alle Wölfe, wenn plötzlich irgendwo Menschen auftauchen.

»Lunar!«

Solar folgte dem Grasweg, den, wie er hoffte, zuvor sein Bruder gegangen war. In dem dichten Nebel bekam er kaum Luft. Er rannte und rannte. Die Zeit um ihn herum schien sich zu verändern, so rasch und so ungewiss wie der Nebel. Lunar hatte Recht gehabt, die Menschen waren hierher gekommen, sie waren dort unten, wo ihr Revier war: wo die anderen waren. Hier, wo Lunar sie hingeführt hatte, waren sie sicher; aber sie schienen auch verloren zu sein.

»Lunar!«

Lunar hörte Solar rufen, zog es aber vor, allein weiterzugehen, durch den dunklen Nebel, und dann einem neuen Licht entgegen zu einem Ort, der noch felsiger und Ehrfurcht gebietender war als der vorherige. Auf dem Gras lagen Kaninchenknochen verstreut. Von hoch oben, wo die Sonne stand, jenseits des Dunstschleiers, ertönte der schrille Schrei des Adlers und das Antwortgekrächze der Raben. Kaninchenknochen, so weißgrau wie Edelweiß und … die Knochen eines Wolfs. Der Schädel eines Wolfs.

Lunar ging hin und witterte seine ausgelaugte Reinheit. Der Schädel duftete nach dem süßesten Gras und nach Steinbrech. Lunar beschnupperte ihn eine Weile, dann sah er sich nach seinem Bruder um, und auf einmal war ihm klar, dass Solar an ihm vorbei und weiter hangaufwärts gegangen sein musste, hin zu dem Platz, an dem er früher schon einmal gewesen war und zu dem er eines Tages wieder gehen würde. Er rannte und rannte, und auch um ihn herum schien sich die Zeit zu verändern, so rasch und so ungewiss wie der Nebel.

Er rannte immer weiter, das Tappen seiner Pfoten schien ihm vorauszueilen, so als sei er spät dran und würde es nie ganz schaffen, die anderen einzuholen.

»Solar!«

Die seltsam geformten Felsen rundherum und über ihm sahen jetzt aus wie Wölfe und ragten aus dem Nebel ins Licht. Dann meinte er eine Wölfin zu sehen. Sie starrte ihn an, er wandte sich ihr zu, und dann bewegte sie sich, lief wieder voraus, auf der anderen Seite, ein Rüde diesmal, älter …

»Solar!« Er musste es sein.

Die Sonne strahlte vom blauen Himmel, das grüne Gras eines Tales, leuchtend gelbe Sommerblumen, und da lag ein Wolf, tödlich verletzt, hilflos, völlig erschöpft, und in der Nähe rauschte ein Fluss, blau wie der Sommerhimmel.

Lunar kannte diesen Wolf.

»Nein!«, rief er erschrocken. Er wusste, er war zu weit gegangen und hatte zu viel riskiert. *»Nein!«*

Das Heulen von Wölfen hallte zwischen den Felsen und Überhängen wider; es schien aus dem Nebel zu kommen, der die höchsten Gipfel einhüllte. Lunar blickte hinauf, das Geheul suchte ihn von dort wegzulocken, wohin er gehen wollte, zurück in den Nebel früherer Zeit, seiner rechtmäßigen Zeit.

»Lunar«, riefen die Wölfe, die da heulten, und es klang wie eine Aufforderung, dahin zurückzukehren, wo er jetzt gebraucht wurde. Das Gelände vor ihm schien anzusteigen, aber nur ein bisschen, bevor es wieder abfiel, nur noch ein oder zwei Schritte …

Lunar machte diese Schritte, er sah, wie der Nebel sich wieder lichtete, und starrte hinab auf das in der Sommersonne bläulich schimmernde Wasser eines Flusses und auf den großen Wald dahinter. Und er sah etwas, das er nicht sehen wollte …

Das Heulen kam aus dem Nebel und von den Felsen: »Lunar, Lunar, komm zurück zu uns, komm zurück …«, und schließlich bemühte er sich in Todesangst, sich abzuwenden.

Solar, der erschöpft und verletzt war, weil er die Felsvorsprünge nicht gemieden hatte, die im Nebel ihre Position wechselten wie lebendige Wölfe, wandte sich ebenfalls in die Richtung, aus der das Heulen kam, und hörte seinen Namen rufen, aber er konnte nicht aufstehen. Hinter ihm rauschte ein Fluss vorbei, nahe genug, um manchmal etwas von seinem Wasser bespritzt zu werden.

Er sah einen Wald, er sah einen Wolf, alt geworden vor Kummer und Sorgen, und aus der Dunkelheit heraus, die jetzt über ihn hereinbrach, empfand er unendliches Mitleid und Verständnis.

»Nein«, schrie er, »nicht *du* …«

Dann heulte Solar aus Mitleid und aus Liebe.

Lunar stellte fest, dass er letztlich doch umgekehrt war; völlig erschöpft trottete er hangabwärts durch die Rinnen des Ortes, dessen Ende er nie erreicht und dessen Felsen er nie gänzlich zu Gesicht bekommen hatte.

So plötzlich, wie sie sich vor einer Ewigkeit, wie es schien, getrennt hatten, so plötzlich fanden Solar und Lunar wieder zusammen. Der Nebel lichtete sich, und es ging den ganzen Weg mit seinen Biegungen und Windungen zurück zu dem verbotenen Eingang, durch den sie nie hätten gehen dürfen. Von der Felsenrinne aus sahen sie das Steilfeld in der Nachmittagssonne daliegen.

»Um Wulfs willen, Lunar, lass uns von hier verschwinden und nie zurückkommen. Das ist kein Ort für sterbliche Wölfe.«

»Nein«, erwiderte Lunar ernüchtert.

»Schwöre, dass du nie wieder hierher kommen wirst!«

Lunar blickte zurück zu dem nebligen, felsigen, undefinierbaren Ort. Er versuchte zu tun, was Solar verlangte.

»Ich kann nicht«, flüsterte er. Trotz aller düsteren Visionen hatte es den Anschein, als könne das verbotene Tal ihn eines Tages nach Hause führen.

Als Tervicz sein Geheul beendete, sahen die Wölfe Solar und Lunar aus dem Nebel auftauchen, der den Felsbrocken oben bei den Klippen einhüllte. Unsicher schauten sie sich um, und dann gaben sie mit einem kurzen Bellen zu verstehen, dass es ihnen gut ging, dass sie in Sicherheit waren und dass sie, Wulf sei es gedankt, wieder da waren.

»Klimt, sieh doch!«

Es war Kobrins Stimme und alle blickten in die Richtung, in die er deutete.

Dort unten im Moorland wimmelte es von Wölfen, von

zornigen, rachsüchtigen Wölfen, angeführt von dem wild dreinblickenden Führer, der zum Eingang der Felsenrinne hinaufsah, und von der schreienden, kreischenden, zum Angriff drängenden Dendrine.

»Ja«, flüsterte Klimt, »das neue Zeitalter bricht an mit all seiner Düsternis und –«

An dieser Stelle wandte er sich Solar und Lunar zu, die sich behutsam einen Weg durch die Felsen bahnten, erschrocken über den seltsamen Ausdruck in den Blicken von Klimt und Elhana.

»Und mit all seinem Licht«, fügte Klimt hinzu.

Dann lief er frohen Herzens, wie er es bisher nie gezeigt hatte, über das Steilfeld den beiden heimkehrenden Wölfen entgegen.

»Solar! Lunar! *Solar!*«

Aber wie lange währte nun die gemeinsame Freude? Wie es schien, eine Ewigkeit, obwohl Klimt wegen des Vorrückens der Madjaren beunruhigt war. Vielleicht waren es aber auch nur ein paar Augenblicke.

»Hören Sie!«, sagte Klimt in der alten Weise. »Hört zu! Hört meine Befehle. Tut, was ich sage, und die Zukunft gehört uns. Kobrin, Tare, Rohan, Elhana – ihr bleibt hier, oder hier in der Nähe. Schleicht herum und versteckt euch, aber seid alles andere als unsichtbar. Kobrin wird euch zeigen, wie ihr euren Feind zum Narren haltet, ihn demütigt und wütend macht, ohne euch dabei erwischen zu lassen. Lasst euch nicht erwischen, denn dann kann euch keiner mehr helfen. Indem ihr euch ständig zurückzieht und wieder auftaucht wie ein Moskito, der fortwährend den Schlaf eines Wolfs stört und ihn langsam verrückt macht, werdet ihr die Madjaren zermürben, damit sie nicht in den Genuss kommen, das Steilfeld, den Wald und das Tal zu erobern.

Der Wasserfall wird euer Zufluchtsort sein, denn er ist ein Wolfsweg, der für uns geschaffen wurde. Das ist ein sicherer Platz. Lounel wird euch helfen, Vertrauen zu lernen. Dort werden wir euch alle bei unserer Rückkehr wieder treffen.«

»Bei eurer Rückkehr?«, sagte Kobrin, der zwar froh war,

dass Klimt ihm eine so verantwortungsvolle, wenn auch gefährliche Aufgabe übertragen hatte, aber sich dennoch über Klimts Absichten im Unklaren war.

Klimt nickte. »Dies ist jetzt nicht der passende Ort für zwei Wölfe, denen Führer und Dendrine den Tod geschworen haben; Solar und Lunar müssen von hier fort und ich muss sie auf der Reise begleiten, zu der mich der Wanderer herausgefordert hat.«

»Wohin geht ihr?«, fragte Tare.

»Nach Kasachstan, um Verbündete zu suchen, die uns dabei helfen, die Bestimmung der Wolfheit zu erfüllen, was die Madjaren uns nie zutrauen würden.«

»Denkst du dabei etwa an einen gewissen Kazan?«, knurrte Kobrin. »Er wird euch nicht helfen.«

»Er wird«, sagte Klimt. »Er muss. Bewahre den Geist dieses Ortes für uns, Kobrin, und vertraue darauf, dass einige von uns oder sogar alle noch vor dem ersten Schnee zurück sein werden.. *Wir werden zurückkommen.* Wie andere auch.«

»Andere?«, fragte Tare.

»Aragon, Jicin, Stry und andere – ein neues Zeitalter bricht an, und was Kobrin euch beibringt, und der Widerstand, den ihr den Madjaren hier entgegensetzt, daran wird man sich noch nach Jahren erinnern, und es wird andere, die an unsere Bestimmung glauben, dazu veranlassen, ins Herzland zu reisen und mitzuerleben, wie Wulf und Wulfin ihre Reise zurück zu den Sternen antreten.«

»Vater …«, flüsterte Rohan, »was ist mit Tervicz? Wird er dich begleiten?«, Ihr Blick verriet, dass sie Angst hatte, aber dennoch ihr Bestes tun wollte.

Klimt lächelte und schüttelte den Kopf. »Er hat mir jetzt fünf Jahre lang zur Seite gestanden, und ich habe nicht einmal an seinem Mut seiner Loyalität oder seiner Vernunft gezweifelt. Ich wünschte, er käme mit mir, aber … ich glaube, er möchte lieber bei dir bleiben! Was, Tervicz?«

»Ich werde tun, was du befiehlst«, sagte Tervicz leise.

»Beschütze meine Töchter und meine Leitwölfin, bis du sicher bist, dass die Madjaren ihnen nichts mehr anhaben können, Tervicz, so wie Kobrin euch helfen wird das Herzland zu beschützen.«

»Also bleibt er hier?«, fragte Rohan etwas ungläubig.

»So nah, wie es nur geht«, meinte Klimt lachend. »Aber wenn die Zeit kommt und du merkst, dass du in dein Heimatrevier zurückkehren und Rohan mitnehmen musst, so hast du meinen Segen. Für das Rudel wird es gut sein zu wissen, wie stark die Madjaren in der Bukovina sind.«

Aus der Richtung der großen Felsenrinne drang das Geräusch von abbröckelndem Gestein zu ihnen herüber, so als ob viele Wölfe stetig zum Steilfeld hinaufkletterten.

»Mögen die Götter mit euch sein«, sagte Klimt »und die Wölfe der Zeit eines Tages wieder zusammenführen, stärker, als sie je waren.«

»Solar! Lunar! Führer!«

Es war Elhana, die sich von allen dreien verabschieden wollte.

»Mögen Wulf und Wulfin mit euch sein, meine Lieben, und euch sicher zu mir zurückbringen. Und jetzt geht oder ihr werdet Tränen in meinen Augen sehen.«

Klimt und Lunar zogen sich zurück, aber Solar blieb noch einen Moment.

»Ich habe nie Tränen in deinen Augen gesehen, Mutter«, sagte er.

»Dann siehst du sie jetzt mein Lieber.«

Und sie weinte, und er sah ihre Tränen, bevor er sich schließlich umwandte und seinen Vater und seinen Bruder auf ihrer Reise nach Kasachstan begleitete.

»Kommt, meine Freunde«, sagte Kobrin, »denn ich habe euch noch eine Menge beizubringen, wenn wir unsere Aufgabe erfüllen wollen. Als Erstes sollt ihr lernen, aus dem Blick eines Wolfes zu verschwinden, selbst wenn er nur ein kurzes Stück von euch entfernt ist ...«

Als die Madjaren das Ende der großen Felsenrinne erreichten und zuerst Führer und danach Dendrine in Sicht kamen, verschwanden Kobrin und alle, die er jetzt führte, vom Steilfeld.

»Ein neues Zeitalter ist angebrochen«, rief Dendrine, als

sie von einem Ort Besitz ergriff, den sie einst so gut gekannt hatte.

»So ist es«, sagte Führer und blickte über die Felsen im Norden und über die Geröllhalden, in deren geheimen Winkeln er aufgewachsen war, und er wunderte sich, warum der Ort auf einmal Augen zu haben schien, aber Augen, die er nicht sehen konnte.

Kapitel 14

Jicin macht sich auf, die Wölfe von Brive zu retten, und glaubt, dass es an der Zeit sei, ins Herzland zurückzukehren

Sechs Monate war es jetzt her, dass Aragon Jicin in Südfrankreich zurückgelassen hatte, sechs Monate, in denen sie zwar viel über die Menschen und deren Krieg erfahren hatte, mit ihrer eigentlichen Aufgabe aber kaum vorangekommen war. Doch nun, da die ersten Strahlen der Frühlingssonne die Berge und Täler von Armagnac erwärmten, würde sich das vermutlich ändern.

Aragon hatte sie und ihre Gefährten vor eine doppelte Aufgabe gestellt: Erstens sollten sie feststellen, wie weit der Menschenkrieg sich ausgeweitet hatte, und zweitens sollten sie einen einzelnen Wolf aufspüren, dem sie vor einigen Wochen begegnet waren und der von anderen Wölfen berichtet hatte, die nördlich von Toulouse in Gefangenschaft lebten.

Leider hatte er erst ein oder zwei Tage vor Ausbruch des Menschenkrieges mit ihnen Kontakt aufgenommen – obwohl er ihnen schon seit mehreren Wochen durch die Ausläufer der Pyrenäen gefolgt war. Damals hatte er ihnen seine Geschichte in aller Kürze erzählt und die gefangenen Wölfe fast nur am Rande erwähnt. Und als Aragon und Jicin die Bedeutung seiner Worte endlich begriffen hatten, hatte die Zerstörung von Toulouse ihre Aufmerksamkeit abgelenkt.

Erst als sie entdeckten, dass der Wolf, der Leon hieß, wieder verschwunden war, wie Einzelgänger es zu tun pflegen, wurde ihnen klar, dass sie mehr hätten in Erfahrung bringen müssen. Keiner der drei Verbannten hatte ihr Erlebnis mit dem blinden Wolf in dem belgischen Zoo vergessen, und der Gedanke, dass ganz in der Nähe weitere Wölfe in Gefangenschaft gehalten wurden, beunruhigte sie, weckte aber gleichzeitig ihre Neugier. Deshalb hatte Aragon Jicin mit der Aufgabe betraut, möglichst viel über diese Sache und über den Krieg herauszufinden, und sich dann zu entscheiden, ob es vielleicht an der Zeit sei, ins Herzland zurückzukehren.

Die Selbstsicherheit, mit der Jicin ihren Gefährten Befehle erteilte, hätte all jene in Erstaunen versetzt, die sie vor vier Jahren erlebt hatten. Damals war sie nichts weiter gewesen als eine gebrochene und verirrte madjarische Wölfin und die Sklavin Dendrines, der Gefährtin Zänkers, des Anführers des Hauptrudels der Madjaren. Doch nach ihrer Flucht vor den Madjaren und ihrer Aufnahme in das Rudel der Wölfe der Zeit hatte sie sich in eine Wölfin verwandelt, die nicht zu unterschätzen war – ein Prozess, der vier Jahre gedauert hatte und in gewisser Weise immer noch andauerte.

Kein Wolf hatte größeren Einfluss auf sie gehabt als Klimt, dem sie sich während seines selbst auferlegten Exils angeschlossen hatte, bevor er Aragon die Führung wieder entriss und alle ins Herzland führte.

Während der glücklichen Zeit, die Klimt und sie allein miteinander verbracht hatten, hatte Jicin eine Menge über Unabhängigkeit und Führerschaft gelernt. Auch Kobrin, dieser großartige und liebenswerte russische Wolf, der sich nach einiger Zeit zu ihnen gesellt hatte, hatte ihr vieles beigebracht. Und später, in der Verbannung, war Aragon ihr Lehrmeister gewesen.

Nur an die Zeit nach ihrer Niederlage durch Elhana im Kampf um die Führerschaft im Rudel der Wölfe der Zeit und an die Zeit vor ihrer Verbannung dachte sie ungern zurück: Sie hatte sowieso nie Leitwölfin werden wollen, sie hatte nur Klimt gewollt, den sie mehr um seiner selbst willen liebte denn als Rudelführer.

»Oh, Wulf …«

Wie lang und bitter waren ihre aussichtslosen Gebete seit der Verbannung gewesen, in denen sie sich gewünscht hatte, wieder bei ihm sein zu können; wie tief ihr Schmerz über den Verlust. In den ersten Jahren verging kein Tag, an dem sie nicht an ihn dachte und sich nach ihm sehnte. Mit der Zeit wurde der Schmerz jedoch erträglicher, auch wenn er manchmal ganz unerwartet und heftig zurückkehrte. In solchen Momenten bildete sie sich ein, dass er gerade an sie dachte oder sie vielleicht sogar brauchte.

Aber im Laufe der Jahre hatte sie mit Aragon nie gekannte Freuden entdeckt: Gemeinschaft, Spaß und die Freude an einfachen Dingen. Sie sehnte sich zwar immer noch nach Klimt, Wulf wusste es, aber es war jetzt leichter zu ertragen, und wenn sie dieses Gefühl überkam, dann in kleinen Wellen und nicht in hohen Wogen.

Wenn sie sich jetzt ihre drei Gefährten ansah und wie sie ihrem Befehl folgten, dann begriff sie, wie viel sie gelernt hatte. Wenn ihr kleines Rudel sich zahlenmäßig vergrößerte, wofür sie jetzt Sorge tragen sollte, würde sicher der eine oder andere Rüde die Führerschaft übernehmen. Ob sie in dem Fall Leitwölfin bleiben und mit anderen kämpfen könnte, so wie Elhana mit ihr gekämpft hatte? Vielleicht … vielleicht …

Nein. Leitwölfin zu sein hieße, dass sie nach dem Gesetz des Rudels Junge bekommen müsste, und um Junge zu bekommen, müsste sie sich paaren. Das wiederum würde bedeuten, dass ihre Erinnerung an Klimt noch mehr verblassen würde. Jedenfalls hatte sie keine Lust, Junge zur Welt zu bringen und sie aufzuziehen. Sie hatte schon einmal ihre Jungen verloren und als ob das nicht schlimm genug gewesen wäre, hatte sie später auch noch eines von Elhanas Jungen verloren.

Oh, Wulfin, lass mich nicht wieder weinen …

Aber um *dieses* arme Junge weinte sie immer noch, auch wenn ihre Tränen für Klimt mittlerweile versiegt und nur noch Trostlosigkeit und die allmählich verblassende Erinnerung an ihn geblieben waren. Der Schmerz über den Verlust dieses entzückenden Welpen aber, für dessen Tod sie sich verantwortlich fühlte, war immer noch sehr stark.

Nein, nein, sie glaubte nicht, dass sie es noch einmal wagen würde, sich zu paaren.

Zu den frustrierenden Erlebnissen des Winters nach Aragons Weggang nur so viel: Fast überall, wo sie hinkamen, tobte der Krieg, in Spanien wurden ganze Dörfer und Städte zerstört, und in Frankreich schien sich die Seuche etwas weiter nördlich von Toulouse ausgebreitet zu haben, wo sie zum ersten Mal deren Zeuge geworden waren.

Was den Einzelgänger Leon betraf, so war es weniger schwierig gewesen, ihn zu finden – denn allmählich merkten sie, dass er ihnen weiter gefolgt war –, als ihn zu überreden, sich ihnen anzuschließen und mit ihnen zu sprechen. Dies war ihnen nicht gelungen, bis Jicin ihn endlich im April an einer Hauptstraße der Menschen nicht weit von dem zerstörten Toulouse gefunden hatte. Er lag völlig reglos da, so als sei es ihm lieber, getötet zu werden, egal ob von Menschen oder Wölfen, als weiterzuleben.

Doch die Gesellschaft der anderen Wölfe munterte ihn bald auf und nachdem er gefressen und sich genügend Ruhe gegönnt hatte, entwickelte er sich allmählich zu einem gesunden, selbstsicheren Wolf, der für jedes Rudel eine Bereicherung darstellte, vorausgesetzt, er blieb.

Schließlich erzählte er Jicin kurz von den Wölfen, die in Gefangenschaft lebten, und er schien sehr erleichtert zu sein, endlich mit jemanden darüber sprechen zu können. Kaum hatte er geendet, gestand er ein, die Suche nach ihnen verschoben zu haben, weil … weil …

»Das kannst du uns unterwegs erzählen«, meinte Jicin, die weitere Ausflüchte befürchtete.

»Ja, in Ordnung«, erwiderte Leon.

»Dann lasst uns gehen.«

Nach sechs Monaten tat Jicin endlich das, was sie schon

so lange vorgehabt hatte – sie zog los, um die Wölfe zu retten, die ihre Hilfe brauchten.

Am ersten Tag wurde ihre Reise dadurch erschwert, dass das Territorium, das sie durchwandern mussten, von Menschen geschaffen worden war. Es gab kaum einen Baum, hinter dem sie Deckung suchen konnten, oder einen Bach, um ihren Durst zu stillen. Deshalb führte Jicin ihre Gefährten mit besonderer Vorsicht und ließ sie von Mittag bis zum Einbruch der Dämmerung ausruhen, weil der graue, wolkenverhangene Himmel sich aufgeklärt hatte und der einzige Weg allzu frei und ungeschützt vor ihnen lag.

Jicin hatte immer den Eindruck gehabt, dass Aragon kein guter Zuhörer war – eine seiner wenigen Schwächen – und dass er deshalb in Zeiten, in denen sie zur Untätigkeit gezwungen waren wie jetzt, die Gelegenheit versäumt hatte, etwas über die Aufgabenverteilung und die Spannungen innerhalb des Rudels zu erfahren. Jicin musste immer daran denken, wie Klimt andere reden ließ und ihnen kommentarlos zuhörte, sodass er nicht nur Neuigkeiten erfuhr, sondern auch dazu angeregt wurde, über Dinge nachzudenken, die ihm sonst verborgen geblieben wären, und dass er somit in der Lage war, die Stimmung im Rudel zu beurteilen.

Jicin, die jetzt frei war von den Beschränkungen, die Aragon ihr auferlegt hatte, und die sich der Enttäuschung ihrer Gefährten bewusst war, nicht dazu ausersehen worden zu sein, mit Aragon ins Herzland zu reisen, ermunterte die anderen zum Reden, indem sie sich ruhig verhielt und sich putzte.

Egro, ein Rüde aus dem Cabrera-Rudel, stürzte sich einmal auf sie, um zu probieren, wie weit er gehen konnte. Sie schnappte nach ihm, jagte ihn, Überlegenheit demonstrierend, knurrend aus dem Versteck und schalt ihn, weil er es riskierte, die Menschen auf sie aufmerksam zu machen – obwohl sie den Platz ausreichend überprüft hatte und wusste, dass in dieser Hinsicht keinerlei Gefahr bestand. Egro war nun mal jung und ungeduldig, aber auch reumütig, und was er getan hatte, bewies immerhin Mut. Später nahm Jicin ihn lächelnd und ohne viel Worte wieder in ihren Kreis auf. Ja, sie war ihm sogar dankbar, dass er ihr die Möglichkeit gegeben hatte klarzustellen, wer im Moment noch das Sagen hatte.

Nach Egros Verbannung hatten die anderen beiden Wölfe es vorgezogen, sich ruhig zu verhalten, aber nach seiner Rückkehr wurden sie allmählich wieder gesprächiger. Ronera, Egros Schwester, begann ihre Rede wie üblich mit einer Beschwerde.

»Wie lange sollen wir denn noch an diesem feuchten Ort bleiben, wo uns der Magen knurrt und –«

»Vielleicht bis zum Abend, vielleicht auch bis zum Morgen«, meinte Leon gelassen. Er war nicht ganz so eingebildet und hochmütig wie Egro und auch noch nicht einmal so leicht zu entdecken, denn er hatte eine vernünftige Vorsichtsmaßnahme getroffen und sein Hinterteil mit Gestrüpp bedeckt, um sich vor dem Wind zu schützen.

»Ich werde mir eine Erkältung holen«, erklärte Ronera ein wenig dramatisch, als ob man nichts dagegen tun könnte.

Leon grinste, blinzelte Jicin zu und kroch noch weiter unter das Gestrüpp, wie um zu zeigen, was Ronera gegen die Kälte tun konnte, wenn sie nur wollte.

Eine Zeit lang herrschte Schweigen, denn alle kannten Ronera und wussten, dass man am besten nichts sagte, wenn sie in dieser Stimmung war, denn schon der leiseste Widerspruch konnte sie wieder in Fahrt bringen.

»Mir wäre es wohler, wenn ich wüsste, wie lange diese lächerliche Reise noch dauert«, sagte sie schließlich.

»Wenn du so weitermachst, wird sie noch länger dauern«, erwiderte Leon augenzwinkernd und entlockte Jicin ein Lächeln; dann fügte er hinzu: »Wenn wir es klug anstellen, dauert es noch ungefähr drei Tage.«

»Drei Tage«, murmelte Jicin.

»Am anderen Ufer des Lot hat man gute Deckung«, bemerkte Egro mit einem Blick auf Jicin, um zu sehen, ob er sprechen durfte. Da Jicin gelassen blieb, riskierte er noch eine Bemerkung: »Dort gibt es Wald, so weit das Auge reicht – fast.«

»Du hast die Reise schon mal gemacht, oder?«, erkundigte sich Leon, der den Weg kannte.

Es war eine Art Kampf um die Rangordnung, aber die Blicke, die sie Jicin dabei zuwarfen, machten deutlich, wen sie als ihren Boss betrachteten.

»Nein«, erklärte Egro, »ich habe nur gesagt, was ich gesehen habe, als ich das Gelände erkundete –«

Das war vor mehr als sechs Monaten gewesen.

»Das Gelände ist bewaldet, okay, aber nicht überall«, widersprach Leon, der es genoss, gegenüber einem Wolf, der ihm körperlich überlegen war, seine verbale Überlegenheit zu demonstrieren. »Etwas weiter unten im Tal befinden sich einige Gehöfte, Fischteiche und Felder.«

»Ich wette, es gibt einen Weg durch den Wald«, verteidigte Ronera ihren Bruder.

»Natürlich«, sagte Egro, denn er spürte, dass er etwas an Boden verloren hatte.

»Wir können die Zeit totschlagen oder etwas Besseres mit ihr anfangen«, meldete sich plötzlich Jicin zu Wort, die das Gezänk satt hatte. »Leon weiß mehr über unser Reiseziel als wir, deshalb soll er uns noch mal darüber berichten.«

»Nicht schon wieder!«, murrte Egro, der bereits einen Teil der Geschichte kannte.

»Aber ich kenne die Geschichte noch nicht, und ich würde sie gern hören«, sagte Ronera.

»Erzähl uns noch mal, wie du von diesen Wölfen erfahren hast«, befahl Jicin, »und was du auf der Suche nach ihnen entdeckt hast.«

Leon nickte bereitwillig, denn jedes Mal, wenn er die Geschichte erzählte, kam wieder etwas mehr von dem ans Licht, worüber er so lange geschwiegen hatte.

»Erzähle es uns noch mal, Wolf, so gut du kannst ...«, sagte Jicin freundlich.

»Ich weiß nicht, wo ich herkomme, wer meine Eltern sind und welcher Wolf mir meinen Namen gab«, begann

Leon. »Das Erste, woran ich mich erinnere, sind Berge und Menschen, hohe, schneebedeckte Berge und tanzende, lärmende Menschen mit großen Augen und einem süßlichen, übel riechenden Atem; und meine Angst die mich schaudern ließ.

Ich starrte sie an, und sie schienen an mir vorbeizutanzen, Tag und Nacht, Frühling und Winter, und ich glaube jetzt, das war schlimm, sehr schlimm.

Das Erste, woran ich mich ganz deutlich erinnere, ist, dass ich verdorbenes Fleisch fraß und saure Milch trank und dass ein anderer Wolf mich dabei beobachtete. Dieser Wolf lehrte mich zu leben. Dieser Wolf war für mich Vater und Mutter zugleich. Dieser Wolf war für mich Vergangenheit, Gegenwart und Zukunft, welche in den Sternen liegt wo Wulf und Wulfin einst lebten, bevor die Wolfheit bestraft wurde, und wohin sie eines Tages zurückkehren werden.

Ich weiß nicht, wie lange es dauerte, bis ich erfuhr, wo ich war, oder dass ich vielleicht gar nicht hierher gehörte. Der Wolf, der mit mir den Käfig teilte, muss es mir gesagt haben: Ich befand mich in einem Zirkus, der Sommer und Winter, Frühling und Herbst von den Bergen ins Flachland zog und wieder zurück. Auf diese Weise lernte ich viele Orte kennen.

Der Wolf, der sich um mich kümmerte, hieß Galliard, und seine Schwester Maladon. Ich weiß das deshalb, weil kein Tag – oder kaum ein halber Tag – verging, ohne dass Galliard von ihr sprach. Galliard und seine Schwester, von der er besessen war, brachten mir bei, was Zuneigung, Liebe und Hass sind. Galliard zog mich auf, aber Maladon, deren Gegenwart er ständig beschwor, beherrschte mein Leben.

›Eines Tages wirst du sie kennen lernen‹, sagte er, ›und dann wirst du verstehen, warum ich so oft von ihr spreche!‹

Aber ich war nicht sicher, ob ich das überhaupt wollte. Wenn ich von ihr träumte, dann waren es Albträume; und in meiner Vorstellung war sie immer böse und bestrafte mich ... Kurz darauf erfuhr ich, dass Galliard selbst in einem Zoo aufgewachsen war, in einem Ort namens Brive, nordöstlich der Pyrenäen. Dort war seine Schwester Maladon Leitwölfin, und ihr verdankte Galliard seine Flucht, seine Gerissenheit und all sein Wissen. Sie mochte zwar brutal, ja vielleicht sogar grausam gewesen sein, aber sie hatte immerhin dafür Sorge getragen, dass Galliard aus dem Zoo entkommen und sich anschließend allein durchschlagen konnte.«

»Und was ist mit deiner Geschichte?«, fragte Ronera, die gespannter darauf war, etwas über Leon zu erfahren als über eine Wölfin, von der er ebenso besessen zu sein schien wie Galliard.

»Mit meiner? Nun ... wie ich schon sagte, ich weiß nicht, woher ich komme, und das ist eine Tatsache. Aber wahrscheinlich wurde ich in einem dieser Zirkuskäfige geboren, und meine Mutter starb vermutlich bei der Geburt. Wenn wir unterwegs waren, wurden wir manchmal in einen Käfig gesperrt, in dessen einer Ecke es noch ganz schwach nach einer Wölfin roch. Vielleicht wurde ich in diesem Käfig geboren, und es war der Geruch meiner Mutter.

Galliard erzählte mir, vor Jahren hätten ihn Schäfer völlig entkräftet in den Bergen gefunden und zum Zirkus gebracht. Vielleicht haben die Menschen ihn deshalb zu mir in den Käfig gesperrt, weil sie sahen, dass ich schon halb tot war, und weil sie dachten, dass mir die Gesellschaft eines Wolfes gut tun würde.

So wuchs ich also in der Gefangenschaft heran. In all der Zeit durfte ich den Käfig nur drei Mal verlassen und an jedes Mal erinnere ich mich, als sei es gestern gewesen: Das erste Mal hatte ich furchtbare Angst; das zweite Mal empfand ich so etwas wie Freude; und beim dritten Mal starb Galliard.

Beim ersten Mal war es Frühling. Wir befanden uns auf dem Rückweg in die Berge und hatten bereits die Ausläufer des Gebirges erreicht. Einige der Käfige wurden in einen von einer Mauer umgebenen Hof gerollt, in dem es nach Pferden und Stieren roch, obwohl keine dort waren.

Die Menschen kamen, schlugen mit Stöcken gegen das Gitter unseres Käfigs und stocherten nach uns. Galliard befahl mir, mich zu ducken und in der hintersten Ecke des Käfigs zu bleiben. Sie öffneten die Käfigtüren und vor uns war nichts als frische Luft. Das war die erste Angst: im Freien zu sein. Ich dachte, wenn ich hinausginge, würde ich tot umfallen.

Jetzt stocherten sie mit ihren Stöcken von der Seite nach uns und schließlich von hinten, und Galliard verließ knurrend den Käfig. Ich schiss mich vor Angst voll, als ich ins Freie hinausgestoßen wurde. Ich dachte, ich müsste sterben. Da waren zwei Hunde, die bellten und knurrten. Sie wurden auf uns losgelassen. Wir konnten nicht entkommen, weil die Menschen die Käfigtüren hinter uns zugeschlagen hatten, und wir – oder zumindest ich – erstarrten.

Galliard beschützte mich. Knurrend ging er zwischen mir und den Hunden in Verteidigungsstellung. Die Hunde hielten einen Moment inne, während die Menschen enttäuscht schrien und gestikulierten, weil sie uns kämpfen sehen wollten. Auf einmal rannten die Hunde wieder los und stürzten sich mutig auf Galliard. Dieser rollte sich herum, kämpfte und knurrte, bis ich einen Hund aufjaulen hörte. Inzwischen hatte der andere von Galliard abgelassen und stürzte sich auf mich. Ich öffnete das Maul und spürte, wie unsere Kiefer aufeinander prallten und seine Zähne zu meiner Zunge vorstießen. Dann biss er mich in die rechte Flanke. Die Menschen schlugen auf ihn ein und er fiel auf die Seite. Sie schlugen ihn wieder, und er versuchte davonzukriechen. Sie schlugen ihn noch mal, und wo sein Auge war, war alles voller Blut. Die Menschen schlugen noch ein paarmal auf ihn ein, und Galliard kam zu mir. Der andere Hund, der aufgejault hatte, war winselnd zu einer Mauer gekrochen.

Galliard sagte: ›Du hast gezögert. Zögere *nie,* wenn du angegriffen wirst – nicht einen Moment. Entweder kämpfe oder lauf weg, aber zögere nicht.‹

Wir wurden wieder in den Käfig gesperrt, und danach zeigte mir Galliard, wie man kämpft. Er brachte mir alles bei, was er auf diesem Gebiet wusste, obwohl ich jetzt, nachdem ich andere Wölfe getroffen habe, weiß, dass es nicht gerade viel war. Genug, um mich zu verteidigen, nicht mehr ...«

Leon warf einen kurzen Blick auf Egro, mit dem er von Anfang an gestritten und gerauft hatte und der ihm mehr oder minder ebenbürtig war.

»Und das zweite Mal, als du aus dem Käfig raus durftest?«, half ihm Jicin auf die Sprünge.

Ehe Leon fortfuhr, erhob er sich von seinem Platz und streckte sich. Er blickte über die Felder und beobachtete mit den anderen, wie in der Ferne ein Bauer mit dem Traktor übers Feld fuhr, gefolgt von einem Schwarm Möwen. Kein Lüftchen regte sich, es wurde kälter, und blauer Dunst hing über den Wäldern, die bis hinüber zu den fernen Hügeln reichten.

»Das zweite Mal ...«, seufzte Leon zufrieden, »das war im Herbst desselben Jahres. Wir kamen gerade aus den Bergen zurück und lagerten auf den Feldern in der Nähe eines Dorfes. Eines Tages wurde unser Käfig auf eine mit hohem Stacheldraht umzäunte Weide gebracht und Galliard sagte: ›Denk dran, was ich dir gesagt habe. Zögere nicht, wenn die Hunde kommen, oder was die Menschen sonst mit uns vorhaben.‹

Aber diesmal hetzten sie keinen auf uns. Da war nur ein endlos blauer Himmel, der angenehme Duft von Kräutern, das wogende gelbe Habichtskraut und der Samen in der Luft, den der Wind langsam vor sich her trieb. Der Boden war trocken und rissig und die Menschen ließen uns frei herumlaufen. Die Weide erschien mir riesengroß, obwohl ich mich nicht weit vom Käfig weggewagt hätte, hätte Galliard mich nicht bis an den Rand der Umzäunung geführt.

›Lauert hier irgendwo Gefahr ... Hunde?‹

›Ich wittere keine‹, sagte er.

›Was machst du?‹

›Ich sehe mich nach einem Fluchtweg um.‹

›Galliard!‹

Sein Lachen klang damals so fröhlich wie nie.

›Ich bin schon einmal entkommen, weil ich gelernt habe die Chance zu nutzen, die sich mir bietet.‹

Die Menschen kamen und trieben uns zurück, obwohl wir nicht wollten. Als wir zum Käfig zurückkamen, war er triefend nass, gesäubert und mit frischem Stroh ausgelegt und er roch nach Desinfektionsmittel.

›Mhm!‹, knurrte Galliard und pinkelte sofort in seine Ecke.

Als ich zwei Jahre später im Sommer den Käfig zum letzten Mal verlassen durfte, wurde Galliard schon langsam alt. Bis dahin hatte er mir fast alles über sein Leben erzählt, bevor er zum Zirkus kam. Aber am meisten sprach er von seiner Schwester Maladon.«

Jicin erhob sich und starrte aus der Deckung zum Himmel hinauf. Es war Nachmittag geworden, es herrschte trübes Wetter, und es wurde Zeit weiterzuziehen.

»Bei der nächsten Rast wirst du uns dann von dieser Maladon erzählen«, sagte Jicin.

»Und wie Galliard gestorben ist«, fügte Ronera hinzu.

»Und wie du aus dem Zirkuskäfig entkommen bist«, sagte Egro und zeigte damit, wenn auch vielleicht etwas widerwillig, wie sehr ihn Leons Geschichte mittlerweile interessierte.

»Sein Tod und meine Flucht waren eng miteinander verwoben«, entgegnete Leon, »und was Maladon betrifft, die grimmige und Furcht einflößende Schwester, die er niemals vergaß und vor der zu fürchten er vielleicht nie ganz aufgehört hat, so muss ich zugeben, dass ich selbst sehr große Angst vor ihr habe. Aber als ich aus dem Zirkus floh, wusste ich, dass ich meine Schuld gegenüber Galliard nur begleichen konnte, indem ich versuchte, Brive zu erreichen und ihr, wenn möglich, zu helfen.

Ich ging nach Brive, aber helfen konnte ich nicht – zumindest nicht allein. Der Zoo ist gut bewacht, die Käfige und Gehege nicht leicht zu öffnen – jedenfalls nicht von einem einzelnen Wolf. Deshalb trat ich den Rückzug in Richtung Süden an und betete zu Wulfin, der Göttin, die denen hilft, die leiden, dass ich andere Wölfe finden und meine mir selbst auferlegte Aufgabe erfüllen möge. So fand mich Jicin, und als Aragon meine Geschichte hörte, war er bereit mir zu helfen.«

»Du meinst, er war bereit, uns zu deiner Hilfe zurückzulassen, während er zum Herzland aufbrach!«, bemerkte Egro spitz, jedoch nicht ohne eine gewisse reuevolle Resignation. »Offenbar haben wir dir diesen Ausflug zu verdanken, Leon!« Allmählich entdeckte er an Leon etwas Unergründliches.

»Hast du –?«, begann Ronera, bevor Jicin sie unterbrach.

»Das ist die letzte Frage, denn wir müssen jetzt los.«

Ronera nickte, erhob sich und fragte Leon: »Hast du herausgefunden, ob Maladon noch lebt – und ob sie immer noch so schrecklich ist?«

Leon zögerte, dann sagte er vorsichtig: »Ich habe sie nur kurz gesehen, bevor ich loszog, um Hilfe zu holen, aber ich hatte den Eindruck, dass es sicher nicht leicht wäre, ihr den Gehorsam zu verweigern.«

»Wie sah sie aus?«

Wieder zögerte Leon. »Nun, sie … ich meine …«

»Ein andermal«, sagte Jicin bestimmt, denn es war klar, dass Leon noch weitererzählen würde, wenn er auch nur halbwegs Gelegenheit dazu bekäme. »Statt zu reden, sollten wir versuchen, einen Wolfsweg zu finden, der zu diesem Ort namens Brive führt, wo, wie du sagst Maladon und die anderen Wölfe noch leben.«

Mit Erstaunen stellte Jicin fest, dass Leon fast erleichtert aussah, weil er nicht länger über Maladon reden musste.

Die Routen, die Leon einschlug, erwiesen sich als sicher und einfach, denn sie führten meist durch dichten Wald und wurden nur selten von Menschen benutzt. Jicin hatte erwartet, dass Leon denselben Weg nehmen würde, den er zuvor gegangen war. Umso erstaunter war sie, dass er es nicht tat, sondern sich stattdessen nach den Wolfswegen in den Sternen richtete, wie Galliard es ihm gemäß ihrer Bestimmung beigebracht hatte.

Als sie am zweiten Tag ihrer Reise wieder einmal fast die ganze Zeit des Tageslichtes für ihre Rast nutzten, waren alle erschöpft und sprachen kaum ein Wort. Und je näher sie Brive kamen – Leon erklärte, dass es jetzt nicht mehr weit sei –, desto schweigsamer wurde er. Er wollte nicht mehr über seine Vergangenheit sprechen und reagierte gereizt und schließlich abwehrend auf Jicins Fragen, wie weit sie noch von ihrem Ziel entfernt seien und wie sie sich ihm nähern sollten. Dann wurde der Weg vor ihnen plötzlich immer verschlungener, es bestand kein direkter Bezug mehr zu dem Wolfsweg in den Sternen, und in Jicin regte sich der Verdacht, dass die Angst vor Maladon, die Galliards Geschichten in ihm wachgerufen hatten, so tief saß, dass er sie nur ungern wieder sehen wollte.

Egro hatte eine einfachere Erklärung: »Er hat den Weg vergessen. Warum sollte er sich sonst bei einer Route, die er schon mal benutzt hat, auf die Sterne verlassen? Verrat mir das!«

Ein oder zwei Nächte später, als die anderen noch lauter zu protestieren begannen, brach Leon sein Schweigen. Zuerst erzählte er, wie er auf den gefährlichen Menschenweg geraten war, wo Jicin ihn gefunden hatte.

»Ich war sehr weit gewandert, vollkommen unsicher, was ich tun sollte. Ich dachte, ich würde nie mehr andere Wölfe finden, nie. Die Einsamkeit zehrte an mir, und die Sinnlosigkeit, ohne alles weiterzuexistieren, oder ohne einen anderen Wolf. Bis ich mich auf einem Menschenweg wieder fand, bereit, getötet zu werden oder einfach zu sterben. Und ich wäre gestorben, hätte Jicin mich nicht an dieser Straße gefunden.«

»Aber davor hattest du doch die Wölfe in Brive gefunden, oder, Wolf?«, sagte Jicin. »Also wusstest du, dass es irgendwo andere Wölfe gab. Ich verstehe nicht, wie ein Wolf, der offenbar schon eine Menge durchgemacht hat, so plötzlich den Mut verliert.«

»Nein …«, erwiderte Leon und sah sie dabei etwas verstohlen an.

»Wie lang war es her, dass du Brive verlassen hattest …?«, fragte Jicin und sah ihn erstaunt an.

»Brive?«, gab er zerstreut zurück. »O ja …«

Jicin starrte ihn mit einer Mischung aus Ärger und Verwunderung an, als ob ihr plötzlich etwas klar geworden wäre, was sie zuvor nicht vermutet hätte.

»Du hast gesagt, du wärst schon mal dort gewesen und würdest dich an den Weg erinnern. Auf diese Aussage hin sind wir mit dir gekommen.«

»Habe ich das?«, fragte Leon.

»Das hast du sehr wohl!«, fuhr Egro ihn an.

»Ich kenne den Wolfsweg in den Sternen, der dahin – oder besser dorthin – führt, nur, weil Galliard ihn mir gezeigt hat.«

»Und du kannst uns dorthin bringen, weil du schon mal dort gewesen bist und dich an die Gegend erinnerst. Du hast vorhin gesagt, dass …«

»Du meinst …?«

»Du willst mir doch wohl nicht sagen, dass …?«

Jicin, Egro und Ronera scharten sich jetzt in bedrohlicher Weise um Leon.

Leon seufzte. »Ja, ich habe gelogen. Ich bin nie dort gewesen. Ich hatte nicht den Mut allein zu gehen. Ich hatte nicht den Mut …«

Es herrschte blankes Erstaunen. Nur Jicin hatte sich bereits wieder von dem Schreck erholt, und ihr war inzwischen noch etwas anderes aufgefallen. Doch während sie sich beherrschte, wäre Egro am liebsten auf der Stelle auf Leon losgegangen.

Wie gewohnt, beschwichtigte Jicin die anderen, indem sie ihnen riet, sich Leons Geschichte lieber zu Ende anzuhören, anstatt etwas Unüberlegtes zu tun. Auf ihren Vorschlag hin stillten sie erst einmal ihren Hunger und Durst und nachdem sie wieder zur Vernunft gekommen waren, versammelte Jicin ihr kleines Rudel erneut um sich und Leon fuhr mit seiner Erzählung fort.

»Ich habe euch nicht erzählt, wie ich aus dem Zirkus entkommen bin und Galliard mir bei der Flucht geholfen hat und jetzt ist nicht die passende Zeit«, begann Leon mit etwas unsicherer Stimme. »Aber geflohen bin ich, und zwar letztes Frühjahr. In der Freiheit musste ich rasch feststellen, dass ich ohne Galliard an meiner Flanke nicht wusste, was ich tun sollte. Monatelang lebte ich in den Bergen nahe der Pyrenäen. Dort habe ich gelernt, für mich selbst zu sorgen. Aber ich war einsam, schrecklich einsam. Wäre Galliard noch am Leben gewesen und in Gefangenschaft, ich wäre zu ihm zurückgegangen. So manches Mal trieb ich mich in der Nähe des Zirkus herum, in dem ich jahrelang gefangen gehalten worden war, um den vertrauten Geruch von Tieren und Menschen wahrzunehmen und mich wieder in ihre Obhut zu begeben. Aber immer zögerte ich, denn ich dachte an Galliards Bitte, ich solle, falls ich je frei sein würde, den Zoo suchen, in dem Maladon gefangen gehalten wurde.

Schließlich reichten meine Kraft und mein Mut aus, um die Pyrenäen zu überqueren. Ich benutzte die Sterne als Wegweiser, und kaum hatte ich das Gebirge hinter mir gelassen, fühlte ich mich gleich freier. Doch wie ihr alle wisst, herrscht in der Gascogne und in Armagnac Krieg, und ich kam nur langsam voran. Aus Angst vor den Menschenkanonen hielt ich mich in sicheren Gegenden auf und wanderte erst ein paar Wochen später nach Norden, um Brive zu finden. Aber die Einsamkeit kehrte zurück, und mit ihr eine Angst, die noch größer war als die, die mir Maladon einjagte – die Angst, dass sie vielleicht nicht mehr am Leben war.

Betrübt zog ich umher und betete zu Wulf, er möge mich sterben lassen. Doch Galliard erzählte mir oft, dass, wenn ein Wolf niedergeschlagen ist, seine Gebete erhört werden, und so fand mich Jicin.«

Leon blickte verlegen in die Runde, denn er war den Wölfen nun auf Gnade und Ungnade ausgeliefert.

»Mit eurer Hilfe hätte ich es schaffen können, aber irgendwie habe ich den Weg nach Brive verloren, und langsam bezweifle ich, dass das eingesperrte Rudel, das Galliard das Leben und schließlich die Freiheit geschenkt hat, überhaupt noch existiert.«

»Aber du bist sicher, dass der Wolfsweg, den dein weiser Ratgeber Galliard dir in den Sternen beschrieben hat, derselbe ist, dem wir gefolgt sind?«

»Ja. Aber …«

Er zuckte die Schultern und sah zum dunklen Himmel hinauf, wo ein paar Sterne zu sehen waren. Die Nacht war düster, der Wind kalt und der Himmel noch genauso wolkenverhangen wie am Tage.

»Nachdem wir dem Ziel seiner Beschreibung nach schon so nah waren, dachte ich, dass, wenn ich mich zuversichtlich gab und die Gegend durchstöberte, wir vielleicht die Witterung dieser Wölfe aufnehmen würden.«

»Der weite Weg umsonst!«, bemerkte Ronera mit verächtlichem Blick.

»Wir sind einem Wolf gefolgt, der den Weg nicht kannte!«, sagte Egro verärgert und scharrte mit den Pfoten in der feuchten Erde unter den Bäumen, wo sie saßen, begierig, ein für alle Mal seine Überlegenheit über Leon unter Beweis zu stellen.

»Aber du bist sicher, dass dies die Gegend ist, in der die Wölfe gefangen gehalten werden?«, fragte Jicin umsichtig.

»Wulf ist mein Zeuge«, rief Leon leidenschaftlich aus, »ich bin der Route gefolgt, die Galliard mir gezeigt hat und ich bin sicher, hier irgendwo müssen sie sein – ich schwöre es bei Wulf!«

Er stand auf und hechelte vor Wut und Enttäuschung, denn was konnte ein Wolf mehr tun, als er getan hatte?

»Ich schwöre, Jicin, dass das, was ich euch jetzt erzählt habe, wahr ist; allein hatte ich nur nicht den Mut, aber mit euch –«

»Hört!«

Ronera hörte es als Erste und dann hörten es alle.

Aus der Dunkelheit kam ein lautes, eindringliches Heulen über den Wald zu ihnen herüber.

»Das sind sie …«, flüsterte Jicin.

Ein Heulen, nicht von einem Wolf, sondern von vielen, ein Heulen, bei dem nicht die Angst mitschwang, dass Menschen es hören könnten.

»Das sind die Wölfe von Brive«, flüsterte Leon verwundert und erleichtert.

»Ein Gebet wurde erhört«, meinte Jicin ironisch. »Nun

denn, Wolf, auf eine Lüge hin hast du uns bis hierher geführt, jetzt solltest du uns auf ein Heulen hin auch noch den Rest des Weges führen.«

Dann rannten sie durch die Nacht einer hinter dem anderen, durch den Wald, über Wiesen, auf Menschenwegen; das Tappen ihrer Pfoten wurde schneller und schneller, als fürchteten sie das Geheul zu verlieren.

Aber das Heulen ging weiter, Minute um Minute, und dann war es längere Zeit still. Die Pausen dauerten aber nur so lange, bis die Wölfe Atem geholt hatten und wieder von neuem beginnen konnten: Ein Heulen, geboren aus der verzweifelten Hoffnung, dass die Wolfheit es irgendwann, irgendwie, hören und darauf antworten möge.

Leon rannte schneller, dicht gefolgt von den anderen, weil er dachte, er würde den Mut verlieren weiterzugehen, wenn er auch nur einen Moment stehen blieb und sich von Zweifeln oder Ängsten einholen ließ. Denn als sie näher kamen, sahen sie, dass der Ort, von dem das Heulen kam, in der Nähe einer Stadt lag, in der Lichter aufleuchteten und die Unterseite der Wolken erhellten und es befahrene Straßen gab. Und je näher sie kamen, desto besser konnten sie die einzelnen Stimmen der Wölfe unterscheiden: Rüden und Weibchen, junge und alte, und eine lauter und Furcht einflößender als die anderen.

Die Stimme einer Fähe, die das Geheul anführte.

Eine Fähe, in deren Stimme sich Bitterkeit mit Hoffnung vermischte, Zorn mit Vertrauen, und in der eine Sehnsucht nach Vergeltung lag, die so stark zu sein schien wie ihr immer lauter werdendes Heulen nach Freiheit.

»Wohin jetzt?«, keuchte Jicin, als sie an einer breiten Straße anhalten mussten.

»Im Schatten diesen Menschenweg entlang, bis wir einen sichereren Übergang finden?«, schlug Egro vor.

»Nein, hier geht's weiter«, sagte Leon und deutete, ungeachtet des herannahenden Verkehrs, auf die gegenüberliegende Straßenseite. In seinen Augen spiegelte sich das Licht der Straßenlaternen über ihren Köpfen. Er schien wie besessen zu sein und war nicht mehr zu halten, und die anderen folgten ihm. Leon wollte jetzt unbedingt das Ende des Weges erreichen, dessen Muster er zum ersten Mal als junger Wolf in den Sternen gesehen hatte, als ein anderer Wolf noch am Leben war; bis ans Ende … und noch weiter.

Sie überquerten die Straße und hielten sich im Schatten von Mauern und Drahtzäunen und von dem Gebäude, das nach Tieren und Menschen, Öl und künstlicher Nahrung, Fleisch und Wasser roch, welches von Menschen geklärt und in stehendes Wasser verwandelt worden war.

Das Geheul verstummte. Ein Löwe brüllte. Ein Elefant hustete und rasselte mit seinen Ketten.

Die Wölfe schlüpften hinter Leon unter einem Zaun hindurch und folgten ihm, weg von der Straße in die Schatten und dunklen Winkel von Käfigen und Gehegen. Menschenwege wurden von Lampen beleuchtet, aber es waren keine Menschen zu sehen.

Leon blieb stehen, witterte in die Luft und rannte auf einen hohen Gitterzaun zu. Er lief im Schatten, trat aus ihm heraus, ging an einem Licht vorbei und dann an noch einem, und stand schließlich vor dem Zaun. Die anderen Wölfe versammelten sich um ihn.

Aus dem dunklen Gehege starrten ihnen ein Dutzend Augenpaare entgegen, einige ganz nah, andere ein Stück entfernt, und es war totenstill. Ein Augenpaar bewegte sich, und dann noch eines. Irgendwo knurrte ein Wolf.

Ein kurzes, durchdringendes Warngebell ertönte, Pfoten scharrten auf dem Boden, und die Augen verschwanden in der Dunkelheit, bis schließlich nur noch ein Augenpaar übrig blieb.

Für einen Moment dachte Jicin an den alten, blinden Wolf, den sie, Aragon und Stry vor Jahren in einem belgischen Zoo entdeckt und dem sie geholfen hatten, die Reise zu den Sternen anzutreten.

Doch der Wolf, der sie da aus dem Dunkeln anstarrte, war nicht tot. Die Augen bewegten sich, sie blickten zuerst nach der einen, dann nach der anderen Seite, als ob unsichtbare Pfoten auf dem Boden scharrten und sich zum Kampf bereitmachten.

Dann bewegten sich die Augen plötzlich schneller, wurden größer, und eine Wölfin trat aus dem Dunkel. Zuerst fiel das Menschenlicht auf ihren Gesichtspelz, dann auf ihre Beine, auf ihre breiten Schultern, auf ihre Ohren und schließlich auf ihren ganzen Körper. Ihr Blick verfinsterte sich und sie ging mit solcher Wucht auf die Wölfe los, dass diese trotz des Zaunes und des Grabens, die sie voneinander trennten, zusammenzuckten und vor ihr zurückwichen.

Erst im letzten Moment blieb sie stehen, die Schultern vorgestreckt, um sich mit den Vorderbeinen abzustützen, ihre Flanken hoben und senkten sich. Erhaben blickte sie auf die kleine Gruppe von Wölfen. Sie war größer als alle andern, und ihr Pelz war gepflegter.

»Ihr wollt uns hier rausholen«, sagte sie mit rauer, unerbittlicher Stimme.

»Darum sind wir hier«, entgegnete Leon. Was immer er auch zur Begrüßung hatte sagen wollen, war ihm jetzt gänzlich entfallen.

»Was seid ihr für Wölfe?«, verlangte sie zu wissen – man konnte es nicht anders bezeichnen.

Von irgendwoher drangen die Stimmen von Menschen an ihr Ohr, aber sie hob nur kurz den Kopf und wandte sich dann wieder den fremden Wölfen zu. Hinter ihr kamen weitere Wölfe aus dem Dunkel ins Licht. Jicin hatte noch nie so große und kräftige Wölfe gesehen wie diese.

»Galliard hat mich geschickt«, sagte Leon mit erstaunlich ruhiger Stimme. »Ich bin auf der Suche nach der Leitwölfin Maladon.«

Wurde der Blick der Wölfin etwa für einen Augenblick sanfter? War es möglich, dass eine so stark wirkende, grimmig dreinblickende Wölfin mit einem von Ärger und Verbitterung gezeichneten Gesicht plötzlich Gefühle zeigte?

»Galliard«, wiederholte sie, und noch während sie den Namen aussprach, wich die momentane Sanftheit aus ihrem Blick und machte gezügelter Wut Platz, so als ob Galliard oder sein Abgesandter schon viel früher hätte kommen sollen.

»Er ist tot, aber …«, begann Leon, nicht sicher, was er sagen sollte.

»Aber du bist hier, Wolf, du und deine … Freunde. Das genügt. Hinter diesem Gehege werdet ihr einen Platz finden, an dem ihr euch zwischen Unrat verstecken könnt. Dort könnt ihr bis zum Morgen bleiben, aber bis dahin keinen Mucks. Ich werde euch mit der Lage dieses Ortes vertraut machen, denn wir haben nur eine einzige Chance. Am Morgen wird einer der Menschen kommen – ich werde euch zeigen, wo –, und ihr werdet ihn angreifen, sobald er eine bestimmte Tür und danach eine zweite geöffnet hat – erst *dann*. Wir werden den Rest besorgen. Kommt, folgt mir hinter das Gehege.«

»Wie ist dein Name?«, fragte Jicin, denn sie war der Meinung, zumindest eine von ihnen sollte auf den üblichen Höflichkeiten bestehen. Diese ungewöhnliche Fähe gab ihr das Gefühl, als seien sie ihre Untergebenen und nicht ihre Retter.

»Maladon«, erwiderte die Wölfin und blickte zu Jicin. »Und jetzt folgt mir.«

Jicin schlug das Herz vor Angst bis zum Hals. Das hatte sie nicht mehr erlebt, seit sie ihre Mutter Dendrine das letzte Mal gesehen hatte.

Außerdem erschien ihr die ganze Situation unvermeidlich, so als hätte die Zeit nur darauf gewartet, dass diese Wölfin freigelassen wurde. Die mächtige Wölfin trottete innerhalb des Zauns den Graben entlang, eine Flanke im Licht die andere im Schatten, und Jicin dachte an Kobrin, an Klimt und an Elhana. Sie alle waren große Wölfe. Und auf einmal war ihr klar, dass auch Maladon zu den Wölfen der Zeit gehörte.

Während Jicin so im Dunkeln wartete, voller Angst, was der Morgen bringen mochte und was Maladons Befreiung wohl bedeuten würde, spürte sie noch etwas anderes, etwas viel, viel Schlimmeres. Das Gefühl überfiel sie ganz plötzlich wie ein heftiger Schmerz und war sogar stärker als ihre rasch wachsende Angst. Es betraf Klimt, es war Klimt, der nach ihr rief, der sie brauchte, der sie wollte …

»Nein«, flüsterte sie im Dunkeln, denn das war alles Ver-

gangenheit, nur zerbrochene Träume, die jetzt zusammen mit ihren Ängsten und Zweifeln wieder zum Vorschein kamen. *»Nein!«*

Dann verbannte Jicin alle Gedanken an Klimt aus ihrem Kopf, und die Sehnsucht die sein scheinbarer Ruf in ihr geweckt hatte, aus ihrem Herzen und konzentrierte sich auf den Drahtzaun über ihr und auf den herannahenden Morgen.

Kapitel 15

Klimt und seine Söhne wandern nach Kasachstan, lernen Krankheit und die Unbilden der Wanderung kennen und erfahren etwas über sich selbst

Klimts Wanderung nach Osten führte ihn durch die Ukraine und über das Hochland an der Wolga. Die Suche nach dem legendären Kazan sollte für die Wölfe der Zeit von enormer Bedeutung werden, nicht zuletzt weil sie dabei einen vermeintlichen Retter fanden, der ihnen mit Zähnen und Krallen bewies, dass die Wirklichkeit dem Mythos überlegen ist, wenn es zum Kampf und zu anhaltenden Auseinandersetzungen kommt. Außerdem sollte einer der Wölfe der Zeit von dieser denkwürdigen Wanderung nicht zurückkehren …

Aber Solar und Lunar sahen diese Schatten noch nicht. Sie waren aufgeregt, dass sie ihre erste wichtige Wanderung über die Grenzen ihres Heimatreviers hinaus machen durften, und standen ganz im Bann der vielen spannenden Vorfälle und Entdeckungen, die so ein Unternehmen mit sich bringt und sie selbst, ihr Rudel und ihre Heimat in einem anderen Licht erscheinen lassen. Für Klimt, der langsam alt wurde, war diese Wanderung eine Erlösung von den vielen Jahren der täglichen Verantwortung für das Wohl eines ganzen Rudels, es war eine Flucht in die Freiheit, an deren Horizont nicht nur die persönliche Unabhängigkeit wartete, sondern auch dunkle Abgründe und Dämonen, die er lange gemieden hatte.

Diese inneren Herausforderungen beschäftigten die drei Wölfe der Zeit am meisten, während sie durch die sommerliche Ukraine nach Kasachstan zogen. Am Anfang bereiteten ihnen weder das Gelände noch die Menschen und Wölfe, die es bewohnten, größere Probleme. Im Gegenteil – es stellte sich bald heraus, dass der Krieg, den sie im Tal nahe ihres Reviers beobachtet hatten, im ganzen weiten Land wütete. Überall kämpften Menschen gegen Menschen, überall waren Städte und Dörfer zerstört, was sie bis dahin nur aus ihrer Heimat kannten.

Das Wetter war mild, der Himmel klar, die Menschen waren mit sich selbst beschäftigt und unter den Kadavern und den leidenden Tieren, die herrenlos herumstreunten und immer wieder ihren Weg kreuzten, fanden die drei Wölfe ausreichend Nahrung – bessere Bedingungen für eine sichere und schnelle Wanderung konnte es kaum geben. Doch in der ersten Woche der großen Reise waren Klimts Glieder steif, sein Gang war schwer und er konnte nur mit Mühe schnell laufen. Vor vielen Jahren, als er Schweden auf der Suche nach dem Herzland verlassen hatte, war das alles noch kein Problem gewesen.

»Ich werde alt«, knurrte er. »Schon beim Aufstehen habe ich Schmerzen.«

Dass Solar auch über Schmerzen und Wehwehchen klagte, beruhigte ihn nur wenig. Solar fragte sich, wie lange es wohl noch dauern würde, bis sie in Kasachstan waren. Wochen? Monate? Etwa noch den ganzen Sommer? Wenn er es wüsste, könnte er seinen Schritt besser darauf einstellen, behauptete er.

Lunar, der immer gerne Routen über die zerklüfteten Felsen und Gebirgspässe suchte, war von den dreien in der besten Verfassung; er schien zu wissen, wie man wanderte, und erinnerte die beiden immer wieder an die Worte des Wanderers und was jener auf seinen großen Reisen gelernt hatte.

»Erinnert ihr euch denn nicht mehr daran, was er gesagt hat?«, rief Lunar ihnen zu, als er zum wiederholten Mal stehen blieb, damit Klimt und Solar aufholen konnten.

»Er hat ziemlich viel gesagt!«, knurrte Klimt.

»Ich kann mich nicht an alles erinnern«, keuchte Solar.

»Er erklärte uns, wie man auf einer langen Wanderung durchhält. *›Ich wanderte mit dem sprießenden neuen Leben im Frühling, ich wanderte neben Bäumen, die sich im Sommerwind wiegten. Ich blieb ein ganzes Leben lang stehen und sah dem Fließen der Wolga zu, doch die Zeit war im Nu vorüber, und ich ging weiter im Herbstlaub.‹*«

»Hat er das gesagt?«, fragte Solar mit einem verschmitzten Lächeln. Er hatte Lunar noch nie so perfekt die Worte eines anderen zitieren hören.

»Jedenfalls so ähnlich.« Lunar grinste. Seine Augen waren hell, sein Blick klar. »Was habt ihr gesehen, Wölfe, als ihr diesen steilen Hang erklommen habt?«

Klimt musste unweigerlich lächeln. Lunar war immer so gut gelaunt und unbeschwert, dass ihm das Herz aufging. Nach Merrows Tod hatte Klimt befürchtet, dass Lunar nie wieder der werden würde, der er einmal war, doch er war immer noch wie damals, als er jung war, aber damals … »Damals«, sagte sich Klimt, »war ich zu beschäftigt, um sein Wesen zu schätzen.«

»Ich habe nur die Felsen und den Staub auf dem Weg gesehen«, gab Solar zu.

»Und ich konnte nur daran denken, wohin ich meine schmerzenden Pfoten als Nächstes setzen sollte«, sagte Klimt.

»Ich habe nur die Wolken gesehen, die schnell nach Osten über unsere Köpfe hinwegzogen, in die Richtung, in die auch wir unterwegs sind«, sagte Lunar. »Sie haben meinen Pfoten geholfen weiterzugehen. Und ich konnte an nichts anderes denken als an unsere Ankunft in Kasachstan und unsere Begegnung mit diesem Kazan.«

Klimt setzte sich. »Du hast Recht, Lunar. Als ich damals Schweden verließ, folgte ich nur meinem Traum vom

Herzland und von dem Rudel, das ich eines Tages führen würde.«

»Hat es dir die Wanderung leicht gemacht?«

»Ja, Lunar, ja bestimmt.«

»Na dann …« Lunar sah seinen Vater verschmitzt an.

Die drei Wölfe lachten. In diesem Moment spürten sie vielleicht zum ersten Mal die Freiheit in ihrer Beziehung als Vater und Söhne, als Erwachsene, als Wölfe mit einem gemeinsamen Ziel und einer gemeinsamen Aufgabe.

Lunar war wie gewöhnlich an einer Stelle stehen geblieben, von der sie das Gelände vor ihnen gut überschauen konnten. Die letzten beiden Tage waren sie über die östlichen Ausläufer der Zentralkarpaten und durch die schwelenden Ruinen von Krakau, Przemysl und Lemberg nördlich der Berge gewandert. Nun sahen sie schon das weite, hügelige Land der Ukraine, das bewohnt und einladend vor ihnen lag.

»Erzählt ihr mir, wo ihr damals wart, während jener schrecklichen Wochen, als wir alle dachten, ihr wärt tot?«, fragte Klimt, als er wieder bei Atem war. Seine Gedanken waren oft zu dieser Frage abgeschweift, doch er hatte zuvor nie Gelegenheit gehabt, sie seinen Söhnen zu stellen. »Erzählt ihr mir bald davon, ja?«

Er wollte nicht, dass es wie ein Befehl klang, denn er spürte, dass hinter dem Verschwinden seiner Söhne etwas Übernatürliches, Unerklärliches steckte, über das sie nicht gerne sprachen. Nun aber hatten sie das Herzland verlassen, ihre Beziehung hatte sich verändert und veränderte sich immer noch. Klimt fand es falsch, sich seines früheren inquisitorischen Befehlstons zu bedienen.

»Wir werden es dir erzählen, Vater, aber …«, sagte Solar mit einem Blick auf Lunar, dessen Miene sich verfinstert hatte.

»Wir werden es versuchen«, sagte Lunar. Er wusste, dass es schwierig war, die Wanderung zum Wulfsfelsen und die Geheimnisse zu erklären, die sich auf dem Weg andeuteten oder offenbarten. »Aber jetzt vergiss erst mal deine schmerzenden Glieder, Vater, und sieh zum Horizont. Im Handumdrehen werden wir dort sein. Im Handumdrehen – das ist die beste Art zu wandern.«

Klimt erhob sich kichernd. Er schüttelte sich, als wollte er alle Gedanken an seine Müdigkeit abschütteln. Er war zufrieden mit der Wanderung, und er war glücklich, dass von allen Wölfen, die er kannte und liebte, gerade Lunar und Solar bei ihm waren.

Aber …

Das Herzland und alles, was dazugehörte, verschwamm hinter ihm, die Lebenden und die Toten. Elhana … Er konnte sich nicht einmal richtig erinnern, wie sie aussah, wie sie roch. Sie war ihm nie so nahe gewesen wie andere Wölfe. An den Geruch seiner Mutter konnte er sich erinnern und an die raue, herzliche Berührung seines Vaters. Und an Elsinor, seine erste Gefährtin, an die Erregung bei ihrem ersten Zusammentreffen. Und an die armen Jungen, die er nicht beschützen konnte …

»Komm schon, Vater!«, rief Solar.

»Ja, ja!«, knurrte er, rührte sich aber nicht von der Stelle. Er wollte diesen Gedanken zu Ende denken, bevor er sich wieder auf den Weg machte, der ihn nun nach Osten durch die Ukraine und in einen neuen Lebensabschnitt führen würde.

… die armen Jungen und die Kleine, Klimts Tochter, die der Mann an den Pfoten an einen Baum genagelt hatte.

»Vater?«, half Lunar freundlich nach. Er ging zu ihm zurück und sah ihm in die Augen.

Er ist ja fast so groß wie ich!, dachte Klimt. Doch am meisten erstaunte ihn die Liebe in Lunars Blick, die Freundlichkeit, als würde er etwas verstehen, das Klimt nicht verstehen konnte. Er hatte darüber nur mit Tervicz gesprochen.

»Was hast du denn?«, fragte Lunar.

»Ich habe an Dinge gedacht, die ich lange verdrängt hatte, und an eine kleine Wölfin, die die Menschen töteten.«

»Was für eine kleine Wölfin?«

»Deine Halbschwester.«

Sie sprachen leise miteinander. Klimt hätte am liebsten geweint. Eine Träne stieg ihm ins Auge, dann noch eine.

»Erzählst du uns von damals? Du hast nie über die Vergangenheit gesprochen.«

»Ja … ich werde euch davon erzählen.«

Lunar lief los, Klimt blieb noch einen Augenblick sitzen und versuchte sich an Elhana zu erinnern, wie sie roch, wie sie sich anfühlte, aber es gelang ihm kaum. Jicin hingegen stand ihm so klar vor Augen wie der Himmel, er konnte sie fast fühlen wie den Boden unter seinen Pfoten; er erinnerte sich an ihren Geruch und ihre Berührung so leicht, wie es ihm bei Elhana schwer fiel. Dann machte er sich auf den Weg in eine neue Welt und in eine neue Zeit. Sein Schritt war fest, denn er wusste, dass er Jicin in diesem neuen Leben einmal wieder sehen würde, auch wenn sie nun viele Meilen entfernt war.

»Oh, Jicin!«, flüsterte er. Da wusste er, dass er Elhana für immer zurückgelassen hatte, doch Jicin würde er auf seinem Weg wieder finden.

»Oh, Wulf!«, seufzte er. »Wie sehr ich sie vermisse!«

Bis jetzt hatte sie der Weg über die Ausläufer der östlichen Karpaten geführt, nun aber verliefen die Wolfswege in den Sternen, die der Wanderer ihnen gezeigt hatte und die Lunar von allen Wölfen der Zeit am besten erinnerte und herabheulen konnte, nach Osten in die flache ukrainische Steppe. Es war wärmer, als sie es gewohnt waren, die trockene Hitze schlug ihnen entgegen, die schwarze Erde in den tiefer gelegenen Tälern war ausgetrocknet, die Luft staubig.

Der Blick verlor sich in der Ebene. Auch von den Anhöhen aus verschwamm der Horizont im Dunst und flimmerte in der aufsteigenden Hitze. Hin und wieder kamen sie durch weitläufige brache Gebiete mit abgestorbener Vegetation. Der Winterregen hatte tiefe Rinnen in die Erde gezogen, die sich von Norden nach Süden erstreckten und deren Abhänge und zerfurchte Böden ihre Wanderung erschwerten.

Hier lebten Menschen in kleinen Gemeinschaften. Der warme Sommerwind trug ihren süßsauren Geruch weit übers Land. Die Wölfe durften den Ansiedlungen nicht zu nahe kommen, denn die Hunde, die einzeln oder in gefährlichen, sehr gefährlichen Rudeln bei den Menschen lebten, könnten ihre Witterung aufnehmen.

Einmal wurden sie von solch einem Rudel gejagt; Hunde aller Größen und Gestalten, alle schmutzig, krank und heruntergekommen, mit glanzlosem Fell voller haarloser Stellen, Parasiten und offener Wunden – die Zeichen von schlechter Ernährung und andauernden internen Kämpfen. Klimt erinnerte sich, wie Elhana von ihrer Hetzjagd in Norditalien erzählt hatte; und wie sie und Ambato über einen Fluss entkommen konnten. Das hielten die drei Wölfe nun auch für klug. Die Flucht war nicht schwierig, denn sie waren in weitaus besserer Verfassung als die Hunde. In den kleinen Geplänkeln zeigte sich auch deutlich, dass die Wölfe die besseren und flinkeren Kämpfer waren – außer Lunar natürlich, dem das Kämpfen noch nie Spaß gemacht hatte und dem normalerweise der stärkere Solar half.

»Du musst dir ein paar Kampftechniken aneignen, Wolf«, sagte Klimt, als sie das andere Ufer des Flusses erreicht hatten und nun unbeschwert beobachteten, wie das Hunderudel darüber stritt, ob sie ihnen durch den Fluss folgen sollten oder nicht.

»Du verlässt dich zu sehr darauf, im entscheidenden Moment wegzurennen«, sagte Solar zu Recht, »und das kann einmal …«

Mit düsterer Miene legte Lunar seinen Kopf auf die Pfoten und sah hinüber zu den unschlüssigen Hunden.

»Einen anderen Wolf zu besiegen ist eine Frage der Konzentration«, sagte Klimt, »du darfst dein Ziel nicht aus den Augen verlieren, und das heißt: gewinnen. Du musst deinen Gegner als einen Teil von dir betrachten, der dir im Weg steht.«

»Einen Teil von mir?«, fragte Lunar interessiert.

»Ich kann das nicht so gut ausdrücken«, sagte Klimt, der noch nie gut reden konnte.

»So?« Lunar stand auf. Er preschte ins Wasser und direkt auf die Hunde zu.

»Scheiße!« Solar sprang auf und folgte ihm, gerade als

ein Hund Lunar gesehen hatte und knurrend und bellend auf ihn zuging. »Was macht er auch immer für einen Blödsinn!«

Auch Klimt stand auf und sah Solar ungerührt nach. »Hilf ihm nicht zu schnell aus der Klemme, Solar!«, rief er ihm nach.

Er war beeindruckt, dass Lunar mit unverminderter Geschwindigkeit auf die Hunde zustürzte, ihre Angriffslust schien ihn sogar noch anzuspornen. Knurrend kletterte er ans Ufer, dicht hinter ihm Solar, der ihn aufzuhalten versuchte.

Lunar ging auf den zweitgrößten Hund los, offenbar der Anführer des Rudels. Die anderen mischten sich immer wieder ein, ärgerten und zwickten Lunar und warteten begierig auf ein Zeichen der Unterwerfung und auf eine Gelegenheit, den Wolf zu töten.

Was ihnen auch gelungen wäre, wenn Lunar sein Maul nicht fest geschlossen hätte. Die Hunde hatten ihn wild bellend umzingelt. Er drehte und wand sich, wälzte sich im Staub und schaffte es irgendwie, loszukommen und sich an Solars Seite zu flüchten, der ihm Rückendeckung gab, als er ins Wasser hinkte und wieder ans andere Ufer schwamm.

Plötzlich fror er, er zitterte, als er sich umdrehte und Solar alleine dastehen sah. Seine Nackenhaare hatten sich aufgestellt, er stand mit dem Rücken zum Fluss. Die Hunde hatten einen Halbkreis um ihn gebildet. Dann trat derjenige vor, mit dem Lunar den kurzen Kampf ausgefochten hatte.

»Da, schau zu!«, sagte Klimt zu Lunar.

Solar machte einen Satz – es war keine Finte. Er ging direkt auf den Rudelführer los, packte ihn an der Flanke und wirbelte ihn herum. Er jaulte vor Schmerz, Solar zog sich auf seine alte Position zurück und forderte den nächsten Hund heraus. Nach einer Weile ging er gelassen zum Fluss hinunter und ließ sich ins Wasser gleiten.

»Das meinte ich mit Konzentration«, sagte Klimt.

»Du bist ein leichtsinniger Dummkopf!«, sagte Solar zu seinem Bruder, als er wieder zurückkam.

»Ich hatte … Angst«, sagte Lunar ruhig. »Bis ich drüben war, dachte ich, ich könnte sie alle besiegen, aber als ich sie roch, als ich sie sah und hörte, da … da bin ich furchtbar erschrocken.«

Solar kicherte und knuffte seinen Bruder liebevoll. »Du hast eine schwellende Bissverletzung an der rechten Flanke zum Beweis, was du für ein Dummkopf bist!«

Lunar besah sich die Stelle. Er zitterte immer noch vor Schreck.

»Ich muss kämpfen lernen«, gestand er ein.

»Was du brauchst, ist ein bisschen Verstand!«, sagte Klimt. »Sollen wir weiterziehen?«

Doch plötzlich blieb er stehen und sah Lunar an. Er schien langsam zu begreifen.

»Kämpfen«, sagte er, »ist nicht anders als wandern, so wie du es uns erzählt hast: das Ziel im Auge behalten und die Hindernisse überwinden.«

»Oder sie neutralisieren«, sagte Lunar.

»Und alle Vorteile ausnützen, die sich dir bieten«, fügte Solar hinzu.

Die drei Wölfe sahen sich an, sie spürten, dass sie einer Meinung waren, und jeder verstand den anderen ein bisschen besser als zuvor.

»Du bist ein kluger Wolf, Vater«, stellte Lunar fest und machte sich auf den Weg. Solar folgte ihm.

Klimt sah ihnen nach, schüttelte den Kopf und dachte, dass er alles andere war als klug – Lunar jedoch hatte auf seine Weise vieles begriffen.

»Trotzdem musst du kämpfen lernen.«

»Das weiß er!«, sagte Solar.

Klimt lachte; das hatte er in der Vergangenheit selten getan, doch er hatte sich vorgenommen, es nun öfter zu tun.

Fünf Tage später war Lunars Wunde immer noch nicht verheilt. Er bekam Fieber und fantasierte. Er faselte etwas von Kampf und Kämpfen, gelblicher Schaum und Schleim traten ihm seitlich aus dem Maul, seine Augen waren glasig und blutunterlaufen. Solar stieg einen Hang hinauf, Lunar konnte ihm nicht mehr folgen.

Sie versteckten sich in einer trockenen Felsenrinne, wo es einen Bach in der Nähe gab und sie sich von Wühlmäusen und gelegentlich einem Kaninchen ernährten. Lunar wurde immer schwächer, er fantasierte immer mehr und fühlte sich einsam und verlassen. Einen vollen Tag weinte er um Merrow, einen weiteren Tag um Solar.

»Ich bin doch hier, Wolf, hier bei dir«, flüsterte Solar. Lunar hatte es aufgegeben, sich gegen Solar zu wehren, und klammerte sich an ihn, als würde er ohne die ständige Anwesenheit seines Bruders in einen Sog geraten und in den schwarzen Abgrund des Nichts gezogen werden. »Ich bin doch hier!«

Klimt ließ er nicht zu sich, er fraß auch kein Tier, von dem er wusste oder dachte, dass Klimt es getötet hatte. Er knurrte ihn an und beschimpfte ihn, oder er grinste schief, als sei er davon überzeugt, dass Klimt böse sei und ihm Böses wollte. Lunars Atem stank faulig, er keuchte und ächzte.

Solar war brutal zu Lunar gewesen, als sie klein waren, und wenn sich Klimt jemals gefragt hatte, ob die beiden Brüder sich mochten, so hegte er nun nicht mehr den geringsten Zweifel.

Nur wenn Lunar schlief, konnte Solar sich ein bisschen die Beine vertreten, aber er entfernte sich nie weit von seinem Bruder. Er ging zum nahen Bach und badete im kalten Wasser, als wollte er sich von der Seuche reinigen, die Lunar befallen hatte. Manchmal gesellte Klimt sich zu ihm und deutete an, dass Lunar seiner Meinung nach nicht nur körperlich krank war, sondern auch ein seelisches Problem hatte.

»Er ringt und kämpft mit etwas Unsichtbarem. Vielleicht ist er damals, als er auf die Hunde losging, auf etwas anderes losgegangen, vielleicht hatte er eine Gefahr gesehen, die er bekämpfen musste, etwas, das ihm Angst machte, das er aber besiegen musste, etwas … Solar, was ist das?«

Solar stieg aus dem Wasser und ließ sich tropfend neben Klimt auf den Bauch fallen.

»Wir haben dir nie von der kurzen Zeit erzählt, als wir weg waren und dem Wanderer folgten.«

»Kurze Zeit? Wochen, Wolf! Es waren schreckliche Wochen!«

»Ich werde versuchen dir zu erzählen, was damals passiert ist …«

Die beiden Wölfe unterhielten sich, bis sie Lunar stöhnen hörten und zurückgingen. Sie pflegten ihn, bis er wieder einschlief, und redeten weiter, das heißt, Solar versuchte Klimt von den Nebelschwaden in der Felsenrinne zu erzählen, die sie Richtung Wulfsfelsen geführt hatten. Lunar war vorausgegangen; er hatte einen geheimnisvollen Ort gesehen, oder geglaubt, ihn zu sehen, und etwas, das ihn schockiert hatte.

»Er hat mich sterben sehen, Vater, er hat gesehen, wie ich tot war. Ein Wald, Berge, ein Fluss, es war kälter und das Land üppiger, nicht so fremdartig wie hier. Er wollte nicht alleine weitergehen.«

»Und du? Was hast du gesehen?«

Solar zuckte mit den Achseln. »Ihn allein, allein wie jetzt auch, allein, verloren, er mühte sich ab, einen Ausweg zu finden. Ihr habt mich immer für den Stärkeren gehalten, aber Lunar ist stärker als ich und mutiger. Ich kann ein Revier verteidigen, wie du es mir beigebracht hast. Ich kann ein Rudel führen, auch das hast du mir beigebracht. Aber Lunar kann ein Land erobern, das er noch nie zuvor gesehen hat.«

»Ich verstehe nicht genau, was du meinst«, sagte Klimt. »Ich weiß nicht einmal genau, worüber wir eigentlich reden.«

»Ich auch nicht«, sagte Solar. »Aber – Lunar … es ist Lunar, Vater.«

»Wer ist Lunar?«

»Der Wolf, den Wulfin bei unserer Geburt besuchte. Er wird eines Tages Wulf sein und seinen Weg zurück zum Wulfsfelsen und seinen Wolfsweg zu den Sternen finden.«

»Neeein!«, jaulte Klimt. Mit finsterer Miene stand er auf – das konnte nicht sein. Es war doch Solar, immer war es

Solar gewesen! Klimt blickte zu dem kranken Lunar, sah den Schleim an seinem Maul, seine triefenden Augen, sah die Fliegen, die sich über sein Gesicht und seine Wunde hermachten, sah die Flanken, die sich schwer und unter Schmerzen hoben und senkten, während er keuchte und ächzte. »Nein, nicht er! Er ist es nicht, du bist es, Solar!«

Lunar öffnete die Augen, rappelte sich halbwegs auf und sah Klimt über sich stehen. Er knurrte ihn an, heiser, ächzend.

»Er soll weggehen, Solar, dieser Bastard soll weggehen!«

Klimt ließ ihn allein.

Nicht Solar? *Lunar?* Nein, bestimmt nicht.

»Wohin führt uns diese Wanderung, und wozu ist sie gut?«, fragte er sich. »Wo sind wir jetzt?«

Er blickte in das trockene, öde Land, das in der Sonne flimmerte. Der Horizont im Süden schien sich zu teilen und auf dem Kopf zu stehen und –

Hunde. Vier Hunde, die langsam mit den Pfoten nach oben liefen. Sie blieben stehen.

Er duckte sich vorsichtig, spähte, verscheuchte die Fliegen von seinem Gesicht und kroch leise zurück zu Solar. Sein Blick verriet, dass Gefahr im Verzug war. Solar flüsterte seinem Bruder zu, ruhig liegen zu bleiben, denn es drohte Gefahr. »Schsch … ich bin ganz in der Nähe, Bruder.«

Die Hunde hielten inne auf ihrer umgekehrten Wanderung in der flimmernden Sonne. Ihre Pfoten schienen den fließenden, gleitenden Boden gar nicht zu berühren. Sie drehten sich um und schienen ineinander überzugehen, dann kamen sie näher, kamen in der Ferne einen Hang herunter und überquerten die aufgerissene, schwarzgraue Erde. Sie waren nun nahe genug, dass Klimt und Solar sie deutlich sehen konnten. Als ihre Pfoten den Boden berührten, standen sie auch wieder richtig herum. Ihre Körper nahmen Gestalt an, ihr Pelz bekam Farbe, aus dem schattenhaften Grau wurde Beige, Hellbraun, Dunkelbraun. Es waren vier Hunde, die wie Wölfe in einer Reihe auf sie zukamen.

Einen kannten sie. Es war der Rudelführer, mit dem sie ein paar Tage zuvor gekämpft hatten.

»Es war vor Wochen«, murmelte Klimt. »Die Zeit vergeht schneller, als wir denken.«

Die Hunde waren alle schrecklich abgemagert und zerzaust, die Zungen hingen ihnen seitlich aus dem Maul.

»Sie sind auf der Suche nach dem Bach, nicht nach uns«, sagte Solar.

»Mhm!«, kommentierte Klimt mit zusammengekniffenen Augen und bebender Schnauze.

Solar hatte sich offenbar geirrt. Sie schienen ziellos umherzustreifen und stiegen nun den steileren Teil des Hügels hinauf. Riechen konnten Klimt und Solar sie noch nicht. Sie hielten an, denn der Vorletzte war langsamer geworden und schließlich stehen geblieben. Er winselte. Die drei anderen griffen ihn an, der Anführer zuerst. Wenn sie ihren Durst löschen wollten, so könnten sie nun Blut trinken, das dünne, kranke Blut eines sterbenden Hundes, das in der Sonne gerann und trocknete.

Klimt beobachtete das klägliche Trio, Solar ging zu Lunar zurück, die Sonne ging langsam unter.

»Er braucht Wasser«, flüsterte Solar, als er zu Klimt zurückkam.

»Führ ihn zum Bach«, sagte Klimt mit fester Stimme. »Diese Hunde sind keine Gefahr. Außerdem haben sie uns wahrscheinlich schon gerochen.«

Der Rudelführer blickte wie zufällig in ihre Richtung, knurrte, bewegte sich aber nicht von der Stelle. Er wedelte nur kurz mit dem Schwanz und wirbelte eine Wolke aus Fliegen auf, die so dicht war, dass sie sich schwarz gegen den klaren Himmel abhob, von dem die Sonne erbarmungslos herabbrannte.

Solar führte Lunar zum Bach. Der Anführer der Hunde setzte sich auf, ließ sich aber bald wieder gleichgültig auf den Bauch fallen. Es schien, dass ihn nicht nur die äußere Dämmerung umschloss.

Im Morgengrauen ging es Lunar besser als die Tage zuvor, die drei Hunde hingegen sahen halb tot aus. Der Wind hatte gedreht und den Wölfen ihre Witterung zugetragen; sie roch wie Lunars Atem: faul, krank, abstoßend.

»Sie haben dieselbe Krankheit wie Lunar«, sagte Klimt.

Am Morgen kamen Menschen. Solar und Klimt mussten den widerwilligen Lunar zum Aufstehen zwingen. Sie mussten ein gutes Versteck in der Schieferrinne finden, wo sie zusehen konnten, wie die Hunde in der Sonne verdorrten.

Es kamen zwei Menschen. Langsam stiegen sie den Hang zu den Hunden hinauf. Vielleicht hatten sie die Hunde aufgespürt, vielleicht folgten sie auch derselben Todesfährte. Die Menschen stolperten auf die Hunde zu. Ein Hund versuchte vergeblich, sich zu bewegen. Die Menschen schnitten ihm die Kehle durch, das Messer erstickte sein letztes Aufjaulen in einem Röcheln. Dann war es still. Die Menschen stachen jäh auf die anderen Hunde ein, wild und blutrot, rot vom Blut der Hunde, fuchtelten sie lachend und keuchend in der aufgehenden Sonne.

Dann setzten sie sich hin, blickten sich um und lachten, bis schließlich der eine aufstand und der andere ihm lachend und grölend die Felsenrinne hinauffolgte. Hahaha. Dann zog der zweite Mann das Messer und stach seinem Vordermann in den Rücken. Beide brachen lachend und schreiend zusammen. Hahaha.

Die Wölfe ließen den Messerstecher den ganzen Tag nicht aus den Augen, den lachenden, sterbenden Mann, der vergeblich auf der Suche nach Wasser war. Als der Wind auffrischte, wehte der Geruch von Menschen und toten Hunden herüber, der widerliche Gestank von Krankheit und Verwesung.

Lunar lachte gelöst. »Es geht mir besser«, sagte er. »Was ist das für ein Gestank?«

»Du stinkst, und die da auch – ihr alle stinkt«, sagte Solar.

Am nächsten Tag wanderten sie weiter, bevor das Dämmerlicht die Szene, die sich unten in der Rinne abgespielt hatte, beleuchten konnte. In der Nacht war der Verletzte zu ihnen hinaufgekrochen, sie hatten es gehört, aber ignoriert.

Am ersten Tag gingen sie nur eine halbe Stunde, sie

überquerten den Fluss und suchten einen schattigen Platz. Am zweiten Tag gingen sie eine Stunde, bis es heiß wurde. Jeden Tag wanderten sie ein bisschen länger, als hätten sie durch Lunars Krankheit viel Zeit verloren und müssten sie jetzt aufholen.

»Komm, Lunar!«, schrie Solar. »Machen wir ein Rennen auf den Hügel hinauf!«

An die Tage, bevor sie Kasachstan erreichten – das ist weiter entfernt, als die meisten Wölfe alle zehn Leben einmal wandern –, erinnerten sie sich später kaum noch. Nur an Landstriche, die endlos flach schienen oder endlos hügelig, denn in der Ebene wirkte die kleinste Anhöhe wie ein Berg. Die Gebiete waren durch Flüsse getrennt und durch Straßen, die an den Flüssen entlangführten.

Sie fanden ein ganzes Dorf voller Leichen, die in der Sonne verdorrten. Im Schatten hing der Gestank der Seuche, die auch Lunar befallen hatte. Die Leichen waren nur noch Haut und Knochen. Überall lagen Gebeine, Kleider flatterten über Kieferknochen mit gezackten Zahnreihen. Stundenlang wanderten sie alleine auf den Straßen, wo es kein Leben gab außer Raben und Bussarden, die am Himmel kreisten. Ganze Landstriche waren ausgerottet nur Schlangen lebten noch dort; an den Flüssen wimmelte es von Eidechsen und die Luft war erfüllt vom Quaken der Kröten. Und während sie tagelang das Land durchwanderten, zog von Norden oder Nordwesten herber Rauch von Wulf weiß was für einer Feuersbrunst nach Südosten.

Nach Wochen schließlich – Lunars Krankheit war schon ein lange zurückliegender Albtraum, ihre Gespräche waren nahezu ganz verstummt und ihr Gefühl des Einsseins war fast absolut – erreichten sie die Ausläufer der Steppe. Lunar sagte: »Fast geschafft! Wir sind fast da! Wir warten auf die Nacht und die Hilfe der Sterne.«

In der Nacht heulte Lunar, die Wolfswege verschwammen und veränderten sich; Lunar hatte sein Gedächtnis ausgeschöpft.

»Da vorne liegt die Wolga, etwa eine Stunde entfernt«, als hätte sein Heulen, das zwar nicht beantwortet wurde, ein Echo geschickt, das er verstand. »Wir gehen nach Norden und Nordosten Richtung Kasachstan.«

Klimt schwieg, er ruhte in sich selbst. Solar hatte aufgehört zu fragen, wie weit es noch war, Lunar hatte etwas übers Kämpfen und über Konzentration gelernt, was für ihn vielleicht hilfreicher war als Klimts bevorzugte Kampftechniken.

»Trotzdem wäre es klug, wenn du dir in unserer verbleibenden Zeit ein paar Kampftechniken beibringen ließest«, sagte Klimt, während sie stetig nach Norden weiterwanderten, geschickt allen Schwierigkeiten aus dem Weg gingen und sich fast freuten, wenn sie lebende Menschen und intakte Häuser sahen.

»Was meinst du mit ›verbleibender Zeit‹?«

Das wusste Klimt auch nicht so genau, nur, dass die Zeit knapp wurde.

In den folgenden Tagen zügelten sie ihr Tempo und Klimt und Solar brachten Lunar bei, was sie wussten. Lunar heulte jede Nacht den Wolfsweg herunter, dem sie am nächsten Tag folgen würden, und jeden Tag kümmerten sich die drei Wölfe weniger um das, was hinter ihnen lag, oder um das, was vor ihnen lag.

»Du bist so dünn wie der Stängel vom Gelben Fingerhut, Vater«, bemerkte Lunar eines Nachts, »deine Beine –«

Klimt drehte sich um, knurrte, tat so, als geriete er in Wut, und griff an. Lunar schlug eine Finte, rannte weg, kam zurück und hätte seinen Vater an der Kehle packen können, wenn er nicht so gelacht hätte. Dann ging Solar auf Lunar los und schnappte nach seiner Kehle, gerade weil er lachte.

»Gib auch auf die anderen Acht, du Dummkopf«, sagte Solar. »Nur eine Auseinandersetzung um die Führerschaft ist ein Zweikampf, in anderen Situationen kann sich Wulf weiß wer in den Kampf einmischen!«

Lunar wand sich aus Solars Biss und heulte hinauf in die sternenklare Nacht Kasachstans. Die Wolfswege am Himmel zeigten von dem großen dunklen Loch im Sternbild der Wolga aus nach Osten.

»Wo sind wir?«, wunderte sich Solar.

»Fast da!«

»Hört zu«, flüsterte Klimt. Er war so erregt, dass sich seine Haare auf dem Rücken aufstellten. »Hört mir zu!«

Sein Heulen war zurückhaltend, aber deutlich, er heulte über das Hochland der Wolga, es war nicht mehr weit, das Land war auch nicht feindselig …

Klimt hörte etwas. »Hört doch!«, rief er und heulte eine Antwort hinaus.

Er hatte das Heulen von Wölfen gehört, einem Rudel, vielleicht mehreren Rudeln, die keine Angst hatten, dass ihr Heulen gehört würde, die überhaupt keine Angst hatten. Es war das Heulen von Wölfen, die an ihre Überlegenheit glaubten.

»Wir sind fast da.« Lunars Stimme zitterte, er senkte den Kopf.

»Warum weinst du, Bruder?«, fragte Solar.

»Weil ich den Weg gar nicht kannte. Der Wanderer hat ihn mir nicht gezeigt, jedenfalls nicht richtig. Ich hatte keine Ahnung.«

Solar gluckste. »Du bist ein Dummkopf, Lunar. Das warst du schon immer und wirst es immer bleiben.« Das war ein Kompliment und eine Erklärung lebenslanger Liebe und Treue.

»Nein, wieso? Wir sind doch da!« Plötzlich schreckte Lunar auf und hob den Kopf.

Aus der sternenklaren Nacht kam ein Wolf, seine Größe war nicht klar zu erkennen. Er hatte sich geschickt im Windschatten an sie herangeschlichen. Sie konnten seine leuchtenden Augen sehen, sein glänzendes Fell schimmerte im Mondlicht. Er war groß, sehr groß sogar, aber er kam ihnen nicht zu nahe.

»Wer seid ihr?«, fragte er geradeheraus und mit einer Selbstsicherheit, die vermuten ließ, dass in einiger Entfernung Wölfe in der Dunkelheit lauerten und ihm Rückendeckung gaben.

»Wir sind drei Wanderer«, sagte Klimt und trat vor.

»Das sehe ich. Woher kommt ihr.«

»Von Westen. Unser Rudel ist in Schwierigkeiten, und so wollten wir fragen –«

»Ihr kommt wirklich von Westen?«, wollte der Wolf wissen. Dieser Punkt schien ihm sehr wichtig zu sein. Zwei seiner Begleiter kamen hinter ihm aus der Dunkelheit. Ihre Augen und ihre Zähne glänzten.

»Spricht denn etwas dagegen?«

Der Wolf lachte spöttisch und drehte sich kurz nach seinen Gefährten um.

»Was wollt ihr?«

»Wir wollten Kazan sprechen, wir wollten ihn bitten –«

»Das ist euer gutes Recht, aber so oder so –«

Ein Wolf flüsterte ihm etwas ins Ohr, dann fuhr er fort: »Wir sind Kasachen. Ihr habt den Rand unseres Revier betreten, schon gestern. Seitdem beobachten wir euch. Ihr müsst vier Tage hier bleiben. An dem Weg, den ihr heraufgekommen seid, ist ein Bach. Ganz in der Nähe ist ein Steinbruch, in dem es nur so wimmelt von Kaninchen. Wenn ihr in diesen vier Tagen nicht von einer Krankheit befallen werdet und wenn ihr immer noch nach Norden weiterwandern wollt, um, äh, Kazan zu treffen, wie ihr ihn etwas respektlos nennt, bringen wir euch zu ihm. Alles klar?«

»Aber –«

»Alles klar?«, fragte der Kasache scharf.

Drei weitere Kasachen traten vor, alle waren groß und hatten einen wilden Blick.

»Ja«, sagte Klimt, »alles klar.«

»Gut. Woher, sagtest du, kommt ihr?«

»Ich sagte nichts. Aber wir kommen aus dem Herzland.«

Der Kasache sah ihn erstaunt an und musste dann lachen, als hätte Klimt einen Scherz gemacht.

»Das hier ist das Herzland! Ein anderes gibt es nicht. Ruht euch ein paar Tage aus, beweist, dass ihr gesund seid und unser Revier betreten könnt. Wir kommen in ein paar Tagen zurück.«

Mit diesen Worten verschwand der Kasache mit seinen

Begleitern in der Nacht. Auf die Stelle, an der er gestanden hatte, schienen die Sterne.

Kapitel 16

Klimt und seine Söhne kämpfen um einen Platz im Rudel der Kasachen und erfahren, dass eine Flucht schwierig ist

Fünf Tage später kam der Kasache zurück, diesmal hatte er vier Begleiter dabei. Sie hielten sich in einiger Entfernung und stellten viele Fragen, um sich zu vergewissern, dass die Wölfe der Zeit nicht krank oder infiziert waren. Dann kamen sie näher und unterzogen sie einem prüfenden Blick. Sie waren nur schwer zu überzeugen, dass Lunars Wunde, die zwar verheilt war, aber immer noch rot unter dem Fell hervorschimmerte, nur von einem Kampf mit Hunden herrührte – was ja auch nur die halbe Wahrheit war. Die Kasachen fragten nicht nach ihren Namen, stellten sich auch selbst nicht vor und sprachen das Thema Herzland, ob real oder fiktiv, nicht mehr an.

»Ihr scheint gesund zu sein«, sagte schließlich der Kasache, der immer für alle zu sprechen schien. »Wollt ihr immer noch von Kazan empfangen werden?«

»Ja«, sagte Klimt. »Unser Rudel braucht seine Hilfe.«

»Interessant!«, sagte der Kasache. »Und so originell! Viele Wölfe suchen Kazan auf, aber um Hilfe hat ihn noch keiner gebeten.«

Klimt zuckte mit den Schultern und fragte: »Weswegen kommen sie dann?«

»Natürlich um ihm ihre Ehre zu erweisen und ihr Leben in seinen Dienst zu stellen.«

»Mhm!«, schnaubte Klimt desinteressiert.

»Aber ihr seid ganz anders als diese Wölfe. Wofür braucht ihr denn seine Hilfe.«

»Wir würden gerne mit ihm selbst sprechen.«

»Hm«, zögerte der Kasache, »es ist euer gutes Recht um eine Audienz zu ersuchen; das kann euch niemand verbieten. Ob ihr allerdings empfangen werdet, ist eine andere Frage. Das wird einer der Ranghöheren entscheiden.«

Plötzlich war klar, dass diese Wölfe nur rangniedere Boten waren und dass die Wölfe der Zeit sich an die ranghöheren halten mussten.

»Dann lasst uns keine Zeit verlieren«, sagte Klimt mit seinem Ehrfurcht gebietenden, ja fast bedrohlichen Befehlston, den er für Wochen abgelegt hatte.

»Natürlich nicht«, sagte der Kasache schon ein wenig respektvoller. »Heute wandern wir bis zum Mittag, dann ruhen wir bis zum Abend. Wir Kasachen wandern in diesem Gebiet am liebsten in der Nacht, wenn das Wetter und die Sterne es erlauben. Aber momentan ist der Weg frei.«

Frei wovon, sagte er nicht. Er beriet sich ein letztes Mal mit seinen Begleitern, dann zogen sie los, zwei vorne, drei hinten – zweifellos, um den Weg zu sichern. Den Wölfen der Zeit wurde unmissverständlich klar, dass sie nicht so einfach wieder umkehren könnten.

Die nächste Gelegenheit zu einem Gespräch mit dem Kasachen ergab sich am Mittag, nachdem sie weiter nach Norden durch Wälder, Wiesen und Felder gewandert waren, wo es, wie in so vielen anderen Gebieten, die die Wölfe der Zeit durchquert hatten, nicht so aussah, als würden noch Menschen und Vieh dort leben.

Die Begleiter des Kasachen hatten sich auf der Wanderung entfernt gehalten, nun tauchten sie hin und wieder an der Spitze, am Ende und am Rande des Wegs auf.

»Worauf passen sie denn auf?«, fragte Solar, der Geheimnisse nicht mochte.

»Auf Gefahren«, knurrte der Kasache, »von innen und von außen. Nur Geduld, Freunde. Fragt jemand anderen, ich bin nur euer Wegführer.«

»Wie heißt du?«, fragte Solar und versuchte, geduldig zu klingen.

»Mein Name spielt keine Rolle, ich werde nur noch ein,

zwei Tage bei euch sein. Dann wird ein Ranghöherer mit euch weitergehen. Du kannst mich Sechs nennen.«

»Sechs?«, sagte Klimt. »Ein komischer Name!«

»Ihr seid nur zu viert – wo ist der Fünfte?«, fragte Lunar lächelnd.

»Jede Wache besteht aus neun Wölfen, einer ist dem anderen jeweils im Rang überlegen. Ich werde bald den siebten Rang haben.« Der Kasache lächelte zufrieden und fügte hinzu: »Nach nur viereinhalb Jahren hatte ich den fünften Rang, aber ich hatte auch Glück.«

»Glück?«

»Die Menschen haben vier Ranghöhere getötet, so bin ich schnell auf den fünften Rang vorgerückt. Auf den sechsten hat es schon länger gedauert, aber ich bin zufrieden. Nun stellt bitte keine weiteren Fragen, denn ich darf eigentlich gar keine Antwort geben.«

»Und was passiert, wenn du Neun bist?« Lunar konnte sich die Frage nicht verkneifen.

»Dann habe ich das Recht, mich dem Herzlandrudel anzuschließen. Ob ich allerdings stark genug bin, mir dort einen Platz zu erobern, ist eine andere Frage.«

Das schien den Kasachen sehr zu bedrücken, und er fügte schnell hinzu: »Wir müssen um die Zugehörigkeit zum Rudel kämpfen; wenn wir verlieren, werden wir als Schwächlinge ausgestoßen.«

»Ausgestoßen?«, fragte Klimt.

»Ja, in den Steinbruch. Aber das werdet ihr alles sehen, sie werden es euch bestimmt zeigen. Und bitte, keine weiteren Fragen!«

Die Wölfe der Zeit sahen sich an. Solche Antworten zogen nur noch mehr Fragen nach sich und stachelten ihre Neugier an.

»Kommen viele Wölfe von außerhalb?«. fragte Lunar weiter.

»Seit vor drei, vier Jahren der Menschenkrieg begonnen hat, kommen nicht mehr so viele«, sagte Sechs. »Seit ich zu dieser Wachmannschaft gehöre, hatten wir nie mehr als drei auf einmal und nie zuvor so viele aus dem Westen ...«

Er sah sie nachdenklich an. Es war klar, dass er neugierig war und gerne nachgefragt hätte, dass er sich das aber nicht erlaubte.

Er sagte: »Ihr seid schon aufgrund eurer Herkunft etwas Besonderes. Die Ranghöheren werden bestimmt bezweifeln, dass ihr aus dem Westen kommt, und euch ausfragen. Wir können nicht verstehen, wie ihr die Seuche überlebt habt. Euch zu begleiten ist die verantwortungsvollste Aufgabe, die ich jemals hatte, aber es kann eigentlich nichts schief gehen – ihr werdet auf dem ganzen Weg ins verwüstete Land bewacht, und dann übernimmt euch ein Ranghöherer, wahrscheinlich Busak. Er hat mich ausgebildet, er kann es gut mit Fremden, mit neuen Wölfen, er – ich sollte besser nicht so viel erzählen, Fünf wird mich verpfeifen, das ist seine Aufgabe.«

Plötzlich lachte der Kasache verbittert auf; er wusste, dass er ein Risiko einging, aber in diesem Fall hatte er irgendeinen Vorteil auf seiner Seite und konnte es sich erlauben zu reden.

»Busak«, murmelte Lunar, der im Gegensatz zu Klimt und Solar andere leicht zum Reden brachte.

»Busak ist ein guter Wolf, ein würdiger Ranghoher«, erklärte Sechs.

In der Nacht folgten sie einem Wolfsweg in den Sternen, den Sechs gut kannte, ihn aber nicht herabheulte. Daher konnte niemand so leicht sagen, welchen Sternen und Sternbildern er folgte, doch Lunar fand es heraus.

Die zweite Nacht war bewölkt. Sechs verließ sich auf das Heulen und das Gebell seiner unsichtbaren Gefährten, aber auch auf Lichter, die hier und da aufleuchteten, feste Lichtquellen und Scheinwerfer entlang des Flusses, der im Tal zu ihrer Rechten floss.

»Die Wolga«, sagte Sechs mit Wehmut in der Stimme.

»Deine Heimat?«, vermutete Lunar.

»Ja, bis die Menschen sie zerstört haben. Meine eigentliche Heimat ist weiter flussaufwärts.«

»Da sind Lichter, dann müssen doch auch Menschen dort sein.«

»Ja, aber weiter flussaufwärts …!«, sagte er in scharfem Ton. »Warte bis morgen, Wolf, dann kannst du selbst sehen, was die Menschen aus meiner Heimat gemacht haben!«

Am nächsten Tag wanderten sie im Morgengrauen und ruhten bis zum späten Nachmittag, bevor sie sich auf den Weg nach Nordosten hinunter in ein Tal machten, in dem ein Fluss plätscherte, offenbar ein Nebenfluss der Wolga. Die Städte und Dörfer entlang des Flusses waren zerstört, doch wenn das im Krieg passiert war, so war er hier schon lange vorbei. Über den eingestürzten Balken wuchs Gestrüpp, und Gras wucherte in den Rissen im Asphalt.

»In Deckung! Versteckt euch hier!«

Die Wölfe der Zeit folgten der plötzlichen Warnung des Kasachen und liefen zu den Ruinen oberhalb der Straße. Der Wind wehte vom Tal her, und der Kasache hatte Witterung aufgenommen. Er wusste, was es war, noch bevor er es sah.

Es war der Gestank der Krankheit, die auch Lunar befallen hatte, die Hunde und die Menschen, die Klimt und Solar qualvoll hatten sterben sehen. Doch dieses Mal waren es keine Menschen und Hunde, die langsam vom Tal heraufkamen, sondern zwei Wölfe, dem Anschein nach ein Paar. Sie waren völlig ausgezehrt, ihre geschwollenen Zungen hingen ihnen aus dem Maul, sie waren ganz belegt und mit weißem, übel riechendem Schleim überzogen, der verriet, dass sie todkrank waren.

»Bleibt unten!«, flüsterte Sechs. »Sie sehen zwar schlecht, aber in diesem Licht können sie leicht Bewegungen ausmachen; sie nähern sich allem, was sie für lebendig halten, und greifen an. Ein Biss – und ihr seid angesteckt. Nach drei Tagen bricht die Krankheit aus.«

»Daher sollten wir vier Tage warten«, flüsterte Solar.

»Genau. Vor zwei Jahren wurden die Kasachen von dieser Krankheit aus dem Süden dezimiert und viele Ranghohe starben. Kazan wurde nicht angesteckt, er ist rein und wird nie krank. Er entschied, dass wir in das Hochland von Barysch wandern sollten, wie es in der alten Zeit vorausgesagt wurde. Dort werden die Kranken in den Tod getrieben oder schlagen sich alleine durch, bis sie sterben ... Diese beiden sind schon halb tot.«

Die beiden Wölfe waren stehen geblieben, die Fähe hatte sich hingelegt als sei sie zu müde oder zu krank, um weiterzugehen. Auch der Rüde wirkte schwach, und doch stupste er seine hinfällige Gefährtin liebevoll mit der Schnauze an. Dann stieß er ein verzweifeltes, Mitleid erregendes dünnes Heulen nach Hilfe und Beistand in den dämmernden Himmel und zu den Göttern, die ihn verlassen hatten.

»Diese verseuchten Wölfe sind von Wulf und Wulfin verflucht«, flüsterte Sechs, »das ist die Bestrafung für ihre Verbrechen.«

»Verbrechen?«

»Zurückweisung Kazans.«

»Das klingt eher, als habe er sie zurückgewiesen«, bemerkte Lunar.

Sechs schüttelte den Kopf. »Dann wären sie nicht krank, Wolf. Die Aussicht, dass auch ihr Verehrer von Kazan werdet ist gut, denn ihr seid gesund und braucht seinen Schutz.«

»Was passiert mit einem Wolf, der die Seuche überlebt?«, fragte Solar und blinzelte Lunar zu.

»Davon hat sich noch keiner wieder erholt«, sagte Sechs überzeugt. »Doch wenn das der Fall wäre, so wäre er sicher ein Krüppelwolf.«

»Ein ›Krüppelwolf‹?«, wunderte sich Lunar, dem die unheilvolle Betonung des Wortes nicht entgangen war.

»Ein Wolf, der von Kazans Weg abgekommen ist, vom Weg des Gehorsams und des Glaubens. Diese Wölfe verraten sich früher oder später. ›Hütet euch vor dem Wolf, der die Worte eines Ranghöheren anzweifelt – er ist ein Krüppelwolf, er muss verflucht, ausgestoßen und in den Tod getrieben werden‹, wie Kazan der Gute immer sagt.«

Je mehr Sechs erzählte, desto mehr schien er von Aberglauben, Vorurteilen und den verschrobenen Glaubensätzen Kazans durchtränkt zu sein.

Die Wölfe der Zeit taten so, als seien sie naiv und freuten sich über jede Führung, die ihnen zuteil wurde, und erweckten den Eindruck, als würden sie Sechs' Worte fraglos hinnehmen. Währenddessen schien sich die Fähe an der Böschung wieder ein wenig erholt zu haben. Mithilfe des Rüden stand sie auf, konnte aber nur ein paar Schritte gehen und brach wieder zusammen.

Da lag sie, bis der Nachmittag kam. Ihr Gefährte war sichtlich verzweifelt und wusste nicht was er tun sollte, obwohl auch er nicht viel besser aussah.

»Wir können weitergehen«, sagte Sechs, »sie werden uns keine Schwierigkeiten machen. Aber wenn ihr wollt könnt ihr zusehen, wie wir diesem Abschaum sein verdientes Ende bereiten.«

Er hatte kaum zu Ende gesprochen, da sahen die Wölfe der Zeit auch schon zwei Gefährten des Kasachen zu den kranken Wölfen ins Tal laufen. Sie setzten sich hin und warteten. Ein unheimliches Schweigen legte sich über das Tal, das nur von dem rasselnden Atem der Fähe unterbrochen wurde. In wachsender Verzweiflung sah sich der Rüde nach Hilfe für seine Gefährtin um; die beiden Wölfe, die ganz in der Nähe saßen, sah er nicht, von den anderen Wölfen ganz zu schweigen.

»In der Dämmerung sehen sie sehr schlecht, in der Nacht sind sie praktisch blind, und ihr Geruchsinn ist gestört. Darum wandern wir in der Nacht, um ihnen aus dem Weg zu gehen.«

Drei weitere Kasachen tauchten aus dem Tal auf. Schnell bildeten sie um das seuchengeplagte Paar einen bedrohlichen Halbkreis.

Im Dämmerlicht begannen die Angreifer mit einem unheimlichen, bedrohlichen Heulen.

»Jetzt werden sie bestraft«, sagte Sechs mit glühendem Eifer. Er stand auf und wedelte aufgeregt mit dem Schwanz. In einem seltsamen, inbrünstigen Tonfall fügte er hinzu: »Für Dich tun wir es, Lord Kazan, um das Land vom Schmutz zu säubern, um die Luft von der Strafe der Seuche zu reinigen, um die Wasser vom Gift der Krankheit zu reinigen.«

Das kranke Paar reagierte nur langsam auf den Angriff. Die Fähe hob schwach den Kopf, obwohl sie ihre Angreifer kaum erkennen konnte. Doch der Schreck in ihren Augen verriet, dass sie wusste, was ihr bevorstand.

Der Rüde stellte sich schützend vor sie, obwohl auch er gebrechlich war. Er blickte verzweifelt in die Richtung, in der er die Angreifer vermutete, aber sehen konnte er die spöttisch vor- und zurückrennenden Kasachen nicht.

Er sagte nichts, er stand nur da und fletschte angriffslustig die Zähne. Er war nicht stark, aber er war mutig und seiner Fähe treu ergeben. Die Wölfe der Zeit mussten entsetzt mit ansehen, wie die Kasachen immer wieder auf ihn losgingen. Die Fähe stand noch einmal auf und zog sich zum Ufer zurück. Ihr Blick schien zu sagen: »Wir können es nicht ändern, Liebster, es ist besser so, lass uns aufhören zu kämpfen …«

Doch der Rüde verteidigte seine Position. Sein eingezogener Schwanz und sein verzweifelter Blick verrieten jedoch, dass er die Niederlage und den Tod erwartete. In Anbetracht des grausamen und unerbittlichen Vorstoßes der Kasachen sagte er: »Ihr kennt mich alle, ich war Neun. Ich war euer Führer.«

»Ja, Wolf, aber nun bist du verdammt, die Krankheit hat dich als unrein gezeichnet, der Gestank deiner Unreinheit dringt aus deinem Maul und aus deinem Arsch. Du bist nichts mehr, nichts. Du hättest im Steinbruch der Erlösung bleiben sollen.«

»Du meinst wohl den Steinbruch der Hölle«, gab er zurück. »Lasst sie nicht im Wasser sterben, verschont sie, sie ist sowieso dem Ende nahe, verschont sie, und ich werde …«

Er drehte sich zum Ufer um und sah mit zitternden Flanken zum Fluss.

»Verschont sie, und ich werde …«

»Warum hat er Angst vor dem Wasser?«, flüsterte Lunar.

»Es brennt höllisch in den Wunden«, erklärte Sechs.

»Kennst du etwa diesen Wolf?«, fragte Solar und konnte seine Empörung nicht verbergen.

Sechs nickte, sein selbstgefälliger Blick sagte: Das hat alles seine Ordnung. »Als ich Eins in dieser Wachmannschaft wurde, war er schon Neun. Und nun sieh ihn dir an! Er hat um seinen Platz im Herzlandrudel gekämpft und verloren. Er wurde in den Steinbruch geschickt. Dort hat er sich offenbar mit einer Vagabundin gepaart; das ist sein gutes Recht, aber er hat sich bei ihr angesteckt. Das ist die Strafe für die Vergehen seines Geistes – Stolz, Faulheit oder unlautere Gedanken. Wer weiß? Und wen kümmert's schon? Er hat offenbar versucht zu fliehen; man hat uns gewarnt, er würde in den Teil des Reviers zurückkommen, den er am besten kennt.«

Die Kasachen griffen brutal an. Schwer zu sagen, ob sie ihre Opfer berührten, aber die beiden kranken Wölfe zogen sich zurück, stürzten, purzelten hinunter zum Fluss und fielen ins Wasser. Sie schrien vor Schmerzen und versuchten, wieder an Land zu kommen, aber sie schwammen und ruderten immer weiter vom Ufer weg.

»Ich bin hier!«, war das Letzte, was der Rüde sagte, dann riss sie die Strömung mit, die Wölfe schrien und ruderten, ihre Todesangst war fast greifbar. Die Wölfe der Zeit konnten den Anblick nicht mehr ertragen.

»Mein so genannter Bruder!«, sagte Sechs angewidert. Trotzdem spürten die Wölfe der Zeit, dass er Schuld- und Reuegefühle hatte, denn er konnte seinen Blick nicht von dem Paar abwenden. Zu seiner Rechtfertigung murmelte er: »Er wurde gerecht bestraft.« Dann schwieg er mürrisch. Er hatte wohl Gewissensbisse.

Als Sechs sie kurz darauf zum Fluss hinunterführte, sprachen sie nicht viel. Die Niederung führte in eine weitläufige Ebene, das Tal der Wolga. Die Wölfe der Zeit hatten noch nie so einen großen Strom gesehen. Die grauen Wassermassen verloren sich im Abendrot, ein paar winzige Menschenlichter am anderen Ufer ließen den Strom noch breiter wirken. Das diesseitige Ufer war nicht beleuchtet, das Land war schwarz und verwüstet vom Menschenkrieg, die Überreste der großen grauen Menschenfabriken, die einst überall florierten, machten es noch trostloser.

Der Kasache fand seinen Weg mithilfe der Sterne, die nun aufgingen. Entlang zerstörter Eisenbahngleise bog er nach Norden, wanderte vorbei an eingefallenen Mauern und eingestürzten Kühltürmen, quietschenden Kränen und schlanken Kaminen, die sich einzeln oder in Reihen über den Trümmern erhoben, manchmal ragten sie gerade in den Himmel, oft aber waren sie gebrochen oder an einer Seite gesprengt.

Es stank nach Öl und Rost, später kamen noch der Geruch ätzender Chemikalien und verdorrter Exkremente hinzu, die die Wölfe von verlassenen Fuchsbauen kannten, die der Wind jedoch noch nicht gelüftet hatte.

Während der langen Wanderung durch dieses trostlose Gebiet sprach der Kasache nur einmal. Er blieb stehen, blickte sich um und sah über das Ödland zur breiten Wolga, an deren jenseitigem Ufer ein paar Lichter blinkten, und sagte: »Das war einmal meine Heimat. Nun gibt es hier nicht einmal mehr Wölfe.«

Im Morgengrauen ruhten sie sich im Windschatten einer Kiesbank aus, um die in früheren Jahrhunderten die Wolga floss. Da sahen sie, dass nicht nur das Land verwüstet war, sondern auch der Fluss. Die Sandbänke waren mit schwarzem Öl, Dreck und dem Schutt des Kriegs überzogen. Am fernen anderen Ufer war ein Menschenschiff vertäut. Es gab kein Zeichen von Leben, nur Vögel, schwarze, graue Vögel von undefinierbarer Farbe wie das Land und der Fluss,

Vögel, die sich pickend ans Ufer stürzten, Vögel deren zänkische Schreie und diebisches Krächzen genauso traurig klangen wie das Quietschen und Rumpeln der zerstörten Menschenhäuser und Maschinen.

Am Mittag zogen sie weiter. Sie bogen in ein kleines Tal nach Nordwesten und ließen schließlich den Fluss und seine trostlosen Ufer hinter sich. Auf dem Weg warteten ein paar von Sechs' Gefährten, hinter ihnen kamen weitere Kasachen.

»So. Unser Teil der Wanderung ist nun vorbei«, erklärte Sechs. »Wartet hier, rührt euch nicht vom Fleck!«

Ohne ein Wort des Abschieds zu sagen oder zu erwarten, verschwanden Sechs und seine Begleiter so schnell, wie sie gekommen waren, und ließen die Wölfe der Zeit voller Unruhe zurück. Es war ihnen unbehaglich zumute, aber sie waren auch neugierig auf das, was kommen würde.

Sie mussten nicht lange warten. Bald kam ein Wolf langsam das Tal herauf. Er war allein. Wie die anderen Kasachen war auch er untersetzt, sein Pelz war grau, und sein Kopf war vom Alter ausgemergelt.

»Ich heiße Busak, ich bin einer der zwölf Ranghohen. Du bist bestimmt Klimt. Solar. Lunar.«

»Genau«, sagte Klimt nur.

»Deine Söhne, nehme ich an.«

Klimt lächelte und sagte zweideutig: »Wir gehören demselben Rudel an. Aber wenn du nichts dagegen hast, würden wir jetzt gerne –«

»Ihr wollt Kazan treffen? Ihr wollt, äh, seine Hilfe erbitten?«

»Ja«, antwortete Klimt. »Kannst du uns zu ihm bringen?«

»Ja – aber das ist alles nicht so einfach. Wir Ranghohen müssen dem Rudel die Entscheidung überlassen, und das Rudel wird wollen, dass ihr euch ihm anschließt, wenn ihr euch mit Kazan beraten wollt.«

»Dem Rudel anschließen?«, wunderte sich Solar. »Wir gehören doch zu einem anderen Rudel!«

»Das ist bei uns so«, sagte Busak. »Wenn ihr nicht einverstanden seid, könnt ihr jederzeit gehen.«

Er sah an ihnen vorbei. Die Wölfe der Zeit drehten sich um und sahen ein paar mächtige Kasachen.

»Rudelmitglieder«, erklärte Busak. »Sie müssen euch die Erlaubnis geben zu gehen.«

»Sieht so aus, als hätten wir keine Wahl«, sagte Klimt unumwunden.

»Ja, sieht so aus«, bestätigte Busak. »Folgt mir!«

Die Wölfe der Zeit wurden von einer düsteren Stimmung übermannt. Ihre Zweifel hatten sich nun bestätigt: Sie waren so weit gegangen, um Kazan zu treffen, und nun konnten sie nicht einfach umdrehen und gehen. Das verwüstete Land der Kasachen wieder zu verlassen und die Schlinge, die sich immer fester zusammenzog, zu zerreißen, würde mehr als schwierig werden.

Die Wölfe der Zeit folgten Busak, und die Rudelmitglieder folgten ihnen. Auf ihrem Weg vorbei an Minen und Steinbrüchen, Schutthalden und Trümmern eines Landes, das von den Menschen verlassen wurde, sahen sie überall Wächterwölfe, große, bedrohliche Wölfe mit einem Blick so finster und leer wie das Land. Und überall der durchdringende Gestank, die wabernden Dunstschwaden der Seuche, deren Auswirkungen sie mit eigenen Augen gesehen hatten.

Busak drehte sich um und sagte: »Da rechts, Wölfe, das ist der Steinbruch der Erlösung – das Schicksal derer, die in Kazans Dienst versagen oder versuchen ihn zu bekämpfen.«

Sie sahen einen großen, felsigen Brückenbogen, der in einen Hügel gesprengt und so breit war, dass die Mitte im Schatten lag. Davor streiften fünf Wölfe herum. Dahinter konnten sie in einem Streifen Tageslicht den großen Steinbruch und die Felswände aus hellem, staubigem Stein sehen, die in großen Stufen anstiegen.

»Weiter vorne habt ihr einen besseren Blick – da!«

Sie blieben stehen und starrten auf das schreckliche Bild, das sich ihnen bot: Wölfe und … Wölfe und …

»Sind das tote Menschen?«

Busak nickte grimmig. Der Gestank war so infernalisch, dass er das Maul fest geschlossen hielt, um sich nicht erbrechen zu müssen.

Es war der schlimmste Anblick, den die Wölfe der Zeit jemals zu Gesicht bekommen hatten. Tausend, fünftausend, zehntausend zerstückelte Leichen hingen übereinander, ineinander, weiß, grau, manche mehr verwest als andere, Knochen, Schädel, aus dem Haufen ragten rudernde ausgemergelte Arme, strampelnde knochige Beine, aus ergrauten Schädeln tönten Schreie, Überlebende versuchten unter dem Gewicht der neuen Leichen hervorzukriechen.

Schlimmer noch: In dem Haufen wimmelte es nur so vor kleineren Lebewesen, es sah aus wie ein Dachs- oder Hirschkadaver voller Maden. Diese Parasiten hier aber waren Krähen, die an ihrer Beute und an den anderen Krähen gleichermaßen pickten, und es waren Wölfe, ausgestoßene, lauernde, verseuchte Wölfe, die hinter allem herrannten und nach allem schnappten, soweit es ihre schwindenden Kräfte zuließen, bis sie schließlich zusammenbrachen und leblos zwischen den Leichen lagen, wo die Krähen krächzend kreisten und sich mit Klauen und Schnäbeln auf die Weichteile stürzten.

Woher die halb Toten und die Leichen kamen, war offenkundig: Am höchsten Punkt des Steinbruchs über einer schrecklichen Rinne war ein Vorrichtung, eine Rampe oder eine Betonmauer, über die sie die Menschen kippten.

»Da seht!«, sagte Busak.

Über der Rampe verdunkelte sich der Himmel mit einem Schwarm Raben, Kiebitzen und Möwen, die kreischend aufflogen und kreisten, als ein Lastwagen in Sicht kam und rückwärts an die Kante fuhr. Menschen stiegen aus, spähten hinunter in den Steinbruch. Ein Arm hob sich, dann quietschte die Maschine, und der Lastwagen schien sich bebend zu erheben, drehte sich und kippte über die Kante.

Dann war es ruhig bis auf die kreisenden Vögel am Himmel. Wieder hob sich ein Arm, senkte sich. Der hintere Teil des Lastwagens schien hervorzuquellen wie ein Klumpen Milch und Schleim, den ein Welpe erbricht – und heraus fielen halb tote Menschen und wirbelten schreiend durch die Luft.

Sie fielen, sie schlugen krachend auf und rollten weg, manche bewegten sich noch, setzten sich auf und brüllten aus dieser Hölle heraus, in die man sie bei lebendigem Leib geworfen hatte. Die Wölfe der Zeit sahen die Vögel, die halb wahnsinnigen Wölfe, und sie sahen noch etwas:

Erst war es nicht richtig zu erkennen, es sah aus wie eine schwarze Flüssigkeit die heranschwappte. Dann kniff Lunar seine Augen zusammen und erkannte, woraus diese

Flüssigkeit bestand, die sich über diese lebende Halde ergoss, durch Schädel drang, an Schienbeinen vorbeifloss, zerfetzte Kleider durchtränkte, immer höher stieg, sich immer weiter hinaufkämpfte zu den neuen Leichen.

»Ratten!« Lunar wandte sich mit Grauen ab; er zog sich von der Kante des Steinbruchs zurück, die an dieser Stelle nicht senkrecht aber doch so steil abfiel, dass es für einen Wolf fast unmöglich war, wieder hinaufzuklettern, wenn er fiel. Als er wieder hinschaute, sah er, dass aus den Felsen Wasser sickerte, der untere Teil der Felswand war so rutschig und glitschig, dass keiner hinaufklettern konnte.

»Ja, Ratten«, bestätigte Busak, »und die Wölfe da unten sind verflucht und verdammt, sie haben Kazan enttäuscht, willentlich oder durch die Krankheit, was dasselbe ist, denn es ist Wulfs Strafe.«

Er sprach laut und mit glühender Leidenschaft, seine Augen verengten sich, seine Brauen zogen sich zusammen, und in seinen Mundwinkeln sammelte sich Speichel.

Aber er war nicht der Einzige, der leidenschaftlich oder zornig werden konnte. Solar und Lunar hatten ihren Vater schon aufgeregt und wütend erlebt, aber sie hatten noch nie gesehen, wie ihn eiskalte Wut übermannte: Seine Augen verengten sich nicht, aber sein Blick wurde kalt, seine Brauen zogen sich auch nicht zusammen, aber seine Söhne, die ihn gut kannten, sahen, dass sein Gesicht sich verhärtete, und sie begriffen, warum er so ein Furcht erregender Rudelführer war.

»Was würdest du uns raten, um dieser ›Strafe‹ zu entgehen?«, fragte er ruhig.

»Ihr müsst euch nur einen Platz im Rudel erobern«, erklärte Busak und führte sie weiter an der Kante des Steinbruchs entlang und hinein in eine Ansammlung von Gebäuden und Maschinen, die um einen verwüsteten Platz herumstanden, auf dem noch mehr Wölfe herumlungerten. Sie starrten die Neuankömmlinge finster an und knurrten böse.

»Ist das das Rudel?«, fragte Klimt und ließ seinen Blick über die Wölfe wandern. Absichtlich ging er auf zwei Wölfe zu, um ihre Kräfte abzuschätzen und ihre Reaktionen zu testen, bevor er Solar und Lunar bedeutete, näher zu kommen.

»Die meisten gehören zum Rudel«, sagte Busak. »Ihr könnt euch hier ein, zwei Tage ausruhen, mehr nicht. Ihr könnt wählen, welchen Wolf ihr herausfordert, sie sind alle gleich, es gibt keine Rangunterschiede.«

Klimt sah erstaunt auf. Wie konnte ein Rudel sich Rudel nennen, wenn es keine Hierarchie gab?

»Welcher ist der Stärkste?«

Busak zuckte mit den Schultern.

»Das müsst ihr selbst herausfinden.«

»Und wir können uns ein, zwei Tage ausruhen?«

Busak nickte. Offenbar verlor er langsam das Interesse. Die Wölfe der Zeit mussten sich erst bewähren, bevor er sich wieder mit ihnen und ihrem Wunsch, Kazan zu treffen, abgeben würde.

Er ging weg und sprach mit ein paar Rudelmitgliedern. Klimt wandte sich seinen Söhnen zu, sein Gesicht war immer noch hart, seine Stimme voll eisiger Verachtung für das, was er gesehen hatte.

»Was schlägst du vor, Solar?«, fragte Klimt.

»Wir sollten drei Wölfe auswählen und sofort mit ihnen kämpfen.«

Klimt nickte zustimmend. »Überraschung und Skrupellosigkeit – das ist der einzige Weg. Aber welche sollen wir nehmen? Und was ist mit Lunar? Er ist kein geborener Kämpfer, und diese Wölfe sehen mir ganz so aus, als könnten sie es mit jedem aufnehmen.«

Solar wandte sich an seinen Bruder und sagte leise: »Vertraust du mir?«

Lunar nickte. Ihr gegenseitiges Vertrauen war uneingeschränkt. Was Träume und Wolfswege anging, war Lunar zuständig; er war ein guter Wanderer und er konnte leicht das Vertrauen anderer Wölfe gewinnen. Doch in Sachen Kampf, Rudel und Strategie war Solar überlegen.

»Wir haben nicht viel Zeit, Solar«, knurrte Klimt. »Wir müssen handeln, bevor Busak geht. Angriff ist die beste Verteidigung!«

Solar begriff sofort und drehte sich um. Er ging gelassen auf die Wölfe zu, blickte einige unerschrocken an, knurrte und stieß sie weg.

Als er zurückkam, sah er erleichtert aus. »Hinter dieser Wand aus Wölfen liegt einer«, sagte Solar grinsend zu seinem Bruder. »Ich schätze, er wurde erst kürzlich beim Kampf verletzt, wahrscheinlich als er sich diesem ›Rudel‹ hier anschloss.«

»Aber er ist verletzt!«

»Lunar! Du weißt, was passiert wenn sie dich besiegen, und ich glaube kaum, dass wir dann noch etwas machen können. Komm, ich zeig dir den Wolf!«

Sie gingen ein Stück, bis sie den Wolf sahen, er lag hinter den anderen. Sein Fell war heller als das der anderen Wölfe, und er war schlanker und leichtfüßiger, aber nicht kleiner als Lunar, der trotz aller Abneigung gegen das Kämpfen genauso groß war wie Solar. Außerdem waren seine Muskeln durch die Wanderung gestählt und er hatte sich von der Krankheit erholt.

Klimt sah den Wolf auch und nickte zustimmend.

»Lass dich nicht von deinem Angriff ablenken, Wolf! Denk an nichts als an den Sieg!«

»Konzentration«, hauchte Lunar, sein Herz klopfte.

»Konzentration«, sagte Klimt heiser. »Greif an, während ich die anderen ablenke.«

»Was willst du tun?«

»Ich werde mich auf den Stärksten unter diesen ›Gleichen‹ stürzen, ich bin sicher, es gibt einen. Und Solar wird sich den Zweit- oder Drittstärksten vornehmen.«

Solar nickte grimmig, sein Blick so finster wie der Klimts. Lunar fragte sich, warum sie solche Freude am Kämpfen hatten, es gab doch sicher bessere Methoden …

»Wo ist Busak?«, knurrte Klimt gefährlich, als er sich auf die Suche nach dem Kasachen machte.

Als er ihn entdeckt hatte, senkte er den Kopf und ging absichtlich hinter ihm her, er folgte ihm auch noch, als Busak einen Teil des Weges zurückging und wieder auf den Pfad bog, der zur Kante des Steinbruchs führte.

»Wolf!«, brüllte Klimt. Alles wurde still. »Ich habe mit dir zu reden.«

Dann ging er direkt auf Busak zu, der an der Kante stand. Busak riss seine Augen erst erstaunt, dann ängstlich auf. Das war kein Wunder, denn er war gestolpert und mit den Vorderpfoten über die Kante gerutscht. Als er sich umdrehte, um sich in Sicherheit zu bringen, sah er direkt in die Schwindel erregende Tiefe, und die Hölle schien auf ihn zuzukommen. Trotz all seiner Bemühungen konnte er seinen Fall nicht aufhalten, er fiel japsend und zappelnd in den Abgrund.

Plötzlich fühlte er einen schmerzhaften Biss an seiner linken Hinterbacke, die Welt um ihn herum drehte sich, und er wurde wieder auf den Boden gezogen. Er stolperte, fiel und fühlte, wie sich Klimts großer Kiefer um seinen Hals schloss und zubiss, bis er mit tränenden Augen röchelnd nach Luft rang und versuchte die Kontrolle über sich wiederzuerlangen.

Busak lag hilflos unter ihm, Klimt löste seinen Biss. Er blickte um sich, um zu sehen, welcher Wolf vorgetreten war. Es waren zwei, beide waren groß und kamen knurrend und mit entschlossen gesenktem Kopf auf ihn zu. Schwer zu sagen, wer der Stärkere war, jedenfalls waren die beiden die stärksten Wölfe des Rudels und diejenigen, die sich als die Ersten unter den Gleichen betrachteten.

Klimt hatte keine Zeit für ein Geplänkel. Je weiter er sie vorrücken ließ, desto weniger Raum blieb ihm für ein Manöver. Er warf kurz einen Blick zu Solar, sah, dass er in Angriffsposition gegangen war, blickte zu Lunar, sah, dass er entschlossen auf den Wolf zuging, den er bekämpfen sollte, ohne dass die anderen etwas davon mitbekamen. Dann drehte sich Klimt zur Seite und rannte zur Kante des Steinbruchs, als hätte er plötzlich Angst bekommen. Busak blieb ächzend liegen und versuchte sich wieder aufzurappeln.

Alles ging sehr schnell und war sehr unspektakulär. Doch Klimts nächster Zug war grausam. Er wurde langsamer und ließ den ersten der beiden Wölfe aufholen. Dann ließ er sich wie ein Stein auf den Boden fallen – der Wolf über ihm – und stieß seinen großen Kopf mit aller Kraft in den Bauch des überlisteten Wolfs, schnappte seinen Lauf, stand auf und hob den Wolf mit dem ganzen Körper über die Kante, wie ein Vater im Scherz sein verspieltes Junges hochhebt.

Der Wolf zappelte in der Luft er stieß ein überraschtes Heulen und ein ängstliches Jaulen aus. Dann fiel er, fiel immer weiter hinunter.

Alle Augen folgten dem schrecklichen Fall ihres Gefährten in den grauenvollen Abgrund. Solar zögerte nicht. Er griff den zweiten Wolf an, riss ihm Ohr und Maul auf, zerbiss sein Gesicht, bis ihm das Fell in Fetzen herunterhing und der Wolf sich vor Schreck und Schmerz nicht mehr wehren konnte, dann duckte er sich und biss dem Wolf in die Kehle. Er riss ihn zu Boden und zerrte ihn zur Kante.

»Genug! Es ist genug!«

Die Stimme kam von hinten, sie war schwach und dünn, hatte aber Schärfe und verriet natürliche Autorität.

»Solar, lass ihn los! Solar!«

Das war Klimt. Er blickte in die Richtung, aus der die Stimme gekommen war.

Solar riss sich von seinem Opfer los, das blutend und winselnd auf dem Boden lag, und blickte in die Richtung, in die Klimt zeigte.

Der Wolf stand auf einer Anhöhe neben einer Ruine, zu beiden Seiten flankiert von Wölfen in Busaks Alter und Rang. Dieser Wolf war etwas Besonderes. Sein Pelz war nicht grau, sondern weiß, sein Gesicht war zerfurcht und gezeichnet von Krankheit, aber sein Blick war klar und fest und in seinen Augen funkelte eiskalte Berechnung.

»Seid friedlich! Vertragt euch!«, sagte er und kam herunter zu Klimt. Seine Stimme war fast nur ein Seufzen, ein Seufzen der Schwäche. Kein Zweifel – das war Kazan.

Doch wenn Klimt gehofft hatte, dieses lang ersehnte Treffen würde ohne weitere Schwierigkeiten stattfinden, und wenn Kazan geglaubt hatte, dass er dem Streit zwischen den drei Besuchern und seinem Rudel Einhalt geboten hatte, so hatten sich beide geirrt. Als der Großteil des Rudels schwieg und sich nicht mehr regte, kam plötzlich ein Wolf aus dem Nichts geschossen, hinkte und stolperte durch sie hindurch und rannte, gefolgt von Lunar, zur Kante des Steinbruchs.

»Bei Wulf!«, zischte Solar und versuchte seinen Bruder zu stoppen.

Doch Lunar schien ihn nicht zu hören. Er holte den Wolf ein und warf sich auf ihn, drückte ihn zu Boden und trampelte knurrend auf ihm herum. Das war elegant und gekonnt, aber auch absurd und lächerlich.

»Lunar!«, ächzte Klimt hilflos.

»Woher kommst du?«, fragte der besiegte, keinesfalls aber unterwürfige Wolf.

»Woher kommst denn du?«, fragte Lunar und stolzierte herum, wie er dachte, dass es sich für einen Sieger gehörte.

»Aus Petschora«, antwortete der Wolf zum Erstaunen der Wölfe der Zeit. »Ich gehöre doch nicht zu diesem verdammten Rudel, Wulf bewahre mich! Und du?«

Ernüchtert blieb Lunar stehen. Plötzlich wurde er sich bewusst, dass alle Augen auf ihn gerichtet waren, dass ihn nicht nur Klimt und Solar anstarrten, sondern auch der Wolf, dessen Haltung ihm unmissverständlich verriet, dass er Kazan war. Hatte er gerade noch eine dumme Figur abgegeben, als er den bereits verletzten Wolf besiegte und dann umherstolzierte, so verwandelte sich Lunar nun in jenen Wolf, den nur Solar kannte: den Träumer, den Visionär, jenen Wolf, der ihnen das Wandern beigebracht hatte, den Wolf, der eine Krankheit besiegt hatte, die nur wenige überleben.

»Ich?«, fragte er. »Wir?«

»Ja, du, ihr, bei Wulf!«

Lunar lächelte, er wandte sich von dem Wolf ab und ging mitten in das Rudel hinein. Zum ersten Mal sah Klimt an seinem kühnen Gang und an seinem Blick, den er von einem Wolf zum anderen wandern ließ, dass Lunar eine

Fähigkeit hatte, andere zu führen, und dass er von den Sternen begünstigt war.

»Ob es gut ist oder schlecht«, sagte Lunar ruhig, »wir sind das Rudel, das die Alten die Wölfe der Zeit nennen. Und dieser Wolf, dieser großartige Wolf, der beste Kämpfer und der Klügste von uns allen, das ist Klimt von Tornesdal, unser Rudelführer.«

»Ist er denn klug?«, fragte der alte, weiße Wolf. »Und großartig?«

Dann schwieg er. Die anderen Wölfe zogen sich von Klimt und seinen Söhnen zurück, die immer noch gefährlich nahe an der Kante des Steinbruchs standen. Im Hintergrund war das Rumpeln der Menschenmaschinen zu hören, der Gestank des Todes drang in ihre Nasen.

Lunar fühlte sich plötzlich unbehaglich. Solar war auf der Hut. Klimt merkte zu spät, dass sie sich in eine Gefahr gebracht hatten, die sich nicht so leicht ... Warum zogen sich die anderen zurück? Was war –?

Plötzlich ein Knall und Klimts linke Schulter brannte wie Feuer. Er fiel, drehte sich, suchte nach Hilfe, aber er sah nur in den gleichen Abgrund, in den er vor wenigen Augenblicken den anderen Wolf geschleudert hatte.

»Vater!«, schrie Lunar. Er sah, wie ein Mann neben der Vorrichtung an der Kante mit etwas auf sie zeigte, das im selben Moment aufgeblitzt war, als Klimt angeschossen wurde. »Vater!«

»Du hast einen meiner Söhne in den Tod geschleudert«, sagte Kazan, während Klimt sich krampfhaft festhielt, um nicht abzurutschen. Kazan nickte den größeren Wölfen zu. »Tötet ihn!«

Solar wollte Klimt zu Hilfe eilen, aber die Wölfe griffen an. Er konnte nichts tun. Sein verletzter Vater konnte sich nicht mehr länger halten. Blut rann an seiner Schulter hinunter, seine Vorderläufe strampelten hilflos in der Luft und so rutschte er die unbezwingbare Rinne hinunter in den Haufen aus Toten und Lebenden. Die Wölfe gingen auf Solar los.

»Lun...!« Sein Schrei wurde abgeschnitten, aber sein

Blick sagte mehr als tausend Worte. Lunar sollte fliehen, abhauen, er hatte als Einziger noch eine Chance. *»Lunar, ich befehle dir zu fliehen!«*, sagte sein Blick.

Entsetzt drehte sich Lunar um, er gehorchte in Panik. In dem ganzen Durcheinander rannte er los, der einzige Wolf auf seinem Weg war der Petschoraner, den er besiegt hatte. Lunar rannte weg, als Solar zu sterben begann und auch sein Vater in den sicheren Tod fiel.

Er rannte, floh, jagte den Schritten davon, die ihn verfolgten, lief nach rechts und nach links, durch die Menschenruinen hindurch, immer weiter und weiter, bis seine Lungen fast platzten und die Bäume vor ihm sich immer weiter zu entfernen schienen.

»Vater, Solar, helft mir!«

Er wandte sich um und fand sich Auge in Auge mit seinem Verfolger, dem Petschoraner.

»Komm!«, sagte der verletzte Wolf. Lunar war froh, dass er ihm in den Wald und in die Dunkelheit folgen konnte, er war erleichtert, dass sie zusammen versuchten zu fliehen und Hilfe zu holen.

»Komm schon!«

Lunar schluchzte. Er spürte in seinem Inneren, dass sein Bruder starb, und er wusste, dass nun er allein die Last der Zukunft auf seinen Schultern trug.

»Du hast nur noch eine Chance, Wolf, du musst rennen, sonst holen sie dich ein.«

Lunar sah, dass der Petschoraner schwächer wurde und kaum weitergehen konnte. In seinen Augen sah er Angst und Verzweiflung.

»Du hast nur noch eine Chance«, sagte Lunar mit fester Stimme und schubste ihn an, dass er aufstand. »Komm jetzt! Wulf und die Götter sind mit uns.«

Viertes Buch

Ein neuer Rudelführer bildet sich heraus

Kapitel 17

Lunar erbittet die Hilfe der Petschora-Wölfe

Lunars Flucht vor den kasachischen Wölfen, die er aus Angst und aus Gehorsam gegenüber Solars letztem, verzweifeltem Befehl unternommen hatte, war so rasch beendet, wie sie begonnen hatte. Lunar und der verwundete Petschora-Wolf waren an einer sicheren Stelle der Steppe angelangt; sie witterten in alle Richtungen – sie wurden nicht verfolgt.

»Wir sollten weitergehen …«, keuchte der Petschora-Wolf. Seine Flanken hoben und senkten sich vor Erschöpfung, und er verzog das Gesicht vor Schmerz, der ihm bei der anstrengenden Flucht wieder in seine verletzten Läufe gefahren war.

Aber Lunar hörte nicht hin. Er stand im wogenden Gras zwischen den Büschen und blickte über das steinige Gelände, das sie durchquert hatten, zu den fernen Umrissen der Menschenhäuser beim Steinbruch. Nur die Vögel, die über den Leichen tief unten im Steinbruch kreisten, waren zu sehen, nur das dumpfe Dröhnen der Maschinen war zu hören, gleichgültig gegenüber dem Drama und der Tragödie der Wölfe.

»Solar … Mein Bruder ist am Leben. Ich muss zu ihm.«

»Sie werden dich auch töten«, sagte der Petschora-Wolf.

»Wie heißt du, Wolf?«

»Utin«, antwortete der Wolf mürrisch. Seine Flanken zitterten, die Zunge hing ihm seitlich aus dem Maul.

»Bleib hier, Utin! Ich werde wiederkommen, und dann brauche ich vielleicht deine Hilfe«, sagte Lunar. »Bist du nicht ein Petschora-Wolf?«

»Und wenn schon? Was weißt du über uns?«

Lunar betrachtete ihn mit ernstem Blick und sagte ruhig: »Genug, um zu wissen, dass wir uns eines Tages treffen mussten. Genug, um zu wissen, dass ihr einmal Rudelführer hattet wie den großen Kobrin, den mutigen Semenov und den reumütigen Gorodok.«

Der Petschoraner sah ihn verblüfft an und setzte sich auf. Er hatte plötzlich Angst, Lunar könnte ein Spitzel sein, den die raffinierten Kasachen geschickt hatten, um Dinge zu erfahren, über die er unter anderen Umständen niemals gesprochen hätte, nicht einmal, wenn man ihn dazu gezwungen hätte.

»Spar dir deine Kraft Utin, du brauchst sie bestimmt noch! Ich kenne diese Namen, weil Kobrin selbst mir erzählt hat, wie seine Schwester Yashka gerettet wurde und wie Semenov –«

»Wer bist du, dass du den Namen meines Vaters kennst?«, fiel ihm Utin ins Wort.

»Ich bin derjenige, den du auf deinem Weg treffen solltest«, sagte Lunar freundlich. »Also, bleib jetzt hier, ruh dich aus und rühr dich nicht vom Fleck! Ich würde dich sowieso wieder aufspüren.«

»Ich bleibe, bei Wulf! Ich bleibe!« Utins Angst war der Ehrfurcht gewichen.

Lunar war schon durchs Gebüsch davongerannt. Auf dem Weg zurück zum Steinbruch hörte er Solars schwachen Ruf.

»Lunar!«

Solar war am Leben, er war in der Nähe. Wie seltsam der Ruf des sterbenden Bruders klang! Das altbekannte Gefühl des Verlustes überkam Lunar.

»Solar!«

Die Häuser wichen nun schroffen Felsen, die vor ihm aus dem Nebel aufragten, der fast alles verschluckte.

»Lunar!«

Lunar rannte eine Weile durch dichten Nebel, bis die Schwaden sich auflösten und er wieder Licht sah, das ihn zu einem Ort führte, der noch zerklüfteter, noch steiniger und noch Furcht erregender war. Kaninchenknochen lagen im Gras verstreut. Von hoch oben, wo hinter Nebelschleiern und Dunstschwaden die Sonne schien, hörte er die Schreie von Adlern. Die Raben antworteten mit einem mürrischen Krächzen. Da lagen die Knochen von Kaninchen, weißgrau wie das Edelweiß, da lagen auch die Knochen eines Wolfs … und der Schädel eines Wolfs.

Lunar kannte diesen Ort. Er wusste, er war nun in der Nähe des Wulfsfelsens, den sein verwundeter Bruder zu erreichen versuchte.

Lunar ging zu dem Schädel. Er witterte die Reinheit des ausgewaschenen, ausgepickten Knochens; er roch nach Süßgräsern und Steinbrech – er roch nach Herzland und Heimat.

Solar! Lunar hatte plötzlich Todesangst.

Er schnüffelte kurz an dem Schädel und drehte sich dann nach seinem Bruder um. Ihm wurde auf einmal klar, dass Solar an ihm vorbeigegangen war und nun bergauf stieg zu dem Ort, an dem er einst gewesen war und zu dem er eines Tages, ja eines Tages wieder zurückkehren würde … Lunar rannte und rannte. Die Zeit schien sich zu drehen, zu verschieben, war so gleitend und so undurchsichtig wie der Nebel.

Er rannte und rannte, das Tappen seiner Pfoten drang aus der Ferne an sein Ohr, als seien sie schon vorausgeeilt und als sei er selbst zu langsam, um sie noch einzuholen.

»Solar!«

Über ihm und um ihn herum ragten schemenhaft bizarre Felsen aus dem Nebel; sie sahen aus wie Wölfe. Dann sah er eine Fähe. Er war sich sicher, dass es eine Fähe war. Sie sah ihn an, er ging in ihre Richtung, sie bewegte sich, verschwand und tauchte auf der anderen Seite wieder auf. Aber nun war es ein Rüde, er war älter, er rannte …

»Solar!« Das musste Solar sein.

Sonnenstrahlen fielen vom tiefblauen Himmel auf ein grünes Tal. Zwischen leuchtend gelben Blumen lag ein Wolf. Er war tödlich verletzt, sein Blick starr, ohnmächtig, sein Gesicht verzerrt vor Schmerz und Anstrengung. Hilflos und gebrochen lag er da, neben ihm plätscherte ein Fluss, blau wie der Sommerhimmel.

Lunar wusste, dass es Solar war, ein Wolf, den er vor

langer Zeit gekannt hatte, ein Wolf, dem er irgendwann in der Zukunft wieder begegnen würde.

»Nein!«, jaulte er. Voller Entsetzen war ihm schließlich klar geworden, dass er sich zu weit von der sterblichen Wolfheit entfernt hatte, dass er zu viel riskiert hatte. »Nein!«

Das Geheul der Wölfe hallte in Felsrinnen und von überhängen wider, es schien direkt aus dem Nebel zu kommen, der die Felsspitzen verbarg. Lunar sah auf. Das Heulen lockte ihn zurück in eine Zeit, die er verlassen wollte, zurück in die Nebel einer früheren Zeit, seiner rechtmäßigen Zeit.

»Lunar ...«, heulten die Wölfe. Sie riefen ihn zurück, dorthin, wo er nun gebraucht wurde. Der Boden vor ihm schien sich zu erheben, die Erde würde gleich aufbrechen und – nur noch ein, zwei Schritte ...

Lunar ging weiter. Der Nebel riss wieder auf, er sah hinunter auf einen Fluss; er schimmerte blau in der Sommersonne, dahinter lag ein großer, alter Wald. Und dann sah er etwas, das er gar nicht sehen wollte ...

Das Heulen kam aus dem Nebel und von den Felsen herab. »Lunar, Lunar, komm zurück zu uns, komm zurück ...« Lunar konnte sich kaum entziehen, er rang mit sich und wandte sich schließlich in Todesangst ab ...

... Und auch Solar, verletzt und blutend vom Angriff der Kasachen, wandte sich von dem Geheul ab und hörte seinen Namen. Da war wieder das Licht der Sommersonne, der Fluss, der in der Nähe rauschte, der Fluss eines Lebens, das er nun verließ. Solar konnte nicht mehr aufstehen. Plötzlich tosten die Wasser hinter ihm, der Fluss war so nahe, dass die Gischt immer wieder sein Fell bespritzte.

Er sah einen Wald und einen Wolf, der alt aussah vor Sorge, und aus der Dunkelheit, die sich nun über ihn senkte, überkam ihn Mitleid und ein Verstehen, das größer war als der Himmel.

»Nein!«, schrie er. »Nicht du!«

Solar heulte Mitleid, er heulte Liebe, als er wieder aufstand. Sein Körper war nun leichter, er hatte keine Schmerzen mehr; er stieg einen Hang hinauf, der so steil war, dass nicht einmal Lunar ihm folgen konnte.

»Nein!« Lunar weinte, als er sah, wie sein Bruder in die nebelverhüllte, geheimnisvolle Dunkelheit hinaufstieg, die aussah wie ein Fels, der sich bewegte, wie ein Turm, der stillstand, wie tausend Rinnen, die zu einem einzigen großen Felsen führten, dem Wulfsfelsen.

»Ich warte auf dich, Lunar, bis du deine Aufgabe erfüllt hast und deinen rechtmäßigen Platz wieder einnimmst. Wir alle warten auf dich ...«

»Nein!«, schrie Lunar noch einmal. Seine Trauer wurde immer größer, denn er wusste, dass er die Wölfe der Zeit alle nacheinander verlieren würde und dass er die Trauer überwinden und weiterziehen musste. »Nein!«

Die Nebel der Zeit und des Schicksals lösten sich auf. Lunar stand vor dem Kadaver seines Bruders. Solars Schönheit war zerstört, seine Kraft dahin, seine Augen, die ihn einst liebevoller und verständnisvoller angeblickt hatten als jeder andere Wolf, waren nun leer, erfüllt nur vom Weiß des Todes.

Um ihn herum saßen die kasachischen Wölfe und kratzten sich gleichgültig; dahinter kreisten die Vögel und stürzten sich immer wieder auf ihre Beute unten im Steinbruch.

»Bleib bei uns und sei gehorsam oder geh, und wir werden dich aufspüren und bestrafen«, sagte Busak unbeteiligt. »Wir werden uns jetzt erst einmal ausruhen.«

Lunar begriff, dass sie ihn für zu schwach oder zu feige hielten, um sich mit ihm abzugeben. Er ging zur Kante des Steinbruchs und starrte hinunter, aber er war auf der Hut, dass ihn nicht plötzlich ein Kasache in den Abgrund stieß. Er mochte diese Wölfe nicht, aber er fürchtete sie auch nicht mehr. Zwischen den verlassenen Wölfen, zwischen Leichen und Ratten suchte er nach seinem Vater Klimt. Da bewegte sich doch etwas – ja! Klimt? Nein.

Ein Mensch? Und Klimt ganz in der Nähe?

Lunar drehte sich um und ging zu Busak.

»Ich bleibe. Aber ich möchte mich von deinem Rudel fern halten. Ich habe meine Familie verloren, ich habe ...«

Busak nickte kurz angebunden und wandte sich wieder anderen Dingen zu. Der alte Wolf, den sie Kazan nannten, schlief im Schatten eines Hauses.

Lunar wandte den Kasachen gelassen den Rücken zu und ging an Solar vorbei, ohne noch einen Blick auf den Kadaver seines Bruders zu werfen, und nur Wulf allein wusste, welche Qualen ihm das bereitete. Dann ging er übers Moorland zu dem Gebüsch, in dem der Petschoraner auf ihn wartete.

Utin hatte sich wieder einigermaßen erholt. Offenbar hatten ihn seine Verletzungen weniger gequält als seine schwindenden Lebensgeister. Dass Lunar wiedergekommen war, gab ihm nun Hoffnung und neue Kraft.

»Wir müssen schnell von hier verschwinden«, sagte Lunar. »Die Kasachen werden mir folgen, das haben sie klar und deutlich gesagt. Aber sie sind eingebildet und selbstgefällig. Wenn wir also unseren Verstand gebrauchen, können wir sie vielleicht überlisten, auch wenn wir sie nicht aufhalten können.«

Utin hörte aufmerksam zu. Er war ein stolzer Wolf von edler Abstammung, dem die Unterjochung durch die Kasachen genauso wenig behagte wie den Wölfen der Zeit. Ihm wurde klar, dass er eine wichtigere Rolle spielen könnte, als Lunar nur zu folgen, denn er hatte Zeit gehabt über Solars Niederlage nachzudenken, die tödlich geendet hatte, und er hatte sich noch einmal die Skrupellosigkeit vor Augen geführt, mit der sie Solars Vater verletzt und ihn anschließend in den Steinbruch hatten fallen lassen.

In dieser Hinsicht könnte er Lunar wenigstens trösten, denn während seiner kurzen Zeit bei den Kasachen hatte er erlebt, wie andere Wölfe, darunter auch Mitglieder seiner Familie, auf dieselbe Weise ausgetrickst wurden. Das Revier der Kasachen war auf der anderen Seite des Steinbruchs. Dorthin brachten die Menschen ihre Leichen, warfen sie hinunter und schossen dann auf alles, was sich bewegte, auf überlebende Menschen, auf Ratten, auf Wölfe.

»Wir haben wenig Zeit«, sagte Lunar grimmig. »Erzähl

mir also schnell, wie dein Rudel hierher gekommen ist und warum sie nur dich verschont haben. Ich hätte gerne mehr Wölfe eures Rudels getroffen.«

»Du scheinst uns Petschoraner zu kennen«, sagte Utin, »dabei halten wir uns für das Rudel, das vom Rest der Welt völlig vergessen ist.«

Mit Freude sah Lunar das Strahlen und die Klugheit in Utins Augen. Utin war bestimmt ein ehrenwerter Wolf. Und er würde zuverlässige Gefährten an seiner Seite brauchen, wenn er ...

Wenn was?

Wenn er ein Rudel führen sollte. – Das war das Allerletzte, was er sich jemals vorgestellt hatte. Solar war der Anführer, Solar ...

Doch was geschehen war, hatte etwas Unausweichliches und bekam langsam etwas Vertrautes. Auf den Wolfswegen der Vergangenheit kamen Lunar Erinnerungsfetzen in den Sinn; einige hatten mit Handlung zu tun, andere mit Gefühlen, alle aber mit der Führerschaft, mit einer uralten Bestimmung, die die Zukunft der Wolfheit in ihrem Bann hielt, und die Wolfheit verließ sich auf ihn als den Einzigen, der sie retten konnte.

»Wolf ...«, begann Utin mit einnehmender Stimme. Lunar wurde ihm immer fremder, sein Blick war in die Ferne gerichtet, sein Gesicht war voller Sorge. Utin fand, dass Lunar leuchtete wie die Sonne und die Sterne; das hatte er noch nie bei einem Wolf gesehen, jedenfalls nicht bei dem launischen, geplagten Stamm, dem er angehörte.

Petschoraner?

Busak, der Kasache, hatte das Wort so verächtlich ausgesprochen, und Kazans Blick war von solch einer Gleichgültigkeit gewesen, dass Utin zum ersten Mal in seinem Leben Zweifel an der Auserwähltheit seines Rudels bekommen hatte. Auserwählt unter wem? Nun aber, da Lunar so unerwartet gekommen war und ihm unweigerlich Vertrauen einflößte, nun, da vom Herzland die Rede war, dachte Utin, dass das Gefühl der Petschoraner für ihre Bestimmung doch nicht gänzlich eine Illusion war.

»Wolf!«, sagte Utin noch einmal, diesmal schärfer. Er dachte, er hätte das Geheul der Kasachen gehört, die sich zusammenrotteten, um den Herzlandwolf zu jagen.

»Also sag mir, wieso du hier bist und wohin du uns zu gehen rätst«, sagte Lunar sanft; er war erstaunlich gelassen.

»Sag du mir, woher du uns kennst«, verlangte Utin beharrlich. Nun kamen seine wahren Qualitäten zum Vorschein. Er war sowohl hartnäckig als auch klug, ganz anders, als er zu Anfang gewirkt hatte.

»Vor vielen Jahren kam ein Wolf namens Kobrin aus Petschora und schloss sich unserem Rudel an ...«

Utin seufzte. Erleichtert und voller Freude über die Bestätigung, die er umgehend bekommen hatte, schloss er halb die Augen. Lunar erzählte, wie Kobrin Klimt zur Seite gestanden hatte und wie er nun, ohne seinen Anführer, für die Wölfe der Zeit über das Herzland wachte, wie er dem Vormarsch der Madjaren mit allen Mitteln standhielt und für diejenigen, die zurückgeblieben waren, für Sicherheit sorgte.

»Er lebt noch?«, rief Utin aus.

Lunar nickte. »Wie stehst du zu ihm?«

»Er gehört zu meinem Stamm. Er ist mein leuchtendes Vorbild. Kein Petschoraner vor ihm und nach ihm hat jemals erreicht, was er erreicht hat, und kam dann auf seine alten Tage zurück, um einer neuen Generation als Beispiel voranzugehen. Und er lebt immer noch.«

»Aber er ist sehr alt«, sagte Lunar. Er unterhielt sich gerne mit Utin, der so alt war wie er selbst. Utin war selbstbewusst und die Art und Weise, wie er redete, verhieß Hoffnung auf die Zukunft. »Die Zeit läuft uns davon. Erzähl mir nun von deinem Rudel!«

Lunar hatte Utins uneingeschränktes Vertrauen gewonnen. Utin erzählte, wie die Petschoraner nach Jahren des Wartens auf Kobrins Rückkehr schließlich beschlossen hatten das eisige Ödland von Petschora hinter sich zu lassen und nach Süden zu ziehen.

»Ölquellen. Schmutz. Unsere Wälder wurden zerstört.

Jäger kamen, schossen auf uns, stellten Fallen und Schlimmeres.«

Die traditionellen Grausamkeiten gegen Wölfe schienen bei den Petschorarern neue Wendungen angenommen zu haben: Ein Wolf wurde in der Falle gefangen, festgebunden und gequält damit das ganze Rudel sein Jaulen hörte; Welpen wurden an Bäume genagelt, damit ihre Schmerzensschreie und ihr Schreckensgeheul die Eltern in Reichweite der Menschengewehre lockten; ein alter Rüde, der sein Leben lang dem Rudel gedient hatte, wurde gefangen, an ein Auto gebunden und hinterhergeschleift, bis er halb tot war, dann ließ man ihn liegen, damit die anderen ihn fanden.

»Das Fleisch hing ihm in Fetzen vom Leib, seine Wirbelsäule war auf der steinigen Straße weiß aufgescheuert und blutig.«

»Und er lebte noch?«

Utin nickte mit düsterem Blick. »Seine Ohren waren abgerissen, ein Bein fehlte, er blutete aus allen Poren. Er konnte nichts mehr sehen, er flüsterte nur noch Kobrins Namen, immer und immer wieder sagte er: ›Findet ihn … jetzt … Sagt ihm … unsere Zeit ist gekommen.‹ Nun … wir waren immer noch zahlreich genug, um unser Revier in drei Rudeln zu bevölkern. Ein Rudel war am schlimmsten von der Umweltverschmutzung bedroht und entschloss sich mit je einem Vertreter der beiden anderen Rudel nach Süden zu ziehen. Einer davon bin ich. Ich musste mir meinen Platz erkämpfen, weil jeder von uns mitgehen wollte – das war der erste Kampf, den ich gewonnen habe.«

»Aber ich denke, nicht der Letzte«, sagte Lunar. »Und falls es ein Trost für dich ist – du bist der erste Wolf, den ich jemals besiegt habe.«

Utin grinste; ihm gefiel Lunars Selbstironie. »Also, wenn du der Schwache in deinem Rudel bist – wie stark sind dann erst die Stärksten?«

»Du hast sie gesehen. Und mindestens einer von ihnen ist tot.«

Lunars Stimme zitterte. Utin erzählte schnell weiter: »Im Süden trafen wir auf die Kasachen, von denen wir schon gehört hatten. Vor zehn Tagen nahm unsere Vorhut Kontakt mit ihnen auf, die anderen hielten sich an einem Ort versteckt, der voller Löcher und Ruinen aus dem Menschenkrieg war, und warteten auf unsere Nachrichten. Einer von uns ging zurück, um ihnen zu sagen, was los war, wir anderen gingen weiter als du und dein Rudel, und es erging uns nicht anders als euch. Vier von uns wurden getötet, fünf wurden in den Steinbruch gestoßen, in dem auch dein Vater jetzt liegt. Nur ich wurde verschont; einerseits, weil ich verletzt war und so tat, als unterwerfe ich mich, andererseits, weil Kazan es für angeraten hielt, mich auszufragen.«

»Der Großteil der Petschoraner hält sich also ganz in der Nähe versteckt?«

»Zwei Tageswanderungen von hier«, antwortete Utin und blickte nervös in Richtung des Steinbruchs und der Häuser. Das Aufheulen der Wölfe war zu hören, dann herrschte Stille, und der Himmel verdunkelte sich.

»Wir haben zu lange geredet«, knurrte Lunar. »Aber wir haben immer noch einen Vorsprung. Also, lass uns nun zu deinem Rudel gehen und zusehen, dass wir wieder in alter Stärke hierher zurückkehren. Dann werden wir den Kasachen zeigen, was ein schlechtes Schicksal ist!«

Als Klimt in den Steinbruch rutschte, fühlte er den Schmerz in seiner Schulter noch nicht so stark; aber er wusste, dass er nicht sterben würde. Er dachte zuerst, der Staub, der aus seinem Fell stob, sei Blut, aber die Wunde war nicht tödlich. Sein rechtes Bein konnte er zwar nicht mehr bewegen, aber er spürte es noch.

Er konnte Solar nicht mehr helfen, Lunar noch viel weniger. Aber Wulf und Wulfin waren mit ihnen. Wulfin würde seinen Söhnen die Hilfe geben, zu der er nicht mehr fähig war. Sie würde ihnen beistehen.

Dann rollte er über die Kante; er ruderte mit den Läufen, um der Beschleunigung entgegenzuwirken, und versuchte im Geröll und in den Schlammtrassen zu dem weniger steilen Stück zu steuern.

BUM! Sand. Er bekam keine Luft mehr.

KRACH! BUM! KRACH!

Sie schossen immer noch auf ihn.

Er versuchte mit aller Kraft Kopf und Rücken vor Steinen und Felsvorsprüngen zu schützen. Unten, wo sich die Geröllhalden zum Steinbruch hinunterzogen, wurde er langsamer und versuchte eine Stelle außer Sichtweite der Menschen zu erspähen. Als er schließlich gelandet war, schlug ihm infernalischer Gestank entgegen; er würgte. Dann fuhr ihm ein stechender Schmerz in die Schulter.

BUM! Eine Mauer aus Schmerz. Dahinter roter Nebel.

Dann war er wieder auf den Beinen und hinkte schnell über Wulf weiß was für Knochen, verdorrtes Fleisch, eine Suppe aus Wasser und menschlichen Überresten und vorbei an den Leichen der Kreaturen, die ihn gejagt hatten und nun tot waren oder vielleicht noch lebten. Es war eine einzige Kloake aus Verfall, Fäulnis und Verwesung …

Krach!

Der Schuss klang gedämpft durch das Chaos, das er durchquerte, als er seine Richtung änderte. Er sah die schiefe Betonmauer eines Hauses, die aus dem Fundament gebrochen war und nur noch von verrosteten Eisenträgern gehalten wurde. Dort versteckte er sich. Vielleicht war er eingeschlafen und in einen Alptraum getaucht, der ihn winselnd erwachen ließ, vielleicht war es auch der fürchterliche Schmerz in seiner Schulter, der ihm schreckliche Bilder der Finsternis und der grauenvollen, stinkenden Hölle vor Augen führte. Doch die Wirklichkeit, in der er erwachte, war schlimmer, viel schlimmer.

Nacht. Der Gestank war undurchdringlich. Die steilen Stufenhänge des Steinbruchs erhoben sich in den gespenstisch aufblitzenden Himmel. Überall das Quietschen und Knarren von Maschinen. Überall Flutlicht, das die Leichen beschien und sich flackernd in der Dunkelheit verlor.

Gestalten huschten und flitzten durch die Nacht. Ratten. Krähen. Ihr Gefieder glänzte schwarz im Licht. Ihre Augen leuchteten. An ihren Krallen und ihren Schnäbeln, an ihren scharfen Zähnen schimmerten faulendes Fleisch und wimmelnde Maden, durch die sie sich pickend hindurchfraßen. In der Nähe seines Verstecks hieb eine Eule den Schnabel in ihre Beute – offensichtlich eine Ratte.

Klimt war erleichtert, dass er bis zum Einbruch der Nacht überlebt hatte. Er versuchte sein Bein zu bewegen. Er konnte es zumindest leicht anheben, seine Schulter konnte er auch nicht belasten, aber er könnte die Gegend erkunden, könnte sich in ein Loch flüchten, sollte er eines erspähen, und er könnte kämpfen, wenn es notwendig wäre.

Lauernde Schatten. Und plötzlich das Aufheulen eines Wolfs, Pfoten tappten durch die Nacht – da starrte ein Paar Wolfsaugen in die seinen. Klimt knurrte; er war wachsam, aber er hatte keine Angst. Nur ein außergewöhnlicher Wolf könnte ihn aus seinem Betonversteck herausholen.

»Lebst du?«

Klimt bejahte.

»Bist du verletzt?«

»Nein«, log Klimt.

»Prellungen?«

»Und Beulen!« Klimt hinkte hinaus in die unheimliche, vom Flutlicht beschienene Nacht.

»Sieben von uns sind hier unten. Sie leben noch, aber einer wird die Nacht kaum überleben. Er würgt sich die Gedärme aus dem Leib, die Ratten lauern schon. Er hat sie gefressen und nun werden sie ihn fressen.«

»Bleiben noch sechs ...«, stellte Klimt fest. Sein Gegenüber war sehr viel kleiner als er selbst. Andere Wölfe dieses widerspenstigen Rudels traten vor. So weit Klimt sehen konnte, waren sie entmutigt und angeschlagen, hatten aber die Hoffnung noch nicht ganz verloren.

»Gibt es einen Weg hinaus?«, fragte Klimt. Stolz und gebieterisch reckte er sich, so gut es ging, nachdem er gemerkt hatte, dass es hier ein Machtvakuum gab.

»Wir haben jedenfalls keinen gefunden.«

»Wer von euch ist der Anführer?«

Die Wölfe sahen sich gegenseitig an, manche schauten

etwas verwegener drein als andere, aber keiner maßte sich an, diese Rolle zu beanspruchen. Zwei Wölfe schlichen sich davon.

»Ihr da!«, rief Klimt. »Bleibt da und sagt mir, was ihr wisst!«

Er wandte sich in die Richtung, in die sie gegangen waren. Sein verletztes Bein gab nach, er schwankte und fiel fast hin. Einer der beiden Wölfe rannte auf ihn zu und fragte wütend: »Was glaubst du eigentlich, wer du bist?«

Klimt stieß ihn kurzerhand von sich und sagte: »Wahrscheinlich eure einzige Hoffnung. Sagt mir jetzt, wer ihr seid!«

Die Wölfe schmollten erst ein bisschen, dann antwortete einer: »Bis auf einen kommen wir alle aus Petschora.«

»Petschora!«, rief Klimt voll freudigem Erstaunen aus, als er diesen Namen hörte, den er vor vielen Jahren zum ersten Mal vernommen hatte, als Kobrin sich den Wölfen der Zeit angeschlossen hatte.

»Du kennst uns?«

Nun waren sie es, die erstaunt und erfreut waren, als Klimt ihnen schnell erzählte, wie das berühmteste Mitglied ihres Rudels erfolgreich das Herzland erreicht hatte und nun darüber wachte, während Klimt und seine Söhne Kazans Hilfe suchten.

»Ich glaube fast, Wulf hat mich zu euch geführt!«

Die Scheinwerfer im Steinbruch drehten sich und wurden heller. Die Wölfe zogen sich an eine dunklere Stelle zurück.

Die Petschoraner schüttelten den Kopf, einer sagte: »Du bist zu spät gekommen, Klimt von Tornesdal. Wenn wir sagen, dass es hier keinen Weg hinaus gibt, so kannst du uns glauben. Meinst du, wir haben nicht gesucht?«

»Und nur noch mehr Ratten gefunden und noch größere Haufen von Menschenleichen! Die Leichen auf der anderen Seite des Steinbruchs sind älter und noch verwester als die hier«, sagte ein anderer.

»Wenn die Menschen hier hereingekommen sind, um den Platz auszuschachten und ihre Dinge hier zu bauen, dann kommen wir Wölfe sicherlich auch hier heraus«, sagte Klimt.

»Es gibt nur einen offenen Weg und der ist zu steil; alle anderen Wege sind versperrt.«

»Nicht zu steil für einen Bergwolf«, gab Klimt zurück. »Außerdem sind die Menschen nicht schlau genug, um die Wege so zu blockieren, dass ein schlauer Wolf die Sperren nicht durchbrechen oder umgehen könnte.«

Er fühlte sich plötzlich müde. »Ich muss mich ausruhen«, sagte er. »Gebt mir ein, zwei Tage Zeit und bringt mich dann zu dem Weg, den die Menschen blockiert haben. Ich schwöre, Wulf wird mir helfen die Sperre zu durchbrechen!«

Vielleicht würde Wulf ihm helfen, aber er half nicht sofort. Es dauerte einen Tag, bis Klimt wieder mehr als ein paar Schritte gehen konnte, und es brauchte einen weiteren Tag, bis er so weit hergestellt war, dass er den Steinbruch im Schutz der Nacht durchqueren konnte und die Wölfe ihm den alten Weg hinaus zeigten. Ein großes Eisentor mit Stacheldraht an den Seiten und am oberen Ende versperrte den Weg; nicht weit vom Tor standen die Menschen mit ihren Gewehren, bereit auf alles zu schießen, was sich bewegte, während Lastwagen um Lastwagen zum Steinbruch fuhr und immer mehr Leichen ablud.

Klimt versteckte sich und beobachtete viele Stunden lang das Treiben. Dann erkundete er den restlichen Steinbruch. Die Petschoraner hatten Recht: Es war der einzige Weg hinaus.

»Die Menschen müssen schließlich mal schlafen«, sagte er, »oder zumindest Pause machen. Dann können wir ein Loch unter dem Tor hindurch graben und ausbrechen. Wir können damit beginnen, sobald es dunkel ist. Wir bleiben so nahe am Tor, wie es geht ohne gesehen zu werden. Unsere Chance wird kommen!«

Die Petschoraner glaubten ihm bereitwillig; keiner der Wölfe zweifelte an seiner Führungskraft. Sie hatten noch nie einen Wolf getroffen, der mehr Respekt verlangte und solches Vertrauen einflößte. Er mochte hinken – jetzt oder für immer –, aber er hatte ihnen Hoffnung gegeben.

»Wann fangen wir an?«, fragte ein Petschoraner.

»Heute Nacht. In der Abenddämmerung kommen wir hierher zurück und verstecken uns. Im Schutz der Nacht kommen wir heraus und graben einen Fluchtweg aus diesem grauenvollen Steinbruch.«

In derselben Nacht erreichten Lunar und Utin das Versteck des größeren Teils des Petschora-Rudels, der nach Süden gewandert und sich in der Steppe versteckt hatte. Es bestanden zwar zunächst Vorbehalte gegen den Neuankömmling, aber als Utin erklärte, welche Verbindungen zwischen Lunar und Kobrin bestanden, schenkte das Rudel ihm sein Vertrauen.

Lunar hatte inzwischen auch so viel ansteckende Entschlossenheit und Selbstvertrauen entwickelt, dass es schwer fiel, nicht an ihn zu glauben. Darüber hinaus zeigten Lunars Treue zu seinem toten Bruder und seine Absicht, seinen Vater zu finden und zu retten, dass er ein Wolf war, der das Rudel und die Familienbande über seine eigenen Ziele stellte. Und für die Petschoraner, die in dem alten Netz von Hoffnung und Unsicherheit gefangen waren, war Lunars Zielstrebigkeit ein willkommenes Beispiel, dem sie folgen konnten.

Utins Rückkehr und die Nachricht, dass noch nicht alle anderen tot waren, gaben ihnen wieder Hoffnung und ein Ziel. In Lunar hatten sie einen Wolf gefunden, der ihnen zwar den Weg wies, der aber nicht so anmaßend war, dass er sie führen wollte.

Das Rudel, das vier Monate zuvor Petschora verlassen hatte, war achtundzwanzig Wölfe stark gewesen. Einer starb auf der Wanderung, zehn weitere, darunter auch Utin, hatten eine Vorhut gebildet, um die Kasachen zu treffen. Wenn nun die meisten im Steinbruch überlebt hatten, und wenn man Klimt und Lunar dazuzählte, so könnten sie noch mindestens fünfundzwanzig oder sechsundzwanzig Wölfe stellen, vorausgesetzt, sie fänden alle zusammen.

Lunar stellte fest, dass der junge Utin beliebt und geachtet war. Je besser er ihn kennen lernte, desto klarer wurde ihm auch, warum: Seine Berichte waren klug und genau. Utin war ein zuverlässiger Wolf, und in ihm steckten Stärken, die sich noch entwickeln konnten.

»Die Kasachen sind fünfzig oder sechzig Wölfe«, berichtete Utin. »Dreißig oder mehr sind beim Steinbruch, die anderen bewachen das übrige Revier. Sie sind Neuankömmlingen gegenüber feindselig, wie Lunar und ich selbst erlebt haben. Ich bezweifle, dass ich überlebt hätte, wenn sie von mir die gewünschten Informationen bekommen hätten.«

»Aber du hast nichts herausgelassen?«

»Ich habe so getan, als sei ich schwach und dumm«, sagte Utin bescheiden. Doch seine Verletzungen verrieten, dass die Kasachen ihm mehr angetan hatten, als nur mit ihm zu reden.

Zwei Dinge fielen Lunar bei den Petschoranern auf. Erstens schienen sie in der trockenen, hoch gelegenen Steppe dieses Teils von Kasachstan völlig fehl am Platz zu sein. Sie richteten ihre Blicke immer wieder auf den Horizont, als würden sie Berge und Schnee suchen. Ihr Fell war dichter als sein eigenes, und sie sahen schwer und plump aus in der Wärme des Abends, ihre dünnen Beine ließen jedoch vermuten, dass sie behänder waren, als sie auf den ersten Blick wirkten.

Zweitens stellte Lunar fest, dass sie merkwürdigerweise keinen Anführer hatten. Sie sprachen verschiedene ältere Wölfe mit Namen an, aber keiner schien wichtiger oder geachteter zu sein als der andere, außerdem wurden genauso viele Fähen wie Rüden mit Namen angesprochen.

Das wollte Lunar genauer wissen, aber dazu war jetzt keine Zeit. Die Petschoraner und Lunar wollten nur zum Steinbruch zurückkehren und alles tun, um die anderen zu retten. Lunar merkte bald, dass sie unsicher waren, wie sie das anstellen sollten, und da es keinen Führer gab, konnte es einige Tage und Nächte dauern, bis alles besprochen war und eine Entscheidung fallen würde; Lunars Rudel traf seine Entscheidungen ganz anders.

»Hört zu!«, sagte er schließlich, um die Debatte abzukürzen. »Was auch immer wir tun, sollten wir tun, bevor es zu spät ist. Mein Bruder ist verloren, aber mein Vater ist vielleicht noch am Leben. Wenn er den Sturz in den Steinbruch überstanden hat, was durchaus möglich ist, und die Petschoraner fit genug sind, um mit ihm zu gehen, so hat er sie bestimmt im Handumdrehen zum Rudel gemacht, das könnt ihr mir glauben.«

»Ist er so gebieterisch?«, fragte ein Petschoraner zweifelnd.

»Sehr«, sagte Lunar dreist. »Und in diesen Zeiten braucht ihr das – wir alle brauchen das. Deshalb …«

Er zögerte, seine Meinung so schnell und so kühn auszusprechen, aber die Petschoraner schienen glücklich zu sein einen zu haben, der ihnen den Weg wies, auch wenn er ein Fremder war.

»… deshalb schlage ich vor, dass wir keine Zeit verlieren und zum Steinbruch gehen sollten. Bevor wir mit den Wölfen dort Kontakt aufgenommen haben, sollten wir die kasachischen Wachen meiden, um das Hauptrudel nicht auf uns aufmerksam zu machen. Wenn wir von Osten kommen, wie die Menschen mit ihren Lastwagen, werden die Kasachen uns nicht wittern.«

»Aber dann sind wir bei den Menschen«, gab Utin zu bedenken.

Lunar zuckte mit den Achseln. »Die Menschen sind unachtsam, sie sehen keine Wölfe, wenn sie die Schatten der Betonbauten und die Mauern und Rinnen zu nutzen wissen. Auf meiner Wanderung aus dem Herzland habe ich vieles gelernt, vor allem weiß ich, dass Wölfe oft dort am sichersten sind, wo es viele Menschen gibt; besonders wenn Krieg herrscht, denn dann kämpfen die Menschen gegen ihresgleichen, nicht gegen Wölfe.«

»Sollen wir seinem Rat folgen?«, fragte Utin, der den Augenblick für günstig befand und die Gelegenheit beim Schopf packte.

Die Petschoraner nickten.

Als sie sich erhoben, fragte Lunar noch: »Und was ist mit Kämpfen? Habt ihr es im Blut oder …«

Er war sich nicht sicher, ob diese Wölfe, die sich so vor der Führerschaft eines Einzelnen fürchteten, sich im Kampf behaupten könnten.

»Keine Angst!«, sagte einer der Ältesten entwaffnend. »Wenn es zum Kampf kommt, wird dich unser Rudel beschützen, Wolf, denn du hast Utin in Sicherheit gebracht. Wir haben gelernt, Wild zu reißen und Bären zu stellen, also haben wir auch gelernt zu kämpfen. Wir machen es nicht gern, aber wenn es sein muss, können wir unsere Widersacher durchaus überwältigen und töten.«

Die Gelassenheit und Entschlossenheit im Blick der Wölfe überraschte Lunar.

»Außerdem war Kobrin ja einer von uns«, knurrte ein Petschoraner, und alle pflichteten ihm bei.

»Stimmt!«, gestand Lunar zu.

»Und?«

»Er ist der beste Kämpfer, den ich kenne«, sagte Lunar.

»Besser als dein Vater Klimt?«

Lunar musste bejahen.

»Also gut Wolf, führ uns jetzt zum Revier der Kasachen. Sollte es zum Kampf kommen, überlass alles uns – jeder Einzelne von uns wird eines Kobrin würdig sein, und zusammen sind wir ein Rudel, das dem Namen Petschora, dem auserwählten Rudel, alle Ehre macht.«

So kam es also, dass Lunar ein Rudel führte, das kaum seinen Namen kannte. Er hatte das Gefühl, dass die Petschoraner seine Schwäche und seine Unzulänglichkeiten mehr als wettmachen würden. Utin folgte dicht hinter ihm, sein junges Herz schlug schnell, seine Läufe schmerzten von den Wunden und der Anstrengung der Wanderung, aber Lunars Augen leuchteten, sein Fell glänzte, und seine Bewegungen waren so geschmeidig, dass Utin fest daran glaubte, dass nun die Zeit für sein Rudel gekommen war.

»Möge Wulf mit uns sein!«, rief ein Petschoraner.

Sie folgten Lunar in die Nacht, und alle spürten, dass Er mit ihnen war.

Der Gehilfe des Schamanen Matthias, des Sohnes von Jakob Wald, trommelte für einen Augenblick langsamer, dann wieder schneller als zuvor und dann wieder langsamer, schließlich hörte er ganz auf.

Er entfernte die Decken, die seinen Meister von Kopf bis Fuß einhüllten. Zuerst nahm er die zwölf Steine ab, wie er es gelernt hatte – in der richtigen Reihenfolge, damit der Rückweg nicht durcheinander geriet.

Matthias Wald erhob sich, er war müde, aber in Hochstimmung. Er wollte nur noch gehen, gehen, bis er völlig erschöpft war, und den letzten der Führer suchen, der zu ihm gekommen war, auch als das Trommeln schon verklang. »Du hast gute Arbeit geleistet, du hast es richtig gemacht«, sagte er zu seinem Gehilfen. »Es kann gefährlich sein, zu lange zu trommeln.«

»Meister …«

»Aber nun … muss ich ruhen.«

»Meister …«

»Dann machen wir weiter. Was ist denn?«, fragte Wald unbeteiligt und setzte sich. Er war so müde.

»Ich habe den Lockungen des Trommelns widerstanden –«

»Das geht nicht, das kannst du nicht«, sagte Wald grinsend.

»Ich glaube, ich habe einen Wolf gesehen.«

»Kann sein.«

»Einen Führer!«

Der Schamane sah ihn an. Möglicherweise hatte er Recht. »Hast du ihn wirklich gesehen?«

»Er war ganz nahe.«

»Hatte er einen Namen?«

Der Gehilfe nickte aufgeregt. »Ich glaube schon.«

Wald lachte. »Was jetzt – ja oder nein?«

»Ja.«

»Und wie hieß er?«

»Leon.«

Wald wurde ernst. Er wusste, wer Leon war. Er wusste auch, dass der Wolf aus Spanien – der Gefährte von Klimts Freundin Jicin und der Wolf, den Galliard gerettet und ausgebildet hatte – zu ihm gekommen war, als seine Reise mit dem Verklingen der Trommel zu Ende gegangen war.

Wald nickte. »Leon«, murmelte er.

»Du kennst ihn, Meister?«

»Ja ...«

Sie machten ein Feuer. Wald, der zu erschöpft war, um zu schlafen, nahm seinen Gehilfen mit auf eine Reise im Wachzustand, denn nun waren die Wölfe der Zeit auf den Wolfswegen und mussten zum Herzland und zum Wulfsfelsen zurückfinden. Die Zeit schritt schneller voran denn je.

»Weihst du mich ein, Meister?«

»Höre«, flüsterte Wald in der alten Weise, »hör zu ...«

Kapitel 18

Leon vertreibt die Nachtstunden mit der Geschichte von Galliard und wie dessen Leben ein heldenhaftes Ende fand

Für Leon und die anderen Wölfe, die sich freiwillig oder aus anderen Gründen in Brive eingefunden hatten, wurde die Nacht bald langweilig, und sie konnten sich nur mit Mühe wach halten. Der graue Himmel des Tages überzog sich mit einer dichten Wolkendecke, die Luft kühlte ab, und es begann zu nieseln. Das war den Wölfen nur recht, denn so verringerte sich die Wahrscheinlichkeit, dass sie entdeckt würden. Doch in dem Versteck, zu dem Maladon sie geführt hatte, konnte man sie sowieso kaum sehen; es war ein schmaler, überwucherter und von den dunklen Schatten der Gräser geschützter Streifen zwischen dem Drahtzaun des Geheges und einem massivem Holzzaun.

Nur Hunde könnten sie vielleicht wittern ...

»Hunde gehen normalerweise nicht in den Zoo«, sagte

Maladon, »und wenn, dann nur in Begleitung von Menschen. Man wird euch nicht sehen.«

Sie hatte ihnen befohlen, still zu sein. Aber sie waren so gut versteckt, und die Zoo-Wölfe wollten so gerne noch mehr über sie erfahren und warum sie nach Brive gekommen waren, dass Leon seine Geschichte erzählen durfte. Jicin und die anderen kannten sie schon teilweise, aber den Abschnitt über Galliard und dessen Tod, der die Wölfe aus Brive am meisten interessierte, hatten sie noch nicht gehört. Nun, im Schutz dieser kalten und regnerischen Nacht war vielleicht die richtige Zeit, um die Geschichte zu erzählen, bevor ein Morgen anbrach, der ihrer aller Schicksal sein konnte.

Leon zögerte zuerst, die Frage eines Wolfes aus dem Gehege zu beantworten: »Was hat Galliard über sein Leben hier erzählt und darüber, wie er herauskam?«

Leon hatte Maladon gewarnt, dass die Geschichte nicht ganz schmeichelhaft für sie war, aber sie bestand darauf, dass er sie erzählte, und so begann er in einem eigenartigen Singsang zu heulen, durchsetzt mit leisem Gilfen und Wilfern, wie er es von Galliard kannte, der die Geschichte wieder und wieder erzählt hatte, denn in gewisser Weise war sie alles, was er überhaupt zu erzählen hatte …

Hört die Geschichte eines Wolfes, der einmal gelebt hat, es ist Galliards Geschichte. Ich heule sie so, wie er sie mir vorgeheult hat, und werde versuchen, ihn zu ehren, indem ich so werde wie er, wenn ich diese Geschichte erzähle …

Ich wurde geboren im Zoo von Brive, einem Ort jenseits der Pyrenäen. Maladon war meine Schwester aus einem früheren Wurf. Unser Rudel zählte zusammen mit dem neuen Wurf zwölf Tiere. Wir waren zwar eingeschlossen, aber nicht in Käfige gesperrt. Vor dem Zaun, der unser Gehege begrenzte, war ein Graben, den wir nicht überqueren konnten; es gab nur einen kleinen Steg, der über den Graben zum Zaun führte und über den die Menschen ins Gehege kamen. Wahrscheinlich dachten die Menschen, dass wir den Zaun hinaufklettern und uns davonmachen könnten, und so verhinderten sie, dass wir es überhaupt versuchten.

Aber wenigstens gab es im Gehege Bäume, Gräser, Beobachtungsgelände, eine Hütte, in der ich geboren wurde, und einen Bach, in den die Menschen tagsüber sauberes Wasser laufen ließen. Unser Anführer war ein stämmiger Wolf namens Brantome. Er war mein Vater – aber nur, weil er meine Mutter zur Leitwölfin genommen hatte. Er war zu allen brutal, vor allem zu den Schwachen. Als Maladon alt genug war und sich gegen Brantome wehren konnte, beschützte sie mich, was ihr das Recht gab, mich zu bestrafen. Ich war ihr Schützling und ihr Opfer zugleich. Sie fütterte mich, damit ich stark wurde, sie zeigte mir, dass sie mich bestrafen durfte, wenn ich etwas nicht wusste oder konnte, und sie zählte die Tage, bis sie Leitwölfin sein würde. Ich war der erste Wolf ihres Rudels, an mir übte sie ihre Rolle.

Eines Tages werden wir fliehen, sagte sie immer zu mir, aber wenn du mir bis dahin nicht absoluten Gehorsam leistest, werde ich dich zurücklassen.

Aus dem Zoo zu entkommen, der, wie ich heute weiß, gut geführt wurde und ein gesundes Rudel beherbergte, war für mich zur fixen Idee geworden. Aber ich war noch von einem zweiten Gedanken besessen: Ich wollte sichergehen, dass ich nicht zurückblieb. Eine Flucht war für uns nichts Unbekanntes; nur wenige Monate nach meiner Geburt brachen drei Wölfe aus, zwei von ihnen kamen davon.

Der dritte war Maladons Bruder aus ihrem eigenen Wurf. Sie hängten ihn am Eingang zum Gehege vor dem Steg über den Graben auf, das Tor ließen sie offen, der Weg war frei. Zwischen dem Rudel und der Freiheit stand nur sein verletzter, wunder Körper. Man hat mir erzählt, dass er lebendigen Leibes ausgeweidet wurde und seine Gedärme unter unser Futter gemischt wurden.

Er lebte noch eine Zeit lang. Sie hatten ihn an den Pfoten an den Torpfosten aufgehängt – da hing er stöhnend. Bevor er starb, stachen sie ihm noch die Augen aus und kastrierten ihn. Er gab keinen Ton von sich. Nachdem sie ihn am nächsten Tag weggebracht hatten, ließen sie das Tor offen, um zu sehen, ob einer von uns fliehen würde. Doch das wagte keiner, nicht einmal Maladon. Dann schlossen sie das Tor und gaben uns reichlich gutes Futter. So fiel es dem Rudel leichter, die Welt jenseits des Zauns zu vergessen.

Außer Maladon – und mir. Denn sie ließ mich nicht vergessen. Sie hetzte mich zum Zaun und drückte meine Schnauze und mein Maul in den Maschendraht, dass es schmerzte, und sagte: »Da schau! Dort ist die Freiheit, dort riecht es gut, dort lebt kein Brantome! Aber ich bring dich nur dorthin, wenn du mir absolut gehorchst.«

Nachts sprach sie mit mir, sie lehrte mich die Sterne verstehen und sie herabheulen. Wie oft sind wir in jenen Nächten in unserer Vorstellung entflohen, während wir über die Wolfswege sprachen, die wir in den Sternen zu sehen glaubten. In dieser Kunst wurde ich geschickter als sie. Dafür hat sie mich natürlich bestraft und mit mir das Fluchtspiel gespielt.

Eines späten Winters kämpfte sie um den Rang der Leitwölfin; sie gewann, und Brantome nahm sie. Alle Fähen leisteten ihr Gehorsam, auch die Hälfte der Rüden, mich eingeschlossen. Ich war zwar nicht der Schwächste, aber … das Leben war hart. Ich musste jeden Tag um Futter kämpfen, jeden Tag Wache stehen und knurren, wenn die Menschen kamen und uns ansehen wollten, jeden Tag im Frühling, Sommer und Herbst, außer im Winter, wenn der Zoo geschlossen war.

Die Gelegenheit zur Flucht kam in meinem fünften Winter, als die Menschen den Zaun auswechselten. Sie stellten hinter dem alten Maschendraht einen provisorischen Zaun auf, rissen die alten Teile heraus und ersetzten sie. Wir gewöhnten uns schnell an die Menschen, wir sahen ihnen nicht einmal mehr zu; außerdem rochen wir sie ja.

Nur Maladon beobachtete sie unablässig. Wir dachten natürlich, sie wollte uns zeigen, dass sie uns beschützte. Jeden Tag ging sie zum Zaun, wo die Menschen arbeiteten, legte sich hin und sah ihnen zu. Die Menschen gewöhnten sich bald an sie, sie brachten ihr sogar Leckerbissen mit, aber Maladon rührte nichts an.

Wenn sie selbst nicht zum Zaun ging, befahl sie manchmal mir, die Menschen zu beobachten.

»Warum?«, murrte ich. Es war ein kalter Winter und der Wind am Zaun war schneidend.

»Weil ich es sage!«, fuhr sie mich an.

Also ging ich. Ich war immer dankbar, wenn ich abgelöst wur-

de oder die Nacht hereinbrach, die Menschen gingen und der Zaun wieder gesichert war. Die Gelegenheit zur Flucht kam, als weder ich noch Maladon damit rechneten.

»Geh rüber und halte Wache! Ich will mich hinlegen«, sagte sie.

»Aber Maladon, es ist doch so kalt – es ist eiskalt!«

»Galliard!«

Sie musste nur diesen Ton anschlagen, und ich gehorchte.

Widerwillig machte ich mich auf den Weg durchs Gehege zu der Stelle, an der die Menschen gerade arbeiteten. Da sah ich, dass sie die Kontrolle über einen Teil des Zauns verloren hatten. Er kippte zuerst langsam, dann immer schneller. Es geschah völlig geräuschlos. Die Menschen, die den Zaun gehalten oder herausgerissen hatten, standen nur da und schauten schweigend zu. Der Zaun kippte ins Gehege, fiel auf den Boden und bildete eine Brücke über den Graben. Wie gesagt, ich war gerade erst losgegangen und trabte, um mich warm zu halten, doch als der Zaun fiel, fing ich instinktiv an zu rennen, ich rannte immer schneller und schneller zum Zaun, der nun den Graben überbrückte.

»Spring, Galliard! Spring!«

Es war Maladon. Es war kein Rat, es war ein Befehl. Aber den brauchte ich nicht. Es war, als hätte sich mein ganzes Leben nur auf diesen einen Augenblick zubewegt. Ich rannte mit voller Geschwindigkeit auf die Stelle zu und machte einen Satz. Da wusste ich, warum Maladon mir befohlen hatte zu springen. Wenn ich über den Zaun gerannt wäre, hätten sich meine Pfoten wahrscheinlich in den Drahtmaschen verfangen und ich hätte mir ein Bein gebrochen. Trotzdem brachte mich mein Sprung nicht ganz über den Graben, meine Vorderpfoten waren ein Stück vom anderen Ufer entfernt. Durch ihren Warnruf sah ich hinunter: Der Graben lag verschwommen unter mir und da sah ich eine massive Verstrebung im Zaun. Ich lenkte meine Vorderpfoten auf die Stelle, meine Hinterbeine folgten, und ich sprang zwischen zwei Menschen hindurch in den provisorischen Zaun.

Er schwankte, aber er hielt.

Ich warf mich noch einmal dagegen, blieb stehen und sah mich um. Da war ein Spalt zwischen diesem und dem nächsten Teil des alten Zauns. Ich stürzte vor, zwängte mich hindurch, zap-

pelte, riss mir Pfoten, Fell und Schnauze auf, dann war ich durch, ich war draußen. Ich zögerte nicht, ich blickte nicht einmal zurück, denn ich wusste, Maladon beobachtete mich und würde mich bestrafen, wenn ich mich umdrehen würde. Ich rannte einfach los, rannte und rannte …

Vier Monate lang war ich frei. Es waren die vier schrecklichsten und einsamsten Monate meines Lebens. Ich wusste nicht, wie man jagt, denn ich hatte es nicht gelernt. Am sichersten fühlte ich mich in der Nähe der Menschen, meiner Feinde. Zumindest … konnte ich ihre Abfälle fressen, auch wenn es gefährlich war, denn das Fleisch war oft verdorben, und ich wurde krank und schwach.

Schließlich bekam ich das Gefühl, dass ich langsam starb, ich verlor meinen Lebensmut. In den Zoo von Brive wagte ich mich nicht zurück, also zog ich nach Süden, wo ich auf wärmeres Wetter hoffte. Dazu musste ich einen Weg über die Pyrenäen finden. Ich hatte tagelang keinen Bissen gefressen und schaffte es gerade noch über die höchsten Gipfel und begann den Abstieg auf der anderen Seite, bevor der Winter einsetzte.

Ich musste wieder in den Abfallgruben der Menschen nach Futter suchen, ich wurde so schwach, dass sie mich schließlich einfingen und in den Wanderzirkus brachten, wo ich dich traf, Leon … und du hast mir einen guten Grund zum Leben gegeben.

Das war die Geschichte von Galliards Flucht. Als Leon geendet hatte, war die Nacht schon weit fortgeschritten, es nieselte immer noch.

Maladon hatte schweigend zugehört, sie sagte nichts, gab keinen Kommentar. Sie stand nur auf, streckte sich und zeigte den anderen, wo der Weg zwischen den Zäunen zum anderen Ende des Geheges und zum Eisentor führte, das der Mensch, der Wärter, am Morgen öffnen würde.

»Kommt hierher und haltet euch bereit! Aber tut nichts, absolut nichts, bis ihr meinen Befehl hört!«, knurrte Maladon. »Bei meinem Ruf greift ihr den Menschen an, geht aber nicht durch das zweite Tor! Wartet vor dem Gehege auf uns! Wir besorgen den Rest.«

Jicin konnte hören, dass Maladons Untergebene sich uneinig darüber waren, ob es klug sei, den Wärter anzugreifen. Sie konnte nicht alles hören, aber genug, um zu wissen, dass einige Wölfe dem Fluchtplan keineswegs zustimmten: »Es geht uns doch gut, und wir sind hier sicher. Du weißt doch, was sie mit den Wölfen gemacht haben, die versucht haben zu fliehen und geschnappt wurden.« Andere wiederum betrachteten den Angriff auf den Wärter als schweren Fehler: »Ich bitte dich, Maladon, überdenke doch die Folgen! Was passiert, wenn wir die alte Wolfslehre brechen? Menschen dürfen niemals –«

»Den Menschen muss man grundsätzlich misstrauen«, knurrte sie und zeigte mehr offene Verachtung für ihr Rudel, als sie anscheinend für ihre möglichen Retter hegte. »Und wenn wir einen von ihnen töten müssen, dann tun wir das auch – oder ich tue es. Was nun diejenigen angeht, die meinen, wir sollten hier bleiben …«

Danach hörte Jicin nichts mehr außer einem harten, dumpfen Schlag im dunklen Gehege, gefolgt vom Aufjaulen und Winseln eines Rüden. Am Morgen sah Jicin einen Wolf zusammengekrümmt im Graben liegen, die Erde um ihn herum war rot von seinem Blut.

Nach dem Zwischenfall hatten sich alle schweigend zurückgezogen. Die Zeit verging nur langsam. Dann nahm ein Wolf, der wohl zu unruhig war, um zu schlafen, die Unterhaltung wieder auf.

Auch am Zaun kam es zu einem kurzen Austausch. Ein Rüde kam und fragte: »Ist Galliard wirklich tot?«

Leon nickte, sagte aber nichts aus Angst, Maladon könnte mithören und widersprechen.

»Hatte er … ein gutes Leben dort draußen?«

»Die Freiheit war ihm zu viel«, sagte Leon, »aber er starb wie ein richtiger Wolf.«

»Aha«, sagte der Wolf und nickte. Er sah freundlich aus, warmherzig. Er fügte hinzu: »Galliard war mein Bruder aus demselben Wurf. Er war immer stärker als ich. Ich wollte nur wissen …«

»Ich kann dir noch mehr erzählen, Wolf.«

Aber da hörten sie, wie sich jemand unruhig bewegte, und bevor Galliards Bruder noch ungesehen ins dunkle Gehege verschwinden konnte, kam auch schon Maladon auf sie zu.

»Es ist noch einige Zeit hin bis zum Morgen, Wolf. Niemand sieht uns, niemand hört uns. Bring deine Geschichte zu Ende und erzähl uns, wie Galliard starb. Die anderen können zuhören, wenn sie wollen.«

Die anderen kamen nacheinander aus der Dunkelheit. Jicin, die Wache hatte, begriff, dass Maladon die Zeit des Wartens, die für einige Wölfe zu belastend war, ausfüllen wollte und gleichzeitig anderen die Möglichkeit gab, ihren Entschluss zu überdenken.

Leon nahm den Faden der Geschichte wieder auf:

»Ich habe euch schon erzählt, dass wir zwei Mal aus den Käfigen gelassen wurden. Nun, es gab noch ein drittes Mal, und das war Galliards Tod.

Es geschah zwei Jahre nachdem wir herausgelassen wurden, damit sie unsere Käfige putzen konnten. Es war in Saragossa, wohin wir jedes Jahr zogen – ein Ort mit breiten Menschenstraßen und Fabriken, überall Rauch, der schwarz und dicht über den Feldern hing und uns in der Kehle brannte.

Galliard ging es damals nicht gut. In den Monaten zuvor hatte er zwei Mal die Dummheit begangen, bei der Fütterung nach dem einen oder anderen Wärter zu schnappen. Beim dritten Mal – es war ein, zwei Wochen, bevor wir Saragossa erreichten – biss er tatsächlich einen Menschen, der uns anstarrte, auf uns zeigte und uns hänselte.

»Nicht!«, warnte ich ihn, als er knurrte und einen Satz machte. Aber er war nicht mehr der Wolf von damals. Er war alt und krank, er brauchte frische Luft, besseres Futter, Wärme und Geduld. Er war einsam, vielleicht wollte er nur noch sterben. »Nicht!«, sagte ich noch einmal.

Aber er ignorierte meine Warnung. Er biss in die Hand oder in die Finger eines Menschenkindes, und es fing an zu schreien.

Die Menschen kamen angelaufen und zogen Galliard

aus dem Käfig, sie droschen mit Stöcken und Metallstangen auf ihn ein, schlugen und schlugen, bis seine Augen aus den Höhlen traten und aus seinen Lenden Blut floss. Ich dachte, sie würden ihn töten, dann aber hörten sie plötzlich auf, warfen ihn zurück in unseren Käfig und ließen ihn liegen.

Ich pflegte ihn – auch einige Menschen kümmerten sich um ihn –, es wurde wärmer, und er erholte sich langsam. Dann kamen wir nach Saragossa; dort wurden wir nicht an einen Platz gebracht, wo uns Menschen ansehen konnten, sondern wir wurden vor ihnen versteckt. Nach zwei Nächten kamen Menschen, sie rochen nach Rauch, faulem Fleisch und Unflat und leuchteten uns durch die Gitterstäbe hindurch an.

Ein paar Tage später kamen diese Menschen nach der Abendvorstellung, nachdem alle Tiere wieder in ihren Käfigen waren, erneut und brachten uns fort. Sie bedeckten unsere Käfige mit Reiseplanen und fuhren uns durch die Nacht aus Saragossa hinaus aufs Land. Ich war ganz aufgeregt, aber Galliard hatte schreckliche Angst.

»Wohin bringen sie uns?«, fragte er immer wieder. Es hatte den Anschein, als hätte er sogar meinen Namen vergessen.

Es war immer noch dunkel, als wir irgendwo anhielten, wo es nach Stieren roch. Man hörte ihr Brüllen, hörte, wie sie sich mit aller Gewalt gegen Wände und Eisentore warfen, die mit Vorhängeschlössern verriegelt waren.

Unser Käfig wurde von der Zugmaschine abgehängt und von Menschen in einen geschlossenen Raum geschoben. Die Wände waren aus Holz und sie waren rund; blendendes Scheinwerferlicht, heller als die Sterne, strahlte in den Nachthimmel, Fliegen und Motten tummelten sich im Licht, man hörte Gelächter, dann wurde die Menschenmenge zum Schweigen gebracht. Es war wie im Zirkus, aber in der Luft lag Grausamkeit.

Unser Käfig wurde geöffnet – nicht von unserem Wärter, den wir gut kannten, sondern von einem der Menschen, nach denen Galliard geschnappt hatte. Mich hielten sie mit Mistgabeln zurück, aber den armen Galliard stießen sie aus dem Käfig. Er hatte solche Angst, dass er nicht einmal auf meine beruhigenden Worte reagierte. Es roch nach Stierblut und Tod an diesem Ort, dessen runde Wände sich in den Himmel erhoben und in dessen Licht Galliard nun treten musste.

Er stand mit dem Rücken zu mir, er war mager, und er zitterte, im Scheinwerferlicht wirkte er älter, als er war. Er wollte zurückgehen, aber die Menschen standen am Käfig und hinderten ihn daran, hineinzuspringen oder sich darunter zu verstecken.

Ein Mensch schrie etwas, dann herrschte Schweigen. Wieder ein Brüllen, und am anderen Ende des Raumes öffnete sich mit einem donnernden Krachen ein Tor. Ein junger Stier mit riesigen Hörnern rannte heraus. Sein schwarzbraunes Fell glänzte tiefschwarz in der Nacht, seine Nüstern waren gebläht, er bewegte sich mit großer Geschwindigkeit und Furcht erregender Wildheit.

Sie stießen Galliard vorwärts. Da sah ich, dass von seinem Hintern Blut und Kot tropften. Ich sah, dass Galliard schon im Sterben begriffen war. Er war mein einziger Freund, mein Lehrer, meine ganze Wolfwelt.

Er schleppte sich zu dem Stier; wahrscheinlich dachte er, der Stier würde abstoppen, bevor er angriff, was auch der Fall war. Der Stier nahm Anlauf und blieb stehen, auch Galliard blieb stehen und knurrte. Dann nahm der Stier so plötzlich und so schnell neuen Anlauf, dass selbst der wachsame Galliard völlig überrumpelt war.

Der Stier stürzte sich so wild und mit solch unbändiger Kraft auf Galliard, dass dieser kaum noch zur Seite weichen konnte, bevor sich die Hörner in seine Flanken bohrten und ihn blutend zu Fall brachten. Der Bulle wirbelte herum wie ein Jagdhund. Galliard rappelte sich auf, wollte sich umdrehen und dem Angriff zuvorkommen, da war der Stier schon wieder über ihm, spießte ihn auf und schleuderte ihn durch die Luft. In einem Bogen aus spritzendem Blut flog zappelnd und jaulend ein sterbender Wolf durchs Licht. Er war mein Freund.

Die Menschen brüllten, Galliard krachte auf den Boden, sein Kopf schlug auf, seine Beine klatschten auf, die Gedärme hingen aus der klaffenden Wunde. Der Stier stand ruhig da, vielleicht war er ja erstaunt über seinen Erfolg. Galliard kroch erst, dann rannte er auf drei Beinen über die runde Fläche aus Sand und Sägemehl zum Tor, durch das der Stier gekommen war.

Als er schon fast auf der anderen Seite war, stießen die Menschen ihn wieder zum Stier. Er zog eine Spur aus Blut hinter sich her, und sein lahmer linker Hinterlauf zog eine Furche in den Sand. Zu meinem Erstaunen sah ich, dass sein Blick klar war; er dachte nach. Er schien keine Schmerzen mehr zu haben, auch keine Angst. Er blickte zum Käfig, als wollte er sagen: ›Pass auf!‹ oder ›Sei bereit!‹.

Ich sah, wie der Stier noch einmal mit gesenktem Kopf Anlauf nahm, aber diesmal wich Galliard rechtzeitig aus und rannte geradewegs auf mich zu. Der Stier machte kehrt und sah sich nach Galliard um, während er mit einem Huf auf den sandigen Boden stampfte. Die Menschenmenge feuerte ihn an, er nahm wieder Anlauf.

Galliard schleppte sich mit größter Mühe zu mir, der Stier kam näher, senkte den Kopf, zielte mit den Hörnern und setzte an zum letzten, tödlichen Angriff auf meinen Freund.

Dann hörte ich Galliard: ›Renn, Leon, renn zu dem Punkt, den ich erreicht habe, und dann geradeaus weiter!‹

Diese Worte rief er mir zu, bevor der Stier ihn einholte und aufspießte. Knochen krachten, Blut spritzte, er flog ein letztes Mal hinauf ins gleißende Licht.

Sein Körper kam wieder auf die Erde zurück, aber ich glaube, jener Galliard, den ich kannte, blieb oben, jener Galliard, den ich liebte, sah die Sterne hinter den Lichtern der Menschen, und in diesen Sternen sah er seinen eigenen Wolfsweg, den er gehen konnte, um zu den Sternen zu gelangen, die ewig waren, leuchtender und barmherziger als die Lichter der Menschen. Galliards Leib lag vor mir auf der Erde, aber Galliard war nicht mehr hier. Sein Leiden war zu Ende.

Sie brachten den Stier in seinen Verschlag zurück, dann kamen sie zum Käfig, öffneten die Klappe und stießen mich hinaus.

»Renn!«, hatte Galliard gesagt, und ich rannte, ohne darauf zu warten, dass der Stier Anlauf nahm. Ich hörte die erstaunten Ausrufe der Menschen, hörte, wie ihr Lachen erstarb, spürte die Lichter auf mir und rannte entschlossen wie der Tod auf die Menschen hinter dem Stier zu.

Der Stier nahm Anlauf, aber ich rannte weiter, ich rannte selbst dann weiter, als ich sah, wie er riesenhaft, mit hängender Zunge und funkelnden Augen auf mich zukam. Ich roch ihn noch, bevor ich schnell zur Seite sprang, so schnell, dass er mich nicht mehr packen konnte, und rannte weiter auf die Menschen zu und in sie hinein. Galliards Leib war schon laut genug auf dem Boden aufgeschlagen, aber ich stürzte mich mit solcher Gewalt und solch einem blindem Hass auf diese grausamen Menschen, dass es nur so krachte. Ich wollte sie töten und vielleicht habe ich das auch getan; ich weiß es nicht. Ich biss einem Mann ins Gesicht, schmeckte sein Blut im Maul, dann erreichte ich das Tor und sah, was Galliard gemeint hatte: eine Öffnung hinter den Menschen, eine Scheinwand aus Holz. Noch mehr Menschen, ihre dunklen Gesichter und ihre weißen, glänzenden Augen, weit aufgerissen vor Erstaunen und Angst. Die Menge hinter mir war totenstill.

Ich stürzte mich auf die Menschen, zappelte, biss, stieß. Dann rannte ich hinaus in die Nacht vorbei an Mauern, sich aufbäumenden Pferden, Stieren, durch Tore, sprang über eine Mauer auf ein niedriges Blechdach, sprang hinunter und hinaus in die Dunkelheit der Meseta, die sich vor mir erstreckte, hinaus und weg in die Freiheit, so wie es Galliard selbst vor vielen Jahren getan hatte. Wegen ihm bin ich geflohen.«

Nach dieser schrecklichen Geschichte sah Leon die Wölfe atemlos und mit rasendem Herzen an, Maul und Augen weit aufgerissen.

»Es ist bald Morgen, Wolf«, sagte Maladon und beendete damit schroff Leons Geschichte. »Geht auf eure Plätze! Alle.«

Kapitel 19

Maladon von Brive strebt nach Freiheit und Führerschaft, und Jicin findet, dass es Zeit ist, ins Herzland aufzubrechen

Keiner der Wölfe der Zeit hegte noch den geringsten Zweifel, dass Maladon dazu neigte, andere zu dominieren. Sie war so lange für unterwürfige Wölfe verantwortlich gewesen, dass sie sich nun gegenüber allen Wölfen in ihrer Reichweite, auch gegenüber Jicin und deren Freunden, so benahm, als seien sie Teil ihres Rudels und stünden unter ihrem Befehl. Jicin spürte, wie sie in eine Passivität und in eine Unterwürfigkeit zurückfiel, die sie seit der Zeit unter Dendrines Herrschaft nicht mehr gekannt hatte. Damit würde sie sich aber erst auseinander setzen müssen, wenn die Flucht erfolgreich war, bis dahin befolgten sie und die anderen bereitwillig Maladons Befehle und begaben sich auf ihre Plätze in den dunklen Schatten neben dem Eisentor.

Der Boden war nass, die Luft immer noch erfüllt vom Nieselregen. Es war auch noch neblig trüb, als der Morgen graute und ein Fahrzeug zu hören war. Der Motor startete, heulte auf, dann war es wieder still, und der Motor lief im Leerlauf, bevor sich das Fahrzeug auf dem Weg, dessen Lichter gerade ausgegangen waren, auf seine Rundfahrt um die Käfige machte.

Als es langsam heller wurde, sahen Jicin und die anderen schließlich, von welchem Schlag Maladon war. Sie sah noch Furcht erregender aus als in der Nacht, und sie ließ keinen Zweifel daran, dass sie nicht nur die Leitwölfin des Zoo-Rudels war, sondern dessen wirklicher Anführer.

Sie war groß, fast so groß wie Aragon. Sie war kräftig,

ihr Fell war dicht und glänzend und von silbergrauer Farbe, die den Tau, der sich auf den Haaren niedergeschlagen hatte, wie helles Morgenlicht schimmern ließ. Ihre Augen standen weit auseinander, ihre Miene war ständig wütend und missbilligend, Flanken, Pfoten und Gesicht waren von Kampfnarben übersät. Alles in allem, dachte Jicin, hatte sie sich ihr jugendliches Aussehen gut erhalten. Vielleicht hatte die Pflege der Menschen ja auch ihre guten Seiten.

Jicin beobachtete, wie Maladon sich mit würdevoller Anmut bewegte, einer Anmut, die noch eindrucksvoller wirkte durch die Furcht, die ihr die Wölfe des Rudels, Rüden und Fähen gleichermaßen, entgegenbrachten. Da diese Rüden nicht gerade Schwächlinge waren, sondern teilweise stärker und gesünder, mit glänzenderem Fell und klarerem Blick als Maladon, und sich ihr trotzdem unterwarfen, schien sie den Wölfen außerhalb des Geheges noch Furcht erregender.

Das Fahrzeug fuhr langsam am Zaun entlang und verschwand dann in einem anderen Teil des Zoos. Die Dämmerung wich hellem Morgenlicht und ein paar Wölfe aus dem Zoo-Rudel stellten sich in die Nähe des Eisentors, das der Mensch, so hofften sie, öffnen würde.

Maladon blieb in einigem Abstand stehen.

»Ich nehme immer Anlauf, wenn er kommt. Immer. Er erwartet das«, erklärte sie. »Ich renne zum Graben und bleibe dann stehen, so wie ich es auch gemacht habe, als ihr gekommen seid.«

Nach Leons Geschichte hatte Schweigen geherrscht, nun aber wandte sich Maladon mit einem krächzenden Flüstern an Leon: »Wenn wir draußen sind – wer von euch wird führen?«

»Ich habe sie hierher geführt, aber Jicin ist unsere Leitwölfin, und sie …«

Maladon warf Jicin einen herablassenden Blick zu und wandte sich wieder Leon zu.

»Du kennst den Weg fort von den Menschen«, sagte sie. »Folge diesem Weg und zögere nicht. Du darfst niemals zögern.«

»Das hat Galliard mich gelehrt«, sagte Leon lächelnd.

»Das habe ich *ihn* gelehrt«, stellte Maladon klar. »Was nun den Angriff auf den Menschen angeht ...«

Sie ließ ihren Blick über die drei anderen Wölfe wandern und heftete ihn schließlich auf Jicin.

»Das erledigst du, Wölfin.«

Jicin starrte sie ängstlich, aber auch neugierig an. Sie wusste, sie würde tun, was Maladon verlangte, und sie verstand Maladons Wahl. Maladon musste sofort Egros und Roneras Schwäche und Unerfahrenheit gespürt haben. Sie hatte die Entschlossenheit in Jicins Blick gesehen und wusste, dass Jicin sie befreien würde, ob sie es mochte oder nicht – und Jicin mochte die Rolle eines Angreifers auf die Menschen nicht.

»Enttäusche mich nicht, Jicin!«, sagte Maladon herrisch, als sei sie diejenige, die frei war, und Jicin diejenige, die gefangen war und fliehen müsste.

»Enttäusche auch du uns nicht«, gab Jicin gelassen zurück. Nun lag wieder ihre wahre Stärke in ihrer Stimme und zum ersten Mal blitzte ganz kurz Respekt in Maladons Augen auf.

»Ruhe!«, befahl Maladon scharf, als hätten die anderen das Gespräch begonnen und nicht sie selbst. Es wurde sofort still.

Das Pfeifen eines Mannes, Schritte auf dem Kiesweg, das Klirren eines Schlüsselbundes, eine Tür ging auf, wieder Pfeifen, etwas fiel hinunter, Fluchen, plötzlich der süßliche Geruch eines Menschen – und sechzehn Wölfe beobachteten ihn ...

Der Mensch näherte sich dem Innentor, das ins Gehege führte. Er rief seinem Rudel einen Gruß zu. Er stand nun mit dem Rücken zum Tor, das er gerade geöffnet hatte; die Schlüssel klirrten in seiner Hand. Während er den richtigen Schlüssel suchte, erhob sich Maladon majestätisch, sie stellte die Ohren und wartete, dass er das zweite Tor öffnete. Sie hatte gesagt, dass er vorsichtig war und immer darauf achtete, dass das Tor angelehnt war, während er das Futter brachte und die Wasserhähne aufdrehte.

Jetzt mussten sie warten, jetzt mussten sie Ruhe bewahren, denn in einem einzigen Augenblick könnte der Moment, auf den sie ein Leben lang gewartet hatten, durch Übereifer zerstört werden. Also warteten sie noch ein bisschen …

Die Schlüssel klirrten wieder, das Tor knarzte und öffnete sich einen Spalt. Maladon bellte Jicin und den anderen den Befehl zu und nahm gleichzeitig Anlauf.

Leon, Jicin und ihre Kameraden kamen aus dem Schatten. Der Blick des Menschen war auf Maladon gerichtet, er lachte wie immer. Leon führte sie zum ersten Tor, Jicin schnüffelte kurz daran, erinnerte sich dann aber, dass der Befehl lautete: nicht zögern.

Nun war es so weit. Jetzt!

Jicin stieß das Tor auf, der Mensch drehte sich halb um. Jicin ging auf ihn los, Maladon drehte sich gelassen weg, machte dann plötzlich kehrt und rannte wie wild auf ihn zu.

Keine der beiden zögerte. Jicin sprang den Menschen an, schnappte mit dem Maul nach ihm und zog ihn zurück, Maladon nahm Anlauf, sprang über den Graben zum Tor, stieß es mit Pfoten und Kopf auf, dem stürzenden, zappelnden und erschrockenen Mann direkt ins Gesicht.

»Jetzt!«, rief sie, drehte sich um und warf einen Blick auf ihr Rudel. »Jetzt!«

Der Mensch versuchte sich aufzurappeln und Jicin von seinem Rücken zu verjagen. Jicin erinnerte sich an den Befehl: Rückzug, schneller Rückzug nach draußen, damit der Weg nicht versperrt war, und warten.

Sie drehte sich um und sah, wie Maladon herumwirbelte und den Mensch anstarrte. Als die anderen Wölfe Anlauf nahmen, sprang die große Fähe ihn an, er ruderte mit den Armen, sie erstickte seinen Schrei mit einem blutigen Biss ins Gesicht und brachte ihn zu Fall. Da lag er nun rücklings an der Stelle, an der zuvor noch Jicin gestanden hatte.

Die Wölfin stand über dem Menschen, die Wölfin zerfleischte das Gesicht des Menschen. Ein heiserer Schrei erstickte im Blut. Einen noch Furcht erregenderen Anblick bot Maladon, als sie mit der ganzen Kraft ihres großen Körpers versuchte den Mensch aus dem Weg zu ziehen, indem sie ihn an Kopf und Gesicht packte. Es gelang ihr nicht ganz, denn der Mensch war zu schwer und zu sperrig, seine Kleider blieben am Tor hängen. Dann wandte sie sich ab, das Maul voller Blut, sie spuckte seine Zähne und sein Blut aus und ging gelassen hinaus zu den anderen.

Das Tappen von Pfoten, Wölfe hetzten durch die Tore, ein Tor schlug krachend gegen den Zaun, dann waren sie durch.

»Elf«, stellte Maladon fest.

»Fünfzehn mit uns«, gab Jicin sarkastisch zurück. Sie konnte ihren Blick nicht von dem Mann wenden, der zwischen den zwei Toren am Boden lag. Er war nicht tot. Eine Hand bewegte sich, ein Arm, die Hand wollte ein Gesicht berühren, das es nicht mehr gab, einen Mund, nur noch eine offene Wunde, die versuchte ein Wort zu formen, einen Schrei, einen Warnruf vielleicht. Der Arm fiel gegen das Tor.

Aus dem Gehege kam der schwache, klägliche Ruf eines Wolfes: »Maladon!«

Es war der Wolf, den sie in der Nacht gerügt und bestraft hatte. Er versuchte vergeblich aus dem Graben zu klettern, in den er gefallen oder gestoßen worden war.

»Maladon! Leitwölfin! Nimm mich mit! Ich wollte euch doch bloß warnen!«

Schwach und kläglich …

»Kommt!«, sagte sie zu den anderen und wandte dem Gehege den Rücken zu. Sie sah sich nur flüchtig im Zoo um, in dem es vollkommen still war bis auf das Geräusch eines Fahrzeugs, das langsam seine Runden drehte, und den Mensch, der mit den Fingernägeln am Eisentor scharrte. »Wir sind so weit. Wir sind vollständig.«

Sie folgten Leon, sie gingen, so weit sie konnten, bevor die Menschen merken würden, dass sie geflohen waren. Hinter ihnen heulte der Wolf im Graben; er würde nie wieder freikommen.

Noch bevor sie die Straße vor dem Zoo überquerten,

Brive hinter sich ließen und wieder in der Deckung der Wälder verschwanden, hatte Jicin einige Entscheidungen in Bezug auf sich selbst, ihr Rudel, Maladon und deren Rudel gefällt. Sie würde sich abseits halten, sie würde sich nicht unterordnen. Sie würde ihre Pflicht gegenüber den anderen erfüllen und sie an einen geschützten Ort führen, würde sicherstellen, dass sie für sich selbst sorgen könnten und dann … Was dann sein würde, wusste Jicin noch nicht.

Sie wurde das quälende Gefühl nicht los, dass sie für andere Aufgaben gebraucht wurde, sie spürte eindringlich, dass Klimt sie brauchte. Ob sie *jetzt* zum Herzland ziehen sollte? »Aber … ich kann nicht … Ich muss doch *hier* meine Pflicht erfüllen«, sagte sie sich.

Aber eines wurde Maladon wenigstens sehr schnell klar: Sie brauchte Jicin und die anderen, um zu überleben. Sie mochte arrogant und herablassend sein, auch brutal und überheblich, grausam und unsympathisch – aber dumm war sie nicht.

Einige Stunden nach ihrer Flucht merkten sie, dass die Menschen die Verfolgung aufgenommen hatten und immer näher kamen. Da wurde sich Maladon einiger wichtiger Dinge bewusst, vor allem war nicht zu übersehen, dass ihre Wölfe, die ihr ganzes Leben im Gehege verbracht hatten, nicht für stundenlanges, geschweige denn tagelanges Wandern geschaffen waren.

Ein leichter Anstieg, den Jicin und ihr Rudel kaum wahrnahmen, wurde für Maladon und ihre Wölfe schnell zur verzweifelten Kletterpartie, und es dauerte nicht lange, da fühlten sie sich unbehaglich und gehetzt in einer Welt, deren Geräusche und Gerüche ihnen nicht vertraut waren. Sie brauchten die Führung ihrer Befreier.

Die Stunden wurden zu Tagen und nach zweien ohne Fressen erfuhren viele Wölfe aus Maladons Rudel zum ersten Mal in ihrem Leben, was Hunger und Durst bedeuteten. Wölfe, die im Gehege dominant waren, verloren die Fassung und ihren Einfluss, andere hingegen, die nie einen wichtigen Platz eingenommen, aber gelernt hatten mit wenig zu überleben, taten sich langsam hervor.

In einem Rudel, das weniger brutal geführt wurde als Maladons, wäre vielleicht schnell Chaos ausgebrochen, aber Maladon sah, was getan werden musste, und tat es. Sie griff jeden an, der Schwäche zeigte oder klagte. Sie erwies Jicin und Leon den Respekt, den sie verdienten. Sie begriff sehr viel schneller als die anderen, dass sie unbedingt Jicins Rat befolgen mussten, wenn es darum ging, in Deckung zu gehen, ihre Witterung zu verwischen, indem sie durchs Wasser gingen und nicht alle zwanzig Schritte einen Baum als Revier markierten.

Es wird erzählt, dass die Flucht der Wölfe von Brive unter Maladons Führung – sie wird immer zuerst erwähnt; die Namen derer, die diese Flucht ermöglichten, vor allem Jicins Namen, hört man selten – im dunklen Jahrtausend, in der Ära der Wölfe der Zeit, eine der kühnsten Fluchten von Wölfen aus der Gefangenschaft war.

Manche Flucht war klüger ausgeführt, manche ergab sich eher aus Zufall, aber keine andere ermöglichte so vielen Wölfen die Freiheit und schenkte der Wolfheit eine so mächtige Wölfin wie Maladon. Doch neben der Flucht selbst war bemerkenswert, dass alle Wölfe bis auf drei die entschlossene Hetzjagd der Menschen überlebten. In der langen und traurigen Geschichte der Wolfheit gab es kaum eine so anhaltende und skrupellose Jagd auf Wölfe wie die, welche auf die Flucht aus Brive folgte.

Die Jagd begann in den Wäldern des Corraze. Jicin übernahm die Führung von Leon, denn sie wusste am besten, dass es unerlässlich war, Brive so weit wie möglich hinter sich zu lassen. Drei Tage und drei Nächte trieb sie die Wölfe an, bis sie auf die ersten massiven Absperrungen trafen, die die Menschen errichtet hatten.

Sie waren in den engen Tälern der oberen Dordogne eingeschlossen und gezwungen in die offenere Landschaft des Cantal zu fliehen. Dann mussten sie sich nach Süden und Westen zurückziehen und eine Zeit lang in der Nähe von Cahors verbergen. Während sich die Wölfe auf der Suche nach einem Fluchtweg im Kreis drehten, zog sich die Schlinge der Menschen immer enger zu.

Menschen und Hunde, Hunde und Gewehre, Gewehre und Flugzeuge ... Die erfahrene Jicin fand Verstecke und verwischte Spuren, Maladon trieb das Rudel an weiterzugehen und opferte ihre Wölfe, als dies unerlässlich wurde.

In Labastide biss sie einen schwachen Wolf zum Krüppel, damit die Verfolger ihn fanden und aufgehalten wurden.

In Rodez weigerte sie sich anzuhalten, als eine ihrer Töchter in einem schlammigen Flussbett gefangen war und nach Hilfe rief.

In Entraygues hielt sie die anderen davon ab, einen Menschen zu töten, der auf einen Wolf des Rudels geschossen und ihn verwundet hatte.

»Lasst ihn! Soll er sich an dem Wolf weiden, den er verletzt hat. Wir gehen weiter!«

Im Lozère war die Jagd plötzlich zu Ende. Die Wölfe konnten unbehelligt in die Grands Causses aufsteigen, in die Heimat Lounels, wie sich Jicin erinnerte. Sie konnten eine Pause einlegen und währenddessen dem Gewehrfeuer lauschen, das vom Menschenkrieg im Süden und Westen zu ihnen heraufdrang, einem Krieg, dem sie vielleicht ihre Freiheit verdankten, denn er hatte die Menschen von der Jagd abgelenkt.

Die ganze Zeit über musste Jicin ›ihre‹ Wölfe vor Maladon beschützen. Zuerst waren sie besser in Form als das Brive-Rudel, mit der Zeit aber waren die schwächsten Wölfe aus Brive abgefallen, die übrigen hatten an Stärke gewonnen, und Jicin und Leon wirkten vergleichsweise schwach. Als dann Maladon auch noch in kurzer Zeit die Kunst des Überlebens erlernte, was ihr durch den Rückzug der Menschen auf deren eigene Belange erleichtert wurde, kam wieder ihre Neigung zum Vorschein, zu dominieren und andere zu unterjochen, was für sie so natürlich war, wie zu atmen.

Ein, zwei Wochen lang kamen Maladon und Jicin als Ebenbürtige miteinander aus. In dieser Zeit machte es sich Maladon zur Aufgabe, so viel wie möglich über die Wölfe der Zeit zu erfahren, über Klimt, die Madjaren, über das

Herzland und die Wolfswege in den Sternen, die den Weg dorthin wiesen.

Jicin mochte Maladon nicht, und sie hatte Angst vor ihr, aber jeden Tag verblüffte sie Maladons Lernfähigkeit aufs Neue. Sie war gierig nach Erfolg und Triumph, sie war voller Hass auf die Menschen, die sie eingesperrt hatten, und sie griff jeden erbarmungslos an, der sich ihr in den Weg stellte.

»Nur eines kann sie wahrscheinlich nicht – noch Junge bekommen!«, sagte Leon zu Jicin. Die beiden waren auf einen abgelegenen Kalksteinvorsprung der Causses geklettert, wo sie nun lebten. Im Moment hatten sie Ruhe vor Maladons Ansprüchen, denn sie waren auf eine Schafherde gestoßen, die ohne Hirte vor sich hin vegetierte – von Menschen keine Spur. So hatten sie beschlossen, sich eine Weile in dieser natürlichen Speisekammer voller Schafe aufzuhalten, und selbst Maladon war zufrieden.

Jicin nickte. »Ja, sie ist älter, als sie wirkt, und kann eigentlich nicht mehr werfen. Aber bei ihr würde mich nichts wundern.«

»Bringst du sie ins Herzland? Sie würde doch gut in Klimts Rudel passen.«

Jicin musste ihm zustimmen. Vielleicht sollte sie Maladon ins Herzland führen.

»Aber jetzt noch nicht. Und vielleicht bin ich auch nicht die Richtige. Weißt du, Leon, sie kann hier eine Weile in Sicherheit leben, hier werden wir nicht von den Menschen gehetzt und es gibt genug Nahrung für alle, aber das wird sich auch wieder ändern. Besser, sie lernen ihre Stärken und Schwächen hier kennen, als dass sie weitergehen und in tiefer gelegenen Gebieten die Wege der Menschen kreuzen und die Jagd wieder beginnt. Und dann ist da noch etwas.«

»Was denn, Jicin?«, fragte er melancholisch. Er hatte während der letzten hektischen Tage und Wochen gespürt, dass Jicin Gedanken und Ängste hegte, die mit der Flucht aus Brive oder Maladon nichts zu tun hatten.

»Als ich Maladon zum ersten Mal sah, wusste ich in

meinem tiefsten Inneren, dass es ihre Bestimmung ist, das Herzland zu erreichen. Sie wird es also auch ohne meine Hilfe schaffen, Wolf.«

»Und ohne die vielen anderen Wölfe ihres ›Rudels‹, wenn es ihr in den Kram passt!«, stellte Leon grimmig fest.

»Ja, auch das.«

»Aber du hast noch etwas anderes auf dem Herzen, nicht wahr?«

Jicin nickte. »Ich habe bisher nur wenig von Klimt erzählt …«

»Wenig, aber genug«, sagte Leon ruhig. »Dein Freund Stry hat mir von ihm erzählt, als ich ihn einmal traf. Du liebst Klimt so, wie ich Galliard liebte.«

»Was würdest du tun, wenn du Galliards Ruf hören und denken würdest, er braucht dich?«

»Ich würde sofort zu ihm gehen. Ich verdanke ihm mein Leben, und ich muss seinem Ruf immer folgen – wie und wann immer er mich erreicht. Aber warum –«

Jicin erhob sich. »Ich habe Klimts Ruf gehört«, sagte sie ruhig. Tränen traten ihr in die Augen. »Ich habe ihn so deutlich gehört, wie ich hier und jetzt deine Stimme höre.«

Sie schwieg, denn ein Stück weiter unten sah sie, wie Maladon durch das Gestrüpp zu ihnen heraufkletterte. Maladon konnte sie gar nicht gesehen oder gewittert haben, aber da kam sie – unerbittlich, mächtig, Furcht einflößend. Jicin und Leon zogen sich ein wenig zurück und beobachteten, wie sie näher kam, dann stehen blieb und in die Landschaft und auf die Wölfe hinunterblickte. Sie hatte den Blick eines ungeduldigen, ruhelosen Wesens, das mehr wollte, als es hatte. Immer mehr.

Da sie nicht wusste, dass sie beobachtet wurde, hob sie den Kopf und heulte leise, es war kein Triumphgeheul, sondern ein ehrgeiziges Heulen, kein zufriedenes Heulen über die Welt der Freiheit und Schönheit, die sie gefunden hatte – es war ein Heulen, das die Gier eines Wolfes ausdrückte, der mehr wollte.

»Und das soll einer der Wölfe der Zeit sein?«, flüsterte Leon.

»Ich bin mir sicher«, gab Jicin zurück und fühlte einen jähen Stich im Herzen.

Maladon sah sich um, machte dann kehrt und ging wieder hinunter zu ihren Wölfen. Jicin und Leon sahen, wie einer auf sie zurannte, es war Egro. Er tänzelte leichtfüßig, angeberisch. Hinter ihm kam Ronera, unterwürfig und froh, dass Maladon sie ansah und nickte, Ronera war glücklich, dass sie beachtet wurde. Jicin hatte zwei Wölfe an Maladon verloren.

»Was sagtest du?«, fragte Leon heiser.

»Ich sagte, dass ich Klimts Ruf gehört und gespürt hätte, dass er mich braucht. Ich habe das Gefühl, dass ich hier fehl am Platz bin, mein Exil ist offenbar vorbei und ich sollte heimgehen, aber …«

Sie blickte hinunter zu Maladon und den anderen, die nach Norden auf Beutezug streiften. Maladon hatte Jicin informiert, dass sie das tun wollten, und Jicin nahe gelegt es nicht zu vergessen.

»Du erwähntest Galliard«, begann Leon etwas zögernd. »Nun, du weißt ja, was er immer zu mir gesagt hat – was Maladon immer zu ihm gesagt hat, wie sie klarstellte.«

»›Zögere nicht‹?«

Leon nickte. »Er meinte, wenn ein Wolf in Gefahr ist aber –«

»Klimt ist in Gefahr, und wenn ich noch länger hier mit Maladon bleibe, sind vielleicht bald wir in Gefahr.«

»Was hast du also vor?«

»Ich muss gehen.«

»Und Egro und Ronera?«

Jicin blickte über die Causses in die Richtung, in die Maladon gegangen war.

»Vielleicht kann ich ja von Maladon was lernen. Ich habe das Gefühl, die beiden haben schon eine neue Leitwölfin gefunden.«

»Und ich?«

Sie sah Leon an und wusste auf einmal, wie sehr sie ihn mochte und achtete und dass sie ihn nicht verlieren wollte. Und sie spürte etwas, was sie seit Jahren nicht mehr gespürt hatte: Plötzlich wurde sie von Verlangen übermannt.

»Klimt braucht mich«, sagte sie ohne Ironie oder Zweideutigkeit. Sie mochte Leon begehren, und darüber war sie froh, aber die Notwendigkeit auf Klimts Ruf zu reagieren, machte ihr Verlangen nichtig – nichts als trockenes Gras, das sich im Wind wiegte,

»Du solltest nicht zögern, Jicin, keinen Augenblick länger.«

»Bleibst du hier oder kommst du mit?«, fragte sie.

»Mein Herz und meine Gedanken sind nicht bei Maladon. Ihr Weg ist nicht mein Weg«, sagte er. »Wann brechen wir auf?«

Sie blickte wieder übers Moorland. Maladon und die anderen waren inzwischen außer Sichtweite.

»Jetzt«, flüsterte sie. »Jetzt!«

Er nickte. Sie berührten kurz ihre Pfoten, als wollten sie sich gegenseitig Glück wünschen für ihre Wanderung, dann standen sie auf und traten aus dem Schatten der Felsen. Sie wandten sich nach Osten in Richtung des fernen Herzlandes.

»Ich komme heim zu dir, mein Lieber«, flüsterte sie. Sie wusste, Klimt würde sie hören, sie wusste es so genau, wie sie auch wusste, dass es richtig war, was sie tat. Tränen überzogen ihr Gesicht wie lebensspendender Regen, der nach vielen Jahren der Trockenheit das ausgedörrte Land wässerte.

»Ich bin froh, dass du mit mir kommst Leon«, sagte sie liebevoll, »ich bin froh, dass du mein Freund bist.«

»Du scheinst viele Freunde zu haben, Wölfin«, kommentierte Leon trocken, »ich hingegen habe nur einen. Auf unserer Wanderung musst du mir erzählen, wie du das machst!«

»Ich bin mir nicht sicher, ob ich das weiß«, sagte Jicin lachend.

Und so brachen sie auf, um den besten und sichersten Weg heim ins Herzland zu finden.

Heim ins Herzland ... Heim zu dem Menschen ... Es ist Zeit ...

»Wo ist nun meine Heimat?«, fragte sich der Schamane Matthias Wald und wischte die leichten Schneeflocken aus seinem Bart, die leise zwischen den Kiefern des Bayrischen Waldes rieselten, den er durchwanderte.

Vor vier Monaten hatte er den Schwarzwald auf der Suche nach dem Ende der Geschichte seines Vaters verlassen; der erste große Vorstoß ins Herzland, den er und sein Gehilfe unternommen hatten, war im Sand verlaufen. Ein zufälliges Zusammentreffen führte sie auf einen Weg, doch die Angst vor Vergeltungsmaßnahmen eines Stammes, der in den Ruinen von München lebte, zwang sie in eine andere Richtung. Schließlich fanden sie in den Wäldern nordöstlich der Donau Zuflucht.

Er wollte den Tag über alleine sein und hatte seinen Gehilfen am Lagerplatz zurückgelassen. Nun stieg er langsam eine Anhöhe hinauf, die mit Bäumen bewachsen war, die sich in nichts von tausend anderen Bäumen unterschieden.

Und doch waren sie anders, er war schon einmal hier gewesen, zu einer anderen Zeit ...

»Zu einer anderen Zeit ...«

Er hatte das Gefühl, dass die Zeit davonlief und er nicht schnell genug war auf den Wolfswegen, um den Ort – und die Zeit – zu erreichen, die er erreichen musste, wenn er die Wahrheit erfahren wollte, die Geschichte, die sein Vater begonnen hatte. Maladon, Galliard, Kobrin, die Petschoraner, Klimt – diese Namen sagten ihm nun mehr, nachdem er sie getroffen hatte oder sie aus ihrer Welt gekommen waren, um ihn zu treffen und zu führen.

Und Tervicz ...

Der frühe Besuch des ältesten noch lebenden Wolfes der Zeit, der, wie Wald vermutete, auch jetzt noch in der Welt der Sterblichen gefangen war und wartete – auf etwas wartete, das er, Matthias Wald, tun musste.

Er hätte seinen Gehilfen nicht an solch einem Ort allein lassen sollen, aber der Gehilfe musste lernen, ihn alleine wandern zu lassen, selbst wenn er versuchen sollte, zu schnell zu weit zu gehen, selbst wenn ...

Wald blieb wie angewurzelt stehen. Was er durch die Bäume

hindurch sah, jagte ihm einen Schauer über den Rücken: einen jungen Wolf, noch zu unsicher, um ein Führer zu sein.

»Wie heißt du, Wolf?«, hörte sich Wald in Gedanken fragen und kannte die Antwort: Sein Gehilfe am Lagerplatz und dieser Wolf hier – sie waren dieselben, genau dieselben.

Dann war Tervicz an der Seite des Jungwolfes, ein Wanderer und sein Gehilfe.

»Lasst mich nicht zurück«, sagte Wald aus Angst, er könne sie verlieren, als er sah, wie sie aufstanden und sich bergan wandten, »ich will euch nur folgen …«

Er folgte ihnen, er fand ihre Fährte, ihre Pfotenabdrücke, die sich noch im Gehen mit Schnee füllten, und der Winterwind trug ihm einen Geruch zu, der überaus seltsam war für diese Jahreszeit: Es war der Duft von Thymian und Estragon.

»Der Duft des Wanderers«, flüsterte Wald.

Erst sehr viel später, als die Dämmerung hereinbrach und er ihre Spur im frischen Schnee verlor, kehrte er um. Der Duft lag immer noch in der Luft, haftete an seinen Händen, vor allem an seinen Kleidern, als könnte er selbst nun der Wanderer sein.

Aus der Ferne, von Osten, wohin Tervicz und sein Gehilfe gegangen waren, hörte man das Heulen erst eines Wolfes, dann eines zweiten, ein dritter und ein vierter fielen ein.

Wald stand da und horchte, sein Bart war voller Schnee. Er war froh, als er seinen Gehilfen kommen hörte, denn er hatte nicht die Absicht zurückzugehen. Es war sowieso ein jämmerlicher Platz für ein Lager.

»Horch!«, befahl er, als der Gehilfe ihn erreichte.

»Was heulen sie herab?«, fragte der empfindsame Gehilfe. Er hatte schon vieles gelernt.

»Jicin kehrt ins Herzland zurück, aber Klimt ist nicht dort. Doch er wird ihren Ruf hören und den Heimweg antreten. Horch!«

Sie standen nebeneinander im Dämmerlicht des Bayrischen Waldes, bis der Schnee aufhörte zu fallen. Wind kam auf er trieb die Wolken nacheinander vom Himmel, bis der Blick frei war auf einen Wolfsweg, der taghell von Russland her schien, heim ins Herzland, die Heimat Klimts.

Nur Klimts unerschütterliches Selbstvertrauen und die Haltung, die er trotz seiner Verletzung klaglos an den Tag legte, veranlassten die fünf Petschoraner, in Bereitschaft bei dem großen Eisentor zu warten, das ihre Flucht verhinderte und wo sie sich einen Weg hinaus erhofft hatten. Die Sperre war massiv, der Maschendraht für einen Wolf undurchdringlich, und der Weg, der darauf zuführte, war geteert und zu hart, um sich darunter hindurchzugraben. Zu beiden Seiten stiegen die Wände des Steinbruchs fast senkrecht auf, kein Wolf konnte sie bezwingen. Es schien keinen Ausweg zu geben.

Doch Klimt schien darauf zu bauen, dass die Flucht auf diesem Weg möglich sei, und obwohl tagelang nichts passierte und nirgends ein Ausweg in Sicht war, blieb er völlig gelassen, sodass die andern ihm schließlich vertrauten und ihnen keine Klagen und Zweifel über die Lippen kamen.

»Man kann die Auspuffgase von ihren Fahrzeugen überall riechen«, sagte er, »das heißt, dass sie manchmal hierher kommen und dass sie erst vor kurzem hier waren. Und wenn sie kommen, müssen sie das Tor öffnen.«

»Und dann? Du weißt ja, dass die Menschen mit uns rechnen und Gewehre dabeihaben und –«

»Nicht wenn sie uns nicht gesehen haben«, sagte Klimt. »Haltet euch also in Deckung. Was die Menschen angeht – je länger es dauert, desto besser werde ich in Form sein, um mich mit ihnen anzulegen, denn ich bin mir nicht sicher, ob ihr –«

»Du würdest doch nicht im Ernst einen Menschen angreifen?«, fragten sie.

Klimt lächelte grimmig, die Wölfe erschraken.

»Angreifen und auch töten, wenn es sein muss, so wie ich es immer getan habe«, sagte er. Er überließ die anderen ihrer Vorstellung und wartete. Er betete zu Wulf, dass Er ihnen einen Ausweg zeigen würde, und versuchte, nicht an Solar zu denken, der bestimmt nicht entkommen war, und auch nicht an Lunar, der womöglich weder die Schnelligkeit noch den Mut dazu gehabt hatte.

»Klimt …«

In den langen Stunden des Wartens erreichten ihn auf den Wolfswegen der Zeit Stimmen, die ihm Beistand gaben und Hoffnung zusprachen.

»Klimt, mein Lieber, ich komme heim zu dir.«

Er stellte sich vor, dass es Jicin war, die zu ihm sprach; das linderte das Pochen seiner heilenden Wunde. Er versuchte nicht den Jahren nachzutrauern, die sie verloren hatten, versuchte nicht von ihrem Wiedersehen zu träumen, versuchte seine Sehnsucht, das altbekannte Verlangen nach ihrer Berührung, die er verloren hatte, zu unterdrücken.

»Klimt, mein Lieber …« Eine einsame Träne lief ihm übers Gesicht, kein Wolf sah sie; er blinzelte sie weg. *»Liebster …«*

Würden sie denn dieses Tor nie wieder öffnen?

Die Menschen und ihre Maschinen arbeiteten auf der anderen Seite des Tores ohne Unterlass, die Lichter gingen am Abend an und wurden erst bei Sonnenaufgang wieder gelöscht. Von Zeit zu Zeit erschienen sie auf den Felsen und schossen auf neue Leichen, die sie hinuntergekippt hatten, denn manchmal war der eine oder andere Mensch noch am Leben. Sie töteten einfach gerne, und so schossen sie auch auf Ratten und Krähen und alles, was sich bewegte.

»Wir bekommen schon unsere Chance, und dann müssen wir bereit sein. Dieses Tor wurde schon früher geöffnet, und sie werden es wieder öffnen«, sagte Klimt, den Blick zum Himmel erhoben, und dachte nur, wie gut es wäre, wenn Wulf nur einen kurzen Augenblick dort erschiene, lediglich um zu zeigen, dass Er seine Gebete erhört hatte – es sei denn, Wulf war gar nicht dort oben in der anderen Welt, sondern im Hier und Jetzt als sterblicher Wolf in Gestalt von Lunar oder Solar.

Klimt knurrte in sich hinein. Er fragte sich nicht zum ersten Mal, ob Wulfin, die bei der Geburt seiner Söhne erschienen war, wirklich einen der beiden auserwählt hatte.

Von der Kante des Steinbruchs kamen plötzlich kehlige Flüche. Sie sahen zwei Menschen, hörten das scharfe Rattern ihrer Gewehre.

»Schaut!«, rief ein Petschoraner und deutete auf die Leichen, auf diesen Haufen aus Leichen, der sich rechts von ihnen an der Wand des Steinbruchs gebildet hatte.

Etwas bewegte sich – ein Mensch, den sie vom Fels geworfen hatten, erhob sich halb nackt aus dem Leichenberg. Sie schossen. Er kletterte hinunter auf den Boden, rannte.

RATATATAT!

Er rannte, krabbelte unter den dumpfen Schüssen hindurch, Staub wirbelte auf, dann hatte er die gleiche kleine Zuflucht, das gleiche Versteck gefunden wie Klimt.

Motoren starteten. Schreie. Dann das Rasseln von Ketten am Tor.

Ja ... endlich!

»Wartet auf meinen Befehl!«, knurrte Klimt. Die Wölfe, die ihm folgten, wussten, dass dieser fremde, Furcht erregende Wolf im Falle ihres Ungehorsams sie selbst angreifen würde und nicht die Menschen.

»In Deckung! Wartet ...«

Das Tor ging auf, ein großes Fahrzeug brauste hindurch. Klimt konnte gerade noch einen Blick auf den Mann erhaschen, der sich in ihr Versteck geflüchtet hatte; er erhob sich, stand einen Augenblick lang ruhig da und rannte dann zurück zu dem Leichenberg. Es war entsetzlich! Der Mensch kletterte über die Leichen und grub sich in sie hinein wie eine Ratte, bis er in dem stinkenden Morast aus Tod verschwunden war.

Der Mensch ...

Das Fahrzeug donnerte vorbei und versperrte Klimt die Sicht, aber er konnte durch den Gestank des Steinbruchs immer noch den Duft von Thymian und Estragon riechen, und er wusste, wer dieser Mensch war und wo er ihn schon einmal gesehen hatte. Er hatte Mitleid mit ihm, denn er war ein Ausgestoßener seiner eigenen Art und nicht besser dran als ...

»Wir«, knurrte Klimt in sich hinein. Dann erhob er sich. »Jetzt!«

Die Petschoraner erhoben sich und waren schon durchs Tor, als die beiden Menschen sie sahen, die im Schatten der

Felswände zu beiden Seiten der steilen Straße gestanden hatten.

»Richtung Nordwesten! Lauft und zerstreut euch!«, schrie Klimt und stürzte sich auf den ersten Mann, riss ihn um und fiel den zweiten an; seinen Angstschweiß konnte er noch riechen, als er in hohem Bogen durch die Luft flog.

Der Mensch schlug auf, das Gewehr in seiner Hand krachte auf den Boden. Klimt folgte den anderen, die sich zwar verstreut hatten, aber noch nicht weggerannt waren, wie er befohlen hatte.

»Du bist nicht so schnell wie wir«, sagte ein Petschoraner respektvoll. »Wir Petschoraner lassen unsere Freunde nicht zurück.«

Dann rannten sie davon im Schutz der Gebäude, vorbei an rumpelnden Maschinen, hinter sich die Schreie der Menschen. Sie rannten und rannten zum offenen Moorland. Das Knattern der Gewehre folgte ihnen, dann hörten sie eine Gewehrsalve mitten im Steinbruch.

Der Mensch, dachte Klimt.

Dann rannte er den flüchtenden Wölfen voraus und hoffte, eine größtmögliche Entfernung zwischen sich und die Kasachen auf der anderen Seite des Steinbruchs zu bringen.

So gelang Klimt die Flucht aus dem Steinbruch zur selben Stunde, als Lunar und die anderen Petschoraner dort ankamen. Das Hauptrudel der Petschoraner stand also bei den fremden Wölfen doppelt in der Schuld.

Als es dunkel wurde, berichtete Lunar, was geschehen war. Klimt zweifelte in keiner Weise daran, dass Solar seine Reise zu den Sternen angetreten hatte.

»Er hat mich gerettet«, sagte Lunar.

»Dann sollte dein Leben seinen Tod rechtfertigen«, sagte Klimt freudlos. Er stand abseits und schwieg eine Zeit lang. Aus Achtung vor seiner natürlichen Autorität warteten die Petschoraner, bis er zurückkehrte.

Als er wieder bei ihnen war, fragten sie: »Sollen wir uns an den Kasachen rächen?«

Der große Wolf zuckte nur mit den Schultern, schüttelte den Kopf und sagte: »Das soll Wulf entscheiden.«

Sie ruhten bis zum Morgen, dann hörten sie weitere Schüsse und das Jaulen verwundeter Wölfe.

»Wenn es Rache sein soll, so scheinen die Menschen das für uns zu übernehmen«, murmelte Klimt. »Und wenn nicht, so haben wir jedenfalls Besseres zu tun, als andere Wölfe zu töten.«

Er setzte sich müde hin, seine Schulter schmerzte, aber der unermüdlich wachsame Blick des geborenen Führers wich nicht aus seinem Gesicht.

Er rief seinen Sohn zu sich: »Lunar, was würdest du jetzt tun?«

In diesem Moment wusste Lunar, dass sein Vater nicht mehr daran glaubte, dass Solar überlebt haben könnte, und nun seine Hoffnungen und seine Erfahrung auf Lunar übertrug. So hatte Klimt doch auch Solar die Kunst der Führerschaft beigebracht. Und Lunar war froh gewesen, dass er nicht führen musste, auch wenn er die Antworten auf Klimts Fragen immer gewusst hatte.

»Nun, Wolf?«

»Einige Kasachen werden flüchten. Wir sollten sie abpassen und sie fragen, ob sie sich uns anschließen, falls –«

»Kümmere dich darum!«, sagte Klimt schroff.

Das tat Lunar. »Ihr fünf geht da lang und bringt die Flüchtigen hierher! Ihr vier, dort lang! Geht kein Risiko ein, kämpft nicht mit den Kasachen und kommt sofort zurück, sobald Gefahr droht!«

Die Petschoraner befolgten umgehend, und ohne Fragen zu stellen, Lunars Befehl.

»Gut gemacht, mein Sohn!«, sagte Klimt. Die Blicke der beiden Wölfe trafen sich, in ihren Augen lag tiefe, graue Trauer um den verlorenen Bruder und Sohn.

Nach einer Stunde kamen die Petschoraner mit fünf Kasachen zurück, zwei von ihnen waren verwundet.

»Was schlägst du weiter vor?«, fragte Klimt.

»Wir brechen in der Abenddämmerung auf«, sagte Lunar. »Wer mit dem Anführer nicht mithalten kann, bleibt zurück.«

Das war aber nicht der Fall, denn als Klimt schließlich

aufstand, bewegte er sich nur langsam und hinkte schmerzgeplagt. Aber in seinem Gang lag so viel Stärke und Zielstrebigkeit, dass kein Wolf es gewagt hätte, ihm die Führung streitig zu machen.

»Wohin gehen wir?«, fragte ein Kasache einen Petschoraner leise; er traute sich nicht, Klimt selbst zu fragen.

»Ins Herzland«, antwortete Lunar, der die Frage gehört hatte, »um es für die Wolfheit zurückzuerobern.«

Kapitel 20

Aragon kehrt ins Herzland zurück
und die Madjaren zeigen ihre Stärke

Die Blätter der Weißbirke waren längst schon gelb geworden, und der ungewöhnlich kalte Herbstwind hatte das Laub durch die Wälder gewirbelt, als Aragon und seine Gefährten das bayrische Hochland und damit den letzten Abschnitt ihrer Wanderung erreichten. Es war Ende Oktober, sie waren müde, denn der Weg, den Aragon gewählt hatte, nachdem sie Jicin in Südfrankreich zurückgelassen hatten, war anstrengend und beschwerlich. Er wollte Klimt so viele Informationen wie möglich über die Verteilung von Menschen und Wölfen in Südeuropa mitbringen.

Was die Menschen anging, so sprachen die Tatsachen für sich. Zerstörte Städte wie Toulouse sahen sie noch viele auf ihrem Weg durch die Poebene und am Südrand der Alpen. Der große Fluss Po, den Elhana vor vielen Jahren unter großen Gefahren und Schwierigkeiten überquert hatte, war so schmutzig und stank genauso, wie sie es beschrieben hatte, vielleicht sogar noch mehr, denn nun war er auch noch voller übel riechender und öliger Überreste aus dem Menschenkrieg.

Unzählige verwesende Leichen, Tierkadaver, vermischt mit den Chemikalien und dem Schmutz, der den

Zusammenbruch des Lebens der Menschen zu begleiten schien.

In Toulouse hatten sie den Krieg zum ersten Mal erlebt und sie dachten, er sei dort ausgebrochen. Nun aber stellten sie fest, dass er ein, zwei Jahre zuvor Norditalien zerstört haben musste, denn dort wuchs schon Gras über Ruinen und Straßen. Die Menschen, die einst dort gelebt, hatten die Städte verlassen und wohnten nun in abgelegenen Dörfern, geschützt von Gewehren und Hunden. Das Land, das einst besiedelt und bewohnt, war niedergebrannt, verlassen und lag brach. Oft trafen sie auf streunende Tiere, auf Kühe, Schafe, Schweine; meist waren sie krank und schwach und leichte Beute. Aber da und dort waren die Tiere verwildert, wie am Fuße der Alpen. Die Schwachen waren längst verendet, die Starken lernten nun die Landschaft, in der sie früher gehalten wurden und wo sie Futter und Weideland hatten, auf der Suche nach Nahrung zu durchstreifen.

Als Stry einmal ein Ferkel reißen wollte, wäre er fast von einem riesengroßen Eber mit Stoßzähnen getötet worden; der Eber bewachte den Wurf – von Menschen keine Spur. An einem anderen Ort beobachteten sie, wie zwei Menschen verletzt und davongejagt wurden, als sie versuchten, einen wild gewordenen Bullen im Zaum zu halten. Es schien, dass die Menschen zumindest in dieser Gegend ihre Orientierung und Überlegenheit verloren hätten.

Auf ihrer Wanderung trafen sie auch auf eine Gruppe von Menschen, krank und blind, die von anderen Menschen zusammengetrieben wurden wie Tiere. Nach Ansicht der Wölfe waren diese Menschen todkrank, ihr Gestank hing noch lange, nachdem sie vorbeigegangen waren, in der Luft und haftete ihnen so widerlich süß an der Schnauze, dass sie sich erbrechen mussten.

Aragon und die anderen witterten auch, dass es Wölfe gab und dass der Apennin südlich des Po anscheinend wieder von Wölfen aus dem Süden bevölkert war. Er hätte gerne mehr herausgefunden, aber die Überquerung des Po hatte sich als schwierig erwiesen, nachdem Menschen die

Brücken bewachten und das Wasser zu verseucht war, um durch den Fluss zu schwimmen.

Doch für den Umweg, den sie machen mussten, wurden sie mit einem Zusammentreffen mit Wölfen belohnt, die ihnen eröffneten, dass Wölfe des Benevento-Rudels von deren Leitwölfin Pescara, Elhanas Tochter, die dieser den Rang streitig gemacht hatte, zur Erkundung nach Norden ausgeschickt worden waren. Aragon und die anderen wurden fast genötigt, südwärts zu wandern, um sie zu treffen, aber sie spürten, dass es ihre Aufgabe war, auf schnellstem Weg ins Herzland zurückzukehren. Doch die Kundschafter des Benevento-Rudels waren so aufdringlich, dass Aragon und seine Freunde nur entkommen konnten, indem sie den Po durchschwammen. Daraufhin wurden sie alle für Wochen krank und ihre Rückkehr über die Alpen verzögerte sich so sehr, dass sie in den ersten schweren Schneefällen stecken blieben.

Sie erreichten die Wälder Bayerns daher mit der Befürchtung, dass auch schon in der Slowakei Schnee gefallen wäre und ihr Aufstieg ins Herzland erheblich erschwert würde. Durch Verletzungen und Unfälle verloren sie noch mehr Zeit, sodass der Winter sie schon lange eingeholt hatte, als sie schließlich das von den Madjaren beherrschte Moorland wieder betraten.

Sie hatten gehofft, schnell und sicher ins Herzland zu gelangen und dort den Schutz ihres alten Rudels zu finden, aber ihr Pech wuchs sich schließlich zur Katastrophe aus. Aragon und Stry, die drei Jahre zuvor bei ihrem Aufbruch von den Madjaren im Moorland gejagt worden waren, wurden auch nun wieder von ihren alten Feinden schikaniert. In der Nacht als die Madjaren und ihre Anführer sich näherten, sandte Aragon einen Hilferuf aus, aber er hatte wenig Hoffnung, dass sie Unterstützung bekommen würden. Er konnte ja nicht wissen, dass Kobrin und auch andere Wölfe nahe genug waren, um ihm und seinen Wölfen zu Hilfe zu eilen, wenn sie rechtzeitig zu ihnen stoßen konnten.

Aragon und Stry kannten schon lange die Gefahren, die

eine Überquerung des Moorlandes mit sich brachte, vor allem erinnerten sie sich an die herausragenden Fähigkeiten der madjarischen Späher. Diese Gefahren teilten sie den drei Wölfen in ihrem Gefolge mit – den beiden Fähen Srena und Gallega und dem jungen, eingebildeten Huete, der nur ungern Befehle annahm und lieber seine eigenen Entscheidungen fällte, aber er hatte den Mut, Wege und Nahrung auszuschnüffeln, auch wenn Menschen in der Nähe waren.

In den Tagen, bevor sie das Moorland erreichten, führten sie lange und harte Diskussionen darüber, wie sie am besten ins Herzland vorstoßen sollten. Nach so langer Zeit konnten sie nicht wissen, in welcher Verfassung sich die Madjaren und Klimts Wölfe befanden. Sie mussten davon ausgehen, dass beide Gruppen immer noch am Leben und aktiv waren.

Nun, im Hochwinter, hatten die Wölfe der Zeit wahrscheinlich das hohe Steilfeld verlassen und waren in den tiefer gelegenen Wald und das Tal gezogen. Es war daher ratsam, sich von Südwesten her zu nähern. Dadurch könnten sie das Steilfeld über ein Gelände umgehen, das sie aus der Zeit der Rudelbildung gut kannten.

Klug war auch, ins Herzland vorzudringen, bevor es kälter wurde und noch mehr schneite. Daher beeilten sie sich schon seit Tagen, vielleicht eilten sie zu sehr, denn sie wurden müde und unvorsichtig. Kurz nachdem sie die Donau überquert hatten, verletzte sich Srena bei einem Sprung über einen Drahtzaun; die Innenseite ihres Hinterlaufs war stark aufgerissen und entzündete sich bald. Am Anfang gingen sie nur langsamer, dann aber konnte Srena nicht einmal mehr hinken, und sie mussten Halt machen. Das Wetter wurde Stunde für Stunde zusehends schlechter, und sie wussten, dass ihre Chance, den Wald ungesehen und ohne Zwischenfälle zu erreichen, immer kleiner wurde.

Drei Jahre früher hätte Aragon in solch einer Situation die verletzte Wölfin mit dem Argument, das Wohl des Rudels stünde über dem Wohl des Einzelnen, wahrscheinlich ihrem Schicksal überlassen. Solche Entscheidungen hatten schon viele Rudelführer in der Geschichte der Wolfheit treffen müssen. Aber für Aragon hatten sich die Zeiten geändert. Er bewegte sich ein wenig langsamer, er dachte ein wenig mehr nach, und er kümmerte sich mehr um seine Wölfe, während er gleichzeitig wie alle Anführer die Risiken abwägen musste.

»Wir bleiben bei Srena«, entschied er im ruhigen Gespräch mit Stry. »Sie hat uns auf dem Weg hierher gut gedient, hat beherzt gekämpft und gespäht und war ein guter Wanderer. Sie weiß Dinge über Südspanien, die wir nicht wissen, und ihr Verlust würde das Wissen verringern, das wir Klimt zutragen müssen. Wir haben nun sowieso das Wetter gegen uns, und ein paar Tage Aufenthalt werden uns nicht schaden.«

Diese Entscheidung fiel umso leichter, nachdem Srena tapfer darauf bestand, dass die anderen *nicht* bleiben sollten, und beim ersten Schnee, als sie merkte, was diese Verzögerung für alle bedeutete, davonlaufen und verschwinden wollte, um den anderen die Verantwortung für ihr Leben abzunehmen. Aber sie wurde schnell vermisst und genauso schnell gefunden, denn sie konnte nur ein kurzes Stück kriechen und brach dann aus Schwäche vor einer Mauer zusammen, die sie nicht mehr bezwingen konnte.

»Wenn du das noch mal machst, werden wir dich wirklich deinem Schicksal überlassen, Wölfin!«, sagte Aragon; er war aber nicht böse, denn er mochte und bewunderte sie. »Hör zu, wir sind nicht den ganzen, weiten Weg gegangen, um uns jetzt gegenseitig im Stich zu lassen. Leg dich also hin, halt dich warm und friss, was wir dir bringen. Es gibt auch Wasser ganz in der Nähe, du wirst keinen Durst leiden. Erhol dich, Wölfin, das ist alles, was ich will.«

Srena schaute ihn voller Dankbarkeit und Achtung an.

»Dieser Wolf, der dich weggeschickt hat …«

»Klimt?«

»Der Anführer der Wölfe der Zeit.«

»Was ist mit ihm?«

»Wenn einer wie du, Aragon, ihm dient, muss er wirklich mächtig sein.«

»Das ist er, und er verdient unser aller Respekt. Deshalb – erhol dich jetzt; je früher es dir besser geht, desto früher wirst du ihn treffen.«

»Du vertraust darauf, dass er nach so langer Zeit immer noch in dem Revier ist, wo du ihn verlassen hast?«

»Das ist nicht einfach ein Revier, es ist das Herzland. Es gibt kein anderes Gebiet, in dem unser Rudel für immer leben möchte. Das Herzland ist unsere Heimat.«

»Wird er in seinem Rudel eine Wölfin wie mich akzeptieren, die dumm genug war, ihr Bein an einem Drahtzaun aufzureißen, den sie eigentlich hätte sehen müssen?«

»Das entscheidet nicht er, sondern Elhana, die Leitwölfin. Aber vielleicht willst du ja nicht einem Rudel angehören, dessen Leitwölfin sie ist … Wer weiß? Also, erhol dich jetzt!«

Er betrachtete sie mit echter Zuneigung. Sie war schlank und hatte den dichten, hellen Pelz der Wölfe Zentralspaniens. Sie war eine geborene Kämpferin, Loyalität, Vertrauen und Güte waren ihr ins Gesicht geschrieben. Aragon würde sie nicht sterben lassen.

Aber die Entzündung klang erst nach einer Woche ab, und erst nach einer weiteren Woche war sie kräftig genug, um mit dem Rudel weiterzuziehen. Inzwischen war die Kälte von Norden vorgedrungen und hatte die Beutetiere unter die Erde oder in unzugängliche Wälder und auf die Anhöhen getrieben, und die Schneefälle behinderten ihre Wanderung.

»Wenn die madjarischen Späher immer noch so hervorragend sind wie früher, werden sie uns bestimmt sehen«, sagte Stry, als sie sich schließlich der Westseite des Moorlands näherten.

»Wenn sie uns nicht schon längst gesehen haben!«, gab Aragon grimmig zurück. Am Tag zuvor waren sie nämlich auf eine Duftmarke gestoßen und auf zwei frische Fährten im Morast am Ufer eines Flusses; es waren die deutlichen, festen Tritte der Wächterwölfe, die sich ihres Reviers sicher waren und es hier und da markierten, um andere abzuschrecken – eine Warnung, die Aragon nur zu gerne beachtet hätte, wenn es einen Weg ins Herzland gegeben hätte, der nicht durchs Moorland führte; aber es gab keinen anderen Weg. Wie vorsichtig sie auch waren – früher, wenn sie Pech hatten, oder später, wenn sie Glück hatten, würden die Madjaren sie wieder erspähen; es war nur eine Frage der Zeit.

»Wenn wir schleichen und lauern, brauchen wir zu lange und erhöhen die Wahrscheinlichkeit, dass sie uns entdecken«, erklärte Aragon gereizt, als das Moorland genau vor ihnen lag. »Wenn wir rennen, sehen uns die Madjaren auf jeden Fall, aber sie könnten so überrascht sein und wir wären so schnell, dass wir ihr Hauptrevier schon durchquert hätten und in Klimts Revier oder in der Nähe wären, bevor sich genügend Wölfe gesammelt haben, um einen sicheren Angriff auf uns zu wagen.«

Sie entschieden sich für den zweiten Weg und einen Aufbruch im Morgengrauen, wo es schon hell genug wäre, dass sie ihren Weg sahen, aber noch nicht so hell, aus großer Entfernung gesehen werden zu können. Der Wind kam von vorne, was zwar nicht ideal war, aber immer noch besser als Rückenwind; auch war der Wind nicht stark, aber es sah so aus, als könnte er noch drehen.

»Kommt!«, sagte Aragon, als der Morgen graute. »Bleibt dicht zusammen! Wir haben einen langen, schweren Weg vor uns. Doch Stry und ich kennen das Gebiet gut genug, um nicht zu weit von der Route abzukommen.«

Stry nickte grimmig. Die Felsspitzen vor ihnen waren nebelverhangen, die Luft war kalt, das Wetter unbeständig, der Wind würde wahrscheinlich drehen.

»Bist du bereit Srena?«

Sie nickte.

»Huete? Gallega?«

Die beiden nickten schnell und knurrten bestätigend, den Blick auf den Weg gerichtet, der vor ihnen lag.

»Dann kommt! Mögen die Götter mit uns sein!«

Verdunkelte sich der Himmel, als wollte er darauf hinweisen, wie unsicher der Ausgang der historischen Rückkehr Aragons ins Moorland sein würde? Flüsterte der

Wind zur Warnung, dass die Risiken doch zu groß sein könnten? Wann würden diese Wölfe, die rannten und rannten, die nicht länger als einen kurzen Augenblick anhielten und sich nur mit einem kurzen Schnarren und Gilfen verständigten, wann würden sie Zeit finden, um eine Weile an einem schwarz glänzenden Wassertümpel im Moor Rast zu machen und zuzugeben, dass sie Wölfe gesehen, gehört und gewittert hatten, Wölfe, die so schnell rannten wie sie selbst – ja schneller sogar, denn sie waren besser in Form –, dass sie dicht hinter ihnen folgten und sie sicherlich einholen würden?

Wäre das Wetter so geblieben wie bei ihrem Aufbruch, hätten sie das Moorland vielleicht in einem Zug durchqueren können, aber das Wetter schlug unerbittlich um, der Wind drehte und frischte auf, brachte Hagel und peitschenden Regen, der auf den Gesichtern der erschöpften Wölfe gefror und ihre müden, schmerzenden Glieder schwächte.

So rannten sie verzweifelt in ihr Unglück. Srenas Wunde begann wieder zu schmerzen und zu nässen. Huete riss sich die Pfote auf, als er auf einem mit Flechten bedeckten Felsen abrutschte. Stry bekam Heidekraut ins Maul, er würgte und rang nach Luft, während er rannte, seine Augen tränten, schließlich wurde er langsamer. Sie hielten an und sahen, dass ihnen drei Späher auf den Fersen folgten, hörten das kurze Aufheulen und Bellen nach Verstärkung, wussten, sie könnten alle in den Tod rennen.

»Es kann immerhin sein, dass wir sie so überrascht haben, dass die anderen nicht gleich auf ihren Hilferuf reagieren«, keuchte Aragon. »Die drei können es nicht mit uns aufnehmen, sie werden sich damit zufrieden geben müssen, uns aus einiger Entfernung in Schach zu halten, bis sie Verstärkung bekommen; die Madjaren waren schon immer Feiglinge. Deshalb ist es am besten, wenn man als Erster und sofort angreift, denn dann fallen sie zurück und gruppieren sich neu. Stry, bist du fit genug für einen kleinen Kampf?«

Stry nickte, wie immer beruhigten ihn Aragons Gelassenheit und Entschlossenheit in Anbetracht drohender Gefahr. Er wischte sich über Gesicht und Augen, hustete, um seinen Rachen von den Blättchen zu befreien, die er geschluckt hatte, und stellte sich an Aragons Seite.

»Huete?«, fragte Aragon.

»Mir ist kalt, ich bin hungrig, erschöpft, und ich habe Angst – aber gib deinen Befehl!«

Aragon lächelte, er freute sich, dass er sich in einer schwierigen Situation auf einen so linkischen und widerspenstigen Wolf wie Huete verlassen konnte.

»Srena, wenn wir angreifen, bleibst du so nahe wie möglich bei mir, ich gehe nicht sehr weit weg. Und du, Gallega, bleibst dicht bei ihr, um sie von hinten zu schützen. Jetzt folgt mir und haltet Schritt – ich werde so tun, als sei ich schwach und langsam. Seid auf meinen Angriff gefasst, alles wird sehr schnell gehen ...«

Sie machten sich wieder auf den Weg; sie wussten, dass die Kundschafter der Madjaren, die sich außer Sichtweite geschlichen hatten, bald wieder auftauchen und sie verfolgen würden. Und so war es auch. Ein Madjar kam heraus, kurz danach wurde Aragon langsamer und langsamer, dann beschleunigte er und wurde wieder langsamer; so machte er die Madjaren glauben, dass die ganze Gruppe schwächer wurde, damit alle drei Späher aufs offene Land herauskamen und sich ihnen näherten.

»Jetzt!«, brüllte Aragon.

Er drehte sich um. Huete war an seiner rechten Flanke, Stry ein Stück hinter ihm; er kümmerte sich darum, dass die beiden Fähen beieinander blieben.

»Jetzt!«, sagte er noch mal und stürzte sich auf den nächstbesten Madjar. Huete täuschte einen Anlauf von rechts vor, bevor er langsamer wurde, einen Haken schlug und den Madjar von der linken Seite angriff.

Sie griffen so schnell und so listig an, dass die Überraschung zusammen mit der Wildheit ausreichte, um rasch die Sicherheit der Madjaren zu untergraben und sie in die Flucht zu schlagen.

»Sie machen immer erst einen Rückzieher«, sagte Aragon, als die anderen bei ihm waren und sich umschauten, ob nicht ein Gegenangriff folgen würde oder andere Madjaren in der Nähe waren, die sie vorher nicht gesehen hatten. »Aber dann kommen sie zurück, wieder und wieder, bis ihre Opfer müde werden. Erinnerst du dich, Stry?«

»Und ob!«, antwortete Stry, der schon einmal mit Aragon ganz in der Nähe des Moorlands eine solche Jagd miterlebt hatte.

»Kommt, wir haben ein wenig Zeit gewonnen und sollten weitergehen, bevor –«

Bevor die Madjaren warnendes Geheul ausstoßen würden, wollte er sagen, aber da war es schon: Laut und scharf verlangten sie nach Verstärkung.

»Wir sollten ihnen nachjagen und die Sache hinter uns bringen«, sagte Huete, der vor Wut fast platzte.

Aragon schüttelte den Kopf. »Spar dir deine Kraft, Wolf, denn du wirst sie in nächster Zeit noch brauchen. Wir sind noch keineswegs so weit gekommen, wie uns lieb wäre, aber wir sind auf dem besten Weg und immer noch schnell genug, um möglicherweise den Wald und die anderen Rudel zu erreichen oder Zeit zu gewinnen. Wie geht es deiner Wunde, Srena?«

»Es geht«, sagte sie nur, obwohl sie offensichtlich Schmerzen hatte. »Sie tut zwar weh, aber sie platzt nicht auf.«

»Und deine Pfote, Huete?«

»Jetzt wo du fragst, tut sie auch weh.«

Aragon schätzte Huetes Humor. Er war wirklich ein Wolf, den man gern an seiner Seite hatte.

»Stry? Gallega?«

»Gehen wir!«, sagte Stry.

So gingen sie wieder weiter. Sie hatten Glück und fanden einen seichten Bach, dem sie eine Weile lang folgen und es den Madjaren ein wenig schwerer machen konnten, ihre Fährte zu finden. Noch mehr Glück hatten sie, auf einen weiteren Bach zu treffen, nachdem sie die Richtung geändert hatten, sowie ein paar feuchte Felsrinnen, in denen sich der Wind verfing und ihre Witterung forttrug, im

Gegensatz zum Heidekraut, an dem die Haare und somit die Witterung der Wölfe haften blieben.

Sie hatten eine Rast nötig. Nachdem sie im Vorteil waren und sich die Madjaren nach dem ersten Scharmützel nicht mehr sehen ließen, führte Aragon sein Rudel über ein Geröllfeld zu einer höher gelegenen Stelle, von der aus er eine gute Sicht hatte und Witterung aufnehmen konnte, denn der Wind hatte nun nach Osten gedreht und würde den Geruch der Madjaren zu ihnen wehen. Es wurde früh dunkel, der Tag war kurz und die Hoffnung, das sichere Tal noch bei Tageslicht zu erreichen, fast zunichte. Aber wenigstens konnten sie schon die Ausläufer der Tatra sehen – eine schwarze Narbe, die sich durchs Moorland zog.

»Dort fängt das Herzland an«, sagte Aragon. Die anderen blickten mit Ehrfurcht und Erleichterung hinüber.

»Sieht ganz nah aus«, sagte Huete.

»Zum Greifen nah«, stimmte Srena zu.

Aber ihre Atempause dauerte nicht lange, denn plötzlich sahen sie zwei Madjaren von vorne kommen und hörten einschüchterndes Gebell von hinten.

»Kommt!«, befahl Aragon grimmig und ging auf die beiden los, wobei er genau wusste, dass sie ihn anlocken sollten.

Die Madjaren waren verblüfft. Sie zögerten erst und beschlossen dann ihrerseits, wieder zu bluffen und nicht zu weichen. Da fiel sie Aragon mit aller Kraft an.

Falls die Madjaren dachten, Aragons Rudel sei nur ein Häufchen Vagabunden, das sie aufmischen und schikanieren konnten, so wurden sie nun eines Besseren belehrt. Aragon streckte den ersten mit nur einem Biss in die Schulter nieder, den zweiten aber wollte er töten.

»Nimm dir die anderen vor!«, schrie er Stry zu, als er auf den flüchtenden Wolf losging, ihn zu Boden riss und seinen Kiefer um dessen Kehle schloss. Es war ein schwacher Wolf, er war zu Tode erschrocken und schrie, als Aragon ihn in die Kehle biss. Er war schon tot, als Aragon mit blutiger Schnauze von ihm abließ. Aragon drehte sich um, sah die ersten drei, die Späher; sie zögerten, Aragon nahm Anlauf, und sie machten wieder einen Rückzieher.

»Bleibt uns vom Leib, oder ich mache euch alle nieder wie diesen da!«, schrie er ihnen nach.

Dann ging er zu den anderen zurück. Sein Maul schmerzte von der Wucht seines Angriffs, seine Schnauze schmeckte warm und süß vom Blut des anderen Wolfes.

»Los, kommt!«, schrie er, als er sie eingeholt hatte, wie es sich für einen Anführer gehörte, und trieb sie an in der Hoffnung, sein Beispiel würde ihnen helfen, Kraft zum Weiterrennen aufzubringen.

Bis …

»Halt! Ja, hier … Wir können hier eine kleine Pause einlegen.«

Das tat gut! Die Lungen schmerzten vom Keuchen. Schnell tranken sie durch ein Loch im schmutzigen Eis aus einem gefrorenen Tümpel. Gerade Zeit genug für Aragon und Stry, um einen Blick auf das leicht ansteigende Moorland zu werfen, das vor ihnen lag. Dahinter lagen bereits die Wiesen des Tals.

»Dort! Der Wald! Möge Wulf dafür gesorgt haben, dass Klimt schon vom Steilfeld heruntergekommen ist und uns Hilfe und Unterstützung geben kann, wenn wir dort ankommen und uns die Madjaren auf den Fersen sind.«

Müde stand er auf, um die Flucht fortzusetzen, aber ließ sich wieder nieder, als er sah, dass der Weg direkt vor ihnen beschwerlich war und über rauen, steinigen Boden führte, der sie sehr bald ermüden würde. Offensichtlich führte der beste Weg unten am Hügel entlang, dort musste eine Straße sein, musste …

»Huete, dir geht es gut. Gallega, gut gemacht! Srena?«

»Ist schon in Ordnung. Die Wunde schmerzt und blutet aber ich … kann … rennen!«

In solchen Momenten werden die Bindungen zwischen Wölfen so tief und stark, was nur schwer von anderen nachvollzogen werden kann, die nicht dabei waren, die nicht gesehen haben, welchen Mut die Situation verlangte, und die nicht die Schmerzen fühlen konnten, die ertragen werden mussten.

»Bist du bereit Stry?«

Stry nickte. Aragon erhob sich, und auch die anderen standen auf.

»Denkt an den Traum, der da vorne liegt, nicht an die Gefahr, die uns von hinten einholen könnte«, schrie Aragon und führte sie weiter.

Dicht hinter sich hörten sie ein Gilfen und ein Heulen, das die Madjaren zusammenrief, ein Wolf antwortete vom Fuß des Hügels, dort, wo die Straße verlief, auf die sie zurannten. Wieder ein Bellen, wieder ein Heulen, wieder die Antwort aus weiter Ferne.

Die Madjaren kreisten sie von hinten und von unten ein, riefen nach Unterstützung aus der Ferne. Die Wölfe konnten nur hoffen, dass die Route, die Aragon gewählt hatte, die richtige war. Der Wind peitschte abermals eisigen Schnee in ihre Gesichter, als sie von Hügel zu Hügel, durch Moortümpel und im Schatten von Felsvorsprüngen den Abhang hinunterrannten, immer weiter und weiter. Ihre Pfoten rutschten im Moor und froren im eiskalten Wasser, das bei jedem Schritt aus den Löchern sickerte, immer weiter runter, fast fielen sie in den kleinen Graben, der die Straße vom Moor trennte, ein letzter Satz, dann waren sie auf der Straße.

Ein Augenblick Pause, Atemholen mit schmerzenden, pumpenden Lungen.

Die raue, nicht enden wollende Wildnis des Moorlands endete hier auf dieser schmalen, ebenen, sich verjüngenden Straße, auf der platt getretener Schnee weiß glänzte; kleine Flocken wirbelten auf sie zu, jagten, drehten und stieben in die Höhe, flogen davon und fielen auf den Boden. Die Straße, die sich vor ihnen erstreckte, war leer, keine Wölfe vor oder hinter ihnen, und sie hatten das Gefühl, sie könnte, ja würde sie in die Sicherheit führen.

Erschöpfung. Müde Glieder. Und das Geräusch der Madjaren, die sich näherten.

Sie liefen los, rannten auf dieser einsamen Straße nach Norden, rannten, um unbehelligt so weit wie möglich zu kommen, damit sie entrinnen könnten, wenn es Zeit war, nach rechts abzubiegen und den Hang hinauf in Richtung Tal zu rennen.

Sie rannten und rannten, immer weiter in der Mitte der Straße, die aussah, als sei sie vom Mondlicht beschienen. Im Gegensatz zu den dunklen Hügeln des Moorlands auf beiden Seiten der Straße glänzte sie hell. Aber es gab gar keinen Mond. Es schien, als hätte jede einzelne herumwirbelnde Schneeflocke in ihren Kristallen das Licht der Sterne des Nachthimmels eingefangen, von dem sie gefallen war. Aber es gab gar keine Sterne.

Eine eigenartige Straße, die freundlich begonnen hatte, nun aber zum Feind wurde. Die flüchtenden Wölfe hatten den Eindruck, sie würde immer mehr ansteigen, dabei war sie noch so eben wie am Anfang. Auch dachten sie, sie würde dunkel und gefährlich werden, dabei schien sie das Licht nicht weniger zu reflektieren als vorher. In ihrer wachsenden Verzweiflung und ihrer schwindenden Hoffnung, jemals die Freiheit zu erreichen, die vor ihnen lag, schienen auf dieser Straße und an ihren Rändern schattenhafte Wölfe auf sie zu warten, schienen von hinten zu kommen. Aber da waren gar keine Schatten …

Auf beiden Seiten der Straße das Geräusch der Madjaren im Moor.

»Seht nur auf die Straße, Wölfe, denkt nur an die Straße!«, keuchte Aragon, der unter Schmerzen nach Atem rang, jeder Schritt eine immer größere Anstrengung. Doch er glaubte, dass das, was für ihn beschwerlich und hart war, für seine Wölfe noch härter sein musste, und trieb sich selbst an, weil er ihr Vertrauen und ihren Glauben an ihn nicht enttäuschen wollte und konnte. Er hörte nur noch das schwere Tappen der Pfoten, nur noch das Pochen seines Herzens, spürte, wie ihm das Blut in den Kopf stieg und sein Körper immer mehr schmerzte, sah nur noch die Straße vor sich, immer weiter, weiter und weiter, und das Tal, das nicht näher zu kommen schien.

Dann stürmten plötzlich und unerwartet Madjaren aus dem Hinterhalt von rechts und links auf ihn zu, sie kamen wie der Blitz von hinten. Er hatte keine Zeit, sich umzusehen, denn dann wäre er gestolpert, gefallen und hätte wieder mühsam auf die Beine kommen und weiterrennen müssen.

»Aragon, ich …«

Es war Srena. Er wurde langsamer, sodass sie aufholen konnte. Er sah, wie das Blut an ihrer rechten Flanke hinunterlief, die alte Wunde war wieder aufgeplatzt, die Zunge hing ihr verzweifelt aus dem Maul, sie wurde immer schwächer, spürte, dass sie keine Kraft mehr hatte. Sie hatte gegeben, was sie konnte, nun würde sie zurückbleiben müssen und in die Klauen und Mäuler der Madjaren fallen; sie wäre von ihrer gemeinsamen Zukunft ausgeschlossen.

»Oh, Aragon!«

»Du … musst … versuchen … weiterzurennen!«, schrie er. Ihm barst fast das Herz in der Brust. »Du … darfst … nicht … aufgeben!«

Er spürte einen Schlag gegen die Schulter. Stry stieß sie von hinten an, er gab, was er noch konnte, um sie am Rennen zu halten. Der Schneefall ließ nach, als würden sie dem Schnee davonlaufen, der Wind drehte nach Osten und verschaffte ihnen eine kleine Erholung.

Sie rannten und rannten, wurden aber ständig langsamer, ständig schwächer, die Madjaren hingegen schienen immer noch bei Kräften zu sein, einige rannten nun neben ihnen her und schlängelten sich zwischen ihnen hindurch, wie um zu zeigen, dass sie durchaus noch überschüssige Kräfte hatten und sich darauf vorbereiteten, die Wölfe anzufallen, wenn … sie –

Ein Wolf, ein Madjar, flitzte aus dem Schatten nach rechts hervor und hätte Stry beinahe umgerissen. Aragon stürmte vorwärts und schnappte nach ihm, als er in den Schatten zurückrannte.

Ein Stück weiter vorn nahmen diese Schatten auf der Straße, die schon lange in ihrer Vorstellung existierten, plötzlich Gestalt an und wurden bedrohlich massiv: Wölfe, die warteten, Wölfe, die bereit waren und warteten, Wölfe, deren Körper und Geist nicht müde war vom Rennen.

Stry warf einen kurzen Blick zur Seite – ein erstes Zeichen, dass er kurz davor war aufzugeben. Srena japste und stolperte, Huete rief: »Vorsicht – da vorn!«

Dann wurde Gallega plötzlich langsam, sie war zu erschöpft, um ihre Angst länger zu unterdrücken; es würde ihr Erleichterung bereiten, sich der Angst zu überlassen, sich der Erschöpfung zu ergeben, ihren Schmerz an die Dunkelheit zu verlieren, die sie nun alle einschloss.

Und gerade dann, als sie in dem Wissen, dass sie unterlegen und bereits umzingelt waren, noch langsamer wurden, gerade dann sah Aragon einen riesigen Wolf mit gespreizten Beinen vor ihnen auf der Straße stehen. Aragon kannte ihn, sein Wesen, seine Abstammung und seinen grausamen und verkommenen Stamm, nur seinen Namen kannte er nicht.

Vielleicht würde er ihn auch nie erfahren, denn nun war die Straße, die so lange unter seinen Pfoten dahingerast war, bald zu Ende, und die Schatten, die ihnen rechts und links der Straße gefolgt waren, nahmen Gestalt an, als seine Gefährten nun langsamer wurden. Er wusste, sie hatten keine Kraft zu kämpfen oder übers fremde Moorland zu entkommen, und sie hatten keine Hoffnung das Tal noch zu erreichen, das direkt vor ihnen lag, und den Wald, der sich zu ihrer Rechten erhob.

Nun sah er, wie nah, wie ausgesprochen nah diese Schatten unter den steil aufragenden Felsen der Tatra waren, deren Wasserfälle er schwach hören konnte und deren Wasserläufe sich wie schwarze Narben über die Flanken der von Sternen beschienenen Felsen zogen.

Sterne. Hinter ihnen hatte es aufgehört zu schneien.

Mond. Die Wolken rissen auf.

Madjaren. Sie kreisten sie ein, und ein Madjar war größer und Furcht erregender als alle anderen.

In jenem Moment der drohenden Niederlage und des bevorstehenden Todes hob Aragon den Kopf und heulte Hilfe herbei – nicht die Hilfe der Götter, denn diese waren weit weg, verloren in der Zeit, sondern die Hilfe sterblicher Wölfe, Wölfe, die vielleicht in der Nähe waren, die vor einem Jahrtausend aus diesem Gebiet geflohen, nun aber vielleicht heimgekehrt waren.

Bei Aragons Heulen verzog der Anführer der Madjaren das Gesicht zu einem Lächeln.

»Wir sind doch hier, Wolf!«, höhnte er; er kicherte und schielte spöttisch zu seinem Rudel.

»Ja, wir sind hier«, sprachen ihm seine Wölfe nach und trommelten ungeduldig mit ihren Krallen auf die Straße.

Aragons Wölfe versammelten sich um ihn, jeder versuchte den anderen zu schützen, aber sie waren zu wenige. Aragon hob seinen Kopf und heulte wieder, heulte Freunde herbei, Hilfe. Und er heulte all die toten Wölfe an, die seine Vorfahren waren.

»Du musst nicht so laut heulen, Wolf, wir hören dich gut«, schnarrte der madjarische Führer. Er war des Spiels müde und bereitete sich darauf vor, seinen Wölfen das Zeichen zum vereinten Angriff zu geben. Es würde ein Massaker werden.

»Wir hören dich«, stimmten seine Wölfe zu. Sie streckten die Köpfe vor, hefteten ihren Blick auf einen Wolf, schoben ihre Pfoten langsam nach vorne, wie es üblich war, bevor sie die Beute töteten, die sie in die Enge getrieben hatten.

Aragon hob ein drittes Mal den Kopf und heulte. Er hatte schon seine Vorderläufe angespannt um dem Angriff zu widerstehen, den der riesige Anführer der Madjaren auf ihn vorhatte. Er war so massig und Furcht erregend, dass Aragon wusste, es könnte sein letztes Heulen sein.

Tapp-tapp-tapp ... tapp-tapp-tapp ... – Wölfe, die durch die Nacht rannten, auf sie zurannten. Tapp-tapp-

Die Madjaren setzten ihren Angriff aus, um zu sehen, wer diese Wölfe waren. Gedämpftes Lachen breitete sich unter ihnen aus, als zwei ihrer Späher die Straße heruntergerannt kamen, sich dann aber nur langsam näherten, denn sie wussten nicht, was sie erwartete.

»Nun gut!«, kicherte der Anführer, als die Späher noch in einiger Entfernung waren. Er wandte sich an Aragon und fragte: »Ist das die Antwort auf deinen Hilferuf – oder kommen sie mir zu Hilfe? Nun, was ist Wolf?«

Die beiden Wölfe kamen zögernd näher.

»Wir kamen, so früh es ging, Führer, wir kamen –«

»Seid still! Ruhe!«, befahl er. Er wandte sich von Aragon

ab, sah an den Neuankömmlingen vorbei in die Dunkelheit.

Tapp-tapp-tapp ...

Mehr Wölfe. Das Geräusch ihrer Schritte war jedoch anders, schwerer, bedrohlicher als das derjenigen, die gerade gekommen waren. Tapp-tapp-TAPP! Und das tiefe drohende Bellen eines Wolfes, der wusste, was er zu tun hatte, der einen Hilferuf gehört hatte und selbstsicher darauf reagierte.

Wer oder was da die Straße herunterkam, wusste Aragon nicht, aber er konnte wieder die Sterne sehen, konnte das Rauschen und Tosen der Wasserfälle oben im Wald zu seiner Rechten hören, und er wusste, dass sie mehr gewonnen hatten als nur Zeit – sie hatten die Madjaren abermals überlistet.

Er begegnete Strys Blick. Sie nickten sich zu, beide wussten, dass sie jetzt nur noch eine einzige Chance hatten. Sie wandten sich den Ihren zu, Stry biss Gallega in die Flanke: »Renn!«, Aragon kniff Srena: »jetzt!«. Und dann stürzten sich alle Rüden, Huete, Aragon und Stry, gleichzeitig auf den madjarischen Führer, der ihnen den Rücken zugedreht hatte, sie rannten ihn um, stifteten Verwirrung bei den Madjaren und rannten an dem Führer vorbei zu dem Wolf, der ihnen zu Hilfe kam und nun aus der Dunkelheit in das Licht der weiten Straße trat.

Ein Wolf, der noch größer war als Führer, ein Wolf, der allen Situationen die Stirn geboten und immer gesiegt hatte, ein Wolf, der schon mehr Wölfe getötet hatte, als nun hier im Moorland versammelt waren.

Kobrin. Er war gekommen. Offenbar allein.

Kobrin, der Anführer aller russischen Wölfe – der einzige Wolf der Zeit, Klimt eingeschlossen, der dem Anführer der Madjaren in Gewicht, Größe und Wildheit ebenbürtig war.

Und der ihm an Erfahrung überlegen war.

Wenn Kobrin angriff, war es, als würde ein ganzes Rudel angreifen.

Kobrin. Lord Kobrin. Der Krieger.

Als Aragon und die anderen Führer von hinten umrissen, drehte Kobrin nach rechts und zog die Aufmerksamkeit der Madjaren von dem Hang zur Linken ab.

Zwei Wölfe kamen diesen Hang herunter, auf einem Wolfsweg, dem sie gefolgt waren, sie kamen zusammen wie ein einziges Wesen: Elhana und Lounel. Kraftvoll stürzten sie sich in den Kampf, drehten sich, wirbelten herum, stifteten Verwirrung, griffen die Madjaren an, die sich nun unsicher in alle Richtungen drehten und wanden. Ihr Anführer war überlistet, die Opfer flohen nicht nach rechts oder links oder nach vorne, sondern rannten in alle Richtungen, schlugen Haken und ließen sich schließlich von Aragon hinaus ins Tal und hinauf in den Wald abdrängen.

Dann drehte sich Kobrin um und griff den Ersten an.

Dann folgte Aragon, der großartige Aragon. Sein blutiges Maul schnappte nach dem nächsten Madjar, der auf ihn zukam, und riss ihn zu Boden.

Dann Lounel. Er stürzte sich auf die nächsten wutentbrannten Madjaren.

Dann …

Dann ein Gilfen. Eine Fähe. Die Madjaren hielten sofort an.

Eine Fähe, zerzaust und alt kam allein und stellte sich an Führers Flanke.

Sie lachte in die Nacht. »Folge mir, Liebster, und du wirst finden – aber noch nicht jetzt. Finde, mein Lieber, und du wirst wissen – aber nicht heute Nacht. Wisse, und diese Wölfe werden fliehen wie Küken vor dem Fuchs. Nicht jetzt – bald. Dein Sieg wird umso süßer sein!«

Doch Dendrine mit ihrer rauen, krächzenden Stimme konnte den Herzen von Kobrin und Aragon und den anderen, die sich am Hang, in ihrem eigenen Revier, um sie versammelt hatten, keinen eisigen Stich versetzen. Aber Führer. Er hockte an Dendrines Seite und betrachtete die Wölfe der Zeit, offenbar war er belustigt. Langsam stand er auf und trabte geschmeidig und würdevoll den Hang hinauf, der für die anderen zu steil und unwegsam war, bis er über seinem Rudel stand und hinaufsah zu den Wölfen der Zeit und zu einem Revier, das nicht mehr sein eigenes war. Er starrte Kobrin und Aragon angriffslustig an, überlegte es sich aber dann offensichtlich anders.

»Wie heißt du, Wolf?«, fragte der Madjar, als hätte er es mit einem verlausten Vagabunden zu tun, der es gewagt hatte, seine Kreise zu stören.

»Kobrin«, knurrte der große Wolf, »und diese Wölfe stehen unter dem Schutz unseres Rudels und unseres Führers Klimt von Tornesdal. Das hier ist unser Revier. Und wie heißt du?«

»Er ist mein Sohn«, antwortete Dendrine. Ihre Zähne waren so gelb wie ihre Augen. »Er ist der Führer der Madjaren.«

»Dein Name?«, knurrte Kobrin und machte einen aggressiven Schritt nach vorne. Die Madjaren reckten ihre Hälse, als würden sie sich auf einen Angriff vorbereiten.

»Zänker war mein Vater. Klimt und du habt ihn getötet, oder?«

»Dein Name!« Kobrins Stimme war schroff und dünn wie gespannter Draht.

»Ich bin der Führer der Madjaren. Dendrines Sohn und Zänkers Sohn.«

»Dein Name!«

»Führer. Ich bin Führer, in mir vereinigen sich alle ehemaligen und gegenwärtigen Führer der madjarischen Rasse. *Der* bin ich!«

Er sagte es langsam, seine Stimme war kräftig und eisig wie ein Schneesturm.

Er deutete auf Aragon und sagte: »Dieser Wolf da hat heute einen meiner Wölfe getötet. Wir töten dafür vier von deinen. Vier für einen – jedes Mal. Dann leben die Wölfe der Zeit nicht mehr lange, was meinst du, Mörder meines Vaters? Und du, Mutter?«

Dendrine lachte vergnügt über den lustigen Einfall ihres Sohnes.

Kobrin sagte nichts, kein Wort. Eine letzte Schneewolke wirbelte in den engen Streifen Land, der die feindlichen Rudel trennte. Er gab Zeichen nach rechts und links, und die Wölfe zogen sich nacheinander langsam auf den Hügel und in die dunkle Nacht zurück.

»Kobrin!«

»Ja?«, antwortete Kobrin kalt.

»Sag deinem Führer Klimt, der es heute nicht gewagt hat, sich zu zeigen, dass er der Letzte sein wird, denn er war hier der Erste.«

»Der Letzte?«

»Der Letzte, der sterben wird«, sagte der Führer mit seinem schiefen Lächeln.

»Willst du es ihm selber sagen? Jetzt?«, fragte Kobrin.

Ein Schatten huschte über Führers und über Dendrines Gesicht. Dieses Risiko wollten sie nun nicht gerade eingehen.

»Wir wählen Zeit und Ort!«, krächzte Dendrine.

Kobrin lächelte kalt, als Führer sich abwandte und mit seinem Rudel hangabwärts verzog. Ihre Schritte verhallten im Heidekraut und auf der Straße, die aus dem Tal ins verschneite Moorland führte.

»Wo ist denn Klimt?«, fragte Aragon kurz darauf. Sie hatten noch nicht einmal Zeit gehabt, sich zu begrüßen. »Oben im Wald?«

Kobrin und Lounel schüttelten den Kopf.

»Nein, weder er noch seine Söhne.«

»Aber du hast doch den Madjaren gesagt –«

Kobrin schüttelte abermals den Kopf: »Ich habe gar nichts gesagt Wolf, ich habe nur etwas angedeutet. Klimt ist nicht hier, auch seine Söhne nicht und auch keine anderen Wölfe.«

Mit einem Blick auf Aragons Wölfe sagte Lounel: »Mit euch ist unser kleines Rudel nun doppelt so groß – ihr seid herzlich willkommen!«

»Das heißt diese Madjaren hätten uns alle …«

»Sie hätten uns alle niedermachen können, wenn sie das gewusst hätten«, sagte Kobrin. »Kommt jetzt in den Wald. Dort können wir euch richtig willkommen heißen und uns eure Geschichte anhören. Und wir erzählen euch unsere.«

Kapitel 21

Elhana entdeckt, dass alte Liebe nicht rostet, und die Madjaren behaupten sich

»Klimt ist tot!«, schrie Aragon, sobald die Madjaren außer Sichtweite waren.

»Folge mir, Wolf!«, drängte Kobrin und trieb ihn an, bevor die Madjaren mit Verstärkung zurückkehren und sie überlisten könnten. Die Wahrheit über Klimt konnte warten.

»Und wo sind Solar und Lunar?«, wollte Stry wissen, der genauso besorgt war wie Aragon.

»Kommt jetzt!«, sagte Lounel beschwichtigend. »Die Dinge sind nicht so schlimm, wie sie scheinen.«

»Was hat es mit dem Rückzug in den Wald auf sich? Warum müssen wir von hier verschwinden?«

Doch Kobrin und seine Wölfe wollten den Neuankömmlingen nicht die ganze Geschichte erzählen, bevor sie nicht im sicheren Schutz der Felsen und der großen Felsenrinne waren, wo der Wasserfall leise rauschte, wo Aragon und seine Wölfe erst einmal ausgiebig fressen, ausruhen und sich um ihre Wunden und Verletzungen kümmern konnten.

Kobrin erzählte, wie Klimt und seine Söhne nach Kasachstan aufgebrochen waren und dass es noch einige Wochen oder Monate dauern könnte, bis sie zurückkehrten. »Hoffentlich mit Verstärkung. Wir konnten die Madjaren bisher in Schach halten. Dass ihnen dieser Teil des Herzlands offenbar gleichgültig ist, kam uns sehr entgegen.«

Er deutete auf den Wald, der sich unter ihnen erstreckte. Aragon vermutete richtig, dass Kobrins kurze Schilderung, wie sie »die Madjaren in Schach hielten«, eine bescheidene Untertreibung war.

Das Überleben der Gruppe unter Kobrins Führung seit Klimts plötzlichem Aufbruch vor ein paar Monaten war wirklich ein Meisterstück an klugem Rückzug und umsichtiger Deckung gewesen. Dass Führer und Dendrine nicht wussten, wo Klimt sich aufhielt, zeigte, wie erfolgreich Kobrins List und wie gewissenhaft seine Führung und Verteilung der Wölfe von Anfang an gewesen war und dass den übrigen Wölfen der Zeit seit Klimts Weggang nichts zugestoßen war.

»Führer ärgert sich natürlich und würde uns am liebsten töten«, sagte Kobrin trocken, als die beiden Gruppen ihren ersten Nachrichtenaustausch vornahmen, »aber er hat bisher wenig Initiative gezeigt, seine Wölfe aus dem Steilfeld über den Pass in den Wald auszuschicken, um uns zu suchen.«

»Ihr habt also den Wald unter eurer Kontrolle?«, fragte Aragon.

»Nicht ganz«, antwortete Kobrin. »Außerdem bleiben wir nie lange an einem Platz. Wir kommen regelmäßig hierher, und sei es nur, weil wir daran glaubten, dass ihr eines Tages zurückkehren würdet. Wir warten schon lange auf die anderen.«

»Meinst du Klimt?«

»Nicht nur Klimt«, gab Kobrin zurück, nachdem er ihnen die Gründe für Klimts Wanderung nach Kasachstan auseinander gesetzt hatte, »auch Tervicz und Rohan.«

»Oh, Tervicz ...«, murmelte Aragon erleichtert. Bis zu diesem Zeitpunkt hatte er den Namen des loyalen Wolfes nicht mehr gehört und das Schlimmste befürchtet. Tervicz war vielleicht kein sehr starker Rüde, aber ihm haftete die endgültige Bestimmung des ganzen Rudels an, wie es sich für einen Wolf aus dem legendären Bukov-Rudel gehörte.

»Elhana, erzähl von Tervicz!«, forderte Kobrin die Fähe auf. Als gegenwärtiger Rudelführer musste er herausfinden, wie die beiden nach der langen Trennung aufeinander reagierten. Er dachte sich, dass wahrscheinlich Aragon der Vater von Elhanas Söhnen war und ihn Klimt deswegen und wegen der Liebe zwischen Aragon und Elhana verbannt hatte. Kobrin hoffte, die Flamme ihrer alten Liebe würde nicht mehr entbrennen, befürchtete aber, dass seine

Hoffnung umsonst war. Er war zu alt, um nicht zu wissen, dass wahre Liebe niemals stirbt, egal, wie viel Zeit vergeht, egal, ob die Liebenden sich verändern. Er beobachtete mit einer Mischung aus Resignation und Neugier, wie Elhana aus dem Schatten, in dem sie gelegen hatte, an einen helleren Platz trat an dem Aragon sie sehen konnte.

Elhana war in den vergangenen Monaten sichtbar gealtert, teilweise aus Sorge um Solar und Lunar, aber auch weil Kobrin seine Wölfe ständig in Trab hielt und Elhana sich an das nomadische und anstrengende Leben nicht so gut gewöhnen konnte wie er. Ihr Gesicht war schmal geworden, fast eingefallen, und ihr Pelz hatte schon lange den Glanz verloren, den er vor vielen Jahren hatte, als Kobrin sie zum ersten Mal traf. Über ihre Augen, die einst so voller Hoffnung leuchteten, hatten sich nun Schatten gelegt wie bei einem Wolf, dessen Leben nicht ausreichend erfüllt war – wie bei einer Wölfin, die selbstsicher und sehr klug, aber nicht glücklich war, einer Leitwölfin, die ihre Pflicht gegenüber dem Rudel erfüllt, Junge aufgezogen hatte und sie heranwachsen sah, und die noch nicht gewillt war, ihre Rolle aufzugeben, aber nie die hingebungsvolle Liebe und das uneingeschränkte Vertrauen eines Rudelführers erfahren hatte, um ihr Leben abzurunden.

»Aragon … willkommen daheim.«

Ihre Stimme klang etwas nervös, sie warf ihm einen kurzen, unsicheren Blick zu, als wartete sie auf seine Reaktion, und rang sich zu einem Lächeln durch.

»Elhana …« Er drehte den Kopf und sah sie an. Auch seine Stimme verriet Zweifel und Unsicherheit.

»Elhana …«, sagte er wieder. Nun war seine Stimme tiefer und kräftiger, offenbar hatte er sich wieder unter Kontrolle.

Auch er war älter geworden, seine Selbstsicherheit war längst dahin, seine Probleme und seine innere Zerrissenheit lasteten schwer auf ihm, die Schuld und die Verantwortung für die Jahre der Verbannung hatten sich düster in sein Gesicht gegraben, und auch in seinen Augen lag der Blick eines Wolfes, der zwar seine Pflicht getan, aber keine Erfüllung darin gefunden hatte.

»Sag ihm, wohin Tervicz gegangen ist«, verlangte Kobrin und sah von einem zum anderen.

Sie brachte kein Wort heraus. Sie starrte in Aragons Augen und entdeckte den Wolf wieder, der er einst gewesen war und der nun älter und weiser geworden war: der Wolf in seinem Inneren, den sie immer geliebt hatte. Er war gealtert, aber die Jahre hatten ihm den Hochmut und die Eitelkeit genommen und sie durch etwas Einfacheres und Stärkeres ersetzt. Was ihr aber die Kehle zuschnürte, war sein Blick, der auf sie gerichtet war – er sah, was aus ihr geworden war, und er sah, dass das Licht seiner Liebe die Schatten, die sich über sie gelegt hatten, entfernen könnte, ja, dass es bereits geschah.

»Liebster«, flüsterte sie, als wären die anderen nicht da.

»Elhana«, sagte er zum dritten Mal. Nun lachte er, gleichgültig, aber nicht respektlos gegen Kobrin oder die anderen Wölfe.

Er ging zu ihr. Sie beschnüffelten sich Schnauze an Schnauze, rieben sich Flanke an Flanke. Das dumpfe Tosen des Wasserfalls schien zu verklingen, das graue Licht strahlte plötzlich hell aus dem trüben Winterhimmel. Kobrin wusste, dass sich nichts geändert hatte, dass sich nichts ändern konnte, und er wusste auch, dass sie im Herzland so gut aufgehoben waren wie nirgendwo sonst.

Er kicherte knurrend, als wollte er ausdrücken, dass ihm das, was er sah, nicht gerade missfiel, es ihm aber auch nicht unbedingt gefiel, dass er einfach nur wünschte, die Welt würde sich weiterdrehen und er hätte einmal seine Ruhe.

»Was sein muss, muss eben sein«, sagte er trocken, »Elhana, würdest du bitte in der Zwischenzeit …«

Elhana lachte auch, zum ersten Mal seit Monaten lachte sie wieder. Sie ging zu Kobrin, um ihm zu zeigen, dass auch sie ihn als gegenwärtigen Rudelführer anerkannte.

»Tervicz ist mit Rohan in sein Heimatrevier zurückgegangen«, sagte sie. »Klimt wollte es so.«

»Als Belohnung«, stellte Aragon fest und setzte sich. Alle wussten, dass Tervicz nie eine Gefährtin gehabt hatte und dass er zu loyal war, um sich mit Rohan hier unter ihnen zu paaren, selbst wenn Rohan sich ihm an den Hals geworfen hätte.

»Ja, als Belohnung«, sagte Elhana, »und auch um herauszufinden, ob die madjarische Belagerung der Karpaten schon bis in die Bukovina geht; Klimt wollte das wissen.«

»Klimt weiß, wie man aus allem das Beste macht.«

»Ja«, sagte Elhana nur, »allerdings.«

In den darauf folgenden Wochen wurden die Schneefälle heftiger, die Wasserläufe gefroren und die Wölfe der Zeit blieben nahe am Wald, am Ostende des Walds, weit weg vom Moorland und weit weg von einem möglichen Überraschungsangriff der Madjaren.

Die kurzen Tage und die langen Nächte waren kalt und windig. Wenn sich der Wind legte, rauschten die dunklen, schattenhaften Bäume zum Rumpeln der Eis- und Schneelawinen oben in den Bergen und Schneisen. Zuletzt gefror der Wasserfall, sein Tosen verklang zu einem leisen Plätschern, bis eines Nachts auch sein Murmeln verstummte und er nur noch ein bizarres Gebilde aus weißgrauen Wellen und Rillen war, das sich über der großen Felsenrinne erhob, durch die seine Wasser normalerweise führten, bevor sie am Fuß der Felsen in einem Schwall herausquollen und zwischen den Bäumen hinunterflossen.

Die Wölfe der Zeit erkundeten das Innere der großen Felsenrinne, die nun von Schatten verdunkelt und eiskalt war und in der ihre Schritte und das kurze Aufbellen widerhallten, mit dem sie sich gegenseitig davor warnten, auf den eisbedeckten Felsen nicht zu hoch hinaufzuklettern. Das Echo schlug an die Felswände und mischte sich mit dem ewigen Rauschen und Poltern im Felskamin, das Steinschlag, rutschender Schnee und heulende Winde verursachten.

»Hierher können wir uns zurückziehen, wenn alles andere schief geht«, sagte Lounel.

Doch Kobrin widersprach: »Hier würden sie uns massakrieren, die Menschen oder die Madjaren.« Er hielt sich immer mindestens eine gute Rückzugslinie offen.

Hier frischten Aragon und Elhana ihre alte Liebe auf

und paarten sich, Kobrin und die anderen drückten beide Augen zu. Sie hatten schon zu viel Zeit verloren, um noch länger zu warten, und außerdem hatte sich vieles verändert. Sie waren älter geworden und waren nicht mehr so wild; der Wunsch nach Paarung entsprang eher gegenseitiger Zuneigung und dem Bedürfnis nach Trost als dass er der Fortpflanzung diente.

»Diese Zeiten sind für mich bestimmt vorbei, Aragon«, sagte Elhana eines Nachmittags, als sie, nachdem sie ihr Verlangen gestillt hatten, neben dem gefrorenen Wasserfall lagen, ihre Schnauzen in der strahlenden Wintersonne wärmten und über die Zeit ihrer Trennung sprachen.

»Du weißt, wenn Klimt zurückkommt –«

»Ich weiß«, sagte Elhana resigniert, aber mit Respekt.

Aragon wusste inzwischen, wo sein Platz war. Er würde nie wieder versuchen, die Wölfe der Zeit zu spalten.

»Du bist sicher, dass er zurückkommt, nicht wahr?«, fragte Elhana.

Aragon nickte, er musste nichts sagen. Klimt hatte etwas so Zwingendes an sich, dass alle Wölfe, die ihm folgten, keinen Zweifel daran hatten, dass er zurückkommen würde, wenn er dies gesagt hatte.

»Er ist der großartigste Wolf, den ich kenne«, sagte Aragon. Er sprach in diesen Tagen nicht über seine Jugend und über das Gefühl, auserwählt zu sein, das ihn damals zum ersten Mal ins Herzland getrieben hatte.

»Solar und Lunar sind bestimmt deine Söhne«, sagte Elhana. Sie war inzwischen überzeugt, dass dem so war, und wollte Aragon daran erinnern, dass er allein dadurch seine Bestimmung erfüllt hätte.

»Hm«, knurrte Aragon und drückte seine Flanke stärker an Elhana. »Ich wünschte, ich könnte spüren, dass ich meine Bestimmung erfüllt hätte, aber wir haben noch einiges vor uns, meine Liebe, bevor wir erreicht haben, was wir erreichen müssen, und die Wolfswege zu den Sternen nehmen können.«

Elhana nickte nur. Sie fühlte dasselbe, konnte es aber nicht ausdrücken.

Durch die Müdigkeit in ihren Gliedern und das ungewohnte Widerstreben, ihre warme Mulde im Wald zu verlassen und ein bisschen an Aragons Flanke zu liegen, wurde ihr nach zwei Monaten an einem ungemütlichen Februartag klar, dass sie wahrscheinlich trächtig war. Sie war entsetzt. Sie lag den ganzen Tag alleine herum, mied die anderen und fraß auch nichts; nur einmal stand sie auf und leckte am Schnee, um die Trockenheit in ihrem Maul etwas zu lindern.

Wochenlang verheimlichte sie den anderen ihren Zustand. Doch als die Sonne wieder schien, die Schneeschmelze einsetzte und es im Fels und im Wald nur so rauschte vom Schmelzwasser, das durch unzählige Rinnen lief und zeitweilige Wasserfälle bildete, da hatten es die anderen bereits erraten. Kobrin hatte sich schon längst mit Aragon darauf verständigt, dass sie diesen Teil des Herzlands verlassen und am Fuß der Felsen entlang ostwärts zu einem sicheren Platz ziehen mussten, an dem Elhana werfen könnte.

»Unser kleines Rudel ist nicht stark genug, um diesen Platz gegen die Madjaren zu verteidigen, wenn sie in großer Zahl angreifen«, sagte er. »Wir müssen gehen, solange sich Elhana noch gut bewegen kann, und wir können nur hoffen, dass Führer und besonders Dendrine nichts von dem Wurf erfahren, denn sie würde dem neuen Leben bestimmt ein grausames Ende setzen. Wenn andere hören, dass sich die Wölfe der Zeit im Gegensatz zu den Madjaren durch Geburt vermehren, bekommen sie sicherlich das Gefühl, dass Wulfin auf unserer Seite ist, und wollen sich uns anschließen.«

Aragon stimmte zu. Er war genauso wenig wie Elhana davon angetan, dass sie nun Junge haben würden. Das würde die Dinge nicht gerade erleichtern, wenn Klimt zurückkam, obwohl seine Autorität von allen anerkannt wurde; er würde eine Vermehrung der Wölfe der Zeit auf diesem Weg bestimmt nicht gutheißen.

»Wir sollten noch ein paar Tage warten, bevor wir gehen«, sagte Kobrin, »denn wir müssen Flüsse und Bäche überqueren, und dafür ist im Moment nicht die richtige Zeit. Bis dahin sollten wir unsere Wachen verdoppeln, vor allem auf der Westseite, denn von da würden aller Wahrscheinlichkeit nach die Madjaren angreifen. Ich bezweifle allerdings, dass sie im Rudel kommen, solange sie nicht wissen, ob wir überhaupt noch da sind; bestimmt senden sie zuerst Späher aus. Und wenn wir auch nur einen von ihnen sehen, müssen wir sofort verschwinden – Schmelzwasser hin oder her.«

Das Rudel nahm Elhanas bedauerliche Neuigkeit nicht mit Begeisterung auf, die Wölfe waren unsicher. Nur Lounel rang dem Ganzen einen positiven Aspekt ab: »Wulfin freut sich über jede Fähe, die trächtig ist, unter welchen Umständen auch immer. Wenn wir jetzt die Nerven behalten, geht bestimmt alles gut. Ich wünschte, ich würde sicher wissen, dass Klimt bald zurückkommt, aber dem ist nicht so. Aus dieser Richtung kommt nur Schweigen und eine eigenartige Unsicherheit … Die Omen sind weder gut noch schlecht, sie sind einfach Besorgnis erregend. Andere werden bald zu uns stoßen, denn die Sterne drehen sich nachts unaufhörlich über uns, als würde die Wolfheit zu Kraft und Stärke kommen.«

»Meinst du damit, dass andere vor Klimt kommen?«, fragte Kobrin, der die Dinge gern beim Namen nannte.

Lounel grinste. Er stand auf und streckte seine schlaksigen Glieder. »Du kannst es auch so ausdrücken, Kobrin, die Sterne sagen es aber lyrischer, und mit deren Stimme spreche ich.«

»Wahrscheinlich ist es Tervicz«, knurrte Kobrin. Seit Klimt weg war, mochte und verstand er Lounel sehr viel mehr als früher und vertraute seinem Rat.

»Kann sein«, sagte Lounel zweideutig, ließ die anderen allein und wanderte im Geröll am Fuß der Felsen umher.

Aragon sah ihm nach. »Wohin geht er?«

Er mochte Lounel, auch empfand er eine gewisse Ehrfurcht, obwohl der hagere Wolf eigentlich nicht viel tat. Lounel war weder ein Kämpfer noch ein Jäger, er beteiligte sich auch nicht an den Rudelgesprächen, aber in seiner Seele vereinigte er das Wesen der erleuchteten Träume der Wölfe der Zeit.

Kobrin lächelte voller Achtung hinter dem Wolf aus Frankreich her. Er war zwar nicht ganz so überzeugt von Lounels einzigartiger Gabe, schätzte aber seinen Mut, in feindliches Revier zu wandern, und sein Talent, Routen zu finden.

»Er mag das Steilfeld und dessen Nähe zum Wulfsfelsen. Ich denke, dahin geht er trotz der Gefahr durch die Madjaren. Bisher haben sie ihn noch nie geschnappt.«

Drei Tage später stellte sich heraus, dass Lounels Voraussage, Tervicz würde als Erster zurückkehren, richtig war. Am Abend hörten sie das Begrüßungsheulen eines Wanderers und eines weiteren Wolfs – und da waren sie, Tervicz und Rohan.

Während seiner Wanderung war er abgemagert, sein Gesicht hatte mehr Falten bekommen und sein Pelz hatte eine gräuliche Nuance angenommen; aber das konnte auch am Schnee in den Bergen liegen, oder an der Reife, die er gewonnen hatte. Auch Rohan wirkte älter; ihr Gesicht strahlte eine freundliche Anmut aus, wie sie auch Elhana früher besaß und von der sie seit Aragons Rückkehr ein wenig zurückgewonnen hatte.

Sie begrüßten sich überschwänglich. Bis tief in die Nacht hinein tauschten sie Nachrichten und Neuigkeiten aus. Tervicz erzählte, wie er in die Bukovina heimgekehrt war und erfahren musste, dass sein Vater Zcale schon lange tot war; zu seiner Freude waren aber seine Schwester Szabe und sein verkrüppelter Bruder Kubrat noch am Leben.

»Kein Wolf wagt sich in die hohen Berge der Bukovina hinauf«, erklärte Tervicz, »dort sind sie sicher vor der madjarischen Gefahr. Auch ich habe Tage gebraucht um sie zu finden, obwohl ich das Revier kenne, nicht wahr, Rohan?«

Die beiden schauten sich liebevoll an. Es war klar, dass Tervicz in diesen Wochen in der Heimat mehr gefunden hatte als nur seine Geschwister. Man konnte die Liebe der beiden fast greifen; es war rührend.

»Ihr hättet ja dort bleiben können«, sagte Kobrin, der immer wieder die Treue seiner Wölfe auf die Probe stellte.

»Szaba hätte das gerne gesehen«, sagte Tervicz mit düsterem Blick. »Sie wünschte es sich so sehr, denn in uns sah sie die letzte Chance, unser ehemaliges Rudel vor dem Aussterben zu bewahren. Aber ... ich bin Klimt und den Wölfen der Zeit treu.«

»Ich auch«, fügte Rohan hinzu.

Das war ein großes Opfer, denn der Trieb, Junge zu bekommen, ist außerordentlich stark, besonders bei einer so jungen Fähe wie Rohan. Außerdem hatte Tervicz bestimmt das dringende Bedürfnis, bei seinen Geschwistern zu bleiben.

»Szaba wollte mit uns ziehen, Kubrat auch. Aber seine Verfassung macht eine so lange Wanderung schwierig und gefährlich, vor allem weil das Herzland von den Madjaren beherrscht wird.«

»Tervicz musste sie mit allen Mitteln daran hindern, uns zu folgen«, sagte Rohan.

»Und selbst dann blieben sie nur zurück, weil ich ihnen versprach, dass ich eines Tages zurückkommen und sie zum Wulfsfelsen bringen würde. Es ist Kubrats größter Wunsch, mit den Wölfen der Zeit am Wulfsfelsen zu sein. Er weiß, dass sein Zustand ihn daran hindert, einer von uns zu sein oder überhaupt einem Rudel anzugehören, aber ... es war sein Verdienst, er hat damals gespürt, dass ich die Wölfe der Zeit herabheulen und meinen Platz als Bukov-Wolf unter ihnen einnehmen sollte. Wie auch immer, wenn die Zeiten besser sind, werde ich zurückgehen oder ...«

»Oder ich, wenn du nicht kannst«, sagte Rohan entschieden.

»Nun sind wir aber zurückgekommen, um dem Rudel zu dienen, so gut wir können, und um euch zu warnen. Auf den Wegen aus der Ukraine nach Westen in die Karpaten haben wir so manchen Wolf gesehen, der auf der Wanderung war, um sich den Madjarenhorden anzuschließen. Sie kennen Führers Namen, sie kennen auch Dendrine und reden von ihnen, als würden sie eines Tages Götter sein!«

»Mhm!«, knurrte Kobrin verächtlich.

»Ob es wahr ist oder nicht – das jedenfalls wollen die Wölfe glauben, und sie kommen ins Herzland, um sich den Madjaren anzuschließen. Wir haben uns durch Schnee und Eis gekämpft, um vor diesen Wölfen hier zu sein. Wenn der Schnee schmilzt und der Frühling beginnt, werden sie in Massen ins Moorland kommen, und Führers Stärke wird noch größer werden. Wenn es die Aufgabe der Wölfe der Zeit ist die Wolfheit auf den richtigen Weg zu führen, so läuft uns nun die Zeit davon ... Habt ihr Nachricht von Klimt?«

Kobrin und Elhana verneinten.

»Er wird schon kommen«, sagte Tervicz entschieden, als hätten die anderen daran gezweifelt, »und er wird wissen, was zu tun ist. Bis dahin ...«

»Bis dahin werden wir die Nerven behalten«, sagte Kobrin gelassen, »und dafür sorgen, dass Elhana in Sicherheit und an einem bequemen Platz werfen kann. Ich weiß zwar nicht, wie Klimt auf die Welpen reagieren wird, aber wir können nur hoffen, dass er sie genauso annimmt wie Solar, Lunar und die anderen, die nicht seine Jungen waren ...« Kobrin zuckte mit den Schultern. Er vertraute zwar darauf, dass Klimt das Wohl des Rudel vor seine eigenen Gefühle stellen würde, wünschte aber, er könnte sich sicher sein, dass alles gut ausgehen würde, ja, dass es bestens ausgehen würde. Aber auf wessen Kosten? Klimt trug eine schwere Last, fast zu schwer für einen sterblichen Wolf. »Ich kenne einen Platz, zu dem wir hingehen können und wo Elhana in Sicherheit ist, wenn sie will.«

»Warum sollte ich nicht wollen, Kobrin?«, fragte die Leitwölfin.

»Deine Tochter Merrow starb dort.«

Elhanas Gesicht verdunkelte sich. Sie vermisste Merrow immer noch. Alle vermissten sie. Sie war die Freude des Rudels, die Anmut des Rudels, das Lachen des Rudels gewesen. Tare war Wut, Wildheit, sie gab dem Rudel ihre Stärke als Leitwölfin, aber Merrow war die Quelle künftiger Freuden gewesen.

»Ich kenne den Platz«, sagte Elhana, die bereits an die heilige Stätte dachte, wo sie werfen würde. Es war eine eingestürzte Brücke, die sicher im Osten des Waldes lag. Vor Jahrhunderten wohnten dort Menschen. Dort war Merrow im Menschenkrieg gestorben. Ein Pfeiler war eingestürzt und hatte sie getroffen. Lunar konnte ihr nicht mehr helfen, er konnte nur noch ohnmächtig auf seine tote Schwester starren und er trauerte monatelang um sie.

Für die Wölfe der Zeit war dieser Ort, den sie von Zeit zu Zeit besuchten, die ›Ruine‹. Ja, Elhana kannte den Platz.

»Ich schau's mir noch mal an und sehe nach, ob dort ein Versteck ist, in dem meine Jungen sicher sind, wo es Wasser gibt und Jagdgründe. Aragon wird mitkommen.«

Die anderen stimmten zu. Seit Aragons Rückkehr trafen sie ihre Entscheidungen sehr unkompliziert, keiner versuchte dem anderen den Rang streitig zu machen, sie waren Ebenbürtige, aber sie hatten akzeptiert, dass Kobrin bis zu Klimts Rückkehr jene Entscheidungen treffen würde, die das ganze Rudel betrafen.

Als Elhana kurz davor war zu werfen, zog der Großteil des Rudels aus dem Inneren des Waldes nach Osten zur nahen Ruine. Kobrin stellte aber Posten an der Westseite des Waldes auf, wo sie die Madjaren auf dem Pass oder im Moorland leicht erspähen konnten. Trotz der vorteilhaften Sicht war die Stelle recht abgelegen, und Kobrin bestand darauf, dass die Wölfe immer zu zweit wachten oder zumindest nahe genug beieinander blieben, damit nicht einer erwischt oder aus dem Hinterhalt angegriffen werden könnte, ohne dass ein anderer ihm zu Hilfe eilen und ihn in die Sicherheit des Waldes zurückbringen konnte, in ihr Revier, das sie so gut kannten.

»Es ist zwar riskant«, erklärte er, »aber wir müssen die Madjaren wissen lassen, dass wir immer noch hier sind und der Wald nicht verlassen ist, sonst könnten sie mit den Neuankömmlingen hier eindringen und es uns ziemlich schwer machen, das Revier zurückzuerobern, wenn Klimt mit Verstärkung zurückkommt.«

In der Dämmerung eines klaren, kalten Tages Anfang März kamen Elhanas Junge zur Welt. Sie war nicht so dick geworden wie mit anderen Würfen, sie hatte sich auch nicht so gut gefühlt, aber die letzten Tage vor der Geburt war sie völlig gelassen, bis schließlich am letzten Tag die Unruhe einsetzte. Sie stieg den Hang hinauf und beobachtete die rauschenden Wasserfälle, die aus den Felsen und durch das Geröll schossen. Mit Tare an ihrer Seite sah sie hinüber zum Wald, wo sie viel lieber gewesen wäre. Sie wusste, dass sie bald werfen würde, und sagte dies Tare.

»Auch du wirst das eines Tages spüren, meine Liebe.«

»Dieser Tag wird nie kommen ...«

»Doch, und vielleicht auch für Rohan.«

»Es gibt nicht genügend Platz für uns beide«, widersprach Tare aggressiv und grimmig. Sie kam nicht gut mit Rohan aus; Tare hatte ihre Autorität gegenüber ihrer umgänglicheren Schwester wieder geltend gemacht und es Tervicz erschwert, seine Liebe und Zuneigung für Rohan zu zeigen. Ja, Tervicz und Rohan hatten dem Rudel ein großes Opfer gebracht.

»Der Tag wird kommen und dann braucht die Wolfheit alle Jungen, die sie bekommen kann«, sagte Elhana sanft, »dann wird es Raum geben für mehr Rudel als am Anfang des dunklen Jahrtausends. Die Menschen sterben aus.«

»Hm.« Tare zweifelte daran.

Elhana hatte Tare das Geburtsversteck unter der Ruine vorbereiten lassen, wo Merrow gestorben war. Sie waren den Fluss entlang zur Ruine gewandert, durchs Wasser gewatet und hinaufgestiegen in das Labyrinth aus Verstecken zwischen verfallenem Mauerwerk, Balken und alten Gewölben.

Sie teilten diesen Moment des Wiedererkennens. Das Entsetzen jagte ihnen einen Schauer über den Rücken.

»Merrows Witterung!«, flüsterte Tare. »Das heißt aber doch, sie hat überlebt!«

»Ja«, sagte Elhana und schnüffelte weiter, dicht gefolgt von Tare. Sie entdeckten die Kuhlen, die sich Merrow als Schlafplatz gescharrt hatte. In den dunklen Löchern hallte das rauschende Wasser laut wider, so laut dass Tare und Elhana teilweise brüllen mussten, um sich zu verständigen. Es war zwar kalt dort, kälter als draußen, aber trocken, denn die Luft konnte durch Spalten und Risse im verfallenen Mauerwerk eindringen.

»Warum hat sie nicht –«

»Sie war sicherlich verletzt, sie –«

Den beiden Fähen gefror das Blut in den Adern. In den Schatten bewegte sich etwas, Augen blitzten auf, es roch nach Ratten.

»Davon hat sie sich wahrscheinlich ernährt«, sagte Elhana.

Sie war erleichtert, immens erleichtert. Wenn es Anzeichen für Merrows Überleben gab und keine Hinweise auf ihre sterblichen Überreste, so hatte sie sicherlich überlebt, war herangewachsen und entkommen. Und sie ... Nun, es gab hundert Gründe, warum sie nicht zum Rudel zurückgekehrt war. Elhana hatte immerhin ihren Wurf verlassen. Schock und Verletzungen können die Weltsicht eines Wolfes zuweilen verändern.

»Möge Wulfin mit ihr sein«, sagte Elhana. »Wenn sie an diesem Platz wieder gesund geworden ist, so wird er auch meine Jungen schützen. Es ist ein guter Platz.«

Das war er. Ein Tag, nachdem Elhana und Tare zum Kar hinaufgestiegen waren, bekam Elhana Wehen. Sie zog sich in die Ruine zurück, deren wahre Bedeutung nur sie und Tare kannten.

»Warum sollen wir es dem Rudel sagen?«, gab sie zu bedenken. »Klimt soll es als Erster erfahren. Merrow war schließlich seine Tochter, oder etwa nicht?«

Wohl kaum, dachte Tare. Aber als Rudelführer war er Merrows und auch ihr Vater, und Tare hatte mittlerweile gelernt, ihren Mund zu halten. »Doch, natürlich«, flüsterte sie.

Nur Tare durfte in die Ruine, aber nicht an die Stelle, an der Elhana an einem Spätnachmittag drei Welpen warf, ganz ruhig und schnell, ohne Zeit zu haben, an den Schmerz und an die Unbequemlichkeit zu denken, aber

Zeit genug, um sich selbst und die Welpen sauber zu lecken.

Tare sah aus einiger Entfernung zu, ihre Mutter hatte sie weggejagt; sie durfte den anderen nur mitteilen, dass drei Junge geboren waren.

»Sie wollen ihre Namen wissen«, sagte Tare. »Hast du schon Namen gewählt?«

»Ja«, murmelte Elhana, leckte ihre Welpen und schob sie an ihre Zitzen. Sie war zufrieden mit ihrem Wurf und glücklich, dass sie ihm ihre Liebe und ihr Leben widmen konnte.

»Sie wollen immer noch die Namen wissen«, sagte Tare einige Tage später.

Elhana lächelte nur.

Es schien eine Ewigkeit zu dauern, bis Elhana herauskam, in die Sonne blinzelte und das Herannahen des Frühlings betrachtete. Dann ging sie wieder zu ihren winselnden Jungen, die bereits die Augen geöffnet hatten und ständig nach Milch verlangten, außer in der Nacht; dann lagen sie in Elhanas Umarmung. Sie liebte diese Welpen so sehr, wie sie andere Junge niemals hatte lieben können.

Nach drei Wochen, Ende März, streckten die Welpen – zwei Rüden und eine Fähe – die Schnauzen in die Sonne, die zwischen den Bäumen hindurch auf den Fluss und in Elhanas Geburtsversteck schien, und wunderten sich über die großen Wölfe, die in einiger Entfernung um den Platz herumstreiften und sie anstarrten, vor allem über den großen Rüden, dem ihre Mutter erlaubte, näher zu kommen und sie zu betrachten, und über den alten, grauen Wolf, der noch größer war und sie vom anderen Flussufer aus beobachtete; sein Blick wurde dabei ein bisschen sanfter, bevor er sich wieder anderen Angelegenheiten widmete.

Dann, eines Tages, als die Sonne die neugierigen Schnauzen der Welpen beschien, sich über ihre flaumigen Gesichter ergoss und ihre blauen Augen zum Leuchten brachte, nannte Elhana dem Rudel die Namen.

»Ich habe ihnen die Namen der fernen Orte gegeben,

aus denen wir – ich, ihre Mutter, Aragon, ihr Vater, und Klimt, ihr Führer – vor langer Zeit gekommen sind …«

Sie sagte die Namen nicht, sie heulte sie, als hätte sie bei der Geburt etwas aus der Vergangenheit wieder gefunden, aus jener Zeit, bevor die Wölfe der Zeit ins Herzland kamen, aus einer Zeit der Hoffnung und Unschuld.

»Das Erstgeborene heißt Umbrio, nach einem Wolf, der mich liebte, als ich jung war, und der sein Leben für jenen Wolf ließ, der Führer des Benevento-Rudels wurde, aus dem ich stamme und dessen Leitwölfin ich war. Nehmt ihn auf!«

Das war ein alter Ritus. Das Rudel nahm seine Neugeborenen auf, indem jeder erwachsene Wolf den Namen des Welpen aussprach und so gewissermaßen in das Herz der großen Familie schloss.

»Umbrio, Umbrio, Umbrio …«, wiederholten die Wölfe.

Umbrio starrte sie mit großen Augen an. Er war ein verspielter Rüde mit dunklem Fell und dem gütigen, schönen Gesicht Aragons.

»Das Nächstgeborene war –«

Die kleine Fähe rannte auf sie zu und versuchte ihre Schnauze an die Zitzen zu drücken.

»– *ist* dieser kleine unbändige Tölpel – auch ihre Mutter soll so gewesen sein –, zu unbändig für alles!«

Lachend wandte sich Elhana an Aragon und sagte: »Zur Erinnerung an deine Mutter, die dich liebte und dir die Geschichten der spanischen Wölfe schenkte, nenne ich sie Jimena.«

Aragon lächelte, in seinen Augen leuchtete die Erinnerung auf. Dann ging er zu seiner Tochter und beschnüffelte sie, aber Jimena wich vor dem großen Wolf zurück und versteckte sich unter dem Bauch der Mutter.

»Nehmt sie auf!«

Das Rudel sagte Jimenas Namen, und das Letztgeborene starrte die Wölfe an. Der kleine Rüde wusste, dass er als Nächster an der Reihe war. Sein Pelz war heller als der seines Bruders und er war ein wenig kleiner, aber im Gegensatz zu seinen Geschwistern sah er schon stark und reif aus. Seine Augen waren hell, sein Blick kühl. Obwohl es keinen Zweifel an der Vaterschaft gab, schienen die Götter diesem Wolf die nordische Tundra, aus der Klimt stammte, mit auf den Weg gegeben zu haben.

»Klimt, unser Führer, kam aus Tornesdal. Ihm zu Ehren nenne ich meinen Letztgeborenen Torne. Nehmt –«

Das Rudel war schon dabei, ihn aufzunehmen. Er trat vor, schubste den verspielten Umbrio weg und stellte sich stolz neben seine Mutter. Torne war kleiner als sein Bruder, aber stärker. Das Rudel sagte fasziniert seinen Namen: »Torne, Torne, Torne …«

Dann trat Lounel vor und sagte: »Die Namen sind gut gewählt Elhana, es sind ehrenvolle Namen. Mögen die Götter diesen drei Wölfen die Gaben und Stärken ihrer Vorfahren schenken, und mögen sie uns zeigen, wie wir sie am besten alles lehren, was wir wissen, und alles, von dem wir vergessen haben, dass wir es wussten.«

Jimena blieb dicht bei Elhana, Umbrio hüpfte umher und purzelte zwischen Aragons große Pfoten, Torne stand ruhig und alleine da und sah erst die Wölfe an, dann die Bäume und die Felsen in der Ferne und ging schließlich hinunter zum Fluss und trank von dem eiskalten Wasser.

»Wir wussten, dass wir eine Vergangenheit hatten, und wir haben dafür gekämpft, die Gegenwart zu überleben. Nun wissen wir, dass wir eine Zukunft haben«, sagte Lounel.

Kobrin nickte zustimmend. Nach der Namensgebung verstreute sich das Rudel. Alle hatten das Gefühl, dass ein neuer Berg erklommen und ein neuer Horizont in Sicht war.

Kobrin und die anderen mussten sich wieder ihren Aufgaben zuwenden. Die Späher hatten im Moorland viele Madjaren und deren Kundschafter auf dem Pass zum Steilfeld gesichtet.

Lounel und Tervicz gingen auf Beobachtungsposten und meldeten, dass die Madjaren das Steilfeld als Sommerrevier noch nicht eingenommen hatten.

Kobrin war nachdenklich. »Hm. Vielleicht sollten wir

am besten so tun, als würden wir es einnehmen, und sie auf diese Weise zwingen, es zurückzuerobern. Dann können wir uns in den Wald zurückziehen und sie glauben machen, dass mehr von uns dort sind, als sie sehen.«

»Und Elhana?«, fragte Aragon.

»Tare und ein, zwei andere können bei ihr bleiben. Ich glaube kaum, dass die Madjaren bis hier vorstoßen würden, bevor sie das Steilfeld eingenommen haben, es sei denn …«

»Ja, Kobrin?«

»Es sei denn, sie wissen, dass Elhana geworfen hat.«

Kobrin schaute düster drein. Wenn die Madjaren das wüssten oder auch nur vermuteten, würden sie bestimmt angreifen.

»Sie müssen davon ausgehen, dass unser Rudel versucht, sich zu vermehren, vor allem wenn sie glauben, dass Klimt in der Nähe ist.«

»Es zu versuchen, ist eine Sache; die Jungen weit weg und außerhalb des Herzlandes zu haben, ist eine andere. Aber sie sind hier, direkt vor ihrer Nase, nur eine Tagesreise vom Steilfeld entfernt – das ist etwas ganz anderes. Dendrine und Führer würden das niemals dulden. Wir alle kennen Dendrines Grausamkeit und Führers Vorliebe, Welpen zu fressen.«

»Wir sollen also versuchen, mit den Madjaren eine Konfrontation über das Steilfeld zu inszenieren?«

»Warum nicht?« Kobrins Augen funkelten angriffslustig. Sie waren für so ein Spielchen inzwischen zahlreich genug, und sie könnten eine Situation schaffen, die Klimt – sofern er zurückkäme – ausnutzen könnte. Es gibt nichts Besseres als einen Sieg, um für Monate die Zufriedenheit des Rudels sicherzustellen. Ja … »Wir müssen den Moment richtig wählen. Dann zeigen wir den Madjaren, wie dumm wir sind. Wir machen sie glauben, dass wir nur angeben, dass wir in Wirklichkeit schwach sind und dass Klimts Stärke verbraucht ist.«

Aragon begriff, was Kobrin meinte. Er empfand es als Ehre, Kobrins Gefährte zu sein. Der alte Wolf verstand mehr vom Kampf, als Einzelner oder im Rudel, als jeder andere, den er je getroffen hatte.

Anfang April rückten die Madjaren und damit der Moment für die vorgetäuschte Konfrontation ernsthaft näher.

Rohan hielt Wache am östlichen Posten des Waldes. Sie hatte Tervicz am Vormittag abgelöst, der schon vor Morgengrauen dort gewesen war. Wölfe der Zeit waren im Wald oder bei der Ruine und bewachten Elhanas Welpen, die inzwischen laufen konnten und die Gegend um das Geburtsversteck erkundeten.

Rohans Beobachtungsposten war ein freies Feld, das sich am Waldrand leicht über eine angrenzende Wiese erhob. Von dort aus konnte man die Westseite des Waldes gut beobachten, man sah bis in den östlichsten Teil des Tales, wo das Moorland begann. Der Boden war mit saftigen Wiesen bedeckt, hier und da ragte ein Büschel Heidekraut heraus; es schloss sich übergangslos ein Feld von Findlingen an, die teilweise so hoch waren wie die Tannen und vor Jahrmillionen von den Felswänden gebrochen und den Hang hinuntergerollt waren. Vielleicht war in jenen alten Zeiten der Boden gefroren gewesen, denn die Findlinge lagen sehr weit entfernt von den Felsen und dem Kar; auf ihrem Weg hatten sie eine Rinne in den Hang gefurcht.

Die Findlinge waren mit Moosen und Flechten bedeckt, in ihren nährstoffreichen Ritzen wuchsen Farne und Frauenmantel und die krummen Wurzeln von Eberesche und Weißbirke klammerten sich an die Kuppen der großen Felsen.

Im Winter summten und pfiffen die Felsen im Wind, ihre Nordflanken überzogen sich mit glänzendem grauen Eis, und Adler, Bussard, Rabe und Krähe versuchten vergeblich Halt zu finden; sie rutschten ab, flatterten, flogen auf und suchten eine geeignetere Stelle, um sich niederzulassen.

Im Frühling wärmte die Sonne die Felsen, und sie beherbergten zarten Steinbrech und Sauerampfer. Im Sommer hüpften Kaninchen aus ihrem unterirdischen Bau unter den Felsen und im Kar erschienen Murmeltiere.

Nur nach Osten konnte Rohan nicht sehen, denn dort stieg das Land stetig an und fiel hinter der niedrigen Kuppe wieder zum Moorland hin ab. Die Späher stiegen oft auf diesen Hügel, obwohl er sehr weit vom Wald entfernt war und seine Lage zu exponiert, als dass sich ein Wolf allein dort für längere Zeit wohl gefühlt hätte. Das ging den Madjaren nicht anders, und so war der Hügel zur Pufferzone zwischen den Revieren geworden. Die Rüden beider Rudel gingen zu verschiedenen Zeiten dorthin und markierten ihre eigene Seite des Hügels – »Hügel« hatten die Wölfe der Zeit diesen Ort genannt; der Beobachtungsposten am Waldrand unterhalb des Hügels hieß ›Ostfelsen‹.

Rohan war gerne auf diesem Posten; er war weniger exponiert als der Baum, die Winde konnten zwar rau sein, wenn sie aus Norden oder Süden wehten, aber wenn die Sonne schien, gab es immer ein warmes, windstilles Plätzchen, an das sich ein Wolf zurückziehen konnte und trotzdem noch gute Sicht hatte, außerdem konnte er selbst vom Hügel aus nur mit Mühe gesehen werden. An jenem Morgen ging Rohan fröhlich auf ihren Posten; die Sonne strahlte hell und warm, der Boden war schon so weit aufgetaut, dass die Erde überall feucht glänzte, und die Luft war erfüllt vom leisen Rauschen und Plätschern unzähliger Bächlein und dem fernen Tosen der Wasserfälle an den Felsflanken. Das Tauwetter war bereits so fortgeschritten, dass es in den Tümpeln und Bächen im Wald, die normalerweise das ganze Jahr über ausgetrocknet waren, nun brauste und schäumte und das gesamte Gebiet mit Leben erfüllte.

Rohan streifte über die plätschernden Bäche und zwischen den Bäumen hindurch zum lichter werdenden Waldrand und bellte Tervicz zu, dass sie gekommen war. Er antwortete, dass alles in Ordnung sei, und sie ging hinaus in die Sonne, schnüffelte in der Frühlingsluft und nahm überall das erwachende Leben wahr.

Zur Begrüßung beschnüffelten sich die Wölfe. Sie waren auf ihrer Wanderung nach Westen enge Freunde geworden. Tervicz war Fähen gegenüber scheu, vor allem gegenüber so jungen Wölfinnen wie Rohan, aber in ihrer Gegenwart konnte er sich inzwischen entspannen.

»Ich habe unten im Tal Kühe gehört. Die Menschen werden sie wohl bald auf die Weiden hinaufführen. Vom Hügel her kam die Witterung eines fremden Wolfes, als ich aber hinüberging und nachschauen wollte, fand ich keine frischen Hinweise auf einen Wolf und auch keine Duftmarken. Vielleicht waren Madjaren herausgekommen, um sich die Beine zu vertreten und die Sonne zu genießen, wie wir es auch tun, und um den Hang zu beobachten. Die Erde ist dort noch gefroren und an den steilen Stellen ist sie gefährlich rutschig.«

Rohan hörte nur mit halbem Ohr hin, denn der schrille Schrei eines Adlers hatte ihre Aufmerksamkeit erregt. Es dauerte eine Weile, bis sie schließlich das Adlerpaar sah, das vor der grauschwarzen Felswand kreiste und in einer Spirale vor dem weißen Wasserfall immer höher hinaufflog.

»Hast du mir zugehört, Rohan?«

Sie nickte nur. Die Sonne schien ihr warm auf den dichten Pelz, die Welt war in Ordnung.

»Nun, wie dem auch sei, pass auf! Wie ich die Madjaren einschätze, sind sie bestimmt heute unterwegs.«

»Du machst dir immer viel zu viele Sorgen, Tervicz. Warum bleibst du nicht einfach hier und unterhältst dich mit mir, wenn du denkst, dass ich Schutz brauche?«

Er schüttelte grinsend den Kopf. »Ich bin hier, seit der Mond untergegangen ist, ich bin müde.«

Er ging zum Wald, drehte sich noch einmal nach ihr um und verschwand dann im Schatten. Tervicz ging nicht weit, er blieb in der Nähe des Waldrands. Er schloss die Augen. Aber er könnte Rohan hören und ihr zu Hilfe kommen, wenn sie eine Bewegung oder Gefahr meldete.

Rohan sah ihm lächelnd nach. Sie mochte Tervicz, und sie vertraute ihm; dass er sich um sie sorgte, rührte sie. Sie kannte ihn gut genug, um zu wissen, dass er in der Nähe des Waldrands bleiben würde, wenn er heute schon einen Madjar gewittert hatte.

Wenige Wölfe waren so selbstlos wie Tervicz, vor allem Rohan gegenüber. Schade, dass er nicht jünger war und wie … nun, wie wer?

Sie legte sich in die sonnige Wiese vor den Findlingen, wo sie klare Sicht hangabwärts hatte. Sie lauschte dem Wind, sie roch die feuchte, milde Luft, die erwachende Erde, witterte die Exkremente einer Krähe und dachte über Rüden im Allgemeinen und über Tervicz im Besonderen nach.

Dann frischte der Wind auf und drehte, und da hörte sie ein Geräusch auf dem Hügel. Sie stellte sofort wachsam die Ohren auf, kein Gedanke mehr an Rüden. Sie lag still da und beobachtete den Hügel, bevor sie sich in den Schatten legte. Dort war es aber kälter, und sie stand wieder auf und ließ ihren Blick zum Waldrand wandern, wo zwei Krähen zwischen den Bäumen hindurchflatterten. Ein Bussard schrie, dann flog er davon. Die Sonne strahlte, der Wind …

Instinktiv ging Rohan wieder in die Sonne, nun aber suchte sie den Schutz der Findlinge und bahnte sich ihren Weg zum Hügel. Sie ging langsam, vorsichtig, sie hielt sich rechts, um den Wind besser nutzen zu können, falls dort wirklich fremde Wölfe waren. Nichts. Oder doch? Nein, nichts. Sie sah zu ihrem Platz hinüber, wo sie gelegen hatte, und war überrascht, wie weit sie sich schon entfernt hatte; sie blieb einen Augenblick stehen.

»Das ist doch nicht weit«, sagte sie sich. Sie war immer wieder erstaunt, wie weit eine kurze Entfernung aus der Höhe aussah. Der Ostfelsen lag hell in der Sonne, sein Schatten war tiefschwarz, nicht von so einem tristen Grau wie im Winter. Moose und Flechten leuchteten grün. Sie blickte nach links zu den Felsen hinauf und sah einen Bach aus schäumendem Schmelzwasser, das einen großen Wasserfall nährte. Langsam floss es hinunter und glänzte auf dem grauschwarzen Fels, dann flog ein Raubvogel vorbei, dann ein zweiter. Adler.

Sie seufzte vergnügt und stieg weiter hinauf bis zur Kuppe des Hügels. Als der Wind drehte, hielt sie sich links, sie ging immer noch vorsichtig und schaute sich nach einer Rückzugsmöglichkeit um – zurück zu den Findlingen, dann weiter zum Wald. Unten im Tal warf eine Wolke ihren Schatten, noch eine Wolke, aber sie zogen nicht hinauf zum Wald.

Sie umrundete den Hügel, mied jedoch die Kuppe, sodass ihre Silhouette nicht zu sehen war, falls die Madjaren den Hügel beobachteten. Sie ging durch hohes Gras, vorbei an einem Felsen, dann war sie auf der anderen Seite, der Wald verschwand hinter ihr, und das Moorland kam in Sicht. Sie liebte diese Aussicht. Der Hügel fiel zu einer Baumgruppe ab; es war keine Fortsetzung des Waldes, sondern eine Schonung, die von Menschen gepflanzt war – dunkelgrün, fast schwarz an den dunkleren Stellen.

Sie ging weiter um den Hügel, stieg ein wenig nach unten. Sie genoss es, in einem Gebiet zu sein, das keinem Rudel gehörte. Ihr Revier lag hinter dem Hügel und das der Madjaren erstreckte sich jenseits der Schonung weit nach Westen. Sie setzte sich eine Weile, leckte ihr Fell und schnupperte in die klare Luft, dann ging sie weiter zu den Felsen, die wie ein Grat zu den Bäumen hinunterliefen. Im letzten Moment aber machte sie wieder kehrt, denn das Gelände hier war uneben, und der Feind konnte sich leicht verstecken.

Schnell ging sie wieder zur Kuppe; sie fühlte sich plötzlich unwohl bei dem Gedanken, den Ostfels so lange unbeobachtet gelassen zu haben. Aber nach ein paar Schritten blieb sie wie angewurzelt stehen. Der Wind trug ihr die Witterung eines fremden Wolfes zu. Sie stellte die Nackenhaare auf, drehte sich um – und da stand er ganz ruhig zwischen den Felsen. Es war ein drahtiger, grimmiger Madjar, sein Pelz war dicht und zerzaust. Sie bellte kurz, um ihr eigenes Rudel und auch den Madjar zu warnen, aber der Wind drehte und trug das Bellen wieder zu ihr zurück. Plötzlich war ihr klar, dass es ein Fehler gewesen war, so weit zu gehen, denn niemand konnte sie hören.

Sie eilte den Hang hinauf, eilte weiter, auch als der Madjar angriffslustig auf sie zuging. Sie bemühte sich gelassen weiterzugehen und nicht aufgeregt zu wirken.

Auf der Kuppe sah sie die Silhouette eines Wolfes, der sich ihr näherte. Im Gegenlicht konnte Rohan nur erkennen, dass es eine ältere Fähe war, die nicht aussah wie eine Madjarin. Sie fing an zu rennen, sie verlor zwar nicht die Nerven, aber wollte unbedingt über den Hügel und wieder in Sicht- und Hörweite des Waldes kommen. Auf ihrer Wanderung hatte sie mit Tervicz solche Situationen trainiert. Anstatt nach links und von den Wölfen wegzulaufen, bog sie nach rechts und rannte zwischen den beiden Wölfen hindurch und an der Wölfin vorbei, dann bog sie scharf nach links und war über den Hügel.

Das hatte sie gut gemacht. Nun hatte sie Zeit, abermals zu bellen. Diesmal würde man sie hören, bevor sie sich wieder den beiden Wölfen zuwandte und auf gleiche Höhe mit der Fähe kam. Dieser Wolf war mehr als eine Fähe, mehr als ein Madjar …

»Sei gegrüßt.« Rohans Herz zog sich beim Klang dieser Stimme zusammen. Sie sah direkt in die gelben Augen Dendrines, der madjarischen Leitwölfin. Dendrine sah an ihr vorbei zu dem Rüden, der sich ihnen näherte, und nickte. Sie machte einen Schritt zur Seite, als ein weiterer Madjar zwischen den Felsen hindurch auf den Hügel geflitzt kam.

»Greift an!«, hörte Rohan Dendrine sagen. Sie konnte gerade noch ein paarmal kurz hintereinander in Richtung Wald bellen in der Hoffnung, Tervicz oder ein anderer Wolf ihres Rudels würde sie hören, da wurde sie auch schon von zwei Seiten gleichzeitig angegriffen. Sie zog sich langsam zurück, knurrte und drohte, damit sie Zeit gewann und einen Platz suchen konnte, wo sie sich besser verteidigen konnte.

Kapitel 22

Dendrine bedroht Rohans Leben und Kobrin beschließt, dass es Zeit ist zu handeln

Zuerst war Rohan über den Angriff der Madjaren nicht besonders beunruhigt. Zwei Wölfe konnten einen dritten nicht so in die Enge treiben, dass er nicht mehr fliehen konnte, wenn es ernst wurde, und der Platz, den Rohan gewählt hatte, um sich zu verteidigen, bot viele Rückzugsmöglichkeiten.

Sie behielt klaren Kopf, bellte die Madjaren warnend an, damit sie ihr nicht zu nahe kamen, und heulte nach Rückendeckung. Dann verwickelten sie die Eindringlinge in einen wilden, blutigen Kampf, warfen sie um, bissen sie, rollten sie weg; sie strampelte, bellte und heulte unablässig nach Hilfe.

Sie verteidigte sich mit der Sicherheit eines Wolfes, der wusste, dass andere Wölfe aus ihrem Rudel bald bei ihr sein würden, doch da witterte sie einen Wolf, der von den Felsen her den Hang heraufkam. Rohan drehte sich um und sah eine Fähe, eine alte, rötliche Madjarin, abgemagert vom Alter, mit niederträchtiger Miene und bösen Gedanken. Es war wieder Dendrine.

Rohan wusste, dass sie nun schnell entkommen müsste.

»Wenn sie dir zahlenmäßig überlegen sind und wenn Rüden dabei sind, die sehr viel stärker sind als du, musst du auf den Schwächsten losgehen, am besten auf eine Fähe, wenn du kannst«, hatte Kobrin ihr einmal beigebracht.

Wenn du kannst!, dachte Rohan. Selbst wenn sie es wagen würde, gab es keine Möglichkeit, an den Rüden vorbei zu Dendrine durchzukommen.

Sie konzentrierte sich so auf ihre Angreifer, dass sie keinen Schmerz empfand. Als sie sich in den einen verbiss und ihn zu Boden riss, spürte sie, dass der andere von hinten kam.

Ich muss hier weg. Ich muss ihn zu Boden strecken und zum Waldrand rennen. Ich muss …

Und da entdeckte sie Tervicz am Waldrand. Sie ließ sich absichtlich den Hang hinunterrollen und ruderte mit den Läufen. Er bellte den anderen zu, heulte nach Hilfe und rannte schnell zu ihr auf den Hügel.

»Aufhören!«, befahl Dendrine. Sie hatte Tervicz kommen sehen und sein Heulen gehört. Ihre Wölfe gehorchten; sie ließen sofort von Rohan ab und zogen sich an Dendrines Seite zurück.

Hechelnd und im Maul den warmen, feuchten Geschmack ihres eigenen Blutes von den aufgerissenen Lefzen und dem gebrochenen Kiefer, blieb sie stehen, wo sie war, als Tervicz zu ihr stieß. Sie gab sich nicht gerne geschlagen, aber sie war froh, dass sich die Madjaren ein paar hundert Meter den Hügel hinauf zurückzogen, während sie mit den Augen den Waldrand absuchten. Offensichtlich hatte sie die schnelle Reaktion der Wölfe der Zeit verunsichert.

Tervicz stellte sich schützend vor Rohan, um mögliche weitere Angriffe abzublocken, bevor Verstärkung kam. Rohan wusste, dass sie bleiben musste, denn sonst wäre Tervicz allein und beide wären sie angreifbar. Sie begann zu zittern, so sehr hatte sie der Angriff erschreckt, ihr Kopf und ihr Hals schmerzten.

Sie sah zum Wald und wunderte sich, warum die Wölfe der Zeit nicht auf ihren Ruf reagierten, sie merkte gar nicht, dass erst wenige Minuten vergangen waren, seit sie auf die Feinde getroffen war. Sie fühlte sich so schwach, dass sie dachte, der Kampf hätte Stunden gedauert.

»Eure Namen?«, verlangte Dendrine gebieterisch zu wissen.

In ihrer Stimme lag so eine grausame Gleichgültigkeit, dass Rohan das Blut in den Adern gefror. Sie sah die madjarische Leitwölfin genauer an. Dendrine war zwar dünn und zerzaust, an Flanken und Gelenken hatte sie krank aussehende, haarlose Stellen und schreckliche Narben von wilden Paarungen auf dem Rücken, aber ihr Blick war Furcht erregend – grausam, böse, absolut skrupellos.

Tervicz hatte sie nur einmal zuvor gesehen, das war in der Felsenrinne zwischen Moorland und Steilfeld gewesen. Dort hatten Dendrine und Führer vor vier Jahren gewartet, als Klimt Zänker besiegt und die Wölfe der Zeit aufs Steilfeld geführt hatte.

Damals ...

Damals hatte er ...

Damals hatte Tervicz sie angestarrt, er wusste nicht, wer sie war oder was sie war ... aber dann hatte er seine Vergangenheit und seine Erinnerung verdrängt und war mit Klimt und den Wölfen der Zeit gegangen.

Nun aber kehrte seine Erinnerung langsam und zögernd wieder zurück. Seine Brust hob und senkte sich schwer von seinem Atem, und er zitterte bei ihrem Anblick, nun ...

»Tervicz!«, zischte Rohan. Die Madjaren kamen ihnen nicht mehr nahe, das Geplänkel und die Gefahr waren vorbei, sie standen sich nur noch drohend gegenüber, aber Rohan sah, dass Tervicz mit den Pfoten scharrte und sich auf einen Angriff vorzubereiten schien.

»Wolf, deinen Namen!«, knurrte Dendrine. Sie sah Tervicz aus engen Augenschlitzen an und näherte sich ihm schrittweise. Die beiden Rüden folgten ihr.

Rohan sah sich verzweifelt um, sie hoffte, dass einer der Wölfe der Zeit endlich auftauchen würde, sie fragte sich, warum sie so lange brauchten, sie fragte sich auch, was plötzlich über den sonst so friedlichen Tervicz gekommen war, dass er nicht zurückwich und beschwichtigte, sondern sich ein Stück weiter nach vorn bewegte.

»Nicht, Tervicz!«, bat sie und streckte die Pfote nach ihm aus.

Er drehte sich um und blickte sie an. Er sah benommen und wütend zugleich aus, wie verwirrt.

»Sei vorsichtig, Tervicz!«, sagte sie jetzt ein bisschen sanfter. Sie blickte aufgeregt zu den Madjaren und sah mit Erleichterung, dass sie nicht mehr weiter vorrückten, sondern ihrerseits zum Wald blickten und sich zurückzogen. Rohan drehte sich um und sah, wie die beiden spanischen Wölfe, Gallega und Huete, angriffslustig die Zähne fletschten und knurrend den Hang heraufkamen. Rohan war froh, dass sie plötzlich vernünftig wurden und stehen blieben. Sie blickten zu Rohan und Tervicz.

Rohans Maul schmerzte, sie schmeckte immer noch Blut. Die Sonne stand inzwischen im Zenit. Rohan hörte das Plätschern der Bäche, eine Fliege surrte an ihr vorbei und setzte sich auf Tervicz' Flanke, der unweigerlich zuckte und damit die Fliege verjagte. Ihr wurde klar, dass Tervicz alles andere als ängstlich war. Wütend, ja, wütender denn je. Seine Brust hob und senkte sich immer noch, während er versuchte, seine Beherrschung wiederzugewinnen.

»Sie haben ihren Punkt gemacht, und wir haben unseren Punkt gemacht. Sie ziehen ab«, sagte sie.

Dann nickte Tervicz plötzlich. Er entspannte sich und sagte sanft: »Ist schon gut, Rohan, ich habe nur gedacht, sie wäre –«

»Es ist Dendrine!«, sagte Rohan und dachte, damit wäre alles gesagt.

»Nicht nur das«, gab Tervicz ruhig, aber mit einem bedrohlichen Unterton zurück, der Rohan genauso überraschte wie seine plötzliche unbändige Wut. »Sie ist mehr als Dendrine.«

Ein Schatten des Erstaunens über die Schärfe in seiner Stimme huschte über Dendrines Gesicht. Sie starrte Tervicz neugierig, aber ohne Angst an, die Lefzen verächtlich herabgezogen.

Tervicz rückte ein kleines Stück vor und sagte: »Du willst also meinen Namen wissen, Wölfin?«

»Leitwölfin!«, korrigierte sie. »So nennen mich meine Untergebenen.« Sie lachte hochmütig und grausam.

»Du weißt nicht, wer ich bin?«, fragte Tervicz sachlich.

Die Frage schien sie zu überraschen, vor allem weil Tervicz sie mit solch furchtloser Nichtachtung ihres Ranges und ihrer Person behandelte, dass es aussah, als müsste sie seinen Namen kennen.

Sie lachte und warf den Rüden an ihrer Seite einen Blick zu, als wollte sie sagen: »Was kümmert mich schon, wer er ist?«

Aber sie war unruhig geworden, sie fixierte Tervicz' Gesicht als würde sie darin etwas vermuten.

»Sollte ich? Dich kennen?«

»Ich bin Tervicz vom Bukov-Rudel, Zcales Sohn ...«

Ihre Unruhe wich totalem Erstaunen, das sie nicht mehr mit Spott oder Verachtung überspielen konnte, zumindest nicht so schnell.

»... Amish hat mich geboren ... deine Schwester.«

Rohan starrte ihn überrascht an. Sie versuchte sich zu erinnern, was Tervicz und seine Geschwister ihr über den Tod der Mutter und die Ausrottung ihres Rudels erzählt hatten – es war nicht sehr viel gewesen; Tervicz hatte nie über diese Sache gesprochen. Aber es war klar, dass Dendrine diese Namen kannte und dass sie völlig verblüfft und aus der Fassung gebracht war.

Rohan drehte sich noch einmal um. Gallega und Huete waren weiter herangerückt; sie schüttelte den Kopf, denn sie hielt es für das Beste, dass sie blieben, wo sie waren. Tervicz sollte das Gespräch, das Dendrine begonnen hatte, alleine zu Ende bringen.

»Amish ...«, flüsterte Dendrine mit einer Mischung aus Unbehagen, Furcht und Verachtung. Rohan ließ ihren Blick von Dendrine zu Tervicz und zurück wandern und sah etwas, das sie aufs Äußerste schockierte: Das scheckige Grau seines Pelzes hatte dieselbe Farbe wie Dendrines Fell; Haltung, Schultern, Pfoten waren gleich. Dendrine sah wirklich aus wie eine sehr nahe Verwandte von Tervicz.

»Du hast deine Schwester getötet, Wölfin, meine Mutter«, sagte er ruhig, aber seine Stimme klang so scharf wie der Wind, der über einen Gletscher streicht. »Eines Tages wird auch dich ein Wolf töten – nicht ich, denn ich gehöre nicht zu dieser Sorte –, aber ich hoffe, dass ich dabei sein darf, wenn es passiert. Ich möchte sehen, wie dein Leben zu Ende geht, damit ich sicher sein kann, dass du keinen Fluch mehr über die Lebenden bringst.«

Er hielt inne, als suchte er nach Worten, nach Worten des Hasses und der Rache, in denen er nicht geübt war.

»Weißt du, was mein Vater immer über dich gesagt

hat?«, flüsterte Tervicz und rückte näher an Dendrine heran. Nun waren sie so nahe, dass ihre Ähnlichkeit noch deutlicher zu sehen war.

»Zcale? Dieser Schwächling!«, sagte sie, aber der Spott in ihrer Stimme klang nicht sehr überzeugend. Offensichtlich wurde nun sie wütend.

»Als meine Mutter von den Madjaren getötet wurde, sagte mein Vater: ›Ich habe Dendrine gesehen. Ich habe gesehen, wie sie die Kehle ihrer Schwester aufgebissen hat.‹ Das hat er zu mir gesagt. Und er hat auch gesagt: ›Ich musste mit ansehen, wie die Liebe meines Lebens getötet wurde.‹ Er hat nie vergessen, dass du die Madjaren mit Zänker an der Spitze in unser Revier in die Berge der Bukovina geführt hast, du hast dein eigenes Rudel hintergangen und deinen Stamm ausgerottet. ›Ich habe die Augen des Teufels gesehen …‹ Damit meinte er dich … *Tante.* Nun bist du, Dendrine, Leitwölfin, Führers Mutter, und nun schaut Zcales Sohn in dieselben Augen, die meine Mutter und mein Vater kannten und denen sie misstrauten, und er sieht die Augen einer Wölfin, die sich nicht verändert hat, die sich auch nie verändern wird, in die Augen einer Wölfin, die hier und heute ganz leicht eine andere Fähe hätte töten können, eine Fähe, die meine Freundin ist.«

Er zeigte auf Rohan, die immer noch hinter ihm saß. Nun verstand Rohan, warum er so schrecklich wütend war: Tervicz war gekommen, als Dendrine ihr genau das antun wollte, was sie auch seiner Mutter angetan hatte.

»Und du bist jetzt ins Herzland gekommen, um den Tod meiner lieben Schwester Amish zu rächen?«, fragte Dendrine und lachte spöttisch.

»Nein«, sagte Tervicz. Die dunklen Schatten des Hasses, die kurz über sein Herz gezogen waren, waren wieder verschwunden. Der Wind flüsterte im Gras und in den Felsen. »Ich bin auf der Suche nach einem alten Traum der Bukov-Wölfe und der gesamten Wolfheit ins Herzland gekommen. Dieser Traum wird den Fluch brechen, den die Madjaren, denen du dich angeschlossen hast, über die Wolfheit gebracht haben.«

»Träume! Seifenblasen!«, rief sie aus. »Du bist ein Träumer und Schwächling wie dein Vater!«

»Ja, ich bin ein Träumer«, sagte er mit der Selbstironie und Zweideutigkeit, die Rohan an Tervicz kannte, »aber das sind keine Seifenblasen. Diese Träume sind so wahr wie die Tatsache, dass du alt werden wirst. Und dass du sterben wirst, weil dir eines Tages ein Wolf das antut, was du meiner Mutter angetan hast.« Damit war das Gespräch für ihn beendet. Er drehte sich zu Rohan um und sagte: »Komm, Rohan, gehen wir.«

»Ich warne dich!«, schrie Dendrine ihnen nach.

»Wovor, Wölfin?«

»Was wir heute bei dieser Wölfin neben dir angefangen haben, werden wir euch allen, den so genannten Wölfen der Zeit antun. Vier von euch für einen von uns, das hat mein Führer geschworen, aber es wird noch schlimmer kommen – ihr alle, auch du, werdet sterben, bevor dieses Jahr zu Ende ist. Klimt wagt wohl nicht, sich zu zeigen, aber sobald er auftaucht, wird mein Sohn ihm den Garaus machen. Und sollte er nicht auftauchen und weiterhin außer Sichtweite herumschleichen, werden wir ihn jagen. Also, Wolf, erfüllt eure Bestimmung als Wölfe der Zeit schnell, denn bald wird es keine Wölfe der Zeit mehr geben, die eine Bestimmung haben könnten!«

»Besser du stirbst bald an Altersschwäche, als von einem anderen Wolf aufgefressen zu werden, Tante.«

Tervicz wandte sich voller Verachtung ab, was ganz und gar nicht seiner sonst so freundlichen Art entsprach, und führte Rohan, ohne einen Blick zurück, den Hügel hinauf zu Gallega und Huete; zusammen gingen sie weiter zum sicheren Wald. Am Waldrand angekommen, drehten sie sich um – die beiden madjarischen Rüden waren verschwunden, aber Dendrine stand immer noch auf dem Ostfelsen und starrte ihnen nach.

Als Kobrin hörte, was geschehen war, wusste er, was das Auftauchen der Madjaren zu bedeuten hatte, und er wusste, dass sie nun aggressiv gegen sie vorgehen müssten, wenn sie den Feind bis zu Klimts Rückkehr in Schach halten wollten. Die Entscheidung über den Zeitpunkt dieses Unternehmens fiel ihm nicht leicht, denn nachdem Elhana geworfen hatte, musste er sich vor allem um den Schutz der Welpen kümmern, zumindest bis Klimt zurückkäme oder – sollte er nicht kommen – bis zum Spätsommer, wenn die Jungen alt genug wären, mit dem Rudel zu wandern.

Gleichzeitig spürte er aber, dass jeder Tag, der verging, ohne dass die Wölfe der Zeit ihre Stärke zeigten, die Madjaren zum Vorrücken ermutigte, und das beunruhigte ihn sehr. Diese Unschlüssigkeit war ungewöhnlich für Kobrin, der Probleme stets klar sah und schnelle Entscheidungen traf. Doch nun hatte er immer stärker das Gefühl, dass eine Veränderung bevorstand und der Gang der Geschichte sie unaufhaltsam und auf einem nie begangenen Weg zu ihrer Bestimmung hinführte, auf dem eine vorschnelle Handlung ein großes Hindernis sein könnte.

Er hatte sein ganzes Leben lang gekämpft und sich gequält, hatte sich als junger Wolf mit Kraft und Unerbittlichkeit seinen Weg gebahnt und später seine Gabe benutzt, andere auf seine Seite zu bringen, die ihm dabei halfen, die Kämpfe auszufechten, die ihn zum mächtigsten Anführer aller russischen Rudel machten. Als er die Lust an der Macht und die Bereitschaft verloren hatte, ihre Last zu tragen und die Alltäglichkeiten zu bewältigen, die sie mit sich brachte, hatte er den Drang gespürt, ins Herzland zu ziehen und mit seiner ganzen Kraft und Stärke für die Wolfheit zu kämpfen. In diesen Kampf brachte er seine Klugheit ein, seine Schlauheit und seine große Erfahrung im Kampf und glich damit sein fortschreitendes Alter, seine schwindende Kraft und Kondition und die Schwäche durch den Verlust der Führungsposition aus. In einer Situation wie dieser war er der perfekte Stellvertreter für Klimt, vor allem weil Klimt der einzige Wolf war, den Kobrin ausreichend respektierte, um ihm zu folgen. Klimt wusste die Stärken seiner Mitwölfe bestens auszunutzen, und Kobrins Stärken wurden gebraucht, als Klimt ging und ihm die Führung übertrug. Kobrin vermutete, dass diese Monate die letzte Prüfung waren – er musste seine wenigen Wölfe so einsetzen, dass die abergläubischen Madjaren den Eindruck bekamen, die Wölfe der Zeit seien stärker, als sie in Wirklichkeit waren.

Aber seit Aragons, Tervicz' und Rohans Rückkehr hatte ihn das bisher fremde Gefühl ihrer Auserwähltheit überkommen und er hatte ungeachtet seiner Klugheit und Sachlichkeit Vertrauen und Glaube in die Götter entwickelt. Er begann an sich und an diesem irrationalen Glauben zu zweifeln, dem er folgen wollte, und hatte sich mit Lounel darüber beraten. Kobrin kam sich dumm vor, aber Klimts spiritueller Berater hatte zugehört und immer wieder zustimmend genickt. Sie hatten sich an eine Stelle zurückgezogen, wo die anderen sie nicht hören konnten.

»Nun, Wolf?«, knurrte Kobrin erschöpft, als er geendet hatte. »Was soll ich jetzt tun? Wenn wir die Madjaren bis zu Klimts Rückkehr im Zaum halten wollen, müssen wir ihnen unsere Stärke beweisen.«

»Klimt kommt doch zurück, nicht wahr?«

»Natürlich!«, antwortete Kobrin ungeduldig. »Aber wir dürfen Elhana nicht allein lassen, obwohl ich das Gefühl habe, was auch immer passiert, es wird ihr gut gehen, obwohl ich – verdammt, Wolf! Was grinst du?«

Lounel grinste noch breiter und lachte. »Was meinst du selbst, Kobrin, was du tun solltest?«

»Ich selbst sein«, sagte Kobrin entschieden.

»Was heißt das?«

Der alte Krieger ging umher, blickte finster hinunter zu den anderen, die sie beobachteten und sich bestimmt fragten, was die beiden zu bereden hatten.

»Ich habe mein Leben als Krieger begonnen, und ich möchte es auch so beenden, aber ich möchte andere nicht auf einen Weg führen, der nur für mich bestimmt ist.«

»Hast du jemals einen anderen Wolf gefürchtet?«

»Nur einen, aber ich habe ihn nicht körperlich gefürchtet – Klimt und ...«

»Ja?«, half Lounel nach und blickte klar aus seinen hellen Augen.

»Einen seiner Söhne, denke ich ...«
»Welchen?«
Kobrin starrte auf den Boden. Er hatte nicht damit gerechnet, dass Lounel ihn so schnell zu Dingen führen würde, über die er noch nie zu sprechen, ja kaum zu denken gewagt hatte.
»Du weißt doch ...«, sagte Kobrin. Er wollte es nicht aussprechen. Es konnte sein, dass nur einer von Klimts Söhnen dazu ausersehen war, sie zu den Sternen zu führen.
»Oh, ich weiß es«, sagte Lounel mit einem verbindlichen Lächeln, »aber weißt du es?«
»Es ist Lunar, oder?«, platzte Kobrin heraus.
Lounel sah ihn erstaunt an. Er hatte offenbar nicht erwartet, dass Kobrin Mutmaßungen darüber angestellt haben könnte, welcher der Brüder die Last der Unsterblichkeit auf seinen Schultern trug.
»Und ihn fürchtest du?«, fragte Lounel zweifelnd.
»Seine Wildheit, seine Unberechenbarkeit, die Risiken, die er immer einging, die Routen, die er fand, und ... Ich fürchtete mich vor dem Weg, auf den er uns führen könnte.«
»Es ist Lunar«, bestätigte Lounel.
»Nun gut. Warum wolltest du, dass ich davon spreche?«
Lounel zuckte mit den Schultern. »Wenn er zurückkehrt, müssen wir ihm vielleicht beibringen, was jeder Einzelne von uns ist und sein kann. Dabei wird er erfahren müssen, dass er eines Tages in der Lage sein wird, die Reise anzutreten, die die Wolfheit wieder an die Macht bringt. Deshalb ...«
»Deshalb sollte ich ihm wohl etwas zum Nachdenken lassen, was?«, sagte Kobrin und kam wieder auf die leidige Frage zurück: Sollten sie jetzt gegen die Madjaren ziehen oder sollten sie warten, bis Klimt zurückkam?
»Ich denke, ja«, sagte Lounel. »Du bist ein Krieger, Kobrin, das warst du schon immer. Während der letzten Monate musstest du ein Fuchs sein, ein sehr schlauer Fuchs, aber eben ein Fuchs. Du hast uns allen das Überleben er-

möglicht, du hast erreicht, dass die Madjaren Klimts Namen und die Wölfe der Zeit fürchten, während Klimt Unterstützung holt. Nun, er ist jetzt auf dem Heimweg und deine Aufgabe ist fast erledigt. Vielleicht kannst du es wieder riskieren, ein Krieger zu sein, und uns etwas zum Träumen und zum Kämpfen geben.«

»Und Elhana?«

»Ich kümmere mich um sie. Tare kann auch bei ihr bleiben. Und außerdem sind da noch drei Wölfe der Zeit die sie nicht im Stich lassen werden.«

»Wen meinst du?«

»Ihre Welpen. Es wird ihnen gut gehen, die Sterne scheinen über sie. Geh und tu, was du auf dem Steilfeld tun musst, Kobrin, schenk den Wölfen der Zeit eine Erinnerung an Mut und Heldentum, aus der sie einen unsterblichen Mythos spinnen können, den kein Madjar je vernichten kann!«

Kobrin sah ihn lange an, zweifelnd und unsicher. Dann aber wurde sein Blick klar, er entspannte sich. Sein alter Körper strahlte wieder Entschlossenheit und Einsatzbereitschaft aus.

»Du bist mir so ein Wolf, Lounel! Dabei bist du nur eine halbe Portion!«

»Ja, das stimmt, ich bin etwas schlaksig«, sagte Lounel. Die beiden kicherten und lachten und trennten sich wie alte Freunde.

In diesem Gespräch fand Kobrin die Bestätigung, dass der Vorfall zwischen Dendrine und Rohan vermuten ließ, dass die Madjaren wieder einen Vorstoß wagten und er handeln musste, auch wenn Elhana und die Jungen eine Zeit lang ungeschützt wären.

»Dendrine wollte herausfinden, wo wir sind«, sagte er zu Lounel. »Sie hat bestimmt schon Späher aufs Steilfeld ausgeschickt und die haben uns nicht angetroffen. Nun gut – Aragon, Tare und Huete sollen direkt zum Ostfelsen gehen und ihre Beobachtungsposten einnehmen. Wir werden auch auf dem Hügel anwesend sein, damit die Madjaren denken, wir wollten uns auf diese Weise rächen. In der

Zwischenzeit kundschaftet ihr, du und Stry, das Steilfeld aus und findet heraus, wie viele madjarischen Späher dort schon postiert sind. Morgen Abend oder morgen Nacht werden wir das Steilfeld zurückerobern und warten, bis Führer und die anderen ihr Sommerrevier dort einnehmen.«

Er rief das Rudel zusammen und teilte ihm seine Pläne mit.

»Morgen Nacht schon?«, fragte Rohan unsicher.

»Ja. Alle außer Lounel und Tare, die bei Elhana und den Welpen bleiben«, sagte Kobrin.

»Wir brauchen zwei stärkere Wölfe zu Elhanas Bewachung«, gab Stry zu bedenken.

Kobrin nickte verständnisvoll. »Ich verstehe deine Angst, Wolf, aber die Madjaren haben andere Dinge im Kopf, als durch den Wald zur Ruine zu streifen. Sollte es eine bedrohliche Situation geben, so vertraue ich auf Lounels Weisheit und Tares Wildheit, um eine Katastrophe abzuwenden.«

»Und auf Elhanas Liebe«, fügte Aragon ruhig hinzu.

»Ja, auch das«, stimmte Kobrin zu. »Nun müssen wir uns vorbereiten. Stry, du kundschaftest das Steilfeld aus, Lounel gibt dir Deckung.«

In seinen Augen leuchtete der Kampfgeist, als er den anderen seine Pläne unterbreitete, und die Jahre schienen von seinem alten, zerschundenen Körper abzufallen.

Am folgenden Nachmittag kamen Stry und Lounel zurück. Sie berichteten, dass ein paar Madjaren im Steilfeld waren.

»Sie sind in einem jämmerlichen Zustand, sie zittern und sind völlig heruntergekommen«, sagte Lounel, »sie sahen ganz so aus, als wären sie lieber anderswo. Sie werden bestimmt keinen Widerstand leisten.«

»Gut. Dann gehen wir also heute Abend los, wenn du dich stark genug fühlst, Stry. Lounel wird bei Elhana bleiben.«

Die Wölfe nickten und ruhten, bis die Dämmerung hereinbrach. Es wurde kühl, die Wolken zogen über die Felsen. Als sie loszogen, sah Kobrin aus wie ein alter Krieger, der in seine letzte Schlacht zog.

»Kobrin!«

Elhana stand vor der Ruine, die drei Welpen an ihrer Seite.

»Sie sollen sehen, wie ihr loszieht«, sagte sie.

Kobrin ging noch einmal zurück und legte jedem kurz seine große Pfote auf den Kopf.

»Ich bin ein russischer Wolf«, sagte er feierlich, »der unter dem großartigsten Führer, den es je gab, seine letzte Heimat im Herzland gefunden hat. Ihr werdet ihn treffen, denn er ist auf dem Weg heim ins Herzland.«

»Ist er großartiger als du?«, fragte ein Welpe.

Kobrin nickte lächelnd, seine graue Schnauze legte sich in tausend Fältchen.

»Er hat mir gezeigt, dass das Herzland meine Heimat ist, und es ist auch eure Heimat. Ihr werdet erleben, wie sein Lebenswerk vollendet wird, und werdet das Herzland zur Heimat der Wolfheit machen.«

»Werden denn alle Wölfe hierher kommen?«, fragte ein anderer Welpe.

Kobrin nickte kichernd. »In ihren Herzen kommen sie ausnahmslos alle hierher, aber nur ein paar von jeder Generation machen die Reise zu Lebzeiten wie ich. Wulf wird dafür sorgen, dass es immer genügend Wölfe gibt, um unsere Bestimmung zu erfüllen.«

»Kommt Wulf auch?«, fragte Torne, der dritte Welpe, schüchtern und drückte sich an Elhanas Seite.

Die Sterne gingen auf. Kobrin sah die Kleinen an. »Auch er kommt. Ehrt ihn und vertraut ihm und …«

Seine Stimme wurde heiser, als fürchtete er, die drei jungen Wölfe nie mehr wieder zu sehen, sein Blick verdunkelte sich, er wirkte besorgt. Er sah noch einmal Hilfe suchend zu den heller werdenden Sternen und rang nach Worten.

»Wölfe«, sagte er schließlich und lächelte beim Anblick der Kleinen, die sich bei dieser ernsthaften Anrede stolz reckten, »achtet auf Wulf, wenn er sich euch zeigt auch wenn eine Zeit kommen wird, in der er euch auf die Probe stellt. Vertraut ihm, wie ich Klimt vertraute. Glaubt an ihn, wie ihr an den Tag glaubt, der auf die Nacht folgt. Wenn andere ihn verlassen, wenn er schwach ist, wenn er alles gab, was er hatte, und nicht mehr kann, dann werdet ihr diejenigen sein, die ihm zur Seite stehen, wie wir euch nun zur Seite stehen, bis ihr stark genug seid, alleine auf den Wolfswegen zu wandern. Versprecht ihr mir das?«

Kobrin hob sich schwarz und groß gegen den Abendhimmel ab, als die drei Wölfe, Aragons Nachkommen, mit weit aufgerissenen Augen nickten.

»Und nun haben wir zu tun.«

Mit diesen Worten verschwand Kobrin. Elhana dachte, sie würde ihn vielleicht nie mehr wieder sehen, sie wusste aber auch, dass sich in dieser Nacht der Lauf der Dinge ändern würde und dass sie alle in ihrem Schicksal gefangen waren. Dieses Schicksal legte einem alten Krieger ungewöhnliche Worte in den Mund und löste in den Köpfen der Welpen Dinge aus, die sie nie wieder vergessen würden.

Elhana sah ihnen nach, nur Lounel und Tare blieben. Sie begriff, dass ihre Tage gezählt waren, dass sie ihre Aufgabe als sterbliche Wölfin fast erfüllt hatte. Kein Wolf lebt ewig in der Welt der Sterblichen.

»Wulfin, gib mir Kraft und Mut bis an mein Lebensende«, flüsterte sie zu jenen Sternen, die auch Kobrins Augen gesucht hatten.

»Was hat er eigentlich damit gemeint?«, fragte Torne, als sie in die schützende Dunkelheit der Ruine zurückgingen.

»Ich werde versuchen, es euch zu erklären«, sagte Elhana. Sie wusste, dass sie dazu wahrscheinlich die ganze Nacht brauchen würde.

KAPITEL 23

Der alte Kobrin führt die Wölfe der Zeit aufs Steilfeld in der Hoffnung so den unerbittlichen Vormarsch der Madjaren aufzuhalten

Kobrin führte die Wölfe der Zeit in der Dunkelheit auf dem vertrauten Weg zu dem Baum. Sein Blick war düster, aber er war ruhig.

Der Stoßtrupp bestand aus acht Wölfen: Aragon, Gallega, Huete, Srena, Tervicz, Rohan, Stry und er selbst. Sie waren genügend, um gute Überlebenschancen zu haben, zumal alle Wölfe zuverlässige Rudelmitglieder waren und die meisten starke und erfahrene Kämpfer. Elhana und die Jungen waren in der Ruine gut versteckt, Tare war bei ihr, und Lounel hielt Wache.

Bei dem Baum machte Kobrin Halt und schaute zurück. Der Wald lag unter ihnen in der Dunkelheit, der Himmel war sternenklar, der Mond, ein Halbmond, ging gerade auf.

»Wir sollten in geschlossener Formation über unseren alten Pfad aufsteigen. Stry hat heute Morgen gemeldet, dass der Weg sicher ist, auch wenn stellenweise noch Schnee und Eis liegen, aber zumindest kennen wir ihn alle. Der Wind war heute Nachmittag günstig für unseren Aufstieg, auch jetzt ist er es noch, aber wir können uns nicht darauf verlassen, dass das so bleibt. Wenn er sich drehen sollte und wir Rückenwind bekommen, der unsere Witterung zum Steilfeld hinunterträgt, müssen wir bei Nacht in zwei Vierergruppen angreifen, die ich und Aragon anführen. Stry, du wirst den Kurier spielen, denn du kennst das Gebiet am besten. Gallega, Huete und Srena, ihr bleibt dicht bei uns – das Steilfeld ist ein unwegsames Gelände, und ihr wart noch nie dort. Es gibt Echos von allen Seiten und Steinschlag, und man rutscht leicht in den Eisrinnen aus. Ich möchte nicht, dass du, Tervicz, ein Risiko eingehst, auf keinen Fall! Du bist kein Kämpfer, das warst du noch nie. Wenn einer von uns fällt, sollen die anderen Wölfe der

Zeit erfahren, wie und warum es geschehen ist, und du bist der beste Erzähler von uns, du könntest die Sterne vom Himmel herabheulen, wenn du es wolltest!«

Tervicz nickte zustimmend.

»Und sorge dich nicht um Rohan, Wolf; sie kann genauso gut auf sich selbst aufpassen wie Srena, aber sie wird trotzdem immer in meiner Nähe sein.«

Rohan blickte liebevoll zu dem großen Wolf, aber in der Dunkelheit sah sie nur seinen massigen Kopf, der sich gegen den Nachthimmel abhob, und den Schein der Sterne und des Mondes in seinen Augen und auf seiner Schnauze.

»Und was ist, wenn der Wind nicht dreht?«, fragte Aragon.

»Dann erkunden wir das Steilfeld im Morgengrauen über die höher gelegenen Pfade und nehmen uns mögliche madjarische Späher vor, bevor wir Posten beziehen, von denen wir die Verteilung der Madjaren im Moorland beobachten können.«

»Sollen wir die Späher töten, damit sie nicht ins Moorland zurückgehen können?«, fragte Stry sachlich.

Die jüngeren Wölfe wurden still und ernst, sie merkten plötzlich, dass es hier um mehr ging als um ein kleines Geplänkel.

Kobrin dachte nach.

»Die Madjaren sind so oder so gewarnt. Am besten, wir jagen den Spähern einen Schreck ein und schicken sie mit der Vorstellung zurück, dass wir wild und skrupellos sind und viel zahlreicher als in Wirklichkeit. Wenn es mehr als nur zwei Späher sind, töten wir einen und verletzen einen weiteren, das müsste genügen.«

Kobrin sah zum Nachthimmel, der sich nun bewölkte und verdunkelte.

»Wir sollten jetzt weitergehen. Von hier aus können wir nicht feststellen, wie der Wind auf dem Steilfeld steht. Am besten, wir warten bis zum Morgen und sehen uns die Sache an. Wir müssen dicht beieinander bleiben, und jeder muss sich daran halten, nicht außerhalb des Steilfelds anzugreifen – das wäre der sichere Tod.

Wir dürfen die Madjaren nicht unterschätzen, vor allem Dendrine und Führer nicht. In den vergangenen Monaten haben sie ihr Rudel ziemlich gut geführt, sie haben uns des Öfteren einmal überrascht und sich im Geplänkel immer ganz gut geschlagen. Wir müssen Führers Drohungen ernst nehmen – vier von uns für einen von ihnen. Der Angriff auf Rohan sieht mir ganz nach einer gewollten Beleidigung aus, sie wollten unseren Stolz verletzen, damit wir an einem Ort angreifen, von dem wir wissen, dass er fast so uneinnehmbar ist, wie es ein Sommerrevier nur sein kann. Ich glaube nicht, dass Führer schon so bald und vor allem nicht von dort mit einem Angriff rechnet. Ich zweifle nicht daran, dass sie uns mit dem Angriff auf Rohan und der Drohung, sie würden ›sehr bald‹ wiederkommen, hier in der Nähe des Waldes in Zaum halten wollten, während Führer seine Wölfe zur Wiedereroberung des Steilfelds ausschickt.

Nun, wir werden ja sehen, aus welchem Holz seine Wölfe geschnitzt sind. Er wird auf jeden Fall die wahre Stärke der Wölfe der Zeit zu spüren bekommen, auch wenn wir selbst noch gar nicht wissen, was diese wahre Stärke ist. Jeder von uns muss hundert Wölfe vertreten – die Wölfe der Zeit die auf uns folgen werden, wenn wir heute Erfolg haben –, unsere Nachkommen, die Frucht unseres Mutes. Sie sollen Grund haben sich an uns zu erinnern und unsere Namen herabzuheulen in künftigen Jahren und Jahrzehnten, wenn die Rudel zusammenkommen und die tapferen Taten dieser Jahre feiern.«

Der Wind flüsterte in den Felsen, dunkle Wolken zogen vor die Sterne. Die Wölfe der Zeit blickten entschlossen und grimmig, als Kobrin die letzten Anweisungen gab und jeder Einzelne seinen Auftrag bestätigte.

»Ich führe über die Felsen bis zum Hauptweg hinauf ins Steilfeld«, sagte Kobrin, »danach übernimmt Stry; er führt uns vom Pass ins Steilfeld hinunter. Oben können wir feststellen, wie der Wind steht, und entscheiden, was wir als Nächstes tun. Bleibt beieinander, verhaltet euch ruhig und vertraut darauf, dass wir gewinnen, was uns zusteht.«

Die acht Wölfe machten sich schweigend und entschlossen auf den Weg. Kobrin gab wie immer am Anfang eines Aufstiegs einen langsamen und gleichmäßigen Schritt vor. Er konnte zwar schneller klettern und ihr Vorhaben verlangte auch eine gewisse Eile, aber er hielt sich streng an das Prinzip die langsameren Rudelmitglieder nicht durch ein zu schnelles Tempo am Anfang zu entmutigen.

Auf dem Grat hielt er neben einem Bach an, damit sie Luft schnappen und ihren Durst stillen konnten. Der Wald schien in großer Ferne zu liegen und nicht mehr ihnen zu gehören, während sie das Steilfeld vielleicht nie wieder erobern würden. Viele Wölfe der Zeit hatten plötzlich das Gefühl, dass sie eigentlich gar kein Revier mehr hatten, dass sie nur irgendwo in der Mitte waren, und sie verstanden nun, warum Kobrin die Drohung der Madjaren, das Steilfeld einzunehmen, so ernst nahm.

Was ist ein Wolf ohne Rudel? Was ist ein Rudel ohne Revier?

»Wir müssen uns jetzt beeilen«, sagte Kobrin und riss sie aus ihren Gedanken, »es wird nicht gesprochen, bis ich selbst das Wort erteile, oder bis Stry als Nachhut meint, wir gingen vorne zu schnell. Ist euch dieses Tempo angenehm?«

Sie nickten. Auch Rohan, die nach dem Geplänkel mit den Madjaren immer noch ein wenig hinkte, nickte tapfer.

Kobrin lächelte ihr anerkennend zu, er freute sich über die Entschlossenheit seiner Wölfe. Er stand auf, vergewisserte sich, dass alle für den letzten Abschnitt der Strecke bereit waren, und ging ihnen voraus.

Es war dunkel, aber auf beiden Seiten des schneebedeckten Pfads waren die Silhouetten der Felsvorsprünge zu erkennen. Ihre Lungen platzten fast von dem anstrengenden Klettern. Sie erreichten eine Stelle, an der das Gelände eben wurde und sie plötzlich, abgesehen von ihrer akuten Erschöpfung, mit einem weiteren Feind konfrontiert waren, dem peitschenden Wind. Er blies ihnen mit aller Kraft ins Gesicht und machte jedes Gespräch unmöglich, bis die Böen nach einer Weile nachließen. Von Zeit zu

Zeit führte sie ihr Weg in den Windschatten, und der Wind hallte rauschend und pfeifend in ihren Ohren.

Dann ging es wieder in den Wind hinein, er wurde immer kälter, und bald ergab sich eine neue Schwierigkeit: Nasskalter Nebel umgab sie. Sie konnten nur jeweils den Wolf vor sich sehen, sie zogen die Köpfe zwischen die Schultern und stapften weiter, jeder in seine Gedanken versunken, fragend und zweifelnd, was das Schicksal in den kommenden Stunden für sie bereithielt.

Sie hielten nacheinander an, suchten Schutz vor dem Wind und drückten sich näher an die eisige Grasnarbe, während sich Kobrin mit Stry beriet.

»Stry, kennst du das Gelände?«, fragte Kobrin.

»Ich denke, gut genug«, antwortete Stry und schnüffelte. »Hier können wir noch nicht feststellen, wie der Wind über dem Steilfeld steht. Hier kommt er meistens von der Seite, weil da drüben Felsenrinnen sind.«

»Du führst jetzt weiter«, sagte Kobrin und übergab ihm die Führung, »aber gib einen gleichmäßigen Schritt vor, denn unter diesen Umständen kann man sich leicht verlieren.«

Die Veränderung, die mit Stry vor sich ging, als Kobrin ihm die Verantwortung übertrug, war beeindruckend. Er trat vor, witterte, ging ein Stück dahin und dorthin, um das Gelände zu erkunden. Die anderen jedoch sahen nur Dunkelheit, Nebelschwaden, die an ihren Gesichtern vorbeizogen, und düstere Wolken, die über den Himmel rasten.

»Kann ich mit den Wölfen sprechen, die diese Gegend nicht kennen?«, fragte Stry und stellte sich neben Kobrin. »Weiter oben ist ein Streckenabschnitt, der für diejenigen schwierig sein könnte, die ihn noch nie gegangen sind.«

Kobrin rief die Wölfe zusammen und Stry sprach zu ihnen.

»Ich werde euch abseits des Wolfsweges führen, dem wir bis jetzt gefolgt sind, denn Teile des Wegs sind dem Sturm ausgesetzt und zu eisig. Bleibt dicht hinter dem Wolf, der euch vorausgeht, denn unser Weg führt über ein Kar am Fuß eines steilen Felsens; Geröll könnte abbröckeln und die Wächter unten warnen. Tretet vorsichtig auf und haltet das Gleichgewicht, denn wenn ihr abrutscht, habt ihr wenig Überlebenschancen. Und dann ist da noch etwas …«

»Ja?«, half Tervicz nach, der es mit Einzelheiten sehr genau nahm.

»Der Weg führt an einem Felsvorsprung vorbei, der die Sicht auf den vorderen Wolf verhindert und den Wolf dahinter für einen Angriff isoliert; er könnte dann verloren sein.«

»Ich erinnere mich an die Stelle«, sagte Tervicz. Dass ein Wolf am Tage, wenn die Sicht klar war, starke Nerven haben musste, um diese Stelle zu passieren und nicht aus großer Höhe in die zerklüftete Felslandschaft zu stürzen, sagte er nicht.

»Also gut«, fuhr Stry schnell fort sichtlich froh, dass Tervicz sich nicht eingehender zu dieser Stelle geäußert hatte, »wenn ihr an die Stelle kommt und den Felsvorsprung passiert habt, geht schnell ein Stück weiter, damit der nächste Wolf ungehindert folgen kann, aber entfernt euch nicht so weit, dass der Nächste denkt, er habe seinen Vordermann verloren. Der Pfad ist ziemlich schmal, drückt euch mit der linken Schulter gegen den Fels, dann kann nichts passieren. Nach dem Felsvorsprung wird der Pfad breiter; wir treffen uns ein Stück weiter vorne im Windschatten des Passes, der von Westen her ins Steilfeld führt. Dort können wir die Windrichtung feststellen.«

Strys Worte waren gut gewählt, er sprach selbstsicher. Die Wölfe, die noch nie nachts mit Stry gewandert waren, begriffen nun, dass Kobrin und Aragon ihm für diesen Teil des Weges ihr volles Vertrauen schenkten.

»Bist du bereit?«, fragte Kobrin.

Stry nickte, ging an die Spitze, und die Wölfe marschierten mit gesenkten Köpfen weiter; sie folgten dem jeweils vorderen, indem sie ihn sahen, hörten oder rochen.

Der Aufstieg war lang und beschwerlich. Bald war sich kein Wolf mehr sicher, wo er eigentlich war. Außer Stry; er stapfte gleichmäßig weiter, blieb hin und wieder stehen, witterte in den Wind und schnüffelte am Boden, um seinen

Weg zu finden. Die Zeit war schon so weit fortgeschritten, dass am Himmel der Morgen graute.

Es wurde wieder eben, und sie bogen nach rechts zwischen ein paar Felsblöcken einen Hang hinauf, der immer steiler und steiler wurde, bis auf der linken Seite nur noch nackter Fels war und auf der rechten der dunkle, Schwindel erregende, nebelverhangene Abgrund. Der Pfad war nicht breiter als ein abgebrochener Sims und führte hier und da über Geröll und herabgestürzte Felsbrocken.

Einer nach dem anderen standen sie plötzlich an der unheimlichen Ecke, vor der Stry sie gewarnt hatte, einer nach dem anderen erlebten sie einen Augenblick der Panik und Verlassenheit, als der Wolf vor ihnen, dem sie so lange gefolgt waren, plötzlich hinter der Felsnase verschwand. Auf dem schmalen, steilen Pfad konnten sie sich nicht einmal umdrehen und sich zur Sicherheit nach den anderen umsehen.

Ein Wolf nach dem anderen passierte die Stelle, der Wind zerrte an ihrem Pelz. Vorsichtig streckten sie die Pfoten aus und tasteten nach einem guten Tritt. Zur Sicherheit und um die Orientierung nicht zu verlieren, pressten sie die linke Schulter an die Felswand. Als sie die Felsnase umrundeten, wussten sie nicht, was sie dahinter erwartete, vielleicht traten sie ins Leere – das war der schlimmste Moment.

»Oje!«, rief Gallega in den Wind, der ihr den Schrei aus dem Maul riss.

»Bei Wulf! Stry!«, hörte man Tervicz. Er musste Srena antreiben und fühlte sich einsamer als die anderen, denn er war der Letzte. Als er um die Felsnase bog, sah er Srena nicht mehr und fürchtete, sie könnte in den Abgrund gestürzt sein.

Als er aber um die Ecke gebogen war und wieder mit sicherem Schritt weiterging, war er bald bei Srena und den anderen, die sich an einer ebenen Grasnarbe versammelt hatten, wo sie sich hinlegen, Luft holen und ihre Nerven beruhigen konnten.

»Der Wind kommt von vorn«, sagte Stry mit großer Erleichterung zu Kobrin und Aragon, die neben ihm auf der Passhöhe standen und nach Osten zum Steilfeld blickten. »Von hier aus kennt ihr den Weg.«

Kobrin nickte. Sein Gesicht war unbewegt, aber auch er war mitgenommen von dem gefährlichen Pfad, den Stry gewählt hatte. Aber es hatte geklappt, sie waren angekommen, wenn auch später als erwartet.

Kobrin und die anderen gingen umher, spähten in die dunklen Tiefen, erkundeten die Wege nach links und nach rechts und besprachen sich. Einige schmiegten sich an Rohan, um sie zu wärmen; der Aufstieg war beschwerlich gewesen. Tervicz ging zu ihnen und lachte mit Rohan über ähnliche Situationen, die sie zusammen auf ihrer Wanderung in die Bukovina erlebt hatten – die Ruhe vor dem Sturm.

Kobrin beschloss, dass sie sich eine Weile ausruhen sollten. Die Spannung machte sich bei jedem auf andere Weise bemerkbar. Stry konnte nicht stillsitzen und ging die ganze Zeit auf und ab. Tervicz war ungewöhnlich ruhig, was aber eher auf seine gemischten Gefühle nach dem Zusammentreffen mit Dendrine zurückzuführen war. Gallega war ziemlich gelassen, wie es ihrer Art entsprach, während Srena Huete anknurrte, der ein gleichgültiges Gesicht aufsetzte, das seine Nervosität aber nicht ganz verbergen konnte. Selbst Aragon ging immer wieder an die Felskante und starrte hinunter in den Abgrund; er konnte es kaum erwarten weiterzugehen. Stry legte sich schließlich doch hin; mit dem Kopf auf seinen Pfoten versuchte er ein wenig zu dösen, aber er konnte seine Augen nicht lange geschlossen halten. Nur Kobrin war Herr seiner selbst, er war ein alter Krieger, der wusste, dass er während des Wartens ruhen und einen klaren Kopf bewahren musste, um den nächsten Schritt zu entscheiden und in Bestform zu sein, wenn es nötig war.

Es schien lange zu dauern, bis sich die Wolken verzogen und am Himmel die ersten Strahlen der Morgensonne ankündigten. Das Rudel teilte sich in zwei Gruppen, wie Kobrin befohlen hatte. Die Gruppe mit Aragon an der Spitze machte sich auf einem Pfad, der ein Stück von der Passhöhe entfernt verlief, auf den Weg bergab, Kobrins Gruppe wartete noch eine Weile, bevor sie den jähen Abstieg ins Steilfeld begann, damit sie ankamen, wenn Aragons Gruppe bereits ihre Posten bezogen hatte.

Auf Kobrins Bellen schwärmten dann beide Gruppen aus und stürmten über die Felsen ins Steilfeld. Tervicz und Stry bildeten die Nachhut; sie würden jeden Madjar angreifen, der in Deckung gehen oder in die entgegengesetzte Richtung davonlaufen wollte.

»Geht unerbittlich gegen jeden vor, der sein Gebiet verteidigen will«, hatte Kobrin befohlen, »versucht jedoch nicht, sie einzuholen, wenn sie fliehen. Jagt sie nur, damit sie nicht stehen bleiben. Unser Ziel ist die Vertreibung der Madjaren, nicht ein Massaker. Sie nützen uns mehr, wenn sie in Panik geraten, die große Felsenrinne zum Moorland hinunterrennen und den anderen mitteilen, dass wir in großer Zahl oben im Steilfeld sind!«

Ihr Gebell hallte von allen Seiten wider, wie es Kobrin beabsichtigt hatte, und vermittelte den Eindruck, dass ein großes Rudel im Anmarsch war. Zwei madjarische Späher wurden in Aragons Nähe aus der Deckung gelockt. Er ging sofort auf sie los; die beiden Madjaren behaupteten sich nur kurz, dann machten sie kehrt und flohen, während sie warnendes Gebell an ihre Gefährten schickten, die immer noch in Deckung lagen.

Das war der kritische Augenblick. Kobrin spürte das und machte seinen Erfolg perfekt, indem er zu einem Felsvorsprung rannte und wütendes Gebell aussandte. Bei diesem Furcht erregenden Anblick kamen zwei weitere Madjaren heraus und flohen geräuschlos, ein dritter tauchte am oberen Ende der Felsenrinne auf und trat sofort die Flucht an.

»Da ist aber noch einer«, knurrte Kobrin und spähte über das Gelände, das sie gerade überquert hatten, um sich an der steinigen, ebenen Stelle vor der Felsenrinne zu sammeln. Und da sahen sie ihn; er rannte im Zickzack zum Pass hinauf, über dieselben Felsen, über die sie gerade abgestiegen waren.

»Wenn er sieht, wie wenige wir sind …«, knurrte Kobrin mit finsterem Blick.

Doch plötzlich sahen sie, wie Stry hinter dem Wolf herjagte, ihm von der Seite den Weg abschnitt und ihn nach links zum steilsten Stück der Felswand abdrängte.

Die Wölfe rannten immer weiter hinauf, nun schien die Sonne auf sie. Die Wölfe der Zeit sahen, dass der Madjar einen Fehler gemacht hatte und nun umkehren und Stry gegenübertreten musste. Er bewegte sich an dieser abschüssigen Stelle nur ungeschickt und Stry machte seinen Vorteil geltend und ging sofort auf den Wolf los, als dieser sich umdrehte. Er packte ihn am Hinterlauf und riss ihn zu Boden. Aber er ließ ihn nicht fallen, denn der Hang war nicht so steil, dass der Madjar den Fall nicht überleben könnte. Er hielt das Bein des hilflosen Wolfes und biss sich kräftig fest, bis das Brechen von Knochen und das Krachen von Muskeln über das ganze Steilfeld zu hören waren. Erst dann schleuderte er ihn mit aller Kraft hinunter. Die Wölfe der Zeit sahen, wie der Wolf seinen Fall weder beschleunigen noch aufhalten konnte und krachend auf den Felsen aufschlug.

»Gut gemacht!«, sagte Kobrin anerkennend, als Stry mit blutiger Schnauze zurückkam.

»Er hat gesehen, wie wenige wir sind«, sagte Stry nur, »ich musste ihn töten.«

Die Wölfe der Zeit richteten ihre Aufmerksamkeit nun auf die Felsenrinne. Mit Erstaunen sahen sie unten die madjarischen Späher in Reih und Glied stehen, als wollten sie in den Kampf ziehen. Das war nicht gerade eine überstürzte Flucht, wie Kobrin sie sich erhofft hatte; die Wölfe der Zeit mussten nun selbst die Felsenrinne hinuntersteigen, aber sie gingen langsam, denn der Weg war steil und beschwerlich, und es gab überall Stellen, wo Madjaren im Hinterhalt liegen konnten, wenn sie es darauf abgesehen hatten.

Als die Wölfe der Zeit sich den Madjaren näherten, zogen sie sich weiter zurück; nach einer Weile wurden sie langsamer und massierten sich aufs Neue, die Wölfe der

Zeit mussten wieder stehen bleiben und die Lage abschätzen.

»Sie sind disziplinierter, als ich dachte«, stellte Kobrin mit einigem Respekt fest.

»Als hätten sie für so eine Situation trainiert«, sagte Aragon, »Führer scheint kein Dummkopf zu sein.«

Kobrin stimmte zu. »Ich möchte keinen weiteren Angriff riskieren, denn wir haben uns schon weiter vom Steilfeld entfernt, als wir sollten, und der Rückweg wird immer länger.«

Die beiden Gruppen standen sich in einiger Entfernung gegenüber; die Madjaren vertrauten darauf, dass sie flüchten könnten, wenn die Wölfe der Zeit noch einmal angreifen sollten.

»Da!«, sagte Stry.

Er hatte gesehen, wie sich hinter den Madjaren, die sie jagten, unten, wo die Felsenrinne in vielen Windungen auf eine offene Anhöhe über dem Moorland führte, etwas bewegt hatte – eine Reihe von Wölfen, die stetig bergan stiegen.

»Kommt!«, sagte Kobrin. »Wir müssen noch mal angreifen!«

Sie gingen entschlossen hinunter, um die Madjaren endgültig in die Flucht zu schlagen, da stieß Tervicz einen Warnruf aus: »Kobrin!«

Alle blieben stehen. Die Madjaren wollten sich offenbar zu ihren Gefährten flüchten. Wahrscheinlich waren sie beunruhigt, dass ihre Rückendeckung so weit entfernt war und sie nicht rechtzeitig erreichen konnte. Der Bluff war vorbei.

Kobrin sah zu Tervicz, der ihm eine Stelle am Ende der großen Felsenrinne zeigte.

»Ich dachte, ich hätte dort einen Madjar gesehen, der versucht, uns von oben her anzugreifen.«

»Es gibt dort keinen Weg für einen Wolf«, sagte Kobrin.

»Doch«, sagte Stry nur und begann seinen Aufstieg. »Das hier ist nicht die einzige Felsenrinne. Lounel hat mir von den anderen Pfaden erzählt.«

Sie blickten zurück auf den Weg, den sie gekommen waren. Wie steil er war! Wie weit sie gegangen waren! Wie beschwerlich es sein würde, schnell wieder hinaufzuklettern! Da hörten sie aus der Ferne ein Triumphgeheul und da sahen sie auch deutlich den Wolf, den Tervicz gesehen zu haben glaubte.

»Das ist ja Führer!«, rief Kobrin. Es erschreckte und erstaunte ihn, dass Führer es riskierte, sich so isoliert von seinen Wölfen zu bewegen. »Wo ist Huete?«

Führer blieb nicht stehen; er ging immer weiter über den Hang und rannte dann mit Gebrüll zu der Stelle hinunter, an der Rohan und Huete warteten. Die Wölfe der Zeit waren von einem Wolf ausmanövriert worden, der das Gelände besser kannte als sie selbst. Obwohl kein Anführer die Schuld an solch einer unerwarteten Wendung des Geschehens trägt oder sein Rudel von einem einzelnen Wolf außerhalb der natürlichen Grenzen bedroht sehen würde, war Kobrin alarmiert. Er war geistesgegenwärtig genug, um drei Wölfe unter Aragons Kommando zur Beobachtung der Madjaren aufzustellen, während er und Stry den Hang hinaufrannten, um Huete und Rohan zu Hilfe zu eilen.

Gerade als sie das Feld mit den Findlingen erreichten, hörten sie schreckliches Geheul und Kampfgeräusche. Die beiden Wölfe beeilten sich nun noch mehr, zu Rohan und Huete zu gelangen; ihre Beine schmerzten, ihre Lungen platzten fast, ihr Herz war erstarrt bei dem Gedanken daran, was sie vorfinden könnten.

»Los, komm!«, schrie Kobrin. Er wusste, sie waren ausgetrickst und überlistet worden. »Schneller!« Er hatte Angst vor dem, was dort oben geschehen könnte. Der Aufstieg schien endlos, die Stille dort oben unheilvoll. Es war nichts zu hören außer dem Krächzen der Raben, das den Weg der Sonne in den Zenit begleitete.

Sie erreichten das obere Ende der Felsenrinne fast gleichzeitig und rannten zu der ebenen Stelle, an der die Madjaren vor einiger Zeit gestanden und die Wölfe der Zeit verzweifelt angestarrt hatten. Huete lag vor Rohan, die er verteidigen wollte; er war bei Führers Sturmangriff gefallen. Führer, der noch einige Momente zuvor deutlich zu sehen gewesen war, war verschwunden. Sie dachten zuerst, er hätte sich zu den Felsenrinnen zurückgezogen, die bergab ins Moorland liefen. Doch da war er plötzlich wieder – unerreichbar stand er auf der Anhöhe über der Felsenrinne.

Er drehte sich um, sah sie an und brüllte: »Vier von euch für einen von uns, habe ich gesagt. Ich habe es versprochen, und ich werde mein Wort halten. Das war erst der Anfang! Dieser Feigling von Klimt, der euch die Arbeit machen lässt, die er selber machen sollte, wird der Letzte sein. Hier bin ich geboren, hier ist mein Revier, ich werde dieses Revier besetzen, wenn ich es will, und ich werde jeden bestrafen, der darauf Anspruch erhebt.«

Dann tat er überraschenderweise, was er vor Jahren auch schon getan hatte, als sie ihn zum ersten Mal in der Rinne getroffen hatten: Er nahm Anlauf und rannte immer schneller auf sie zu, sein Kopf war wie ein großer Fels, seine Beine flink wie die eines Rehs. Schneller und schneller kam er mit einer solchen Wucht und einer solchen Geschwindigkeit den Berg herunter und direkt auf sie zu, dass die beiden nur noch dastehen und hoffen konnten, sie könnten ihn umwerfen, während er zwischen ihnen hindurchrannte, und er würde sie nicht dabei töten.

Doch er war zu stark, zu klug und zu flink, um zu fallen. Er bediente sich einer Finte, schlug einen Haken und noch einen, dann machte er plötzlich kehrt und rannte wieder den Berg hinauf. Sie hörten, wie sein Herz klopfte, sahen Huetes Blut an seiner Schnauze und seinen Pfoten.

Sie wandten sich nach ihm um, bewegten sich aber nicht, denn schon wieder kam er auf sie zu, riesengroß, unförmig, Furcht erregend. Er schoss an ihnen vorbei den Hang hinunter, dann war er in einem Hohlweg oder einer Rinne verschwunden, die ihm Dendrine gezeigt hatte, als er ein Welpe war; sie hatte ihn in dieser Gegend großgezogen. Er hatte wohl das Gefühl, seinen Punkt gemacht zu haben, und kehrte ins Moorland zurück. Und er hatte Recht.

Kobrin rannte zu Rohan und Huete. Er sah sofort, dass Huete tot war und Rohan unter Schock stand. Als er sich beruhigt hatte, ging er zum Ende der Felsenrinne und rief die anderen Wölfe zusammen. Auf seinem Gesicht spiegelte sich kalte Berechnung: jede Seite hatte einen Wolf verloren, die Wölfe der Zeit hatten einen guten Punkt gemacht, Führer auch. Die Konten waren ausgeglichen.

»Wir haben getan, was wir tun mussten«, sagte Kobrin heiser. »Wir bleiben den ganzen Tag hier oben und zeigen uns den Madjaren. Aragon, nimm die beiden Wölfe und sichere unseren Rückzug zur Passhöhe, damit sie uns hier nicht den Weg abschneiden, wenn sie versuchen sollten, uns zu überlisten und durch den Wald heraufzukommen. In der Dämmerung ziehen wir uns zurück und verschwinden. Wir gehen in Deckung und warten auf Klimt. Führer ist zu niederträchtig und zu bösartig, als dass ein alter Wolf wie ich ihn mit meinen beschränkten Mitteln bezwingen könnte. Aber Klimt – er weiß, was zu tun ist und wie er die ganze Sache lenken muss. Wir haben getan, was wir tun konnten.«

In der Nacht verließen die Wölfe der Zeit das Steilfeld, und im Morgengrauen waren sie schon wieder auf dem Weg in den Wald. Die Bäume aber schienen merkwürdig unheilvoll, der Wasserfall war stumm, und die Morgenluft war mit Verzweiflung erfüllt.

Kaum hatten sie Halt gemacht, als sie die Vorboten der Katastrophe spürten und auch schon warnendes Gebell aus dem dunklen Wald hörten. Und dann ein Heulen.

»Das ist Lounel!«, sagte Kobrin.

Aragon rannte bergab, um ihn zu begrüßen, aber da sahen sie auch schon den Schock und die Traurigkeit in Lounels Augen.

»Elhana ...«, sagte Aragon.

»Alle«, sagte Lounel, »alle.«

In den Felsen über ihnen schien das wilde Triumphgeheul eines Wolfes widerzuhallen, der mehr Kraft und Stärke besaß und dessen Taten unvorstellbarer waren als die des fähigsten Kriegers der Wolfheit.

Die Wölfe der Zeit folgten Lounel zu der Stelle, an der sie Elhana zurückgelassen hatten, und sahen das Blutbad, das der wutentbrannte Führer angerichtet hatte.

Kapitel 24

Elhana geht ihren Wolfsweg zu den Sternen und Dendrine erklärt Führer zum Herrn aller Wölfe

Die alarmierende Mischung aus böser Vorahnung und Schicksalhaftigkeit, die Elhana die letzten Tage gespürt hatte, überkam sie noch stärker, als sie sah, wie Kobrin und die anderen zum Angriff aufs Steilfeld zogen.

Tare stellte sich eine Weile neben sie, aber es gab nichts zu sagen, und so zog sie wieder ihre Runden in der Dunkelheit und ließ Elhana am Eingang zur Ruine am rauschenden Fluss zurück. Lounel tauchte kurz zwischen den Bäumen am anderen Ufer auf und nickte ihr liebenswürdig zu, dann verschwand er wieder, um oben am Berg Wache zu halten.

»Wahrscheinlich ist er über die Baumgrenze gestiegen und sieht nun zu, wie die Nacht sich über die Felsen senkt«, sagte sie sich, und sie hatte Recht. Tare und Lounel würden jeder auf seine Weise auf sie aufpassen, bis Kobrin und die andern zurückkämen, sie würden sie vor drohender Gefahr warnen, damit sie sich mit ihren Jungen in der sicheren Ruine verstecken könnte. Am besten war es, wenn die beiden in einiger Entfernung standen, sodass sie Eindringlinge von Elhana und den Jungen ablenken könnten, nachdem sie warnend gebellt hatten und Elhana in Deckung gehen konnte.

Elhana starrte in die Nacht, bis die Witterung der sich entfernenden Wölfe der Zeit vom kalten Wind überlagert wurde, der von hüben und drüben über den Fluss und in den Eingang der Ruine blies. Dann wurde ihr plötzlich kalt und sie zog sich in ihren unterirdischen dunklen Bau zurück und sah nach, ob ihre Jungen schliefen. Waren sie unruhig, würde sie sie trösten, zankten sie, würde sie schelten, auch wenn sie inzwischen fast zu groß und zu alt für solche Ermahnungen waren.

Sie waren unruhig in jener Nacht, denn sie spürten Elhanas Unruhe. Jimena wollte an die Zitze ihrer Mutter, obwohl alle drei schon lange entwöhnt waren. Vielleicht tröstete es sie, wie eine Erinnerung an eine sichere Vergangenheit. Doch bei Elhanas sanfter Berührung ging sie wieder auf ihren Schlafplatz und legte sich hin.

Umbrio schüttelte sich und drehte sich um. Er beklagte sich, dass die Wurzeln und Steine in ihrem Bau in seine Flanken schnitten, sagte, er könne nicht atmen, tat so, als würde er ersticken, musste dann aber lachen, als Torne ihn nachäffte, und schlief schließlich auch ein.

»Elhana? Mutter?«

Torne war hellwach und wollte sich unterhalten, das heißt er wollte, dass Elhana ihm etwas erzählte; das mochte er, er hörte gerne zu und lernte.

»Mm?«

»Wann kommt denn Klimt?«

»Bald.«

»Ist er der stärkste Wolf, den du kennst?«

»Nein.«

»Ist er der größte?«

»Nein.«

»Ist er der klügste?«

»Möglich.«

»Aber er ist der großartigste?«

»Ja. Schlaf jetzt!«

»Warst du schon mal in Tornesdal, in seiner Heimat?«

»Nein.«

»Ich will dorthin gehen.«

»Vielleicht kannst du das ja.«

»Ich werde bestimmt dorthin gehen.«

Elhana lächelte über seine jugendliche Entschlossenheit

und – weil er wie Aragon war. Er hatte zwar Klimts nordische Stärke und Entschlossenheit, aber er hatte Aragons südliche Lebensfreude. Sie liebte ihn, wie sie ihre Jungen immer lieben würde – mit völliger Hingabe.

»Ich bin so … unruhig«, flüsterte Torne.

»Komm her, mein Lieber«, sagte Elhana. »Was ist denn los?«

»Kobrin ist nicht da, und Aragon ist auch nicht da. Alle sind weg.«

»Sie kommen doch wieder.«

»Nicht bevor …«

»Bevor was?«

»Bevor der Schwarze Wolf kommt.«

Der Schwarze Wolf war eine Erfindung der drei Welpen, über ihn hatten sie sich Geschichten erzählt, als sie klein waren, und manchmal sprachen sie immer noch von ihm. Klimt war vor langer Zeit ausgezogen, um Hilfe zu holen und den Schwarzen Wolf zu besiegen. Der Schwarze Wolf lebte jenseits ihrer Reviergrenzen. Er war das Tosen des Steinschlags, das Krächzen der Raben in den Felsen. Und manchmal starrte sie der Schwarze Wolf aus den moorigen Tiefen der Flüsse an, aus denen sie tranken.

»Es gibt keinen Schwarzen Wolf.«

»Doch, gibt es.«

»Nein, gibt es nicht!«

»Was soll ich denn machen, wenn er kommt?«

»Versteck dich, bis du stark genug bist, um zu kämpfen.«

»Und wenn er mich findet?«

»Beschütze die anderen, wie das Rudel geschworen hat, dich zu beschützen. Überleg dir, was Klimt, unser Anführer, tun würde und dann tu dasselbe.«

»Ja, Mutter«, flüsterte Torne. Seine Augenlider fielen zu, während er versuchte, sich ein Bild von dem Anführer zu machen, den er nie gesehen hatte, und sich dabei einen Wolf vorstellte, der weitaus größer war als der Schwarze Wolf. »Ja …«

Elhana vermutete, dass er von den dreien derjenige war, dem das härteste Los zukam. Nach Lunar und Solar war es seine Aufgabe, die Bestimmung der Wölfe der Zeit zu erfüllen.

»Torne?«

Er schlief schon. Auch gut. Ein junger Wolf sollte nicht zu viel über die Zukunft der Wolfheit wissen. Er hat genug damit zu tun, die Lehren der Vergangenheit zu lernen, damit er in der Gegenwart überlebt und sein Erwachsenenalter erreicht. Danach ist noch Zeit genug, sich um die Zukunft zu sorgen.

Doch Torne hatte Recht und Elhana hatte Unrecht: Es gab den Schwarzen Wolf.

Er kam in der darauf folgenden Nacht. Er stapfte durch den Wald und blieb immer dem Wind und möglichen Spähern abgekehrt. Er vermutete, dass dort Wölfe waren, ja, er wusste es, war sich sicher, er wusste nur nicht, welche Wölfe und wo sie waren. Es war ein bösartiger Wolf. Es war Führer und er war allein. Huetes Blut war kaum an seiner Schnauze und an seinem Hals getrocknet.

Führer näherte sich wie ein Wolf, der keine Furcht kennt und der glaubt die Beute sei sein. Acht Wölfe der Zeit waren oben im Steilfeld gewesen, Klimt und die Leitwölfin waren nicht dabei gewesen. Er dachte also, Klimt hielte sich irgendwo im Wald versteckt und beschützte seine Leitwölfin, die wahrscheinlich Junge hatte. Führer war also allein auf die Jagd gegangen, so mochte er es am liebsten.

Es war nicht schwierig, die Witterung der Wölfe der Zeit auf dem Pass zu finden, sie war noch frisch und leicht, Führer berauschte sich daran. Die Wölfe der Zeit rochen gut. Er schmatzte, der Geifer troff ihm von den Lefzen bei dem Gedanken an das, was er am Ende der Duftspur finden würde. Er folgte der Witterung bis zum Bach, in den der Wasserfall mündete, dort verlor er sie, denn Kobrin hatte seine Wölfe in weiser Voraussicht durch das Bachbett geführt und immer wieder ihre eigene Spur gekreuzt um Verfolger in die Irre zu führen, bis er es sicher genug fand, auf direktem Weg weiterzugehen.

Das machte Führer wütend, er war begierig darauf, Klimt zu töten und sich an seinem Fleisch und dem Fleisch seiner Sprösslinge zu weiden, er lechzte nach diesem Vergnügen. Aber irgendetwas irritierte ihn.

Die Stille im Wald erinnerte Führer an etwas, das er verloren hatte. Es war ein Gefühl der Ordnung unter den Wölfen, die das bunte Völkchen der Wölfe, die sich selbst Madjaren nannten und seiner Führung im Moorland folgten, nicht hatte, eine Ordnung, die er selbst nicht herstellen konnte. Er mochte den Geruch des Friedens im Wald, so rochen die Wölfe der Zeit, und deshalb mochte er ihren Geruch. Er wollte sich von dem Chaos seines Lebens erholen, deshalb überließ er seine Wölfe eine Zeit lang sich selbst und zog aus zu seiner nächtlichen Jagd.

Nachdem er den Wolf getötet hatte, ging er über die Anhöhen dorthin zurück, wo er geboren worden war, wo er der unumschränkte Herrscher war, als Dendrine nur seine Mutter war und nicht wie jetzt seine alte Leitwölfin.

Er hielt inne und hob seinen großen, traurigen Kopf in die Dunkelheit des nächtlichen Waldes und vergaß für eine Weile die klugen Finten und die irreführenden Spuren der Wölfe der Zeit. Er suchte etwas anderes, Ordnung, Frieden, Ruhe, etwas, das ihn beruhigte. Und da wusste er, welchen Weg er einzuschlagen hatte und wo Klimt sein musste. Dieser Geruch war stärker als alles andere.

Er sprang über den Bach und streifte zwischen den Bäumen hindurch. Eine große, hässliche Silhouette eines verbitterten, einsamen, traurigen und verzweifelten Wolfs, der sich nach dem Frieden sehnte, der vor ihm lag; diesen Frieden würde er zerstören, wenn er ihn nicht mitnehmen könnte. Sein Hunger nach Fleisch war zu einem anderen Hunger geworden, den er nicht benennen konnte, einem tiefen Sehnen, einer Gier nach etwas, das er vor langer Zeit verloren hatte und vielleicht nie mehr besitzen würde.

Führer war zwar sehr groß, aber er bewegte sich mit Anmut. Er schlich geräuschlos zu Tare, die ihn nicht kommen hörte. Sie roch gut, und sie sah gut aus im Mondlicht. Er beäugte sie eine Weile, der Geifer lief ihm von seinen schlaffen Lefzen. Er tat nichts dagegen, denn er fürchtete, sie könnte es hören, wenn er sich mit der Zunge übers Maul fuhr.

Tare wurde plötzlich unruhig, sie bekam Todesangst. Ängstlich schnüffelte sie. Er zögerte nicht – der Geruch der Angst gefiel ihm, er war wie eine Droge, die ihn wild machte und ihn zum Töten antrieb.

Tare witterte auf einmal, dass das Böse aus dem Schatten kam, aber Führer war so schnell, dass sie kaum noch Zeit hatte, warnendes Gebell auszustoßen. Da war er schon über ihr und biss ihr das Leben aus dem Leib, bevor sie noch Schmerz empfinden konnte. Ihr Blut spritzte dunkel auf den Waldboden, ihr letzter Atemzug verhauchte in Führers schwüler Ausdünstung. Gelassen suchte er einen Bach, um Tares Blut und das Blut des anderen Wolfs abzuwaschen. Er witterte Reinheit in der Waldluft und hatte das Bedürfnis, sich zu säubern. Er fand einen Bach und eilte weiter, folgte der deutlichen Duftspur – überall fand er die Witterung von Jungwölfen, berauschend, betörend. Er musste sich beeilen, bevor sie begriffen, was das abgewürgte Gebell der Späherin bedeutete, und flohen. Vielleicht waren sie ja schon fort? Nein, nein, er hätte sie gehört.

Er rannte aus dem Wald, sah die Ruine und blieb stehen. Da war eine Fähe unter einem mondhellen Brückenbogen, Sterne und Mond glitzerten in ihrem Pelz. Sie wollte sich gerade verstecken, aber sie hatte ihn kommen hören und drehte sich um. Ihre Augen funkelten vor Entschlossenheit und Wut, der Wut einer Leitwölfin. Sie war so schön, dass ihm fast das Herz stehen blieb, ihre Bewegungen waren voller Anmut.

Er versuchte ruhig zu atmen und Maul und Zunge unter Kontrolle zu bringen, damit sein Gesicht nicht aussah wie eine groteske Fratze.

Sie ging auf ihn zu, und ein anderer Wolf erschien am anderen Ufer. Sein Pelz war hell, aber er war alt, seine Beine sahen im Mondlicht aus wie dürre Zweige.

»Bleib, wo du bist, Lounel!«, hörte er den Befehl der Leitwölfin. »Überlass ihn mir!«

Führer lauschte ihrer Stimme, ein Schauer jagte ihm über den Rücken; ihre Stimme war so schön wie die Wölfin selbst, so wunderbar wie ihr Mut. Die Bedeutung des zweiten Befehls entging ihm völlig: Dass Lounel verschwinden und sich um die Jungen kümmern, sie ruhig halten und in Sicherheit bringen sollte.

Führer weidete sich an der Wut der Fähe, er schmatzte voller Verlangen, als sie auf ihn zukam, um ihn zu verjagen.

»Wo ist dieser Klimt?«, begann er die Unterhaltung.

»Hier ist er nicht. Er ist zum Pass gegangen. Hier ist niemand außer mir, und das hier ist nicht euer Revier.«

»Wo ist er?«

Führers Zorn wuchs mit seiner Begierde. Er mochte es nicht, wenn man ihn abwies.

»Nicht da.«

Wahrheit oder Lüge? Die Wahrheit dachte Führer. Aber … da waren noch so viele Fragen offen. Sie ging immer näher zu ihm, ihr Geruch verwirrte ihn.

Ihr Duft …

Er stöhnte, so wundervoll war ihr Duft, so anders als Dendrines muffiger Familiengeruch.

Die Wut stieg ihm zu Kopf. Los jetzt – schlag zu! Zerstöre, was du nicht besitzen kannst!

»Wo …?«

Sie ging auf ihn los, aber er brauchte sie nur mit der Pfote zurückzustoßen, da fiel sie schon um. Nun war sie nicht mehr so schön, er fühlte sich stark, mächtig, fand wieder die Kontrolle über sich.

Sie stand auf, das Licht der Sterne beleuchtete, wie sie sich vor Schreck schüttelte. Sie ging wieder auf ihn los, versuchte Zeit zu gewinnen.

Er biss in ihre rechte Schulter, ganz sanft zuerst, er knabberte daran, während sie hilflos auf ihn eindrosch. Er stand auf und hob sie mit der Kraft seines Kiefers vom Boden, dann schleuderte er sie in einem Bogen in den Fluss, öffnete sein Maul aber nur so weit, dass seine Zähne ihre Schulter bei dem Wurf aufrissen.

Er ging zum Fluss, wo er sie hineingeworfen hatte. Ihr Blut bildete einen dunklen Wirbel in dem sternenhellen Wasser.

»Das wollte ich nicht«, sagte er.

Sie lag halb im Wasser, er stand über ihr und sah sie an, groß, schrecklich, keuchend. Ihr Schweigen beruhigte ihn, ihre Schönheit besänftigte ihn. Er streckte seine große Pfote aus, um sie zu berühren, dabei ignorierte er das Geräusch in der Ruine. Vielleicht der andere Wolf? Die Jungen?

Sie lag ganz still da, wehrte sich nicht, nun konnte er ganz nah bei ihr sein, das war alles, was er gewollt hatte. Wenn sie nur für immer so bleiben würde, ruhig atmend. Wenn sie ihn nur nicht angegriffen hätte.

Er senkte den Kopf und beschnüffelte mit seiner großen Schnauze ihren Körper, schnupperte, roch, sog ihren Duft ein. Dann packte er ihre linke, unverletzte Schulter mit dem Maul und hob sie sanft aus dem Wasser, damit er sie noch mehr beschnüffeln könnte. Er leckte und saugte sanft an ihren vorstehenden Zitzen, er roch Milch, süß und fern, er schmeckte Blut, frisch und geronnen – Erinnerungen an seine Jugend. Das machte ihn wütend, das verwirrte ihn.

Er erinnerte sich, wie Dendrine ihn gezwungen hatte, seinen Bruder bei lebendigem Leib aufzufressen, dann entsann er sich an etwas, das davor war, bevor die Dunkelheit seines Lebens begann, eine gesegnete Zeit, eine friedliche Zeit, als Dendrine nur seine Mutter war, und eine Mutter war ein Segen. Damals hatte es ein einziges Mal für kurze Zeit Frieden in Führers Leben gegeben, sein Bruder hatte ihn voller Vertrauen angeblickt, das war der schönste Moment in seinem Leben gewesen, jemand mochte ihn, brauchte ihn.

»Friss seine Beine!«, hatte Dendrine gesagt und er … er … Führer tat es, und der Friede war für immer dahin.

Elhana hatte gestrampelt und gestöhnt, als er sie aus dem Wasser gezogen hatte. Nun aber war sie so benommen, dass sie ihn nur schockiert anstarren konnte. Sein Kopf war wie ein Fels aus flackerndem Licht und Schatten, sein Körper ein Gebirgsmassiv. Sie blickte sich nach Lounel um und sah, dass er weg war, er hatte ihre unausgesprochene Bitte erfüllt und beschützte die Jungen, es sei denn …

Elhana wollte aufstehen, sie verlagerte ihr Gewicht auf die gesunde Schulter, bis der Schmerz und die Qual, die ihr die Wunde verursachten, sie wieder auf die Hinterkeulen zwang. Sie konnte knurren und schnappen, mehr aber auch nicht. Führer konnte mit ihr machen, was er wollte. Ihre Wunde war tief, und sie hatte viel Blut verloren, sie war völlig geschwächt und wurde immer schwächer …

»Verschon sie!«, sagte sie ruhig. »Töte mich, aber tu ihnen nichts!«

Er starrte sie an, ein Gefühl der Vertrautheit überkam ihn, so nahe war er der schönen Wölfin. Er überlegte, was er als Nächstes tun sollte. Er war an Widerstand gewöhnt und daran, ihn zu zerschlagen, er war daran gewöhnt Schrecken zu verbreiten. Ihr klarer, furchtloser Blick und ihre sanfte Stimme verunsicherten und ängstigten ihn. Er versuchte wieder in Wut zu geraten, versuchte sich aufzurichten, zu knurren, ihr zu drohen, sich vor ihr aufzubäumen … aber er konnte nicht …

»Friss seine Beine!«, hatte Dendrine gesagt. Als würde er jetzt ihre Stimme hören; das machte ihn wütend.

Dunkelheit senkte sich wieder über ihn und er ging auf Elhana los, tat ihr Dinge an, die er manchmal Dendrine antun wollte. Er hob sie mit dem Maul auf und rannte mit ihr zum Fluss, drehte sich, schüttelte sie, spürte ihren Pelz und ihre Wunde, spürte ihr Strampeln, bis sie lahmte. Sie war eine weiße Taube im Maul des Fuchses, sie war ein Welpe im Maul der Mutter, sie gehörte ihm, er konnte mit ihr machen, was er wollte, er konnte sie nehmen, vernichten. Ihr Blut tropfte von seinem Unterkiefer, sie war schön, er hatte Angst vor ihrer Schönheit, und er wollte diese Schönheit zerstören.

So in einer Welt des Zweifels gefangen, hielt er die sterbende Elhana im Maul und starrte auf die dunkle Ruine, und er sah … er dachte, er hätte seinen Bruder auf die Lichtung kommen sehen.

Sein Herz krampfte sich vor Angst zusammen, er legte Elhana auf den Boden. Der Jungwolf starrte ihn mit weit aufgerissenen Augen an, in seinem Blick lag aber kein Vertrauen, und hinter ihm kam der alte Wolf, den sie Lounel nannten, aus dem Dunkel des unterirdischen Baus.

»Wo ist Klimt, dieser …«, hob Führer wieder an.

»Er ist nicht hier, Wolf«, antwortete Lounel. »Hier sind nur wir – seine Leitwölfin, die du gerade tötest, ich, der ich kein Kämpfer bin, und dieser Jungwolf, der nun mit dir kämpfen wird.«

Führer starrte Torne ungläubig an. Torne ging auf ihn zu, knurrte, so bedrohlich er konnte, und versuchte, sehr viel größer zu wirken, als er war.

Dann blickte er wieder zu Elhana, die murmelte: »Tu ihm nichts! Er braucht deine Liebe.«

Führer starrte Torne verwundert an, der nun mit seinen kleinen Pfoten auf ihn losging – Schneeflocken, die im Sternenlicht eine Eiche fällen wollten.

Er braucht deine Liebe. Diese Worte waren für Führer so schön und schienen aus einer anderen Welt zu kommen als die sterbende Wölfin, die sie sprach.

Er braucht …

»Ich tu ihm nichts, nie wieder«, sagte er.

Führer öffnete sein großes Maul, richtete sich auf, drehte sich um und knurrte, so sanft er konnte, dann wirbelte er herum und packte Torne mit einem Satz am Nacken. Er hob ihn vom Boden und stand einen Moment nur da, während Torne hilflos mit den Beinen strampelte. Dann verschwand er mit Torne im Wald und kehrte ins Moorland und in die Dunkelheit seines Lebens zurück.

Elhana mühte sich ab aufzustehen, sie wollte ihm natürlich folgen, aber Lounel hielt sie zurück: »Es geht ihm gut meine Liebe. Er wird Torne nichts tun.«

»Aber Dendrine …«

»Ja«, sagte Lounel und starrte in die Dunkelheit, die Führer verschluckt hatte, »ja, sie könnte schon versuchen, ihm etwas anzutun, aber das wird sie nicht. Es geht ihm gut, Elhana, sehr gut. Die Götter haben es verfügt. Es war Tornes Idee herauszukommen, nicht meine. Er ist der Wolf, der unsere Bestimmung erfüllen wird.«

»Und die beiden anderen?«

»Es geht ihnen gut«, sagte Lounel, als Umbrio und Jimena in den anbrechenden Morgen hinaustraten, »die Gefahr ist vorüber.«

»Nein …«, flüsterte Elhana. Sie drehte sich um und schaute über den Fluß hinauf zu den Rinnen, die zum Fels führten; leise rauschte der Wasserfall, manchmal toste er laut im auffrischenden Morgenwind.

»Du bist nicht allein, Elhana.«

Sie stand auf der Wiese zwischen den Felsbrocken unterhalb der Felswand. Wulfin. Sie war auch bei der Geburt von Lunar und den anderen dabei gewesen. Nun heulte Wulfin Elhana zu sich. Ihre Zeit war gekommen, in Wulfins Reich einzutreten.

»Hilf mir über den Fluss, Lounel«, flüsterte die sterbende Elhana, »und ihr, meine Lieben, helft mir auch, begleitet mich bis ans Ende. Und du, Lounel, geh und sag Kobrin und Aragon, was passiert ist.«

»Elhana …«

Aber sie sagte nichts mehr. Lounel half ihr ins Wasser. Es reinigte ihre Wunde und es war so kalt, dass es ihren Schmerz betäubte und ihr wieder etwas von ihrer Kraft zurückgab. Umbrio stand ein Stück flussabwärts, falls sie Hilfe brauchte, wenn sie gegen den Strom kämpfen musste. Jimena flüsterte ihrer Mutter ermutigende Worte zu, sagte, sie solle nicht aufhören sich zu bewegen. Keiner der beiden hatte begriffen, wie schwer sie verwundet war. Oben im Schatten stand Wulfin und wartete. Sie schien heller als der junge Morgen.

»Geh jetzt, Lounel. Ich möchte sehen, wie du gehst.«

Er umarmte sie, übergab ihren gebrochenen Körper in Wulfins Obhut und drehte sich um. Seine sonst so klaren Augen füllten sich mit Tränen. Die Götter hatten es verfügt, es war ihre Bestimmung, sie hatte es geschafft, aber trotzdem weinte er. Tornes Bestimmung war es gewesen, geholt zu werden, doch Lounel schauderte beim Gedanken daran, was noch kommen konnte.

So war Lounel also Kobrin, Aragon und den anderen entgegengegangen, und sie waren zur Ruine geeilt und hatten den blutigen Beweis für Elhanas kurzen Kampf gefunden. Sie folgten ihrer Witterung hinauf zum Felsen und an der Felswand entlang, ihre Witterung vermischte sich mit dem Geruch der Jungen und mit dem Duft von Thymian und Estragon; das war der Duft der Götter; er endete in der Felsenrinne, in die der Wasserfall floss. Die Wölfe der Zeit stiegen die dunkle Rinne hinauf, kletterten über Felsen, bis sie aufgeben mussten. Nur Aragon kämpfte sich weiter hinauf.

»Komm zurück, Wolf, ohne die Führung der Götter ist es zu gefährlich«, brüllte Kobrin, aber seine Stimme verhallte im tosenden Wasser. Aragon hätte nicht gehorcht, selbst wenn er ihn gehört hätte. Er kletterte immer weiter, kämpfte sich durch Felsspalten und am Abgrund entlang, über glitschige Steine und tückische Felsen und rief nach Elhana, rief nach seinen Jungen, rief und rief, bis er zu schwach war, zu niedergeschlagen, um noch weiterzuklettern und noch länger zu rufen.

Er schlief ein, die Wölfe der Zeit warteten auf Lounels Rat hin unten an der Felsenrinne, sie wollten seinen Beteuerungen glauben. Hatten sie nicht damals auch auf Solar und Lunar gewartet, als diese zum Wulfsfelsen gegangen waren? Und waren sie nicht zurückgekommen?

»Sie sind tage-, ja wochenlang nicht zurückgekehrt, soweit ich mich erinnere«, knurrte Kobrin müde.

»Das ist nichts im Vergleich zu den langen, harten Jahren des dunklen Jahrtausends«, gab Lounel scharf zurück.

Manchmal plagten Kobrin die Zweifel. Wie sollte sein Rudel ihm vertrauen, wenn ihm selbst der Glaube fehlte? Lounel fügte hinzu: »Wir werden warten, bis Aragon seinen schlimmsten Schmerz überwunden hat und zurückkommt. Dann gehen wir zur Ruine und warten auf die Jungen. Und wenn sie nicht bald zurückkommen, werde ich sie persönlich holen! Sie sollten auf jeden Fall vor Klimt zurück sein!«

»Oh, Klimt kommt also auch?«, brummte Kobrin.

»Ja, bald schon«, sagte Lounel und schloss die Augen, um sich von den Zweifeln und Ängsten des Rudels abzuschotten, »sehr bald schon.«

»Und was ist mit Torne? Sollen wir ihn einfach seinem Schicksal überlassen?«

»Ja«, sagte Lounel mit geschlossenen Augen, »das sollten wir, wenn wir weiteres Blutvergießen verhindern wollen. Es wird ihm nichts geschehen. Er wird viel lernen. Es ist seine Bestimmung.«

Maulend und knurrend streifte das Rudel unruhig und voller Unbehagen um den Wasserfall herum, und Lounel glitt in gesegneten Schlaf.

Doch lange bevor Klimt oder die beiden Jungen von ihren unterschiedlichen Wanderungen zurückkehrten, um Lounels Vorhersagen zu bestätigen, taten die Madjaren unter Führer, was sie schon lange angedroht hatten: Sie rückten vor. Wie ein riesiger Schwarm Herbstlaub ergossen sie sich über die baumlose Landschaft, wenn man davon absieht, dass es Frühsommer war und dass Blätter keine Beute reißen. Im Namen Madjars, im Namen ihres Anführers und ihrer Leitwölfin, Führer und Dendrine, kamen sie übers Steilfeld, zogen durch den Wald nach Westen ins Moorland und nach Osten auf die Hügel und in die Täler der Karpaten.

Das lange Warten war vorüber, die Stunde des Sieges war nah. Die madjarischen Horden schwärmten vom Herzland aus, das sie besetzt hatten, rasten dahin und dorthin, breiteten sich hier aus und da, und streiften hinunter an die Orte der Menschen, um die Toten und Sterbenden zu fressen, um zu erbeuten, was sie in dem Chaos und der Anarchie des Menschenkrieges finden konnten.

Und in der Mitte, im Herzen des Herzlandes, stand Führer, Dendrine war an seiner Seite und beschwor ihn ungestüm, neben ihnen lag *ihr Herz,* der stille Mittelpunkt ihrer Liebe und ihres Hasses: der Jungwolf, den sie für Klimts Sohn hielten.

»Friss diesen kleinen Scheißer, oder ich tu's!«, hatte Dendrine geknurrt, als Führer ihr das Junge gebracht und gehofft hatte, sie würde es annehmen.

»Nein!«, gab Führer zurück, der in ihrer Gegenwart kaum ein Wort herausbrachte, so schüchterte sie ihn ein.

»Wir könnten ihn zusammen verschlingen«, flötete sie und leckte Torne, bis Führer ihn wegzog.

»Nein!«, beharrte Führer.

»Dann nimm mich!«, sagte Dendrine und rieb ihre Hinterbacken an ihm.

»Gut.« Führer seufzte. Er war zwar noch nicht ganz vom Inzest entwöhnt, aber er hielt mitten in dem grotesken Paarungsakt inne und dachte, eigentlich mochte er es nicht mehr, und was auch immer Dendrine befehlen sollte, er würde Elhanas jungen Rüden niemals fressen oder verschlingen. Dieses Mal würde es anders sein als damals mit seinem Bruder.

Dendrine gab sich der vertrauten, gewohnten und tröstenden Umarmung hin. Sie war sich sicher, dass er am Ende ihren Bitten, das Junge zu fressen, nachkommen würde, und genoss die Rückgewinnung ihrer Macht. Sie würde ihren Liebling nicht an ein Junges abtreten. Sie schwelgte in der Aussicht, ihre Macht über Führer geltend zu machen, indem sie ihn zwang sein neues Spielzeug zu vernichten und wieder ganz ihr zu gehören.

Torne beobachtete ihre Verrenkungen; er wusste nicht, was sie da taten, er dachte, sie spielten. Dass eine Wölfin, die sogar noch älter war und auch noch schwächer aussah als Lounel, Führers Gewicht aushalten konnte, ging nicht in seinen Kopf. Und als sich ihr schreckliches Krächzen hin und wieder in einen jugendlichen Lustschrei verwandelte, traute er seinen Ohren nicht.

Der unschuldige Torne sah ihnen zu, er hatte keine Angst. Der Schwarze Wolf war gekommen und hatte ihn mitgenommen; er hatte ihn nicht getötet, er hatte ihn sogar so sanft getragen wie seine Mutter und war mit ihm schnell über Geröllfelder und Felsen gerannt. Die Welt stand Kopf, es war aufregend, Torne flog wie ein Adler über die Erde, als Führer auf der anderen Seite des Berges hinuntersauste.

Er war noch nie auf dem Steilfeld gewesen, nun sah er es; er durfte auch noch nie einen Hohlweg hinunterrennen, der so lang und breit war wie die große Felsenrinne, nun aber tat er es. Führer war neben ihm und verhinderte, dass ihm, so ausgelassen, wie er rannte, etwas passierte, dass er zu schnell wurde und sich überschlug.

Auch konnte er sich kein Land vorstellen, das so groß war wie das Moorland, ein Land, in dem es keine Bäume gab, sondern nur Heidekraut und Torf, verwirrende Tümpel mit schwarzem Wasser, das so komisch und alt schmeckte, als würde man die Erde selbst trinken – kaltes, totes Wasser, das einem Wolf Leben verlieh.

»Ich mag das Steilfeld nicht«, gab Führer zu, als sie im Moorland angekommen waren, »nicht mehr.«

Torne wusste, dass Führers allgemeine Ernüchterung etwas mit Dendrine, der Mutter des Schwarzen Wolfs, zu tun hatte. Torne mochte sie auch nicht. Ihre Augen waren rot und ihre Haut faltig, sie stank aus dem Maul, und an ihrem Bauch hingen alte Zitzen, die vom Klettern über die scharfen Felsen des Steilfelds rissig und schrundig waren. Er hatte Angst vor ihr, er hatte Albträume von ihr. Sie wollte ihn immer auffressen, sie war so räuberisch wie ein Rabe und so unberechenbar wie ein Mensch. Der Schwarze Wolf hatte für ihn nun ein neues Gesicht bekommen, ein falsches, altes, grausames und verkommenes Gesicht. Sie würde noch schlimmere Dinge tun, als ihn auffressen, viel schlimmere Dinge …

Elhana hatte zu ihm gesagt, er müsse andere schützen, so wie ihn das Rudel beschützt hatte. Das hatte er versucht. Als der Schwarze Wolf gekommen war und mit seiner Mutter auf Leben und Tod gespielt hatte, hatte er verwundert von der Ruine geblickt und Umbrio und Jimena befohlen, im Dunkeln zu bleiben und sich in Spalten und Tunneln zu verbergen, die für erwachsene Wölfe zu schmal waren, besonders für den großen Schwarzen Wolf.

Dann war Lounel gekommen, und sie hatten zusammen den Kampf beobachtet. Als Torne den blutenden Körper seiner Mutter sah, begriff er, dass der Schwarze Wolf bald auch mit Lounel das gleiche Spiel treiben würde. Seine Mutter war stark, so stark wie die Berge, Lounel dagegen war alt und schwach.

»Beschütze die anderen«, hatte Elhana befohlen. Er begriff, dass das auch für Lounel galt.

Der Wind hatte im Eingang zur Ruine geflüstert, wie die Stimme der Götter, von denen die Wölfe der Zeit so oft gesprochen hatten. Er erinnerte sich, dass er tun sollte, was Klimt tun würde, und Klimt würde kämpfen. Tornes Herz schlug schneller, aber so viel Angst hatte er eigentlich gar nicht. Der Schwarze Wolf war nicht so schwarz und so groß, wie er ihn sich vorgestellt hatte, er war auch nicht so groß wie Klimt. Der Wind flüsterte ihm zu, was er tun musste. So verließ er die schützende Ruine und ging auf den Wolf los, um ihn zu töten oder zumindest so zu tun. Der Schwarze Wolf hatte ihn angestarrt und gelacht, das gab Torne ein gutes Gefühl. Dann hatte er von seiner Mutter abgelassen und versprochen, ihm nichts zu tun, er hatte ihn ins Maul genommen und weggetragen, ohne dass Torne etwas gespürt hatte.

»Du wirst mich doch nicht fressen, wie Dendrine manchmal sagt nicht wahr?«, fragte er, als sie im Moorland waren.

Führer sah ihn an, in seinen Augen spiegelte sich das Grauen, er sah Furcht erregend aus.

»Wirst du mich fressen?«

Führer schüttelte den Kopf, grunzte heiser und beugte sich hinunter, um Torne am Nacken zu packen wie beim ersten Mal, nur war Torne inzwischen schwerer geworden; Führer ächzte und rang einen Moment lang um sein Gleichgewicht. Er rannte mit Torne im Maul schnell durch die große Felsenrinne und zwischen Felsvorsprüngen hinauf zu einem geheimen Platz, von dem aus er die Felsenrinne, das Moorland bis nach Süden und das Steilfeld bis nach Norden überblicken konnte. Es war eine Höhle voller trockener Knochen und Fellfetzen von Beutetieren, es roch wie in einem lange verlassenen Geburtsversteck.

Dort legte Führer ihn ab. Er starrte ihn merkwürdig an, beschnüffelte und besabberte ihn weinend, immer wieder heulte und brüllte er, schlug ihn, quetschte, verletzte, liebkoste ihn und schützte ihn vor sich selbst, vor zwei Wölfen, vor dem Schwarzen Wolf und vor einem hellen, leuchtenden Wolf.

»Wirst du mich fressen?«, flüsterte Torne. Er spürte, welche Macht er über diesen großen, zitternden Wolf hatte.

»Nein«, sagte Führer schließlich schwach; er war vollkommen erschöpft von der Trauer um seinen Bruder, den er langsam hatte töten müssen, »nein, nein«.

»Und du lässt auch nicht zu, dass sie mich frisst?« Torne fühlte sich immer stärker, immer sicherer.

»Niemals!« Führer wandte sich gebrochen von dem Jungen ab, dessen Schwäche gleichzeitig seine Stärke war, dessen Unschuld ihm Macht verlieh und dessen Fähigkeit, Führer zu erschrecken und zu überreden, aus den dunklen Wolken der Angst kam, die sich hin und wieder in seinen Augen spiegelten und von Führers unbeholfener Freundlichkeit weggeblasen wurden.

Führer hatte das ungewohnte Gefühl, dass er nun seiner Mutter die Stirn bieten musste und Dendrines Herrschaft über ihn vorbei war, nachdem Torne ihm sein Vertrauen geschenkt hatte.

»Ich werde dir niemals etwas zuleide tun oder zulassen, dass andere dir etwas antun.«

Dendrine lauerte unten in der Felsenrinne. Sie wusste, wo Führer und dieses Balg waren. Sie beobachtete ihn aus der Ferne, hörte ihn heulen und jaulen. Torne sah sie nicht, und sie vertraute darauf, dass ihr Liebling den kleinen Bastard nun mit Haut und Haaren fraß.

In solch einer erbärmlichen Verfassung waren die Madjaren im Herzen des Herzlands, als der lang ausgearbeitete Plan von Führer und Dendrine zur Rückeroberung des Steilfelds schließlich mit der Schneeschmelze in den Karpaten und dem schnellen Übergang des Frühlings in den Frühsommer Wirklichkeit wurde.

»Du musst auf die Wanderung gehen, mein Lieber«, flüsterte Dendrine ihrem Sohn und Geliebten zu, »und zusehen, dass die verschiedenen Rudel und Gruppen der Madjaren deinem Befehl folgen.«

»Ich lasse ihn nicht bei dir«, sagte Führer, dessen Interesse an dem Vormarsch der Madjaren fast völlig versiegt war, seit Torne in sein Leben getreten war.

»Davon ging ich auch nicht aus«, sagte Dendrine versöhnlich, »aber für immer können wir ihn auch nicht behalten. Die Wölfe der Zeit wollen ihn zurückhaben. Wir müssen unseren Nutzen aus ihm ziehen, solange wir können. Er wird nicht ewig leben und er wird nicht ewig dein kleiner Freund sein. Eines Tages musst du eine Entscheidung treffen.«

»Ja«, gestand Führer ein.

»Und das muss bald sein, denn sonst werden diejenigen, die dich lieben, die uns folgen und unsere Rudel führen, unzufrieden. Klimt hat deinen Vater getötet, er hat Zänker getötet! Und du musst deinen Vater an Klimts Sohn rächen, oder etwa nicht?«

»Möglich, aber –«

»Aber darüber musst du dir jetzt nicht den Kopf zerbrechen. Nimm ihn mit auf die Wanderung, zeige ihm die Welt der Madjaren. Lass ihn nicht aus den Augen, damit ihm nichts geschieht. Vielleicht ist es besser, du zeigst ihm seinen Wolfsweg zu den Sternen, als dass es ein anderer auf grausame Weise tut. Aber darüber musst du dir jetzt noch keine Sorgen machen. Geh nun, mein Geliebter und Führer, erfülle deine Aufgaben. Und wenn du alleine zurückkommen willst, so ist das deine Entscheidung, für die dich niemand angreifen kann, denn du bist der Herr der Wölfe.«

»Herr der Wölfe«, flüsterte Führer; er mochte den Klang dieser Worte, sie gaben ihm Sicherheit in der Unsicherheit, die Dendrines Rede in ihm weckte.

Manchmal bereitete ihm der Kleine Kopfzerbrechen. Aber …

»Ich werde ihm nichts antun, niemals«, murmelte Führer, als er mit seinem Mündel an der Seite loszog.

»Natürlich nicht«, säuselte Dendrine und sah ihnen nach. Der Hass in ihren harten Augen war ein wenig geschwunden, nachdem sie sich einbilden konnte, sie hätte

Macht über Führer, weil sie ihn zum Herrn der Wölfe erklärt hatte.

»Führer!«

»Ja, Mutter?«

»Sag den Madjaren, die du triffst, dass wir immer siegreich sind.«

»Aber Klimt lebt noch, und die Wölfe der Zeit –«

»Sag es ihnen, und es wird eintreffen. Es ist wahr, wir sind immer siegreich. Sag es!«

Führer tat mehr als das – er heulte es hinaus, dass es diejenigen hörten, die zurückblieben, und auch diejenigen, die er auf seinem Weg aufsuchen würde.

»Das klingt doch schon mehr nach meinem Geliebten«, krächzte Dendrine billigend.

»Was heißt ›siegreich‹?«, fragte Torne, als sie sich schließlich auf den Weg machten.

»Weiß nicht genau«, sagte Führer heiser und blickte finster auf die Wölfe, die ihm pflichtgetreu folgten. »Aber heute wirst du noch sehen, wie einer getötet wird.«

»Wer?«

»Weiß nicht«, murmelte Führer und beschleunigte seinen Schritt. Torne trippelte ihm mit Mühe nach.

»Komm schon!«, schrie Führer ihm zu wie ein älterer Bruder und rannte spielerisch zu Torne zurück. Torne versuchte schneller zu laufen, wie es sich für einen jüngeren Bruder gehörte.

»Ich fühle mich wohl«, sagte Führer am Abend, als er auf das Moorland zurückblickte, das sie durchquert hatten.

»Ich auch«, sagte Torne und blickte zum aufgehenden Mond. Plötzlich hatte er das Gefühl, dass er wahrscheinlich nicht lange zu leben hätte. »Ich auch.«

Kapitel 25

Der Schamane strauchelt auf seiner Wanderung zum Wulfsfelsen und lässt sich von Jicins Freund Leon von Spanien führen

Matthias Wald erwachte im Morgengrauen vom krachend aufspringenden Eis auf den gefrorenen Pfützen und dem Hufgeklapper einer Hirschherde, die das Moorland unterhalb des Steilfelds durchquerte. Er drehte sich um, ihm war unheimlich zumute, da war eine plötzliche Veränderung in den Schatten der Wolken auf den Felsen, sie zogen nach Osten, und es schien … dass sie sich bewegten, öffneten, etwas einließen, bevor sie sich dem Blick der Sterblichen wieder verschlossen.

Er hatte die langen Wintermonate im Tiefland vertrödelt, hatte sich schließlich von seinen Zweifeln befreit und war mit dem Frühling ins Moorland hinaufgewandert. Dort saß er tagelang herum. Er hatte sich beobachtet gefühlt, ob von einem Wolf oder einem Menschen, wusste er nicht. Wahrscheinlich von einem Menschen, ja, einem Menschen.

Oder dem Geist eines Menschen.

Das war kaum überraschend. Über dem Moorland hing etwas, das dem Wanderer das Gefühl gab, er sei ein Eindringling. In gewisser Weise traf das ja zu, auch wenn er Grenzen überschritt, die seit langem aufgegeben und verlassen waren. Und doch hatten diese begrenzenden Drahtzäune, dieses Labyrinth aus Gräben, die er und sein Gehilfe auf ihrem Weg hinauf ins Moorland überwinden mussten, etwas eigenartig Abschreckendes.

Die Zäune mussten vor Jahrzehnten in den letzten großen Kriegen errichtet worden sein – aber zu welchem Zweck und gegen welchen Feind? Die Gräben und Spalten waren immer noch vermint, auch gab es Spuren von Tieren, die in letzter Zeit dort verendet waren, hier ein Hirsch, da ein Wolf. Er wurde vorsichtig, sehr vorsichtig sogar.

Sie kamen sicher durch das Gebiet und sahen schließlich die Felsen. Sie glaubten, eine Felsenrinne würde sie zu dem legendären Steilfeld führen. Da sahen sie, dass das Gelände besetzt war.

Aber von wem? Das war schwierig festzustellen – Abdrücke von nackten Sohlen, eine relativ frische schwarze Feuerstelle im Torf. Und dann ertönte eines Morgens aus der Ferne ein Schuss. Peng!

Sie waren in Deckung gegangen, hatten gelauert. Nach ein paar Tagen bekamen sie den eindeutigen Beweis für all ihre Vermutungen. Am Fuße der Felsen stand ein Mann, ein sehr alter Mann, sein Haar war weiß, aber er bewegte sich schnell und geschickt, ein Mann, der schon vor langer Zeit die Welt der Menschen verlassen hatte, für den alle Menschen gleich schlecht waren, ein Mann, der alles beobachtete, aber nichts wissen wollte.

Ein kalter Morgen brach an. Wald blickte seinen Gehilfen an und sah wieder weg. Er war unruhig und wollte unbedingt weitergehen.

»Wie viele Tage sind wir schon hier?«

Er klang so wie immer, sagte sich der Gehilfe, die Trauer und die Wut über Elhanas Tod hatten sich offenbar gelegt. Zum ersten Mal seit Tagen sprach er wieder normal.

»Fünf, Meister.«

»Welcher Wolf der Zeit kam währenddessen zu mir?«

Sein Gehilfe antwortete nicht, er wusste, das war keine Frage. Sein Meister dachte nach, blickte zurück, sah langsam das Ende des Endes, und nun suchte er einen neuen Weg nach vorn. Der Gehilfe hatte zwar daran geglaubt, dass eines Tages das Steilfeld vor ihnen liegen würde, dass sie ankommen und beschließen würden weiter zu gehen, aber Walds letzte Wanderung mit den Wölfen der Zeit hatte länger gedauert als erwartet. Er hätte Wald fast allein gelassen, sich fast von seinem Meister abgewandt, der, lange nachdem der Gehilfe aus purer Erschöpfung aufgehört hatte zu trommeln, immer noch gemurmelt und geträumt hatte.

»Eike, Eike …«

Der Gehilfe lächelte, er freute sich, bei seinem Namen genannt zu werden. Wald kehrte in die Welt der Sterblichen zurück.

»Ja, Meister?«, fragte er liebevoll.

Er hätte ihn nie verlassen, niemals. Sie waren am letzten Abschnitt einer Reise angelangt, die nur wenige Menschen machen oder wiederholen könnten.

»Wie lange sind wir gewandert? Welches Jahr haben wir?«

»Fast zwei Jahre, Meister. Es ist das vierundsechzigste Jahr der Wölfe.«

»Sehe ich älter aus? Ich fühle mich älter!«

»Dein Haar ist ein wenig grauer und lichter geworden, Meister, aber ich finde, du siehst sogar jünger aus.«

»Du siehst jünger aus, Eike, Monat für Monat siehst du jünger aus. Wir sind dem Ziel nahe. Dort ist die Felsenrinne, die vom Moorland ins Steilfeld führt. Da müssen wir hinaufklettern.«

»Hast du Angst weiterzuwandern?«

»Ich suche nach einer bestimmten Stelle im Steilfeld. Wir können erst weitergehen, wenn wir sie gefunden haben.«

»Welche Stelle, Meister?«

Wald sah überrascht auf, als sei klar, wonach er suchte.

»Die Stelle, an der sich Klimts Bestimmung erfüllte.«

Nun blickte Eike überrascht.

»Lounel hatte also Recht – er kommt zurück? Ich dachte, vielleicht –«

»Nein, nein, er ist schon fast zu Hause, dort, wo sein Herz ist.«

»Aber Jicin …«

»Auch sie ist schon fast da«, sagte Wald. Er ging ein paar Schritte zu einem Büschel Heidekraut, streckte sich und sah sich um. Der Wind zerrte an seinen zerrissenen Hosen und zerzauste sein graues Haar. Seine Wangen waren eingefallen, sein Blick war durchdringend.

Wald hatte während der langen Tage seiner letzten Wache aus einem Tümpel getrunken, aber kaum gegessen. Er hatte geschlafen, geweint und zum Schluss hatte er immer wieder Jicins und Leons Namen gemurmelt, vielleicht hatte er versucht, sie anzurufen, ja, er hatte bestimmt versucht sie anzurufen.

Eike machte sich Gedanken um Torne. Was für ein Wolf sollte er werden und wohin war er gegangen?

»Vielleicht ist er ich«, murmelte Matthias Wald. Eike nickte. Es überraschte ihn nicht länger, dass der Meister seine Gedanken lesen konnte, aber ein anderer konnte diese Welt bestimmt nicht verstehen, die sie viele Jahre lang erfolgreich bereist hatten. Diese Welt war körperliches Elend, sie war Wunder, Strenge und sommerliche Nachsicht, Disziplin und Hingabe, gelegentliche Krankheit, die sich mit Zeiten des Wohlseins und neuer Gesund-

heit abwechselte. Für den Wanderer auf den Wolfswegen war es schwierig zu sagen, was krank und was gesund war. Eines ging ins andere über und alles war Teil eines großen Ganzen. Die Wölfe der Zeit kamen immer zurück, um sie zu führen, wenn sie ihre Hilfe brauchten, aber nur dann.

Aber jetzt war etwas anderes dahergekommen: Dieser Mensch, den sie gesehen hatten, der vor ihnen im Moorland umhergewandert war. Eike mochte es nicht, dass er ihnen so nah war und sie vielleicht beobachtete.

Vagabunden waren ihnen schon früher gefolgt, Banden hatten sie ausgeraubt, angegriffen, ihnen Probleme bereitet. Walds wilder Blick und das Gefühl, dass er von den Wölfen der Zeit auserwählt war, schützten sie – und (das muss auch gesagt werden) Eikes wilde und kraftvolle Verteidigung des Meisters, seine Entschlossenheit, im Notfall mit Messer oder Knüppel zu drohen. Die beiden waren ein Furcht erregendes Paar.

Die Hirsche, die Wald geweckt hatten, schreckten sie von neuem auf. Dieses Mal tauchten sie aus einem toten Winkel genau vor dem unteren Ende der Felsenrinne auf und verschwanden in ihrem Schatten. Sie kletterten die Rinne hinauf, Geröll bröckelte unter ihren Hufen, sie stiegen immer höher und höher, und waren nur hin und wieder zwischen Felsen zu sehen.

Wald und sein Gehilfe gingen in Deckung. Sie sahen, dass ein Jungwolf die Hirsche aufgeschreckt hatte, der Wolf wiederum war von dem alten Mann aufgeschreckt worden, der sich an ihn herangepirscht hatte.

Wald und Eike sahen nun Wolf und Mann deutlich im Moorland. Der Mann wandte sich plötzlich zur Felsenrinne um und verschwand seinerseits in dem toten Winkel, in dem die Hirsche gewesen waren, während der Wolf an dem Steilabbruch zwischen Moorland und Steilfeld umherwanderte.

Wald ignorierte den Mann und folgte dem Wolf. Das war nicht sehr schwierig, denn er war offensichtlich sehr müde und blieb immer wieder stehen, um Atem zu schöpfen. Dann eilte er davon, so schnell er konnte, und sah sich immer wieder um, als hätte er Angst, er würde gejagt.

Der Wolf war zu groß, und sein Fell war zu dunkel, als dass es ein hiesiger Madjar sein konnte, und er war zu schwach, um eine

Gefahr für ein anderes Lebewesen zu sein. Sie folgten ihm und holten ihn ein. Da sahen sie deutlich, dass er an der linken Schulter verletzt war, eine rote Fleischwunde, der Pelz unterhalb der Wunde war braunschwarz verschmiert mit Blut und Erde.

Er sah sie und blieb wie angewurzelt stehen. Von ein paar Felsen herunter fixierte er sie prüfend über eine Senke im hügeligen Moorland hinweg. Die beiden Männer starrten zurück. Und plötzlich wandten alle drei wie abgesprochen ihren Blick auf die Felsenrinne, von der sie wieder Geröll bröckeln hörten.

Dort stand der Mensch, den sie schon vorher gesehen hatten und der ihnen tagelang gefolgt war. Er sah zu ihnen hinüber, schützte seine Augen mit der Hand vor der hellen Sonne, die sich in seinem struppigen weißen Haar verfing und von einem glänzenden Gegenstand in seiner rechten Hand reflektiert wurde.

Der Wolf bewegte sich als Erster. Er schlich sich zum Fuße des Steilabbruchs in unwegsameres Gelände, in dem er sich leicht verstecken konnte und man ihm nicht folgen konnte.

Dann bewegte sich der Mensch, glitt zurück in die Schatten der Felsenrinne und kletterte schnell Richtung Steilfeld, als wollte er unbedingt als Erster oben ankommen. Dann aber hörten sie einen Schuss, und die Erde spritzte zwischen den Männern und dem Wolf hoch. Steine splitterten, der Schuss hallte in der Rinne wider. Der Mann hatte in das Land zwischen Wolf und Männern geschossen.

Sehr merkwürdig!

Der Wolf floh, Wald eilte zum Bach, der vom Steilabbruch kam. Das Wasser war klar und kalt. Er watete hindurch und bahnte sich seinen Weg zu den Felsvorsprüngen, wohin der Wolf verschwunden war. Da fand er eine Höhle, einen Unterschlupf.

»Der Wolf hat den Mann getäuscht und uns hierher geführt. Diese Stelle habe ich gesucht. Dort hat Klimt seine Bestimmung erfüllt.«

»Welcher Wolf war das?«, fragte Eike. Er sah ehrfürchtig und verwundert aus, ein bisschen schockiert, dass er sich an so einem Ort befand und nun dem Ziel ihrer Reise zum Wulfsfelsen so nah war, und dass ein Wolf und ein Mann und Wulf weiß wer noch sie beobachteten.

»Es war Leon, Jicins Freund«, sagte Wald nur. Dann aber

verfinsterte sich sein Blick und er fügte hinzu: »Du solltest besser fragen, wer dieser Mensch ist.«

»Er ist sehr alt.«

»Noch bevor er geschossen hat, habe ich gesehen, dass er ein Gewehr hat. Hast du das auch gesehen?«

Eike nickte betrübt.

Wald zuckte die Schultern.

»Ein Jäger …«, murmelte Eike. »Und wir gelangen nun ans Ende einer Jagd, die auch er betrieben hat.«

»Wir schlagen hier unser Lager für heute auf«, sagte Wald, »dann weiß der Mann, wo wir sind, und vielleicht finden wir ja noch etwas mehr über Klimts letzte Tage heraus. Im Schutz der Nacht ziehen wir dann weiter.«

»Über die große Felsenrinne?«

Wald schüttelte den Kopf. »Leon hat uns hierher geführt. Wir folgen seiner Spur entlang dem Steilabbruch und durch den Wald. So kommen wir zum Steilfeld, ohne gesehen zu werden. Leon wusste, dass der Mensch uns für verrückt hält. Ich werde schlafen, du wirst wachen. Weck mich, bevor die Dämmerung hereinbricht. Er soll uns sehen. Du wirst mich schützen, indem du trommelst bis in die Nacht, sodass er denkt, ich bin immer noch hier, aber ich werde dir vorausgehen.«

»Ja, Meister«, sagte Eike gehorsam.

»Die Trommel ist unsere Antwort auf sein Gewehr.«

Geröll bröckelte leise am oberen Ende der Felsenrinne. Die Hirsche kamen aus der Deckung und standen kurz in der Sonne. Eike schaute auf. Die Hirsche blickten hinunter zu der Stelle, woher sie gekommen waren, hinunter zu dem alten Mann, der ihnen gefolgt war, einer von denen, die ihnen schon Jahrtausende folgten. Dann drehten sie sich mit einem Mal um und verschwanden im Steilfeld, um dem Menschen zu entkommen.

Nach dem Rückzug der Wölfe der Zeit aus dem Steilfeld entschied Kobrin, dass es unklug sei, die Ruine zu verlassen – trotz der Gefahr eines Vormarsches der Madjaren zum westlichen Teil des Waldes. Sie gingen in Deckung und hofften, man würde sie nicht finden.

»Vielleicht war das wichtigste, wenn auch ungewollte

Ergebnis unseres Vorstoßes ins Steilfeld«, sagte Kobrin mit einem wehmütigen Achselzucken, »dass Dendrine und Führer nun denken, wir seien harmlos.«

Lounel hatte gesagt, dass Führer dem kleinen Torne nichts antun würde. Kobrin glaubte ihm. Lounel setzte seine Meinung auch in Bezug auf Umbrio und Jimena durch. Kobrin akzeptierte sein Argument, dass die Götter über jene wachten, die sie in die Höhen führten, wie sie auch über Lunar und Solar gewacht hatten, und dass die beiden Jungen bestimmt wieder wohlbehalten zurückkehren würden, wenn die Götter den Moment für gekommen hielten.

»Wahrscheinlich kommen sie auf dem gleichen Weg zurück, auf dem sie weggegangen sind, nämlich durch die große Felsenrinne, die der Wasserfall gebildet hat. Wir brauchen dort die ganze Zeit eine Wache, um zu verhindern, dass die Jungen unabsichtlich die Aufmerksamkeit der Madjaren im Wald auf sich ziehen. Wir haben getan, was wir konnten. Sie werden bestimmt zurückkehren.«

»So wie auch Klimt zurückkehren wird«, murmelte Stry, der sich nicht ganz so sicher war, ob das Vertrauen in Lounels Voraussagen gerechtfertigt war.

»Ja, wie Klimt«, sagte Lounel mit fester Stimme und klarem Blick.

Obwohl es nicht mehr Hinweise auf die Wahrscheinlichkeit einer Rückkehr Klimts gab als zuvor, hatte sich seltsamerweise seit Elhanas Gang zum Wulfsfelsen etwas verändert, und ein neuer Glaube in die Zukunft hatte sich unter den Wölfen der Zeit durchgesetzt. Ihr Geplänkel mit den Madjaren wurde als Erfolg eingestuft, und selbst Aragon fand inzwischen, dass Elhanas Tod schicksalsbestimmt war und zur Rückgewinnung der Herrschaft durch die Wölfe der Zeit gehörte. Alles war im Wandel, alles spitzte sich auf einen kritischen Punkt zu. Ein aufregendes Gefühl, das etwas zum Abschluss gebracht wurde, lag in der Luft, ein Gefühl, das ein paar Tage später noch durch die unerwartete Ankunft eines Fremden bestärkt wurde, eines Fremden, den nur einer von ihnen kannte.

Er kam abseits der Talstraße unterhalb des Waldes herauf, ein großer, dunkler Wolf, dessen Körper von einer langen Wanderung erzählte und in dessen Augen die Hoffnung lag, dass diese Wanderung nun zu Ende wäre. Einer der Späher hatte Kobrin gewarnt. Nun blickte er den Wolf, der sich langsam und gelassen näherte, erstaunt an. Kobrin bellte warnend und stellte sich vor. Der Fremde hielt an. Er sah nicht aus wie ein Madjar, aber in diesen Zeiten konnte man sich niemals sicher sein. Plötzlich bellte Aragon, der ihn erkannt hatte, und rannte dem Wolf freudig entgegen.

»Leon von Spanien!«, schrie er, als der Wolf stehen geblieben war. Seine müden Beine zitterten und gaben langsam nach.

»Der … bin … ich«, antwortete er. Er konnte nicht mehr länger stehen. »Ich … bin gekommen … sie … wir …«

»Sind die Madjaren hinter dir her, Wolf?«, wollte Kobrin wissen. Die anderen gingen an Leon vorbei und prüften die Hänge unterhalb der Ruine.

»Sie … ich bin gerannt … und lag tagelang im Tal in Deckung. Sie haben mich nicht gefunden.«

Mehr konnte er nicht sagen, kein Wort mehr. Erst als er sich eine Weile ausgeruht hatte und sie ihn an den Fluss geführt hatten, damit er trinken konnte, wobei er zwischen jedem Schluck mit wildem Blick keuchte und seine Brust sich heftig hob und senkte, erst da konnte er wieder sprechen. Seine ersten Worte waren: »Sie … sie ist … er … sie haben …«

»Wer hat was, Wolf?«, fragte Aragon.

»Die Madjaren haben uns gejagt … haben uns fast geschnappt, aber sie kannte einen Weg, einen Unterschlupf … sie ist …«

»Wer?«, knurrte Kobrin ungeduldig.

»Sie …«

»Wer ist sie?«, fragte nun Lounel, der sich zu ihm vorgedrängt hatte und mit einer Freundlichkeit zu ihm sprach, die auf Leon beruhigend wirkte.

Leon atmete tief ein und sagte zu Aragon: »Jicin. Sie wollte heimkommen ins Herzland. Ich habe mit ihr die ganze Wanderung gemacht. Als wir das Moorland erreicht hatten, wurde sie bei der Flucht vor den Madjaren verwundet.«

Die anderen sahen sich erstaunt über diese unerwartete und äußerst erfreuliche Neuigkeit an. Leon brach ab und schnappte nach Luft.

»Wer von denen ist Klimt?«, fragte er Aragon ruhig.

Aragon erklärte ihm, dass Klimt nicht hier sei und dass Kobrin die Führung übernommen habe.

»Wo hast du sie zurückgelassen, Wolf?«, fragte Kobrin.

»Ich …«

»Sag schon!«

Die Wölfe der Zeit hatten Kobrin niemals so ernst gesehen, noch niemals war seine Stimme so gefährlich drohend, so Furcht erregend und so Ehrfurcht gebietend gewesen. Kobrin war, neben Klimt, Jicins bester Freund. All seine Zweifel, all sein Zaudern waren wie weggeblasen. Seine Unentschlossenheit existierte nicht mehr, seine Unsicherheit war jetzt nur noch ein Blatt, das ein eisiger Wind weggeweht hatte.

Leon starrte den großen Wolf mit weit aufgerissenen Augen an, als wären die Madjaren, die ihn durch das Moorland gejagt hatten im Vergleich zu ihm das weitaus kleinere Übel.

»Ein Bach, wir überquerten einen Bach, da standen Bäume, Ebereschen. Sie kannte die Stelle.«

»Wie weit ist sie von der Felsenrinne entfernt?«

Leon bemühte sich, genaue Angaben zu machen. Er erzählte ihnen auch, wie Jicin verletzt wurde und nicht mehr weiterlaufen konnte, obwohl die Madjaren sie verfolgten.

»Sie kannte die Stelle sehr gut, sie wusste, wo sie sich verstecken konnte … wir legten uns in den Windschatten einer Torfbank, in die Nähe eines Baches, in der Hoffnung, ihre Pfote würde heilen.«

»Südwestlich der Felsenrinne?«, fragte Kobrin, der das Moorland auch kannte.

Leon zögerte, er war nicht sicher. »Sie sagte, ich solle versuchen, ins Steilfeld zu gelangen. Ich versuchte es zwei Tage lang, erst über die Felsenrinne, aber es war zu gefährlich, dort konnte ich leicht in die Falle geraten. Dann versuchte ich die Felsen von Süden her zu umgehen, aber dort waren madjarische Späher, und außerdem hätte es zu lange gedauert. Dann …«

»Und dann, Leon?«

»Dann sah ich einen Wolf, einen fürchterlichen Wolf, sein Kopf war riesig und entstellt, sein Blick war niederträchtig.«

»Hat er dich gesehen?«

Leon schüttelte den Kopf. »Ich sah, wie er über die Südseite der Felsenrinne abstieg, ein gefährlicher Weg, aber … nun gut ich ging diesen Weg, vorbei an düsteren Stellen, von denen das Wasser tropfte, überall Echos und das Geräusch von Wölfen, die mich jagten und … und Schatten, die so schwarz waren, dass ich mich verstecken konnte, als dieser Wolf wieder ein Stück zurückkam. Der Nebel in der Rinne half mir. Und … dann kam ich aus der Deckung und rannte, rannte fast in ihn hinein, und er hätte mich angreifen können, aber …«

»Aber?«

»Da war auch noch eine Fähe, eine schreckliche Hexe, sie waren beschäftigt, sie sahen mich nicht.«

»Was? Sie haben dich nicht gesehen?«

»Sie paarten sich.«

Er sprach diese drei kleinen Wörter mit angewidertem, verständnislosem Blick, einem Blick voller Ekel und Abscheu – Dendrine und ihr riesiger Sohn paarten sich im Dunkeln, in den feuchten Schatten eines Verstecks.

»Sie haben mich nicht gesehen«, sagte Leon. »Nur einer hat mich gesehen – ein Welpe, wahrscheinlich ihr Junges.«

»Ein Junges mit hellgrauem Fell und klugem Blick?«

Leon nickte desinteressiert. Er war so ergriffen von seiner Geschichte, dass er das große Interesse der anderen an dem Jungwolf überhaupt nicht bemerkte oder sich fragte, woher sie wussten, wie der Kleine aussah.

»Torne«, murmelte Aragon mit einer Mischung aus Erleichterung, dass er noch am Leben, und Angst, dass er in Gefahr war.

»Dann rannte ich weiter, immer weiter hinauf. Es war mir egal, ob meine Tritte hallten, es war mir egal, denn ich wollte nicht zurückblicken, ich wollte dieses schreckliche Bild nicht mehr sehen. Sie war eine richtige Hexe, sie sah aus, als sei sie tot und er, dieser riesenhafte Wolf, hing auf ihr. Davor rannte ich weg und weil Galliard mir gesagt hat, ich solle nie, niemals aufgeben. Aber ich fand keinen Ausweg. Ich blieb tagelang da oben, hatte Angst, dass sie kommen und mich finden könnten, aber sie kamen nicht. Ich lebte vom Wasser, das am Fels herabtropfte, und wärmte meine bebenden Flanken in der Mittagssonne, die sich dort oben kurz zeigte.

Als ich schließlich begriff, dass ich nicht eine Nacht länger überleben würde, zog ich mich bergab zurück. Ich wusste, dass ich vielleicht sterben würde. Doch da waren diese schrecklichen Wölfe schon weg, und ich entkam nach Westen, ging unten am Steilabbruch entlang, bis ich an einer niedrigen Stelle zum Wald hinaufklettern konnte.«

»Hast du dort keine Madjaren gesehen?«

»Ein paar. Hauptsächlich Zweiergruppen, die dort patrouillierten. Für einen Wolf, der so weit gewandert ist wie ich mit Jicin und der von allen möglichen Lebewesen, auch von Menschen, gejagt und vertrieben wurde, ist es nicht schwierig, ihnen aus dem Weg zu gehen.« Leon lächelte schief.

Aragon sagte anerkennend: »Wenn ihr die Lebensgeschichte dieses Wolfes hört, so werdet ihr verstehen, warum ein paar Madjaren in einem Wald ihn nicht abschrecken können!«

»Jicin sagte, ich solle den Duft von Thymian und Estragon suchen, das tat ich. Und so ... habe ich euch hier gefunden. Dabei dachte ich nicht in erster Linie an mich, sondern an Jicin, die schwach und verletzt ist und Hilfe braucht.«

»Sag uns noch mal ganz genau, wo sie ist, Wolf. Das Moorland ist groß, und es gibt viele Stellen, an denen sich ein Wolf verstecken kann. Wenn wir sie retten wollen, müssen wir sie schnell finden«, sagte Kobrin und hielt den aufgeregten Aragon zurück, der seiner alten und zuverlässigen Freundin Jicin am liebsten sofort zu Hilfe geeilt wäre. Aber war es nicht typisch Jicin, mitten in die erstarkende Macht der Madjaren ins Moorland zurückzukehren und dann auch noch verletzt zu werden?

»Sie sagte, Klimt kenne die Stelle, und Kobrin auch. Es gibt da Felsen, Ebereschen, Verstecke. Sie sagte, ihr wart dort mit ihr alleine, zum letzten Mal, sie sagte –«

»Ist dort ein Bach, der vom Steilabbruch durch hügeliges Gelände führt?«, fragte Kobrin ruhig.

Leon nickte erleichtert, dass die Wölfe die Stelle so schnell erkannten.

»Dort haben Klimt und Jicin eine Zeit lang ihr gemeinsames Glück genossen, es ist ein perfektes Versteck für einen Flüchtling«, sagte Kobrin. Er setzte sich ruhig hin und bedeutete den anderen, es ihm gleichzutun. »Es gibt dort Wasser und kleine Beutetiere, durch die Hügel und Senken entstehen Windwirbel, die die Witterung verwischen. Du hast sie an der sichersten Stelle gelassen, die man sich vorstellen kann. Gut gemacht!«

»Aber wir müssen uns sofort auf den Weg machen«, sagte Leon, sprang auf und sah aufgeregt von einem zum anderen. Er spürte, dass diese Wölfe sich nur zögernd aufmachen wollten.

»Leon, mein Freund«, sagte Aragon, der sich wieder ein wenig beruhigt hatte, nachdem er wusste, wo Jicin war, »es gibt gute Gründe, warum wir jetzt nicht durch den Wald und ins Moorland gehen sollten.«

Er erklärte, dass sie auf Umbrio und Jimena warteten, und natürlich auch auf Klimt.

»Und wenn sie nicht mehr zurückkommen?«, fragte Leon, nachdem Aragon geendet hatte. »Und in der Zwischenzeit –«

»Hat dich Aragon jemals im Stich gelassen?«, fragte Kobrin ruhig.

Leon schwieg und schüttelte den Kopf. »Auch Jicin nicht.«

»Eben«, sagte Aragon. »Besser, sie bleibt, wo sie ist, und verlässt sich auf ihr Gespür und auf den Eifer der Madjaren, mit dem wärmer werdenden Wetter in die Hohe Tatra vorzudringen. Wir müssen auf die beiden Jungen warten, und wir glauben auch, dass Klimt zurückkehrt. Dann werden wir zahlreich genug sein und können es wagen, Jicin zu helfen.«

»Ich denke, bis dahin wird Jicin das ihre dazu beitragen, Klimt Kraft für seine Heimkehr zu geben«, sagte Lounel. »Sie war nie seine Leitwölfin, aber sie war immer seine große Liebe, und die hat er auch verdient, denn er stellte immer die Pflicht vor sein Vergnügen.«

»Was meinst du mit ›Klimt Kraft geben‹?«, fragte Kobrin.

»Ich sagte, er würde zurückkommen, aber ich sagte nicht, dass er als der Wolf zurückkommt, der er war«, sagte Lounel nur. »Heute Nacht könnten wir etwas Sinnvolles tun. Tervicz, ich möchte mit dir sprechen.«

»Was hat er denn nun schon wieder vor?«, knurrte Kobrin Stry zu.

Stry zuckte die Schultern. Sie wandten sich Aragon und Leon zu, der auf Aragons Bitte hin über sein früheres Leben mit Galliard erzählte, über die Flucht der Brive-Wölfe und die lange Wanderung mit Jicin von der Auvergne ins Herzland.

Diese Geschichten waren zwar sehr bewegend, aber am meisten interessierte die Wölfe der Zeit Leons Bericht über das zunehmende Chaos unter den Menschen in den Ländern, durch die sie gewandert waren. Aragon hatte damals eine ähnliche Route genommen wie Leon und Jicin, und so konnten sie Vergleiche anstellen. Es schien, dass mehr und mehr Menschensiedlungen zerstört und Brücken eingestürzt waren und dass die Krankheiten und Seuchen, die die Menschen und ihr Vieh heimsuchten, schlimmer und akuter waren und sich stärker ausbreiteten als zuvor.

»In der Nähe der Siedlungen hing immer der Gestank des Todes in der Luft«, erzählte Leon. »Auch auf dem Land, abseits der Orte, wo die Menschen normalerweise leben, trafen wir massenhaft auf Leichen und Sterbende, die in ihren eigenen Exkrementen lagen und von ihren eigenen hungernden Hunden angegriffen wurden, die sich wiederum gegenseitig auffraßen. Für Wölfe gibt es genügend Beute, denn die Tiere, die wir normalerweise fressen, Kaninchen und Rehe, und die Tiere, die wir gerne fressen würden, früher aber mieden, wie Rinder und Schafe, laufen nun an vielen Orten frei herum, die Menschen kümmern sich nicht mehr wie früher um sie.«

Das klang trostlos, aber auch aufregend, denn die Wölfe der Zeit glaubten daran, dass ihre neue Welt mit dem Ende des dunklen Jahrtausends kommen und die Zeit bald reif sein würde.

»Die Zeit wird kommen, und dann können wir das Herzland für uns sichern«, sagte Kobrin nach Leons Bericht. »Wir müssen aber die Madjaren ein für alle Mal besiegen, wenn wir dieses Ziel erreichen wollen. Ich bin überzeugt, dass wir diese uneinheitliche Masse von Wölfen sehr leicht überwältigen können, indem wir Anführer und Leitwölfin töten und uns dabei beobachten lassen. Doch wer wird danach die Madjaren führen? Nun, ich denke, das wird Klimts Aufgabe sein.«

»Vielleicht zerstreuen sie sich auch einfach wieder«, gab Stry zu bedenken.

Kobrin zuckte mit den Schultern. »Kann sein. Das könnte ziemliche Schwierigkeiten geben. Aber ein starker Führer, ein Wolf der Zeit wäre nicht das Schlechteste für die Madjaren!«

Der Morgen graute schon fast, und die Diskussion wäre noch ewig weitergegangen, hätte nicht Tervicz auf Lounels Vorschlag hin ein flehendes und rufendes Heulen angestimmt, um sie alle in Stimmung zu bringen.

»Ich schlage vor, wir gehen zum Pass«, sagte Lounel, »wir kennen den Weg nachts gut genug, besser als die Madjaren. Wir wollen sie zwar noch nicht direkt angreifen, aber wir können sie mit unserem Geheul einschüchtern. Mehr noch – wir können allen, die es hören, zeigen, dass wir an sie denken.«

»Du meinst die Kleinen?«, fragte Aragon.

»Ja, und Jicin. Der Wind steht gut, er kann das Geheul über den Steilhang hinaus ins Moorland tragen. Sie wird wissen, dass wir da sind. Und dann ist da noch Klimt, vielleicht hört er es auch.«

Es war lange her, dass Tervicz zum letzten Mal ein solches Geheul angeführt hatte. Den Wölfen der Zeit tat es Leid, dass er so lange still gewesen war. Es war das uralte Geheul eines Bukov-Wolfs, es breitete sich durch den Wald und über die Berge aus wie das Lied einer alten Sehnsucht und der Wunsch heimzukommen, der allen alten Orten und den lange unbenutzten Wolfswegen anhaftet, die darauf warten, wieder begangen zu werden.

Er heulte auch für diejenigen, die das Ziel der Wölfe der Zeit verstanden und den Mut hatten, diesem Ziel zu folgen, wie auch immer ihre Umstände sein mochten. Die anderen fielen ein, als er eine Nachricht der Hoffnung für diejenigen herabheulte, die Hoffnung hegten wie Jicin, und für jene, die verwirrt waren wie vielleicht die beiden Jungwölfe.

Zum Schluss heulte er für die, die auf ihrem Weg gestrauchelt waren, die neuen Mut brauchten und neue Hoffnung, er heulte hoch in die Nacht, hinauf zu den Sternen und zum Mond, auf dass die auffrischenden Winde über die Bergspitzen wehten und ihr Heulen jenen zutrugen, die es brauchten.

»Da!«, flüsterte Aragon eine Weile später und zeigte auf die mondbeschienenen Wolken, die zuvor nach Süden übers Moorland gezogen waren.

Bei Tervicz' letztem Heulen hatte sich der Wind nach Osten zu den höchsten Gipfeln gedreht und ihr Heulen hinauf und über sie hinweggetragen.

»Hört!«, sagte Kobrin, als einer nach dem anderen verstummte außer Tervicz.

Unten im Wald und im Steilfeld hörten sie das bebende Heulen verängstigter Wölfe – Madjaren, die glaubten, die Götter selbst hätten aus Zorn geheult, weil sie in ihr Revier eingedrungen waren.

Aus der Ferne aber, aus allen Teilen der Welt, vor allem aber aus dem Osten, hörten sie oder meinten sie das Heulen von tausend Wölfen, vielleicht gar tausend Rudeln zu hören, als hätten sie nur darauf gewartet, das Heulen des

Bukov-Wolfs zu beantworten und zu sagen: »Ja, wir kommen jetzt!«

In dieser Nacht glaubten die Wölfe der Zeit im Himmel und in den Wolken, die im Sternenlicht dahinzogen, das Rad des Schicksals zu sehen, das sich zu ihren Gunsten nun schneller drehte. Und auch wenn es keiner auszusprechen wagte, so wussten doch alle, dass Klimt nach Hause kam.

Als die Wölfe der Zeit vom Pass abstiegen und in ihr sicheres Versteck zurückkehrten, hörten sie einen einzelnen Wolf heulen. Das Heulen war hell wie die Sommersonne, es war keine Antwort auf ihren Ruf, eher eine Bestätigung; es kam von jenseits des Moorlands, das Heulen einer Liebenden an ihren Geliebten. Zwei Wölfe, die lange getrennt waren, kamen nun wieder zusammen, in der Vereinigung und Wiedervereinigung dieser beiden würde das Schicksal sich in liebender Anmut erfüllen.

Kobrin hörte den Ruf der armen Jicin und sagte: »Wenn er nicht bald zurückkommt, um uns zu führen, werde ich sie persönlich retten!« Sein Gesicht war nass von Tränen, die er nur selten weinte.

Die Wölfe der Zeit nickten zustimmend und grinsten sich an, weil Kobrin auf einmal seine Gefühle zeigte. Er knurrte und stieß sie mit der Schnauze zur Ordnung, denn sie mussten zur Ruine zurückkehren, bevor es hell wurde.

Kapitel 26

Klimt bringt Unterstützung ins Herzland und Lunar entdeckt die Schwierigkeiten der Führerschaft

Klimts und Lunars Rückkehr aus Kasachstan mit den Petschora-Wölfen wurde hauptsächlich durch Klimts anhaltende Schwäche nach seiner Flucht aus dem Steinbruch verzögert. Trotz dem, was er durchgemacht hatte, sah er äußerlich recht gut aus, auch die Schusswunde war inzwischen verheilt.

Doch innerlich war er besorgt und geschwächt. Er verbrachte ganze Tage und Nächte in Schweigen und war kaum gewillt oder in der Lage weiterzugehen. Viel lieber unterhielt er sich, er wollte über die Vergangenheit die Gegenwart und die Zukunft sprechen, am liebsten über alles auf einmal, und er tat es in einer Art, die Lunar verwirrte, denn er war an einen geradlinig denkenden und zielgerichtet handelnden Vater gewöhnt.

Manchmal schien er zu fantasieren und sich in dem Wunsch zu versteigen, zum Steinbruch zurückzukehren, um sich zu vergewissern, dass der Mensch, den sie dort gesehen hatten, der noch gelebt und versucht hatte zu entkommen, auch wirklich geflohen war.

»Aber es ist doch nur ein Mensch«, sagte Lunar, dem das alles ein Rätsel war.

»Er ist der Mensch, dem ich begegnet bin, bevor ich aus Schweden floh«, sagte Klimt, wobei er den anderen wie verblendet erschien, »und dem ich auch begegnet bin, als ich ins Herzland kam und Elhana und ihren Vater Ambato traf.«

»Es ist nur ein Mensch«, wiederholte Lunar, »die sind doch alle gleich.«

»Ja?«, fragte Klimt und sein Kopf fiel wieder schwach auf seine Pfoten. »Sind wir alle gleich? Möge Wulf ihn beschützen, denn ich kann es noch nicht.«

»Du kannst es nicht, Vater?«, fragte Lunar erstaunt.

»Wenn ich es nicht kann, musst du es tun.«

Wären die Petschora-Wölfe nicht weiterhin dem Wolf ergeben gewesen, der Kobrin, dem großartigsten Spross ihrer Sippe, die Führung übertragen und das Herzland in seine Obhut gegeben hatte, und hätten sie ihn nicht weiterhin unterstützt, so hätte es während Klimts Krankheit für alle schlecht ausgesehen.

Die Kasachen, die Klimt und Lunar nach ihrer Niederlage aus Kasachstan Richtung Westen gefolgt waren, waren ihrem neuen Meister nicht sehr lange treu. Auf dem Weg hatten sich ihnen noch mehr Kasachen angeschlossen, darunter auch die patrouillierenden Wölfe, die Klimt und seine Söhne damals in Kasachstan empfangen hatten. So waren die Kasachen zahlenmäßig wieder erstarkt und hielten sich von den Petschoranern fern, obwohl Lunar sich bemüht hatte, die zwei Gruppen zu mischen und zur Zusammenarbeit zu bewegen.

»Ich kann dir nichts beibringen, das du nicht selbst durch Erfahrung lernst«, sagte Klimt zu Lunar, der ihn um Rat gefragt hatte, wie er mit dem ständigen Geplänkel und Gezänk zwischen Petschoranern und Kasachen umgehen sollte. Die Sache drohte langsam in gewaltsame Auseinandersetzungen und den Versuch auszuarten, dem immer noch geschwächten Klimt die Führung zu entreißen.

»Du kannst mir sagen, was du an meiner Stelle tun würdest«, murrte Lunar, der sich diesen Problemen und Herausforderungen nicht gewachsen fühlte.

»Gib ihnen eine gemeinsame Aufgabe, Wolf, oder, noch besser, finde einen gemeinsamen Feind. Nichts lässt ein Rudel seine Streitigkeiten besser vergessen als das.«

»Es gibt keinen gemeinsamen Feind«, gab Lunar zurück und blickte in das weite Wüstengebiet, das sie auf ihrer Rückkehr durchquerten, »außer dem Mangel an Wasser und diesem Land hier, das zu wenig Nahrung besitzt, um uns alle durchzubringen, fürchte ich.«

»Eben«, sagte Klimt schwach. »Hunger und Durst sind unsere Feinde. Mach den Wölfen Angst davor und lass sie einen Weg finden, diese Feinde zu bekämpfen.«

So lernte Lunar, der eher ein zaudernder Anführer war, was er tun musste. Er schilderte den Wölfen die lauernden Gefahren viel schlimmer, als er sie von seiner Wanderung in die umgekehrte Richtung in Erinnerung hatte.

»Der Wassermangel wird selbst die Stärksten unter euch verrückt machen, wenn ihr euch nicht vorseht. Und Hunger ist eine Plage, die die Götter schicken, um eure Mägen zu quälen wie Hornissen. Der größere Teil von uns wird daher nur entlang den Wasserläufen und Tümpeln wandern, an die ich mich erinnere, aber ich werde auch Kleingruppen aus Petschoranern und Kasachen gleichermaßen nach Norden und Süden schicken, um Wasser und Beute zu finden. Die Gruppe, die diese Aufgabe am besten erfüllt, wird am würdigsten sein, ins Herzland zu gehen und den Göttern zu dienen.«

Klimt konnte sich ein schiefes Lächeln nicht verkneifen. Er fühlte mit Lunar, der versuchte Disziplin und Konkurrenz unter den Wölfen herzustellen – das war besser, als gar nichts zu tun.

Trotz dieser Tricks fühlte sich Lunar von der Wanderung überfordert. Solar, wäre er noch am Leben gewesen, hätte die Lage bestimmt besser gemeistert. Die Kasachen hatten nur Respekt vor der Zurschaustellung körperlicher Stärke, je brutaler, desto besser. Klimt musste oft Situationen beobachten, in denen er, wäre er fit gewesen, mit einem flinken Angriff auf einen widerspenstigen Kasachen den Streit kurzerhand beendet hätte. Und wäre ein Wolf dabei getötet worden, so hätte es sie auf ihrer Wanderung ein gutes Stück weitergebracht.

»Sie werden nicht aufhören, zu murren und zu streiten, sie wollen testen, wie standhaft wir sind«, flüsterte Klimt Lunar einmal zu, »und der Moment wird unausweichlich kommen, wo sie versuchen, dich zu besiegen und mich zu töten oder umgekehrt. Ich kann die Führung an dich abgeben, Lunar, aber das wird ihre Frustration über meine Schwäche nur auf dich lenken – und vielleicht auch ihren Zorn darüber, dass du sie in ihrem eigenen Revier getäuscht und überlistet hast. Du musst dir eine Überlebensstrategie ausdenken.«

»Was würdest du tun, Vater?«

Klimt zuckte die Schultern und wandte sich ab.

»Du weißt doch, was zu tun ist oder etwa nicht?«, schrie Lunar wütend.

Klimt seufzte. Er wusste es, aber wenn Lunar führen wollte, so musste er selbst herausfinden, was sich bei ihm am besten bewährte.

Doch Lunar hatte einen Freund, dem er sich anvertrauen konnte: Utin, der Petschoraner, den er besiegt und später vor den Kasachen gerettet hatte.

»Er weiß es, aber er sagt es mir nicht«, klagte Lunar.

»Was würde Solar getan haben?«, fragte Utin.

»Solar?«, sagte Lunar überrascht und knurrte einen Wolf an, der ihnen zu nahe gekommen war. »Nun, er … er …«

»Ja?«, half Utin nach. »Du hast doch immer gesagt, dass er stärker war als du und besser führen konnte. Und Kobrin, was würde Kobrin tun?«

»Du bist auch nicht besser als mein Vater! Immer nur Fragen stellen, aber keine Antworten geben!«, murrte Lunar. »Also gut. Ich bin nicht der Stärkste hier, aber auch nicht der Schwächste, das ist schon mal nicht schlecht. Solar – Solar würde Verbündete gesucht haben. Und Kobrin – er hätte die Dinge analysiert, hätte die Stärken und Schwächen des Feindes abgeschätzt.«

Utin grinste über seinen Freund, der im Selbstgespräch versuchte, eine Lösung zu finden.

Was würde Klimt tun? Verbündete finden? Analysieren …

Inzwischen brach die Dämmerung herein.

»Lunar!«, rief Utin aus. »Da gibt's Streit!«

Zwei Kasachen hatten einen Petschoraner angegriffen, und die anderen Wölfe der beiden Gruppen hatten sich aufgestellt, um ihrem jeweiligen Sippenmitglied zu helfen. Sie hatten bemerkt, dass Lunar in einiger Entfernung saß, und wollten feststellen, ob er entschlossen und stark genug war, den Streit zu beenden.

Lunar trottete ruhig hinüber zu dem Gerangel, das jede Sekunde schlimmer wurde. Klimt selbst war nicht weit entfernt und offensichtlich froh, Lunar kommen zu sehen. Doch sein Sohn versuchte nicht als Erstes, die streitenden Parteien zu unterwerfen, sondern schätzte die Situation ab, wie Klimt es getan hätte.

Lunar erinnerte sich, dass sein Vater, als sie klein waren, Solar manchmal aufgefordert hatte, eine Situation einzuschätzen und zu entscheiden, was am besten zu tun sei.

Er sah hinüber zu Klimt. Klimt schwieg, aber Lunar vermutete, dass er ihn jetzt genau dazu aufforderte.

Er musste sich seiner Verbündeten versichern.

»Utin?«

Sein Freund nickte.

»Hol drei Petschoraner!« Lunar nannte ihm drei Namen. »Sie sollen sich aus dem Kampf heraushalten und sich schützend vor Klimt stellen. Hier geht es um ganz andere Dinge, als es scheint.«

Utin nickte und erfüllte Lunars Bitte.

Er musste die Situation analysieren.

Irgendwas war faul. Die Kasachen schenkten ihm genauso viel Aufmerksamkeit wie der feindlichen Gruppe. Außerdem entwickelte sich die Rauferei nicht so schnell und so lebhaft, wie es bei einer echten Auseinandersetzung der Fall gewesen wäre, und die anderen Wölfe sahen nur zu und griffen nicht ein. Es war ein Test – aber von wem und wofür? Lunar sah aus dem Augenwinkel, dass einer der Petschoraner, den er genannt hatte, nicht mit den beiden andern ging, sondern bei den Kasachen blieb. Hin …

Klimt hätte entschlossen angegriffen, wenn sie es zuletzt erwartet hätten, und die Gegner skrupellos und bis aufs Äußerste eingeschüchtert.

Lunar rief innerlich Solar und Wulf an und erhob sich so plötzlich, dass alle es sahen. Dann nahm er Anlauf und rannte auf die ineinander verkeilten Wölfe los, wie man es von ihm erwartete. Er sah, wie die anderen sich verkrampften, sah sich um, um den zu finden, der am gelassensten und ruhigsten schien. Da sah er ihn: Einen großen, trägen Kasachen, der offenbar der Unruhestifter war. Lunar kannte ihn. Er rannte weiter auf die kämpfenden Wölfe zu, rannte schneller – er war einer gegen viele, sie könnten ihn leicht überwältigen.

Greif an! Sei skrupellos!

Da machte er einen Satz mitten in das Gerangel und fühlte innerlich die Kraft von Klimts Willen. Er fühlte sich wie sein Vater: eiskalt, entschlossen, sicher, im Recht. Es war belebend.

Lunar landete nur einen Schritt von den Streitenden entfernt, fand das Gleichgewicht wieder und nahm Haltung an. Er blickte hinter die Kämpfenden auf den Anstifter und auf einen, der noch aufrechter stand als der Kasache, den er für den Urheber gehalten hatte – es war der Petschoraner, der sich geweigert hatte, mit Utin zu gehen. Er lächelte wohlwollend, aber er war der wirkliche Feind. Genau der.

Lunar nahm all seine Kraft und Entschlossenheit zusammen und machte einen Satz über die ganze Gruppe genau auf den Petschoraner zu.

Greif an! Sei absolut skrupellos!

Damit hatte der Petschoraner nicht gerechnet. Und wenn Lunar noch einen überzeugenden Beweis brauchte, dass er Recht hatte, so war es die Mischung aus Erstaunen, Angst, Wut und Verlegenheit im Blick des Opfers, der verriet, dass er entdeckt worden war. Er zeigte nicht die geringste Empörung darüber, dass er zu Unrecht von Lunar beschuldigt worden wäre.

Lunar verschwendete weder Zeit noch Worte, noch schonte er ihn in irgendeiner Weise. Dazu hatte er Klimt oft genug in Aktion gesehen, und er tat genau das, was Klimt immer getan hatte: Er schnappte nach dem Gesicht, biss zu, hakte sich fest und setzte den Kiefer des Gegners außer Gefecht. Dann drehte er sich und stieß den Petschoraner um, sodass er auf der falschen Pfote aufkam, das Gleichgewicht verlor und vor Schmerz und Schreck jaulend zu Boden stürzte.

Lunar dachte einen Augenblick lang, der Petschoraner, der stärker war als er selbst, würde wieder aufstehen und seine Kraft abschätzen. Petschoraner waren geübte Kämpfer, hatte Utin gesagt. Lunar wusste, dass er nicht mehr viel Zeit hatte, diese Geschichte ein für alle Mal zu erledigen, bevor er den Vorteil des Überraschungsangriffs und damit den ganzen Kampf verlor.

Solars Bild schoss ihm durch den Kopf. Sein Bruder hatte ihn einmal unterworfen, aber er hatte kein Mitleid mit ihm gehabt, er war im Gegenteil noch brutaler geworden. Lunar erinnerte sich an den Stich ins Herz, den ihm

Klimts anerkennendes Nicken für Solars Brutalität gegeben hatte.

Er sah, wie Klimt ihn anblickte, sah das Nicken wieder, und dieses Mal verstand er, warum; es gab keinen Platz für Mitleid. Er biss fest in den Hals des Petschoraners, riss ihm die Kehle auf, dann sprang er auf, drehte sich um, Blut spritzte aus seinem Maul, und er ging direkt auf die Genitalien des anderen los.

Im Handumdrehen war alles vorbei. Der Petschoraner kroch jaulend und mit eingezogenem Schwanz davon, Blut tropfte von seinem Maul und seinem Unterleib. Lunar stand stolz und aufrecht da, Utin und den beiden anderen, die seinen Vater beschützten, den Rücken zugewandt. Das Scheingefecht der Kasachen war vorüber.

»Falls einer die Macht Klimts, der mein und euer Führer ist, infrage stellt, so soll er es jetzt tun, und er kann in Frieden gehen. Wer ein Komplott gegen Klimt schmiedet, verschwört sich auch gegen uns, die auf seiner Seite sind. Hat jemand das vor?«

Schweigen, bis auf die klopfenden Herzen des ganzen Rudels.

»Wer akzeptiert Klimts Führung nicht?«

Schweigen, bis auf die Schritte von zwei, drei Kasachen, die sich davonschlichen.

»Schwört ihr ihm Treue durch das Geheul?«

Schweigen. Warten. Ehrfurcht vor der Herrschaft, die Lunar plötzlich über sie gewonnen hatte. Und Zögern, denn sie wollten nicht zugeben, dass sie keine Ahnung hatten, was »das Geheul« bedeutete.

»Na, was ist?« Lunar wünschte, Solar wäre hier und könnte den Scherz mit ihm teilen. Er wusste nämlich selbst nicht, was er damit meinte, es war ihm einfach so eingefallen.

Er streckte seinen Kopf vor, hob ihn langsam und begann zu heulen. Er heulte von der Führerschaft Klimts und vom Herzland, zu dem sie wanderten – das konnte leicht als der ›Treueschwur durch das Heulen‹ gelten.

Auf Klimts grimmiges Gesicht legte sich ein Lächeln, als

er begriff, was sein Sohn da ausgeheckt hatte. Nun schöpfte er wieder Hoffnung, denn Lunar hatte eine Stärke gezeigt wie er sie nie von ihm erwartet hätte, und er hatte bewiesen, dass er umsichtig und lernfähig war. Er könnte tatsächlich der Auserwählte sein.

Während des Heulens dankte Klimt den Göttern und bat, noch erleben zu dürfen, wie Lunar die Führung über ein Rudel errang. Klimt lauschte dem Heulen und beobachtete, wie die mühsame Arbeit der Rudelbildung langsam Früchte trug. Er erwartete nicht gleich eine Antwort der Götter auf seine stillen Gebete. Umso überraschter war er, als er aus der Ferne ein Flüstern hörte, ein fernes Heulen als Antwort auf das Geheul des Rudels, ein Ruf nach Hause. Er fühlte plötzlich einen stechenden Schmerz, eine unerwartete Sehnsucht nach der Wölfin, die er so lange vermisst und an die er wochenlang nicht gedacht hatte.

»Jicin, meine Liebe, bist auch du auf der Wanderung nach Hause? Darf ich dich wohl noch einmal neben mir spüren?«

Klimts Zuversicht für die Wölfe der Zeit fand eine plötzliche Entsprechung in der Zuversicht für sich selbst, die Hoffnung, dass seine Aufgabe, die Wölfe der Zeit zu führen, fast vollbracht war und dass er, bevor er zu den Sternen ging, noch einmal das Glück erleben dürfte, mit Jicin, seiner großen Liebe, der einzigen richtigen Freundin, die er je gehabt hatte, zusammen zu sein und die Erfüllung zu finden, auf die er so lange gewartet hatte. Aber war es richtig, einfach der Pflicht den Rücken zu kehren und sich seinem Vergnügen zu überlassen?

»Jicin, meine Liebe …«

»Was ist denn, Vater?«

Lunar war besorgt zu seinem Vater gegangen. Er hatte Tränen in Klimts grauen Augen glitzern sehen und gehört wie er Jicins Namen gemurmelt hatte.

»Ich vermisse sie, Wolf.«

»Ich weiß«, sagte Lunar. Er hatte Jicin nie getroffen, er hatte seinen Vater auch nie in friedlicher Umarmung mit einer Freundin gesehen. Er konnte sich das alles nicht so richtig vorstellen.

Ein Außenstehender, der Lunar und Klimt zusammen in der Nacht und beim gemeinsamen Heulen beobachtet hätte, hätte sich gefragt, wer der Vater und wer der Sohn war.

»Es geht dir offenbar wieder besser. Du wirst als Führer dieses neuen Rudels nach Hause zurückkehren, und wenn es das Letzte ist, was ich tue!«, sagte Lunar.

»Nein, doch nicht das Letzte!«, sagte Klimt in gespielter Aufregung. Es war das erste Mal auf dieser langen Reise, dass Klimt einen Spaß machte.

Nach dem Kampf mit dem Petschoraner gab es für Lunar und Klimt keine weiteren Bedrohungen. Alle waren sich einig, dass Lunar seine Aufgabe als angehender Anführer gemeistert hatte, und es war gut, dass Lunar danach nicht die Führerschaft beansprucht hatte, wie er es hätte tun können – und wie es Solar wahrscheinlich getan hätte.

Er wusste, dass er noch viel lernen musste und er Glück gehabt hatte. Es war wichtiger, dass Klimt Zeit hatte, sich zu erholen, es war wichtiger, dass die Wölfe in den folgenden Wochen lernten, wie ein Rudel zusammenzuarbeiten, bevor sie das Herzland erreichten, und es war wichtiger herauszufinden, auf wen außer Utin sie sich in kritischen Situationen verlassen konnten.

»Vorausgesetzt, wir können die Unruhestifter in Schach halten, bis du wieder bei Kräften bist«, sagte Lunar nach ein paar Tagen, als sein gestärkter Vater darauf bestand, die lange Wanderung wieder aufzunehmen.

»Ja, vielleicht«, brummte Klimt. Lunar interpretierte seine schlechte Laune als ein Zeichen der Frustration darüber, dass er noch nicht wieder voll bei Kräften war, dass es ihm aber stetig besser ging. »Vergiss nicht, dass ich eines Tages nicht mehr hier sein werde, Wolf. Du solltest dich also besser um deine eigenen, sich entwickelnden Stärken kümmern, als dich auf einen alternden Wolf wie mich zu verlassen. O ja, ich schaffe es wahrscheinlich noch ins Herzland, und dort werde ich ein paar ruhmreiche Monate als Rudelführer verbringen, wenn die Madjaren endlich besiegt sind, aber meine Arbeit ist fast getan, und andere werden mich ersetzen. Ich hoffe, du bist einer davon, und ich hoffe, du wirst ein herausragender Führer. Das hat Wulfin vor vielen Jahren so bestimmt.«

»Mhm!«, knurrte Lunar, der solche Gespräche nicht mochte. Er konnte akzeptieren, dass die Wölfe der Zeit auserwählt waren unter allen Wölfen, aber er selbst fühlte sich einfach nur sterblich und fand es absurd, davon zu sprechen, dass er oder ein anderer Wolf ein Gott werden würde. Das waren nur Klimts Träume, und Wulfins legendärer Besuch bei seiner und Solars Geburt war sicher nur ein Hirngespinst.

»Das sind keine Träume, mein Sohn, keineswegs. Es ist der Ausgleich für alles Unrecht, das in der Vergangenheit geschehen ist, es ist das Lernen unserer Lehren, der Beginn unserer neuen Vorherrschaft, es ist die Rückkehr zu dem, was wir waren, bevor Wulf vor Jahrhunderten der Erde und der Sterblichkeit anheimfiel. Nun ... jetzt hetz doch nicht so! Hör zu! Lunar!«

Aber Lunar wollte nichts über das Kommen der Götter hören. Es war Unsinn, es war ... Es erschreckte ihn.

»Lunar!«, schrie Klimt und holte ihn ein. »Ich wollte doch nur sagen, dass wir uns nicht so beeilen müssen, ins Herzland zu kommen. Etwas sagt mir, dass wir darauf vertrauen können, dass Kobrin die Dinge noch ein wenig länger unter Kontrolle hat.«

»Sie warten sicherlich schon auf uns«, sagte Lunar. »Die Wärme wird nun auch ins Steilfeld vordringen und dann werden die Madjaren wieder ihren Vorstoß zur Mitte des Herzlands beginnen.«

Klimt nickte. Er behauptete, müde zu sein. Vielleicht war er das ja auch, vielleicht brauchte er aber nur einen Vorwand, um das Tempo der Wanderung zu zügeln.

»Er glaubt, dass ich noch vieles lernen muss«, knurrte Lunar im Gespräch mit Utin, seinem Vertrauten.

»Vielleicht hat er ja Recht. Ich jedenfalls weiß, dass ich noch vieles lernen muss!«, sagte Utin entwaffnend.

So legten sie hier und da kürzere und längere Pausen ein, machten Umwege nach Norden, um Beute zu suchen, oder nach Süden, um sauberes Wasser zu finden. Manchmal ruhten sie an einer Stelle, an der das Wasser gut und reichlich Beute vorhanden war, um wieder zu Kräften zu kommen und um sich gegenseitig ihre Geschichten zu erzählen.

Klimt wusste, dass diese Tage Vorteile brachten. Am wichtigsten war, dass jene Wölfe abfielen, denen das Tempo zu langsam war, was bewies, dass sie für die große Aufgabe, die Klimt seinen Wölfen ans Herz legte, nicht geeignet waren.

Manche schlichen sich einfach ohne ein Wort davon und wurden nie wieder gesehen, andere nahmen ein schreckliches Ende. So auch zwei Wölfe, die das Rudel in der ukrainischen Steppe auf der Suche nach Wasser verlassen hatten. Die anderen fanden den Beweis für ihr trauriges Schicksal in Form ihrer verwesenden Kadaver, die in Menschenfallen gefangen waren. Lunar hatte noch nie zuvor solche Drahtfallen gesehen und wollte unbedingt zurückgehen, um sie sich genauer anzusehen. Seine Pein und seine Abscheu vor dem stinkenden Aas wurden unterdrückt von seiner Begierde herauszufinden, wie diese dünnen Drähte einen starken Wolf so einfach überwältigen konnten. Dazu brauchte er eine Weile. Er stellte auch fest, dass die beiden Wölfe sich hätten befreien können, wenn sie nicht am Draht gezogen, sondern gegen die scharfe Schlinge gedrückt und sie gelockert hätten.

Die Fallen ließen vermuten, dass die Menschen allen Tieren auflauerten, die des Weges kamen, aber sie waren offensichtlich für Kaninchen aufgestellt worden und nicht für Wölfe. Denn überall waren verlassene Bauten; ihr trockener, süßlicher Geruch verriet, dass dort schon lange keine Kaninchen mehr verendet waren. Auf dem Rückweg von seiner makabren Erkundung entdeckte Lunar noch etwas; flatternde Bussarde in der Dämmerung und auffliegende Krähen an den höher gelegenen Stellen wiesen ihm den Weg.

Dutzende von stinkenden Leichen lagen in Zelten im Windschatten eines Fahrzeugs, wie es die Menschen im Krieg auf der Straße durch den Wald benutzt hatten. Offenbar waren diese Menschen aus einer Ansiedlung vertrieben worden und auf der Suche nach Nahrung und Wasser gestorben. Tiere mit Fallen zu fangen war ihr letzter verzweifelter Überlebensversuch gewesen, aber ihre Kraft hatte nicht gereicht, um die Beute zu holen.

Kurz nach diesem bedrückenden Zwischenfall kamen die Wölfe in ein fruchtbareres Gebiet der Ukraine. Dort sahen sie, wie groß die Verwüstungen durch den Menschenkrieg an jenen Orten waren, die sie Monate zuvor durchquert hatten. Ihr Instinkt und ihr Verstand sagten ihnen, dass sie sich von den Zentren der Städte fern halten mussten. An einem Ort trafen sie auf eine Horde blinder Ratten. Aus ihren Augen triefte eine weiße, klebrige Flüssigkeit, ihr Leben bestand nur noch aus Verfall und einem teuflischen Vernichtungskampf, in dem sie sich gegenseitig auffraßen. Als die Wölfe kamen, erstarrten sie, hoben aufgeschreckt ihre Nasen, horchten, aber ihr Gehör war beschädigt; sie versuchten Schwingungen des Bodens durch ihre Pfoten zu fühlen, aber ihre Pfoten waren taub. Die Wölfe gingen durch Ruinen und zwischen Leichen an den Ratten vorbei.

Sie kamen zu dem Fluss, an dem Solar seinen Bruder gegen die Hunde verteidigt hatte. Damals war das Wasser klar gewesen, nun war es rot und schäumte vor Dreck. Wo sich der Lauf des Flusses nach Süden staute, tauchten Menschenfüße und Rinderköpfe mit leeren Augenhöhlen auf, die gebogenen Beine eines toten Pferdes hoben sich langsam aus der roten Suppe, bevor sie wieder in den Fluten verschwanden.

Über allem hing der durchdringende Gestank von Auslöschung, Verfall und Tod, der Gestank eines Flusses, der voll war mit dem Schutt eines geschändeten, öden Landes und der in ein anderes, schon lange verwüstetes Land weiterfloss. Die Wölfe fanden eine Menschenbrücke und überquerten sie, blickten flussaufwärts und flussabwärts, sie wünschten sich fast, es gäbe dort Menschen und mit ihnen eine Normalität. Die Wölfe würgten von dem Gestank, ihre Augen tränten von der ätzenden, verseuchten Luft.

In diesem ausgedörrten Gebiet bewegte sich nichts außer dem rotbraunen Fluss des Todes und den Wölfen auf ihrer Wanderung nach Westen.

Einige Wochen später, im April, kamen die Wölfe zu den höher gelegenen Gebieten im Westen der Ukraine, und die Dinge normalisierten sich allmählich wieder. In den kleinen Siedlungen stieg wie in alten Tagen Rauch aus den Kaminen auf, im Morgengrauen führten die Menschen Pferde auf die Felder, bauten wieder Getreide an, holten Futter für das Vieh und kamen am Abend unter den Augen der Wölfe auf den schmalen Wegen des Hochlands mit quietschenden Karren und klirrendem Pferdegeschirr wieder zurück. Die Wölfe sahen sie nicht.

Sie hörten auch von dem Vormarsch der Madjaren auf die gegenüberliegende Seite der Karpaten, deren Ausläufer sie nun schon hinaufstiegen. Sie trafen auf vagabundierende Wölfe, allein oder in Paaren, gelegentlich auch in größeren Gruppen, die vor den Madjaren oder den Menschen oder vor beiden geflohen waren. Es war meist die gleiche Geschichte: Boten der Madjaren waren im vergangenen Herbst zu ihnen gekommen und hatten ihnen von Führer erzählt, dem stolzen, klugen und mächtigen Anführer der Madjaren, der im Frühling wieder das Steilfeld, das Herz des Herzlandes, einnehmen, den sagenhaften Wulfsfelsen und die wahre Bestimmung der Wölfe finden wollte.

Das klang viel versprechend, doch Hochlandwölfe ziehen es vor, nahe bei ihrem eigenen Revier zu bleiben, und hielten nichts von der Drohung der Tiefland-Madjaren, ›wer nicht mit uns ist, ist gegen uns‹, die da so dreist aufgetaucht waren. Jene, die dem Ruf der Madjaren aber nicht folgten, wurden zu Frühlingsbeginn Opfer der Verfolgung durch fanatische Madjarenhorden aus dem Süden der Ukraine und ihren eigenen Rudelmitgliedern, die Führer unterstützten.

Viel schlimmer aber war, dass diese Wölfe, die jahrhundertelang ohne große Konflikte mit den Menschen am selben Ort gelebt hatten – die Menschen hatten schon vor langer Zeit in den fruchtbaren, tiefer gelegenen Gebieten die Herrschaft über die Wölfe gewonnen –, nun wieder verfolgt wurden.

»Die Menschen kamen mit Hunden und Gewehren, sie jagten uns, erschossen uns, nahmen die Schwächeren und quälten sie, sodass wir ihre Schreie hörten und Angst bekamen …«

Es gab viele solcher Berichte. Die Hälfte der Wölfe, die sie trafen, war zu schockiert über das, was sie gesehen hatten, um sich lange bei Klimts Wölfen aufzuhalten oder sich überreden zu lassen, mit ihnen zu ziehen. Sie zogen es vor weiterzuflüchten, und es hatte keinen Sinn, ihnen zu sagen, dass das Land, in das sie flohen, verwüstet war.

Die andere Hälfte der Flüchtlinge fühlte sich angesprochen von der Ordnung und der Entschlossenheit, die Klimt und Lunar ihren Wölfen in harter Arbeit beigebracht hatten, und von der Bestimmung der Wolfheit, über die sie sprachen und die sich bald erfüllen sollte. Jeder vernünftige Wolf begriff, dass er in einer großen, entschlossenen Gruppe vor Madjaren und Menschen sicherer war als allein.

Im Mai, als sie den Fuß der Karpaten erreichten, war ihre Zahl schon beträchtlich angestiegen. Klimt war inzwischen wieder fast zu alter Kraft und Stärke gelangt und hatte seine Autorität wiedergewonnen. Seine Schulter schmerzte noch, wenn er steile Hänge hinaufklettern musste, und wenn er müde war, hinkte er ein wenig, aber Lunar konnte ihm jeden Tag mehr Kontrolle über das Rudel abtreten und war dafür dankbar.

Als sie nur noch wenige Tageswanderungen vom Herzland entfernt waren, beschloss Klimt, das Rudel zu teilen. Er stellte die meisten Petschoraner unter Lunars Führung, denn er verstand sich gut mit ihnen und konnte auf das Vertrauen bauen, das er bei seinem ersten Zusammentreffen mit ihnen gewonnen hatte. Klimt hingegen hatte Lust, sich der Herausforderung zu stellen, den harten, zähen Kasachen und ein paar der schwierigen Vagabunden, die sich ihm angeschlossen hatten, seine Führung und Herrschaft aufzuzwingen. Diese Aufgabe wurde erleichtert durch die Tatsache, dass einige der neuen Rekruten gehört hatten, wie die Madjaren mit Ehrfurcht von ihm sprachen, und dass sie schon durch ihre kurze Bekanntschaft mit diesem großartigen Wolf gemerkt hatten, dass stimmte, was man sich erzählte.

»Lunar, geh mit deiner Gruppe voraus; du besitzt Autorität über sie und hast sie zu einem guten Rudel gemacht. Utin ist dir ein Gehilfe, wie Tervicz mir immer einer war. Du kannst schneller gehen als ich, meine Gruppe ist größer, und ich brauche sowieso ein, zwei Tage länger, um unter den Neuankömmlingen Ordnung zu schaffen. Zieh also Richtung Wald voraus, so schnell du kannst, und nimm Kontakt mit Kobrin und den anderen auf. Sag ihm, ich bin höchstens drei Tageswanderungen entfernt, und sag ihm, dass ich den Weg über die Ruine nehme, wo Merrow vor ein paar Jahren starb.«

Lunar nickte betrübt bei der Erinnerung an seine Schwester.

»Und … was auch immer ihr tut, stellt einen Kundschafter ab, der uns zu euch führt. Ich werde versuchen, noch mehr Wölfe zu rekrutieren, bevor wir ins Herzland kommen. Das scheint nicht sehr schwierig zu sein, denn Führer hat sich viele Feinde gemacht, die er nicht beeindrucken oder gar einschüchtern konnte. Wie der Vater, so der Sohn!«

Sie unterhielten sich noch ein wenig und besprachen, wie sie wieder in Kontakt miteinander kommen könnten, wenn es nötig wäre, bevor Lunar seine Gruppe in die Hohe Tatra führte und einen sicheren Weg durch den letzten Schnee in den Wald suchte. Sein Herz schlug immer schneller bei der Aussicht endlich heimzukommen.

Kapitel 27

Die Heimkehr und der Beginn der letzten Auseinandersetzung zwischen den Wölfen der Zeit und Madjaren und Menschen

Nach einigen Tagen erreichte Lunar mit den Petschoranern eine Stelle, die ihm vertraut war, und er hatte das überwältigende Gefühl, dass er zu Hause angekommen war. Es war Nacht, das Eis krachte unter ihren Pfoten, und ihr Atem schien weiß im Mondlicht. Sie waren nun im Tal, das zwei Stunden von der Ruine entfernt lag, wo die drei Wanderer sich damals von Kobrin und den anderen getrennt hatten und nach Kasachstan gezogen waren.

Die Sterne waren in den Himmel gemeißelt. Er fühlte sich glücklich – ein ungewohntes Gefühl – und er hatte sein Ziel erreicht, er hatte seine Wölfe ins Herzland geführt.

»Wann sollen wir Kontakt aufnehmen?«, fragte Utin, der an Lunars Flanke stand.

»Höchstens zwei Stunden vorher.«

»Bist du aufgeregt?«

»Sehr.«

Die beiden waren enge Freunde geworden und konnten sich aufeinander verlassen wie Klimt und Tervicz. Lunar begriff plötzlich, wie groß das Opfer seines Vaters gewesen war, als er Tervicz zurückließ. Hatte er ihn vermisst? Bestimmt.

Lunars Gefühl, dass sein Vater absolut großartig war, war in den letzten Tagen immer stärker geworden. Sein Traum hatte die Wölfe zusammengehalten, auch ihn hielt er in seinem Bann, der so machtvoll war wie die Sterne selbst. Er hegte nie den geringsten Zweifel, dass Kobrin in Sicherheit war und dafür gesorgt hatte, dass seine Wölfe ihre Aufgabe erfüllten.

Vielleicht waren einige gestorben. Lunar spürte, dass das so war, er konnte es fast in der Luft wittern. Die Dinge hatten sich verändert, nicht aber die Bestimmung der Wölfe der Zeit. Manche waren gegangen, andere kamen nach Hause wie sie selbst.

»Komm weiter!«, sagte Lunar, nachdem sie sich lange genug ausgeruht und aus dem Bach getrunken hatten, der nach dem Wasser aus den Bergen schmeckte, das er so gut kannte. »Wir sind fast da.«

»Wartet Kobrin denn wirklich auf uns?«, fragte ein Petschoraner.

»Ja, glaub mir, er wartet«, sagte Lunar. »Er war immer für mich da, seit meiner Geburt, und ich bin kein Petschoraner. Die Götter haben bestimmt dafür gesorgt, dass Kobrin die mutigen Petschoraner willkommen heißt, die so weit gewandert sind, um die große Aufgabe fortzuführen, die er und Klimt in Angriff genommen haben!«

Lunar konnte schon immer gut reden, nun nutzte er diese Fähigkeit aus, damit andere Wölfe ihm folgten und vertrauten.

»Kommt nun, Freunde!«, sagte er und ging ihnen voraus.

Sie machten noch einmal Rast. Über ihre Köpfe flog mit blinkenden Lichtern ein Menschenhubschrauber hinweg, er flog nicht zum Steilfeld, sondern durchs sichere Tal und in einer sanften Kurve zum Moorland. Lunar sah ihm nach, er winselte, das laute Rattern tat ihm in den Ohren weh, und er wunderte sich über die Menschen. Er war froh, den Boden unter seinen Pfoten zu spüren, als die Stille der Berge sich wieder über das Land senkte.

Langsam näherten sie sich der Ruine. Sie nutzten den Wind, der vom Berg her wehte, und gingen erst in der Morgendämmerung aus dem Schutz des Waldes in felsigeres, steiniges Gelände hinaus. Überall kreuzten sich die Duftfährten von Madjaren und den Wölfen der Zeit; Lunar riskierte es nicht, sich in offenem Gelände zu zeigen.

Er hielt an einem Nadelbaum, dessen Wurzeln im Morgenlicht hellbraun glänzten, sie waren von Hirschen angefressen. Er kannte die Stelle, er schnüffelte.

»Stry war hier«, flüsterte er leise, »und ein anderer Wolf.« Aber er konnte nicht feststellen, wer, nur, dass es eine Fähe war.

Sie hatten einen günstigen Punkt erreicht und warteten, bis es ganz hell war. Die Luft war feucht und schwer am Bach, der direkt zur Ruine floss. Sie lauschten den Bewegungen der Tiere im Unterholz und dem Heulen und Bellen von Wölfen im Süden: Madjaren. Als sich der Wind drehte und sie Rückenwind bekamen, wie es bei Sonnenaufgang dort immer der Fall war, stand Lunar auf und schüttelte sich. Er nickte Utin zu, dass er die Führung übernehmen sollte, und gab den zwei größten Petschoranern ein Zeichen, ihn zu begleiten.

Er musste vorsichtig sein, denn die Wölfe, die sich Kobrin vielleicht angeschlossen hatten, kannten ihn nicht und könnten angreifen. Es war sicherer, Wachen bei sich zu haben. Am besten wäre, wenn der erste Wolf, den er sah, ein Bekannter wäre.

Lunars Herz pochte wie wild, als er am rechten Ufer langsam zwischen den Bäumen den Hügel hinunterlief. Es war nicht die normale Nervosität des Heimkommens, die ihn plagte – es waren die Erinnerungen an die Zeiten vor seiner Wanderung, an Zeiten, die so lange zurückzuliegen schienen. Die schlimmste Erinnerung war Merrows Tod in der Ruine. Er musste immerzu daran denken.

Er sah die graubraunen Flanken von zwei Wölfen, aber sie hatten ihn schon vorher entdeckt. Sie erstarrten. Sie drehten sich ein wenig, um durch die Bäume hindurch besser sehen zu können. Ein Auge, eine weitere Flanke, Nackenhaare, die sich sträubten, das flinke Tappen von Pfoten vor ihnen, neben ihnen, bereit in Deckung zu gehen oder zu fliehen.

Lunar und seine Begleiter machten noch einen Schritt nach vorne, damit man sie besser sehen konnte. Dann bellte er und stellte sich als einer der Ihren vor. Er wilferte, um zu sagen, dass sie Freunde wären, und ging weiter auf die Wölfe zu.

Da war plötzlich Stry. Er kam aus seinem Versteck hinter zwei Bäumen hervor.

»Stry! Wolf! Ich bin's!«, rief Lunar.

Die beiden Wölfe gingen erst vorsichtig aufeinander zu,

dann umkreisten sie sich Schulter an Schulter, Schnauze an Schnauze, wie Stry es ihm beigebracht hatte, als er klein war.

»Lunar! Bei Wulf, du bist es wirklich!«

Sie schauten sich erleichtert in die Augen.

»Bei Wulf, es gibt so vieles, das wir wissen wollen, aber …« Stry sah an Lunar vorbei zu den beiden fremden Wölfen. Er war irritiert. »Wo ist Klimt?«

Lunar nahm Stry zur Seite, damit die anderen sie nicht hören konnten, und erklärte ihm schnell, wie viele Wölfe sie mitgebracht hatten und wie sie verteilt waren, und dass Klimt in ein oder zwei Tagen zu ihnen stoßen würde.

»Nicht einen Tag zu früh!«, murrte Stry.

»Wieso? Was ist denn passiert?«, fragte Lunar.

Stry schilderte ihm kurz, dass die Madjaren ins Steilfeld vorgestoßen waren und Kobrin darauf bestanden hatte, dass die Wölfe der Zeit in Deckung gingen, weil er an Lounels Vorhersage von Klimts Rückkehr glaubte. Er erzählte auch von Elhanas tragischem Tod, doch in Lunars Gesicht spiegelte sich Erleichterung darüber, dass sie ihren Weg zum Wulfsfelsen und zu den Sternen gefunden hatten.

»Ihr wartet jetzt also auf die Rückkehr der beiden Jungwölfe? Und Torne haben wir an die Madjaren verloren, sagst du?«

Stry nickte. »Die Jungwölfe sind am Wasserfall verschwunden. Kobrin ist seit gestern Nacht oben, obwohl er gar nicht an der Reihe ist mit Wachen. Lounel hat gesagt, sie würden diesen Weg zurückkommen. Aragon ist bei ihm –«

»Aragon?«, rief Lunar erstaunt aus.

»Es gibt so vieles zu erklären, und wir haben nur wenig Zeit«, sagte Stry. »Wir glauben, dass Jicin draußen im Moorland ist, in einem Unterschlupf, in dem sie und Klimt eine Zeit lang gelebt haben. Wir müssen nun Kobrin rufen, ich werde zwei Wölfe schick–«

Lunar fiel ihm lächelnd ins Wort. »Ich habe eine bessere Idee!« Er sah zur Ruine und zu den Bäumen, die sie umgaben, und hinauf zu den Felsen. Die Zeit der Herzlandwölfe war nun gekommen, alle kamen zurück, um den letzten Kampf mit den Madjaren auszufechten.

»Wie geht es Kobrin?«, fragte Lunar.

»Ganz gut. Aber Klimt war zu lange weg, Kobrin ist alt geworden. Er hat die letzten Wochen, ja Monate kaum geruht, hat immer nur gewacht und gegrübelt, Pläne geschmiedet und Strategien entworfen. Er hat die Madjaren lange zum Narren gehalten und sie glauben gemacht, dass wir ein ganzes Rudel sind und Klimt bei uns ist. Wahrscheinlich haben sie erst vor kurzem gemerkt, dass wir nur wenige sind.«

»Toll!«, rief Lunar. »Mein Vater hat seinen Feinden schon immer gerne böse Überraschungen bereitet.«

Er rief einen Petschoraner und befahl ihm, sofort Utin und die anderen zu holen.

»Wir werden Kobrin rufen und ihm eine Begrüßung bieten, wie er sie nie erwartet hätte. Wir werden ihn als den großen Wolf willkommen heißen, der er ist.«

Kurz darauf kamen die Petschoraner auf die Lichtung bei der Ruine und mischten sich unter die anderen. Sie beschnüffelten sich, knurrten und bellten leise, bevor sie sich hinsetzten. Als Lunar verkündete, dass Kobrin in der Nähe sei, wurden die Petschoraner still, und einige blickten ehrfürchtig auf.

»Ihr wisst, wie ihr ihn begrüßen müsst?«, fragte Lunar leise.

»Mit Achtung und Respekt«, antwortete Utin, der die Führung über seine Wölfe übernommen hatte. Er hob den Kopf und setzte zu einem hohen Heulen an, das sich anhörte, als würde sich der Tundrawind in eisigem Unterholz verfangen und Schneeflocken über einen gefrorenen See wirbeln.

Die Petschoraner standen langsam auf und stellten sich neben ihn. Sie fielen in das Geheul ein, das leise und so sanft anstieg wie das Ödland im Norden, welches sie vor langer Zeit auf der Suche nach dem Herzland verlassen hatten, auf der Suche nach dem Wolf, der immer ihr Vorbild war.

»Hört, hört«, flüsterte Lunar Stry und den anderen zu. Das Heulen erzählte von Jahrzehnten des Wartens, es erzählte von all jenen, die gestorben waren, bevor sie diese Wanderung unternehmen konnten, von der sie so oft geträumt hatten, es erzählte von dem Mut einiger weniger, die diese Reise nun gewagt hatten und den großartigsten Wolf grüßen wollten, der je in ihrem Stamm geboren worden war. Ihr Gruß sagte, dass sie bereit waren, ihren Mut und ihre Kraft für das Streben nach der Erfüllung der Bestimmung der Wolfheit und für Wulfs Wiedererlangen der Unsterblichkeit an Wulfins Seite einzusetzen.

Der alte Kobrin hatte die ganze Nacht am Ende der großen Felsenrinne, in die der Wasserfall mündete, gezittert. Er wusste nicht genau, warum er hierher gekommen war, denn eigentlich war Aragon mit der Nachtwache an der Reihe, und Kobrin hätte bei der Ruine im Warmen bleiben können. Aber der Abendhimmel war so seltsam klar gewesen und die Sterne leuchteten heller, als er sie jemals gesehen hatte. Die Veränderungen, die sich immer deutlicher angekündigt hatten, schienen nun nahe bevorzustehen und sich auch am Himmel abzuzeichnen: Myriaden von Sternen, die sich nur selten zeigten, der kalte Nachtwind, Echos und Schreie in der Felsenrinne, über die Aragon gekommen war, um mit ihm zu wachen.

Doch im Morgengrauen waren Kobrin und Aragon verzagt, ihre Unterhaltung tröpfelte nur noch dahin, während sie auf die Bestätigung von Lounels Voraussage warteten.

»Wo ist Lounel?«, fragte Aragon und streckte sich im Morgenlicht.

»Er ist zum Pass hinaufgegangen, um für Jicin zu heulen, ihr zu sagen, dass wir ihr jetzt zu Hilfe kommen, unabhängig davon, ob Klimt zurückkehrt oder nicht. Alles verändert sich, Wolf, die alte Welt geht zu Ende. Ich bin alt, meine Zeit nähert sich ihrem Ende. Nun sollen andere diese Aufgabe vollbringen.«

Aragon sah ihn an. Kobrin war so grau, als hätte der Frost sein Gesicht und seinen Körper bis hinunter zu seinen breiten, scheckigen Pfoten überzogen. Sein Pelz hing zottelig an seinem Körper, der immer mehr an Gewicht und Kraft zu verlieren schien, und die vielen Narben an Gesicht und Körper waren noch ausgeprägter als früher.

»Kobrin ...« Aragon suchte vergeblich nach Worten der Beruhigung und des Trostes. Er sagte nur: »Das Echo in der großen Felsenrinne war gestern Nacht unheimlich. Wenn es je eine Nacht gegeben hatte, in der die Jungen hätten zurückkommen können, dann war es gestern, das schwöre ich dir, aber nun ist es schon Morgen ...«

Da plötzlich hörten sie ein eigenartiges Geheul aus der Ferne; es klang wie das Flüstern des Windes in der Tundra und wirbelnder Schnee über einem gefrorenen See.

»Hör doch, Kobrin! Was ist das?«

Kobrin lauschte, seine Augen, die in einem Bett aus Falten lagen, weiteten sich, er spitzte die Ohren, erstaunt öffnete er sein großes Maul und fuhr sich mit der Zunge über die trockenen Lefzen.

»Was ist das?«, fragte Aragon noch einmal.

Das Heulen wurde lauter, verklang, schwoll wieder an wie die Tundrawinde, die durch den Wald wehten und laut an den Zweigen der Bäume zerrten. Es war Ehrfurcht gebietend, es erzählte von endlosen Tagen und Nächten, in denen ein Wolf sich in einem kalten Unterschlupf zusammenkauert und nur durch den Glauben an sich selbst und an seine Träume von besseren Zeiten überlebt.

»Kobrin ... Kobrin!«

Der große Wolf war aufgestanden, Maul und Augen weit aufgerissen, er hechelte, als könnte er nicht mehr Schritt halten mit den Ereignissen oder mit dem, was er da hörte und was es zu bedeuten hatte.

Das Heulen wurde immer lauter, kühner, unheimlicher, seltsamer, es zog sich über das Kar, rollte den Hang hinunter, drang in jeden Winkel, selbst dorthin, wo vielleicht Madjaren auf der Lauer lagen und nun zu Tode erschrocken und wie gelähmt waren.

Kobrins und Aragons Nackenhaare hatten sich aus Angst und Ehrfurcht aufgestellt, als das Heulen zum Wasserfall schwebte und laut und voller Macht und Entschlossenheit in der Felsenrinne widerhallte, lauter als der Wasserfall, so laut und so hallend, dass es einen Steinschlag auslöste. Hinter den beiden Wölfen prasselten Steine ins Gras, sie drehten sich um.

»Kobrin!«

Aber Kobrin hatte sie schon gesehen. Aus den Schatten der großen Felsenrinne kamen die lange vermissten Jungwölfe. Sie waren schmutzig und nass von ihrer Wanderung, die sie über Wulf weiß was für Pfade geführt hatte, aber sie waren noch kräftig genug, um zu rufen: »Wir sind's!«

Einen Augenblick lang vergaßen die beiden Wölfe das Geheul und rannten den Hang hinauf, um Jimena und Umbrio am Nacken zu packen, damit sie nicht plötzlich wieder verschwinden konnten.

»Wo wart ihr?«, brüllte Aragon – die unsinnige Frage eines Vaters, dem nichts Besseres einfiel.

»Was ist das für ein Geheul?«, fragte Umbrio. »Wir haben es gehört, und dann sind wir gekommen.«

Sie rannten ihrem erleichterten Vater und dem knurrenden Kobrin voraus den Hang hinunter zum Wald und zur Ruine, woher das Geheul kam, immer lauter hallte und die Luft in Schwingungen versetzte – sterbende Winterwinde, die dem Frühling wichen und die Wölfe fröhlich willkommen hießen.

»Was ist das?«, fragte Jimena und schnüffelte an dem lachenden Aragon.

»Ja, was ist das, Kobrin?«, fragte Umbrio mit ein wenig mehr Ehrfurcht.

Die Jungen waren kurz vor der Ruine stehen geblieben und ließen die Alten vorausgehen.

»Das ist das Geheul meines Stammes, eine Begrüßung, die uns sagt, dass die lange Zeit des Wartens und der Düsternis vorbei ist, der Frühling da ist und der Sommer bald kommen wird. Es ist ein Heulen der Zufriedenheit mit der Gegenwart und des Vertrauens auf die Zukunft, es sagt denen, die es hören und die mit uns verbündet sind, dass ein ganzer Stamm mit ihnen ist.«

»Und was sagt es den Feinden?«, fragte Aragon leise und blickte hinunter zu den Madjaren im Tal und auf den Hängen unterhalb des Passes.

»Dass sie verdammt sind!«, knurrte Kobrin.

»Sollen wir antworten?«, fragte Jimena.

»Wir sollten gehen und mitheulen, Wölfin«, sagte Kobrin, dessen Gesicht weich geworden war vor Glück und Erleichterung. Sein langes Warten war nun zu Ende, ein Warten, das viele Jahre zurückreichte bis in die Zeit, als er Petschora verlassen hatte. Nun war Petschora zu ihm zurückgekommen.

»Also kommt!«, sagte Umbrio und rannte los. »Kommt schon!«

Aragon und die Jungen rannten schnell die letzten Meter zur Ruine, Kobrin ließ sich Zeit, er war sehr bewegt von der erfreulichen Aussicht auf das, was ihn erwartete. Er sah riesengroß aus, vollkommen souverän, und er wirkte jünger als je zuvor.

Als er schließlich bei den Wölfen ankam, erstarb das Heulen in den Kehlen der Petschoraner. Der Größte ihres Stammes blickte sie über die Lichtung hinweg an, niemals hatten sie einen so stolzen, starken und ehrwürdigen Wolf gesehen.

Utin trat vor. »Kobrin, Herr, wir bringen dir Grüße aus der Heimat ...«

Kobrin nickte seufzend, seine Augen füllten sich mit Freudentränen.

»... und von all denen, die nicht kommen konnten. Wir ehren jene, die mit uns ausgezogen und auf dem Weg gefallen sind. Wir, die wir dir schwach und jämmerlich scheinen müssen, bieten dir unsere Dienste unter deinem Kommando an, das immer unser Glück und unser Schicksal war. Und ich ... ich ...«

»Ja, Wolf?«, heulte Kobrin und stellte sich zu Utin, der neben dem alten Wolf klein wirkte.

»... ich hätte nie gedacht, nicht einmal im Traum, dass wir es schaffen würden!«

Kobrin lachte tief und freundlich. »Auch ich habe oft daran gezweifelt, Wolf!«

Kapitel 28

Klimt von Tornesdal kehrt heim ins Herzland und führt die Wölfe der Zeit in den letzten Kampf

In den letzten Stunden seiner langen Wanderung aus Kasachstan heim ins Herzland fühlte sich Klimt von Tornesdal alt, und er hoffte, dass seine große Aufgabe, die Wölfe der Zeit zu führen, nun bald vollbracht sein würde. Seine Schulter schmerzte noch immer, und wahrscheinlich würde das auch so bleiben. Außerdem fühlte er sich gedrängt und gehetzt von seinen Wölfen, die es eilig hatten, zur Ruine zu kommen und den Kampf mit den Madjaren aufzunehmen.

Er verlangsamte zweimal seinen Schritt und zweimal hielten sich seine Wölfe zurück, doch der weise Wolf wusste, dass er die Jugend nicht aufhalten konnte und sie ihn eines Tages überholen und mit einem letzten Blick weit hinter sich lassen würden, ohne sich noch ein zweites Mal nach ihm umzudrehen. Klimt führte nun diese Wölfe und versuchte ruhig zu bleiben bei der Aussicht auf ein Wiedersehen mit Kobrin, Stry, Elhana, seinen Töchtern und all den anderen, besonders natürlich Tervicz, dessen Rat und Gesellschaft ihm oft gefehlt hatten.

Und auch …

Doch er schüttelte den Kopf, um den Gedanken zu verdrängen. Er blickte nach vorn und sah, dass es nicht mehr weit war, er schaute sich um, um zu sehen, wer hinter ihm ging, und versuchte, sich an alle ihre Namen zu erinnern, bevor er weiterging.

Und auch … *nichts.*

O doch, da war was!

Jicin. Er musste sich eingestehen, dass er sie am meisten vermisst und immer gefürchtet hatte, sie vielleicht nie wieder zu sehen. Manchmal waren es nur die Gedanken an Jicin, die ihm Kraft für den langen Weg nach Hause gaben, nicht die Träume von der Auserwähltheit der Wölfe der Zeit.

Ihr Weg führte um eine Felsnase, und sie duchquerten den letzten Bach, der in einen Nebenfluss mündete und ins Tal führte, das an den Wald grenzte. Der vertraute Duft der Nadelwälder und der Wildbäche gab ihm Kraft für die letzte Wegstrecke. Er ging nun schneller als zuvor, und dieses Mal waren es die jungen Wölfe, die Mühe hatten, Schritt zu halten.

Ob sie sich wohl vorsehen müssten?

Wahrscheinlich schon. Doch Lunar war ja vorausgegangen, um ihn anzukündigen. Sollten Madjaren oder Menschen in der Nähe sein, hätten die Wölfe der Zeit ihm eine Warnung zukommen lassen, oder er hätte die Gefahr gewittert. Er ging immer schneller, kam an den Weg, über den sie damals aus dem Herzland ausgezogen waren; er hatte bekanntes Gebiet betreten und hörte endlich die vertrauten, fast vergessenen Geräusche; er seufzte vor Erleichterung.

»Was ist das?«, fragten einige seiner Wölfe, als er anhielt und den Kopf neigte, um dem fernen Tosen zu lauschen.

»Der Wasserfall«, sagte er nur. »Davor ist die Ruine, dort wird uns ein Wächter erwarten, wenn Lunar uns angekündigt hat.«

Er ging gleichmäßig weiter. Als er warnendes Gebell von einem Späher im Kar hörte, hob er kaum den Kopf, er hielt auch nicht an, als er einen anderen Späher hinter einem Baum sah.

Dann kam ein dritter Wolf auf ihn zu. Hinter ihm sah er die Ruine und ein prachtvolles Rudel.

»Stry! Lunar! Rohan, meine Liebe …«

Sie kamen ihm respektvoll entgegen. Jene, die ihn kannten, rieben ihre Köpfe an seiner Flanke, die anderen, die ihn noch nie gesehen hatten, zögerten und blieben in einiger Entfernung stehen.

Er war dünn geworden, grau, sein Gesicht war faltig, aber er war's: Klimt.

»Lounel!«

»Willkommen daheim, Klimt von Tornesdal!«

Sie sprangen um ihn herum, wedelten mit dem Schwanz, berührten gegenseitig ihre Pfoten, lachten – ein Haufen Wölfe voller Lachen und Hoffnung.

»Wo ist …?«

Da kam Kobrin schon angelaufen.

Die beiden alten Freunde stürzten vor Freude und Erleichterung aufeinander zu, warfen sich gegenseitig um, fielen fast in den Fluss und knurrten sich verspielt an, bis Kobrin schließlich zur Seite ging und seinen Kopf unterwürfig senkte, damit alle sahen, wer der Rudelführer war.

»Elhana?«, fragte Klimt leise, als er die beiden Jungen sah. Er wusste, noch während er es fragte, dass sie nicht mehr am Leben war. »Die beiden Jungen?«

Das Rudel schwieg gespannt, als Klimt zu Jimena und Umbrio ging und auf sie hinunterblickte.

»Hm.« Es verwirrte ihn. Er blickte sich um und sah Aragon, der ihn noch nicht begrüßt hatte.

»Du?«

»Ja, ich!«, sagte Aragon frohgemut wie immer und lächelte.

»Manche Dinge ändern sich nie«, sagte Klimt ein wenig scharf und überließ es jedem zu erraten, was er wirklich dachte.

Die Wölfe standen verlegen herum; oft wird einem das Heimkommen durch solche Offenbarungen vergällt.

Manche Dinge ändern sich nie …

»Was hast du denn erwartet, Klimt, nachdem du so lange fort warst?«, sagte eine fröhliche Stimme, die hinter den Bäumen vor der Lichtung hervorkam. Sie gehörte dem ersten Späher, den sie gesehen hatten und der nun zögernd auf Klimt zuging. Jeder konnte sehen, dass er den Tränen nahe war.

»Ich meine«, sagte er mit zitternder Stimme, »du warst wirklich lange weg.«

»Tervicz!«, ächzte Klimt. »Ich …«

Dann sah er mit einem schiefen Lächeln zu Aragon und

gab den beiden Jungen eine Pfote. »Wisst ihr, wer ich bin?«

»Du bist Klimt«, sagte Jimena.

Umbrio schüttelte den Kopf. »Nein, er ist unser Führer.«

»Ich bin noch etwas anderes … Ich bin der Freund eures Vaters und ein Freund von all diesen Wölfen hier, und vor allem bin ich Tervicz' Freund.«

Bei diesen Worten entspannten sich die Wölfe und plapperten wieder aufgeregt durcheinander. Klimt ging zu Tervicz und umarmte ihn.

»Du hast mir gefehlt, Wolf!«

»Klimt, da ist –«

»Du hast mir sehr gefehlt.«

»Klimt …«

Aber Tervicz brachte eine ganze Weile keinen Ton heraus.

Klimt ließ die Begrüßung nicht zu lange ausfallen. Die ernsten Mienen Aragons, Kobrins, Lounels und der anderen ranghohen Wölfe verrieten, dass Entscheidungen getroffen und Dinge getan werden mussten.

Er berief sie sofort zur Beratung ein. Kobrin und die Ranghohen bildeten den inneren Kreis, die anderen konnten zuhören, wenn sie wollten. Wie es seine Art war, hörte sich Klimt erst an, was sie zu erzählen hatten. Von Kobrin erfuhr er von dem Vorstoß der Madjaren, von Stry, wie ihre Kräfte verteilt waren; Lunar, der Zeit gehabt hatte, die Lage mit Kobrin zu prüfen, berichtete ihm von den Stärken und der zahlenmäßigen Schwäche ihrer Wölfe.

»Mit all denen, die du heute gebracht hast, sind wir zwar immer noch weniger als die Madjaren«, schloss Lunar, »aber wir sind kampfstark und erfahren. Die Petschoraner haben sich schnell von der Wanderung erholt und wollen nun in Aktion treten, am liebsten unter Kobrins und meinem Befehl. Deine Wölfe müssen sich bestimmt erst ausruhen.«

Klimt nickte und sagte: »Ein Tag, höchstens zwei reichen aus. Wir haben uns nicht überanstrengt, denn ich vermutete, dass wir sehr bald gebraucht würden. Wie dem auch sei, wir können nicht davon ausgehen, dass wir so viele Wölfe lange Zeit hier zusammenhalten können. Wie viele wir genau sind und wo wir uns aufhalten, werden die Madjaren bald herausfinden, wenn ihre Späher ihre Arbeit beherrschen. Außerdem, wie sollen wir Nahrung für so viele Wölfe finden?«

»Wir müssen bald einen harten Angriff starten und unser Revier ausweiten, damit alle Wölfe, die uns die Ehre machen, an unserer Seite zu kämpfen, genügend Nahrung und Wasser haben. Nun zu Jicin, die Leon im Moorland lassen musste.«

»Das war das Einzige, was ich –«

»Ich wollte dich nicht kritisieren, Wolf. Jicin kennt das Moorland genauso gut wie ein Madjar, schließlich ist sie dort aufgewachsen. Sie hat auf jeden Fall allein bessere Überlebenschancen als mit dir, das ist sicher! Ich mache unsere Strategie nur ungern von ihrer Rettung abhängig, aber –«

»Wir wissen beide, wo sie ist«, sagte Kobrin.

Klimt nickte. »Was rätst du, alter Freund?«

»Die Madjaren rechnen damit, dass wir über den Pass her angreifen, und ich denke, wir sollten sie nicht enttäuschen. Ich bezweifle, dass sie wissen, wie stark wir sind, und ich denke, wir sollten sie überraschen, indem eine zweite Gruppe im Schutz des Waldes am Ostfelsen, wo Rohan kürzlich angegriffen wurde, hinunter ins Moorland geht. Wir haben genügend Wölfe, eine dritte Gruppe kann also –«

»Das könnte gehen«, unterbrach ihn Klimt »aber wenn wir stattdessen …«

Die beiden Wölfe diskutierten über die Strategie, und die anderen hörten mit wachsendem Interesse zu, beteiligten sich mit Vorschlägen, wo sie konnten, und beantworteten alle Fragen, die Klimt und Kobrin stellten. Je länger die Diskussion dauerte, desto deutlicher wurde, dass es sich nicht um einen normalen Kampf zwischen Rudeln handelte und dass jene, die diesen Kampf planten, keine normalen Wölfe waren.

Die Debatte dauerte bis in den Abend. Die beiden Wölfe machten Pause, Klimt ruhte sich aus, und Kobrin ging zu den Neuankömmlingen, sprach mit ihnen, stellte Fragen und schätzte ihre Stärken ein. Mit jedem Wolf nahm er auf die eine oder andere Weise Kontakt auf, und zum Schluss war bei ausnahmslos allen Wölfen das Vertrauen in sich selbst und in die Wölfe der Zeit unweigerlich gewachsen.

Klimt und Kobrin mochten alte Wölfe der Zeit sein und hatten sicher den Höhepunkt ihrer Kraft überschritten, aber gemeinsam waren sie ein solch großartiges Team, wie es noch keiner der Neuankömmlinge gesehen hatte.

»Wenn ich Klimt wäre«, sagte ein Petschoraner, »und wenn meine Gefährtin draußen im Moorland allein wäre, würde ich sie auf der Stelle retten. Ich würde mich nicht erst aufs Ohr hauen.«

»Du bist aber nicht Klimt«, knurrte Stry, der die Bemerkung gehört hatte. »Klimt denkt, bevor er handelt, und er hat Wölfe um sich geschart, die dasselbe tun. Du wirst schon sehen, dass er Recht hat.«

Der Petschoraner gab lächelnd klein bei.

»Wann ziehen wir los?«

Stry zuckte die Schultern. »Bald. Wir sind zu viele, um lange hier zu bleiben.«

Die Wölfe der Zeit drängten sich in Gruppen zusammen, jede bekam eine andere Zeit für die Beute- und Nahrungssuche zugeteilt. Das Kommen und Gehen bei der Ruine verursachte eine wachsende Erregung über die bevorstehenden Ereignisse. Das Gemurmel verstummte, sobald einer von Kobrins Spähern sich zum Bericht meldete.

»Madjaren auf dem Pass ... drei Späher am Baum ... Geheul im Moorland, die üblichen ...«

Sie schnappten die Informationen auf, die Spannung stieg. Und mitten in dem ganzen Treiben schlief Klimt von Tornesdal.

Als er schließlich aufstand und zum Trinken hinunter zum Bach ging, wurde es still. Es war früher Abend, die Wolken waren schon am Spätnachmittag tief am Himmel aufgezogen und verdunkelten die Felsspitzen. Noch war es hell genug, aber die Wolken verhießen eine dunkle Nacht und klammen Nebel auf dem Steilfeld.

Klimt setzte sich mit Lounel, Kobrin und Tervicz zusammen, nachdem er Aragon und Stry angewiesen hatte, die anderen Wölfe der Zeit in sieben größere und kleinere Gruppen aufzuteilen. Sie sammelten sich bei der Ruine, die eine Hälfte am linken Ufer, die andere am rechten, Klimt selbst stand im Bach und kehrte der Ruine den Rücken zu. Kobrin stellte sich neben ihn.

»Wölfe«, begann er, »die meisten von euch kennen Kobrin inzwischen, und mich kennen alle. Wir werden heute Nacht in einen Kampf ziehen, von dem wir glauben, dass er dem langen Streit mit den Madjaren ein Ende setzt und es der Wolfheit ermöglicht, ihre Herrschaft über unseren wirklichen Feind, den Menschen, wiederzuerlangen.

Wir sind nicht darauf aus, die Madjaren zu töten, wir wollen sie nur in ihr Revier zurückschicken, und auch die meisten von euch werden eines Tages wieder in ihr eigenes Revier zurückkehren müssen. Das Herzland kann so viele Wölfe nicht lange ernähren, und das ist auch nicht der Sinn der Sache.

Wir haben uns hier im Namen Wulfs versammelt und wollen das zurückgewinnen, was der Wolfheit gehört. Wir sollten das am besten mit unseren Herzen und mit unserem Verstand tun, denn dort haben uns die Menschen vor langer Zeit getroffen. Heute Nacht werden wir unser angestammtes Recht auf das Steilfeld geltend machen, und jene unter uns, die auserwählt sind und sich Wölfe der Zeit nennen, können vielleicht zum Wulfsfelsen weiterziehen, dorthin, wo außer Wulf und Wulfin und den Göttern, die ihnen beistehen, noch keiner wirklich gewesen ist.«

Die Dunkelheit brach schnell herein. Vom Wald aus nach Osten und herunter vom Pass drang das ordinäre Triumphgeheul, das die Madjaren den anderen Wölfen schickten, vor allem den Wölfen der Zeit.

Klimt hielt inne, er lauschte dem Geheul und überlegte, wie er fortfahren sollte. Einen anderen Führer hätte man unschlüssig und unsicher gefunden, aber bei Klimt bedeutete das Überlegung und Umsicht. Die Wölfe der Zeit warteten in respektvollem Schweigen.

Schließlich fuhr er fort: »Freunde, es ist wahr, dass ich euch in einen entscheidenden Kampf für die Wolfheit führen will, aber es wäre unehrlich von mir, euch zu verschweigen, dass ich in meinem Herzen auch noch eine andere Sache trage, die mir sehr viel bedeutet. Der Name Jicin sagt denen, die sich uns erst vor kurzem angeschlossen haben, bestimmt nichts. Aber jene, die mit mir und meinem Sohn aus Kasachstan gekommen sind, haben schon von ihr gehört und wissen, dass sie eine Madjarin ist, die vor Jahren tapfer zu uns übergelaufen ist und sich unserer Sache angeschlossen hat. Einige wenige kennen sie persönlich und erinnern sich an sie und werden mir zustimmen, wenn ich sage, dass sie eine würdige Wölfin ist, eine Fähe, die für alle ihr Leben geben würde, denen sie dient, die sie liebt und die ihrer Obhut unterstellt sind.«

Kobrin nickte, Stry, Tervicz, Lounel und alle, die Jicin kannten, nickten.

»Nun, sie ist die Wölfin, die ich liebe. Im Moment versteckt sie sich draußen im Moorland an einer Stelle, die sie, ich und Kobrin kennen. Sehr wahrscheinlich ist sie verletzt und von Madjaren umgeben, kurz, sie ist in Lebensgefahr.

Leon musste sie in diesem kleinen Unterschlupf zurücklassen, der Jicin und mir heilig ist, und kam in den Wald, um Hilfe zu holen. Wölfe der Zeit, kein Rudelführer, der diesen Titel verdient, würde jemals so viele Leben für einen einzigen Wolf riskieren oder sein Rudel im Namen einer großen Sache in einen Krieg führen, doch insgeheim nur hoffen, dass das Leben der Wölfin gerettet wird, die er liebt.«

Klimt sprach leise, es war schwierig für ihn, solche persönlichen Dinge offen auszusprechen. Doch nichts konnte jenen, die ihn nicht kannten, besser verdeutlichen, dass er ein Wolf war, der die Pflicht über die Liebe stellte und dafür wahrscheinlich bereits einen hohen Preis bezahlt hatte.

»Vor einigen Jahren war ich gezwungen, Jicin und Aragon zum Wohl des Rudels ins Exil zu schicken. Damals ist mir das Herz gebrochen. Ich gehöre nicht zu denen, die normalerweise offen über so etwas sprechen, aber ich möchte dies jetzt tun, denn wenn ihr uns bei dem bevorstehenden Kampf unterstützen sollt, so müsst ihr die Gründe für die Entscheidung kennen, die zu dieser Strategie geführt hat.

Jicin hat mich die Liebe gelehrt. Mit ihr habe ich erfahren, wie mein Herz, das eine Wüste war, wieder zu neuem Leben erwachte. Sie gab mir die Kraft zurückzukehren und von Aragon die Führung zu übernehmen. Ohne ihr Beispiel und ohne ihre Hilfe wäre ich heute nicht hier, um euch heim ins Herzland zu führen.

Jicin ist nur eine ganz normale Wölfin, eine, die ihr in der Menge übersehen würdet. Aber das macht gerade ihre Größe aus. Sie wartet jetzt draußen im Moorland, wie sie schon viele Tage und Nächte ihres Lebens gewartet hat, und sie hat bestimmt zu Wulf und Wulfin gebetet, sie mögen Hilfe schicken. Ihre Gebete gehören zu den vielen tausenden und abertausenden von Gebeten, die verzweifelte Wölfe in Jahrzehnten und Jahrhunderten ausgesandt haben und die nicht immer erhört wurden.

Heute Nacht ist Jicin die ganze Wolfheit, die hofft und auf Rettung wartet. Wir sind die Herzlandwölfe, die Zeit und Vorsehung heute und hier zusammengeführt haben, um ihr zu helfen. Denkt also nicht an viele Wölfe und große Dinge, wenn ihr im Kampf gegen die Madjaren euer Leben riskiert, sondern einfach an die wenigen, vielleicht nur an den einen Wolf, den ihr mit eurem Kampf retten könnt, so wie ich an Jicin denke.

Und da ist noch etwas: Ich habe nicht das geringste Verlangen nach einem Massaker unter den Madjaren – auch wenn Wulf allein weiß, dass das Recht und die Kraft auf unserer Seite sind. Unsere Feinde sind Führer und Dendrine – nicht die armen Wölfe, die sie tyrannisieren. Wenn die Götter mit uns sind und wenn wir die Nerven behalten, wenn wir nicht aus dem Auge verlieren, dass unser Ziel ist, ein Leben zu retten, und nicht viele andere Leben zu vernichten, dann glaube ich, dass der kommende Kampf schnell und ohne große Verluste zu Ende sein wird.

Früher kämpften die Anführer rivalisierender Rudel untereinander um die Vorherrschaft, statt ihre Rudel in den Kampf zu führen. Heute Nacht wird ein Kampf beginnen, den ich mit einem Zweikampf gegen Führer und, wenn es sein muss, auch gegen Dendrine beenden möchte. Ich werde versuchen, gegen einen Wolf um das Leben eines anderen Wolfes zu kämpfen und dabei das Leben vieler Wölfe zu retten.«

Die Wölfe der Zeit hörten ihm staunend und schweigend zu, als er nicht nur anbot, sondern geradezu darauf bestand, Führer im Namen aller zu bekämpfen.

»Unser erstes Ziel ist, das Herzland für die Wolfheit zu besetzen, unser zweites Ziel, das Leben einer einzigen Wölfin zu retten. Mit unserem Ablenkungsmanöver werden wir weitere Positionen sichern. Ihr glaubt doch nicht – oder doch?«, Klimt erlaubte sich ein kleines Lächeln, »dass ihr alle nur müßig rumsteht und zuschaut, während ich mit Führer um Jicins Leben kämpfe? Nein, nein! Das ist allein meine Sache, und wir können die Madjaren täuschen, indem wir so tun, als sei es eure Sache. Jicins Rettung soll wie eine Finte aussehen, ein Ablenkungsmanöver, das den anderen Zeit gibt, das Herzland für die Wolfheit zu besetzen. Wenn wir erfolgreich waren und Führer besiegt ist dann erzählt von diesem Kampf und lasst die Geschichte von Jicins Rettung in die Herzen und Seelen der Wolfheit wandern, und lasst sie wissen, dass wir Wölfe der Zeit immer auch nur an einen denken können, wenn wir viele meinen, und dass das immer so sein wird.«

Es war eine kühne und außergewöhnliche Strategie, mit der Klimt sein Leben für alle und einen einsetzen würde und Unerschrockenheit und Mut bewies, der umso größer schien, da alle, die Führer jemals gesehen hatten oder seinen Ruf kannten, kaum daran zweifeln konnten, wer diesen Kampf gewinnen würde.

Nun trat Kobrin vor und sagte kurz und bündig wie immer: »Glaubt mir, Freunde, ich habe versucht, Klimt von dieser Strategie abzubringen. Er war ein guter Kämpfer, vielleicht einmal einer der besten, aber nun ist er langsamer und schwächer geworden und durch seine Verletzung hat er einen lahmen Lauf.«

»Er soll es nicht tun!«, riefen ein paar Wölfe. »Bestimmt gibt es andere, die an seiner Stelle kämpfen können.«

»Meint ihr etwa, das habe ich nicht auch gesagt?«, schrie Kobrin. »Lunar, Tervicz, jeder einzelne Wolf der Zeit, der seinen Anführer kennt und liebt, hat das gesagt. Versucht ihr jetzt ihn davon abzubringen – wir haben es nicht geschafft.«

Es herrschte Stille, bis Kobrin hinzufügte: »Wie dem auch sei, die Götter haben es mit Klimt immer gut gemeint und seine Strategie war immer richtig. Vielleicht meinen die Götter es ja noch ein letztes Mal gut mit ihm.«

Er richtete sich auf und sah Klimt mit leuchtenden Augen an.

»Folgen wir ihm?«, rief er.

»Wir folgen ihm!«, brüllten die Wölfe der Zeit zurück.

»Vertrauen wir ihm?«

»Wir vertrauen ihm!«

»Sind die Götter mit uns?«

»Die Götter sind mit uns!«

Wenn es je einen Gott des Krieges im Leib eines sterblichen Wolfes gegeben hatte, dann war es Kobrin; daran zweifelte in jenem bewegenden Augenblick keiner. Er war riesig, sein Körper war noch kraftvoll, sein Pelz war grau, die Narben zeugten von den vielen Kämpfen, die er ausgefochten und gewonnen hatte, und er war dem Rudelführer an seiner Seite treu ergeben.

»Hört nun, Freunde, hört zu!«, sagte Klimt, nachdem die bestätigenden Rufe verklangen. »Unser Kampf wird durch den Mut und das Vertrauen eines jeden Einzelnen gewonnen. Wer hierher gekommen ist und seine Stärke und seinen Mut in den Dienst der Wolfheit gestellt hat, wird eines Tages nach Hause wandern und kann seiner Familie, seinen Nachkommen und jenen, die sich glücklich schätzen dürfen, seine Freunde zu sein, sagen, dass er ein Wolf der Zeit und ein treuer Diener Wulfs ist.

Eure Gruppenführer werden euch die Befehle erteilen,

sobald ihr eure Positionen bezogen habt. Gehorcht ihnen, vertraut ihnen, habt den Mut, ihnen über Schwierigkeiten hinwegzuhelfen.

Doch falls die Nacht in den Tag und dieser Tag wieder in die Nacht übergehen sollte, und ihr diese Befehle für unsinnig befindet oder der Meinung seid, eure Führer versagen, dann nehmt ihren Platz ein, seid entschlusskräftig als Wölfe der Zeit, habt den Mut, eure eigenen Wolfswege zu finden.

Unsere Basis wird zunächst hier sein, doch morgen um diese Zeit werden wir uns auf dem Pass, der den Wald und das Steilfeld überblickt, und in der Moräne über der großen Felsenrinne, die hinunter ins Moorland führt, verschanzen. Es gibt nur einen Befehl, der alle anderen außer Kraft setzt und unbedingten Gehorsam von euch verlangt.«

Die Wölfe der Zeit beobachteten schweigend, wie Klimt Tervicz zunickte und zu sich bat.

»Das ist Tervicz, der Bukov-Wolf. Er wird immer an meiner Seite sein. Sein Heulen, sei es vom Pass aus, von der Moräne, der Felsenrinne oder dem Moorland, ist das Zeichen, dass ihr mit all euren Wölfen anrücken sollt, denn dann kommt es zum Entscheidungskampf, und ihr werdet alle gebraucht. Wenn er nicht heult, so haben die Götter unserer Strategie ihre Gunst erwiesen, und der Sieg ist unser. Doch wenn er heult, folgt schnellstens seinem Ruf! Stry … Lounel … Aragon … Rohan … Lunar …«

Klimt ging noch einmal die Namen der ranghohen Wölfe durch und schickte sie mit einer kurzen Berührung und einem Nicken zu ihren Gruppen und auf ihre Positionen. Tervicz musste an der Seite Klimts bleiben, der eine Gruppe aus überwiegend kasachischen Wölfen führte.

»Und wir?«, fragten Umbrio und Jimena mit aufgeregtem Blick.

Klimt nickte ernst und sagte: »Ihr sollt etwas von diesem Kampf miterleben und euch daran erinnern. Aus Sicherheitsgründen werdet ihr euch aber abseits halten. Der eine geht mit Lunar, der andere mit Rohan – entscheidet euch!«

»Lunar«, sagte Jimena sofort.

»Rohan«, sagte Umbrio fast gleichzeitig.

»Wenn alle Wölfe so vernünftig wären wie ihr, dann würde man keine Kriege brauchen! So, los jetzt, ihr beiden, und möge Wulf mit euch sein!«

Klimt sah den Gruppen nach, die ihre Positionen bezogen. Nur seine Gruppe blieb noch eine Zeit lang bei der Ruine.

»Kommt«, sagte Klimt dann zu den Wölfen, die er persönlich anführte, »folgt mir!«

Und gleich darauf zog er seinen Wölfen voraus nach Westen in die Dunkelheit des Waldes und hinaus in die Nacht.

Kapitel 29

Die Wölfe der Zeit ziehen gegen die Madjaren ins Gefecht und Jicin trifft noch einmal auf ihre Mutter

Jicin versteckte sich nahe der Stelle, an der sie Leon vor ein paar Tagen verlassen musste. Sie wusste, dass sie bald sterben würde. Am Morgen nach dem Beginn des Feldzugs der Wölfe der Zeit gegen die Madjaren hörte sie Geheul und Gebell von nah und fern, die beiden Rudel hatten die ersten Scharmützel begonnen, die madjarischen Wachen rannten in der Nähe von Jicins Versteck herum, aber sie achtete kaum darauf.

Es war kalt. Sie konnte nichts gegen ihre zitternden Flanken und gegen ihre klappernden Zähne tun, die Kälte schien in sie einzudringen, obwohl die Sonne einen strahlenden Tag versprach. Auch konnte sie nichts gegen das dumpfe Pochen in ihrer schmerzenden, verletzten Pfote tun. Aus den Schnittwunden tropfte Blut und Eiter, das Gift war auf dem Weg in ihr Herz. Oje, wie lange war es her, dass sie ihr Freund verlassen hatte? Ihr guter Freund Leon! Obwohl sie so schwach war, füllten sich ihre Augen mit Tränen, als sie an den letzten sehnsüchtigen Blick dachte, den Leon ihr zugeworfen hatte, bevor er ging, als wollte er sagen: Wenn du mir zutraust, dass ich das Steilfeld erreichen und Hilfe holen kann, dann traust du mir auch zu, dass ich die ganze Welt, nämlich dich, retten kann.

Klimt war ihre Liebe. Sie liebte ihn mit einer Leidenschaft, die niemals vergehen würde. Aragon war ihr bester Freund, und Leon … Leon war der Bruder, den sie nie haben durfte, er war ein Wolf, der sie um ihrer selbst willen liebte. Auf ihrer langen, gefahrenreichen Wanderung, die sie in den Grands Causses der Auvergne begonnen hatten, hatte er oft gesagt, dass er den Göttern für jeden Tag dankte, an dem er erwachen durfte, weil sie ihn zu Jicin geführt hatten.

Als er sie dann verlassen musste, um Hilfe zu holen, hatte er ihr einen Blick zugeworfen, der sagte: Ich weiß, du glaubst nicht, dass ich es schaffe. Aber sie hatte ihn überredet, sich in Sicherheit zu bringen und sie zurückzulassen. Er hätte sie niemals verlassen. Niemals.

»Sie werden dort sein, bestimmt!«, hatte sie gesagt. »Die Wölfe der Zeit sind immer da, sie sind immer … im Steilfeld. Klimt wird kommen. Da schau! Dort kannst du die Felsen der Südkante sehen. Es gibt Wege hinauf, aber du musst die große Felsenrinne meiden, denn dort sind immer madjarische Wächter. Geh jetzt, mein Lieber, geh! Das ist unsere einzige Chance. Geh jetzt …«

Und so ging er halben Herzens, er hatte Angst, sie nie mehr lebend wieder zu sehen. Aber er wusste, dass es ihre einzige Chance war.

Er hatte sie an der Stelle zurückgelassen, an der Klimt sie vor Jahren gefunden hatte. Es war ein gutes Versteck, ein sicherer Platz. Hier standen immer noch dieselben kümmerlichen Bäume, die die Menschen vor langer Zeit gepflanzt hatten, hier war der Bach, der von den Torfbänken am Ufer schwarzbraun gefärbt war, und hier war die zerklüftete Felsenrinne, wo sie sich mit Klimt gepaart hatte. Dort hatte sie ihre glücklichsten Augenblicke verlebt, ihre Liebe hatte niemandem gehört, keinem Rudel, nur ihnen selbst. Und hier war der Ort auf ihren Wolfswegen, an dem sie in Frieden sterben konnte.

Plötzlich schlug ihr eine fremde Witterung entgegen, sie hob wachsam den Kopf, ihr Herz begann zu klopfen. Das waren bestimmt Madjaren. Sie lag ganz still da, ein paar Grasbüschel vor der Höhle versperrten ihr die volle Sicht auf den Bach.

Sie bezweifelte, dass man sie wittern konnte, und sehen konnte man sie bestimmt nicht. Aber es schien etwas im Gange zu sein, oben im Kar über der großen Felsenrinne sammelten sich offenbar Madjaren.

Aber dieser fremde Geruch war so nahe, zu nahe. Plötzlich sah sie zwei Wölfe am anderen Ufer des Baches. Sie suchten das Gebiet systematisch ab. Sie waren jung, der eine war klein und hatte einen dunklen Pelz, bestimmt ein Madjar, der andere sah aus wie ein Fremder, schien aber völlig unter dem Kommando des Madjaren zu stehen.

»Sollen wir den Bach überqueren?«

Ein Windstoß trug das Plätschern des Wassers an Jicins Ohr und verschluckte die Worte der beiden Wölfe, aber Jicin wusste auch so, was sie sagten. Sie diskutierten darüber, ob sie den Bach überqueren sollten, und Jicin betete, sie möchten in die andere Richtung gehen. Aber dann kam einer herüber, schnüffelte herum, hob den Blick zu den Felsen, wo Jicin in einer Spalte verborgen lag, senkte dann aber wieder den Kopf und schnüffelte weiter.

Sie war klug genug gewesen, ihr Versteck von der anderen Seite, von den Felsen her, aufzusuchen, und hatte Leon auch wieder auf diesem Weg zurückgeschickt. Doch der Wind war böig und drehte unvermittelt und so könnte der Wolf sehr leicht …

Er blieb wieder stehen und sah hinauf zu der Stelle, an der sie lag, dann kam er näher. Er schien verwirrt zu sein. Er schüttelte den Kopf, drehte sich um und blickte noch einmal zurück, bevor er wieder zu seinem Gefährten ans andere Ufer ging.

Der Wind drehte und Jicin hörte, wie der Wolf sagte: »Wir sollten gehen. Führer hat eine Abordnung aufs Steilfeld geschickt, es geht das Gerücht, dass die Wölfe der Zeit ...«

Der Wind wehte seine Stimme wieder fort, gerade als Jicin die Worte »Wölfe der Zeit« gehört hatte; sie schöpfte Hoffnung, Heimweh überkam sie. Die beiden Wölfe besprachen sich noch eine Weile, dann schauten sie hinauf zu ihr und machten sich kopfschüttelnd wieder auf ihren Weg bachaufwärts.

Sie würde sich nicht herauswagen, bis es dunkel wurde, obwohl nur Wulfin wusste, wie durstig sie war. Ihre Zunge war so dick, dass sie schmerzhaft an Gaumen und Zähnen klebte.

Wölfe suchten sie ... Menschen ... das Leben selbst schikanierte und jagte sie.

Einfach liegen zu bleiben verschaffte ihr einen merkwürdigen Trost, denn sie hatte das Gefühl, ihr ganzes Leben lang auf der Flucht oder der Suche nach einem Platz zum Leben gewesen zu sein. In ihrer Jugend war Grausamkeit normal, Dendrine war ihre Mutter und bestrafte die harmlosesten Fragen als Ungehorsam: Beim ersten Mal stieß sie die Jungen grob, beim zweiten Mal vertrieb sie sie aus der Wärme und Gesellschaft der anderen, beim dritten Mal tötete sie sie mit einem Biss oder zerquetschte ihnen den Schädel wie Jicins Bruder.

Das war Jicins erste klare Erinnerung – wie Dendrine einen ihrer Söhne aus Jicins Wurf tötete. Sein verlorener Blick, seine wachsende Angst, und dann die seltsame und entsetzliche Entstellung, als sich Dendrines Maul um seinen kleinen Kopf schloss, und das Blut das aus allen Kopföffnungen schoss und hinter Jicin herspritzte, als sie davonlaufen wollte. Zänker fing sie ein und warf sie zu Dendrine zurück, deren Maul nun auch auf Jicin zukam.

»Keine Angst, meine Süße«, hatte Dendrine geflüstert, Zunge und Mund rot und feucht von Blut und Hirn ihres Bruders. »Wenn du lieb bist, muss ich dich nicht bestrafen. Und wenn du böse bist, brauchst du erst gar nicht davonzulaufen, denn ich fange dich sowieso wieder ein, und dann –«

Dendrines Maul hatte sich um ihren kleinen Schädel geschlossen und sie biss zu, bis Jicins Blick vor Schmerz verschwamm. Dann ließ Dendrine sie fallen. Jicin, die ruhig in ihrem Versteck lag, in dem sie einmal die kurze Liebe mit Klimt erlebt hatte, überkam das Gefühl, seit jenem Augenblick pausenlos auf der Flucht gewesen zu sein.

Außer während ihrer Zeit mit Klimt. Hier.

Jicin sah sich in der feuchten, schrägen Höhle um, die nicht viel größer war als sie selbst und war dankbar, dass sie wenigstens einmal in ihrem Leben solch eine Liebe hatte erleben dürfen.

Doch dann kam ihre unausweichliche Niederlage gegen Elhana und Klimts richtige Entscheidung, sie mit Aragon und Stry ins Exil zu schicken. Wieder war sie jahrelang auf der Wanderung, aber es waren trotzdem friedliche und zufriedene Jahre gewesen. Jicin lächelte bei der Erinnerung an die Sonne Spaniens und an Aragon, Spaniens Sohn. Sie war stolz, mit ihm unterwegs zu sein.

Doch dann ging er zurück ins Herzland, und sie führte als Leitwölfin Leon und die anderen nach Brive, um Maladon zu befreien, die in den folgenden Wochen und Monaten ihren Anspruch auf die Führerrolle geltend machte. Schließlich trennten sie sich, als Jicin spürte, dass es nun Zeit war, mit Leon die lange Wanderung zurück in die Heimat anzutreten.

Jicin seufzte. Sie zitterte, ihre Augen brannten. Sie leugnete nicht, wie stolz sie auf das war, was sie erreicht hatte, sie leugnete aber auch nicht den Schmerz, den ihr das Wissen bereitete, dass die Götter ihr trotz allem kein Wiedersehen mit Klimt gewährten.

»Liebster«, flüsterte sie, »oh, Liebster …«

Niemand hatte sie die Liebe gelehrt, Dendrine schon gar nicht. Niemand hatte ihr beigebracht die Pfote auszustrecken und einen anderen zu berühren, und wie es sich anfühlte, wenn diese Liebe erwidert wurde. Niemand hatte ihr gesagt, sie solle die Augen schließen und nur den Frieden und die Befreiung fühlen, die zwei Wölfe teilen konnten. Das hatten sie allein zu zweit gelernt.

»Hier«, flüsterte sie. »Hier war es.«

Sie würde in Frieden sterben, es tat ihr zwar Leid um das, was noch hätte kommen können, aber sie war zufrieden mit dem, was sie gehabt hatte. Trotz der Grausamkeit, mit der sie erzogen worden war, und trotz der Behandlung ihrer Mutter hatte sie sich durch ihre Jugend bei den Madjaren etwas bewahrt, was Dendrine nie haben würde. Auch darin fand sie Trost.

Sie war so durstig – aber lohnte sich das Risiko, zum Bach zu gehen? Sie konnte sich nur noch langsam bewegen, war zusammengekrümmt und alt. Sie starrte in das dunkle, kalte Wasser und merkte, dass ihr langsam alles gleichgültig war. Nein, sie würde es nicht riskieren …

Sie erwachte mit einem Ruck. In ihren Ohren lautes Rauschen. Unbewusst hatte sie sich zum Bach gewagt, war ohnmächtig geworden und liegen geblieben.

Sie hörte einen Wolf bellen. Ängstlich schlich sie sich zurück in ihre Höhle und schlief sofort ein. Ihr war alles egal. Sie schlief eine Weile und erwachte durch die lauter werdenden Schreie und Kampfgeräusche. Unten am Bach sah sie verschwommen Licht und Schatten und wieder Wölfe.

Ein Schleier aus düsteren Träumen und Fantasien, aus alter und neuer Angst. Pochender Schmerz, entsetzlicher Schwindel.

»Wölfin!«

Der Kopf eines Wolfes schien gegen den Himmel über dem Höhleneingang.

»Wölfin!«

Sie versuchte sich in Richtung der Stimme zu bewegen, die aus einer Welt kam, in der Licht und Bewusstheit herrschten.

»Wölfin!«

Ein stechender Schmerz fuhr ihr ins rechte Bein und direkt ins Herz, als der Kopf immer größer wurde. Augen funkelten dunkel, Zähne schnappten nach ihrem Bein und zogen sie aus der Höhle, obwohl sie dachte, niemand würde sie sehen, niemand würde sie aufspüren.

»Sie stinkt, Leitwölfin.«

Jicin öffnete ihre Augen. Ihr Schock und ihr Entsetzen wurden noch größer, als sie langsam merkte, dass das, was sie sah, wirklich da war.

»Hallo, Jicin, meine Liebe!«

Jicin blickte in die grausamen und engen Augenschlitze ihrer Mutter. Sie begrüßte sie mit einer Herzlichkeit und Vertrautheit, als hätten sie sich erst gestern das letzte Mal gesehen. Dendrines Stimme triefte vor Spott.

Dann sagte sie sachlich: »Stimmt, du stinkst. Du hast dich voll gemacht, hast dich im Schlaf erbrochen. Deine Pfote ist so voller Dreck und Eiter, dass sie abgebissen werden sollte. Ha, ha, ha … So, so, die Wölfe der Zeit suchen also dieses verfaulte Ding! Eine andere Erklärung gibt es kaum dafür, dass das kleine Häufchen sich durchs Moorland nach Norden schleicht. Sie wissen also, dass sie hier ist und wollen sie retten. Das wird bestimmt lustig! Und für uns ist es eine willkommene Gelegenheit, sie endgültig auszuradieren. Klimt ist bestimmt dabei. Führer will ihn töten«, sinnierte sie, während sie Jicin ansah. Dann lachte sie. Jicin versuchte zu verstehen, was Dendrine gesagt hatte und was vor sich ging. Es ergab keinen Sinn. Sie fühlte nur Angst und Trauer, und sie wusste, dass sie unter schrecklichen Qualen sterben würde.

Sie lag vor der Höhle. Madjaren blickten von den Felsen auf sie herab und vom Bach herauf. Überall waren Wölfe, die sie mit schrecklichem Hass ansahen. Viele sahen aus wie Dendrine, viele sahen aus wie Jicin selbst.

Jicin war von ihrem eigenen Stamm, von ihrer eigenen Familie aufgespürt und aus der Höhle ins Freie gezogen worden. In diesem Moment des schrecklichen Erwachens konnte sie das Grauen fast greifen. Sie wollte nicht sterben, nicht so, nicht hier, ganz bestimmt nicht hier …

»Nicht hier!«, jaulte sie.

»Macht dieses Miststück sauber und bringt sie wieder her!«, befahl Dendrine. »Und holt sofort Führer. Er soll

Verstärkung ins Steilfeld schicken, wenn es sein muss – aber das, wofür die Wölfe der Zeit ihre angstverzerrten Fratzen gezeigt haben, ist hier, und das sollen sie haben, wenn ich mit ihr fertig bin. Und wenn sie kommen, um sie zu holen, werden wir sie fertig machen.«

Zwei grinsende Rüden zerrten die kraftlose Fähe zum Bach und tauchten sie ins Wasser. Der Schmerz, den ihr das kalte Wasser verursachte, war so groß wie der, den sie ihr durch ihre scharfen Zähne zufügten. In ihren Ohren rauschte es, sie bekam keine Luft mehr und kämpfte um ein Leben, für das es keine Hoffnung mehr gab. Sie spürte nur noch Angst und Schrecken. Als sie schon fast unterging, zogen sie sie wieder aus dem Bach, brachten sie zurück und legten sie Dendrine zu Füßen. Die Augen ihrer Mutter waren noch grausamer als in ihrer Erinnerung.

»Was bist du?«

Jicin versuchte kraftlos, sie wegzustoßen. Dendrine bückte sich und stieß sie zurück, sie nahm ihr linkes Ohr ins Maul und drehte sich. Stechender Schmerz durchfuhr Jicins Kopf.

»Ein Miststück bist du! Verlassen hast du uns!«, schrie Dendrine und trat zurück. Blut rann über Jicins Gesicht, ihr Ohr fühlte sich zerfetzt an, es schmerzte unerträglich.

»Miststück!«, schrie Dendrine wieder. »Ich hätte deinen Schädel zerquetschen sollen, als du jung warst.«

Jicins Grauen wurde immer größer. Blutiger Geifer hing am Maul ihrer Mutter, ein zerfetzter, blutiger Klumpen ihres eigenen Fleischs – ein Teil ihres Ohrs. Jicin zitterte vor Angst, weinte vor Einsamkeit. Dendrine würde sie an einen Ort bringen, an dem es keine Hoffnung gab, keine Liebe, keinen Trost. Auf ihrem langen, langsamen Weg zum Tod würde sie keinen Atem mehr schöpfen können.

Und was noch schlimmer war: Der Himmel hinter Dendrine verdunkelte sich. Jicin sah ihren entstellten Bruder Führer nahen. Seine Augen waren rot und eiskalt, neugierig richtete er seinen Blick auf sie.

»Oh, da bist du ja, mein Liebster, mein Sohn, mein Liebling«, säuselte Dendrine, als sie Führers Atem auf ihrem alten, abgemagerten Hexenkopf spürte. »Ich möchte dich mit einer kleinen Wölfin bekannt machen – deine ältere Schwester, sie heißt –«

»Weiß, wer sie ist. Keine Namen«, sagte er. Die Worte kamen nur langsam, als wäre er maulfaul. Jicin war in dem Wurf vor Führer geboren worden, sie hatte als Einzige von ihren Geschwistern überlebt.

»Mutter, Dendrine, meine Leitwölfin«, sagte Führer fast flehentlich, als wäre er ein aufmerksamer Liebhaber und nicht der Sohn.

»Mm?«, kicherte Dendrine wie ein umworbenes Weibchen.

Jicin versuchte vergeblich wegzukriechen. Dendrine kicherte wieder und schüttelte den Kopf, einerseits, um Jicin zu bedeuten, dass sie erst gar nicht versuchen sollte zu fliehen, anderseits, um ihrem großen, widerlichen, stinkenden Führer zu sagen, dass er von ihr ablassen und mit ihr Spaß an Jicin haben sollte.

»Mutter, die Wölfe der Zeit sind da.«

»Das sind nur wenige, ein kümmerliches Häufchen. Wegen diesem niederträchtigen Miststück sind sie gekommen und schleichen sich in den Felsen herum.«

»Ich habe ein paar drüben am Pass gesehen, ich sollte –«

»Tu, was du tun musst, mein Geliebter«, sagte Dendrine. »Geh und kümmere dich um dein rechtmäßiges Revier und nimm diesen kleinen Scheißkerl da mit!«

Dendrine deutete auf einen Jungwolf. Da sah Jicin erst den Kleinen an Führers Seite. Sein Pelz war jung und glänzend, seine Haltung war stolz, sein kluger, wachsamer Blick auf Jicin gerichtet; dann sah er ängstlich zu Dendrine und wieder mit unglaublichem Vertrauen zu Führer.

»Komm mit, Torne«, knurrte Führer, »das hier ist nichts für dich. Renn die große Felsenrinne hinauf! Wir haben dort oben zu tun!«

Der Wolf namens Torne blickte Jicin voller Mitleid an und ging mit Führer, wie er es befohlen hatte.

»Das kann nicht deine Schwester sein«, hörte Jicin den Jungwolf sagen.

Seine Stimme war jung, unschuldig.

»Nicht mehr lange«, antwortete Führer, »nachdem Dendrine sie jetzt in ihren Krallen hat.«

Jicin spürte, wie die Angst zurückkam und mit ihr die Kraft. Sie versuchte wieder zu fliehen. Sie rappelte sich auf, drehte sich um, kroch durch die Grasbüschel und versuchte zwischen ein paar Felsen hindurch zu entkommen, zu ihrer Linken hörte sie den Bach. Jeder Schritt jeder Meter war eine einzige Welt aus Schmerz, hinter der Klimt sie irgendwo im Moorland erwartete, wenn sie nur, wenn sie nur –

Eine magere, zerkratzte Pfote stampfte vor ihr ins Gras und stoppte sie. »Zeit für Futter, meine Liebe«, flüsterte Dendrine in ihr verletztes Ohr.

»Oh, Klimt«, hauchte Jicin; die Kraft verließ sie wieder, hinter sich hörte sie Gelächter und das Tappen von Pfoten, »du bist mein Geliebter.«

Klimt war Klarheit, Klimt war Reinheit, seine Liebe konnte sie von diesem Schmutz, diesem Dreck von einer Mutter befreien und sie für immer von hier wegbringen.

»Jicin, meine Süße, bleib doch bei uns, sei doch nicht so kratzbürstig!«

Dendrine lächelte sie an. Ihr Lächeln war grausam, voller Bosheit und Niedertracht. Ihr abgezehrtes Gesicht war übersät mit Schwielen und Warzen, ihre Lider hingen schlaff herunter.

»Ich habe dich ernährt, als du jung warst, nun sollst du mich ernähren. Was übrig bleibt, kann dein Bruder Führer verschlingen, wenn er zurückkommt, und dieses Balg, das er immer mit sich herumschleppt, kann auch etwas davon abhaben.«

Dendrine kam noch näher. Sie stank faulig aus Maul und Schnauze. Ihre Zunge war rosa und feucht und züngelte gierig wie eine Schlange zwischen ihren abgebrochenen Zähnen. Jicin wollte sich abwenden, aber Dendrine legte eine Pfote auf ihre Schulter und drückte sie zu Boden wie damals, als Jicin ein Welpe war und Dendrine die Mutter. Sie wedelte triumphierend mit dem Schwanz.

Jicin knurrte sie an und schnappte nach ihrer Schnauze.

»Aber, aber!«, sagte Dendrine. »Ich bin dran mit Beißen, nicht du!«

Jicin knurrte wieder, sie konnte sich unter dem Gewicht und der Kraft von Dendrines Pfote kaum bewegen. Plötzlich bekam sie einen Hieb, und ihr Kopf schnellte so zurück, dass auch die Felsen über ihr vor- und zurückzuschnellen schienen. Sie spürte die Zunge ihrer Mutter an ihrem verletzten Ohr, Dendrine leckte daran, schmatzte zufrieden und mit wachsender Gier. Manche Wölfe schauten grinsend und fasziniert zu, andere waren schockiert.

»Na, Süße, mein kleiner Liebling?« Dendrine stand über ihr vor dem strahlenden Himmel.

Dendrine hob den Kopf, ihr Atem ging schwer und stank süßlich vom Blut ihrer Tochter, dann bückte sie sich wieder und saugte mit einem solch abstoßenden Quieken an ihrer Wunde, wie es Jicin noch nie gehört hatte.

In diesem Augenblick hörte Jicin auf, eine Wölfin zu sein, die unter ihrer Mutter lag, während diese ihre perverse Mahlzeit einnahm. Jicin verließ ihren Körper; sie sah sich selbst, sah Dendrine und das südliche Moorland vor ihr unbeteiligt an. Und als sie alle Hoffnung verloren hatte, da spürte sie keine Schmerzen und hatte sie keine Angst mehr.

»Schwester, ich bin die Schwester, die Schwester von Dendrines Sohn, und das Futter meiner Mutter.«

Vielleicht dachte sie diese Worte nur, doch sie dröhnten in ihren Ohren zu dem Saugen und Schlürfen der Zunge ihrer Mutter und dem Scharren ihrer Zähne an Jicins Wange. »Ich bin die Schwester … die Tochter … ich bin … ich bin …«

Sie sagte diese Worte immer wieder, fast wie ein Gebet, fast wie der Beginn einer Reise – nicht in den Tod, sondern zu den Sternen –, bis sie nur noch wiederholte: »Ich bin … ich bin … ich bin …«

Plötzlich schreckte Dendrine auf, sie erhob sich, ging einen Schritt zurück und drehte sich um. Da fand Jicin wieder in das Hier und Jetzt zurück.

Es war ein Warnruf aus der großen Felsenrinne. Ein

Aufruhr. Die meisten Wölfe wandten sich zum Gehen und ließen Dendrine stehen.

»Du solltest mitkommen, Leitwölfin.«

»Ein paar von euch bleiben da, bis ich fertig bin!«

Jicin zitterte vor Angst, als Dendrine wieder zu ihr trat.

»Zittere doch nicht so, Jicin!«, säuselte Dendrine. Dann belferte sie: »Und knurr mich nicht an!«

Jicins Kopf fiel zurück, ihr Ohr war nass vom Blut und vom Speichel ihrer Mutter. Sie weinte. Sie zitterte. Sie war wieder in ihren verletzten, schreckgeplagten Körper zurückgekehrt.

»Halt dich doch ein bisschen zurück, meine Liebe!«, sagte Dendrine zu sich selbst und lachte krächzend, dann stand sie auf und pinkelte ins Gras. Ihre mageren Flanken schüttelten sich und bebten, als sie fertig war. »Lass ihm doch auch noch was übrig!«

Von der großen Felsenrinne hörte man Heulen und Bellen und einen Schrei: Wölfe im Kampf. Dann wieder aufgeregtes Gerenne auf der anderen Seite der Felsen. Klimt? Die Wölfe der Zeit? Hoffnung?

»Ich habe gehofft, deine Freunde würden kommen, meine Liebe. Es klingt ganz so, als würden sie es versuchen. Führer wird sie töten und dich auffressen, er wird dich vollständig verschlingen, du kleines Miststück!«

Dendrines wahnsinniges Grinsen kam näher, Jicin sah die gelben Spitzen ihrer Zähne, ihre Zunge fuhr zu Jicins anderem Ohr, die Zähne der Mutter schlossen sich um das Ohr, Pfoten scharrten auf dem Boden, Dendrine zerrte, zog, riss, um auch diese Seite zu entstellen, damit Führer etwas zu naschen hätte.

»Oh … nein!«, jaulte Jicin.

Plötzlich begriff Jicin mit ihrem schmerzenden Kopf und ihrem blutenden Ohr, wovor sie ihr ganzes Leben lang weggelaufen war. Es war nicht der Schmerz gewesen, nicht der Tod, auch nicht die Angst, dass Führer sie bald bestrafen würde.

Nein, es war der grundsätzliche Verrat am Leben: dass eine Mutter das Junge tötet, das sie geboren hat. Und dann auch noch so grausam. Jicin wurde auf einmal klar, dass alles, was ihre Mutter seit ihrer Geburt jemals für sie getan, und alles, was sie ihr angetan hatte, nur auf diesen schrecklichen Punkt hinauslief. Um das zu tun, hatte Dendrine sie auf die Welt gebracht.

Dieses stinkende Maul, dieser Hass, diese schreckliche Bosheit, diese Grausamkeit, diese Niedertracht – das hatten alle ihre Geschwister spüren müssen außer Führer.

Bis jetzt hatte Jicin immer noch einen Lebens- und Überlebenswillen gehabt. Irgendwo ganz tief in ihrem Innern war etwas Verborgenes, Unberührtes – ihr wahres Selbst, die wirkliche Jicin. Diese Jicin hatte Klimt entdeckt und geliebt und wurde selbst geliebt. Dieses wahre Selbst machte Jicin stolz. Wenn auch verletzlich, so war es doch die wahre Stärke eines Wolfs, der berühmte Fels in der Brandung. Zu diesem Selbst fand Jicin zurück, als Dendrine sich an ihrem Leben verging.

Jicin war verletzt, sie lag im Sterben, alle Hoffnung schien, nein, war zunichte. Ihre Angst war in ihr und in der Luft, sie war so real, dass sie sie greifen konnte. Aber dann, dann mobilisierte sie ihre letzte Kraftreserve, ihre letzte Chance.

»NEEEIN!«

Sie wand ihren Kopf und ihr Ohr aus Dendrines Maul, stürzte sich auf ihre Mutter und biss ihr ins Gesicht, in den linken Kiefer, die linke Wange, hieb ihren Eckzahn ins linke Auge. In der Stärke, die sie im letzten Moment aufbrachte, lag all die aufgestaute Wut, das Gefühl, verraten und ungerecht behandelt worden zu sein, die blinde Wut über die vielen Zurückweisungen ihrer Mutter und die Finsternis, die Dendrine über ihr Leben gebracht hatte. Und da war noch etwas:

Sie tat es für ihre zu Tode gequälten Brüder, für ihre Schwestern, die sie nie gekannt hatte, für die Bukov-Wölfe, die Dendrine verraten hatte, und für die Götter, die wollten, dass die Wolfheit zum Licht gelangt und die Kraft findet, die fürchterliche Düsternis zu vernichten – für diese Götter tat sie es.

Sie spürte, wie ihre Mutter das Maul anspannte, um unter diesem unerwarteten, plötzlichen Angriff aufzujaulen, wie sie versuchte, sich aus dem festen Biss zu winden, ein Auge füllte sich mit Blut. Aber die Zähne der Tochter bissen bei jeder Regung nur noch fester zu, verbissen sich in die Zähne der Mutter, die unter Schmerzen brachen, immer fester, tiefer ging der Biss. Dendrine wollte in ihrem Todeskampf schreien, aber sie konnte nur noch denken: Je mehr ich mich zu befreien versuche, desto größer wird der Schmerz und desto tiefer der Abgrund, in den ich falle. Jicin ließ nicht los, selbst als ihre Zähne in dem harten Biss brachen.

Erst als andere Pfoten sie zu stoppen versuchten und ihre Kraft nachließ, lockerte sich auch Dendrines Biss. Jicin begann wieder sich selbst zu entgleiten. Dann erinnerte sie sich an das, was Leon zu ihr gesagt hatte, an Galliards Worte: »Hör nicht auf, wenn du einmal angefangen hast …«

Jicin nahm sich zusammen, konzentrierte all ihre Kraft. Ihre Mutter fiel auf sie. Sie lockerte ihren Biss, glitt an Dendrines Maul hinunter und biss ihr in die Kehle. Schrecklich. Haut, Pelz, Muskeln, verzweifeltes Keuchen, ächzendes Ersticken. Und plötzlich war alles weich, Wärme durchströmte sie. Jicin biss stärker zu. Voller Angst und Erlösung spürte sie, wie ihre Mutter starb.

Jicin drehte sich ein wenig, denn das Blut ihrer Mutter spritzte ihr in den Rachen und erstickte ihren Atem. Sie versuchte unter Dendrine hervorzukriechen, aber die war schwer, obwohl sie so alt und abgezehrt war. Jicin fiel zurück, sie zerrte mit aller Kraft und so schnell sie konnte, an Dendrines Kehle, hin und her, bis sie sicher sein konnte, dass sie tot war. Jicin sank ins Heidekraut, Dendrine über ihr, zwischen ihnen das Blut beider Körper, so viel Blut, dass sie das Gefühl hatte, ihre Körper glitten ineinander. Dann verließen sie ihre Kräfte, der Himmel verdunkelte sich, und ihr Schmerz wich aus ihrem Körper in die Erde hinein.

Schreie, Rufe und das Platschen von Führers Pfoten im Bach ließen sie wieder zu sich kommen. Ihr Rachen und

Maul waren voll mit Erde und dem Blut ihrer Mutter, sie bekam fast keine Luft mehr.

Sie versuchte den Kadaver ihrer Mutter von sich zu schieben, sich nach Führer umzudrehen und mit ihm das zu tun, was sie mit Dendrine getan hatte, aber sie besaß keine Kraft mehr, sie hatte sich vollständig verausgabt.

Sie konnte seine riesigen Pfoten sehen, seinen schweren Atem hören und sein Aufjaulen beim Anblick der beiden Wölfinnen. Sie hörte ihn empört aufschreien, als er sah, was sie Dendrine angetan hatte, die ein letztes Mal zuckte, während sie zitternd verblutete.

Jicin entspannte sich, sie hatte getan, was ihr wahres, inneres Selbst schon lange tun wollte. Sie war Dendrine los und nichts auf der Welt konnte das ändern, auch Führer nicht.

»Oh«, seufzte sie, »oh ...«

Führer beschnüffelte sie, sein großer Kopf senkte sich zu ihrem Körper im Heidekraut hinunter. Jicin hörte, wie er um Dendrine zu heulen begann, es war ein tiefes, lang gezogenes Knurren, und dann spürte sie das Scharren seiner Pfoten auf ihrem Fell, als er versuchte Dendrine von ihr zu rollen, zu heben, wegzuschieben, damit er an Jicin herankam.

Dieses tiefe, eigenartige Heulen war so schrecklich anzuhören, so voller Trauer ... Hatte er Dendrine denn wirklich so sehr geliebt?

Aber er schob Dendrine nicht von Jicin, er tat etwas sehr viel Grausameres und Schrecklicheres: Jaulend ging er einen Schritt zurück, stürzte dann nach vorn und biss fest in Dendrines Schulter. Er hob sie mit einem Ruck hoch, schleuderte sie durch die Luft. Ihr Maul, das zerbissene, blutige Gesicht, Augen, Beine, Schwanz, der hagere Rükken wirbelten über Jicin hinweg und fort von ihr, Dendrine flog in hohem Bogen den Hang hinunter zum Bach und langsam wieder zur Erde zurück, wo sie außer Sichtweite auf den Felsen und dem Gras aufschlug.

Jicin, völlig verausgabt und halb geblendet vom hellen Sonnenlicht, blickte Führer an.

»Jicin!«, sagte er und wandte ihr ruckartig seinen großen Kopf und sein großes Maul zu. »Jicin, meine Liebste …«

Jicin starrte ihn an, der Himmel verdunkelte sich wieder, Führers Kopf schien zu wackeln, in ihren zerrissenen Ohren rauschte es.

»Jicin …«, flüsterte Klimt und seine Stimme erstarb.

»Oh … oh …«, seufzte sie und dann überkamen sie die Tränen, als er wie warme Frühlingsluft wie Sonnenschein über eine weite, grüne Ebene nach einem lebenslangen dunklen, quälenden Winter aus weiter Ferne zu ihr zurückkam, sie in seinen Armen hielt und sie wusste, er würde sie nie, nie wieder verlassen.

»Liebster!«, seufzte sie.

»Ja«, flüsterte er. Seine Stimme zitterte nicht so sehr vom Anblick der blutenden, verletzten Jicin, sondern weil sie noch lebte und ihn erkannte, obwohl sie auf den ersten Blick halb tot ausgesehen hatte.

Aber vor allem sah er in ihrem erleichterten und vertrauensvollen Blick, dass sie langsam aus der Hölle zurückkehrte, in die sie die Gegenwart und die Vergangenheit geworfen hatten, er sah, wie sehr sie ihn liebte und dass ihr langes Warten nun vorbei war.

»Jicin!«, flüsterte er immer wieder.

»Klimt …«

Krieg hin oder her – eine Weile lang gab es für die beiden nichts als ihre Liebe.

Sie waren übers Moorland geschlichen, wie Dendrine gesagt hatte, aber waren erst im Schutz eines kalten, nebligen Morgens gekommen, nachdem sie in der Nacht ihre Posten bezogen hatten und die anderen Gruppen durch ihr Gebell ausdrückten, dass auch sie auf ihren Posten waren. Klimt, seine Kasachen und Tervicz waren übers Moorland gekommen und nicht direkt zu der Stelle vorgedrungen, an der sie Jicin vermuteten, sondern hatten dafür gesorgt, dass man sie sah, und die Aufmerksamkeit der Madjaren auf sich gezogen.

Die Madjaren kamen aus der Deckung und forderten

das Grüppchen heraus. Als der Kampf schließlich begann, kamen die anderen Wölfe der Zeit aus dem Heidekraut und griffen an, nutzten die Angriffsrichtung der Madjaren aus und zogen immer mehr feindliche Wölfe an.

Währenddessen hielten sich Lunars Wölfe oben am Pass aus dem Kampfgeschehen heraus, versteckten sich aber nicht. Führer hastete die große Felsenrinne hinauf, eilte aber gleich wieder zurück, als er sah, was unten im Moorland vor sich ging. Mehr Wölfe der Zeit, als er vermutet hatte, hetzten über das Moorland zu dem Felsvorsprung, auf dem Dendrine und diese Jicin waren, genau wie seine Mutter gesagt hatte.

»Mutter hat meistens Recht«, sagte er zu Torne, »wir müssen zurückgehen.« Plötzlich wusste er aber nicht genau, was er tun sollte, und befahl schließlich den Wächterwölfen im Kar herunterzukommen und mit ihm die Wölfe der Zeit zu verjagen, die sich ins Moorland gewagt hatten. So blieb das Steilfeld unbewacht.

Stry sah das alles von seinem Beobachtungsposten aus. Im richtigen Moment gab er Lunar das verabredete Zeichen, der daraufhin langsam mit seinen Wölfen in Zweier- und Dreiergruppen kam, um die Wachen anzugreifen, die durch den Abzug ihrer Kollegen ins Kar zahlenmäßig geschwächt waren.

»Los!« Lunars Gruppe stürmte über den Pass, während Kobrins Gruppe hinter den Felsen zurückblieb und auf Strys nächstes Kommando wartete. Wenn die Madjaren Führers Befehl folgten, würden sie die große Felsenrinne stürmen.

Die Wölfe der Zeit waren bereit, ihre Position und das Überraschungsmoment auszunützen, während sich Klimt eine Zeit lang selbstvergessen um Jicin kümmerte und sie in seinen Armen hielt.

»Klimt! Klimt!«

Tervicz' drängender Schrei brachte Klimt wieder zurück in das Hier und Jetzt des Kampfes.

»Klimt schau, wer da kommt!«

Klimt stand bei Jicin, seine Wachen um ihn herum. Die

anderen Wölfe der Zeit bildeten einen Schutzkreis um sie, als Führer von der großen Felsenrinne her angerannt kam. Wild und dunkel donnerte er heran und zog einen Schwarm kampflustiger, aber undisziplinierter Madjaren hinter sich her.

Klimt bedeutete den anderen, sich um Jicin zu kümmern, und machte ein paar Schritte Richtung Bach. Er war schlank und groß, er war nicht jung, und sein Pelz war grau, aber seine Augen leuchteten durchdringend. Hinter ihm, um ihn herum und oben in den Felsen standen seine Wölfe der Zeit, sie waren den Madjaren zahlenmäßig zwar unterlegen, aber um vieles Furcht erregender.

»Führer!«, brüllte Klimt.

»Klimt!«, brüllte Führer zurück, als er seinen Schritt verlangsamte und vor Klimt am anderen Ufer des Bachs stehen blieb. Außer dem Wind im Heidekraut und dem leisen Murmeln des Baches war nichts zu hören.

Führer blickte sie an, schaute sich um, dann sah er seine Mutter da liegen, wohin Klimt sie geschleudert hatte, halb im Wasser, so wie damals Elhana.

Keiner regte sich, als der unförmige Führer linkisch zu ihr hinübersprang und sie berührte, beschnüffelte. Er legte den Kopf schräg und starrte seine Mutter an wie ein Welpe, der nicht begreifen konnte, was er da sah. Aber der Kopf, der sich dann wieder hob, war nicht der eines Welpen, und auch die Augen, die sie anstarrten, waren nicht die eines Welpen.

»Muss dich dafür töten, Klimt. Kann dich nicht leben lassen.«

»Töte mich fürs Herzland«, sagte Klimt ruhig und trat einen Schritt vor. »Töte mich, um all diesen Wölfen zu beweisen, dass du der Herr der Wölfe bist. Wenn nicht, und wenn …«

»Werd ich«, sagte Führer. »Muss ich.«

»… wenn nicht, und wenn ich überlebe, werde ich es sein.«

»Herr der Wölfe?« Führer kam näher und ging in Angriffsstellung.

Klimt schüttelte den Kopf und zuckte mit den Achseln. »Der Kampf wird es entscheiden.«

»Auf immer und ewig.« Führer scharrte mit den Pfoten.

»Ja«, murmelte Klimt und lehnte sich auf dem abschüssigen Hang vor. Er ging in Stellung und nahm Anlauf, stürzte hinunter und immer weiter hinunter, direkt auf Führer zu. Mitten im Bach verkeilten sie sich mit Zähnen und Krallen ineinander, das Wasser schäumte und spritzte auf. »Ja!«

Kapitel 30

Herr der Wölfe

Die Zeit schien langsamer zu werden, als Klimt und Führer ihren Kampf begannen und das aufspritzende Wasser sich in schillernde Tropfen verwandelte, die im Sonnenschein auf die Erde zurückfielen. Und als der erste prüfende Angriff vorüber war und die beiden Wölfe wieder voneinander abließen, schien für die Umstehenden die Zeit fast stehen zu bleiben.

Führer, der zwar unförmig und hässlich war, bewegte sich mit ungeahnter Geschmeidigkeit und Anmut. Er platzierte seine Pfoten sorgfältig und koordinierte seine Bewegungen, als sei sein Körper aus einem Guss. Ruhig und sicher sah er sich um nach dem Bach, nach dem Ufer und achtete darauf, dass keiner ihn behinderte. In der Bewegung schien dieser Wolf über sich hinauszuwachsen, die hässliche Plumpheit seines Körpers und seines Geistes zu überwinden.

Klimts Haltung war steifer, unbeweglicher. Führer umkreiste ihn, Klimt drehte sich nur und trat zurück; Führer wich geschmeidig Grasbüscheln und Felsen aus, Klimt rannte einfach drüber weg; Führers Augen waren überall, Klimt hatte seinen Blick fest auf seinen Gegner gerichtet.

Beim zweiten Angriff landeten beide knurrend am gegenüberliegenden Ufer, auf der anderen Seite von Klimts Wölfen, die instinktiv nach vorne gingen und erst dann stehen blieben, als Klimt es ihnen befahl. Das war sein Kampf, sein alleiniger Kampf um Jicin und die ganze Wolfheit.

Doch die Wölfe der Zeit und vor allem Tervicz entspannten sich erst, als Führer einem Madjar, der sich in den Kampf einmischen wollte, klarmachte: »Er gegen mich, Wolf gegen Wolf, Bruderkampf.«

Das war eine komische Anspielung und wahrscheinlich bemerkte das keiner außer Klimt, denn es ging vor allem darum, dass Führer Klimts Regeln anerkannte: Einer gegen einen in einem Kampf um die Herrschaft, einer würde der Verlierer sein, der andere der Sieger – Herr der Wölfe.

Der Kampf wurde mit Angriffen und Finten ausgetragen, sie rangen, knurrten, bissen, sie strampelten und kratzten mit den Pfoten, und es sah so aus, als wären die beiden Wölfe entgegen den anfänglichen Hoffnungen der Madjaren und entgegen den anfänglichen Befürchtungen der Wölfe der Zeit gleich stark.

Ganz zu Anfang glaubten alle Wölfe, Führer sei klar im Vorteil. Klimt hinkte sichtbar; trotz der Wildheit und Stärke seines Wesens und trotz der erschreckenden, skrupellosen Entschlossenheit, die Klimt ausstrahlte, war Führer schneller, raffinierter, vielleicht sogar einfallsreicher. Fast spielerisch stürzte er vor und schnellte zurück, flitzte um Klimt herum und rannte zurück, blieb stehen, sah ihn an und nahm wieder Anlauf. Er wirkte, leichter, schneller, besser.

Je länger der Kampf jedoch dauerte und aus dem Knurren ein Grunzen wurde, aus dem Warngebell angestrengtes Knurren, desto deutlicher zeigte sich Klimts konzentrierte Entschlossenheit. Einmal rutschte er aus und war angreifbar, Führer tänzelte nur spottend um ihn herum, lachte ihn aus und vergab seine Chance. Doch als Führer kurz darauf über das Ziel hinausschoss und den Rückzug antreten musste, ergriff Klimt die Gelegenheit und schnappte wild nach Führers ungeschütztem Bauch. Führers wütendes Aufjaulen bewies, dass Klimt den wunden Punkt gefunden hatte.

Auch als Führer einmal stehen blieb, um Luft zu holen, ging Klimt unbarmherzig auf ihn los und drängte ihn in den Bach zurück. Immer wieder verlor er das Gleichgewicht, stolperte ungeschickt, fiel auf die Knie oder auf die Seite und versuchte sich aus Klimts Biss zu winden.

In diesen Momenten glaubten die Wölfe der Zeit, dass Klimt gewinnen konnte, auch wenn er mehr Prellungen und blutende Wunden von den Angriffen davongetragen hatte als der flinkere Führer. Außerdem platzte die Wunde, die er sich im Steinbruch zugezogen hatte und die längst verheilt war, wieder auf, nachdem Führer bei einem brutalen Angriff wild auf Klimts Schulter losgegangen war. Und Klimt verlor an Kraft und Geschwindigkeit; er bewegte sich schwerfälliger, seine Lungen spielten nicht mehr so gut mit wie am Anfang.

Die Sonne hatte den Zenit inzwischen überschritten und glitt im Nachmittagslicht hinunter zum Horizont. Die Wölfe kämpften weiter, doch die Pausen wurden länger, und manchmal rangen sie nur noch langsam miteinander, damit sie Gelegenheit hatten, ein wenig Atem zu holen.

Zwei Wölfe der Zeit litten sichtbar unter Klimts schwindenden Kräften. Tervicz winselte und zuckte bei jedem Rückschlag zusammen, den sein Rudelführer einstecken musste. Mit weit aufgerissenen Augen musste er mit ansehen, wie dem Wolf, den er so verehrte, solche Verletzungen zugefügt wurden. Und Jicin, die inzwischen gepflegt wurde und ein wenig von ihrer Stärke und Munterkeit zurückgewonnen hatte, wurde sich darüber klar, dass der, den sie liebte und an dessen Seite die Götter sie zurückkehren ließen, den Kampf und damit sein Leben verlieren könnte.

»Nein … nein …«, flüsterte sie, obwohl sie wusste, dass niemand eingreifen konnte außer den Göttern selbst, »gib nicht auf, Liebster … nein …«

Und dann kam der schreckliche Moment, wo alle wussten, dass Klimt verlieren würde. Zuerst ging eine fast unmerkliche Veränderung mit ihm vor: Seine Bewegungen wurden langsamer, er keuchte und ächzte, seine Angriffe, die anfangs gezielt und direkt waren, wurden unkontrollierter.

Es wurde immer schlimmer. Langsam begannen auch seine Pupillen zu schwimmen, als ob er nach den vielen Jahren, in denen er andere geführt hatte, nun die Hoffnung und den Willen verlor, sich selbst im größten Kampf seines Lebens zu behaupten, während Führer die Veränderung spürte und an Stärke, Entschlossenheit und klarem Blick gewann.

Am schlimmsten aber war, dass Klimt seine Schulter nicht mehr belasten konnte, er taumelte zu Boden, versuchte sich auf einem Bein aufzubäumen, aber er konnte nicht mehr. Schließlich zog er sich zu einem Felsvorsprung zurück, um sich besser verteidigen zu können. Alles sah danach aus, als würde er am Ende verlieren.

Das dachte auch Führer. Erneut begann er spielerisch zu tänzeln, sein Tritt war wieder sicher, und seine roten Augen strahlten unheimlich.

»Der Sieg ist mein!«, schrie er und blickte sich um, als erwartete er Lob, bevor er Klimt schließlich tötete.

»Klimt!«, schrie Tervicz.

»Nein … nein«, knurrte Klimt und ließ Führer, der auf ihn zukam, nicht aus den Augen, »das ist eine Sache zwischen ihm und mir.«

»Ja, ja!«, brüllte Führer wie ein Jungwolf, »zwischen ihm und mir, er ist mein!«

Es hörte sich an, als lachte er laut, während er Anlauf nahm und den Hang zu dem Fels hinaufpreschte, wo Klimt lag. Klimt hatte seine gesunde Pfote vorgestreckt, sein Blick war wieder wachsam, und sein Maul war bereit, so viel Schaden anzurichten wie nur möglich.

»Ich werd Herr der Wölfe!«, brüllte Führer und tänzelte auf Klimt zu.

Und da drang vom Kar über der großen Felsenrinne ein Geheul über das Moorland, dass es den Wölfen einen Schauer des Entsetzens oder des Triumphs über den Rücken jagte, je nach dem, welchem Rudel sie angehörten.

Es kam so unerwartet und es war so schockierend, dass alle, Madjaren und Wölfe der Zeit gleichermaßen, sich umdrehten. Auch Führer. In den Felsen über ihnen drängten und sammelten sich Wölfe der Zeit. Lunar an ihrer Spitze stieß ein Triumphgeheul aus, ein Geheul der Eroberung und des Sieges.

So skrupellos Klimt den Kampf begonnen hatte, den er fast verloren hätte, so skrupellos beendete er ihn auch. Führer hatte sich umgedreht, um einen Blick auf Lunar zu werfen, und wunderte sich über so viel Selbstvertrauen, wo doch hier unten er, Führer, gleich Herr der Wölfe sein würde –

Wie eine Gerölllawine stürzte Klimt auf Führer zu, schnappte nach seinem Kopf, seiner Kehle, wo er am verletzlichsten war, und biss zu. Angriff, Analyse, Überraschung – das war von Anfang an Klimts Strategie gewesen. Er hatte nur auf den richtigen Augenblick gewartet. Nun war er gekommen.

Führers Gebrüll erstickte in einem verwunderten Röcheln. Klimt ließ nicht locker. Auf seinem gesunden linken Bein stand er vor ihm, auch in seiner verletzten Schulter hatte er Kraft – nun tat er nicht mehr so, als sei er schwer verwundet.

Mit Führers Kehle im Biss riss er sich mit letzter Kraft hoch, um den jungen, schwereren Wolf vom Boden zu heben, und Führer hing strampelnd in der Luft. Klimts Sieg schien sicher, Tervicz' Gebete waren erhört worden.

Doch im nächsten Augenblick taumelte Klimt mit dem zappelnden Führer im Maul, der immer noch beweglicher war als Klimt. Führer entspannte seine Vorderläufe, hechtete zurück Richtung Bach und zog Klimt mit sich. Als sie fielen, wand sich Führer aus Klimts Biss. Mehr konnte er jedoch nicht tun.

Klimt auch nicht.

Zusammen rollten sie in den Fluss. Nun war deutlich zu sehen, wie schwer sie verletzt waren, das Wasser färbte sich rot von ihrem Blut, Blut aus Kehle und Schulter, aus Keulen und Läufen, Bauch und Gesäß – wessen Blut, konnte jedoch niemand sagen, es vermischte sich in dem schlammigen Bach und färbte ihn schwarz.

Es gab keinen Sieger, beide waren besiegt gefallen, kampfunfähig. Sie lagen keuchend und ächzend da, das Wasser des Baches umspülte sie und trug ihr Blut hinaus ins Moorland.

Der Unterschied lag in der Einstellung und dem Auftreten der Wölfe der beiden Rudel. Einige Madjaren traten vor und starrten Führer wütend an, weil er versagt hatte, und hätten sich auch auf den hilflosen Klimt gestürzt, wenn ihn nicht die Wölfe der Zeit sofort eingekreist hätten.

»Einer gegen einen«, knurrte Tervicz, »das wollten beide so. Es gibt keinen Sieger, wir müssen uns um uns selbst kümmern.«

Doch seine Rede wurde übertönt von weiterem Triumphgeheul aus dem Steilfeld – das Zeichen, dass Klimt mit seiner Strategie den Tagessieg errungen hatte. Während die beiden Rudelführer miteinander gekämpft hatten, hatten die Wölfe der Zeit das Herz des Herzlands fast ohne Widerstand erobert.

Als die Madjaren das begriffen, verfluchten sie den gefallenen Führer nur noch mehr mit ihren Blicken. Sie wandten ihre Aufmerksamkeit von Tervicz und den anderen Wölfen der Zeit ab und jenen zu, die stolz am Rand des Steilfelds standen.

Plötzlich wussten sie nicht mehr, was sie tun sollten. Sie ließen Führer liegen, diskutierten und stritten darüber, was nun zu tun sei. Und wenn Klimt und Kobrin nicht klar und deutlich gesagt hätten, dass es bei dem Kampf letztendlich um die Beilegung der Feindschaft gehen müsse und nicht um ein Massaker, wären die Wölfe der Zeit fast versucht gewesen, das Durcheinander unter den Madjaren auszunutzen und sie anzugreifen. Doch so fühlten sie sich verpflichtet, auf ihren Posten zu bleiben und zuzusehen, wie sich ein neues Drama abspielte und eine neue Gefahr drohte.

Vielleicht hatte Lunar am Schweigen unter den Wölfen der Zeit gemerkt, dass Klimt gefallen war, dass er schwer, vielleicht sogar tödlich verwundet war, denn das Geheul auf dem Steilfeld verstummte plötzlich. Da wurde das Licht schwächer und die Sonne, die hell ins Moorland geschienen hatte, verschwand wie eine Widerspiegelung der Ereignisse fast hinter einer Wolkenbank, ihre Strahlen erreichten nur noch das Steilfeld und leuchteten heller denn je, vor allem auf Lunar.

Gleichzeitig fuhr ein eiskalter Wind durchs Moorland, die Madjaren schauderten und verstummten. Tervicz und die anderen sahen, wie Lunar und Kobrin mit ihren Wölfen herunterkamen und direkt in die Gruppe der reglosen und verwirrten Madjaren am Ende der Felsenrinne im Moorland liefen.

»Wir sollten Verstärkung schicken«, sagte ein Wolf der Zeit.

Doch Tervicz erinnerte sich an Klimts Befehl und vor lauter Ehrfurcht vor der merkwürdigen Atmosphäre, die in der Luft lag, und dem schwindenden Licht am Bach gebot er dem Wolf mit einem Blick Einhalt.

»Klimt«, sagte er und kniete sich zu seinem keuchenden, verwundeten Rudelführer, der sich schon wieder ein bisschen erholt hatte, »sollen wir Lunar helfen?«

Klimt schüttelte den Kopf und ächzte: »Sieh doch, wo er geht und wie er geht, sieh doch die Sonne auf seinem Weg, und der große Kobrin, mein langjähriger General, an seiner Seite.«

»Aber das ist doch nur, weil …«

Klimt schüttelte schwach den Kopf und sagte: »Nein, Wolf, es ist nicht nur, weil Kobrin bei ihm ist. Ich glaube, Lunars Zeit ist gekommen, um über uns alle zu herrschen.«

»Er ist noch nicht so weit, Klimt, er ist noch zu jung.«

»Die Alten denken doch immer, dass die Jungen viel zu jung sind.«

»Die Madjaren sind zu viele, mit seiner kleinen Truppe kann er nichts gegen sie ausrichten. Alles, was wir gewonnen haben, könnte auf einen Schlag wieder verloren gehen. Ich bitte dich, Klimt, lass mich Verstärkung in die große Felsenrinne schicken oder alle unsere Wölfe herabheulen, wie wir es ausgemacht haben.«

Klimt schüttelte lächelnd den Kopf. »Noch nicht, Tervicz, noch nicht. Lass Lunar zeigen, wie stark er ist. Für mich hättest du heulen dürfen, ich habe getan, was ich konnte, und mit unserer Strategie haben wir das Herzland zurückgewonnen und Lunar seine Chance gegeben. Ich selbst …«

»Rudelführer …«

»Tervicz!«, sagte Klimt schroff. »Lass es endlich gut sein! Einst hat der Bukov-Wolf in dir die Wölfe der Zeit herabgeheult, und wir sind diesem Ruf gefolgt; die Stunde, die Wölfe der Zeit in die Sterne zurückzuheulen, ist noch nicht gekommen. Wulf ist immer noch in der Welt der Sterblichen. Sein Schicksal ist noch nicht ganz erfüllt. Sieh doch, wie er kommt – wie Lunar herunterkommt, um über die Madjaren und die Wölfe der Zeit zu herrschen, uns zu vereinigen und ein Vorbild für die Wolfheit zu sein. Spar dir dein Heulen für den Tag, an dem Lunar alt sein wird und deine Hilfe braucht.«

»Aber Klimt …«, flüsterte Tervicz, der das alles nicht richtig verstand.

»Spar dir dein Heulen für die Zukunft und hilf ihm, Wolf, wie du mir geholfen hast. Nun bring mich zu Jicin, wir waren viel zu lange getrennt, jetzt werden wir für immer zusammen sein.«

Rohan erhob sich von Jicins Seite und brachte Klimt gemeinsam mit Tervicz den Hang hinauf zu Jicin.

Die beiden verletzten Wölfe streckten die Pfoten aus, berührten sich und sahen sich lächelnd an. Sie drückten sich aneinander und leckten sich gegenseitig die Wunden. Sie sprachen nicht, sie seufzten nur zufrieden, dass sie wieder zusammen waren, und flüsterten ihre Namen.

Das Licht wurde immer schwächer, die Wolken wurden immer dichter und dunkler und zogen sich vor dem eiskalten Wind zusammen, doch die Sonne wanderte mit Lunar die Felsenrinne hinunter und ließ ihn strahlen.

»Wo ist Klimt?«, rief er und ging kühn auf die knurrenden Madjaren zu. »Wo ist er?«

Sie zogen sich murrend zurück, keiner wollte als Erster

angreifen. Das Licht, das auf ihn schien, sowie der berühmte Kobrin und zwei große Petschoraner an dessen Seite jagten ihnen Ehrfurcht ein. Sie waren zwar ein wenig eingeschüchtert und wollten Lunar nicht angreifen, aber sie zeigten auch keinen Respekt.

»Er ist gefallen, zusammen mit Führer«, knurrte ein Madjar und machte keinen Hehl aus seiner Verachtung für die beiden Rudelführer und seiner Feindseligkeit gegenüber Lunar und seinen Wölfen.

Nur widerwillig trennten sich die Madjaren und ließen Lunar durch, er musste sie wegstoßen und an Wölfen vorbeigehen, die größer waren als er selbst. Hätten die Madjaren Entschlossenheit und Mut gezeigt, so hätten sie Lunar und seine Wölfe, die ungeschützt übers Moorland zu Klimt zogen, und danach die Wölfe der Zeit, die einen Schutzkreis um Klimt gebildet hatten, ohne Zweifel vernichten können. Doch die Wölfe der Zeit hatten die höher gelegenen Zugänge zur großen Felsenrinne und das Steilfeld so klug gesichert, dass die Madjaren nicht angriffen, und außerdem strahlte der tapfere Lunar eine faszinierende Entschlossenheit und Sicherheit aus.

Lunar ging also durch die Reihe der Madjaren hinunter zum Bach und sah dort Führer liegen; er war geschwächt vom Blutverlust und murmelte röchelnd und ächzend vor sich hin, als würde er gar nicht begreifen, wo er sich befand und was geschehen war. Kein Madjar stand bei ihm – im Gegenteil, alle hielten sich in einiger Entfernung auf und diskutierten eifrig. Selbst als Führer sich ein Stück aus dem Bach zog, drehten sie sich nicht zu ihm um. Führer war erledigt, verlassen, das war deutlich. Seine Wölfe hatten sich von ihm abgewandt, keiner ging zu ihm. Es war, als würde er nicht mehr länger existieren, als hätte er nie existiert.

Unweit von Führer lag das, was einmal Dendrine gewesen war, zusammengekrümmt im Heidekraut und im schlammigen Gras am Bachufer; sie sah aus wie Treibgut, das vom Hochwasser angeschwemmt worden war. Ihr blutgetränkter Pelz stellte sich im Wind steif auf, ihre Bosheit war zu einem Nichts geschwunden.

Was sie einst gewesen war – die gefürchtete Leitwölfin und die grausame Zerstörerin der Unschuld –, lebte nur noch in den Augen jener Madjaren weiter, die ihre Augen nicht von dem Kadaver nehmen konnten und ihn mit morbider Faszination und jenem hämischen Triumph gewöhnlicher Wölfe anblickten, die sich am Anblick eines gefallenen außergewöhnlichen Wolfes weideten, den sie nie wieder fürchten mussten. Im Leben waren sie zu feige gewesen, sie anzublicken, nun betrachteten sie sie verstohlen im Tod.

Lunar nahm dieses klägliche Bild kurz in sich auf und ging dann weiter zum Bach. Dort bot sich ihm ein ganz anderes Bild: Klimt und Jicin waren eins, und auch die Wölfe der Zeit, die sich schützend vor sie gestellt hatten, standen wie ein Körper zusammen. Sie mochten zwar zahlenmäßig unterlegen sein und die vorläufige Kampfruhe, die Klimt und Führer verordnet hatten, lief aus, aber keiner würde daran zweifeln, dass diese Wölfe Klimt und seine Jicin bis zum Letzten verteidigen würden.

»Warum nehmt ihr nicht einfach eure Verletzten und verschwindet von hier?«, schrie ein tapferer Madjar vom andern Ufer herüber.

Damit ermutigte er andere Madjaren, weitere Drohungen und Beschimpfungen auszustoßen und vorzutreten und kleine Gesten des Vorstoßes zu machen, die bei einem einzelnen Wolf Feigheit verraten hätten, im Rudel aber wild und entschlossen aussahen.

Lunar ignorierte sie. Er watete schnell durch den Bach und ging direkt zu Klimt. Sein Gesicht war sorgenvoll und voller Liebe, als er sagte: »Vater, ich –«

»Lunar, mein Sohn, sorge dich nicht um mich. Meine lahme Schulter ist so schwer verletzt, dass sie mein Gewicht nie wieder mit Leichtigkeit tragen kann, doch werde ich es überleben. Viel wichtiger aber ist mir, dass Jicin überlebt.«

Lunar streckte seine Pfote nach Jicin aus, wie er es bei seiner Mutter getan hätte. Sollte Jicin jemals daran gezweifelt haben, dass Lunar sie annehmen würde, so hatte sie nun keinen Grund mehr dazu. Lunars klare Augen lächelten sie an und hießen sie herzlich willkommen, und voller Mitleid warf er schnell einen Blick auf ihren verletzten, geschundenen Körper.

»Möge Wulfin euch beide wieder gesund machen«, sagte er.

Die Madjaren deuteten Lunars Aufmerksamkeit für Klimt und Jicin als Weigerung, sich ihnen zu stellen, gingen bis ans Ufer und schrien ihnen Beleidigungen und Flüche zu.

»Was heißt das, Vater, ›unsere Zeit läuft aus‹?«, fragte Lunar ruhig.

»Meine Tage als Kämpfer sind gezählt und mein Wunsch, Rudelführer zu sein, ist gestorben. Ich habe getan, was ich konnte, ich habe meine Pflicht und Schuldigkeit getan, wie es sich für einen Wolf gehört.«

»Du bist immer noch unser Rudelführer, Vater. Auf dein Wort hin werden die Wölfe der Zeit kämpfen.«

Klimt schüttelte den Kopf und versuchte sich aufzusetzen, doch Tervicz und Lunar mussten ihm von beiden Seiten helfen. Er blickte die Madjarenhorde an und sagte dann zu Lunar:

»Ich übergebe dir die Führung über die Wölfe der Zeit, Lunar. Ich habe dir beigebracht, was du weißt, und ich habe das Gefühl, du hast noch weit mehr gelernt! Wenn ich mit dir um die Führerschaft kämpfen könnte, würde ich das tun, und sei es nur, um mir selbst und den Wölfen der Zeit zu beweisen, dass du der Führerschaft würdig bist. Aber ... ich kann nicht. So übergebe ich das Wort dem einzigen Wolf, der sich stolz vor uns stellen und behaupten kann, dass er der ›Herr der Wölfe‹ ist, auch wenn dieser Titel nicht sehr glücklich gewählt ist, denn die Madjaren haben ihn gebraucht. Ich möchte sehen, wie du uns alle vereinst, mein Sohn, damit ich weiß, dass ich damals Recht hatte, als ich glaubte, dass die, die uns nach deiner Geburt besucht hat, diejenige war, die sie zu sein behauptete. Wulfin.«

»Wenn es denn sein soll«, sagte Lunar zärtlich, und die, die nahe bei ihm standen, konnten sehen, wie seine Pfoten zitterten und sein Atem schneller ging, als wäre er sich nicht sicher, ob er dieser großen Aufgabe gewachsen war, »so soll es denn sein – wie Lounel zu sagen pflegte.«

Lunar drehte sich halb zu den Madjaren. Sie verfielen sogleich in Schweigen und warteten ab, was er tun würde.

»Lounel pflegt das immer noch zu sagen«, tönte eine alte, brüchige Stimme von den Felsen herab. Lounel kam und stellte sich neben Aragon. »Nun, Wolf, würdest du jetzt bitte tun, was du tun musst. Ich bin nämlich hungrig und ein wenig müde.«

Trotz des Ehrfurcht gebietenden Moments musste Lunar lächeln. Wölfe kamen und gingen, doch Lounel blieb immer derselbe und brachte ihn stets zum Lachen. Lunar hatte sich noch nie so geliebt gefühlt wie in diesem Augenblick.

»Kobrin!«, befahl er, das Lächeln verschwand aus seinem Gesicht. »Und all ihr anderen! Was ich den Madjaren zu sagen habe, gilt auch für euch. Tut, was ihr tun müsst, tut es ohne Furcht und ohne Rücksicht auf mich oder Klimt, der die Führung an einen anderen Wolf abgegeben hat.«

Er sah sich mit wildem Blick um und wartete, ob einer der Wölfe der Zeit seine Worte als Einladung deutete, ihm seinen Rang streitig zu machen. Doch alle sahen ihn schweigend an, Tervicz, Stry und selbst Aragon nickten sogar ermutigend. Und Kobrin hatte seine Unterwerfung schon öffentlich gezeigt, als er Lunar durch die Felsenrinne begleitete. Nun wartete er als erfahrener Kämpfer interessiert darauf, wie Lunar mit den Madjaren und dem Angriff, den Lunar sicherlich erwartete, umgehen würde.

Mit einem kurzen Nicken, das kaum weniger streng und schroff war, als seine Wölfe es in ihren besten Zeiten abgegeben hätten, wandte sich Lunar den Madjaren zu. Sein heller Pelz, sein kühner Schritt und die Direktheit, mit der er die Feinde seines Rudels anblickte, zeichnete ihn als würdigen Gegner aus, den nur ein sehr selbstsicherer Wolf herausfordern würde.

Er ging allein zum Bach und sah die vielen Wölfe am

anderen Ufer mit festem Blick an. Einen Augenblick lang sah er verwundbar aus vor den Massen der Madjaren auf der anderen Seite des Wassers. Dann aber hob er den Kopf und begann zu sprechen. Er hatte den Moment günstig gewählt, seine Autorität stand außer Frage.

»Wölfe«, rief er, »mein Name ist Lunar, ich bin Klimts Sohn, der Sohn des Wolfes, der sich heute im Kampf als eurem Führer ebenbürtig erwiesen hat, wenn er auch nicht stärker war.«

Die Madjaren wurden still, wahrscheinlich waren sie beeindruckt, dass Lunar gleich eingestand, dass Klimt den Kampf nicht gewonnen hatte.

»Klimt hat Führer im Zweikampf herausgefordert und damit das Leben vieler Wölfe gerettet. Ich stehe nun hier, um Klimts Nachfolge anzutreten. Der Sieger bekommt das Steilfeld.«

Dieses Angebot verursachte unter den Wölfen der Zeit ziemliche Unruhe, außer bei Klimt, der doch eigentlich aufgeschreckt sein müsste, denn warum sollte Lunar nun alles riskieren, was die Wölfe der Zeit gewonnen hatten? Doch Klimt war völlig gelassen, es sah sogar so aus, als wollte er zustimmend nicken.

Aber die Madjaren waren nicht so leicht zu überzeugen. »Willst du damit sagen, dass ihr das Steilfeld räumt, das ihr heute besetzt habt, wenn einer von uns dich besiegt, du kümmerlicher Wurm, Sohn von Klimt?«

»Ich sage das nicht nur, ich beweise es euch. Schickt Wächter eurer Wahl, ich bin allein hier. Und wer heute als Sieger hervorgeht, wird den Befehl über beide Rudel übernehmen.«

Nach diesem Angebot beobachtete Lunar genau, welcher Madjar nun die Führung übernehmen würde, nachdem Dendrine tot war und Führer gefallen. Drei große Madjaren übernahmen das Kommando und schickten auch gleich ein paar kräftig aussehende Wölfe in Begleitung Rohans hinauf, die Utin, der das Steilfeld bewachte, die Lage erklären sollte. Danach schienen die Madjaren erst einmal etwas beruhigter zu sein.

»So, dann wollen wir mal sehen, aus welchem Holz ihr Madjaren geschnitzt seid!« Er machte ein paar Schritte nach vorn, bis er im Bach stand, und fuhr fort: »Wer kämpft denn nun mit mir? Du da? Oder du?«

Mit jedem Wort dieser verbalen Herausforderung machte Lunar einen weiteren Schritt durch den Bach, bis er schließlich am anderen Ufer war und nach ein paar weiteren Metern der ersten Reihe der Madjaren gegenüberstand.

»Zusammen seid ihr mutig, aber wenn ihr auf euch alleine gestellt seid, wisst ihr nicht, was ihr tun sollt. Deshalb wähle ich jetzt selbst meinen ersten Gegner.«

Mit einem leichten Lächeln drehte er sich instinktiv und fast spielerisch zu dem nächstbesten Madjar um und ging auf ihn zu. Es war ein kleiner Wolf, und er zog sich sofort zurück, wie auch viele andere kleine Madjaren, und überließ Lunar die entschlosseneren und erfahreneren Wölfe, zu denen auch der Dreierrat gehörte, der nach eingehender Beratung Abgesandte aufs Steilfeld geschickt hatte.

Nachdem die schwächeren Madjaren aus dem Rennen waren, wurde Lunar ernst. Die Wölfe der Zeit waren beeindruckt von seinem Mut und seinen starken Nerven.

»So. Wer tritt vor?«

Die drei Wölfe knurrten und murrten, scharrten mit den Pfoten, waren aber immer noch unentschlossen, wer denn nun angreifen sollte. Alle waren so groß wie Lunar, einer sogar noch größer. Die Madjaren um sie herum stellten die Nackenhaare auf. Die drei liefen umher und blickten Lunar an, als wollten sie auf ihn losgehen, aber …

Plötzlich griff der erste Wolf an. Er hatte sich ein bisschen im Hintergrund gehalten und wohl gedacht, das wäre seine Chance. Die anderen Madjaren, darunter auch die drei Kandidaten für die Führerschaft, traten zurück und sahen zu, wie Lunar auf den Angriff reagierte, und schätzten seine Stärken und Schwächen ab.

Der Kampf war wild, alles ging sehr schnell. Lunar ging mit aller Kraft auf den Angreifer los. Nach ein paar Minuten heftigen Ringens konnte Lunar ihn überlisten; er hob ihn vom Boden hoch und brachte ihn zu Fall. Im gleichen

Moment bäumte sich Lunar auf, drehte sich in der Luft und landete mit offenem Maul über der Kehle des Gegners. Mit einem erstickten Heulen der Niederlage rappelte sich der Wolf auf und verschwand mit eingezogenem Schwanz in der Menge der Madjaren.

Ohne dass Lunar Zeit gehabt hätte, sich ein wenig zu erholen, griff der größte der drei Wölfe sofort brutal von rechts an. Jetzt wurde es ernst. Eine Zeit lang umkreisten sich die beiden Wölfe, schätzten sich ab und suchten einen Angriffspunkt – Gewicht gegen Beweglichkeit, Jugend gegen Erfahrung. Doch Lunar bewies sehr schnell, dass auch er über Erfahrung verfügte. Und dass er schneller war. Knurrend zog sich der zweite Gegner nach einem missglückten Beißversuch zurück.

Der Nächste war vorsichtiger und, wie sich zeigte, klüger. Er schaffte es, Lunar zwei Mal umzuwerfen, ein Mal zwang er ihn sogar auf die Knie, aber Lunar erhob sich immer wieder und griff jedes Mal brutaler an, als wollte er dem anderen klarmachen, dass er mindestens Gleiches mit Gleichem vergalt. In Erinnerung an ein Spiel, das er oft mit Solar gespielt hatte, drehte sich Lunar um und tat so, als wollte er wegrennen. Der andere war dumm genug, ihm nachzurennen. Lunar hatte sich auf vorteilhaftes Gelände geflüchtet. Im richtigen Moment drehte er sich nach dem Wolf um, der versuchte, auf dem holprigen Hang, den ihn Lunar hinaufgelockt hatte, nicht zu stolpern, und ging mit aller Kraft auf ihn los. Im nächsten Moment war der Kampf vorbei.

Hätte Lunar keine Zeichen von Erschöpfung gezeigt, so wäre damit der Rechtfertigung seiner Herrschaft wohl Genüge getan gewesen. Aber jeder Wolf hat jederzeit das Recht, den Führer herauszufordern, und der Führer hat die Pflicht die Herausforderung zu jeder Zeit und von jedem Wolf anzunehmen.

Und so versuchten nun auch andere Wölfe Lunar herauszufordern, der immer weniger Zeit hatte, sich zu erholen. Nach jedem Kampf wirkte er erschöpfter und hechelte in jeder Atempause nach Luft. Es waren ziemlich ungewöhnliche Kämpfe; die meisten Wölfe würden sich in so einer Situation zurückhalten, denn wenn sie gewannen, so wussten sie, hätten sie gegen einen geschwächten Gegner gewonnen und müssten sich einer erneuten Herausforderung stellen, bevor sie noch ihren Anspruch auf die Führerschaft geltend machen könnten.

Die Wölfe der Zeit beschimpften deshalb die Madjaren, nannten sie Feiglinge, da sie auf einen Wolf losgingen, der seine Stärke bereits bewiesen hatte. Doch Lunar brachte sie zum Schweigen. »Wenn die Götter heute mit mir sind und für richtig befinden, was ich tue, so wird mir niemand die Führerschaft abringen können, und die Madjaren werden letztendlich mit den Wölfen der Zeit Frieden schließen. Deshalb –«

Doch der nächste Angreifer, der sein Glück versuchen wollte, schnitt ihm das Wort ab.

So musste Lunar an jenem denkwürdigen Tag gegen einen Madjar nach dem anderen kämpfen und den Kampf für seinen Vater und dessen Lebenswerk weiterführen, das darin bestand, Madjaren und Wölfe unter einem einzigen Rudelführer zu einigen. Er besiegte zwölf Wölfe. Sie zogen sich geschlagen zurück, keiner war jedoch schwer verletzt, denn Lunar siegte durch seine Beweglichkeit, mit der er sich immer in eine Position brachte, in der er seine Gegner mit einem Biss in die Kehle, den Bauch oder die Augen hätte töten oder für immer verstümmeln können.

Nach diesem zwölften und letzten Kampf schien es keine weiteren Herausforderungen mehr zu geben. Die dunklen Wolken lösten sich langsam auf, am späten Nachmittag schien auch wieder die Sonne ins Moorland. Lunar war bei den Kämpfen weit vom Bach abgekommen, die Madjaren hatten sich verstreut, keiner wagte ihn noch einmal herauszufordern, während er von einem zum anderen ging und Unterwerfung verlangte. Dann ging er zurück zum Bach. Ohne es zu wollen, führte ihn sein Weg nahe zu der Stelle, an der Führer gefallen war und schwer verwundet lag; er konnte nur noch ab und zu stöhnend den Kopf heben und nuschelte Unverständliches.

Als Lunar sich noch einmal an das Rudel der Madjaren wandte, starrte Führer den Sieger böse an. Sein Atem ging keuchend, sein Maul war zerfleischt.

»Madjaren«, sagte Lunar, »ich sage es nun zum letzten Mal – wenn unter euch noch einer ist, der mir meinen Anspruch auf die Führerschaft über die Madjaren und die Wölfe der Zeit gleichermaßen streitig machen will, so soll er –«

»Wolf!«, knurrte Führer, der am Boden lag. »Wolf!«

Lunar drehte sich um, wie Führer erwartet hatte. Der große Wolf erhob sich trotz seiner schweren Verletzungen und machte einen Satz nach vorn, ging auf Lunar los, schnappte nach ihm.

Das war der schlimmste Schreck, den die Wölfe an jenem Tag im Moorland erlitten. Führers Angriff kam so plötzlich und in so fester Absicht, den Gegner zu töten, dass alle Wölfe, Madjaren und Wölfe der Zeit, das Maul aufsperrten. Viele traten instinktiv vor, denn sie fanden Führers listigen Angriff schockierend und unrecht.

Doch kein Wolf kam Lunar zu Hilfe, denn im Kampf um die Führerschaft muss auch diese Herausforderung angenommen und wohl noch unbarmherziger niedergeschlagen werden.

Führers heftige Attacke brachte Lunar zu Fall. Der große Wolf stand über ihm und schnappte wild nach Lunars Bauch, der sich ächzend wand und wegzukriechen versuchte.

»Nein!«, brüllte Führer. »Ich will, dass du mit mir spielst!«

Führer verhöhnte Lunar erbarmungslos. Gerade noch Sieger, würde Lunar mehr erleiden als nur eine Niederlage, denn Führer würde ihm nicht die Gnade erweisen, die Lunar seinen zwölf Gegnern gewährt hatte.

Irgendwie konnte Lunar sich aus Führers Biss befreien.

Irgendwie fand er wieder sicheren Stand, um Führers nächster Attacke standzuhalten.

Irgendwie fand er die Kraft und den Mut, wieder die Initiative zu ergreifen und die Oberhand zu gewinnen. Er ging auf Führer los, ihre Pfoten verkeilten sich ineinander; er stieß ihn zurück auf den Boden, von dem Führer sich erhoben hatte, riss ihn hinein in den Abgrund aus Schwäche und Qual, aus dem Führer für einen Moment entkommen konnte.

Er stieß ihn wieder und wieder zurück, bis der große Wolf entkräftet war, seine Lungen leer, sein Knurren nur noch ein Winseln und sein großer Kopf zu schwach, um ihn daran zu hindern, zu Boden zu gleiten, immer tiefer dorthin, wohin Lunar ihn getrieben hatte – an die Seite seiner toten Mutter Dendrine.

»Neeein!«, jaulte Führer mit letzter Kraft.

»Nicht … nein …«

Es war das Aufjaulen eines Jungwolfs, der der Herrschaft seiner grausamen Eltern zu entkommen sucht, es war das hilflose Winseln eines Wesens, das wusste, es war auf dem Weg zurück zur Hölle.

»Wollte doch nur … doch nur …«

Als Führer das Maul aufmachte, um Lunar etwas zu sagen, skandierten die Madjaren: »Töte ihn! Töte ihn, und sei unser Herr der Wölfe! Töte ihn!«

Lunar blickte den geschlagenen Wolf an und sah, was die anderen nicht sehen konnten: einen völlig verschreckten Wolf, der schwerer verwundet war, als sein letzter Biss um den Sieg vermuten ließ. Er hatte bei Klimts Furcht erregendem letzten Angriff ein Auge verloren, die Lefzen hingen ihm lose am Maul, seine Zähne standen frei. Seine Flanken waren zerfleischt, ein Lauf zertrümmert – und trotzdem kämpfte er noch um sein Leben.

»Wollte doch nur …«

Lunar ignorierte das Geschrei der Madjaren und beugte sich zu ihm hinunter. »Was wolltest du, Wolf?«, fragte er freundlich.

»Wollte nur spielen …«, winselte Führer mit der Stimme eines Welpen, »wie du mit deinem Bruder.«

»Wie ich mit meinem Bruder?«, fragte Lunar erstaunt. Dann sah er auf und gab Kobrin und den anderen ein Zeichen, die Madjaren zurückzuhalten.

»Habe euch manchmal beobachtet«, sagte Führer, »wenn ihr gespielt habt.«

»Aber … aber …«, stammelte Lunar.

»Habe euch geholfen, den Heimweg zu finden. Ich wollte nur spielen, aber sie … Dendrine hat mich …«

Langsam begann Lunar zu verstehen. Führer war also jener Wolf gewesen, der ihn und Solar damals in Sicherheit gebracht hatte, als die Menschen mit Gewehren aufs Steilfeld kamen. Es war kein Gott gewesen, es war Führer. Führer war auf dem Steilfeld groß geworden, er kannte das Gelände besser als jeder andere Wolf.

»Du warst das?«

Führer nickte schwach. Aus seinem gesunden Auge rann eine Träne auf die Flanke seiner Mutter.

Lunar trat einen Schritt zurück und stellte sich schützend, nicht triumphierend über ihn.

Alle wurden still.

»Wölfe«, sagte er, »ich werde meine Führerschaft nicht mit dem Tod antreten, sondern mit dem Leben. Wer würde für diesen verletzten Wolf einstehen?«

Schweigen. Nur der Bach murmelte leise.

»Gibt es keinen, der sich um die Wunden jenes Wolfes kümmern will, der euch einmal geführt hat?«

Schweigen. Nur der Wind rauschte im Heidekraut.

»Gibt es keinen unter den Madjaren oder den Wölfen der Zeit, der diesem Wolf vergibt und ihm hilft?«

Schweigen. Nur die Pfoten eines Wolfes raschelten im Moorland. Und dann hörte man seine Stimme: »Ich werde für ihn einstehen, ich werde ihn pflegen und ihm helfen.«

Der Wolf trat aus der Menge der Madjaren vor, zu denen er sich erst kurz vorher gesellt hatte. Seit dem Morgen hatte er sich in den Felsspalten versteckt, wie man ihm befohlen hatte. Er hatte gesehen, wie die Wölfe der Zeit vorrückten, wie sie erst von der einen und dann von der anderen Seite kamen, und mit Entsetzen beobachtet, wie Dendrine versucht hatte, Jicin zu töten, und dann selbst den Tod fand.

Mit Grauen hatte er auch mit ansehen müssen, wie Klimt und Führer miteinander kämpften. Er hatte geweint, als beide fielen und es so aussah, als seien beide tot. Dann hatte er gesehen, wie Lunar zwölf Wölfe besiegte und den großen Kampf um die Führerschaft über die gesamte Wolfheit gewann.

Als Führer sich noch einmal erhoben hatte und es so aussah, als wollte er Lunar töten, hatte er gelacht, denn er wusste, Führer wollte nur spielen. Aber es war kein Spiel, Lunar hatte sich gewehrt und Führer besiegt. Und als die Madjaren nach Führers Tod verlangten, hatte es so ausgesehen, als wollte Lunar ihn wirklich töten.

Erst dann hatte der Wolf Führers strikte Anweisungen missachtet und war aus seinem Versteck gekrochen. Er war die große Felsenrinne hinuntergeschlichen, so schnell er konnte, immer schneller und schneller, bevor es zu spät sein würde.

Gibt es keinen …?

Doch, er war ja schon auf dem Weg.

Gibt es keinen …?

Doch, er hatte Vertrauen zu Führer.

Gibt es keinen …?

Doch, es gab einen, den Führer seinen Freund nannte.

Dieser Wolf trat nun auf Lunars Frage hin vor und antwortete kühn: »Doch, mich!«

Lunar machte erstaunt einen Schritt zurück, als der Jungwolf näher kam. Wenn jemals ein Wolf so ausgesehen hatte wie Solar, als er jung war, so war es dieser Jungwolf. Die Götter hatten Lunars Ruf erhört.

»Wer bist du?«, fragte Lunar, als der Jungwolf zu Führer ging und sich neben ihn stellte, in seinen Augen spiegelte sich Entsetzen über Führers schlimme Wunden. »Wie heißt du?«

»Ich bin Torne. Elhana ist meine Mutter, Aragon mein Vater, mein Führer ist … mein Führer ist … Bist du mein Führer?«

»Er ist der Herr der Wölfe«, murmelte Führer.

»Und was bist dann du?«, fragte Torne verwirrt.

»Ich?« Führer hatte nie gewusst, wer er war. »Ich weiß nur, was ich war.«

»Und was warst du?«, fragte Torne so freundlich, dass Lunar sicher war, Führer würde keinen finden, der sich besser um ihn kümmerte.

»Ich war einmal ein Bruder«, flüsterte Führer dem Wolf zu, der nun über ihm stand und sich hinunterbeugte, um seine Wunden zu lecken und ihm zu helfen.

»Das bist du immer noch«, sagte Torne.

»Nein!«, jaulte Führer schmerzerfüllt. »Nein ...«

»Doch!«, widersprach Torne mit fester Stimme, als sei das so sicher wie dass der Tag auf die Nacht folgt. »Doch, das bist du!«

Lunar grinste. Torne sprach wie ein Bruder, ein Bruder, der sich selbst für älter und klüger hielt. So hatte sich Solar auch immer angehört.

»Wie wollt ihr mich nennen?«, fragte Lunar an alle gewandt. »Rudelführer oder Herr der Wölfe?«

Sein Blick war klar und strahlend, sein Gesicht leuchtete vor Güte, Humor und Einfallsreichtum, was ihn bei allen beliebt gemacht hatte, als er jung war. Nur Klimt hatte manchmal keinen Spaß mit ihm verstanden.

Kobrin trat vor. »Es ist deine Wahl.« Die Madjaren nickten zustimmend.

»Also gut«, sagte Lunar, »ab morgen und in Zukunft werde ich euer Rudelführer sein, solange die Götter mir die Kraft dazu geben. Aber heute feiern wir unsere Vereinigung und den Beginn der Vereinigung der ganzen Wolfheit, heute werde ich Herr der Wölfe sein.«

Fünftes Buch

Der Sucher am Wulfsfelsen

Kapitel 31

Matthias Wald

Wald und sein Gehilfe Eike saßen in der Sonne und sahen auf den Bach, an dem Lunar um die Zukunft der Wolfheit gekämpft hatte. Sie lehnten mit dem Rücken halb an der unauffälligen Felsspalte, die Jicin einst Schutz gewährt hatte.

»Zeit, ins Steilfeld zu gehen«, sagte Wald.

Eike nickte nur, er konnte zunächst gar nicht auf die Entscheidung reagieren, auf die er so lange gewartet hatte und die den Anfang des letzten Abschnitts ihrer jahrelangen Wanderung vom Schwarzwald ins Herzland darstellte.

Der alte Mann mit dem weißen Haar und dem Gewehr war nicht mehr zu sehen, nur manchmal hörten sie den Widerhall von Schüssen in den Felsen und in der Felsenrinne. Auch von Leon, dem spanischen Wolf, der sie zu Jicins Versteck geführt hatte, war nichts zu sehen.

In den Tagen, die sie hier verbrachten, hatte Wald das ganze Gebiet entlang der Felsen bis zur Straße im Norden erkundet, die in das Tal führte, das an den Wald grenzte. Die Wölfe ließen sich von seiner Anwesenheit nicht stören und folgten ihm diskret durch den Wald zum Baum und weiter über die Geröllhalden zum Wasserfall. Jemand, vielleicht der Alte, hatte komische bunte Stoffe aufgehängt, wie Vorhänge hingen sie überall an den Wegen im Wald in etwa ein Meter Höhe über dem Boden.

»Man sollte nicht glauben, dass sich die Wölfe davon abhalten lassen«, sagte Wald, »aber ich glaube, es funktioniert. Der Stoff hängt zwar nur lose da, aber die Wölfe gehen nicht auf die andere Seite hindurch. Früher haben Jäger diese Methode angewandt, um Wölfe aus dem Wald zu vertreiben, sie hetzten sie an den Netzen entlang in eine Sackgasse und töteten sie, wenn sie Panik bekamen. Komisch, dass wir so etwas hier finden! Bedrückend!«

Er war zum Lager zurückgekehrt und hatte tagelang über diese Netze meditiert, er war zum Klang von Eikes Trommel gewandert und hatte wieder die Führung der Wölfe der Zeit gesucht.

In seinem Innersten wusste er, dass die Wölfe der Zeit ihm nicht mehr viel zeigen konnten. Es gab nur noch einen Ort, zu dem er wandern musste – den Wulfsfelsen –, und es gab nur noch einen Überlebenden der ursprünglichen Wölfe der Zeit, der ihn führen konnte …

Im Morgengrauen tauchte der Wolf auf, es war derselbe alte Vagabund, der sie am Anfang ihrer Wanderung aus dem Schwarzwald herausgeführt hatte und der, wie Wald glaubte, auf ihrer Reise über sie gewacht hatte. Manchmal hatte er sich gezeigt, nun zeigte er sich wieder. Sein Pelz war grauweiß, sein Schritt war langsam. Wartend stand er neben der Felsenrinne.

»Er will uns auf unserer letzten Wegstrecke führen, so wie er uns auch am Anfang geführt hat«, sagte Matthias Wald. »Er möchte, dass wir jetzt die Sucher am Wulfsfelsen sind, den so viele Wölfe und ein Mann vor uns erreicht haben.«

»Dein Vater?«, fragte Eike.

»Ja. Ich glaube, das war seine letzte Reise«, sagte Matthias, der weit genug auf den Spuren seines Vaters gewandert war, um sich dessen Taten und Wesens fast sicher zu sein. »Wenn er noch gelebt hätte, nachdem er den Wulfsfelsen erreicht hatte, wäre er bestimmt zurückgekommen, um seine Geschichte zu erzählen und seine Geschichte der Wölfe der Zeit zu beenden.«

Eike sagte: »Als ich diesen alten Mann sah, dachte ich zuerst, er sei …«

»Mein Vater? Jakob Wald?« Matthias schüttelte den Kopf. »Er hatte nie ein Gewehr bei sich.«

»Ich mag alte Männer mit Gewehren nicht. Du weißt bestimmt, für wen ich diesen Alten jetzt halte, nicht wahr?«

»Ich kann es mir vorstellen«, sagte Wald grimmig. »Er hat immer überlebt. Keine Sorge, Tervicz wird uns beschützen, er ist der Bukov-Wolf.«

»Ich mache mir keine Sorgen, außerdem ist er uralt«, flüsterte Eike, der Ehrfurcht empfand vor dem Wolf und vor dem Mann, »viel älter als damals im Schwarzwald, als wir ihn zum ersten Mal sahen. Und damals dachte ich schon, er ist steinalt! Wie ist es möglich, dass er immer noch lebt?«

»Er hat seine Aufgabe noch nicht erfüllt.«

»Wessen Aufgabe? Jägermanns?«, fragte Eike mit beißendem Sarkasmus. »Der wäre ja steinalt, wenn er noch leben würde.«

»Hier im Herzland geht die Zeit anders.«

»Ja, aber warum ist er überhaupt hier. Als ich von den letzten großen Kriegen gehört habe, nahm ich an, dass er tot sei, dass ihn seine eigenen Leute umgebracht hätten.«

»Vielleicht wollte er, dass die Leute das denken. Vielleicht will auch er ein Sucher am Wulfsfelsen sein.«

»Dazu hat er ja lange genug gebraucht! Aber ich denke, man braucht lange, um zu wissen, wonach man sucht.«

»Du hast vieles gelernt, Eike.«

»Ja«, sagte der Gehilfe mit einem verschmitzten Grinsen, »genug, um zu wissen, dass nur ein Dummkopf oder ein Weiser –«

»Oder ein weiser Wolf …«

»… das Risiko auf sich nimmt, ein Sucher am Wulfsfelsen zu sein.«

Wald lachte. »Also lass uns Dummköpfe sein, und schauen wir, was wir finden.« Er führte Eike vom Bach weg und drehte sich noch ein letztes Mal nach der Stelle um, an der sie so lange ihr Lager gehabt hatten. »Ich will eigentlich gar nicht hier weg. Dieser Ort vermittelt den Eindruck, als würde das Glück, das manche hier gefunden haben, in den verwitternden Felsen, im wogenden Gras und im Plätschern des Baches weiterleben – Glück und Freude. Erfüllung. Du weißt warum?«

Eike nickte, und sie machten sich auf den Weg.

Klimt und Jicin

In jenem langen Sommer, als Lunar die Führung errang und seine Reise in die Unsterblichkeit antrat, fanden Klimt und Jicin ihre alte Liebe wieder. Drei Monate lang blieben sie am Bach und zogen sich manchmal in die Schatten der Felsvorsprünge und Spalten zurück. Ihre Wunden heilten, so gut es ging, ihre Herzen waren voller Freude. Es gab genügend Nahrung für zwei Wölfe, auch für drei oder vier, wenn sie mitunter Besuch bekamen.

Klimt entspannte sich, sein Blick wurde weicher. Er sprach über die Vergangenheit, über den Ruf der Götter, über Pflicht, Führerschaft und Verantwortung.

Eine Zeit lang wurde ihr Friede und der Friede des ganzen Rudels von Menschen gestört. Sie kamen erst zum Südrand des Moorlands und stellten die langen, hohen Zäune fertig, deren Bau sie vor zwei Jahren unter den Augen der Madjaren begonnen hatten. Zwei parallel verlaufende Drahtzäune in etwa dreißig Meter Abstand, verstärkt mit Stacheldraht und anderen Hindernissen, sollten die Menschen daran hindern, das Land zu betreten.

Doch für Tiere waren die Zäune kein Hindernis. Die Gräben waren tief genug für Wölfe, doch zu schmal für Menschen. An manchen Stellen gab es keinen Zaun, nur Gräben. Die Hirsche lernten schnell, dass sie springen mussten, denn sie waren vermint und wer hineinfiel, fand den Tod.

Dann kamen die Menschen mit großen Lastwagen und Hubschraubern ins Moorland. Sie arbeiteten Tag und Nacht, errichteten vier komische Bauten, meilenweit voneinander entfernt, größtenteils unterirdisch und mit einen Turm, auf dem sich ein grauweißer Propeller im Wind drehte und unaufhörlich ratterte.

Nachdem die Arbeiten beendet waren, hörte man Maschinengewehrfeuer, eine Salve für jeden Bunker. Aus der Betongrube drang Leichengestank.

Auch als die Menschen im September abzogen und Bauten und Zäune zurückließen, fühlten sich Klimt und Jicin unbehaglich, denn die Stille war durch die Windräder zerstört, die Tag und Nacht ratterten.

Klimt versuchte, den Krach zu überhören. Es gelang ihm auch, und gleichgültig gegenüber dem Treiben der Menschen verbrachte er mit Jicin die letzten Sommertage.

»Ich habe dich vermisst, Liebste«, sagte er, als er aufgewacht war und Jicin nicht an seiner Seite gefunden hatte.

»Ich war nur unten am Bach, immer in Sichtweite.«

»Aber du warst nicht hier bei mir.«

»Ich habe das Wasser betrachtet und mich gefragt, woher es wohl kommt.«

»Vom Wulfsfelsen.«

»Ja, Liebster, das glaube ich auch.«

Flanke an Flanke hingen sie schweigend ihren Gedanken nach und ließen sich später die Abendsonne ins Gesicht scheinen.

»Jicin?«

»Mm?«

»Ich habe Schmerzen. Darum bewege ich mich heute kaum.«

»Ich weiß.«

»Ich muss bald gehen, sonst habe ich vielleicht nicht mehr genügend Kraft, die Felsenrinne zum Steilfeld hinaufzuklettern und den Wulfsfelsen zu erreichen.«

»Ich weiß«, flüsterte sie.

»Gehen wir zusammen?«

»Natürlich, Liebster.«

»Am Wulfsfelsen finden wir Erlösung von unseren Schmerzen.«

»Hoffentlich! Komm jetzt, Klimt, steh auf und geh zum Bach. Du musst trinken, das wird dir gut tun.« Sie stand auf.

Auch Klimt erhob sich und streckte sich, aber ihm taten alle Glieder weh. Steif humpelte er den kurzen Weg zum Bach hinunter.

»Heute Nacht beobachten wir die Sterne, meine Liebe.«

»Wie jede Nacht.«

»Und Lunar wird vorbeikommen ...«

»Und bringt dich zum Reden und zum Weinen ...«

»Dich auch.«

»Ja«, seufzte Jicin. »Meine Tränen sind immer noch nicht versiegt, aber ich weine auch vor Freude.«

»Trotzdem müssen wir bald aufbrechen. Ich denke, dass die Götter mir sagen werden, wann es Zeit ist zu gehen, wie sie mir auch so vieles andere gezeigt haben. Morgen? Übermorgen? Bald?« Klimt zuckte seufzend mit den Schultern.

Am übernächsten Tag gaben sie ihm wirklich ein Zeichen, jedenfalls glaubte das Klimt.

Ein Mann erschien in der Felsenrinne, er bewegte sich langsam. Klimt kannte ihn.

»Er ist verletzt wie ich«, sagte er, als er sah, wie der Mann langsam die Felsenrinne hinunterstieg. Er brauchte fast einen Tag. Unten angekommen, setzte er sich und blickte über das Moorland, hinüber zu den endlos ratternden Windrädern. Nur Lunar wagte sich ihm zu nähern und herauszufinden, wer er war.

»Er ist sicher derjenige, für den du ihn hältst«, berichtete er seinem Vater. »Er hat denselben süßlichen Geruch, den du in Kasachstan gewittert hast – Thymian und Estragon. Er hat länger zurück ins Herzland gebraucht als wir!«

»Wenn er aufs Steilfeld zurückgeht, folge ich ihm«, sagte Klimt. »Er ist ein Sucher wie wir auch.«

»Vielleicht wartet er ja auch auf ein Zeichen von dir«, gab Lunar zu bedenken.

Der Mann blieb, wo er war, er rollte sich gegen die Kälte der Nacht im Heidekraut zusammen.

»Vielleicht wartet er auf ein Zeichen ...«, sagte Klimt immer wieder. »Doch lass uns nun reden, Lunar, ich habe nicht mehr viel Zeit.«

Sie sprachen über Klimts Leben und über das Herzland. Über Elhana und Aragon. Über die Menschen. Über die Triumphe und Tragödien, die sie erlebt hatten. Andere Wölfe kamen, sie hörten aus einiger Entfernung zu, man sah sie kaum.

Zwei Mal musste Lunar weinen. Jicin und Klimt trösteten ihn. Er weinte um Solar, den er so geliebt hatte, und um Merrow, die er verloren hatte, bevor sie noch erwachsen geworden war.

»Elhana glaubte, dass sie überlebt hat. In der Ruine waren Spuren eines Wolfes, der dort lange gelebt hatte. Elhana sagte, sie habe Merrows Geruch erkannt.«

»Nach so langer Zeit?«

»Ich kenne doch auch noch den Geruch des Mannes.«

»Merrow soll am Leben sein?«, bezweifelte Lunar und weinte wieder um das, was hätte sein können.

Diese Nacht war dann auch die Letzte, die sie in ihrem Versteck verbrachten. Lunar verließ sie, bevor der Morgen graute. Als Klimt schließlich erwachte, war die Sonne schon aufgegangen und schien warm ins Land.

»Wie geht es deinen Gelenken heute?«

»Besser«, sagte Klimt, erstaunt über diese Tatsache. »Sehr viel besser.«

Er stand auf und blickte zu dem Mann unten in der Felsenrinne. Er spürte, dass er noch eine Kraftreserve hatte, eine kleine nur, aber immerhin.

Er streckte seine Pfote nach Jicin aus. »Lass uns gehen, Liebste.«

Erst sah sie erschrocken hoch, dann aber rappelte sie sich auf. Sie fand wohl, sie war heute an der Reihe, sich alt und steif zu fühlen, und sank wieder auf den Boden.

»Es ist ein langer Weg«, sagte sie und reckte den Hals zu den Felsspitzen, »und dieser Mann ...?«

»Er wird uns nichts tun. Im Gegenteil, er braucht Führung. Komm jetzt!«

Seine Stimme hatte den Anklang seines alten Befehlstones, und Jicin stand trotz ihrer Schmerzen auf, die schlimmer waren, als sie Klimt jemals hatte wissen lassen.

So machten sie sich also ohne viel Aufhebens auf den Weg zur Felsenrinne.

Der Mann regte sich kaum, als sie an ihm vorbeigingen, er roch auch nicht nach Angst, als Tervicz und Lunar den beiden folgten. Er war nur von Ehrfurcht ergriffen wie jedes Wesen, das seine letzte Wanderung zum Wulfsfelsen antritt. Sie stiegen bergan, die anderen Wölfe stießen zu ihnen und begleiteten sie. Klimts Gang verriet, dass er sich auf eine längere Wanderung machte, die ihn aus der Welt der Sterblichen hinausführte.

Plötzlich erschien Tervicz aus dem Nichts und sagte, er wollte sie die Felsenrinne hinaufführen. Er suchte die leichteste Route zwischen Geröll und Felsblöcken und blieb oft stehen, damit sie Atem schöpfen konnten. Lunar folgte ihnen, Kobrin, Aragon, Stry, Rohan und viele andere warteten oben vor dem Steilfeld.

Der Mann folgte ihnen langsam. Auf Klimts Befehl ließen die Wölfe ihn in Ruhe.

Auf dem Steilfeld war es warm. Weiße Wolken hingen vereinzelt hoch am strahlend blauen Himmel, der die Felsen hell scheinen ließ und die Bäche und die vielen kleinen Wasserfälle zum Glitzern brachte.

Klimt sagte ein paar Worte zu allen, doch mit jedem, den er kannte, sprach er persönlich. Er verabschiedete sich und schenkte vielen Wölfen anerkennende Worte. Torne war auch da, Führer jedoch irgendwo in den Felsen der großen Rinne oder im Moorland. Er war ein Vagabund, den nun keiner mehr fürchtete und der mit niemandem sprach außer mit Torne.

Der Abschied zog sich bis in den Nachmittag hin, die Sonne begann Richtung Westen zu sinken. Klimt nickte Jicin zu und bat Tervicz sie weiterzuführen. Sie verabschiedeten sich von Lunar, dem neuen Rudelführer, und machten sich auf den Weg.

Tervicz führte sie übers Kar zu den Felsen hinauf und zu dem Felsblock am Eingang der kleinen Rinne, die in das große Labyrinth aus Schluchten führte, über denen sich der Wulfsfelsen erhob.

Sehr alt sah Klimt aus, als er die letzten Schritte zur kleinen Felsenrinne machte, doch er musste umdrehen, um Jicin zu helfen, die nur mit Mühe gehen konnte. Ihr Pelz war zerzaust und ihre Flanken ganz abgezehrt, aber ihre Augen leuchteten voller Hoffnung, als sie die Welt die sie kannten, und die Wölfe, die sie liebten, schließlich verließen.

»Tervicz …«

»Klimt, mein Führer …«

»Pass auf Lunar auf, bis seine Zeit gekommen ist.«

»Das ist meine Aufgabe, und ich werde sie erfüllen, wie lange es auch immer dauern mag.«

»Wir warten auf dich, Tervicz, am Übergang von dieser Welt zur anderen. Wir warten auf dich, mein Lieber, du warst von allen, die mir folgten, mein treuester Freund. Auch all die anderen Wölfe der Zeit werden auf dich warten, denn es ist deine Bestimmung, der Letzte zu sein, nachdem du Ihn, der wieder Wulf sein wird, auf seinen neuen Wolfsweg zu den Sternen geführt hast.«

»Leb wohl! Lebt wohl!«, jaulte Tervicz. Seine Worte folgten ihnen in die Schlucht und verhallten.

Tervicz ging wieder zu den anderen aufs Steilfeld. Er heulte nicht die Geschichte oder ein erfülltes Leben herab, sondern den Tod eines Wolfes, den er vom ersten Augenblick an geliebt hatte. Leb wohl, heulte er, leb wohl. Der größte Wolf seiner Zeit war für immer von ihnen gegangen.

Die Sonne schien immer noch, die weißen Wölkchen zogen noch immer über den Himmel, die Felsen spiegelten sich golden in den Tümpeln des Moorlands. Das Leben ging weiter.

Der Mann hatte den Abschied der Wölfe beobachtet und sich im Steilfeld niedergelassen. Er nagte die Knochen eines Kaninchens ab, das er gefangen und gebraten hatte. Er war gekommen, um zu bleiben.

Eines frühen Morgens, drei Tage nachdem Klimt und Jicin den Wolfsweg zu den Sternen angetreten hatten, dröhnte ein Hubschrauber übers Steilfeld und übers Moorland. Die Wölfe der Zeit und der Mann gingen in Deckung und warteten, ob der Hubschrauber landete.

Dann passierte etwas Seltsames. Es wurde plötzlich windstill überm Moorland, die Windräder wurden langsamer und blieben schließlich stehen, eine Stille legte sich über das Land, die umso bedrohlicher wurde, je näher der Hubschrauber kam und mit einem Dröhnen seinen Schatten aufs Steilfeld und auf die Felsenrinne warf.

Dann flog er übers Moorland hinweg, um zu landen. Der Mann stand als Erster auf und starrte dem Hubschrauber verwundert hinterher, bevor er sich so leise wie ein Wolf zurückzog.

Merrow.

Merrow, Lunars totgeglaubte Schwester, erwachte durch das Geräusch von Explosionen und Gewehrfeuer. Ihr Herr war auf dem Heimweg.

Sie stand auf, schnüffelte an einem angebissenen Schnitzel und hob ihren Blick zu dem dreieckigen Fenster. Sie versuchte Sterne und Wolfswege auszumachen.

Sie betete mit glühender Leidenschaft zu Wulfin. Ihr Glaube hatte sie während ihrer ganzen Gefangenschaft am Leben gehalten.

»Wulfin«, jaulte sie, »lass mich frei!«

Dann verstummte sie. Jägermann war zurück.

Jägermann

Kaum ein Diktator in der Geschichte Europas hat die letzten Tage seiner Herrschaft, oder seine Flucht, mit solcher Meisterschaft und Gelassenheit geplant wie Jägermann.

Vielleicht war er auch wirklich etwas Besonderes unter den massenmordenden Staatsoberhäuptern der Geschichte, denn er war sich von Anfang an darüber klar gewesen, dass die Zeit seiner Herrschaft begrenzt sein würde und es klug wäre, sich eine Vorstellung von der Zeit zu machen, wenn er seine Macht verloren hätte und wieder allein wäre.

Diese Vorstellung hatte er niemandem mitgeteilt, weder Schlitz, seinem Gehilfen und Leibwächter, noch seiner Frau, die ihn bedingungslos unterstützte, und auch nicht seiner Liebsten, seiner Tochter, in deren Armen er nachts Erholung von den Staatsgeschäften fand. Nur bei ihr legte er seine Herrschsucht ab, nur bei ihr fand er den Frieden totaler Unterwerfung. Aber sein letztes Geheimnis gab er ihr erst preis, als er musste.

»Wo und wann«, hatte er sich einmal gefragt, bevor sein Traum von totaler Herrschaft Wirklichkeit wurde, »war ich am glücklichsten?«

Die Reihenfolge dieser Frage war bewusst gewählt. Der Ort war für Jägermann wichtig. Während seines skrupellosen Aufstiegs zur Macht und in den Jahren, in denen er das zerfallende Europa in eine Hölle aus Krieg und Seuchen verwandelt hatte, war er immer unglücklich, wenn er lange Zeit nicht in die Berge konnte, und die Berge, das waren für ihn die Karpaten. So weit zum Wo.

Das Wann war schon schwieriger und änderte sich mit den Jahren. Früher einmal war es der Tag, an dem er zum ersten Mal allein in den Bergen seiner Heimat, der Nordukraine, gewandert war. Später waren es die glücklichen Stunden nach der Ermordung jener Männer, die ihn im Wald erwischt hatten, vor allem des letzten Mannes, den er ganz langsam tötete. Dann war er über den Pass aufs Steilfeld geflohen.

Er hatte sich in die steinige Grasnarbe auf dem Pass gelegt und beobachtet, wie die Dorfbewohner zwei ihrer Männer tot und einen halb tot fanden und versuchten Jägermann zu finden. Die einen rannten ins Moorland, die anderen hinauf zum Pass. Er ließ sie kommen, er genoss die einsame Macht, die es ihm verlieh, sie zu sehen, ohne selbst gesehen zu werden. Dann zog er sich in die Spalten und Höhlen des Steilfelds zurück und versteckte sich, bis sie die Suche aufgaben.

Damals hatte er einen Weg entdeckt, der zu jenem Ort führte, den die Volkskundler der Karpaten den ›Wulfsfelsen‹ nannten. Er hatte eine Spalte in den Felsen erkundet und entdeckt, dass sie in eine außergewöhnliche Rinne führte. Doch der Nebel war so feucht und kalt gewesen, dass er mit einem Mal Angst vor den Formen bekommen hatte, die die vorspringenden Felsen über ihm in den Nebelschwaden annahmen – nicht nur ein Wolf, nein, viele Wölfe, und alle wandten sich gegen ihn. So war er umgekehrt, bevor er das Ende der Felsenrinne erreicht hatte, und hatte sich vorgenommen, eines Tages, wenn er Zeit und Gelegenheit dazu fand, zurückzukehren und das Geheimnis des Wulfsfelsens aufzudecken, sofern es eines gab.

Als er wieder aus den Felsen auf das sonnige Steilfeld kroch, hatten seine Verfolger längst die Hoffnung aufgegeben, ihn zu finden, und er hatte sich an das obere Ende der Felsenrinne neben einen Felsblock gesetzt, den er sich als Markierungspunkt einprägte, falls er eines Tages zurückkehren sollte.

Dort saß er den ganzen Tag über in Sicherheit, vor ihm die ganze Welt und das ganze Leben. Jägermann wusste, was Glück bedeutete.

In den folgenden Tagen fing er Kaninchen mit Fallen, denn er wollte nicht riskieren, dass man Schüsse hörte. Er trank das kalte Wasser der Wildbäche. Er sah die Sterne heller leuchten, als diese Städter – oder Bürger – sie je sehen konnten. Er jagte Hirsche und studierte jene Wesen, die seine Vorherrschaft bedrohten: die Wölfe. Jägermann fing sie ein, fütterte, hegte und hätschelte die Welpen, bis sie erwachsen waren, und quälte sie, wenn sie ausbrechen wollten, denn das empfand er als Undankbarkeit.

Und mit jenen, die er sich gefügig machte und an sich band, Tiere, die er für ebenbürtig hielt, beging er bestialische Verbrechen unter dem Sternenzelt. Er schauderte vor verbotener Lust und bewunderte den Gleichmut der Tiere. Nicht viele Männer paarten sich mit Fähen – Jägermann schon.

Wie viel er von den Wölfen gelernt hatte! Er benutzte sie als starke Symbole für die terroristische Vereinigung und die Partei, die er später gründete.

Diese Vision des Wo und Wann seines Glücks bewahrte er sich über die ganzen Jahre seiner Herrschaft und der Plan für seine Flucht, die eines Tages unvermeidlich sein würde, beinhaltete als erstes Ziel seine Rückkehr aufs Steilfeld, solange er noch bei guter Gesundheit war, mit dem einzigen Menschen, vor dem er sich unterwürfig zeigen konnte: seiner Tochter. Für einen Mann, der genau das Grauen verübt hatte, das er gepredigt hatte, der die meisten Entbehrungen erfahren, die ein Mensch erfahren kann, und der die meisten Tabus gebrochen, wäre das ein erholsamer Rückzug in das Paradies der unverfälschten Bergwelt.

In dem Bewusstsein, die Erde von den vielen Idioten befreit zu haben, wieder auf dem Pass zu stehen, den Wald zur einen Seite und das Steilfeld zur anderen, und Herr über das Herzland zu sein, Herr der Wölfe, das war Jägermanns Traum und Ziel.

Im Jahr 2013 hatten die Flutwellen des Chaos, das Jägermann und seine Partei von ihrer Basis in Prag aus angezettelt hatten, die äußeren Grenzen ihres Wirkungskreises in Europa erreicht und auch die kampfstarken Regierungen Portugals, Griechenlands und Norwegens gestürzt. Wie Wellen, die gegen hohe Klippen schlagen oder gegen Hafenmauern aus Granit und schließlich kapitulieren müssen, wurden sie zurückgedrängt, überschlugen sich, schwappten über die letzten kleinen Schiffe hinweg und versenkten sie – die Staaten im Herzen Europas, die kurz zuvor noch sicher und stolz auf dem Wellenkamm ritten.

Bevor aber noch die Kraft der Wellen schwand, wandte sich die tosende Gischt der letzten Flut gegen Jägermann und säte Verrat unter seinen treuen Gefolgsleuten, die schließlich begriffen, dass er der teuflische Urheber all ihrer Leiden war. Dieser Strudel ergriff auch die Generäle seiner Privatarmee, und die letzten Wogen erreichten schließlich seine treuesten Gehilfen und seine vertrauenswürdigsten Leibwächter und brachte sie gegen Jägermann auf.

Mitten in seinem Bunker in einer abgelegenen Gasse Prags, dort wo alles begonnen hatte, roch Jägermann den Gestank von Verrat und Verschwörung und konnte sich ein Lächeln nicht verkneifen. Er war darauf vorbereitet.

Jägermann hatte den Einsatz der chemischen Waffen gebilligt, die manche europäische Staaten, darunter Frankreich und Großbritannien, so zuvorkommend entwickelt hatten und die nur darauf warteten, in die Hände jenes Staatsoberhauptes zu fallen, das eines Tages die absolute Macht übernehmen und diese Waffen gebrauchen würde.

Diese hinterhältigen Vernichtungswaffen hatte Jägermann auf die Menschen im dicht bevölkerten Europa losgelassen. Die Massen flohen und flüchteten vor den Seuchen und dem Desaster, das schlimmer war als alles, was sich jemals zuvor ereignet hatte, und den Weltuntergang noch wundervoller machte, als Jägermann jemals zu hoffen gewagt hätte. Ein Brandstifter muss nur ein einziges Streichholz entzünden, um den Wald brennen zu sehen, doch Jägermann hatte gleich ein paar Streichholzschachteln angezündet und sie in einem Umkreis von zehntausend Meilen verstreut – eine Seuche ist ein Feuer, die Hinfälligkeit des menschlichen Körpers sein Zunder.

Nur einen Ort verschonte er: das Steilfeld. Von einem Ende zum anderen zog er einen Schutzzaun, der es mit der Chinesischen Mauer hätte aufnehmen können, und ließ ihn von unzähligen Männern bewachen. Diesseits des Zauns war buchstäblich Niemandsland, doch die wandernden Wildtiere, Hirsche und Wölfe, konnten den Zaun durch Gräben und Löcher umgehen, die Jägermann eingeplant hatte. Er war schließlich kein Dummkopf – wenn er hier leben wollte, brauchte er Tiere, von denen er sich ernähren konnte.

Für seine letzte Zuflucht hatte er auch bis ins kleinste Detail ein paar gut ausgestattete Bunker geplant und bauen lassen. Eine komische Betongrube, die mit einem stahlverstärkten Dach abgedeckt war, aber hier und da Regen, Wind und Schneestürme einließ, hatte er zusätzlich am Rand des Moorlands errichten lassen, an der Stelle, an der er einmal ins Gras gepinkelt hatte – das war sein ganz persönlicher Scherz.

Allen Architekten und Bauarbeitern der Bunker wurde diese Grube gezeigt, ihren Zweck fanden sie aber erst heraus, als sie von Schlitz abgeknallt wurden und hineinfielen. Waren sie noch am Leben, so fanden sie auch heraus, warum es dort einen Bulldozer gab. Das Letzte, was sie sahen, war dieses Ding, das sich langsam auf sie zubewegte und sie zusammen mit ihren Kollegen in die Dunkelheit unter dem Dach schaufelte. Dort wurden sie einbetoniert und starben. Andere, bei denen Jägermann Grund hatte, sie loszuwerden, wurden mit Zügen in Trupps von vierhundert Mann zum Steinbruch in Kasachstan befördert. Jägermann gefiel die Vorstellung eines Zuges ins Todeslager, wie damals bei den Nazis. Noch mehr gefiel ihm, dass anders als bei den Juden, die sieben Jahrzehnte zuvor ähnliche Reisen antreten mussten, die jämmerlichen Passagiere genau wussten, wohin man sie brachte. Jägermann fügte den Menschen gerne Qualen zu, die aus dem Wissen erwuchsen, dass sie sterben würden und auch wie sie sterben würden. Die Waggons waren natürlich versiegelt und verdunkelt, aber sie hatten eine Belüftung, und es gab so viel Nahrungsmittel, dass die Hälfte der Deportierten oder diejenigen bequem überleben konnten, die in der Dunkelheit zuerst herausfanden, wo das Essen war, und es gegen andere verteidigten.

Gegen Ende des Krieges, als die Züge immer öfter und nach Plan fuhren, ließ sich Jägermann manchmal von Schlitz zum Bahnhof des Steinbruchs fliegen und beobachtete Ankunft und Abfahrt der Züge. Oft nahm er auch seine Tochter und Geliebte mit, und in den letzten Monaten fuhr meistens sie die Laster an den Rand des Steinbruchs und kippte die Ladung in den Abgrund.

Jägermanns Opfer waren nicht so zahlreich wie die Opfer des Holocaust, aber es waren so viele, dass Vater und Tochter nicht sahen, wie Jakob Wald an ihnen vorbei in einen Laster gepfercht und zum Steinbruch gefahren wurde. Wald war gefangen genommen und zum Zug gebracht worden. Er hatte die Fahrt überlebt, indem er stillgehalten hatte und die anderen sich im Dunkeln gegenseitig umbringen ließ.

Doch seine dreiste Flucht sahen sie. Wie es bei solchen Menschen oft vorkommt, waren sie äußert erbost darüber, dass jemand es wagen konnte, dem System die Stirn zu bieten. Das war keine Flucht, nein, ein Sünder hatte den Himmel aus den Angeln gehoben! Die Tochter befahl den Wachen, den Mann zu suchen. Als sie mit leeren Händen zurückkamen, denn der Steinbruch war riesig und die Felswände, Felsblöcke, Ruinen und Maschinen unzugänglich, war sie so wütend, dass sie von ihrem Vater verlangte, alle Wachmänner zu töten. Jägermann willigte ein, er hätte sowieso zwei von ihnen umgebracht, weil sie dumm genug gewesen waren, zwei Wölfe zu erschießen.

»Die sind wie die Pest, Herr«, rechtfertigten sich die Wachmänner vor Schlitz, »sie verbreiten die Seuche.«

Schlitz übermittelte Jägermann diese Worte, Jägermann

verlangte, dass man ihm die beiden vorführte. Der Blick aus seinen grauen Augen war leer, als er sie betrachtete. Er dachte darüber nach, wie er sie töten würde. Vielleicht sollte er sie in den Steinbruch werfen lassen, oder besser … Doch dann lenkte ihn die Aufregung über den Flüchtigen ab.

»Er wird sowieso in kürzester Zeit da unten sterben«, erklärte der Dummkopf von Wachmann als Entschuldigung dafür, dass er ihn nicht gefunden hatte.

Schlitz zuckte die Achseln und ging zu Jägermann. Die Wachen beobachteten sie nervös. Tochter verlangte ihren Tod, Jägermann ließ es sie selbst erledigen. Sie erschoss die Männer mit Lust, sie genoss solche Dinge immer, sie war eben Papas Tochter.

Die Vermutung der Wache, dass die Wölfe die Seuchenträger waren, war allgemein geläufig und auch nicht überraschend, denn es gab einen direkten Zusammenhang zwischen den zunehmenden Todesfällen durch den Krieg und die Seuchen der jüngsten Zeit sowie dem Erstarken der Wölfe, die immer dreister in bewohnte Gebiete eindrangen und Leichen in den Straßen und auf den Feldern fraßen. Der Zyklus, in dem sie warfen, hatte sich verkürzt, die Würfe waren größer, und die alte Angst und Abneigung der Menschen schien über Nacht wieder erwacht zu sein, als die Wölfe sich abermals über ganz Europa ausbreiteten.

Als Reaktion darauf wurden sie gefangen und lebendigen Leibes verbrannt. Trächtigen Fähen wurde der Bauch aufgeschlitzt, die Embryos zertrampelt. Rüden wurden die Augen ausgestochen, die Pfoten abgehackt, und sie wurden an ihren Genitalien an Kirchentüren genagelt – eine Schmähung jener Institution, die vollends versagt und einen Pakt mit dem Teufel (oder dem Wolf) geschlossen hatte.

Natürlich übertrugen sich der Aberglaube, die Angst und der Hass gegen das Erstarken der Wölfe auch auf Jägermanns Partei, die das schwarze Emblem eines Wolfskopfes lange Zeit mit derselben Effektivität verwendet hatte wie die Nazis das Hakenkreuz. Diese Reaktion konnte Jägermann nicht verhindern, vielleicht wollte er das auch gar nicht. Offenbar überraschte es ihn nicht. Er benutzte die Situation zunächst, um die unteren Chargen seiner Partei zu eliminieren, indem er sie beschuldigte, darin versagt zu haben, den guten Ruf der Wölfe aufrechtzuerhalten. Später, als Mitte des Jahres 2013 endgültig die Anarchie ausbrach, erlaubte er jenen, die Krieg und Seuchen überlebt und sich in den Städten organisiert hatten, die Mitglieder seiner Partei nach Belieben zu lynchen.

Wie üblich in solchen Fällen, ging auch Jägermanns Sturz plötzlich und schnell vonstatten. Eines Tages hatte sich seine Tochter in der Öffentlichkeit wieder einmal grob und beleidigend verhalten. Das war ein Mal zu viel und die Bevölkerung von Prag revoltierte gegen Jägermanns Anwesenheit in der Stadt. Der innere Kader von Jägermanns Privatarmee meuterte, schließlich wurden Tage zu Stunden und Stunden zu Minuten.

»Zeit zu gehen«, sagte Schlitz.

Jägermann war nicht so dumm, den Hubschrauber zu nehmen, der schon lange auf dem Dach stand, um gegen aufgebrachte Massen, die versuchen sollten, das Gebäude zu stürmen, eingesetzt zu werden. Das Grüppchen schlich sich durch Geheimgänge und Tunnel, die schon lange von Bauarbeitern und Beamten fertig gestellt worden waren – sie wurden erschossen, um das Geheimnis nicht preisgeben zu können –, zu seinem Privathaus am Fluss, das aussah wie ein altes Museum. Einen halben Kilometer entfernt fiel das Hauptquartier der Partei schon wie geplant dem Feuer zum Opfer. Der Mob stürmte das Gebäude und schrie triumphierend, als sich die Rotorblätter zu drehen begannen und der Hubschrauber abhob. Doch dann drehte er um, fiel mitten in die Menge, Menschen verbrannten bei lebendigem Leib. Es waren ja nur die anderen – wie nett! Das war Schlitz' Idee.

Jägermann blieb nur wenige Minuten im Haus. Er tat dort drei Dinge: Erstens zog er sich um und verlangte von seiner Frau und seiner Tochter dasselbe zu tun. Zweitens wollte er seiner Frau und Schlitz eine süße Überraschung bereiten (deren Techtelmechtel Jägermann heimlich genoss und sie zusammen mit Tochter auf Video ansah); er würde sie töten. Tschüs, meine Lieben.

Und drittens?

Er ließ sein Schmusetier frei, eine Fähe. Er führte sie zu einer Geheimtür und ließ sie auf die Straße.

»Wie heißt sie?«, fragte seine Tochter, als die Fähe in die brennende Nacht hinauslief.

»Wölfe haben keine Namen«, sagte Jägermann und sah Merrow, Klimts Tochter, nach.

»Wo hast du sie gefunden?«

»Meine Männer haben sie gefunden, sie lag verletzt im Schutz einer Ruine im Wald nördlich der Tatra.«

»Wird sie versuchen dorthin zurückzugehen?«

»Wahrscheinlich. Nun sollten wir aber besser von hier verschwinden.«

In der Abenddämmerung stiegen sie die Treppen hinauf wie ein Paar, das zusammen durchbrennen wollte. An einer gut getarnten Stelle, die jedoch Raum genug zum Abheben bot, stand ein Hubschrauber.

»Ich wusste gar nicht, dass du fliegen kannst«, sagte sie irritiert.

Jägermann grinste. »Schlitz und deine Mutter wussten das auch nicht.«

»Ich dachte, sie wüssten alles über dich.«

»Das dachten sie auch.«

Sie stiegen ein und warteten, bis die Nacht hereinbrach. Um sie herum, hinter den Mauern und Tarnnetzen, tobte ganz Prag vor Freude über Jägermanns Sturz.

Und er erhob sich langsam wie ein Gott, die Menschenmassen nahmen die Lichter und den Krach kaum wahr.

»Vater, sieh doch!«

Der breite Strom der Moldau war zu beiden Seiten von Feuern erleuchtet, der Himmel füllte sich mit Sternen und Blitzen, und wenn einer von unten aufgeschaut hätte, hätte er sie gesehen.

Jägermann flog nach Südosten.

Er war gesund.

Er hatte eine Lebenspartnerin, die ihn begehrte.

Er hatte ein Ziel.

Er hatte mehr, als andere Männer jemals hatten.

O ja, er hatte sich seinen Rückzug verdient, seine Tochter, seine Geliebte, das Reich, das sein Eigen war, das er seine Heimat nennen konnte, er hatte Zeit, es zu erkunden, die Freuden des Waldes, des Moorlands, des Steilfelds, der Berge, des Flusses und der Heide kennen zu lernen.

Jägermann näherte sich seinem Reich und fühlte sich glücklich.

Er sah seine Tochter an, sie sah ihn an und sie lachten verschwörerisch und mit der Selbstgefälligkeit derer, die sich sicher sind, dass sie das Rennen gemacht haben, auch wenn sie die letzte Hürde noch nicht genommen hatten und auch noch keine Medaillen um ihren Hals baumelten.

»Was machst du da, Vater?«

»Ich vernichte ihn«, sagte Jägermann und zog seine Tochter zurück, bevor der Hubschrauber in Flammen aufging.

»Aber –«

Die Flammen und der Rauch, die das Ende des Hubschraubers begleiteten, waren kaum zu sehen im Moorland und in den Bergen der Tatra, die sich dahinter erhoben. Eine Hitzewelle schlug ihnen ins Gesicht das Cockpit flammte kurz auf, bevor es implodierte und zusammenfiel. Die Rotorblätter drehten sich noch einmal halb um die Achse, bevor die ganze Maschine ins Heidekraut fiel. Der Treibstoff entzündete sich und ließ die letzten Flammen emporschießen, ein Rotorblatt knickte und zeigte in den Himmel.

»Warum hast du das gemacht? Das Ding hat uns schließlich das Leben gerettet«, sagte die Tochter ein wenig gereizt.

»Die Vergangenheit liegt hinter uns, ich möchte, dass du das weißt und siehst, wie das letzte Verbindungsglied zerstört wird. Und nun …« Jägermann drehte sich abrupt um und sog die Luft ein. »Sollen wir uns nicht umziehen?« Er deutete mit dem Kinn auf den Eingang zu dem Bunker, den sie sich als vorübergehendes Heim ausgesucht hatten.

»Gute Idee«, sagte sie heiser. Ihre Hand suchte die seine. Sie sah ihn mit kesser Scheu und glasigem Blick an. »Wir sind jetzt Adam und Eva, nicht wahr?«

Er nickte, er war erregt. Hätte eines seiner Opfer ihn in diesem Augenblick gesehen, eines seiner zehntausend, hunderttausend, Millionen Opfer – das Grauen ihres Todes wäre nichts gewesen gegen das Grauen des Vergessens –, Jägermann hatte sie alle vergessen, alle. Seine Augen funkelten vor Abenteuerlust, als wäre er ein Junge, der zum ersten Mal diese Hügel durchstreifte.

Die Vergangenheit lag wirklich hinter ihnen. Sie war nicht mehr wichtig, genauso unwichtig wie die schwelenden, verkohlten Trümmer eines Hubschraubers im Moorland; der erste Regen würde die Asche wegschwemmen, der Rest würde rosten und in den kommenden Wintern zerfallen, bis alles eines Tages unsichtbar in Heidekraut und Torf verschwunden sein würde.

Sie hatten die Vergangenheit hinter sich gelassen; hinter dem Drahtzaunlabyrinth und den Minengräben, mit denen Jägermann die Vergangenheit aus seinem Leben ausschließen wollte, lag Europa in Trümmern.

»Adam und Eva«, wiederholte er den kleinen Scherz seiner Tochter, »komm, suchen wir einen Apfel.«

In jenem gewissenlosen Moment im Hohn des Inzests, war die Menschheit vergessen. Es sah wirklich so aus, als hätte Jägermann gewonnen und den Christengott besiegt, es sah so aus, als gäbe es überhaupt keinen Gott.

Merrow II

Prag versank im Chaos, Merrow war nur ein Schatten in dieser letzten intakten Stadt Europas, die sich nun in einem schrecklichen Todeskampf selbst zerstörte. Ihre Ohren waren taub, sie schnüffelte in der Luft, sie fürchtete sich, war aber noch nicht von der Angst überwältigt.

Nachdem sie auf der kalten Straße stand, hatte sie ein

paarmal geschnüffelt, hatte den Kopf schräg in den Wind gelegt, um irgendeine natürliche Witterung aufzunehmen. Die Sterne am Himmel beruhigten sie. Die Nacht war kalt und wolkenlos, aber die Lichter der Stadt, die aufblitzenden Flammen und das Feuer verhinderten eine klare Sicht.

Instinktiv rannte sie auf einer Brücke über einen großen Fluss an ein Ufer, an dem es wenig Licht gab. Dort lag ein Park, aber es war immer noch nicht dunkel genug. Sie rannte weiter, blickte hin und wieder zum Himmel, schnüffelte im Rinnstein und an den Gebäuden auf ihrem Weg. Sie war auf der Hut, in wachsender Aufregung versuchte sie die Menschenstadt schnell hinter sich zu lassen. Sie lief immer weiter zwischen Bäumen hindurch ins weite, dunkle Land.

Sie sah noch einmal auf, nun war der Himmel klar. Hinter ihr brannte die Stadt, vor ihr lag der Nachthimmel, die Sterne leuchteten ungetrübt durch Menschenlichter. Sie sah tausend Wolfswege in den Sternen und dankte Wulfin, dass sie endlich frei war. Sie sah wieder auf, vor ihr lag der Wolfsweg, den sie gesucht hatte, der Wolfsweg, der sie zurück ins Herzland führen würde, zurück nach Hause, zu ihrem Rudel. Doch dann sah sie einen anderen Wolfsweg – sie war noch nicht bereit zurückzugehen, ein Sucher am Wulfsfelsen zu sein, noch nicht …

Sie stand auf, schüttelte sich und sprang hinein in die Morgendämmerung und in die Freiheit.

Freunde

In dem Winter nach Klimts und Jicins Tod verlor auch Kobrin an Kraft. Kein Wolf war in seinem Leben so weit gewandert wie er, der einst Anführer aller russischen Wölfe gewesen war. Nun war er alt, man verehrte ihn, aber seine Tage waren gezählt.

Er wollte sehen, wie Lunar die Führung übernahm und das Rudel erfolgreich führte. Ende November, als die

Schneefälle zunahmen und die Hirsche in tiefer gelegene Gebiete abwanderten, war er zufrieden.

»Lunar«, sagte er, »ich habe dir und den Wölfen der Zeit ewige Treue geschworen.«

»Ja, Kobrin. Es gibt nur wenige Wölfe der Zeit, deren Treue so unschätzbar ist wie deine.«

»Fühlst du dich morgens in dieser Kälte auch ab und zu alt?«

Lunar lachte und bejahte. Das stimmte zwar nicht aber …

»Das ist bei mir schon viele Jahre so, Lunar, schon bevor du geboren wurdest. Nun bin ich müde, ich habe genug. Ich bin bereit für meine letzte Wanderung, meine Kraft ist dahin, und mein Wille, um ein längeres Leben zu kämpfen, nur noch schwach.«

Lunar bewunderte die typische Direktheit des alten Freundes seines Vaters, der in vielen Dingen sein Mentor gewesen war.

»Wenn ich nichts mehr für das Rudel tun kann, und wenn du nichts dagegen hast, würde ich gerne –«

»Natürlich kannst du noch was tun!«, sagte Lunar lächelnd.

Trotz seiner Worte und seiner Schwäche blitzte einen Moment lang die Kampflust in Kobrins Augen auf.

»Und das wäre?«, knurrte er.

Lunar wartete, bis Lounel kam und sich zu ihnen setzte. Auch Stry, Aragon, Tervicz und Rohan gesellten sich dazu.

»Ihr habt auf mich gewartet!«, sagte er. »Das habt ihr geplant!«

»Ja, stimmt«, sagte Lunar wahrheitsgemäß. »Wir brauchen deine Hilfe und deinen Rat. Ich habe nachgedacht. Ich habe auch Lounel um Rat gefragt, selbst wenn er langsam taub wird und ihm der Pelz fast von den Rippen fällt. Aber er hat immer noch einen starken Glauben und gute Ideen!«

Stry lachte. Die Wölfe der Zeit sahen Lunar liebevoll und respektvoll an. Er war zwar nicht so streng wie Klimt, aber wenn es sein musste, konnte er sich problemlos durchsetzen. Seine Kampfstärke hatte er an jenem Tag bewiesen, als er die Führerschaft gewann, und seitdem hatte er in nichts zu wünschen übrig gelassen, wenn er entschlossen gegen einen Wolf oder eine ganze Gruppe vorgehen musste.

Mit Lunar kam eine neue Ordnung und Ruhe ins Moorland und ins Steilfeld. Die Madjaren zogen nur in geordneten Gruppen aus und stießen ins neue Jahrtausend vor, indem sie den Niedergang der Menschen für sich ausnutzten. Klimts Aufgabe war es gewesen, die Wölfe ins Herzland zu führen und ihre Zukunft zu sichern, Lunars Aufgabe war es, für die Verbreitung des Glaubens an den kommenden Aufstieg der Wolfheit zu sorgen.

»Also, Lunar, was kann ein kränkelnder Wolf, dessen Tage gezählt sind, noch tun?«, knurrte Kobrin.

»Seit Klimt und ich vor ein paar Monaten aus Kasachstan zurückgekehrt sind, hat sich herumgesprochen, was wir alles erreicht haben. Immer mehr Wölfe kommen ins Herzland – zu viele. Wir müssen sie nicht länger vom Glauben an die Zukunft der Wolfheit überzeugen, indem wir sie ins Herzland locken, sondern müssen unsere Kunde nach außen tragen, bis ans Ende der uns bekannten Welt.«

Die anderen nickten.

»Freunde«, sagte Lunar, »ich möchte nicht mit ansehen müssen, wie es mit euch bei voller Gesundheit bergab geht und ihr um einen Platz unter jüngeren Wölfen kämpfen müsst, dabei verletzt, verbittert und schließlich ausgestoßen werdet.«

»Das passiert uns allen am Ende«, sagte Lounel, »wer auch immer wir einmal waren.«

»Mir passiert das bestimmt einmal!«, knurrte Lunar. »Doch bis es so weit ist, habe ich eine Aufgabe für euch. Es gibt hier viele Wölfe, die weiter wandern möchten als nur in die nahen Täler und Berge, und deren Bestimmung vorsieht an Orten auf den Wolfswegen, an denen man das Geheul der Wölfe seit Jahrhunderten nicht mehr gehört hat, eigene große Rudel zu bilden. Diese Wölfe müssen eine Zeit lang geführt werden, sie brauchen ein Vorbild. Stry?«

Stry nickte ernst. Er war bereit, Lunar bis zum Ende anzuhören.

»Du bist damals mit deinem Bruder Morten über die Tatra gekommen und hast dich meinem Vater angeschlossen. Die jungen Madjaren sehen zu dir auf, denn du bist ein Bergwolf aus den Karpaten. Suche dir zehn Madjaren aus, Rüden und Fähen, und führe sie nach Nordwesten über die Wege, die mein Vater auf seiner ersten Wanderung genommen hat.«

»Ich gehöre zum Gefolge, Lunar, ich bin kein Führer«, gab Stry zu bedenken, »ich bin nicht sicher ...«

»Tu es, Wolf«, drängte Lunar. »Du hast Klimt gedient wie wir alle, du weißt über die Führerschaft mehr, als du denkst.«

»Und wenn ein jüngerer Wolf besser geeignet, ist es mit den Unbilden der Wanderung aufzunehmen?«

»Dann mach es ihm schwer«, sagte Lunar, »er muss dir die Führung abringen.«

»Und dann?«

»Dann hast du deine Aufgabe erfüllt«, sagte Lunar gelassen, »dann kannst du aufgeben, wenn du willst. Bis es so weit ist, hast du bestimmt eigene Junge von einer würdigen Leitwölfin und erzählst ihnen die Geschichten der Wölfe der Zeit, die sie stolz in die Welt tragen werden, weil ihr Vater selbst ein Wolf der Zeit war. Tu es, Stry, tu es für das Andenken deines Bruders und tu es für uns alle.«

»Nun ... also gut. Du kannst wirklich so schrecklich überzeugend sein wie dein Vater, Lunar«, sagte Stry herzlich.

Lunar lachte. »Ich nehm's als Kompliment! Nun zu dir, Lounel. Du bist damals aus der Auvergne gekommen, wo Maladon herrschte, nachdem Jicin und Leon Frankreich verlassen hatten. Leon ist bereit zurückzugehen, und ich möchte, dass du mit ihm gehst. Erzähl den Wölfen dort, was wir tun und wer wir sind. Berate sie.«

Lounel nickte und sagte zu, auch wenn seine Beine für solch eine lange Wanderung zu dünn waren und er das Flüstern des Windes nicht mehr hören konnte. Mit Leons

Hilfe aber würde er alles tun, um die Sache der Wolfheit weiterzutreiben.

»Auch du, Aragon, gehst mit Lounel. Ihr seid doch zusammen hierher gekommen?«

»Jawohl«, sagte Aragon feierlich.

»Dann geh mit Lounel zurück, nehmt Wölfe eurer Wahl mit auf die Wanderung. Kümmere dich darum, dass Lounels Beine ihn in seine alte Heimat tragen, und dann geh weiter nach Spanien und erzähl den Wölfen dort die Geschichte von Klimt und den Wölfen der Zeit. Vielleicht wird Leon mit dir wandern, wenn du willst. Es ist Zeit, dass wir uns ausbreiten, ergreift die Gelegenheit, ihr alle!«

Dann wandte er sich an Kobrin. »Kobrin ...«

»Ich weiß schon. Ich soll nach Petschora gehen.«

»Ja, so habe ich mir das gedacht. Viele Petschoraner würden es als Ehre empfinden, mit dir zu wandern, im Herzland haben sie erreicht, was sie erreichen konnten. Geh mit ihnen, sprich mit allen Wölfen, denen ihr auf dem Weg begegnet, zeig ihnen die Wolfswege, so wie du sie mir gezeigt hast, lehre sie zu heulen.«

»Ich bin zwar alt«, sagte Kobrin, »aber noch nicht so alt, dass mich das alles nicht mehr interessiert. Außerdem habe ich genug von diesen milden Wintern! Ein richtiger Wolf will ab und zu mal wieder gehörig frieren. Ich vermisse die Tundra, die Winde, die so schneidend sind, dass sie bis zur einfachen Wahrheit der Dinge vordringen. Wenn ich muss, dann gehe ich!«

»Mit einem Knurren, wie immer!«, sagte Stry und knuffte seinen alten Freund.

»Mhm!«, knurrte Kobrin.

Dann wandte sich Lunar an Tervicz.

»Mein Freund, du bist der Bukov-Wolf. Dir kann ich nichts auftragen. Meine Schwester Rohan ist deine Gefährtin, ihr seid zusammen glücklich. Geh oder bleib, Tervicz, entscheide selbst.«

Tervicz lächelte, seine Brauen waren weiß, sein Kopf noch schmaler als früher, auch er trug die Last der Jahre.

»Ich wandere vor und zurück, ich durchstreife die Welt.

Ich habe noch eine Aufgabe zu erfüllen, aber die Zeit ist noch nicht reif. Wenn es so weit ist, Lunar, kannst du sicher sein, dass ich meine Arbeit erledige.«

»Die wäre?«

»Dich zum Wulfsfelsen zu begleiten, wenn deine Zeit gekommen ist.«

»Du wirst bestimmt vor mir dort sein!«, erklärte Lunar überrascht.

Tervicz schüttelte langsam seinen Kopf. »Nein. Klimt hat mir befohlen, die Wölfe der Zeit herabzuheulen, wenn er sie an seiner Seite braucht. Er wusste, dass der Bukov-Wolf eines Tages dem Anführer der Wölfe der Zeit diesen Dienst erweisen würde, denn die Götter haben es so verfügt. Aber ich musste nicht heulen. Zumindest nicht für ihn, denn du warst da und hast die Führung übernommen. Doch vielleicht muss ich einmal für dich um Hilfe heulen, Lunar. Deine Bestimmung ist eine andere, deine Aufgabe ist schwieriger. Vielleicht brauchst du uns alle einmal – gleichgültig, wo wir auch sein werden –, wenn du dich auf deinen Weg zum Wulfsfelsen machst. Ich werde also gehen und auf den vielen Wolfswegen wandern, und ich werde zurückkehren, wenn ich gebraucht werde.«

»Lunar hat Recht«, sagte Stry, »du bist alt.«

»Der Bukov-Wolf ist so alt wie die Zeit«, sagte Lounel ruhig.

Tervicz lächelte freundlich. »Das hat man mir gesagt als ich jung war. Und wenn es wahr ist, wenn mir die Götter helfen, werde ich so lange leben, bis ich die Wölfe der Zeit ein letztes Mal herabheulen muss.«

»Aber was ist mit dir, Lunar, wenn wir alle weg sind? Du bist dann ganz alleine hier«, sagte Lounel.

»Ich bin nicht allein. Ich habe Utin, er ist an meiner Seite, wie Tervicz an Klimts Seite war. Andere werden sich uns anschließen, wie ihr euch Klimt angeschlossen habt. Und die Einsamkeit nun, falls ihr das meint … darunter leiden alle Rudelführer. Klimt auch. Außerdem bin ich seit Solars Tod sowieso einsam. Ich vermisse ihn jeden Tag, seit er in Kasachstan starb, doch nun, wo ich sehe, dass unsere

Aufgabe bald vollbracht ist, geht es mir ein wenig besser. Aber die Vorstellung, mit ihm auf den Pass zu rennen, mit ihm zu jagen … das macht mich unsagbar traurig.

Und dann ist da noch Merrow. Ihr Verlust riss auch eine Lücke. Wenn ich mich entscheiden müsste, wen ich wieder treffen wollte und wen ich lieber um mich hätte, so wäre es Merrow, das muss ich gestehen. Sie hat mich immer verstanden, mir immer zugehört, sie hat mit mir gelacht und geweint. Doch die Götter können nicht alle unsere Gebete erhören, das sollen sie auch nicht. Diese Verluste und wie wir mit ihnen umgehen, machen uns sterblich, machen uns zu Wölfen, und sie lehren uns, mit anderen zu fühlen. Wir alle haben doch schon solche Verluste hinnehmen müssen. Stry? Lounel? Kobrin?«

»Ich habe meine Schwester verloren«, sagte Kobrin, »aber die Götter haben gewollt, dass ich sie wieder finde und zu unserem Rudel zurückbringe. Dort ist sie in hohem Alter in ihrer vertrauten Umgebung gestorben. Mögen die Götter auch Merrow zu dir zurückbringen, Lunar.«

Lunar schüttelte traurig den Kopf. Die Erinnerung an Merrow trieb ihm die Tränen in die Augen. »Das glaube ich nicht«, sagte er leise. »Ich muss Umbrio ausbilden und mich um Torne kümmern, dem Führer die madjarische Tradition und das Land hier zeigt, und er zeigt es wiederum mir. Er soll in guter Verfassung sein, wenn ich gehe.«

Die alten Freunde hörten Lunar zu und befolgten seine Befehle. In den folgenden Tagen verließ einer nach dem anderen mit den Wölfen seiner Wahl im Winterwind das Herzland. Sicher würden die Götter ihnen helfen, als vorbildliche Rudelführer ihre Heimat zu erreichen und dort von den Wölfen der Zeit zu erzählen.

»Schickt mir Nachricht«, sagte Lunar zu jedem Einzelnen, »mehr verlange ich nicht.«

Im Dezember waren alle ursprünglichen Wölfe der Zeit auf ihren Wolfswegen in die Heimat unterwegs und verbreiteten die gute Kunde, dass das dunkle Jahrtausend vorüber war und die Wolfheit wieder erstarkte.

Ohne die alten Freunde musste Lunar nun neue Freundschaften schließen und die Stärken der neuen Generation ausbilden. Doch manchmal in den vielen Monaten nach dem Auszug der Gefährten, die schließlich zu Jahren wurden, fand ihn Utin allein auf dem Pass, auf dem Steilfeld oder in der Ruine, wohin er sich zurückzog und an die alten Zeiten und die alten Wölfe dachte, die ihm, wie er sagte, alles beigebracht hatten, was er wusste.

»Oh, Utin …«, sagte er dann nur, weil ihm die Worte fehlten und er keinem anderen Wolf seine Schwäche zeigen konnte.

Utin blieb bei ihm, wie Tervicz immer bei Klimt geblieben war, und wünschte, er könnte mehr für seinen Freund tun.

»Hilf ihm, Wulfin!«, betete Utin. »Er ist an einem Ort, an den ich ihm nicht folgen kann. Hilf ihm!«

Der Junge

Einige Monate nach ihrer Ankunft im Moorland begannen Jägermann und seine Tochter zu streiten. Sie war gereizt, schlampig und nicht länger bereit, mit ihm zum Steilfeld hinaufzusteigen.

Jägermann hatte auf einmal genug von ihr. Ihre Dumpfheit, ihre Lustlosigkeit gaben ihm Rätsel auf.

»Ich bin schwanger«, verkündete sie schließlich im Frühling. Das Moorland war erfüllt vom Plätschern der Bäche, weiße Wolken zogen über den Himmel.

»Ich ziehe um, ich werde das Kind in einem der anderen Bunker zur Welt bringen.«

Jägermann war entsetzt über diese Schwangerschaft, aber fand es nicht verwunderlich, dass sie gehen wollte. Er versuchte sie zu einer Abtreibung zu überreden, aber in diesem Punkt war sie genauso hartnäckig wie in Bezug auf die meisten anderen Dinge.

»Vater und Tochter sind keine idealen Eltern«, sagte er. »Wenn das Kind behindert ist, werde ich es töten.«

Das Kind war ein Junge und er war behindert. Aber sie

tötete ihn nicht, denn die Behinderung war nicht ganz so schlimm, nur sein Kopf war entstellt und hing übergroß auf seinem winzigen Körper. Auf den ersten Blick hatte er also nicht die Intelligenz des Vaters und das Aussehen der Mutter. Außerdem waren seine Hände und Füße abnormal groß. Er war nicht normal.

Aber die Tochter wollte davon nichts wissen. Sie hatte das Kind in einem entfernten Bunker bei verschlossenen Türen ganz allein wie eine Stammesfrau zur Welt gebracht. Das Baby hatte seine Hände nach ihr ausgestreckt und sie berührt, wie sie es berührt hatte, und damit ihre Absicht es zu töten, zunichte gemacht.

Sie verbrachte einige Tage allein mit dem Kind, bevor sie mit einem Gewehr in die Sonne hinaustrat für den Fall, dass ihr verliebter Vater das Kind töten wollte, an dem sie nun hing. Ihre übergroßen Gefühle hatte sie sofort auf das Kind übertragen, und Jägermann fühlte sich ausgeschlossen. Er war nicht übermäßig wütend, zudem hatte er ja nun seine Ruhe. Sie zog für immer in den Bunker und lebte dort in der Unordnung, die sie mochte, und Jägermann konnte seine Ordnungsbesessenheit alleine ausleben.

So waren sie ein paar Kilometer voneinander entfernt und konnten in neuer Harmonie miteinander leben. Wenn Jägermann sich nach Gesellschaft sehnte, schlenderte er hinüber zu seiner Tochter und dem heranwachsenden Kind. Und wenn er alleine sein wollte, mied er die beiden. Seine Tochter sehnte sich selten nach der Gesellschaft des Erwachsenen, und wenn, dann nur um Sex zu haben. Dann ging sie zu Jägermann und verlangte danach, was sie allerdings nicht sehr nachdrücklich tun musste. Sex im Moorland verschaffte ihnen meist eine so große Befriedigung, dass sie meinten, sie sollten es öfter tun. Dann aber ging jeder wieder seiner Wege, und die Wochen und Monate vergingen, ohne dass der Wunsch nach ihrer brutalen Vereinigung erneut aufgekommen wäre.

Der Junge wuchs heran und fing an zu laufen, seine Entstellung schien inzwischen ganz normal, da es keine Vergleichsmöglichkeiten gab. Sein Kopf war immer noch größer, als es seinem Alter entsprochen hätte, der große Mund hing herab, die breite Nase lief, seine Augen waren schief und rot gerändert. Seine Hände und Füße hingegen sahen weniger groß und klobig aus, seitdem er laufen konnte. Er war immer barfuß unterwegs, schleppte ständig irgendwelche Dinge an – Heidekrautbüschel, Steine, die immer größer und schwerer wurden, so wie er auch größer und schwerer wurde, tote Vögel, Exkremente von Tieren, Stücke eines verkohlten Hubschraubers, Müll von den Bauarbeitern der Bunker –, alles, was er tragen konnte und was ihn interessierte. Dies waren seine Spielsachen, das Moorland sein Spielplatz.

Er sprach nur langsam und mit Mühe und nuschelte wegen seines deformierten Mundes. Außerdem gab es immer lange Zeiten, in denen seine Mutter überhaupt nicht mit ihm sprach, und andere, in denen sie ununterbrochen redete und schimpfte und ihm nicht die geringste Gelegenheit gab, etwas zu sagen.

Er gewöhnte sich an ihre Brutalität, er wusste, wann es am besten war, im Moorland zu bleiben und sich im Heidekraut zusammenzukauern. Kälte und Nässe, Sonne, selbst die Schneestürme in der Nacht waren besser als ihre rasende Wut und ihre gemeinen Schläge und Knuffe, die sie durch erdrückende Zärtlichkeiten ersetzte, wenn sie sich wieder beruhigt hatte. »Liebster, Liebling, mein Wölflein, das habe ich doch nicht gewollt …«

Als er fünf war, nannte sie ihn Wölflein, denn er spielte mit den Wölfen. Er rannte nicht vor ihnen weg, wenn sie um ihn herumschnüffelten. Oft genug traf er mit ihnen zusammen, denn er verbrachte im Sommer die meiste Zeit im Freien. Je älter er wurde, desto öfter war er draußen, und seine Eltern hinderten ihn nicht daran.

Mit drei ging er zum ersten Mal von einem Bunker zum anderen, ihm geschah nichts und er tat es immer öfter. Jägermann hatte ihn gerne für sich allein, und dem Jungen gefielen die Dinge und die Ordnung im Bunker seines Vaters. Das Windrad war auch lauter und klang satter als das auf dem Bunker seiner Mutter.

Er saß stundenlang unter dem Windrad, lauschte dem Knattern, bis ihm der Kopf dröhnte und er in Gedanken übers Moorland und hinter die Berge wanderte, wo einst andere Menschen gelebt hatten und vielleicht immer noch lebten.

Mit sechs war der Junge so kräftig wie ein Zwölfjähriger, er kannte das Moorland und das Steilfeld bis hinauf zum Pass fast so gut wie die Wölfe, deren Spuren er folgte, deren Geruch er kennen lernte und deren Heulen er manchmal lauschte. Er kannte die Wölfe besser als sein Vater.

Und dann entdeckte er, dass er einen Freund hatte, einen göttlichen Freund. Er vermutete, dass er in der kleinen Felsenrinne lebte, die in die Schluchten führte, in die sein Vater immer ging und Richtung Wulfsfelsen starrte.

»Du gehst nicht dahin!«, sagte Jägermann. »Wenn du das tust, frisst dich deine Mutter bei lebendigem Leib!«

Vielleicht war es nur ein Scherz, aber der Junge hatte schreckliche Angst und ging nie zu der kleinen Felsenrinne. Doch der Gott lebte dort – wo sonst könnte er sich verstecken, auftauchen und wieder verschwinden? Wo sonst als am Wulfsfelsen?

Der Gott war der Mann. Der Junge kannte seinen Geruch, er duftete nach Thymian und Estragon. Der Junge hatte keine Angst vor ihm, beobachtete ihn von den Felsen aus.

Eines Tages wusste der Junge, dass der Gott Hilfe brauchte, er spürte es. Er machte sich auf die Suche nach dem Mann und fand ihn, er war von einem Felsen gestürzt. Der Junge leckte das gebrochene Bein des Mannes mit der Zunge seines großen Mundes, wärmte ihn, wie es die Wölfe taten, und brachte ihm Nahrung. Damals war er sieben. Der Mann sprach mit ihm und erzählte ihm alles, was er über die Sterne und die Pflanzen wusste, sagte ihm die Namen der Wölfe und wo sie lebten, und wann und warum die Hirsche kamen.

»Wohin gehst du?«, fragte der Junge, als der Mann aufbrach.

»Hinter den Zaun. Aber du kannst nicht mit, das ist zu gefährlich. Warte noch ein paar Jahre, da draußen geht es wieder aufwärts und alles wird sich wieder beruhigen.«

»Lebst du nicht am Wulfsfelsen?«

Der Mann lachte.

»Ist das nicht gefährlich?«

»Nein«, sagte der Mann.

»Vater sagt, ich darf da nicht hingehen, sonst, sonst …«

Der entstellte Mund des Jungen zitterte. Er starrte auf seine großen, klobigen Füße und schwieg.

»Eines Tages wirst du bereit sein und dann wirst du hinaufgehen. Wir alle werden dort hinaufgehen. Weiß dein Vater, dass ich hier bin?«

Der Junge schüttelte heftig den Kopf. Er hatte es seinem Vater nie erzählt. Er wusste instinktiv, was er seinen Eltern sagen konnte und was nicht.

»Gut.«

In seinem achten Lebensjahr war der Junge am glücklichsten. Er hatte einen Freund, lernte vieles, und er wusste, dass die Welt hinter dem Zaun, in die er zum Knattern des Windrades wanderte, sich ›beruhigte‹ und dass er eines Tages, wenn es nicht mehr gefährlich wäre, dorthin gehen würde.

Doch eines Tages entdeckte Jägermann den Mann und lud sein Gewehr.

»Damit tötest du ja!«, sagte der Junge.

»Ja, Ungeziefer.« Sein Vater lachte und stieg die Felsenrinne hinauf ins Geröllfeld, um den Mann zu jagen wie einen Hirsch.

Zwei Mal konnte sich Jägermann an ihn heranpirschen, aber der Junge fand ihn über geheime Wege zuerst. Er roch ihn und warnte ihn mit Heulern. Mit den Heulern wollte er auch seine Freundschaft mit dem Mann vor seinem Vater verheimlichen, aber Jägermann schöpfte Verdacht. Beim dritten Mal, als der Vater den Mann jagte, war der Junge neun. Er sperrte ihn in den Bunker und ging los. Im Blick seines Vaters war derselbe Ausdruck wie manchmal in den Augen seiner Mutter – mörderisch. Der Junge sorgte sich nicht um sich selbst, sondern um den Mann, der schwächer wurde, und das belastete ihn.

Der Junge war so entsetzt über das, was sich da draußen abspielte, und empfand in diesem Kerker von einem Bunker solche Angst, dass er seinen Schmerz hinausheulte. Die Wölfe kamen und heulten vor dem Bunker, um ihm Gesellschaft zu leisten. Als seine Mutter das hörte, ließ sie ihn frei.

Es war schon fast dunkel, aber er rannte direkt die Felsenrinne hinauf, immer weiter und weiter, er schnüffelte am Boden, fand die Stellen, an die sein Vater hingepinkelt und wo er die Spur des Mannes aufgenommen hatte. Er horchte, er hätte sie über die vielen Pfade aufspüren können, die sie gegangen waren, um sich gegenseitig zu überlisten, aber das musste er gar nicht. Er wusste, dass der Mann schließlich zum Felsen fliehen musste, von dort in die Schluchten und dann, dann …

Der Junge stieg hinauf, aber er hatte Angst, sein Vater könnte ihn sehen und ihn verraten, und dann würde seine Mutter ihn auffressen. Er ging nicht weiter als bis zum Felsen am Eingang.

Er hockte sich hin und horchte. Ein Schuss. Er hallte tausendmal wider, vor und zurück, vor und zurück. Er kam zurück – direkt aus der fernen Vergangenheit. Und zurück – zurück aus der Zukunft. Dann ein zweiter Schuss, kurz, tödlich, schrecklich.

Jakob Wald

Jakob Wald stolperte durch die Schluchten zum Wulfsfelsen. Er war bereit zu sterben. Sein ganzes Leben lang war er, oder jemand wie er, vor Jägermann auf der Flucht gewesen, ganz Europa war auf der Flucht gewesen. Er war das letzte Opfer, das spielte keine Rolle mehr.

Es spielte keine Rolle.

Der erste Schuss traf ihn am Oberschenkel. Das Blut sickerte zwischen seinen Fingern hervor, er versuchte vergeblich, die Blutung zu stillen. Hatte er Schmerzen? Vielleicht.

Doch als der Schmerz so groß wurde, dass er ihn kaum noch ertragen konnte, teilten sich die Nebel und vor ihm erhoben sich Felsen, große, düstere, zerklüftete Felsen, die über ihm wie Spiralen in den fernen Himmel ragten.

Auf dem Geröllfeld hörte er Jägermanns Schritte, er trug Stiefel.

Wald drehte sich nach ihm um, dann erstarrte er. Er befand sich dort, wo sich unzählige Männer und Frauen, Kinder und Wölfe vor ihm auch schon befunden hatten – von Angesicht zu Angesicht mit dem Tod. Er war zu weit gegangen, es spielte keine Rolle mehr.

Jägermann war stehen geblieben. Er war weit genug entfernt, um einen Treffer schwierig zu machen. Es war eine Herausforderung.

Wald spürte, wie sich der harte Fels hinter ihm bewegte, spürte die schützende Berührung von Pfoten, und er spürte den Atem seines Führers, warm, tröstend – der Duft von Thymian und Estragon.

»Ja«, flüsterte er, als Jägermann entsicherte, zielte und abdrückte.

Die Felsen über ihm drehten sich und verwandelten sich in Wölfe, der Himmel verdunkelte sich langsam und füllte sich mit Sternen, deren Schein näher und näher kam.

»Gebt diesen Mann frei«, sagte Wulfin. Es war ein Befehl an die ganze Welt und an alle, die ihn beschützt hatten.

Der Mann hob sich in die Lüfte und folgte ihr auf seinem Wolfsweg zu den Sternen, und blieb doch selbst zurück.

Der Junge II

Der Junge wartete und wartete, er zitterte die ganze Nacht, bis sein Vater schließlich am nächsten Tag aus der Felsenrinne kam. Er sah aus … er sah so aus wie an den Tagen, an denen er mit Mutter im Moorland schlief. Der Junge kannte den Begriff ›verzückt‹ nicht, er wusste überhaupt nicht, was ein Begriff war.

Sein Vater ging nach Hause, der Junge zitterte, denn er wusste, dass der Mann in Schwierigkeiten war. Er kam nicht aus der Felsenrinne, nicht am Tag und auch nicht in der folgenden Nacht. Der Junge entschloss sich zu einer Heldentat: Er ging durch den Eingang der Felsenrinne und weiter durch die Schluchten. Nebel. Silhouetten von Wölfen. Jeder Schritt ein Schritt voller Angst.

Er rief nach dem Mann, aber bekam keine Antwort. Er hörte nur seine eigene Stimme, die tausendmal widerhallte, hörte zum ersten Mal Kinderstimmen. Er wollte zu diesen Kindern laufen, mit ihnen spielen und seine Geheimnisse teilen. Dann weinte der Junge um sich selbst und um den Mann, denn er wusste, dass sein Vater ihn gefunden und erschossen hatte. Er war tot, er war zum Wulfsfelsen gegangen.

Der Mann kam nie mehr zurück. Von diesem Tag an wusste der Junge, was Einsamkeit bedeutet, Tag für Tag wurde die Einsamkeit qualvoller, je älter er wurde. Manchmal weinte er, dann tröstete ihn seine Mutter und nahm ihn mit in ihr Bett. Sie verführte ihn. In ihrem Seufzen und Stöhnen und in ihren Schreien vergaß er sich und brüllte seine rasende Einsamkeit hinaus, die danach nur noch schlimmer war.

Sie bekam wieder ein Kind. Das Baby starb. Sie begrub es heimlich, bevor er es zu Gesicht bekommen hatte.

»Es war ein Junge«, sagte sie.

»Er war mein Bruder«, sagte er.

Die Zeit verrann wie die Bäche im Moorland, langsam, schnell, ruhig, wütend, je nachdem. Es gab keine Regel.

Ein Jahr lang lebte er neben dem Zaun und fragte sich, ob es auf der anderen Seite wohl immer noch gefährlich wäre. Damals begann er, die große Aufgabe seiner Jugendjahre: den Zaun zu demontieren.

Eine Zeit lang war die Mutter wütend auf die Wölfe und jagte sie nackt übers Moorland. Der Junge war kräftig genug, um sie nach Hause zu tragen. Er wusch ihre Wunden im Bach und trocknete sie mit Heidekraut ab. Er kümmerte sich um sie, denn sein Vater tat es nicht, und sie wäre vielleicht gestorben.

»Mama?«, sagte er eines Tages.

Ihr Mund stand offen, ihre Zähne waren verfault, sie war dünner als ein Hirschkalb. Sie mochte das Moorland und das Steilfeld nicht, mochte weder Wind noch Regen. Sie mochte ihre stinkende Umnachtung und ihr Innenleben.

»Mami? Mami!«

Sie antwortete nicht, sie wurde kalt.

Er ließ sie im Bunker liegen und schloss die Türen. Eine nach der anderen. Er ließ sie in dieser schrecklichen schwarzen Nacht da unten liegen.

Aber das konnte er doch nicht tun! Das Leben hatte ihr gehört, der Tod gehörte ihm.

Er ging wieder hinunter, ihm wurde schlecht. Er wickelte sie in Decken, trug sie hinaus ins Freie. Seine Augen tränten, so stank sie. Er trug sie aufs Steilfeld und ließ sie am Felsen vor der Rinne liegen, die zum Wulfsfelsen führte.

»Mami, der Mann hat gesagt, dass jeder eines Tages an der Reihe ist. Nun bist du dran.«

Der Junge weinte um alles und um jeden, die Tränen rannen ihm über den Bart. Er lag auf dem Steilfeld und schrie seine Trauer hinaus.

Er wusste nicht, wie viele Tage er dort war, nicht, wie lange er geschlafen hatte. Eines Tages erwachte er, die Wölfe leckten sein Gesicht, damit er aufwachte. Er war weiß, der erste Schnee war gefallen, fast so kalt wie der Tod.

Er setzte sich auf und sagte die Namen der Wölfe auf, die ihm der Mann beigebracht hatte: Klimt, Elhana, Ambato, Solar, Tare, Galliard, Stry, Kobrin, Tervicz …

Plötzlich stand Tervicz vor ihm, ein alter Wolf, älter als seine Mutter im Tod ausgesehen hatte. Sein Blick war so klar wie der des Mannes.

Tervicz drehte sich um und führte ihn zurück in die Sicherheit eines Bunkers. Auf dem Weg beschloss der Junge, nie wieder ein Wort mit seinem Vater zu sprechen. Er würde heulen, aber nicht sprechen. Nie mehr. Er würde warten, bis das Land jenseits des Zaunes nicht mehr gefährlich war. Dann würde er gehen und mit jemandem sprechen, es sei denn, jemand käme zuerst hier herauf.

Nach dieser Entscheidung fühlte sich der Junge besser. Er nickte mit seinem großen Kopf, spürte wieder Hoffnung.

Er bellte Tervicz zu, nicht so schnell zu gehen.

Er fühlte sich wohl und heulte seine Lust am Leben hinaus.

Er fühlte sich stark.

Er rannte mit Tervicz hinunter zum Moorland und weiter und weiter, einfach nur aus Spaß, er lief und sprang, wilferte vor Freude.

Er war ein Mann geworden, der mit den Wölfen rannte.

Führer

Die ganzen Jahre seit seiner Ankunft im Moorland hatte Jägermann nie auf einen Wolf geschossen. Er hatte graues Haar und ein Gewehr, und er roch nach fauligen Äpfeln. Er folgte den Wölfen wie damals, als er jung war, und gewann ihr Vertrauen, aber nicht ihre Zuneigung. Er jagte und tötete Hirsche nur, um zu essen, niemals aus Wut oder aus Freude am Töten.

Als er jedoch älter wurde und seine Bewegungen langsamer, stieg die Wut in ihm auf, und eine Art Wahnsinn befiel ihn. Der Junge war längst schon aus diesem Teil des Moorlands zum Zaun gezogen und damit beschäftigt, ihn zu demontieren. Das machte Jägermann schrecklich wütend. Der alte Mann fing an, zu toben und zu fluchen und Drohungen auszustoßen, was er mit dem Jungen machen würde, wenn er ihn erwischte.

Eines Tages aber fiel Jägermann in einen Abgrund seiner Seele und zog aus, um seinen Sohn zu jagen und zu erschießen. Das war nicht einfach, denn der Junge konnte ihn auf zwei Kilometer Entfernung riechen, oder sogar noch weiter, wenn die Wölfe ihm dabei halfen. Und der Junge war viel größer, schneller und stärker als Jägermann. Das Einzige, was der Junge nicht hatte, sein Vater aber im Übermaß besaß, war die Gier nach Herrschaft, und dafür mordete er auch.

Vor allem zwei Wölfe waren Freunde des Jungen geworden: Führer und Torne. Er fühlte sich ihnen besonders zugetan, da ja kein Mensch da war, mit dem er sich anfreunden konnte. Sie waren ihm eine Art Vater geworden, der Jägermann nicht war.

Es war ein heißer Tag, ein sehr heißer Tag, das Heidekraut war trocken wie Zunder, der Wind dörrte die Kehlen aus, ein Feuer brach im Moorland aus, der Rauch war dick und ätzend, die Flammen schnell und gefräßig. Führer roch das Feuer zuerst, dann der Junge und schließlich auch Torne. Die Wölfe sahen den Jungen an, er sollte einen Ausweg finden, denn er konnte besser sehen und bewahrte immer die Ruhe.

Er führte sie übers Moorland, rannte, als er merkte, dass ihnen unter Umständen der Weg abgeschnitten wurde und das Feuer sie umzingeln könnte, denn der Wind fachte die Flammen an. Die Wölfe vertrauten ihm, wie er ihnen vertraute, doch er wusste nicht, dass er sie in eine Falle führte, die Jägermann aufgestellt hatte, bevor er das Feuer legte. Es gab nur einen Ausweg, und der führte am Bach entlang. Jägermann lauerte dort mit einem Gewehr, einem Maschinengewehr aus dem Lager in seinem Bunker. Nur so zum Spaß.

Rat-tat-tat-tat!, machte es, als sie an dem Felsen vorbeirannten, hinter dem Jägermann stand. »Rat-tat-tat-tat – ihr seid tot!«, schrie Jägermann.

Sie wurden angeschossen. Torne kam mit einer Schramme davon, Führer hatte es am schlimmsten getroffen. Er lag winselnd im Heidekraut, und der Junge musste ihn tragen, um ihn in Sicherheit zu bringen und seine Wunden zu heilen, obwohl er selbst auch verletzt war.

Doch Führers Wunden waren so tief, und er blutete so stark, dass er in den Armen des Jungen starb. Torne sah auf, sie weinten und winselten zusammen, schrien ihre Trauer hinaus, halb wie ein Mensch, halb wie ein Wolf.

Dann kam Jägermann. Der Junge verzog sich und ließ Führer liegen.

Jägermann zog sein Messer heraus und schnitt Führers Kopf ab, wie er es früher auch bei den Menschen gemacht hatte. Er spießte ihn vor seinem Bunker auf einen Pfahl, damit die Fliegen sich daran weiden konnten und der Junge ihn sah.

»So etwas machen die Menschen jenseits des Zauns«, rief der Junge. Der Mann hatte ihm das erzählt. Er fand es entsetzlich zu sehen, wie ein Freund auf diese Weise behandelt wurde. Zum ersten Mal dachte er, dass sein Vater vielleicht auch einer von jenen Menschen war. Und dann dachte er: Führer sieht gar nicht so schlecht aus mit dem ratternden Windrand im Hintergrund.

»Vielleicht ist Führer nun so groß, dass er hinter den Zaun sehen kann, wohin ich eines Tages gehen werde«, sagte er zu Torne. »Ich werde gehen, den ganzen weiten Weg!«

Torne führte den Junge zu der Höhle über der Felsenrinne, wo Dendrine Führer großgezogen hatte. Dort verabschiedete er sich von ihm und blickte über das schwarze, rauchende Moorland und hinunter zum Bunker, vor dem Führers Kopf hoch aufragte. Jägermann kam aus dem Bunker, er sah sehr klein aus.

Sie verabschiedeten sich von Führer und hofften, eines Tages würde er von seiner Erkundung des Landes jenseits des Zauns zurückkehren und seinen Weg zum Wulfsfelsen antreten, der ihn wieder heil machen würde. Vielleicht würde er sich dann mit Klimt anfreunden.

»Er war sowieso schon alt«, sagte Torne. »Wie dein Vater.«

In den Jahren von Jägermanns Tobsucht und Wahnsinn baute der Junge den Zaun ab und entschärfte die Minen, und Lunar führte die Wölfe der Zeit.

In jenen Jahren machte Lunar eine große Wanderung in Klimts Heimat Tornesdal. Er sorgte dafür, dass die Wölfe in seinem Gefolge ein überlebensfähiges Rudel bildeten. Das war nicht schwierig, denn die Wölfe waren schon aus dem hohen Norden nach Süden gewandert, die Menschen waren längst verschwunden, ihre Siedlungen lagen in Trümmern.

Die Zeit der Wolfheit war wiedergekommen.

Utin begleitete ihn auf der Wanderung. Auf dem Rückweg zogen die beiden langsam wieder nach Südosten, erzählten von den Wölfen der Zeit und regten andere durch die Geschichten von Kobrin und den Petschoranern an, die Kunde zu verbreiten. Als sie wieder im Herzland waren, wusste Lunar, dass der Aufstieg der Wolfheit sicher war und seine große Aufgabe fast vollbracht.

Er stellte auch fest, dass er gealtert war. Bei seiner Rückkehr musste er hart um die Führerschaft kämpfen und wurde im Lauf der Zeit immer wieder herausgefordert, vor allem von seinem Bruder Torne.

Eines Tages räumte er einfach für Torne seinen Platz, wie es auch Klimt getan hatte, doch ging er nicht kampflos. Er schämte sich nicht dafür, er hatte seinen Zenit überschritten.

»Was willst du jetzt tun?«, fragte sein alter Freund Utin.

»Was willst denn du tun?«, fragte er zurück und leckte die Wunden, die ihm sein Bruder zugefügt hatte. »Ich denke, mein und dein Schicksal ist für das Rudel dasselbe. Meine Niederlage ist auch deine.«

»Ich weiß«, sagte Utin ernüchtert.

»Aber lass den Kopf nicht hängen. Glück im Unglück – wie Klimt gesagt haben könnte, es wahrscheinlich aber nie getan hat. Torne braucht einen guten Berater, und du –«

»Nein, Lunar! Ich gehe mit dir!«

»Aber du kannst ihm helfen«, befahl Lunar entschieden, »und er braucht dich. Ich für meinen Teil möchte nur noch eine Wanderung machen; ob ich allerdings zurückkehre, um zum Wulfsfelsen zu wandern, wie es meine Bestimmung sein soll, bezweifle ich. Ich möchte zum Baikalsee gehen, in die Heimat des Wanderers. Meine Zeit ist gekommen, auch ein Wanderer zu werden, Utin. Die Erinnerungen quälen mich, vergangene Zeiten, an die ich mich nicht mehr richtig erinnern kann. Aber ich muss Freude und Trauer erinnern, bevor ich endlich meinen Frieden finden kann.«

»Wann willst du gehen?«

Lunar zuckte lächelnd mit den Schultern. »Heute habe ich Torne die Führung übergeben, heute ist die Zeit zu gehen.«

»Aber –«

»Jetzt Utin! Jetzt ist die Zeit, etwas zu tun!«

»Aber, Lunar –«

»Jetzt, mein Freund!«

Utin hatte den Eindruck, als hätte er Lunar noch nie so zufrieden mit dem Leben und sich selbst erlebt. Er hatte die Last der Führerschaft nun abgelegt, er war frei zu wandern, wohin er wollte.

»Und wann kommst du zurück?«, rief Utin ihm nach, denn Lunar hatte gemeint, was er gesagt hatte, und war ein letztes Mal zur Ruine hinuntergegangen. In der Abenddämmerung hatte er sich auf den Weg gemacht.

»Wenn die Zeit reif ist.«

»Ich werde hier sein«, sagte Utin.

»Ein Teil meines Herzens ist hier gestorben«, sagte Lunar und sah auf die Ruine. »Seitdem ist noch mehr abgestorben. Vielleicht muss alles sterben, bevor ich wieder hierher zurückkommen kann.«

»Ich werde hier sein.«

»Ich auch!« Tervicz war aus dem Schatten getreten. »Die Wölfe der Zeit werden hier sein.«

Lunar sah von einem zum anderen, beide waren loyale Ratgeber, dann sah er zur Ruine, wo er Merrow verloren hatte. Er schüttelte den Kopf und machte sich auf eine Wanderung, die Jahre dauern sollte.

»Wird er zurückkommen?«, fragte Utin.

»Hab Vertrauen!«, sagte der Bukov-Wolf. »Und such dir in der Zwischenzeit eine Wölfin, die du lieben kannst. Wie ich.«

Rohan kam aus dem Schatten und stellte sich zu ihm.

»Ich? Ich bin doch nur ein Vagabund! Keine Fähe, die etwas auf sich hält, würde sich mit mir einlassen!«

»Du wirst bestimmt eine finden, mein Lieber!«, sagte Rohan.

Tervicz hob den Kopf und heulte, was er nur noch selten tat. Die anderen fielen ein. Es war ihr Abschied für Lunar, es war ein einmaliger Abschied, denn kein anderer Wolf wurde ein Wanderer und kam wieder ins Herzland zurück.

Eike

Eike folgte Tervicz und Matthias Wald langsam die Felsenrinne hinauf. Er musste mehr Verschnaufpausen einlegen als die beiden. Der alte Wolf ging gleichmäßig und würdevoll, wohingegen Eike maulte, dass es zu heiß war oder zu kalt, und sich wunderte, wie dunkel es in der Felsenrinne war, wie steil und feucht die Wände, wie groß der Unterschied zu dem hellen, luftigen Moorland.

»Ja, ja, Eike«, sagte Wald ein wenig gereizt, denn er hatte nicht viel Kraft für eine Unterhaltung übrig. Im Gegenteil, es sah so aus, als hätte er plötzlich überhaupt keine Kraft mehr, um mit Tervicz Schritt zu halten, der stetig bergan stieg und seinem Blick zu entschwinden drohte.

Auf dem Geröllfeld war die Luft feuchter, es wurde wieder eben, und es war kälter als im Moorland. Feuchte Nebelschwaden zogen von Norden herab, legten sich über die Felsen und die Berge auf der anderen Seite des Steilfelds.

»Wir haben schlechte Sicht«, sagte Eike enttäuscht.

»Vielleicht sollen wir gar nicht so viel sehen«, sagte Wald zitternd und zog seinen Umhang aus seiner Tasche. Er schwitzte von dem anstrengenden Anstieg, doch spürte er bereits, wie die Kälte ihn umgab.

Hinter ihnen, in der Felsenrinne oder auf den Felsterrassen, hörten sie bröckelnde Steine.

»Was war das?« fragte Eike und fuhr herum. Er war plötzlich schreckhaft und nervös.

»Jägermann«, sagte Wald, »endlich! Komm, folgen wir dem alten Wolf und hoffen wir, er führt uns fort von dem Alten.«

Sie folgten Tervicz über hügeliges Gelände, der Nebel schwebte vor ihnen über den Weg, wurde dichter, löste sich wieder auf, erlaubte ihnen aber nicht festzustellen, wo sie waren und wohin sie gingen.

Tervicz kehrte um und kam zurück. Mit schräg gelegtem Kopf sah er sie an. Sie standen neben einem der unzähligen Torftümpel, Tervicz auf einem kleinen Felsplateau über ihnen. Dann drehte er sich wieder um und sah nach Westen in Richtung Pass, er spitzte die Ohren. Sie hörten gedämpfte Schüsse. Mit einem Blick befahl er ihnen stehen zu bleiben und verschwand. Der Nebel verschluckte seinen grauweißen Pelz.

»Und jetzt?«, fragte Eike.

»Nimm die Trommel!«, sagte Wald und setzte sich hin.

»Jetzt?«, rief Eike ungläubig. »Der Alte wird uns hören, uns finden und erschießen, und der Wolf –«

»Jägermann ist anderweitig beschäftigt. Kannst du denn das Böse, die Spannung, nicht spüren, Eike, nicht hören?«

Walds Augenbrauen waren feucht vom Nebel, er hatte den Blick eines Mannes, der am Rande des Abgrunds steht.

»Hilf mir, Eike!« Wald legte sich hin. »Deck mich zu. Trommle für mich. Trommle mich zu den Wölfen, damit ich mit ihnen laufen kann, sie sind in der Nähe, ganz nahe …«

Eike deckte ihn zu und beschwerte die Decke mit Steinen. Auf einmal frischte der Wind böig auf. Zum ersten Mal hatten die Steine mehr als nur symbolische Bedeutung, ohne sie wäre die Decke davongeflogen wie Eikes Hut, der im Nebel verschwand.

»Trommle für mich …«

Eike hakte überstürzt die Trommel von seiner Schulter, denn der Wind wurde immer stärker, Nebeltröpfchen hingen an seinen Wangen, seine Haare zerzausten, die Decke, die über seinem Meister lag, wurde ganz flach und bewegte sich im Wind, als ob der Meister darunter verschwunden wäre.

»Schneller!«, hörte Eike Walds Stimme, aber sie kam nicht unter der Decke hervor, auch nicht von einem anderen Ort, den Eike sehen konnte. Sie kam von überallher aus dem Nebel, es war die Stimme der Trommel, die Stimme der Zeit.

»Schneller, denn jetzt kommt die Angst.«

»Ich habe Angst, Meister, Todesangst!«

Wald setzte sich plötzlich auf, die Decke rutschte herunter, seine Augen waren weit aufgerissen.

Angst.

»Komm schon!«, sagte er. »Jetzt! Jetzt!«

Sie standen auf und rannten in den Nebel, stolperten über Geröll und Grasnarben, rannten hinaus aus der Angst und in sie hinein.

»Meister!«, schrie Eike. »Meister!«

Aber Wald war schon weitergegangen. Eike war allein.

Lunar

Lunar war nun alt, alt und fast vergessen. Natürlich wussten alle, wer er war, oder dachten es zumindest. Zuerst dachten sie, in seinen Geschichten müsste ein Körnchen Wahrheit sein. Sie ließen ihn in der Ruine leben, ließen ihn jagen und fressen, was er erwischen konnte – Kaninchen, die zu alt waren, um davonzuhüpfen, Wühlmäuse, die so dumm waren, sich fangen zu lassen, Stümpfe von Pinienzapfen, den Schleim alter Pilze, der an seinem Kinn hinuntertropfte.

Einige sagten, er sei schon alles gewesen, sogar ein Wanderer. Andere sagten, er sei der Vater des großen Torne. Manche behaupteten, er habe immer schon alleine gelebt. Nur wenige Ältere konnten sich erinnern, dass er mit einer Fähe zusammengelebt hatte, aber damals waren sie noch jung, sehr jung gewesen. Die Fähe war so alt und grau wie er, sie war spindeldürr und konnte kaum noch laufen.

»Und ob ich mich erinnere! Sie lachten immer, bis sie schrien und gackerten wie die Hühner!«

Es war die Wahrheit.

Lunar war nach vielen Jahren heimgekommen. Und Merrow war da ... Merrow war zu ihm zurückgekommen. Merrow und Utin. Rohan war damals auf dem Weg zum Wulfsfelsen, aber es blieb ihr noch ein wenig Zeit, mit Merrow zu reden, bevor sie starb.

Lunar weinte, als er sie sah, aber das taten Wanderer schließlich oft. Weinte nicht die ganze Welt?

»Ein bisschen Lachen schadet nicht, Lunar«, sagte Merrow, und er musste lächeln.

Sie wählten die Ruine als ihren Platz und wurden nur gelegentlich von jungen Wölfen belästigt, denn sie waren zwar alt, besaßen aber noch eine gewisse Autorität. Bis zu Merrows Tod lachten sie Tag für Tag, außer in jenen vier Tagen, als der Alte kam.

»Jägermann«, knurrte Merrow leise durch ihre abgebrochenen Zähne hindurch. Sie konnte einiges von ihm erzählen.

Sie beobachteten, wie er umherstreifte, spähte und suchte, wie er tröpfchenweise den Gestank von fauligen Äpfeln aus sich herauspisste. Er brauchte eine Ewigkeit. Selbst darüber lachten sie hinterher.

»Du bist auch nicht mehr viel schneller, Lunar«, sagte Merrow, und wieder lachten sie. Vier Tage sind nicht viel, sie hatten viele Tage, jeder Tag war eine Freude und ein Gewinn.

Erst starb Utin, dann Merrow. Lunar war allein und litt schrecklich unter dem Verlust. In den Jahren, in denen er immer schwächer wurde und neue Generationen vergaßen, wer er war, oder es nie erfuhren, in jenen Jahren kamen Erinnerungen aus einer Vergangenheit zurück, die er gar nicht gekannt hatte. Aber er war ein Wolf in einer sterblichen Hülle, verdammt, so viele sterbliche Leben zu leben, bis er eines Tages wieder die Unsterblichkeit erringen und die neue Herrschaft der Wolfheit sichern könnte, wenn er vortrefflich und mutig genug wäre.

Er litt unbemerkt von den anderen unter seinen alten Leben, nur manchmal nuschelte er, bellte, rief. Er knurrte unsichtbare Gegner an, kämpfte mit lange verstorbenen Feinden, umkreiste einen Wolf, den es nicht gab.

Manchmal wollten die jüngeren Wölfe ihn vertreiben, aber es gab immer ein paar, die Mitleid hatten und ihn in der Ruine leben ließen.

»Auch wir werden eines Tages alt sein und vergesslich. Vielleicht war er ja mal einer von uns, ein Wolf der Zeit, vielleicht war er ein großer Wolf der Zeit. Wie heißt er?«

Viele Namen und doch nur einer.

»Wulf«, sagte er. »Ich war Wulf!«

Dann lachten sie und ließen ihn in Ruhe kichern, mit sich selbst sprechen und mit unsichtbaren Feinden kämpfen. Und eines Tages, so es die Götter wollten, würde er sterben. Doch die Wölfe, die geboren worden waren, als er schon alt war, wurden selbst alt und starben, und er war immer noch da, allein, ganz allein auf der Welt.

Einmal erwischten sie ihn, wie er versuchte, durchs Kar zum Pass hinaufzuklettern, er kämpfte um jeden Schritt sagte, er wolle nach Hause.

»Wo ist dein Zuhause, Wolf? Oder sollten wir ›Wulf‹ zu dir sagen?«

»In den Sternen«, flüsterte er.

»Komm, es ist kalt. Wir führen dich hinunter zur Ruine.«

»Ich will nicht zurückgehen. Sie ist tot. Alle sind tot, ich bin ganz allein dort unten.«

»Komm schon!«

Sie mussten streng mit ihm sein. Er weinte, als sie ihn zurückbrachten.

Jahre später heulte er, er heulte, damit ein anderer zu ihm käme.

Die Jungen empfanden Ehrfurcht gegenüber seinem Geheul, das von Wolfswegen sprach, die jenseits ihrer Vorstellungskraft lagen. »Wer ist das?«, fragten die Jungen und blickten in die Sterne.

»Nur ein alter Wolf, der schon lange tot sein sollte. Bringen wir ihm morgen etwas zu fressen.«

So verbrachte Lunar, Elhanas Sohn, Solars Bruder und Nachfolger des großen Klimt, seine letzten Jahre. Er wanderte vor und zurück in der Zeit, weinte und lachte, er sprach wirr, seine Gedanken waren so konfus und er offenbar so von Sinnen, dass sich die neuen Generationen der Wölfe der Zeit fragten, was ihn noch am Leben hielt.

Warum durfte er sich nicht einfach hinlegen und sterben?

Doch gefallene Götter sterben nicht. Sie können nur warten und leiden und sich danach sehnen, eines Tages aufzuwachen – und ihre Strafe wäre abgebüßt.

»Wulf, Wulf …«

Manchmal hörte er den Wind seinen Namen flüstern und dann dachte er, er könnte die Fähe sehen, deren Stimme der Wind zu ihm trug.

Merrow? Elhana? Jicin? Rohan?

Er konnte sich nicht mehr erinnern, wer Wulfin gewesen war und dass er sie geliebt hatte, so wie Klimt Jicin geliebt hatte. Nach ihr hatte er all seine vielen Leben lang gesucht und sie nie gefunden. Vielleicht seine Schwester Merrow?

Er rief Namen, die für die neuen Wölfe der Zeit keine Bedeutung mehr hatten, er rief sie ins Kar hinauf, oder er stand auf und versuchte, mit seiner alten, dünnen Stimme den Wasserfall zu übertönen, seine Beine zitterten vor Anstrengung, über ein Auge legte sich weißblauer Schleim.

»Wulf! Wulf!«

Woher wusste er, dass sie bis zum Schluss über ihn wachte, dass sie um seine Tränen weinte, um die vielen qualvollen Leben, die er das ganze düstere Zeitalter hindurch gelebt und wieder verloren hatte? Nun starb er zum letzten Mal.

»Wulf, Liebster, kannst du mich denn nicht hören? Wulf, ich rufe dich …«

Doch der Wolf, der Wulf war, konnte ihren Ruf nicht hören, er hätte sie auch nicht gesehen, wenn sie deutlich vor ihm gestanden hätte. Er konnte nur seinen zerzausten Kopf auf seine Pfoten senken, an seinem Schorf nagen, er konnte versuchen, die Fliegen zu verjagen, und auf dem Boden nach etwas suchen, das er verloren hatte, das er tun oder finden musste, oder sich fragen, ob er sich ein letztes Mal erheben sollte.

»Wie geht es Wulf heute?« Und sie lachten.

Er wandte sich ab, ließ sich von den Felsen in den Bach gleiten und ging in seine dunkle Ruine, die seine Heimat geworden war.

»Wulfin«, betete er; er erinnerte sich an ihren Namen, aber er wusste nicht, welche Fähe Wulfin gewesen war, »hilf mir, zeig mir, was ich verloren habe!«

Endlich kam er der Wahrheit näher.

Die Angst war fast greifbar, als es so weit war.

Sie hing über dem Wald wie schmutziger, gespenstischer Nebel, kroch zum Pass hinauf, glitt hinunter aufs Steilfeld und über die Felsenrinne. Dann blieb sie hängen, klebrig haftete sie an Fell und Augen, kroch durch die Krallen, wieder zu den Ohren, aus der Schnauze, aus dem Hals heraus und rollte über das Moorland, verwandelte sich in unbeschreibliches Grauen.

Die Wölfe der Zeit wussten, dass es da war, aber nicht, was es war, nur, dass es dort am dichtesten war, wo Jägermann war, dort war es so dicht, dass es schwarz und schwer war und selbst den tapfersten Wolf mit aufgestellten Nackenhaaren und gehetztem Blick in die Flucht schlug.

Nur Lunar blieb ungerührt. Er hatte so vieles gesehen, solches Grauen und so viele Freuden erlebt, dass er keine Kraft mehr hatte, auf die Angst mit Angst zu reagieren.

Sie kamen zu ihm und fragten ihn, was es wäre.

Er schnüffelte und wusste die Antwort: »Menschen. Alle Menschen der Welt. Wie sie stinken – gleich, ob lebend oder tot!«

Sie beobachteten Jägermann wochenlang voller Angst. Er zog Dinge hervor, grub Dinge aus, stellte Dinge auf und pfiff ohne Melodie vor sich hin. Einmal war er am Waldrand, dann wieder auf dem Pass oder im Moorland.

Netze. Tag für Tag spannte er rote und weiße Netze, die die Wölfe nicht passieren konnten, obwohl sie nur aus leichtem Stoff waren. Er umspannte den ganzen Wald, den die Wölfe der Zeit als ihr Revier benutzten, bis zur Ruine hinauf mit Netzen und sperrte sie ein. Es gab nur einen Ausweg, hinauf auf den Pass.

Angst.

Er legte Sprengstoff, grub Sprengstoff ein, sie konnten es riechen, scharf, ätzend, gefährlich, denn Wölfe kamen darin um.

Angst.

Er legte Minen ins offene Gelände. Einem Wolf wurden die Beine abgerissen, er lebte, lag reglos da, bis ein anderer ihm zu Hilfe kam und in der Luft zerrissen wurde. Blut spritzte durch die Luft und durch die Gegend.

Angst – kein Wunder.

Er vergiftete Tümpel, Hirsche verendeten, auch die Wölfe, die sie fraßen, verendeten.

Angst, wo Jägermann einen Schritt hinsetzte.

Eines Tages hörten sie vom Pass vier Schüsse, dann lagen vier Wölfe tot am Baum. Der Rudelführer, die Leitwölfin und zwei ihrer vier Welpen.

Angst zum Greifen.

Die Wölfe herrschten nicht mehr über das Herzland. Die Menschen waren zurück in Gestalt von Jägermann. Die Wolfheit war immer noch dabei, zu erstarken, aber das Herz war ihr aus dem Leib gerissen, und bald würde sie sterben.

Angst.

Dann ein paar Tage Atempause. Jägermann lag in seiner Höhle in Deckung.

Zwei Menschen waren gekommen, sie rochen gut, angenehm. War das Thymian und Estragon, von dem die Wölfe der Zeit immer erzählt hatten? War das der Duft des Wanderers?

»Frag den alten Wolf in der Ruine. Er ist der einzige Wolf hier, der alles vergessen hat!«

Sie lachten. Aber vielleicht hatte er Recht gehabt, vielleicht kam der Gestank wirklich von den Menschen …

Dann kam Jägermann zurück. Er stieg mit einem Gewehr aufs Steilfeld, schoss wie früher auf Raben. Die Menschen, die gekommen waren, hatten die Dinge wiederhergestellt, alles würde wieder in Ordnung kommen, alles würde jetzt besser werden.

Doch dann ging alles schief, und die Angst kam zurück, doppelt wie ein Echo an einem dunklen Ort.

Im Morgengrauen stapfte er alt, wild und grau vom Moorland zum Wald hinauf und spannte ein paar letzte Netze, um die Wölfe zum Pass zu locken. Ein Netz nach dem anderen um den ganzen Wald herum.

Angst.

Explosionen. Peng. Krach. Bum. Das Tal vibrierte von einem Ende zum anderen. Die führerlosen Wölfe waren verwirrt, sie wussten nicht, in welche Richtung sie gehen sollten.

Sie flohen zum Pass hinauf, er schoss. Es war ein Bild des Schreckens. Wölfe starben und wenn sie nicht starben, schrien sie und versuchten wegzukriechen, das war viel schlimmer.

Angst. Weitere Schüsse. Noch mehr tote Wölfe. Ein schreckliches Durcheinander, als einige versuchten zu fliehen, er lenkte sie mit Schüssen direkt in die Minen. Die Angst ein eiskalter See, in den die Wölfe stürzten und ertranken.

Absolute, totale Angst. Jägermann kam tobend, schreiend vom Pass herunter: ein Mensch an sich und ein Mensch für sich. Die Vorherrschaft der Wölfe zerfiel in tausend Teile, die in die Schluchten der Angst stürzten, wie Blätter, die in einem Sturm menschlichen Hasses in einen Steinbruch getrieben wurden.

Er erwachte davon, der Wolf, der einst Lunar gewesen war. Er roch, wie die Angst näher kam, und sah die Wölfe, die sie herantrugen, sie rannten hierhin und dorthin, flohen vor den Schüssen auf dem Pass.

Wulf!

Er richtete sich langsam auf, hob den Kopf, erstaunt, wie süß ihre Stimme klang.

Wulf, sie brauchen deine Hilfe!

Die Angst roch so faulig, dass sein Kopf klar wurde.

Wulf, steh auf!

Die Panik unter den Wölfen der Zeit um ihn herum wurde noch größer, als sie die Warnrufe hörten: »Jägermann kommt durch den Wald, er kommt, er tötet uns!«

Schüsse wie zur Bestätigung, vermischt mit den Schreien und Rufen der panikerfüllten, verletzten Wölfe.

Lunar starrte vor sich hin, er fragte sich, warum er sich so alt fühlte und wo er gewesen war.

»Wohin sollen wir gehen? Es gibt keinen Ausweg mehr!«, schrien sie.

»Wo ist euer Rudelführer?«, fragte Lunar erst einen, dann einen anderen. Aber ihr Blick war wahnsinnig. Und Jägermann kam näher, sein Geruch eilte ihm voraus, so widerlich wie die Angst, die er verbreitete.

»Wo ist euer Rudelführer?«, fragte er noch einmal.

Zuerst hörte ihn keiner, keiner sah ihn.

Er stand auf der Lichtung vor der Ruine, die Wölfe rannten wild hin und her, kamen aber nicht weiter, weil überall Netze waren, ein Netz am anderen, Jägermann hatte alle Lücken geschlossen.

»Wo ist euer Rudelführer? Wo ist eure Leitwölfin?«

»Wir haben sie verloren! Wir haben alle verloren!«

Wulf, du bist ihr Führer, nur du. Sie brauchen dich, siehst du das denn nicht?

Lunar sah und verstand es, aber er fühlte sich zu alt, um ihnen zu helfen. Das hier waren nicht nur die Wölfe der Zeit, das war die gesamte Wolfheit, verzweifelt, verloren und führerlos im dunklen Jahrtausend. Und Jägermann war nicht nur ein Mensch, er war alle Menschen, die Menschheit, die nun zurückkam. Das war zu viel, und doch dachte er, er müsste es versuchen.

»Folgt mir!«, rief er. Seine Stimme war so brüchig und dünn, dass ihn in der ganzen Panik und durch all die Schreie hindurch keiner hörte. »Folgt mir!«

Lunar hob den Kopf und blickte auf den langen Pfad, der zum Pass führte, das war weiter, als er die ganzen Jahre zuvor gegangen war. Er wusste, was er zu tun hatte.

Keine Gebete. Keine Worte.

Nur eins: Er musste führen.

Schwach machte er einen zweiten Schritt nach vorne, als würde er auf eine Wanderung gehen, von der er glaubte, dass er nicht an ihr Ziel gelangen würde. Dann ein dritter Schritt, jeder Schritt fühlte sich an wie ein Leben, wie ein verlorener Freund, wie ein Tag voller Schmerz, wie eine Zeit der Qual, die er hinter sich gebracht hatte.

Er schaute nicht zurück.

Er ignorierte die Schüsse.

Er ignorierte alles, bis auf den Wunsch, den anderen zu zeigen, dass es einen Ausweg gab und die Freiheit im Sieg über die Angst lag.

»Seht!«

Ein paar hatten ihn gesehen, am Waldrand, dann wieder am Wasserfall, am Baum und auf dem Steilhang vor dem Pass. »Seht doch!«

Sie sahen erstaunt, wie der alte Wolf ihnen einen Weg wies. Viele zweifelten an ihm und zogen die Dunkelheit des Waldes dem hellen Licht des Tages vor, nur ein paar hatten Vertrauen in ihn und folgten ihm.

Er ging langsam weiter, jeder Schritt schmerzte, doch die Qual vermischte sich nun mit den Erinnerungen an Freuden und kurze Glücksmomente. Doch was ihn vor allem weitertrieb, war die deutliche Erinnerung an den Wolf, den er geliebt und verloren hatte – es war nicht Merrow, nein, es war der Wolf aller Zeiten.

»*Wulf!*«

Er strauchelte und sah zurück, er zögerte. Von den Wölfen, die ihm gefolgt waren, waren viele erschossen und tot, nur wenige waren noch hinter ihm.

»Wulf! Beeil dich!«

»Kommt«, rief er ihnen zu, »habt Vertrauen und folgt mir!«

Er ging weiter, er wusste, sie war am Ende des Weges,

wartend, wie sie all die Jahrhunderte auf ihn gewartet hatte, bis er sich selber wieder gefunden hatte. Aber ihr Name … Er konnte sich immer noch nicht an ihren Namen erinnern.

Ein weiterer Schuss, diesmal näher. Steinchen prasselten ihm ins Gesicht. Er blickte sich um und sah Jägermann kommen, wild, mit weißem Haar, tobend, fluchend, voller Angst und Zorn – die Angst und der Zorn der Menschheit.

»Kommt! Kommt!«, rief Lunar; er war kurz stehen geblieben und trieb die paar Wölfe, die ihm gefolgt waren, den Berg hinauf.

Am Pass blieben sie nur kurz stehen, um Atem zu holen, denn Jägermann holte auf, schrie und fluchte.

»Wir kennen den Weg nicht«, schrien sie, und wieder breitete sich Panik aus, denn der Nebel senkte sich über sie.

»Ich kenne den Weg, kommt!«

Über die Pfade, die Stry ihm vor langer Zeit gezeigt hatte, gingen sie über den Grat, auf der anderen Seite hinunter aufs Steilfeld und in die Nebelschwaden. Sie waren schwach, sie waren fast zu Hause. Dann löste sich der Nebel auf, und sie kletterten die letzten Meter zum Felsblock am Eingang zur Felsenrinne hinauf. Lunar blieb stehen, die Wölfe hinter ihm ebenso.

»Ein Mann!«, schrien sie.

»Ja«, sagte Lunar, »aber er wird uns nichts tun, er ist nur … Kommt endlich!«

Lunar führte sie an dem Mann vorbei, am Felsblock vorbei in die erste Schlucht und weiter zum Wulfsfelsen.

Wulf

Matthias Wald wusste nicht, wo er war, bis sich der Nebel auflöste und er sah, dass er an einem Eingang stand, an einem Felsblock über einem Kar. Wölfe der Zeit kamen auf ihn zu. Sie wurden von einem Wolf geführt, der genauso alt war wie Tervicz, er war ein bisschen größer und dünner und sah aus, als sei er dem Tod nahe.

Die beiden sahen sich an, der Wolf bellte krächzend einen Befehl und schob sich an ihm vorbei, als sei er gar nicht da.

Die Wölfe gingen nacheinander an ihm vorbei, da erst sah Wald Jägermann mit einem Gewehr in der Hand, ein weiteres über der Schulter. Die wilde, gesetzlose Kreatur, nicht besser als eine stinkende Wildziege, böse wie die Sünde selbst, kam immer näher.

Als Wald ihn erstaunt anblickte, hob der Mann das Gewehr und schoss. Die Kugel riss Wald herum, bis er vor dem Eingang stand. Dann begann er zu rennen wie damals sein Vater, genau wie er.

In Walds Schmerzensschrei, in seinem Hilferuf an die Götter und in der Angst, die er empfand, als Jägermann hinter ihm das Kar zum Felsblock heraufstürmte, vereinigten sich Gegenwart und Vergangenheit. Wald berührte seine Schulter, sie war warm und feucht vom Blut. Vor Gegenwart und Vergangenheit flüchtete Wald in die Zukunft, die der Wulfsfelsen war, die er ist und die er immer sein wird.

Er rannte zur ersten Schlucht, um die Wölfe der Zeit einzuholen, um den, einen Wolf zu finden, der sie anführte, um Seine Hilfe zu erbitten und um Jägermann zu entkommen.

»Wulf …«, flehte er.

Eine Stimme antwortete ihm, sie war freundlich und hell und schön wie die Sonne am Himmel. Aber dann hörte er: »Ich erwische euch schon noch, ihr Bastarde!«

Jägermann. Er kam immer näher. Sein zweites Gewehr schlug gegen die senkrechten Wände der engen Schlucht, als er versuchte, Wald und den Wolf zu erwischen, zu töten, so wie er vor vielen Jahren Jakob Wald getötet hatte.

Gegenwart und Vergangenheit rasten nun, um mit der Zukunft eins zu werden, zum Guten oder zum Bösen, für die Wolfheit oder für die Menschheit. Eine Kurve, noch eine Kurve, eine Gabelung – wohin? Dahin. Irgendwohin.

»Hören Sie! Hört zu!«

Wald blieb stehen. Niemand hinter ihm. Kein Wolf vor ihm. Er lauschte und hörte sich rennen, sein ganzes Leben lang, hörte seine fliegenden Schritte, das Pochen seines verängstigten Herzens.

»Da lang, Wanderer!«

Das war Tervicz. Er war vor ihm, dann links von ihm. Er war alt, steinalt, er hinkte.

»Beeil dich, Mann, du wirst gebraucht!«

Rauf und runter, hin und her, verloren im Labyrinth der Zeit und des Ortes, doch da vorn ... es war nicht mehr weit ... nicht mehr weit ...

Die Schlucht öffnete sich, die Nebel senkten sich wieder, feuchte und klebrige Schwaden. Um sie herum schwarze Silhouetten von Wölfen, die immer schwärzer wurden. Sie warteten dort, wo die Schlucht aufhörte und in eine Lichtung überging – ein großes Amphitheater aus jähen Felsen und blanken Steinen, das zu einer Pforte im Himmel selbst aufstieg. In der Mitte dieser heiligen Stätte stand ein schräger, zerklüfteter Fels, er schillerte feucht blank, und an seinem Fuß ...

Doch als der verzweifelnd rennende Matthias Wald begriff, dass ihn nur noch ein paar Meter vom Wulfsfelsen und dem Geheimnis trennten, das still und leidend in seinem schützenden Schatten lag, sah er, dass eine wilde, lebendige Kulisse ihm den Weg versperrte: Jägermann.

Er hatte Wald den Rücken zugekehrt, denn er konzentrierte sich auf das, was vor ihm vor dem Felsen lag, und richtete sein Gewehr auf das schutzlose Wesen, das die Wölfe der Zeit aus dem Wald zu diesem letzten Zufluchtsort geführt hatte: Lunar – der seiner Zeit, dem Ende der Strafe durch das dunkle Jahrtausend und der Wiedererlangung der Unsterblichkeit so nahe war.

Wald rannte weiter, es schien ihm, er sähe Lunar durch dasselbe kalte Objektiv, durch das auch Jägermann ihn fixierte. Lunar lag einfach da, nichts als Freundlichkeit in seinen bernsteinfarbenen Augen. Die sterblichen Wölfe der Zeit standen unsicher herum und wussten nicht, was sie tun sollten. Sie hatten Angst vor Jägermann.

Wölfe, Jägermann, der Mensch ... Ein Moment der Ewigkeit, der nur erfüllt war vom leisen Tröpfeln des Wassers, das die nassen Felsen herunterrann und sich zu dem Bach sammelte, der in die andere Welt hinausfloss.

»Neeein!«, schrie Wald. Er rannte an dieser lebenden Niedertracht vorbei, stieß Jägermann und sein Gewehr zur Seite und nahm seinen Platz unter den Wölfen der Zeit ein. Er hatte einen Jungen getötet, als er selbst noch ein Junge war, seitdem hatte Wald nie mehr ein Leben ausgelöscht und er würde das auch nicht mehr versuchen, nicht hier, wo die Stille ewig war und die Kraft des Guten, die spürbare Kraft des Lebens.

»Neeein!«, schrie er, als Jägermann wieder auf die Beine kam und auf den Abzug drückte, um den alten Wolf zu töten, bevor er seinen Wolfsweg zu den Sternen und in seine eigene Zeit fand. »Neeein!«

Es war der entsetzte Schrei eines Menschen, der einen Akt der Entweihung im Entstehen sieht, eine Entweihung, die nicht nur im Mord an einem heiligen Wolf liegt, sondern im Mord an einem heiligen Ort. In Walds schrecklichem Schrei vereinigten sich all die entsetzten Schreie, die er, wie auch sein Vater, in einer kleinen Kirche in Oradour in stillem Gedenken an die Frauen und Kinder hörte, die die Menschen, die Jägermänner jener Zeit getötet hatten. »NEEEIN!«

Oh, das war schon oft geschehen, die Welt lag schon lange im Sterben.

Es war schon oft geschehen, hier, damals wie heute, es war Walds Vater geschehen, dem damaligen Wald, und nun sah Matthias Wald seinem Tod ins Auge, der sich im Lauf von Jägermanns reglosem Gewehr ankündigte. Erst Lunar, dann Tervicz, dann er. Es war das ewig Gleiche, alterslos und unbemerkt wie das Tröpfeln des Wassers, das die Stille durchbrach und sanft widerhallte in den zerklüfteten Felsen, die von dem leisen Geräusch sanft erbebten.

Aber ein Schuss? Wald stellte fest, dass die Zeit hier langsamer verstrich und er nachdenken konnte.

Wurde sein Vater mit jenem Schuss getötet, der die Felsen teilweise zum Einstürzen gebracht und den Steinschlag verursacht hatte, der nun einen Teil dieses Amphitheaters füllte? Kann solch eine Stätte noch einen solch brutalen Knall aushalten?

Wald, der bis dahin keine Angst gehabt hatte, blickte auf und sah die aufragenden Felsspalten und -vorsprünge, und er bekam Angst. Der sichere Tod durch Jägermanns Gewehr war nichts im Vergleich zu dem schrecklichen Chaos, in das die Welt stürzen würde, wenn diese lockeren, vorspringenden Felsen, die aussahen wie die Köpfe alter Wölfe der Zeit, auf sie herabstürzen würden.

Ein Sonnenstrahl vom fernen Himmel zeigte wie eine leuchtende Anklage auf Jägermann, verfing sich in seinem zerzausten, weißen Haar und hob es hell von dem schwarz glänzenden, feuchten, zerfurchten Fels ab. Sein Lächeln war triumphierend, sein Blick aus den grausamen Augen kalt und selbstzufrieden, als er am Ende die unumstößliche Herrschaft erlangt hatte.

Jägermann schoss. Aber nicht auf den Wolf.

Wald spürte einen stechenden Schmerz an seinem Hals, doch der Einschuss tötete ihn nicht – es war der vorsätzliche Schuss eines Folterers – und er fiel auf die Seite. Da hörte er den lauten Knall, die gellende Strafe in Form seines Echos, das erschreckend anstieg. Wald schlug auf den Boden und spürte das Beben, als ob der Wulfsfelsen über ihm rutschte und brach und seine Wunden tödlich aufrissen.

Wald sah, wie er sich über Lunars Kopf erhob, weiter und weiter in den Himmel, der immer wieder taghell leuchtete und immer wieder nachtschwarz versank, er hob sich zu den Sternen, zu der Sonne, all das sah Wald, und er wusste, er konnte nichts mehr tun.

Er musste die Hoffnung für sich selbst aufgeben und sein Vertrauen in Wulf setzen. Er sah hinüber zu Jägermann, er zielte wieder, dieses Mal auf Lunar, den Wolf, der Wulf sein würde. Da war ein Rest Mensch in Wald: Eitelkeit und der Dünkel, einem Gott helfen zu können. Er versuchte mit aller Kraft, den Wolf mit seinem Körper zu schützen, aber hörte nur das Flüstern des aufsteigenden Windes; es war Wulfs Stimme, die sagte: »Hör zu, schau zu und lerne, mehr verlange ich nicht.«

Auf der anderen Seite des Amphitheaters lachte Jägermann. Toll und blind gegenüber den krachenden, brechenden Felsen, die auf dem Sonnenstrahl auf ihn zukamen, auch als die Sonne von dem donnernden Einsturz ausgesperrt wurde.

Jägermanns Gewehr blitzte auf, der letzte Schuss krachte rauchend aus dem Lauf, die Kugel flog wie verzögert auf den Wolf zu, rotierte in der Luft, sie flog langsam, weitaus langsamer als ein Stein, den ein Junge auf den anderen wirft. Da stand Tervicz auf.

Er hob den Kopf und stimmte das Heulen der Bukov-Wölfe an, er rief alle sterblichen Wölfe zusammen, damit sie dem sterbenden Lunar zur Seite standen, er rief alle Wölfe der Zeit zusammen, die es jemals gab und geben wird, um hier und jetzt Zeuge der letzten sterblichen Momente des Jahrtausends der Strafe und der Wiedergeburt eines Gottes zu sein.

Tervicz heulte die Wölfe der Zeit herab, sie waren wie die einstürzenden großen Felsen über ihnen, wie die Verwandlung des düsteren Echos von Jägermanns Schuss in den Ruf der Vergeltung und des Triumphs.

Wald spürte, wie ihn sein Gott umarmte und gegen die herabstürzende Dunkelheit schützte. Er sah, wie die langsam rotierende Kugel auf den einstürzenden Felsen traf, versuchte sich hineinzubohren, weiterzufliegen, dann war sie besiegt, prallte ab und fiel, ihre Energie war vernichtet, verloren, kein Grund mehr zur Furcht.

Er hörte das Heulen der Wölfe der Zeit, das donnernde Tappen ihrer Pfoten, das durchdringende Aufblitzen ihrer Augen, als sich die Wände um ihn herum verschoben und neigten, brachen und fielen. Aus den riesigen wirbelnden Felsbrocken tauchten die Wölfe der Zeit auf, sie schrien und knurrten, dass sie ihren Führer nicht sterben lassen würden.

Jägermann sah auf, entsetzt und voller Angst starrte er

die Wölfe an, die Tervicz auf ihn herabgeheult hatte, wütend kamen sie nacheinander auf ihn zu und verwandelten sich in all das, was er am meisten fürchtete und immer unter seine Kontrolle bringen wollte.

Sein letzter Schuss verlor sich im Auflauf der Wölfe, er war harmlos. Nichts. Dann rissen ihm die stürmischen Winde die Gewehre aus der Hand, zerrten und schoben ihn hin und her, und sie starrten ihn an, die Wölfe, die er nicht töten konnte, die Wölfe der Zeit, die nun zurückgekommen waren, um dem alten Lunar zu helfen, der zu schwach war, sich zu bewegen.

Er sah sie: seinen Rudelführer Klimt, seinen Vater Aragon, seine Mutter Elhana, Lounel, Stry, Morten, Rohan – alle waren sie da.

»Solar, Bruder … Merrow, Schwester …«, flüsterte er.

Leon und Galliard waren da, Torne und Führer, Ambato, Jimena und Aragons Mutter, nach der sie benannt ist – alle waren da, alle Wölfe der Zeit, die er jemals gekannt hatte.

»Eine fehlt. Wo ist sie? Ich habe sie verloren …«

»Wulf!«, brüllten die brausenden Winde der Zeit, dann wurden sie leicht und flüsterten dem sterbenden Lunar ins Ohr: »Wulf, mein Lieber, Wulf …«

Und da stand Sie vor ihm und hieß ihn willkommen. Ihre Augen waren der Himmel, ihre Augen waren Sonne und Mond, ihre Augen waren die Sterne.

»Liebster …« Da wusste Lunar, was er einmal verloren und nun wieder gefunden hatte.

So begann Wulf seine Reise in die Sterne. Wulfin war an seiner Seite, die Wölfe der Zeit um sie herum, und der alte Tervicz war bei ihnen. Nun war er nicht mehr alt.

Wald sah ihnen nach, sie entfernten sich von ihm, wanderten hinauf in die Tage und die Nächte hinter dem Wulfsfelsen, hinein in die Unsterblichkeit.

Er lag da und sah hilflos zu, er konnte die großen Felsen nicht bewegen, unter denen er lag, konnte nicht einmal den Kopf heben, um zu sehen, wer da so schwach rief: »Hilfe! Helft mir!«

Jägermann. Seine Stimme kam aus der Hölle, die er selbst geschaffen hatte.

Dann sah Wald, wie sich der Himmel verdunkelte und rot geränderte Menschenaugen ihn ansahen. Eine raue Hand berührte sein Gesicht, er stöhnte vor Schmerz, als das Gewicht auf seinem Bein plötzlich gehoben und auch die Felsen von seiner Brust gerollt wurden.

Der Mann, der ihm half, hatte einen Vollbart und einen wilden Blick, sein Mund war entstellt. Er kniete neben Wald und leckte seine Wunden. Er gab ihm Wasser. Die einstürzenden Felsen hatten niemanden verletzt, ruhig lagen sie nun da, alles war mit einer Erd- und Staubschicht überzogen. Die Wölfe sahen herab, kamen, beobachteten, heulten mit einer Stimme, Wölfe der Zeit, Brüder, vereint in einer genesenden Welt. Der Mann fütterte Wald, und die Wölfe hielten ihn zwei Nächte lang warm und retteten sein Leben.

Tage und Nächte wachte Wulf über ihn, die Stimme aus dem Abgrund schrie immer noch nach Hilfe.

»Steh auf, komm!«, sagte der Mann dann. »Wir können nicht hier bleiben.«

Wald stand auf, drehte sich um. Da sah er etwas Schreckliches, ein Gesicht, das in einem Käfig von eingestürzten Felsbrocken gefangen war, und jeder Stein sah im Nebel aus wie der Kopf eines Wolfs der Zeit.

Das Gesicht in der undurchdringlichen Dunkelheit war Jägermanns Gesicht, er war immer noch am Leben.

»Helft mir!« Seine Stimme war nur noch ein Hauch. »Lasst mich nicht allein!«

»Geht nicht«, knurrte der Mann, der Wald trug, »zu schwer. Kann diese Felsen nicht wegschieben.« Und so gaben sie aus grausam pragmatischen Gründen Jägermanns Leben auf.

Eine Hand streckte sich nach Wald aus, nach dem Leben, doch er ließ sie im Nebel zurück, alleine für immer, sterbend.

Jägermann schrie, wie er noch nie geschrien hatte.

Schreie aus dem Innersten der Hölle hallten an den

gleichgültigen Felsen wider und verloren sich in einem Wimmern, verklangen so körperlos wie der Nebel, der sich auflöste, bevor die Sonne wieder auf die Stelle schien, an der Jägermann in Todesangst seine Hand ausstreckte, hilflos, ohnmächtig, gestraft lag er da und machte sich aus Angst in die Hose.

Wald, der Mann und die Wölfe der Zeit ließen ihn zurück und gingen die Schlucht hinunter, um sich wieder dem Leben anzuschließen. Jägermann schrie noch lauter. Hätten die hunderte und tausende, die hunderttausende und Millionen seiner Opfer ihn hören können, so hätten sie gewusst, dass er nun, zu spät, die Qualen ungesühnten Leidens kennen gelernt hatte, und wären gerächt.

Die Wölfe der Zeit, Wald und der Mann, der ihn trug, stapften zum Steilfeld hinab. Die Sonne beschien ihren Weg.

Der Mann sagte: »Ich habe den Wölfen gesagt, dass der Mensch eines Tages zurückkommen würde.« Sein grauer Bart lag warm an Walds Wange. Er lachte.

Sie kamen in die Sonne, Eike war da, er sah aus wie der Tod.

»Ich hatte zu viel Angst, um dir zu folgen, Meister, aber er –«

»Ich kenne die Angst«, sagte Wald und reichte Eike die Hand, »ich kenne sie gut.«

Sie blieben ein paar Tage auf dem Steilfeld, damit Wald sich erholen konnte. Die Wölfe der Zeit waren ihre ständigen Begleiter, der Mann war einer von ihnen, er heulte mit ihnen. Am Ende würden auch Wald und Eike mit den Wölfen heulen.

»Wann gehen wir?«, fragte Eike.

Sie standen auf dem Geröllfeld und blickten übers Moorland.

»Jetzt.«

»Wohin?«, fragte der Mann.

»Nach Hause«, antwortete Wald.

»Ist das auf der anderen Seite der Zäune?«, fragte er fröhlich. Seine Augen leuchteten.

»Ja.«

Sie stiegen vorsichtig über das Geröll – drei Männer und die Wölfe der Zeit, die sie auf ihrem Weg begleiten und durch all die Jahre der kommenden Zeit der Wölfe beschützen würden.

SERIE PIPER

William Horwood

Die Wölfe der Zeit

Die Reise ins Herzland. Roman. Aus dem Englischen von Michael Morgental. 604 Seiten. Serie Piper

Überall in Europa vernehmen die Wölfe einen geheimen Ruf im Wind. Sie brechen auf zu einer abenteuerlichen Reise, die sie in ihr sagenumwobenes Herzland führen soll. Alte Geschichten und Legenden erzählen von den fast vergessenen »Wolfswegen«, die sie dorthin führen sollen. Sie sind die Wölfe der Zeit, die ein neues Zeitalter verkünden …

»Horwood bevölkert die Welt nicht mit eigenen Fabelwesen wie J. R. R. Tolkien in ›Herr der Ringe‹, sondern gibt Tieren ihre eigenen Mythen.«
Abendzeitung

05/1497/01/L

Elizabeth Ann Scarborough

Die Frau im Nebel

Roman. Aus dem Amerikanischen von Joachim Pente. 320 Seiten. Serie Piper

Voller Tatendrang übernimmt der junge Walter Scott den Posten des Sheriffs von Edinburgh. Da geschehen unsägliche Verbrechen: Am Ufer eines nahen Sees werden die Überreste einer weiblichen Leiche gefunden, zwei weitere Frauen verschwinden. Zigeuner berichten von einer schwarzen Kutsche, die des Nachts durch den dicht verschneiten Wald fährt. Anders als die blasierte Oberschicht seiner Stadt schenkt der Sheriff den Warnungen Gehör. Eine Spur führt ihn zu dem Mediziner Primrose, der seit dem Tod seiner Frau vom Wahn gezeichnet ist …

»Dieses Buch ist ein kunstvoll gewirkter Gobelin – voll dunkler Geheimnisse und alter Legenden.«
Publishers Weekly

05/1570/01/R